ବୀଣାପାଣି ମହାନ୍ତିଙ୍କ ନିର୍ବାଚିତ ଗଳ୍ପ

ବୀଣାପାଣି ମହାନ୍ତିଙ୍କ ନିର୍ବାଚିତ ଗଳ୍ପ

ଡକ୍ଟର ରେବତୀ ମୁଦୁଲି

ସହକାରୀ ଅଧ୍ୟାପିକା

ଅଳକା ମହାବିଦ୍ୟାଳୟ, ଜଗତସିଂହପୁର

ବ୍ଲାକ୍ ଈଗଲ୍ ବୁକ୍ସ

ଭୁବନେଶ୍ୱର, ଓଡ଼ିଶା

BLACK EAGLE BOOKS

Dublin, USA

ବୀଣାପାଣି ମହାନ୍ତିଙ୍କ ନିର୍ବାଚିତ ଗଳ୍ପ / ଡକ୍ଟର ରେବତୀ ମୁଦୁଲି

ବ୍ଲାକ୍ ଈଗଲ୍ ବୁକ୍ସ : ଭୁବନେଶ୍ୱର, ଓଡ଼ିଶା ■ ଡବ୍‌ଲିନ୍, ଯୁକ୍ତରାଷ୍ଟ୍ର ଆମେରିକା

BLACK EAGLE BOOKS

USA address:
7464 Wisdom Lane
Dublin, OH 43016

India address:
E/312, Trident Galaxy, Kalinga Nagar,
Bhubaneswar-751003, Odisha, India

E-mail: info@blackeaglebooks.org
Website: www.blackeaglebooks.org

First International Edition Published by
BLACK EAGLE BOOKS, 2024

BINAPANI MOHANTYNKA NIRBACHITA GALPA
by **Dr. Rebati Muduli**
(Asst. Prof. Odia, Alaka Mahavidyalaya, Jagatsinghpur)

Copyright © **BEB**

Cover & Interior Design: Ezy's Publication

ISBN- 978-1-64560-622-2 (Paperback)

Printed in the United States of America

ଆମୁଖ

ରଢ଼ିମୁକ୍ତ ସାହସିକତା ଏବଂ ଅକୃତ୍ରିମ ସହୃଦୟତାର ନିଷ୍ଠାପର ଉପସ୍ଥାପିକା ବୀଣାପାଣି ମହାନ୍ତି ଥିଲେ ଆଧୁନିକ କଥା-ସାହିତ୍ୟର ଜଣେ ସଂଭ୍ରମ ତଥା ସଶ୍ରଦ୍ଧ ଉଚ୍ଚାରଣ। ଆଧୁନିକ କଥାସାହିତ୍ୟ କ୍ଷେତ୍ରରେ ନାରୀଜୀବନର ସୂକ୍ଷ୍ମ ଅନୁଭବ ତଥା ତା'ର ମନସ୍ତାତ୍ତ୍ୱିକ କ୍ରିୟା-ପ୍ରତିକ୍ରିୟାକୁ ଅତ୍ୟନ୍ତ ସ୍ୱତନ୍ତ୍ର ଭାବରେ ଅଭିବ୍ୟକ୍ତ କରିବା କ୍ଷେତ୍ରରେ ସେ ଥିଲେ ବେଶ୍ ଉଦାତ୍ତ, ନିର୍ଭୀକ ଏବଂ ଦାୟବଦ୍ଧ। ସେ ତାଙ୍କ ଗଳ୍ପକୁ କେବଳ ଲେଖିନାହାନ୍ତି, ତେଜୋଦ୍ଦୀପ୍ତ ବିଚାର ଦ୍ୱାରା ପାଠକ ସମ୍ମୁଖରେ ବଖାଣି ବସିଛନ୍ତି। ତାଙ୍କ ଗଳ୍ପରେ ରହିଛି, ସମୟ-ଜୀବନ ଓ ଜଗତକୁ ନେଇ ତାଙ୍କର ପରୀକ୍ଷାତ୍ମକ ତଥା ପ୍ରୟୋଗାତ୍ମକ ଦୃଷ୍ଟିକୋଣ। 'ନବତରଙ୍ଗ' ବୀଣାପାଣିଙ୍କ ପ୍ରଥମ ଗଳ୍ପ ସଂକଳନ। ୧୯୬୩ ମସିହାରେ ଏହି ଗଳ୍ପ ସଂକଳନଟି ପ୍ରକାଶ ପାଇଥିଲା। ଏଥିରେ ନଅଗୋଟି ଗଳ୍ପ ସ୍ଥାନ ପାଇଥିବାରୁ ଗାଳ୍ପିକ ଏହାର ନାମ ରଖିଛନ୍ତି 'ନବତରଙ୍ଗ'। ଏହି ସଂକଳନରେ ସ୍ଥାନିତ ଗଳ୍ପ ମଧ୍ୟରେ 'କଥାଟିଏ କହୁଁ' ଅନ୍ୟତମ। ନାରୀ ଜୀବନର ଦ୍ୱନ୍ଦ୍ୱ, ସଂଘର୍ଷ, ତା'ର ବହୁବିଧ ସମସ୍ୟାକୁ ନିଖୁଣ ଭାବେ ରୂପ ଦେବାରେ ବୀଣାପାଣିଙ୍କ ଅନନ୍ୟ ଦକ୍ଷତା ରହିଛି। ପାରିବାରିକ ସମସ୍ୟାର ସମାଧାନ ପାଇଁ ସୁରଭି ପରି ନାରୀଟିଏ ଜୀବନଯୁଦ୍ଧରେ ଲହୁଲୁହାଣ ହୁଏ। ରୋଗିଣା ମା'ର ଚିକିତ୍ସା, ସାନ ଭାଇ ଭଉଣୀଙ୍କ ସର୍ବନିମ୍ନ ଆବଶ୍ୟକତା ପୂରଣ କରିବାକୁ ଯାଇ ସୁରଭି ଅକ୍ଳାନ୍ତ ପରିଶ୍ରମ କରେ ପୁଣି ତାକୁ ବିଭିନ୍ନ ଅପ୍ରୀତିକର ପରିସ୍ଥିତିର ସାମ୍ନା କରିବାକୁ ହୁଏ। ଅଫିସ୍‌ରେ ବଡ଼ ସାହେବଙ୍କ ସହିତ ସିନେମା ଯିବା କିମ୍ବା ସନ୍ଧ୍ୟାରେ ତାଙ୍କ ଘରକୁ ଯିବା ପରି ଅନୈତିକ ଆବେଦନକୁ ଅସ୍ୱୀକାର କରିବାରୁ ତାକୁ ଚାକିରିରୁ ବହିଷ୍କାର କରିଦିଆଯାଏ। ଆମ ସମାଜରେ ଅନେକ ସୁରଭି ଏମିତି ଦୁର୍ଦ୍ଦିନର ସମ୍ମୁଖୀନ ହୁଅନ୍ତି।

'ପାନ୍ଥଶାଳା ଓ ରକ୍ତ କରବୀ' ବୀଣାପାଣିଙ୍କ ଲେଖନୀ ନିଃସୃତ ଏମିତି ଏକ ଗଳ୍ପ ଯାହାର ପରିଣତିରେ ଅନ୍ତଃହୀନ ଆକୁଳତା ପାଠକପ୍ରାଣକୁ ଆନ୍ଦୋଳିତ କରେ। ଗଳ୍ପର ମୁଖ୍ୟ ଚରିତ୍ରଟି ପ୍ରତି ଗଭୀର କରୁଣା ଓ ସମ୍ବେଦନଶୀଳ ଭାବ ସୃଷ୍ଟି ହୁଏ। ବିଶ୍ୱମୋହନ ବାବୁ ସମ୍ମାନାସ୍ପଦ ଚାକିରିରୁ ଇସ୍ତଫା ଦେଇ ଦେଶର ସ୍ୱାଧୀନତା

ଆନ୍ଦୋଳନରେ ଯୋଗ ଦେଇଥିଲା। ତାଙ୍କର ପ୍ରେମିକା ପତ୍ନୀ ମୋହିନୀ ବିଦେଶର ସ୍ୱାଧୀନତା ସଂଗ୍ରାମରେ ଅଂଶଗ୍ରହଣ କରି ସମଗ୍ର ନାରୀ ସମାଜ ପାଇଁ ଆଦର୍ଶ ପାଲଟି ଯାଇଥିଲେ। ସ୍ୱାଧୀନତା ସଂଗ୍ରାମୀ ଭାବେ ବିଶ୍ୱମୋହନ କାରାବରଣ କରିଛନ୍ତି, କାରାଗାରରୁ ମୁକ୍ତ ହେଲା ପରେ ପତ୍ନୀ ଓ କନ୍ୟାର ସନ୍ଧାନରେ ବାହାରିଯାଇଛନ୍ତି ହେଲେ ଗାଁରୁ ସହର କେଉଁଠି ସେମାନଙ୍କର ସନ୍ଧାନ ପାଇନାହାନ୍ତି। ଜୀବନରେ ପୁଣି କେବେ ସେମାନଙ୍କ ସହ ଭେଟ ହେବ ଏହି ଆଶା ମଉଳି ଯାଇଥିବାବେଳେ ହଠାତ୍ ଦିନେ ନୀଳିମାକୁ ଦେଖି ବିଶ୍ୱମୋହନଙ୍କର ତିନିବର୍ଷର ତଳର କଥା ମନେପଡ଼ିଯାଇଛି। ନୀଳିମା ଯେ ତାଙ୍କର କନ୍ୟା ଏହା ହୃଦ୍‌ବୋଧ ହୋଇଛି। ନୀଳିମା ଯେମିତି ତାଙ୍କ 'ଜୀବନ ସାହାରାରେ ପୁଷ୍ପିତ ଉଦ୍ୟାନ'। ସନ୍ଧ୍ୟାର ଝାପ୍‌ସା ଅନ୍ଧାର ଭିତରେ ସୁସଜ୍ଜିତ ବେଶପୋଷାକରେ ମୋହିନୀଙ୍କୁ ଦେଖି ସାମୟିକ ଭାବେ ମର୍ମାହତ ହୋଇଛନ୍ତି ବିଶ୍ୱମୋହନ। ତେବେ କନ୍ୟା ନୀଳିମାକୁ ସବୁପ୍ରକାର ସୁଖସ୍ୱାଚ୍ଛନ୍ଦ୍ୟ ଅଜାଡ଼ି ଦେବା ପାଇଁ ବିଶ୍ୱମୋହନ କବି ତଥା ଲେଖକ ଉମେଶ ପାଖକୁ ଚିଠିଟିଏ ଲେଖିଛନ୍ତି। ନୀଳିମାକୁ ହୃଦୟ ଦେଇ ବୁଝିବା ଆଉ ପ୍ରାଣ ଦେଇ ଭଲପାଇବାକୁ ଚିଠିରେ ଅନୁରୋଧ କରିଛନ୍ତି ବିଶ୍ୱମୋହନ। ଅପ୍ରାପ୍ତି, ଅବସୋସ ଏବଂ ଭୀଷଣ କ୍ଷୋଭକୁ ନେଇ ଶେଷରେ ବିଶ୍ୱମୋହନଙ୍କର ଜୀବନଦୀପ ଲିଭିଯାଇଛି। 'ପାନ୍ଥଶାଳା' ଯେମିତି ଯାତ୍ରୀମାନଙ୍କ ପାଇଁ ସାମଗ୍ରିକ ଆଶ୍ରୟସ୍ଥଳ ବିଶ୍ୱମୋହନଙ୍କ ଜୀବନରେ ସେମିତି ସାମୟିକ ଭାବେ ମୋହିନୀ ଏବଂ ନୀଳିମା ଆସିଛନ୍ତି, ପୁଣି ଚାଲିଯାଇଛନ୍ତି। ନିଃସଙ୍ଗବୋଧ ବିଶ୍ୱମୋହନଙ୍କୁ ଆବୋରି ବସିଛି।

'ଦୂର ପାହାଡ଼ ଓ ନୀଳକଇଁ' ଗଳ୍ପରେ ଗାଳ୍ପିକା ନାରୀ ମନସ୍ତତ୍ତ୍ୱର ଅତି ଆବେଗିକ ଭାବେ ଚମତ୍କାର ଭାଷା ବିନ୍ୟାସ ଶୈଳୀରେ ରୂପ ଦେଇଛନ୍ତି। ସତରେ ନାରୀର ମନ କେତେ ବିଚିତ୍ର ! ଗଳ୍ପନାୟିକା ମାନସୀ, ହିମାଂଶୁର ପତ୍ନୀ। ହିମାଂଶୁ ପ୍ରବୃତ୍ତିରେ ଜଣେ ସ୍ରଷ୍ଟା, ଜଣେ ଲେଖକ। ଅନେକ ସମୟରେ ତାଙ୍କ ଗଳ୍ପ ବର୍ଣ୍ଣିତ ଘଟଣା ବାସ୍ତବ ଜୀବନର ସତ ହୋଇଯାଏ, ଯାହା ପାଇଁ ଆତଙ୍କିତ ହୋଇପଡ଼ନ୍ତି ମାନସୀ। ହିମାଂଶୁଙ୍କୁ ଲେଖିବାକୁ ବାରଣ କରନ୍ତି। ହିମାଂଶୁଙ୍କ ଗାଁର ଝିଅ ଅଲିଅଳୀ ଆତ୍ମହତ୍ୟା କରେ, ମାଳତୀ ନାମ୍ନୀ ଜଣେ ନର୍ସ ଯାହାର ଆତ୍ମକାହାଣୀକୁ ଭିତ୍ତିକରି ହିମାଂଶୁ ଗଳ୍ପ ଲେଖି ଓଡ଼ିଶା ସାହିତ୍ୟ ଏକାଡେମୀ ଦ୍ୱାରା ପୁରସ୍କୃତ ହୋଇଥିଲେ ସେହି ମାଳତୀ ଅନ୍ୟ ପୁରୁଷ ପ୍ରେମରେ ପଡ଼ି ନିଜ ସ୍ୱାମୀର ହତ୍ୟାକାରିଣୀ ସାଜେ। ଏକଦା ହିମାଂଶୁଙ୍କ ରଚିତ 'ବନପକ୍ଷୀ' କବିତାଟି ପଢ଼ି କବିତାର ଭୁରି ଭୁରି ପ୍ରଶଂସା କରିଥିବା ଶ୍ରୀମନ୍ତର ଭଉଣୀ ମହାଶ୍ୱେତା ପାଗଳୀ ହୋଇଯାଇଛି। ହିମାଂଶୁଙ୍କ ଆଖିର ଲୁହ ବିମର୍ଷ ଭାବର କାରଣ ରୂପେ ମାନସୀ, ମହାଶ୍ୱେତାକୁ ସନ୍ଦେହ କରିଛନ୍ତି। ତା' ପରଠାରୁ

ମାନସୀ ହୋଇପଡ଼ିଛନ୍ତି ସଂପୂର୍ଣ୍ଣ ଉଦାସୀନ ଆଉ ଅନ୍ୟମନସ୍କ। ଚିକିତ୍ସିତ ହେଲାପରେ ମହାଶ୍ୱେତାର ପାଗଳପଣ ଦୂର ହୋଇଯାଇଛି, ବିଖ୍ୟାତ ସଂଗୀତଜ୍ଞ କମଳକୁମାରଙ୍କ ସହିତ ଶ୍ୱେତାର ବିବାହ ସ୍ଥିର ହୋଇଛି। ଭାଇ ଶ୍ରୀମନ୍ତ, ଭାଉଜ ପଦ୍ମିନୀଙ୍କ ସହିତ ବିବାହ ନିମନ୍ତ୍ରଣ ପତ୍ର ଦେବାକୁ ଆସିଛି ଶ୍ୱେତା। ଦୀର୍ଘଦିନର ବ୍ୟବଧାନ ପରେ ହିମାଂଶୁ ମାନସୀଙ୍କ ଏତାଦୃଶ ପରିବର୍ତ୍ତନର କାରଣ ଖୋଜି ପାଇଛନ୍ତି। ଯେବେ ସିଏ ମାନସୀଙ୍କ ପାଖକୁ ଶ୍ୱେତା ଦେଇଥିବା ଚିଠିଟିକୁ ପଢ଼ିଛନ୍ତି। ଶ୍ୱେତା ନିଜ ମନର ଭାବକୁ ଚିଠି ମାଧ୍ୟମରେ ମାନସୀକୁ ଲେଖି ଜଣାଇଛି। "ଚନ୍ଦ୍ର ସବୁବେଳେ କୁମୁଦର, ସୂର୍ଯ୍ୟ ସବୁବେଳେ କମଳିନୀର, ଚକୋଇ କି ସୂର୍ଯ୍ୟମୁଖୀର ନୁହେଁ। କବିର କଲମକୁ ମୁଁ ଚାହିଁଛି, କବିକୁ ନୁହେଁ। ସେ ତମର ଏକାନ୍ତ ତମର," ଚିଠିଟି ପଢ଼ିଲା ପରେ ଶ୍ୱେତାଙ୍କ ପ୍ରତି ଥିବା ତାଙ୍କର ଈର୍ଷାଭାବ ଦୂରେଇ ଯାଇଛି। ହିମାଂଶୁଙ୍କ ପ୍ରତି ଥିବା ଅଭିମାନ ଭାଙ୍ଗିଯାଇଛି। ସ୍ୱାମୀଙ୍କର ମନ ନେବା ପାଇଁ ନବବଧୂ ବେଶରେ ସଜେଇ ହୋଇଛନ୍ତି ମାନସୀ। ଖୁସିରେ ଆତ୍ମହରା ହୋଇ ମାନସୀ ପିତୃପିତାମହ ଅମଳର ପୁରୁଣା କଲମଟିକୁ ହିମାଂଶୁଙ୍କୁ ଧରାଇଦେଇ ପୁଣିଥରେ ଲେଖିବାକୁ ଅନୁରୋଧ କରିଛନ୍ତି। ଏହି ଗଳ୍ପଟିରେ ଗାଳ୍ପିକାଙ୍କ ବର୍ଣ୍ଣନାଶୈଳୀ ଯେତିକି ଜୀବନ୍ତ ସେତିକି ହୃଦୟସ୍ପର୍ଶୀ।

'କସ୍ତୁରୀ ମୃଗ ଓ ସବୁଜ ଅରଣ୍ୟ' ଗାଳ୍ପିକା ବୀଣାପାଣି ମହାନ୍ତିଙ୍କ ଓଡ଼ିଶା ସାହିତ୍ୟ ଏକାଡେମୀ ପୁରସ୍କାରପ୍ରାପ୍ତ ଗଳ୍ପ ସଂକଳନ। 'କସ୍ତୁରୀ ମୃଗ ଓ ସବୁଜ ଅରଣ୍ୟ' ଏହି ସଂକଳନ ଅନ୍ତର୍ଗତ ଶୀର୍ଷକ ଗଳ୍ପ। ଗଳ୍ପଟିର ନାମକରଣ ବେଶ୍ ତାତ୍ପର୍ଯ୍ୟପୂର୍ଣ୍ଣ। ସବୁଜ ଅରଣ୍ୟ ଭିତରେ କସ୍ତୁରୀ ମୃଗର ସନ୍ଧାନ କରାଯାଇପାରେ, ପ୍ରତୀକାତ୍ମକ ଭାବରେ ଗାଳ୍ପିକ ଏହି ଗଳ୍ପରେ ଜୀବନର ଅର୍ଥର ଆବଶ୍ୟକତା ସହ ମାନବୀୟ ଆବେଗର ପ୍ରୟୋଜନୀୟତାକୁ ସ୍ୱୀକାର କରିଛନ୍ତି। ଇନ୍ଦ୍ରଜିତ ଓ ସୁଦୀପ୍ତ ରଂଜନ ଦୁଇ ବନ୍ଧୁ। ଇନ୍ଦ୍ରଜିତ ଜୀବନରେ ଅର୍ଥକୁ ସବୁ ଖୁସିର ହେତୁ ଭାବେ ଗ୍ରହଣ କରୁଥିଲାବେଳେ ସୁଦୀପ୍ତ ରଂଜନ କେବଳ ଅର୍ଥ-ପ୍ରତିପତ୍ତି-ପ୍ରାଚୁର୍ଯ୍ୟ-ପ୍ରତିଷ୍ଠା ଆଦି ଜୀବନକୁ ପରିପୂର୍ଣ୍ଣ-ପ୍ରାଣବନ୍ତ କରିପାରେ ନାହିଁ ଦୃଢ଼ୋକ୍ତି ପ୍ରକାଶ କରନ୍ତି।

ଇନ୍ଦ୍ରଜିତ୍‌ଙ୍କ ପତ୍ନୀ ନୀଳାମ୍ବରୀ ଧନସଂପତ୍ତି ଐଶ୍ୱର୍ଯ୍ୟ ପ୍ରାଚୁର୍ଯ୍ୟ ଭିତରେ କଦାପି ଖୁସି ହୋଇପାରିନାହାନ୍ତି। ବସ୍ତୁବାଦର ବାହ୍ୟ ଆଡ଼ମ୍ବର ଆଟୋପ ଅପେକ୍ଷା ନୀଳାମ୍ବରୀ ମଣିଷର ଚିରନ୍ତନ ହୃଦୟାବେଗ ଉପରେ ବେଶି ବିଶ୍ୱାସ ରଖନ୍ତି। ସବୁ ଥାଇ ମଧ୍ୟ ନିଜକୁ ସଂପୂର୍ଣ୍ଣ ନିଃସ୍ୱ ମନେ କରନ୍ତି ନୀଳାମ୍ବରୀ। ସ୍ୱାମୀ ଇନ୍ଦ୍ରଜିତ୍‌ଙ୍କ ନିକଟରେ ଧନର ଅଭାବ ନ ଥିଲା, ଅଭାବ ଥିଲା ମନରେ। ଇନ୍ଦ୍ରଜିତ୍ ମଦ୍ୟପାନ କରିବା ସହିତ ଅନେକ ନାରୀ ସଂସର୍ଗରେ ଥିଲେ, ଯାହା ଜଣେ ବିବାହିତା ନାରୀ ପାଇଁ ନିହାତି ଅସହ୍ୟ।

ଅନ୍ୟପଟେ ଧନାଢ୍ୟ ପିତାର ସନ୍ତାନ ସୁଦୀପ୍ତ ରଂଜନ ଜୀବନର ପରିଣତ ବୟସରେ ଅର୍ଥର ଅନିବାର୍ଯ୍ୟ ଆବଶ୍ୟକତାକୁ ଉପଲବ୍ଧି କରି ଗ୍ଲାନି ଅନୁଶୋଚନାରେ ମର୍ମାହତ ହୋଇଛନ୍ତି। ଅନୁତପ୍ତ ସୁଦୀପ୍ତ ରଂଜନ ଶେଷରେ ନିଜର ପ୍ରେମିକା 'କରୁଣା' ଯାହାଙ୍କୁ ଦିନେ ସେ ପ୍ରତ୍ୟାଖ୍ୟାନ କରିଥିଲେ ତାଙ୍କ ନିକଟରେ ନିଜକୁ ନୈବେଦ୍ୟ ଦେଇଛନ୍ତି। ପ୍ରକୃତରେ ଆତ୍ମସନ୍ତୋଷ ଥାଏ ପରସ୍ପରକୁ ବୁଝିବାରେ, ପରସ୍ପରକୁ ସମ୍ମାନ ଦେବାରେ। ମୃଗନାଭିରେ କସ୍ତୁରୀ ଥାଏ, ସେଇ କସ୍ତୁରୀର ମହକରେ ସାରା ଅରଣ୍ୟ ମହକିତ ହୋଇଉଠୁଥାଏ। ଅଥଚ ଅରଣ୍ୟକୁ ବାଦ୍ ଦେଇ ମୃଗର ସ୍ଥିତିକୁ କେମିତି ବା କଳ୍ପନା କରାଯାଇପାରେ। ତେଣୁ ପାରିବାରିକ ଜୀବନରେ ଅର୍ଥର ଆବଶ୍ୟକତା ସହିତ ପାରସ୍ପରିକ ସ୍ନେହ-ଶ୍ରଦ୍ଧା ତଥା ବୁଝାମଣାକୁ ଗାଳ୍ପିକା ଗୁରୁତ୍ୱ ପ୍ରଦାନ କରିଛନ୍ତି।

'ରକ୍ତ ଗୋଲାପ ଓ ବୁଲ୍‌ବୁଲ୍' ଗଳ୍ପରେ ନିରୀହ ଅସହାୟ ବିଧବା ନାରୀର ମର୍ମବେଦନା ଗଭୀର ଭାବାବେଗରେ ପାଠକ ପ୍ରାଣକୁ ଆର୍ଦ୍ର କରିଦିଏ। ଏହି ଗଳ୍ପର ନାୟିକା ଶୁଆ ବିବାହ କରେ ସୌମ୍ୟ ସୁଦର୍ଶନ ମଦନମୋହନଙ୍କୁ। ପନ୍ଦର ଦିନର ଦାମ୍ପତ୍ୟ ଜୀବନ ଭିତରେ ମଦନମୋହନଙ୍କ ଠାରୁ ପାଏ ଅସରା ସୁଖ, ସୋହାଗ, ସ୍ନେହ-ପ୍ରେମ ସବୁକିଛି। ମାତ୍ର ଭାଗ୍ୟର ବିଡ଼ମ୍ବନା ଯୋଗୁଁ ଅକାଳରେ ମଦନମୋହନଙ୍କର ବିୟୋଗ ହୁଏ। ବାପ ଘରକୁ ଆସି ଶାଶୂଘରକୁ ଶୁଆ ଆଉ ଫେରେନି। ମନ୍ଦିରରେ ଫୁଲ ବିକ୍ରି କରି ମଦନମୋହନଙ୍କର ସେବାରେ ନିଜ ସମୟ ବିତାଇଦିଏ। ସାନଭାଇ ଶ୍ୟାମ ମାଧ୍ୟମରେ ଶୁଆ ଯୁବ ଇଞ୍ଜିନିୟର ଅମୂଲ୍ୟବାବୁଙ୍କ ସଂସ୍ପର୍ଶରେ ଆସେ। ଅମୂଲ୍ୟବାବୁଙ୍କ ସହିତ ତାର ଦିବଂଗତ ସ୍ୱାମୀ ମଦନମୋହନଙ୍କର ଅପୂର୍ବ ସାମଞ୍ଜସ୍ୟ ଦେଖି ଚକିତ ହୁଏ। ବାରମ୍ବାର ଅମୂଲ୍ୟବାବୁଙ୍କ ସଂସ୍ପର୍ଶରେ ଆସିବା ପରେ ନିଜ ଅଲକ୍ଷ୍ୟରେ ଶୁଆ ଅମୂଲ୍ୟଙ୍କ ପ୍ରତି ଆକର୍ଷିତ ହୁଏ। ବିଧବା ନାରୀଟିଏ ପର ପୁରୁଷକୁ ଛୁଇଁବା ପାପ ଜାଣି ସୁଦ୍ଧା ଭାଇ ଶ୍ୟାମର କଥାରେ ଜ୍ୱରାକାନ୍ତ ଅମୂଲ୍ୟବାବୁଙ୍କ ପାଖକୁ ଯାଏ। ସମାଜର ଲକ୍ଷ୍ମଣରେଖା ଡେଇଁ ଘରୁ ଗୋଡ଼ କାଢ଼ି ସେ ଅମୂଲ୍ୟବାବୁଙ୍କର ସେବା କରେ। ନିଷ୍ଠୁର ସମାଜର ଗଞ୍ଜଣା ସହି ନ ପାରି ମଦନମୋହନଙ୍କ ମନ୍ଦିର ବେଢ଼ାରେ ମୁଣ୍ଡ ପିଟି ପିଟି ମୃତ୍ୟୁକୁ କୋଳେଇ ନିଏ ଶୁଆ। ବିଧବା ହେବା ଶୁଆର ଅପରାଧ ନୁହେଁ, କାହାକୁ ଭଲପାଇବା ବି ପାପ ନୁହେଁ। ମୃତ ସ୍ୱାମୀର ସ୍ମୃତିକୁ ପାଥେୟ କରି ପ୍ରତି ମୁହୂର୍ତ୍ତରେ ମରି ମରି ବଞ୍ଚିବାର କଥା କହେ ଆମର ତଥାକଥିତ ସମାଜ। ଦୋଷ ଥାଉ କି ନ ଥାଉ ଅଯଥା ନିନ୍ଦା-ଅପବାଦରୁ ମୁକ୍ତି ପାଇବା ପାଇଁ ଶୁଆ ପରି ବୁଲ୍‌ବୁଲ୍‌ମାନେ ନିଜର ବହୁମୂଲ୍ୟ ଜୀବନ ହରାଇବସନ୍ତି।

ବିଫଳ ପ୍ରେମ ଏବଂ ବିପର୍ଯ୍ୟସ୍ତ ଦାମ୍ପତ୍ୟ ଜୀବନର କାହାଣୀ 'ତଟିନୀର ତୃଷ୍ଣା'

ଗଳ୍ପରେ ଅଙ୍କିତ। ନାୟିକା ରୁଚି ଏକଦା ବୈଜ୍ଞାନିକ ଚିନ୍ମୟଙ୍କ ପ୍ରତି ଥିଲା ଆସକ୍ତ ଓ ଅନୁରକ୍ତ। କିନ୍ତୁ ବିବାହ କରେ ବିଶିଷ୍ଟ ବ୍ୟବସାୟୀ ପ୍ରଦୋଷକୁ। ଉଭୟଙ୍କ ମଧ୍ୟରେ ଚିନ୍ତାଧାରା ମାନସିକ ଭାବନା ନ ମିଶିବାରୁ ପାରସ୍ପରିକ ସଂପର୍କରେ ଫାଟ ସୃଷ୍ଟି ହୁଏ। ଦାମ୍ପତ୍ୟ ଜୀବନରେ ଆନ୍ତରିକତା କିମ୍ବା ମଧୁରତା ରହେ ନାହିଁ। ବିବାହିତ ହୋଇ ବି ମାନସିକ ରିକ୍ତତା ରୁଚିକୁ ମ୍ରିୟମାଣ କରେ। ଏକପ୍ରକାର ନିଃସଙ୍ଗ ହୋଇଯାଏ ରୁଚି। ନଦୀର ଧର୍ମ ସାଗର ସଂଗମ, ରୁଚିର ସ୍ୱପନର ନାୟକ ଥିଲେ ତନ୍ମୟ, ଯାହାଙ୍କ ସହିତ ତାଙ୍କର ମିଳନ ଥିଲା ଏକାବେଳକେ ଅସମ୍ଭବ। ଆଲୋଚ୍ୟ ଗଳ୍ପରେ ରୁଚିର ଐକାନ୍ତିକ ଅତୃପ୍ତି ରୁଚି କେବଳ ମାନସିକ ଶାନ୍ତି ଓ ସୁସ୍ଥତା କାମନା କରିଛି।

ଅଶିକ୍ଷା ଯେ ଅଭାବ ଅନଟନର ଭୟଙ୍କର ପରିଣତି – ଗାଳ୍ପିକାଙ୍କ 'ଅନ୍ଧକାରର ଛାଇ' ଗଳ୍ପରେ ପ୍ରତିପାଦିତ। ପାଠ ପଢ଼ିବାକୁ ପ୍ରବଳ ଆଗ୍ରହ ଥିବା ସତ୍ତ୍ୱେ କୋଇଲି ଅଧିକ ପାଠ ପଢ଼ିପାରିନି। ଦୁଇ ଦୁଇ ଥର ବିବାହ କରିଥିବା ୩୫ ବର୍ଷ ବୟସ୍କ ଲକ୍ଷ୍ମଣ ସହିତ କୋଇଲିର ମା' ତା'ର ବିବାହ ସ୍ଥିର କରିଛି। ଯେଉଁ ବୟସରେ ଖଡ଼ି ସିଲଟ ଧରି ପାଠ ପଢ଼ିବା କଥା ସେଇ ବୟସରେ କୋଇଲିକୁ ବିବାହ ପରି ଗୁରୁତ୍ୱପୂର୍ଣ୍ଣ ବନ୍ଧନରେ ବାନ୍ଧି ଦିଆଯାଇଛି। ବିବାହର ଆଠ ଦିନ ପରେ କୋଇଲି ମଦ୍ୟପ ସ୍ୱାମୀ ହାତରେ ମୃତ୍ୟୁବରଣ କରିଥିବା କଥା ଜଣାପଡ଼ିଛି। ନିଜ କନ୍ୟାର ଅକାଳ ବିୟୋଗରେ ଭାଙ୍ଗିପଡ଼ି କୋଇଲିର ମା' ପାଗଳୀ ହୋଇଯାଇଛି। ତା'ର ମାତୃତ୍ୱ ବିଳପି ଉଠିଛି। ଖଡ଼ି, ସିଲଟର ଲୋଭ ଦେଖାଇ କୋଇଲିକୁ ତା' ପାଖକୁ ଫେରି ଆସିବା ନିମନ୍ତେ ଆକୁଳ ନିବେଦନ କରିଛି। ଗଳ୍ପର ଅନ୍ତିମ ପରିଣତି ଗଭୀର କାରୁଣ୍ୟରେ ପାଠକର ପ୍ରାଣକୁ ସିକ୍ତ କରିଦିଏ।

'ଆରୋହଣ' ଗଳ୍ପରେ ବୀଣାପାଣି ସଂସାର ଜଞ୍ଜାଳ ଭିତରେ ସନ୍ତୁଳି ହେଉଥିବା ନାରୀ ଜୀବନର ଦୁଃଖ ଯନ୍ତ୍ରଣା ସହ ନାରୀ ମନସ୍ତତ୍ତ୍ୱର ଚମତ୍କାର ବର୍ଣ୍ଣନା କରିଛନ୍ତି। ଟ୍ରକ୍ ଆକ୍ସିଡେଣ୍ଟ୍‌ରେ ଗୋଡ଼ ହରାଇ ଏକପ୍ରକାର ପଙ୍ଗୁ ହୋଇଯାଇଥିବା ଗଞ୍ଜୋଡ଼ ମଦ୍ୟପ ସ୍ୱାମୀ କେଶବଠାରୁ ସାବିତ୍ରୀ ଯାବତୀୟ ନିର୍ଯାତନା ସହ୍ୟ କରିଛି। ସବୁପରେ ତଥାପି ସାବିତ୍ରୀ ଜୀବନଯୁଦ୍ଧରେ ହାରିଯାଇନାହିଁ। ପରିବାରର ଭରଣପୋଷଣ ପାଇଁ ଅଣ୍ଟା ଭିଡ଼େ ସାବିତ୍ରୀ। ତା' ଜୀବନରେ ଏକ ନୂଆ ମୋଡ଼ ଦେଖାଦିଏ। ଜଣେ ଭଦ୍ରବ୍ୟକ୍ତିଙ୍କ ସହିତ ସାବିତ୍ରୀ ସାକ୍ଷାତ ହୁଏ। ସେଇ ମଣିଷର କଥା, ଦୃଷ୍ଟି, ବ୍ୟବହାର ସବୁକିଛି ଭଦ୍ରୋଚିତ। ସାବିତ୍ରୀର ମନେହୁଏ ତା' ଯନ୍ତ୍ରଣାକାତର ହା'ହୁତାଶମୟ ଜୀବନ ଭିତରେ ସେହି ଭଦ୍ରବ୍ୟକ୍ତିଟି ଯେମିତି ଏକ ମିଠା ଆଶ୍ୱାସନା। କେଶବ ଏବଂ ତା'ର ବନ୍ଧୁ ରଘୁର ଅକଥ୍ୟ ଭାଷା, ଅଶାଳୀନ ବ୍ୟବହାରରେ ଅତିଷ୍ଠ ହୋଇପଡ଼ିଥିବାବେଳେ

ସେହି ଭଦ୍ରବ୍ୟକ୍ତିର ନିର୍ଲିପ୍ତ ଆଖିଯୋଡ଼ିକ ସାବିତ୍ରୀର ମନକୁ ଛୁଇଁଯାଏ । ସେହି ବ୍ୟକ୍ତିଟିର ସଂସ୍ପର୍ଶରେ ଆସିବା ପରେ ସାବିତ୍ରୀର ମନେ ହୋଇଛି - "ଯେମିତି ସେ ଯେଉଁ ଜାଗାରେ ପହଞ୍ଚିଛି ସେଠି ଦୁଃଖ ନାହିଁ, କଷ୍ଟ ନାହିଁ, ଯନ୍ତ୍ରଣା ନାହିଁ, ଅଛି ଖାଲି ପବିତ୍ରତା, ଶାନ୍ତି ଆଉ ଅଫୁରନ୍ତ ଆନନ୍ଦବୋଧ ।" ସ୍ୱାମୀର ସକଳ ଅତ୍ୟାଚାର ସହ୍ୟ କରି ସାବିତ୍ରୀ କେବେ ବି ତା ପତ୍ନୀର ଦାୟିତ୍ୱବୋଧରୁ ନିବୃତ୍ତ ହୋଇନି । ତଳେ ପଡ଼ିଯାଇଥିବା ସ୍ୱାମୀକୁ ହାତ ଧରି ତଳୁ ଉଠାଇଛି । ଗଭୀର ମମତ୍ୱବୋଧରେ ତା' ହୃଦୟ ବିଗଳିତ ହୋଇଛି । ରାଗ, ରୁଷା, ମାଡ଼, ଗାଳି ସବୁକିଛି ଭୁଲି ପ୍ରଗାଢ଼ ଆତ୍ମପ୍ରତ୍ୟୟର ମହୋଦଧିରେ ଅବଗାହନ କରି ସେ ଆରୋହଣର ପଥ ବାଛି ନେଇଛି । ହିନ୍ଦୁ ନାରୀର ସହନଶୀଳତା, ଧୈର୍ଯ୍ୟ, ପାତିବ୍ରତ୍ୟ, ଉଦାରତାର ଚିତ୍ରକୁ ଗାଳ୍ପିକା ଏହି ଗଳ୍ପରେ ବର୍ଣ୍ଣନା କରିଛନ୍ତି ।

ଆକସ୍ମିକ ଆରମ୍ଭ, ନାଟକୀୟ ପରିସମାପ୍ତି ଯଦି ଗଳ୍ପର ଆଭିମୁଖ୍ୟ ହୁଏ ତେବେ ତାହା ବୀଣାପାଣିଙ୍କ କଥା ସାହିତ୍ୟରେ ସ୍ପଷ୍ଟ ରୂପେ ପ୍ରତିଭାତ । ସ୍ୱଇଚ୍ଛାରେ ବିବାହ କରି ତିନି ତିନିଗୋଟି ସନ୍ତାନର ଜନନୀ ଅନୀତାର ହଠାତ୍ ଏମିତି କୁଆଡ଼େ ନିଖୋଜ ହୋଇଯିବା ଘଟଣା ସମସ୍ତଙ୍କୁ ହତଚକିତ କରିଦେଇଛି । ସ୍ୱାମୀ ଅଭୟ, ପିତା ଦିଗମ୍ବର ବାବୁ, ମାତା କୁମୁଦିନୀ, ସାନ ଭଉଣୀ ସରିତା, ତା'ର ସ୍ୱାମୀ ମନୀନ୍ଦ୍ର, ସାଙ୍ଗସାଥୀ, ମୋହନ, ଅରୁଣ ସମସ୍ତେ ଅନୀତାର ଏପରି କାର୍ଯ୍ୟରେ ବିବ୍ରତ ତଥା ମର୍ମାହତ ହୋଇପଡ଼ିଛନ୍ତି । ଅନୀତା, ଭଲପାଇବ ବିବାହ କରିଥିଲା ଅଭୟକୁ । ଐଶ୍ୱର୍ଯ୍ୟ-ପ୍ରାଚୁର୍ଯ୍ୟ କୌଣସିଥିରେ ଅଭାବ ନ ଥିଲା ତାର । ସବୁଥିରେ ଅନୀତା ପାଇଥିଲା ଅବାଧ ସ୍ୱାଧୀନତା । ମନପସନ୍ଦର ସ୍ୱାମୀ, ସନ୍ତାନ ଭରପୂର ସଂସାର ମଧ୍ୟରେ ଥାଇ ଅନୀତା ଭଳି ନାରୀ ନିଖୋଜ ହୋଇପାରେ ଏହା ପରିବାର ତଥା ବନ୍ଧୁବର୍ଗମାନଙ୍କ ପାଇଁ ଥିଲା ବିସ୍ମୟକର ଘଟଣା । ସାଂସାରିକ ଜୀବନର ମଧ୍ୟଭାଗରେ ଅନୀତାର ଅନ୍ତର୍ହିତ ହେବାର ଘଟଣା ପାଠକପ୍ରାଣରେ ଉତ୍କଣ୍ଠାପୂର୍ଣ୍ଣ ଗଭୀର ସମ୍ବେଦନା ସୃଷ୍ଟି କରେ । ସବୁପ୍ରକାର ପ୍ରାଚୁର୍ଯ୍ୟ ଭିତରେ କିଛି ବି ଅଭାବବୋଧ ଥାଇ ପାରେ ଏବଂ ଯାହା ପାଇଁ ମଣିଷ ଏମିତି ଅଚାନକ ପଳାତକ ସାଜିପାରେ । 'ମଧ୍ୟାନ୍ତର' ଗଳ୍ପର ଅନୀତା ଚରିତ୍ର ମାଧ୍ୟମରେ ତାହାହିଁ ପ୍ରତିପାଦିତ ହୋଇଛି ।

'ବସ୍ତ୍ରହରଣ' ଗଳ୍ପରେ ଗାଳ୍ପିକା ତିନିଗୋଟି ଭିନ୍ନ ଭିନ୍ନ ଘଟଣା ଓ ସ୍ଥିତିର ଅବତାରଣା କରିଛନ୍ତି । ପ୍ରତ୍ୟେକଟି କାହାଣୀରେ ନାରୀ ମନର ଭାବନା, ତା'ର ଅପ୍ରାପ୍ତି, ଅବସୋସ, କ୍ଷୋଭର ଚିତ୍ରକୁ ଚମତ୍କାର ଢଙ୍ଗରେ ବିଶ୍ଳେଷଣ କରିଛନ୍ତି । ପ୍ରଥମ ଘଟଣାରେ ମଦ୍ୟପ ସ୍ୱାମୀର ଅତ୍ୟାଚାର ସରସୀକୁ ମ୍ରିୟମାଣ କରିଦେଇଛି । ପାଞ୍ଚଟି ସନ୍ତାନର ଜନନୀ ସରସୀ ଲୋକଲଜ୍ଜା ଭୟରେ ମଦ୍ୟପ ସ୍ୱାମୀର ସମସ୍ତ ଅତ୍ୟାଚାରକୁ ମଥାପାତି

ସହିନେଇଛି। ଘରର ଦୁଃସ୍ଥିତି, ଅର୍ଥାଭାବର କଥା କହିଲା ମାତ୍ରେ ବିପଦ। ବ୍ୟଥା ବେଦନାକୁ ଛାତିରେ ଚାପିଧରି ପାଞ୍ଚ ପାଞ୍ଚଟି ପିଲାଙ୍କ ପାଇଁ ଲହୁଲୁହକୁ ଏକାକାର କରି ବଞ୍ଚିବାକୁ ପଡ଼ିଛି ସରସୀକୁ। ସରସୀ ମାଧ୍ୟମରେ ଗାଳ୍ପିକା ନାରୀ ମନସ୍ତତ୍ତ୍ୱର ନିଖୁଣ ବର୍ଣ୍ଣନା ଦେଇଛନ୍ତି। ପ୍ରବଳ ଅନିଚ୍ଛା ସତ୍ତ୍ୱେ ପରିସ୍ଥିତିର ତାଡ଼ନାରେ ନାରୀଟିଏ ବାରମ୍ବାର ପୁରୁଷ ପାଖରେ ଧର୍ଷିତା ହୁଏ, ଯେହେତୁ ସେ ନାରୀ, ତେଣୁ ତାକୁ ସାଲିସ୍ କରେ। ଜୀବନଟିଏ ବଞ୍ଚିବାକୁ ପଡ଼େ।

ଦ୍ୱିତୀୟତଃ ପରିବାରର ଆର୍ଥିକ ସ୍ଥିତିକୁ ସୁଧାରିବା ପାଇଁ କର୍ମଜୀବୀ ନାରୀଟିଏ ତା'ର ଉପରିସ୍ଥ ଅଫିସରଙ୍କ ପାଖରେ ନିଜକୁ ନିଲାମ କରିବାକୁ ବାଧ୍ୟ ହୁଏ। ମି. ନାୟାରଙ୍କୁ କରାୟତ୍ତ କରିପାରିଲେ ପରିବାରର ଆର୍ଥିକ ସମସ୍ୟା ଦୂର ହୋଇପାରିବ। ସେଥିପାଇଁ ସ୍ୱାମୀ ଆଶୁତୋଷ, ପତ୍ନୀ ପଦ୍ମାକୁ ଆୟୁଧ କରିଛି। ପରିବାରର ସମସ୍ତଙ୍କ ମୁହଁରେ ହସ ଫୁଟାଇବା ପାଇଁ ପଦ୍ମା ସ୍ୱାମୀ ଆଶୁତୋଷର କଥାକୁ ଆଖିବୁଜି ମାନି ନେଇଛି। ପରିବାରର ମଙ୍ଗଳ ପାଇଁ ଅସୁସ୍ଥ ସ୍ୱାମୀର ପରାମର୍ଶରେ ମି. ନାୟାରାଙ୍କ କାମନାର ଅଗ୍ନିରେ ପଦ୍ମା ନିଜର ନାରୀତ୍ୱକୁ ଆହୁତି ଦେଇଛି।

ତୃତୀୟତଃ କ୍ଲାନ୍ତ ଅବସନ୍ନ ହୋଇ ଅଫିସ୍‌ରୁ ଫେରିଥିବା ଶାଶ୍ୱତୀ, ସ୍ୱାମୀ ସୁନନ୍ଦର ବାଧ୍ୟବାଧକତାରେ କ୍ଲବ୍ ଯାଇଛି। ସେଠାରେ ମଦ୍ୟପାନ କରି ହିତାହିତଜ୍ଞାନ ହରାଇବସିଛି। ସ୍ୱାମୀ ସୁନନ୍ଦକୁ ଅନ୍ୟ ଜଣେ ନାରୀ ସହିତ ନାଚ କରୁଥିବାର ଦେଖି ଶାଶ୍ୱତୀ ମି. ସୋରେନ୍‌ଙ୍କ ସହିତ ଡ୍ୟାନ୍ସ କରିଛି। କ୍ଲବ୍‌ରେ ତା'ର ଅଜାଣତରେ ଫଟୋ ସବୁ କ୍ୟାମେରାରେ ଉତ୍ତୋଳିତ ହୋଇଛି। ପରେ ଅଫିସ୍‌ରେ ଏହି ଫଟୋ ସବୁ ଦେଖାଇ ଅଫିସ୍‌ର ଅନ୍ୟ କର୍ମଚାରୀମାନେ ତାକୁ ବ୍ଲାକ୍‌ମେଲ୍ କରିଛନ୍ତି। ପୁରାଣ ଯୁଗରୁ ଆଜିଯାଏ ସବୁ ସମୟରେ ନାରୀର ବସ୍ତ୍ରହରଣ କରାଯାଇଛି। ମହାଭାରତରେ କୁରୁସଭା ନିକଟରେ ଦ୍ରୌପଦୀଙ୍କୁ ବିବସନା କରାଯାଇଥିଲା, ଆଜି ବି ସେଇ ଘଟଣାର ପୁନରାବୃତ୍ତି ହେଉଛି। ପରିବେଶ, ପରିସ୍ଥିତିରେ ନାରୀର ନାରୀତ୍ୱ ଭୂଲୁଣ୍ଠିତ ହୁଏ। ତା'ର ବସ୍ତ୍ରହରଣ କରାଯାଏ। ତା'ର ମାନ-ମହତ-ଇଜ୍ଜତ ସହିତ ଖେଳ ଖେଳାଯାଏ, ଏହାହିଁ 'ବସ୍ତ୍ରହରଣ' ଗଳ୍ପର ପ୍ରତିପାଦ୍ୟ ବିଷୟବସ୍ତୁ।

'ଅରଣ୍ୟ' ଗଳ୍ପରେ ଗୀତା ପରିସ୍ଥିତିରେ ପଡ଼ି ନିଜ ପ୍ରେମିକର ବାପା ଷାଠିଏ ବର୍ଷର ବୃଦ୍ଧ ମ୍ୟାନେଜରଙ୍କୁ ବିବାହ କରିବା ପାଇଁ ସମ୍ମତି ପ୍ରଦାନ କରିଛି। ମାତ୍ର ପରବର୍ତ୍ତୀ ସମୟରେ ମାନସିକ ଭାରସାମ୍ୟ ହରାଇ ଗୀତା, ଅଶୋକ ସହିତ ଫେରାର ହୋଇଯାଇଛି।

'ଇଣ୍ଟରଭିଉ' ଗଳ୍ପରେ ଗାଳ୍ପିକା ନିମ୍ନ ମଧ୍ୟବିତ୍ତ ପରିବାରର ନାରୀ ଜୀବନର

ଅସହାୟତା ତଥା ବିବଶତାକୁ ପ୍ରକାଶ କରିଛନ୍ତି। ପରିବାରର ଆର୍ଥିକ ସ୍ଥିତିକୁ ସୁଧାରିବା ପାଇଁ ପ୍ରତିମାର ଆପ୍ରାଣ ଉଦ୍ୟମ ଓ ତା'ର ବିକଳ ପରିଣତି ପାଠକକୁ ଅଭିଭୂତ କରେ। ଚାକିରିରୁ ନିଲମ୍ବିତ ହୋଇଥିବା କିରାଣି ବାପାର କନ୍ୟା ପ୍ରତିମା ଅର୍ଥାଭାବ ଯୋଗୁଁ ପାଠପଢ଼ାରୁ ବଞ୍ଚିତ ହୁଏ। ଶିକ୍ଷିତ ବେକାର ଦୁଇ ଭାଇ ପରିବାରର ଏପରି ସ୍ଥିତିରେ ରୁହନ୍ତି ଉଦାସୀନ ଅଥଚ ପ୍ରତିମା ନିଜର ତଥା ପରିବାରର ମୌଳିକ ଆବଶ୍ୟକତା ପୂରଣ କରିବାକୁ ଯାଇ ଘରୁ ପଦାକୁ ଗୋଡ଼ କାଢ଼େ। ତାକୁ ଇଣ୍ଟରଭିଉର ସାମ୍ନା କରିବାକୁ ହୁଏ। କମ୍ପାନିର ପଦସ୍ଥ ଅଫିସର ଚାକିରି ଦେବା ବାହାନାରେ ନିଛାଟିଆ ନିକାଞ୍ଚନ ସ୍ଥାନକୁ ନେଇଯାଇ ତା' ନାରୀ ଜୀବନର ଅମୂଲ୍ୟ ସଂପଦ ଲୁଟିନିଅନ୍ତି। ପାଟି ଫିଟେଇଲେ କହନ୍ତି- "ଚୁପ୍, ପାଟି କରନା, ଇଣ୍ଟରଭିଉ ଚାଲିଛି।" ବୀଣାପାଣିଙ୍କ 'ଇଣ୍ଟରଭିଉ' ଗଳ୍ପର ପ୍ରତିମା କେବଳ ମାତ୍ର ନୁହେଁ, ଆଜି ବି ଅନେକ ପ୍ରତିମା ଏମିତି ଇଣ୍ଟରଭିଉର ସାମ୍ନା କରି ଜୀବନର ସୁକୋମଳ ସମ୍ଭାବନାକୁ ନିମିଷକରେ ହରାଇବସନ୍ତି। ସମାଜରେ ଏମିତି ଘଟଣା ଆଦୌ ବିରଳ ନୁହେଁ। ଜଣେ ସମ୍ବେଦନଶୀଳ ସ୍ରଷ୍ଟା ଭାବେ ବୀଣାପାଣି ନାରୀ ଜୀବନର ଏପରି ସ୍ଥିତି ପ୍ରତି ପାଠକବର୍ଗଙ୍କୁ ସଚେତନଶୀଳ କରିଦେଇଛନ୍ତି।

ନାମକରଣ ଦୃଷ୍ଟିରୁ 'ଖେଳଣା' ଗଳ୍ପଟି ବେଶ୍ ତାତ୍ପର୍ଯ୍ୟପୂର୍ଣ୍ଣ। କେତେବେଳେ ସମୟ ହାତରେ କେତେବେଳେ ଭାଗ୍ୟ ହାତରେ ତ ପୁଣି କେବେ ପ୍ରକୃତି ପାଖରେ ମଣିଷ ଖେଳଣା ସାଜିପାରେ। ବନ୍ୟାର କରାଳଗ୍ରାସରେ ମଣିଷ କିପରି ନିଜର ଆତ୍ମୀୟସ୍ୱଜନ, ପ୍ରିୟ ପରିଜନ, ବାସଗୃହ ତଥା ବଞ୍ଚିବାର ସମସ୍ତ ଅବଲମ୍ବନକୁ ହରାଇ ନିଃସ୍ୱ ହୋଇପଡ଼େ, ସେହିଭଳି ଭାବବସ୍ତୁକୁ ଆଧାର କରି 'ଖେଳଣା' ଗଳ୍ପଟି ରଚିତ। ପ୍ରଳୟଙ୍କରୀ ବନ୍ୟାରେ ସନାତନ ନିଜର ମା', ଅନ୍ତଃସତ୍ତ୍ୱା ପତ୍ନୀକୁ ହରାଇଛି। ଗ୍ରାମର ଜନସାଧାରଣଙ୍କ ଅବସ୍ଥା ବି ଅତି ଶୋଚନୀୟ। ଏଭଳି ଦୁର୍ଦ୍ଦିନରେ ଜୀବନ ମରଣ ସହ ସଂଗ୍ରାମ କରୁଥିବାବେଳେ ବି ମଣିଷ ମନୁଷ୍ୟତ୍ୱକୁ ଭୁଲି ଯୌନକାମନାକୁ ଚରିତାର୍ଥ କରିବା ପାଇଁ କ୍ଷୁଧାରେ କାତର ଝିଅଟିକୁ ମାଧ୍ୟମ କରେ ଯାହାକୁ ଦେଖି ଚକିତ ହୁଏ ସନାତନ। ସନ୍ତାନସମ୍ଭବା ନାରୀଟିଏ ସନ୍ତାନ ଜନ୍ମ କରି ଉପଯୁକ୍ତ ଚିକିତ୍ସା ଅଭାବରୁ ମୃତ୍ୟୁକୁ କୋଳେଇ ନିଏ। ବନ୍ୟାପ୍ରପୀଡ଼ିତ ଜନଜୀବନର ବିକଳ ଚିତ୍ର 'ଖେଳଣା' ଗଳ୍ପରେ ପ୍ରଦତ୍ତ। ପ୍ରକୃତିର ଉଗ୍ର ତାଣ୍ଡବ ରୂପ ନିକଟରେ ମଣିଷ ଶେଷରେ 'ଖେଳଣା' ପାଲଟିଯାଏ ତାହା ହିଁ ଆଲୋଚ୍ୟ ଗଳ୍ପର ଅନ୍ତଃସ୍ୱର।

'ଚରିତ୍ର ହସୁଛି' ଗଳ୍ପରେ ଠିକ୍ ସେମିତି ବାବାଜୀ, ସୁରିଆ ଉପରେ ମରଣାନ୍ତକ ଆକ୍ରମଣ କରିଛି। ସୁରିଆ ବାବାଜୀର ଅଭାବ ଓ ଅସହାୟତାର ସୁଯୋଗ ନେଇ ତା'ର ଘରଦ୍ୱାର, ଖଟ, ପଲଙ୍କ ପରି ବ୍ୟବହାର୍ଯ୍ୟ ଦ୍ରବ୍ୟ ନେଇଯାଇଛି। ବାବାଜୀର ସ୍ତ୍ରୀ

ନଖି ଝାଡ଼ାବାନ୍ତିରେ ମୃତ୍ୟୁବରଣ କରିଛି। ଦିନକୁ ଦିନ ସୁରିଆର ରୁକ୍ଷ ବ୍ୟବହାର ଅସହ୍ୟ ମନେ ହୋଇଛି। ହାତରେ ଛୁରୀ ଧରି ଯେବେ ବାବାଜୀ ସୁରିଆକୁ ଆକ୍ରମଣ କରିବାକୁ ଯାଇଛି ସୁରିଆର ସ୍ତ୍ରୀ ଶୋଭା ସେତେବେଳେ ସୁରିଆର ଜୀବନଭିକ୍ଷା କରିଛି। ସମାଜର ଅସଂଖ୍ୟ ସୁରିଆମାନଙ୍କୁ ସୁଧାରିବା ପାଇଁ ବାବାଜୀମାନଙ୍କ ହାତରେ ଛୁରୀ ଭଳି ଶସ୍ତ୍ରର ଆବଶ୍ୟକତା ରହିଛି।

ନାରୀଟିଏ କ୍ରୋଧାନ୍ୱିତ ହେଲେ ତା'ର ଅଶ୍ରୁ ବି ଅନଳରେ ପରିଣତ ହୁଏ। ଏହାର ସତ୍ୟତା ବୀଣାପାଣିଙ୍କ 'ଅଶ୍ରୁ ଅନଳ' ଗଳ୍ପରେ ପ୍ରମାଣିତ। ବୀଣାପାଣିଙ୍କ ଲେଖନୀରେ ନାରୀ ଯେମିତି ସ୍ନେହମୟୀ, ପ୍ରେମମୟୀ, କରୁଣାମୟୀ ସେମିତି ପାପତାପନାଶିନୀ ରୁଦ୍ରାଣୀ, ସଂହାରକାରିଣୀ। ସ୍ୱାମୀର ମୃତ୍ୟୁ ପରେ ପରିବା ବିକ୍ରି କରି ନିଜ ପରିବାର ପୋଷଣ କରୁଥିବା କେତକୀ ଦାଣ୍ଡମେଲାରେ କିଛି ଅସାମାଜିକ ଯୁବକଙ୍କ ଜୁଲମର ଶିକାର ହୋଇଛି। ରାହାସ ବାବୁଙ୍କ ଝିଅ ମୋତି ଯୁବକମାନଙ୍କ ଦାଦାଗିରିକୁ ବିରୋଧ କରିବାରୁ ତାକୁ ମାରିଦିଆଯାଇଛି। କେତକୀ ଏହା ଜାଣିବାପରେ ନିଜକୁ ଅପରାଧୀ ମନେ କରିଛି। ସେହି ଯୁବକମାନେ ଶୋଇଥିବା ସ୍ଥାନରେ ପେଟ୍ରୋଲ ଢାଳି ଦିଆସିଲି ମାରିଦେଇଛି। ପ୍ରଚଣ୍ଡ ଅଗ୍ନିରେ ଯୁବକମାନେ ଜୀବନ୍ତ ଦଗ୍ଧ ହୋଇଯାଇଛନ୍ତି। ପୋଲିସ୍ କେତକୀକୁ ଧରିନେଲାବେଳେ କେତକୀ ଆଖିରୁ ଅଶ୍ରୁ ନୁହେଁ, ଅନଳ ନିର୍ଗତ ହୋଇଛି।

କିରାଣି ଚାକିରି ତ୍ୟାଗ କରି ସାମ୍ବାଦିକତାକୁ ବୃତ୍ତି ରୂପେ ବାଛିନେଇଥିବା ପରେଶ ଓରଫ୍ ପରାଶର ସମାଜରୁ ଦୁର୍ନୀତି, ଅତ୍ୟାଚାର ଦୂର କରିବାକୁ ପ୍ରୟାସ କରିଛି। ମାତ୍ର ତା'ର ଏପରି କାର୍ଯ୍ୟକୁ କେହି ସମର୍ଥନ କରିନାହାନ୍ତି। ପରାଶରକୁ ଏକା ଏକା ଅନ୍ୟାୟ ବିରୋଧରେ ପ୍ରତିବାଦ ତଥା ସ୍ୱର ଉତ୍ତୋଳନ କରିବାକୁ ପଡ଼ିଛି। ଏହାହିଁ 'ଏକାକୀ ପରାଶର' ଗଳ୍ପର ଅନ୍ତଃସ୍ୱର।

'ଅଭିନେତ୍ରୀ' ଗଳ୍ପରେ ମନୀଷାର ଯାତ୍ରାପାର୍ଟିରେ ଅଭିନୟର କାହାଣୀକୁ ଗାଳ୍ପିକା ରୂପାୟନ କରିଛନ୍ତି। ମଣିରୁ ମାଣିକ, ମାଣିକରୁ ମାନିନୀ ପୁଣି ମାନିନୀରୁ ମନୀଷା ଭାବେ ପରିଚିତ ହୋଇଛି ଆଲୋଚ୍ୟ ଗଳ୍ପର ନାୟିକା। ବାପାଙ୍କ ଅନୁମତି ପାଇ ହନୁଭାଇର ପରାମର୍ଶରେ ମାସିକ ପଚାଶ ଟଙ୍କା ବିନିମୟରେ ଯାତ୍ରାପାର୍ଟିରେ ନାୟିକା ରୂପେ ଅଭିନୟ କରିଛି ମନୀଷା। ତା'ର ନିଖୁଣ ଅଭିନୟରେ ଯାତ୍ରାପାର୍ଟି ବେଶ୍ ସୁନାମ ଅର୍ଜନ କରିଛି। ଅଭିନୟ କରୁଥିବାବେଳେ ଯାତ୍ରାରେ ଭିଲିୟାନ୍ ଭୂମିକାରେ ସତକୁ ସତ ମନୀଷାକୁ ପ୍ରେମ ନିବେଦନ କରିଛି। ଘଟଣାକ୍ରମେ ମନୀଷାକୁ ବାସ୍ତବ ଜୀବନରେ ଅଭିନୟ କରିବାକୁ ପଡ଼ିଛି। ସାଧାରଣ ଘଟଣାକୁ ଅସାଧାରଣ ଭାବେ ଅଭିନୟ

କରିପାରିଲେ ଅଭିନେତ୍ରୀ ଜୀବନ ସାର୍ଥକ ହୁଏ। କିଛି ଅଧିକ ପାଠପଢ଼ିବା ତଥା ପରିବାରର ଆର୍ଥିକ ସ୍ଥିତିର ଉନ୍ନତିକଳ୍ପେ ମନୀଷା ପରି ଝିଅମାନଙ୍କୁ ଅଭିନେତ୍ରୀ ହେବାକୁ ପଡ଼େ, ଗାଳ୍ପିକା ତାହାହିଁ ପାଠକ ସମାଜକୁ କହିବାକୁ ଚାହିଁଛନ୍ତି।

'ବହ୍ନିବଳୟ' ଗଳ୍ପର ନନ୍ଦିତା ଓ ମହେଶ ଜୀବନରେ ସେହିଭଳି ଝଡ଼ ସୃଷ୍ଟି ହୋଇଛି। ଉଭୟଙ୍କ ମଧ୍ୟରେ କଳହ, ମନୋମାଳିନ୍ୟ ବିବାହ ବିଚ୍ଛେଦର ରୂପ ନିଏ। ତା' ଭିତରେ ବଳିପଡ଼େ ଛୋଟ ଶିଶୁପୁତ୍ର ବିଶୁ। ଲକ୍ଷ୍ମୀଦ୍ୱାରା ଲାଳିତପାଳିତ ହୋଇ ଯୁବକରେ ପଦାର୍ପଣ କଲା ପରେ ଯେତେବେଳେ ତା'ର ପାଳିତ ମାତା ଲକ୍ଷ୍ମୀଠାରୁ ନିଜର ପ୍ରକୃତ ପରିଚୟ ସଂପର୍କରେ ଅବଗତ ହୁଏ, ସେତେବେଳେ ପ୍ରଚଣ୍ଡ କ୍ରୋଧରେ ମହେଶ ଘରେ ବୋମା ବିସ୍ଫୋରଣ କରି ପୁଲିସ ହାତରେ ଧରାହୋଇ ଜେଲ୍ ଯାଏ। ଏହି ଗଳ୍ପରେ ଗାଳ୍ପିକା ଅଯଥା ଅଭିମାନ ଅହଙ୍କାର ପରିତ୍ୟାଗ କରି ନାରୀ ଓ ପୁରୁଷ ମଧ୍ୟରେ ଶାନ୍ତିପୂର୍ଣ୍ଣ ସହାବସ୍ଥାନ ପାଇଁ ବାର୍ତ୍ତା ପ୍ରଦାନ କରିଛନ୍ତି।

ନାରୀର ମନର ବିବେକ ଭିତରେ ଯେଉଁ ଦ୍ୱନ୍ଦ୍ୱ ଓ ସଂଘର୍ଷ ଯେଉଁ ଲୁଚକାଳି ଖେଳ ତା'ର ଚିତ୍ରଣରେ ବୀଣାପାଣିଙ୍କ ଲେଖନୀ ବେଶ୍ ସମର୍ଥ। 'ସାୟାହ୍ନର ସ୍ୱର' ଗଳ୍ପରେ ଉତ୍ତର ଷାଠିଏରେ ପଦାର୍ପଣ କରିଥିବା 'ଲଳିତା'ର ମନସ୍ତତ୍ତ୍ୱର ବିଶ୍ଳେଷଣ ସତରେ ଚମତ୍କାର। ଲଳିତା, ସୁରଭାଇଙ୍କୁ କୁମାରୀ ଜୀବନରେ ଭଲପାଇଥିଲେ ବି ତାଙ୍କୁ ବିବାହ କରିପାରି ନ ଥିଲେ। ମାତ୍ର ଲଳିତାଙ୍କ ବିବାହ ଅନ୍ୟତ୍ର ହୋଇଥିଲା। ପୁତ୍ର କନ୍ୟା ଭରପୂର ସଂସାରରେ ମଗ୍ନରହି ଜୀବନର ସାୟାହ୍ନରେ ପାଦ ଥାପିଛନ୍ତି ଲଳିତା। ମାତ୍ର ତାଙ୍କର ସ୍ୱାମୀ ଅର୍ଥସର୍ବସ୍ୱ ହୋଇ ସହରରେ ରହିଛନ୍ତି ଅନ୍ୟଜଣେ ନାରୀଙ୍କ ସହିତ। ଲଳିତାର ମନୋଭାବନାକୁ ସେ ବୁଝିନାହାନ୍ତି। ଅଥଚ ସୁରଭାଇ ତାଙ୍କ ପାଇଁ ଆଜୀବନ ଅବିବାହିତ ରହିଯାଇଛନ୍ତି। ସାଂସାରିକ ଜୀବନର ଜଞ୍ଜାଳରେ ବୁଡ଼ିରହି କେବେ ସୁରଭାଇର ମଙ୍ଗଳ ମନାସି ନାହାନ୍ତି ଲଳିତା ଜଗନ୍ନାଥଙ୍କ ନିକଟରେ। ଲଳିତା ଅନୁତାପ ଅନୁଶୋଚନାରେ ଜର୍ଜରା ଚାହିଁଥିଲେ ଜଣକୁ, ବିବାହ କଲେ ଅନ୍ୟ ଜଣକୁ। ନିଜକୁ ଅସତୀ, କଳଙ୍କିନୀ ବୋଲି ଭାବୁଥିଲାବେଳେ ତାଙ୍କ କାନ ନିକଟରେ ପ୍ରତିଧ୍ୱନିତ ହୋଇଛି ସୁରଭାଇର କଥା- "ଛିଃ, ଛିଃ ପାଗଳୀଟା ! ଅନିଚ୍ଛାରେ କେହି କାହାକୁ ଦେହ ଦେଇଦେଲେ ଅସତୀ ହୁଏ ନାହିଁ ଲୋ ହୁଣ୍ଡୀ।" ବାସ୍ତବିକ ଗାଳ୍ପିକାଙ୍କ ଏତାଦୃଶ ଦୃଷ୍ଟିଭଙ୍ଗୀ ଓ ଚିନ୍ତାଧାରା ସ୍ୱାଗତଯୋଗ୍ୟ ଆଉ ବିଚାର୍ଯ୍ୟ।

ଅଗଣିତ କିଶୋରମାନଙ୍କ ସଂଗ୍ରାମ, ସଂଘର୍ଷ ତଥା ଯନ୍ତ୍ରଣାକ୍ତ ଜୀବନର ଏକ ମନ୍ମୟ ଆଲେଖ୍ୟ ବୀଣାପାଣିଙ୍କ ଶବ୍ଦମୟ ନୀରବତା, ପ୍ରାଚୁର୍ଯ୍ୟଭରା ସଭ୍ୟତା, ଦାରିଦ୍ର୍ୟ ନିପୀଡ଼ିତ ସଂଗ୍ରାମରତ ଅସଂଖ୍ୟ କୁନିଆ ଆଉ ବଳିଆମାନଙ୍କୁ ଶାନ୍ତି ଦେଇପାରେ ନାହିଁ।

ଅଲୋଡ଼ା ଅଖୋଜାପଣ ଭିତରେ ସେମାନଙ୍କର ଜନ୍ମ ପୁଣି ମୃତ୍ୟୁ। ବାପାଙ୍କ ଋଣ ଭାରରୁ ମୁକ୍ତ ହେବା ପାଇଁ କିଶୋର କୁନିଆକୁ ଦାସବାବୁଙ୍କ ଘରେ ଗଞ୍ଜାଣା ସହି ସମସ୍ତ କାମ କରିବାକୁ ପଡ଼ିଛି। ଉଭୟ କୁନିଆ, ତା'ର ସାନଭାଇ ବଳିଆ ଉପରେ ପ୍ରବଳ ଅତ୍ୟାଚାର ହେବା ଫଳରେ ବୁଲାଭାଇର ସହାୟତାରେ ଦାସବାବୁଙ୍କ ଘରଛାଡ଼ି ରାତାରାତି ଟ୍ରେନ୍‌ରେ ବସି ଦୂରକୁ ପଳାଇଛନ୍ତି। କୈଶୋର ଅବସ୍ଥାରେ ଦାସତ୍ୱର ବେଡ଼ି ସେମାନଙ୍କର ସୁକୁମାର ସ୍ୱପ୍ନକୁ ଭାଙ୍ଗିଦେଇଛି। ତଥାପି ସ୍ୱାଧୀନ ଭାବରେ ବଞ୍ଚିବାର ଆଶାରେ, ମୁକ୍ତିର ଅନ୍ୱେଷଣରେ ପ୍ରତିନିୟତ କୁନିଆ, ବଳିଆମାନେ ଧାଇଁ ଚାଲିଛନ୍ତି। ଏହିଭଳି ନିରୀହ ଦୁର୍ବଳମାନଙ୍କ ଉପରେ ଅର୍ଥ ଥିବା ପ୍ରତିପତ୍ତିସଂପନ୍ନ ମଣିଷ ଗୋଷ୍ଠୀ କାହିଁ କେଉଁ ଯୁଗରୁ ଅତ୍ୟାଚାର ଅବିଚାର କରି ଚାଲିଛି। ଗଳ୍ପଟି ପାଠ କଲାବେଳେ ଗଭୀର ମାନବୀୟ ସମ୍ବେଦନାରେ ପାଠକର ଆଖି ଅଶ୍ରୁସିକ୍ତ ହୋଇପଡ଼େ। ବୀଣାପାଣିଙ୍କ ଲେଖନୀରେ ଏହାର ବର୍ଣ୍ଣନା ଅତି ମର୍ମସ୍ପର୍ଶୀ - "ଖାଲି ସେମାନେ ନୁହନ୍ତି, ଅସଂଖ୍ୟ କିଶୋର ସାରା ବିଶ୍ୱର କୋଣେ କୋଣେ ଘୂରି ବୁଲୁଛନ୍ତି ଅବିଶ୍ରାନ୍ତ ରକ୍ତାକ୍ତ ଯନ୍ତ୍ରଣାର ଶିକାର ହୋଇ। କାହିଁ ଆଫ୍ରିକା, କାହିଁ ଏସିଆ, ୟୁରୋପର ପ୍ରାଚୁର୍ଯ୍ୟଭରା ସଭ୍ୟତା ଏମାନଙ୍କୁ ଶାନ୍ତି ଦେଇପାରିନି।

ଚରମ କାରୁଣ୍ୟରେ ଗାଳ୍ପିକାଙ୍କ ମାନସପଟରେ ଜନ୍ମ ନିଏ ଚିର ଲାଞ୍ଛିତା ପାଟଦେଇ। ସୁନ୍ଦର ସ୍ୱପ୍ନରେ ବିଭୋର ପାଟଦେଇ ନୂଆ ଏକ ସଂସାର ଗଢ଼ିବାର ଆଶା ନେଇ ଯେତେବେଳେ ଶାଶୂଘରେ ପାଦ ଥାପିଛି, ସେତେବେଳେ ସେଠି ତାକୁ ମିଳିଛି ଲାଞ୍ଛନା ଆଉ ତିରସ୍କାର। ଦିନ ପନ୍ଦରଟା ଶାଶୂଘରେ ରହି ନ ପାରି ପାଟ ବର୍ଷାଭିଜା ରାତିରେ ବାପଘରକୁ ଫେରିଆସିଛି। ଦିନ ପରେ ଦିନ ବିତିଥିଲେ ବି ଶାଶୂଘରୁ ତାକୁ ନେବା ପାଇଁ କେହି ଆସି ନାହାନ୍ତି। ଗାଁ ଲୋକଙ୍କ ଠାରୁ କଳଙ୍କିନୀ ଦୋଚାରୁଣୀ ଭଳି ଅପବାଦ, ଅପଖ୍ୟାତି ସହିବାକୁ ପଡ଼ିଛି। ଏଥିରୁ ମୁକ୍ତି ପାଇବା ପାଇଁ ରାତିରେ ଘରୁ ଗୋଡ଼ କାଢ଼ି ଯିବାବେଳେ ରମୁ, ବୀରା, ଯୋଗୀ ଭଳି ଗ୍ରାମ୍ୟ ଯୁବକମାନେ ତା'ର ସର୍ବସ୍ୱ ଲୁଟି ନେଇଛନ୍ତି। ତା'ର ଠିକ୍ ତିନିବର୍ଷ ପରେ ଦୁଇବର୍ଷର ଶିଶୁପୁତ୍ରକୁ କୋଳରେ ଧରି ପାଟ ଫେରିଛି ଗାଁକୁ, ଗାଁ ଲୋକଙ୍କ ଚକ୍ଷୁରେ ସେ ହୋଇଛି କୁଳଟା, ଅସତୀ। ମଣି ଭାଉଜଙ୍କ ଶାଶୂ କବଳରୁ ନିଜକୁ ମୁକ୍ତ କରିବାକୁ ଯାଇ ପ୍ରତିକ୍ରିୟାଶୀଳ ହୋଇ ପାଟ କହିଛି- "ଏ ଛୁଆର ବାପ କିଏ ପଚାରୁଛ ତ? ଏ ଛୁଆର ବାପ ତ ହେଇଟି ସମସ୍ତେ ଛିଡ଼ା ହୋଇଛନ୍ତି। ରମୁ, ବୀରା, ଯୋଗୀ, ମାଗୁଣି, ନରିଆ ଆଉ ତା' ପଛକୁ ସେଥିରୁ ଦି' ଚାରିଟା ସଭିଏଁ ତ। କେମିତି କହିବି ଛୁଆ କାହାର ବୋଲି? ପାଟର ଏପରି ଖୋଲା ଆହ୍ୱାନରେ ନିରବି ଯାଇଛନ୍ତି ଗ୍ରାମବାସୀ। ମାତୃତ୍ୱର ବିବଶପଣରେ ପାଟର ଆଖିରୁ ଝରିପଡ଼ିଛି ଅବାରିତ ଅଶ୍ରୁବିନ୍ଦୁ।

'ବର୍ଷ ବର୍ଷ ଭାରତବର୍ଷେ' ଗଳ୍ପରେ ଗାଳ୍ପିକା ସମସ୍ତ ପ୍ରତିକୂଳ ସ୍ଥିତି ଭିତରେ ବଞ୍ଚିରହିବା ପାଇଁ ମଣିଷର ସଂଘର୍ଷର ଚିତ୍ରକୁ ଉପସ୍ଥାପିତ କରିଛନ୍ତି। ହଳଧର, ଚକରା ଭଳି ଗାଉଁଲି ମଣିଷମାନେ ମୁକୁନ୍ଦର ପରାମର୍ଶରେ ସୁନ୍ଦର ଜୀବନଟିଏ ବଞ୍ଚିବା ପାଇଁ ସହରାଭିମୁଖୀ ହୁଅନ୍ତି। ସହରରେ ସାଆନ୍ତଙ୍କ ସେବାରେ ନିଜକୁ ନିୟୋଜିତ କରନ୍ତି। ସରଳ ନିରୀହ ଗାଉଁଲି ମଣିଷ ବୁଝିପାରେନି ସହରୀ ମଣିଷର ସ୍ୱାର୍ଥ ବିଜଡ଼ିତ ମନୋଭାବକୁ। ରାଜନୀତିରେ ନୈତିକ ମୂଲ୍ୟବୋଧର ଅପମୃତ୍ୟୁ ହୋଇଥାଏ। ନିଜର ଆସନକୁ ସୁଦୃଢ଼ କରିବା ପାଇଁ ରାଜନେତାମାନେ ନରହତ୍ୟା କରିବାକୁ କୁଣ୍ଠାବୋଧ କରନ୍ତି ନାହିଁ। ନିର୍ବାଚନ ପୂର୍ବରୁ ସାଆନ୍ତଙ୍କ ଘରେ ସେମିତି ଏକ ଘଟଣା ଘଟିଛି। ଆଗାମୀ ନିର୍ବାଚନରେ ସାଆନ୍ତଙ୍କ ଭାବମୂର୍ତ୍ତିକୁ ଅକ୍ଷୁଣ୍ଣ ରଖିବା ନିମନ୍ତେ ସେଇ ଝଡ଼ ବତାସ ରାତିରେ ଶବଟିକୁ ନିଶ୍ଚିହ୍ନ କରିଦେବା ପାଇଁ ମୁକୁନ୍ଦ, ହଳଧରକୁ ଅନୁରୋଧ କରିଛି। ହଳଧରକୁ ସୁନ୍ଦର ଭବିଷ୍ୟତର ସ୍ୱପ୍ନ ଦେଖାଇଛି। ସାଆନ୍ତଙ୍କ ସେବକମାନେ ପଲଉମାଂସ ଖାଉଥିଲାବେଳେ ହଳଧରର ପିଲାମାନେ କ୍ଷୁଧାରେ କାତର ହୋଇଛନ୍ତି। ହଳୁ ତା'ର ପତ୍ନୀ କେତକୀକୁ ହରାଇବସିଛି। ମଣିଷ ଭୀଷଣ ବିପଦରେ ପଡ଼ି ବଞ୍ଚିବା ପାଇଁ ସଂଗ୍ରାମ କରୁଥିବାବେଳେ ତଥାକଥିତ ପ୍ରଚାରଧର୍ମୀ ରାଜନେତାଙ୍କ ପାଖରେ ଫଟୋ ଉଠାଇବା ପରି ମାନସିକତା ନିହାତି ଦୁଃଖଦାୟକ। ସେବା ନାମରେ ନିଜର ପ୍ରଚାର ହିଁ ଆଜିର ରାଜନେତାମାନଙ୍କ ପାଖରେ ମହତ୍ତ୍ୱପୂର୍ଣ୍ଣ ତାହାହିଁ ଆଲୋଚ୍ୟ ଗଳ୍ପରେ ପ୍ରତିପାଦିତ।

ଗଳ୍ପର ନାମକରଣରେ ବୀଣାପାଣିଙ୍କର ସ୍ୱାତନ୍ତ୍ର୍ୟ ରହିଛି। ନାମକରଣ ଦୃଷ୍ଟିରୁ ବୀଣାପାଣିଙ୍କ ଗଳ୍ପଗୁଡ଼ିକ ବେଶ୍ ତାତ୍ପର୍ଯ୍ୟପୂର୍ଣ୍ଣ। ରମାର ବୋଉ ଲକ୍ଷ୍ମୀ, ରମାକୁ ନେଇ ଅନେକ ସ୍ୱପ୍ନ ଦେଖେ। ରମା ପାଠପଢ଼ି ଚାକିରି କରିବ, ତା'ର ସ୍ୱପ୍ନ ସାକାର ହେବ ଅଥଚ ରମା ପାଠପଢ଼ାରେ ମନଧ୍ୟାନ ନଦେଇ ଟିଭି ଦେଖିବା, ସାଙ୍ଗସାଥୀ ହୋଇ ସମୟର ଅପଚୟ କରେ। ରମାର ମଦ୍ୟପ ବାପା କିଛି ଟଙ୍କା ବିନିମୟରେ ଦରବୁଢ଼ା ନରିପଣ୍ଡାର ସେବା ଯତ୍ନ ନିମନ୍ତେ ରମାକୁ ନିୟୋଜିତ କରିଛି। ଝିଅକୁ ନେଇ ଲକ୍ଷ୍ମୀର ଯେଉଁ ସ୍ୱପ୍ନ ଥିଲା ତାହା ପଦ୍ମ ଘୁଞ୍ଚି ଘୁଞ୍ଚି ଯିବା ପରି ମନେ ହୋଇଛି।

ନଈଟିଏ ଅବାରିତ ଗତିରେ ପ୍ରବାହିତ ହୋଇଥାଏ କୁଳୁକୁଳୁ ନାଦ କରି। ସାଗରରେ ମିଶିବା ତା'ର ଧର୍ମ। ମାତ୍ର ତା'ର ଗତିପଥରେ ପ୍ରତିବନ୍ଧକ ଆସିଲେ ନଦୀର ଅବାରିତ ପ୍ରବାହରେ ବ୍ୟାହତ ଘଟେ। ସବୁ ପ୍ରତିବନ୍ଧକକୁ ଡେଇଁ ନିଜର ଈପ୍ସିତ ଲକ୍ଷ୍ୟସ୍ଥଳରେ ପହଞ୍ଚିବା ସବୁ ସମୟରେ ସମ୍ଭବପର ହୁଏ ନାହିଁ। ବନ୍ଧୁ ସଂଜୟକୁ ନେଇ ସୁବର୍ଣ୍ଣାର ମନରେ ଅନେକ ଆଶା-ଆକାଂକ୍ଷା, ଅସୁମାରି ସ୍ୱପ୍ନ ଓ ସମ୍ଭାବନା, ମାତ୍ର ପିତାମାତାଙ୍କର ମହତ୍ତର ଆକାଂକ୍ଷା ନିକଟରେ ତା'ର କଳ୍ପନାର ଇମାରତ୍ ଭାଙ୍ଗିରୁଜି

ଚୂର୍‌ମାର୍ ହୋଇଯାଇଛି। 'ପାଚେରୀ ସେ ପଟ ନଈ' ଗଳ୍ପରେ ସୁବର୍ଣ୍ଣାର ମାନସିକ ଭାବନାକୁ ଗାଳ୍ପିକା ଗୁରୁତ୍ୱ ପ୍ରଦାନ କରିଛନ୍ତି। ବାପା ମା'ଙ୍କ ଇଚ୍ଛାରେ ସୁବର୍ଣ୍ଣା ଯାହାକୁ ବିବାହ କରିଥିଲା, ସେ ଏଡ୍‌ସ ରୋଗରେ ପୀଡ଼ିତ। ଏହି ନିଷ୍ଠୁର ସତ୍ୟ କଥା ଜାଣିବା ପରେ ସୁବର୍ଣ୍ଣା ବାପଘରକୁ ଫେରିଆସିଛି। 'ଇଣ୍ଟରଭିଉ' ଦେଇ ନିଜେ ସ୍ୱାବଲମ୍ବୀ ହେବାର ଇଚ୍ଛା ପ୍ରକଟ କରିଛି। ପ୍ରକୃତ ସତକଥା ଜାଣିବା ପରେ ସୁବର୍ଣ୍ଣାର ବାପା ଦୁଃଖପ୍ରକାଶ କରିଛନ୍ତି। ସଂଜୟ, ଯାହାକୁ ଦିନେ ସୁବର୍ଣ୍ଣା ଭଲପାଉଥିଲା, ତାକୁ ସୁବର୍ଣ୍ଣାକୁ ଗ୍ରହଣ କରିବାକୁ ଅନୁରୋଧ କରିଛନ୍ତି। ମାତ୍ର ଏ କଥା ଆଉ ସମ୍ଭବ ନୁହେଁ। ସଂଜୟର ଅନ୍ୟତ୍ର ବିବାହ ସ୍ଥିର ହୋଇସାରିଥିଲା। ସାରାଜୀବନ ଉଭୟ ଭଲ ବନ୍ଧୁ ହୋଇ ରହିବାର ପ୍ରତିଶ୍ରୁତି ପରସ୍ପରକୁ ଦେଇଥିଲେ।

ଆଭିଜାତ୍ୟସଂପନ୍ନ ଜୀବନର କାହାଣୀରୁ ସାଧାରଣ ଜୀବନର ଧୂଳିଦାଣ୍ଡକୁ ଓହ୍ଲାଇ ଆସୁଥିବା ବ୍ୟକ୍ତି ହିଁ ପ୍ରକୃତି ସାହିତ୍ୟିକ। ଜୀବନର ପ୍ରତ୍ୟକ୍ଷ ଅନୁଭୂତିକୁ ନେଇ ଗଢ଼ିଉଠୁଥିବା ସାହିତ୍ୟ ସବୁବେଳେ ସବୁ ସମୟରେ ଉତ୍କର୍ଷ ଲାଭ କରେ। ଯଥାର୍ଥ ସାହିତ୍ୟରେ ଗଣଜୀବନର ଚିତ୍ର ପ୍ରତିଫଳିତ ହୋଇଥାଏ। ବିଶ୍ୱଜୀବନର ରୂପାୟନ ଘଟିଥାଏ। ସମ୍ବେଦନଶୀଳତା ହେଉଛି ସୃଜନଶୀଳତାର ବଡ଼ ଗୁଣ, ମାନବିକତା ଜଣେ ସ୍ରଷ୍ଟାପ୍ରାଣର ପ୍ରକୃତ ପରିଚୟ। ସେହି ଦୃଷ୍ଟିରୁ ଓଡ଼ିଆ ସାରସ୍ୱତ ପରମ୍ପରାର ଦିଗ୍‌ବଳୟରେ ବୀଣାପାଣି ହେଉଛନ୍ତି ଏକ ବ୍ୟତିକ୍ରମ। ବୀଣାପାଣି ଜଣେ ଦୃଢ଼ମନସ୍କା ତପସ୍ୱିନୀ, ଦୁଃସାହସୀ ନାରୀ ଲେଖିକା, ସର୍ବୋପରି ଜଣେ ବିପ୍ଲବିଣୀ କଥାକାର।

ସାହିତ୍ୟର ମୂଳାଧାର ହେଉଛି ଅନୁଭୂତି। ଅନୁଭୂତିକୁ ପାଥେୟ କରି ସୃଜନଶିଳ୍ପୀଟିଏ ନିର୍ମାଣ କରେ ସାରସ୍ୱତ 'କଳାର କୋଣାର୍କ'। ସ୍ରଷ୍ଟାଟିଏ ଯେତେବେଳେ ସାହିତ୍ୟ ଲେଖେ ସେତେବେଳେ ତା' ଜ୍ଞାତସାରରେ ହେଉ କି ଅଜ୍ଞାତସାରରେ ହେଉ ସେ ନିଜର ପାରିପାର୍ଶ୍ୱିକ ଜୀବନକୁ ସାହିତ୍ୟରେ ରୂପାୟିତ କରିଥାଏ। ବୀଣାପାଣି ବିଡ଼ମ୍ବିତ ନାରୀ ଜୀବନରୁ ଗଳ୍ପରଚନା କରିବା ପାଇଁ ପ୍ରେରଣା ପାଇଛନ୍ତି। ଅତି ସ୍ୱାଭାବିକ ଭାବରେ ନାରୀର ସମସ୍ୟା, ସଂକଟ, ତା'ର ବ୍ୟଥା-ବେଦନାକୁ ସେ ତାଙ୍କ ଗଳ୍ପରେ ରୂପାୟିତ କରିଛନ୍ତି। ବୀଣାପାଣି ନାରୀକୁ କେବଳ ସାଂସାରିକ ଜୀବନ ଭିତରେ ବଞ୍ଚୁଥିବା ସ୍ତ୍ରୀ ଭାବେ ଗ୍ରହଣ କରିନାହାନ୍ତି ପରନ୍ତୁ ତାଙ୍କ କଥାଶିଳ୍ପର ନାୟିକା ନାରୀଟି ହେଉଛି ପ୍ରଥମେ ଜଣେ ମଣିଷ। ଆଜି ବି ନାରୀକୁ ବହୁବାର ନ୍ୟୂନତମ ଅଧିକାର ମିଳିନି। ପୁରୁଷପ୍ରଧାନ ସମାଜରେ ନାରୀ ପ୍ରତି ହେଉଥିବା ଅନ୍ୟାୟ, ଅବିଚାର, ଅପମାନ, ଲାଞ୍ଛନା, ନିର୍ଯାତନା ବିରୁଦ୍ଧରେ ବୀଣାପାଣି ତାଙ୍କ ଗଳ୍ପର କଳାତ୍ମକ ପରିପାଟୀ ଭିତରେ ସର୍ବଦା ପ୍ରତିବାଦର ସ୍ୱର ଶୁଣାଇଛନ୍ତି। ନାରୀର ଦାବି, ନାରୀର ଅଧିକାର, ତା'ର ସ୍ୱପ୍ନ

ଓ ସମ୍ଭାବନା ଆଦି ବିବିଧ ଭାବକୁ ନେଇ ସମୃଦ୍ଧ ହୋଇଛି ବୀଣାପାଣିଙ୍କ ଗଳ୍ପଜଗତ। କେବଳ ନାରୀ ଜୀବନର ସମସ୍ୟା ନୁହେଁ, ଅର୍ଥନୀତି, ରାଜନୀତି, ଦର୍ଶନ ଆଦି ବହୁବିଧ ବର୍ଣ୍ଣନାରେ ଗଳ୍ପଗୁଡ଼ିକ ହୋଇଛି ବର୍ଣ୍ଣିଳ।

ଜୀବନ ଓ ଜଗତ ପ୍ରତି ଉଦାର ଦୃଷ୍ଟିଭଙ୍ଗୀ ପୋଷଣ କରୁଥିବା ବୀଣାପାଣିଙ୍କ ଗଳ୍ପରେ ପ୍ରେମ, କରୁଣା, ସମ୍ବେଦନଶୀଳତା ତଥା ଆତ୍ମୀୟତାର ଝଲକ ସ୍ପଷ୍ଟ ରୂପେ ବାରିହୋଇପଡ଼େ। ସମାଜରୁ ହିଁ ବୀଣାପାଣି ପାଇଛନ୍ତି ଗଳ୍ପ ଲେଖିବା ପାଇଁ ଅକୁଣ୍ଠ ପ୍ରେରଣା। ଏ ସଂପର୍କରେ ନିଜସ୍ୱ ଅଭିମତ ପ୍ରଦାନ କରି ବୀଣାପାଣି କହନ୍ତି- "ସମାଜର ନିଷ୍ପେଷିତ ମଣିଷ ହିଁ ମୋତେ ଆନ୍ଦୋଳିତ କରିଥାନ୍ତି ଏବଂ ସେମାନଙ୍କ ବିଷୟରେ ମୁଁ ଦୀର୍ଘ ୫୦ ବର୍ଷ ଧରି ଗଳ୍ପ ଉପନ୍ୟାସ ଲେଖି ଆସୁଛି। (କଥା ସାହିତ୍ୟର ସୃଜନ ବିନ୍ଧାଣୀ - ବୀଣାପାଣି, ପୃ: ୨୨୭)। ମାନବବାଦୀ କଥାଶିଳ୍ପୀ ବୀଣାପାଣି ମଣିଷର ଆତ୍ମାର ଉଲ୍ଲାସକୁ ଖୋଜିଛନ୍ତି ତାଙ୍କ ଗଳ୍ପର ପରିଧି ଭିତରେ। ଶତ୍ରୁତା ନୁହେଁ, ମିତ୍ରତାକୁ ସାହିତ୍ୟର ସ୍ଲୋଗାନ ଭାବେ ସ୍ୱୀକାର କରି କହନ୍ତି- "ଅନେକ ବୁଦ୍ଧିମାନ ସାହିତ୍ୟିକ ଏବେ ବୁଝିଗଲେଣି ଯେ 'ଶତ୍ରୁତା ନୁହେଁ ମିତ୍ରତା' ହିଁ ସାହିତ୍ୟର ପ୍ରଥମ ସୋପାନ।

ନାରୀ ମନସ୍ତତ୍ତ୍ୱ, ଶିଶୁର ମାନସିକ ଭାବାବେଗ, ଅର୍ଥାଭାବର ବିକଳ ପରିଣତି, ଯୌନାକାଂକ୍ଷା, ମୃତ୍ୟୁ ଚେତନା, ପ୍ରେମଭାବ, ରୋମାଣ୍ଟିକ୍ ଅବବୋଧ, ଭୋଟ୍ସର୍ବସ୍ୱ ରାଜନୀତି, ମଣିଷ ପ୍ରତି ସଂବେଗ, ମାଟିମନସ୍କତା ସର୍ବୋପରି ସଂସ୍କୃତି ପ୍ରୀତିର ସମ୍ମିଶ୍ରଣ ବୀଣାପାଣିଙ୍କ ଗଳ୍ପ ସମୂହରେ ଭାସ୍ୱର। ନିଜସ୍ୱ ଲେଖା ମାଧ୍ୟମରେ ସାମାଜିକ ଜୀବନରେ ବିପ୍ଳବର ସ୍ୱର ସୃଷ୍ଟିର ଆଶା ରଖିଛି। ବୀଣାପାଣି କହନ୍ତି- "ଲେଖକଟିଏ କୌଣସି ସମାଧାନ କରି ନ ପାରିଲେ ମଧ୍ୟ ଚେତନାଟିଏ ସୃଷ୍ଟି କରିଥାଏ। ସେହି ଚେତନାର ସଂକ୍ରମଣରେ ସାମାଜିକ ବିପ୍ଳବ ସୃଷ୍ଟି ହୁଏ।" (କଥା ସାହିତ୍ୟର ସୃଜନ ବିନ୍ଧାଣୀ, ବୀଣାପାଣି, ପୃ: ୨୫୯)

'ବୀଣାପାଣି ମହାନ୍ତିଙ୍କ ନିର୍ବାଚିତ ଗଳ୍ପ ସଂକଳନ' ପୁସ୍ତକ ପ୍ରକାଶନର ପଶ୍ଚାତ୍‌ଭାଗରେ ରହିଛି ଆମେରିକାନିବାସୀ, ପ୍ରବାସୀ ଓଡ଼ିଆ ସାହିତ୍ୟାନୁରାଗୀ ତଥା 'ବ୍ଲାକ୍ ଈଗଲ୍ ବୁକ୍ସ' ପ୍ରକାଶନୀ ସଂସ୍ଥାର ଡାଇରେକ୍ଟର ମାନନୀୟ ସତ୍ୟ ପଟ୍ଟନାୟକଙ୍କ ଆନ୍ତରିକ ପ୍ରୋତ୍ସାହନ। ସେ ସାଂପ୍ରତିକ ସମୟରେ ଓଡ଼ିଆ ସାହିତ୍ୟର ଜଣେ ସମର୍ପିତ ସଂରକ୍ଷକ ତଥା ଯୁବପିଢ଼ିଙ୍କ ନିମନ୍ତେ ସାହିତ୍ୟର ଅନୁପ୍ରେରକ। ତାଙ୍କରି ଉଦ୍ୟମରେ 'ବୀଣାପାଣି ମହାନ୍ତିଙ୍କ ନିର୍ବାଚିତ ଗଳ୍ପ ସଂକଳନ'ଟି ପ୍ରସ୍ତୁତି ନିମନ୍ତେ ତାଙ୍କର ନିର୍ଦ୍ଦେଶ ଓ ସମ୍ମତି ନେଇ ମୁଁ ତାଙ୍କୁ ମୋର ଗଭୀର କୃତଜ୍ଞତା ଜଣାଉଛି।

- ରେବତୀ

ସୂଚିପତ୍ର

ପାନ୍ଥଶାଳା ଓ ରକ୍ତ କରବୀ

ବିଶ୍ୱମୋହନ ଗପନ୍ତି । ଗପିବା ତାଙ୍କର ଏକ ଅଦ୍ଭୁତ ଖିଆଲ । ତାଙ୍କ ମତରେ ଯେଉଁଦିନ ସେ ଦୁଇଚାରିପଦ ଗପିବାର ସୁଯୋଗ ପାଆନ୍ତିନି ସେଦିନଟା ତାଙ୍କର ବୃଥା । ସେ ଦିନଟା ନିହାତି ବାଜେ । ଏଇଥିପାଇଁ ଆମେ ଯେଉଁ କେତେଜଣ ସେଠି ଥାଉ ସେମାନଙ୍କର ଅବସ୍ଥା କହିଲେ ନ ସରେ । ସକାଳୁ ସଞ୍ଜ ବିଶ୍ୱମୋହନବାବୁଙ୍କ ସହ ଲୁଚୁକାଳି ଖେଳିବା ଆମର ଅଭ୍ୟାସଗତ ହେଇଯାଇଥିଲା । ବାହାରେ ସାଇକଲ୍‌ଟା ଚଟ୍‌କରି ରଖି ଦେବାର ଶବ୍ଦ ଆମେ କରୁନା, ନୂଆ ଜୋତା ପିନ୍ଧିବାର ସଉକ୍‌ଟା ବିଶ୍ୱମୋହନବାବୁଙ୍କ ସକାଶେ ଆମେ ଭୁଲି ଯାଇଛୁ । ତାଙ୍କର କାନ ଶବ୍ଦ ବାରିବାରେ ତୀକ୍ଷ୍ଣ । କିଛି ଗୋଟାଏ ଶବ୍ଦ ହେଲେ ଆଖିରୁ ଚଷମାଟା କାଢ଼ି ତଳେ ଥୁଅନ୍ତି ସେ । ତା'ପରେ ଡାକ ପକାନ୍ତି ଆମ ସମସ୍ତଙ୍କର ନାଁ ଧରି ଗୋଟି ଗୋଟି । ଯିଏ ସାମନା ସାମନି ହୋଇଗଲା ତା'ର ଅବସ୍ଥା କହିଲେ ନ ସରେ । ଅବଶ୍ୟ ବିଶ୍ୱମୋହନବାବୁ ନିହାତି ନୁଖୁରା ଗପୁଡ଼ି ନୁହନ୍ତି । ଚା'ତ ବରାବର ଦିଅନ୍ତି, ବେଳେ ବେଳେ ଅତିମାତ୍ରାରେ ଭାବପ୍ରବଣ ହେଲେ ଟାଣିବା ବିଡ଼ି ଓ ସିଗାରେଟ୍‌ରୁ ଖଣ୍ଡେ ଖଣ୍ଡେ ବଢ଼େଇ ଦିଅନ୍ତି । ଓଃ ! ଯିଏ ସାମ୍ନାରେ ପଡ଼ିଗଲା ତା'ର ରାତ୍ରି ବାରଟା ପର୍ଯ୍ୟନ୍ତ ଛୁଟି ନାହିଁ ।

ସେଦିନ ଉମେଶ ବ୍ୟସ୍ତ ହୋଇ ମତେ କହିଲା- "ଜାଣୁ ! ତୋରି ଯୋଗୁଁ ଯାବତ ଅନର୍ଥ ଘଟଣା ଘଟୁଛି । କେତେଥର ମୁଁ ତତେ କହିଲିଣି ଯେ ଏ ଘର ଛାଡ଼ି ଚାଲ ଚାଲିଯିବା କୁଆଡ଼େ । ଯୋଉ ତ ଘର – ବର୍ଷାଦିନେ ନାକେଦମ ହେବ ମଣିଷ । ତହିଁକି ପ୍ରତିଦିନ ସେ ବୁଢ଼ା ସାଙ୍ଗରେ କିଏ ଏତେ ଗପିବ ଶୁଣେ ?

ମୁଁ ବୁଝି ପାରିଥିଲି ଘର ବଦଳେଇବା ଗୋଟାଏ ଛଳନା ମାତ୍ର । କିଛି ନା କିଛି କଥାର ଖିଅକାଢ଼ି ଉମେଶ ମୋ ସାଙ୍ଗରେ କଳି କରେ । ଘରଟା ମୁଁ ଜାଣେ ନିଶ୍ଚୟ ସୁନ୍ଦର । ଭଡ଼ା ବି କମ୍ । ତା'ପରେ ଆଖପାଖ ସବୁ ଜିନିଷ ନିକଟରେ ।

କଲେଜ ଅଫିସ ବଜାର ସବୁ ପାଖ ହୋଇଛି କିନ୍ତୁ ସବୁ ସୁବିଧା ଭିତରେ ସେଇ ବିଶ୍ୱମୋହନଙ୍କ ଜାଳା ଅପରିସୀମ। ହେଲେ ମୋର ବା ଦୋଷ କ'ଣ ? ପ୍ରଥମେ ଏ ଘରଟା ଠିକଣା କରିଥିଲା ଉମେଶ। ତେଣୁ ମୁଁ ଭଦ୍ରଲୋକ ପରି ଚୁପ୍ ହେବାକୁ ବାଧ ହେଲି।

ନିତ୍ୟାନନ୍ଦ ସେତେବେଳେ କଲେଜ ଇଉନିଅନରେ କଣ ଗୋଟେ କର୍ମକର୍ତ୍ତା ବିଭାଗରେ ନବନିର୍ବାଚିତ ହୋଇ ପଶିଥାନ୍ତି। ତେଣୁ ତାଙ୍କର ଭାଷାଟା ଟିକେ ସେତେବେଳେ ବ୍ୟଙ୍ଗାତ୍ମକ ଭାବପ୍ରବଣ ବୈପ୍ଳବିକ ଭଳି ମନେ ହେଉଥିଲା। କଥାକଥାକେ ବାଣ ବିସ୍ଫୋରଣ। ନିଶଟାକୁ ବାଗେଇ ବାଗେଇ କାଟୁ କାଟୁ ସେ ମୋ ଆଡ଼କୁ ତେରଛେଇ ଅନେଇଲେ -

'ଆପଣ ମୋଟେ କିଛି ବୁଝୁ ନାହାନ୍ତି। ଏ ଜାତି, ଏ ଦେଶ ଯୁଗ ଯୁଗ ନିଷ୍ପେଷିତ ହୋଇ ଜୀବନ କଟାଇ ଆସିଲାଣି। ବର୍ତ୍ତମାନ ଆମକୁ ଆମର ଦାବି ହାସଲ କରିବାକୁ ହେବ। ସମୟ କାହିଁ ? ଚାରିଆଡ଼େ ଆମର ଶତ୍ରୁ। ଏତିକିବେଳେ ଆମ୍ଭେମାନେ ଯଦି ପ୍ରସ୍ତୁତ ନ ହୋଇ କେବଳ ବାକ୍ୟାଳାପ ଅଯଥା ଆଳସ୍ୟରେ ସମୟ କଟାଇବା ତେବେ !'

ପୂର୍ଣ୍ଣଚନ୍ଦ୍ର ଯାଇ ଭାଗ୍ୟକୁ ନିତ୍ୟାନନ୍ଦ ପାଟିରେ ହାତଦେଇ ସାରିଛନ୍ତି। ପୂର୍ଣ୍ଣଚନ୍ଦ୍ର ତରୁଣ ଚିତ୍ରକର। ସାମାନ୍ୟ କୋଳାହଳ ହେଲେ ତାଙ୍କର ତୂଳିକାରେ ରଙ୍ଗ ବେପଥୁ ହୁଏ। ସେଇ ଭୟରେ ସେ ନିତ୍ୟାନନ୍ଦ ମୁହଁରେ ହାତ ଦେଲେ।

'ତୁମେ ସିନା ନିତ୍ୟାନନ୍ଦ ପାଟିରେ ହାତ ଦେଇ ବନ୍ଦ କରିବ - କିନ୍ତୁ ମୋ ପାଟି ଯେ ଚିର ମୁକ୍ତ ପୂର୍ଣ୍ଣଚନ୍ଦ୍ର ! ଆଳସ୍ୟର ବେଳ ଏ ନୁହେଁ - ଏ ଜାତିର ସୁଷୁପ୍ତି ଭାଙ୍ଗି ଦେବାକୁ ହେବ।'

ମତେ ଯଦି ଆଠଟାଯାକ ପୃଥିବୀର ଆଶ୍ଚର୍ଯ୍ୟ ଜିନିଷ ଏକାଠି ଦେଖାଇଥାନ୍ତା କିଏ, ତା'ହେଲେ ମୁଁ ଏତେ ଚମକିପଡ଼ି ନ ଥାନ୍ତି। ବିଶ୍ୱମୋହନ ବାବୁ ଆଶାବାଡ଼ି ଧରି ଉଠି ଆସିଛନ୍ତି ଦୋମହଲା ଉପରକୁ। କଷ୍ଟ ଓ ପରିଶ୍ରମରେ ତାଙ୍କ କପାଳ ଉପରେ ଟୋପା ଟୋପା ଝାଳ। ପାଦ ଓ ଗୋଡ଼ ଥରୁଛି - ସେ ଛିଡ଼ା ହୋଇପାରୁ ନାହାନ୍ତି। ସାମାନ୍ୟ ଦି' ପଦ ଗପିବେ ବୋଲି ସେ ଚାଲି ଆସିଛନ୍ତି ଉପରକୁ ଏତେ କଷ୍ଟ ସହି।

ମୁଁ ସତର୍କରେ ଘରର ଚାରିଆଡ଼େ ଦୃଷ୍ଟିପାତ କରିଗଲି। ଉମେଶ ମୁହଁରେ ବିରକ୍ତି। ସେ କବି, ଗାଳ୍ପିକ, ସମାଲୋଚକ ସମସ୍ତ କିଛି। ତାର ନିସ୍ତବ୍ଧତା ଦରକାର - ନ ହେଲେ ସେ ସୃଷ୍ଟି କରିବ କେମିତି କାବ୍ୟ ଓ କଳା। କଲମଟା ଓଠରେ ଚାପି ଧରି ସେ ବିଶ୍ୱମୋହନଙ୍କୁ ନ ଅନେଇ ମତେ ଅନେଇଛନ୍ତି।

ନିତ୍ୟାନନ୍ଦ ନିଜ ସପକ୍ଷରେ ଜଣେ ପ୍ରଧାନ ସର୍ପୋଟ ପାଇଲେ ମଧ୍ୟ କେଜାଣି କାହିଁକି କିଛି ନ ଜାଣିଲା ପରି ଦର୍ପଣ ଉପରେ ମନୋନିବେଶ କରି ପରିଷ୍କାର କରିସାରିଥିବା ନିଶଟାକୁ ଆଉ ଥରେ ପାଲିଶ କରିବାରେ ଲାଗିଗଲେ।

ପୂର୍ଣ୍ଣଚନ୍ଦ୍ର ଶିଳ୍ପୀ – ଭାବପ୍ରବଣ! ନ ଯଯୌଃ ନ ତସ୍ଥୌ ଅବସ୍ଥା।

ବିଶ୍ୱମୋହନ ଛିଡ଼ା ହୋଇଛନ୍ତି। ତାଙ୍କ ପାଦ ଅସ୍ଥିରତା ପରିବେଷଣ କରି ଚଉକିଟିର ଆବଶ୍ୟକତା ମନେ ପକଉଛି। କିନ୍ତୁ ଯଦି ଚେୟାରଟା ତାଙ୍କୁ ବଢ଼େଇଦିଏ ମୁଁ ଜାଣିଛି ତା'ପରେ ମୋର ଅବସ୍ଥା କ'ଣ ହେବ? କିନ୍ତୁ ଏତେଦୂର ସଂଜ୍ଞାହୀନ ମୁଁ ହୋଇ ନ ଥିଲି। ଯା ହେବ ହେବ – ଭଦ୍ରତା ବୋଲି ତ ଗୋଟାଏ କିଛି ଅଛି। ଉମେଶର ଭ୍ରୂକୁଟି ସତ୍ତ୍ୱେ ମଧ୍ୟ ମୁଁ ଚେୟାରଟା ଟେକି ନେଇ ବାହାରେ ଥୋଇଦେଇ ବସିବାକୁ ବିଶ୍ୱମୋହନବାବୁଙ୍କୁ ଅନୁରୋଧ କଲି। ଭାଗ୍ୟକୁ ବାରଣ୍ଡାରେ ବସିବାକୁ ତାଙ୍କୁ କହିଛି – ଘର ଭିତରେ ଦେଇଥିଲେ ଆଉ କଥା ନ ଥିଲା!

ଆରାମ କରି ବସିଲେ ବିଶ୍ୱମୋହନବାବୁ। ହସିଲେ ଏକ ପରିତୃପ୍ତିର ହସ। ଆଜି ଯା ହେଉ ଏକାଥରକେ ସେ ଏତେଗୁଡ଼ାଏ ଲୋକ ପାଇଛନ୍ତି। ସାମ୍ନାରେ କେହି ତାଙ୍କୁ କେହି କହିପାରିବେନି। ବିଶ୍ୱମୋହନ ଭ୍ରୂକୁଞ୍ଚନ କରି କହିଲେ- 'ଆରେ, ତମେମାନେ କଥା ବନ୍ଦ କଲ କାହିଁକି? ଆଲୋଚନା ସମାଲୋଚନାରେ ହିଁ ଜ୍ଞାନର ପରିସର ବୃଦ୍ଧି ପାଏ। କିହୋ ପୂର୍ଣ୍ଣଚନ୍ଦ୍ର! ଏମିତି ଠିଆଟା କାହିଁକି ହୋଇଛ? ବସ, ବସ।' ସାମ୍ନାରେ ପଡ଼ିଥିବା ଟୁଲଟାକୁ ଇଙ୍ଗିତ କରି ସେ କହିଲେ। ପୂର୍ଣ୍ଣଚନ୍ଦ୍ର ନୀରବରେ ବସିଲେ ଯନ୍ତ୍ରପରି।

ନିତ୍ୟାନନ୍ଦ ଦର୍ପଣ ଉପରୁ ମୁହଁ ଉଠେଇ ନାହାନ୍ତି। ମୋର ଭୟ ହେଲା ଦାଢ଼ି କାଟୁ କାଟୁ ଆଉ ନାକ କାନ ପାଟି କାଟି ଦେବନି ତ? ଉମେଶ କିଛି ନ ଜାଣିଲା ପରି ତା' ଚଉକି ଉପରେ ବସିଗଲାଣି ଆମକୁ ପଛକରି।

'ଶୁଣ ଉମେଶ! ଏମିତି କିଛି ସାହିତ୍ୟ ସୃଷ୍ଟି କର – ଯେଉଁଥିରେ ମଣିଷର ସୁଖ ଦୁଃଖ ସଂଗ୍ରାମର ଇତିହାସ ଥିବ। ଖାଲି ବରଫ ପରି ଥଣ୍ଡା କବିତାଗୁଡ଼ା ତମେ ଲେଖ କାହିଁକି? ତମେ ତ ତରୁଣ କବି। ଲେଖନୀରୁ ତମର ଅଗ୍ନିବର୍ଷଣ ହେବା ଉଚିତ'। ବିଶ୍ୱମୋହନ ଉମେଶକୁ ଲକ୍ଷ୍ୟକରି ଏତକ କହିଲେ।

'ଲେଖନୀରୁ ଅଗ୍ନିବର୍ଷଣବେଳେ ଚାଲି ଯାଇଛି ଆଜ୍ଞା! ସ୍ୱାଧୀନତା ପୂର୍ବରୁ ତା'ର ଦରକାର ଥିଲା। ଯେଉଁ ଅଗ୍ନି ସେତେବେଳେ ଏ ଭାରତ ବକ୍ଷରେ ଝରିଥିଲା – ସେ ଅଗ୍ନିର ତାପ ଏବେବି ରହିଛି। ସେଗୁଡ଼ାକ ଯଦି ବରଫ ପକାଇ ଥଣ୍ଡା କରି ନ ଦିଆଯାଏ ତେବେ ଏ ଦେଶଟା ସାରା ସମସ୍ତେ ଜଳିଯିବେ ଯେ! ଅଗ୍ନିବର୍ଷଣ ଆଉ

ଲୋଡ଼ା ନାହିଁ। ଆଗ୍ନେୟଗିରିର ମୁଖଗୁଡ଼ାକ ସବୁ ବନ୍ଦ ହେବା ଉଚିତ।' ଉମେଶ ତାଚ୍ଛଲ୍ୟ ସ୍ୱରରେ ଉତ୍ତର ଦେଲା –

'ଆଃ! ଏଇଠି ତୁମେ ଭୁଲ କରିଛ କବି! ଏଇଟାକୁ କଣ ତମେ ସ୍ୱାଧୀନତା କୁହ! ଏଇଟା ମାତ୍ର କେତେଜଣ ଲୋକଙ୍କର ପୁଞ୍ଜି। ପ୍ରକୃତ ସ୍ୱାଧୀନତା ପାଇଁ ଆମକୁ ଆହୁରି ସଂଗ୍ରାମ କରିବାକୁ ପଡ଼ିବ। ସେ ସଂଗ୍ରାମ ଦେଶ ଦେଶ ଭିତରେ ନୁହେଁ, ଜାତି ଜାତି ଭିତରେ ନୁହେଁ, ମଣିଷ ମଣିଷ ଭିତରେ ନୁହେଁ। ସେ ସଂଗ୍ରାମ ହେବ ସର୍ବହରା ଶ୍ରେଣୀର ପୁଞ୍ଜିପତି ବିରୋଧରେ। ବିଶ୍ୱମୋହନ ଉତ୍ତର ଦେଲେ ନିର୍ବିକାରରେ।

'କିଛି ମନେ କରିବେନି ଆଜ୍ଞା – ଆପଣ କମ୍ୟୁନିଷ୍ଟ ଥିଲେ କି?' ଉମେଶ ବିନୀତ ଗଳାରେ ପଚାରିଲା। ଏତିକିବେଳେ ନିତ୍ୟାନନ୍ଦ ବିଛା କାମୁଡ଼ିଲା ପରି ଦର୍ପଣଟା ପାଖରୁ ଉଠିଆସିଲା ମୋ ପାଖକୁ। ଚିତ୍ରକର ପୂର୍ଣ୍ଣଚନ୍ଦ୍ରଙ୍କ ଦୁଇ ଓଠ ପୁଡ଼ା ମେଲି ହୋଇଯାଇଛି ବିସ୍ମୟରେ। ମୁଁ କିଛି ନ କହି ଓଠ କାମୁଡ଼ି ସରଳ ଅଛି ବୋଲି ନିଜକୁ ପରିଚୟ ଦେଲି। ହେଲେ ଭଗବାନ୍‌ଙ୍କୁ ମନେ ମନେ ଡାକୁଥାଏ।

'ଏଇଠି ତୁମର ଭୁଲ ହେଲା ଉମେଶ। ସରଳ ରାସ୍ତାରୁ ଟିକିଏ ବଙ୍କେଇଗଲେ ତୁମେ କହିବ କମ୍ୟୁନିଷ୍ଟ ବୋଲି। ମୁଁ ଯାହା କହୁଛି ତାହା ଗାନ୍ଧିଙ୍କର କଥା। ତାଙ୍କର ଏଇ ଲକ୍ଷ୍ୟ ଥିଲା। ସର୍ବହରା ଶ୍ରେଣୀ ପାଇଁ ସେଇ ତ ପ୍ରଥମେ ଡାକ ଦେଲେ ଏ ଦେଶରେ। ଆମେ ସମସ୍ତେ ତାଙ୍କରି କଥା ଶୁଣି ସ୍ୱାଧୀନତା ଅଗ୍ନିରେ ଝାସ ଦେଇଥିଲେ। କମ୍ୟୁନିଷ୍ଟମାନଙ୍କର ପ୍ରଶ୍ନ ଉଠୁଛି କାହିଁ?'

ଉମେଶ ରାଗିଉଠୁଛି। କଥାର ମୋଡ଼ ଘୂରାଇ ଦେବା ନିହାତି ଆବଶ୍ୟକ। ମୁଁ କିଛି କହିବାକୁ ନ ଦେଇ ତରତର କହି ପ୍ରଶ୍ନ କଲି – 'ଆପଣ କ'ଣ ଯୁଦ୍ଧରେ ନାଁ ଲେଖାଇଥିଲେ ବିଶ୍ୱମୋହନବାବୁ!'

ସେ ସଙ୍ଗେ ସଙ୍ଗେ ଉତ୍ତର ଦେଲେନି। ମୁଁ ମୁହଁ ତଳକୁ ପୋତି ତାଙ୍କ ଗୋଡ଼କୁ ଅନାଇଛି। ଯୁଦ୍ଧରେ ମିଶି ନ ଥିଲେ ଗୋଡ଼ ଏମିତି ହୋଇଥାଆନ୍ତା କାହିଁକି?

'ଓଃ! ଏଇ ଗୋଡ଼କୁ ଦେଖି ପଚାରୁଛ ପରା? ହାୟ! ସେଇ ବ୍ରିଟିଶ୍ ସରକାରର ଗୋଲାମ ହେବାର ଦୁର୍ଭାଗ୍ୟ ମୋର ହୋଇ ନ ଥିଲା! ଏ ଗୋଡ଼ ମିଲିଟାରୀ ପୁଲିସର ଗୁଳିରେ ଏମିତି ହୋଇଛି। ୧୯୪୨ ଆନ୍ଦୋଳନ। ଆଃ! ତମେ ତ ସେତେବେଳେ ପିଲା। କ'ଣ ବୁଝିବ ସେତେବେଳକାର ଉତ୍ତେଜନା, ସେତେବେଳକାର ମନର ଅବସ୍ଥା। କେତେ ଲୋକ ମଲେ। ମୋର ତ ଖାଲି ଏଇ ଗୋଡ଼ଟି ...!'

ତାଙ୍କ ଆଖି ଅତୀତର ସ୍ୱପ୍ନଭସାବାଦଲ ଖଣ୍ଡ। ଆଖି ଯେପରି ସେ ଦିନର ସବୁ ଦୃଶ୍ୟ ଦେଖୁଛି। ସେ ଉତ୍ତେଜିତ ହୋଇ ପଡୁଛନ୍ତି। ମୁଁ ତରତରରେ ହିସାବ କରି କହିଲି–

'ଆଜ୍ଞା ! ମୋର ସେତେବେଳକାର କୌଣସି ଘଟଣା ମନେ ନାହିଁ। ସ୍କୁଲରେ ବୋଧେ ଯାଇଁ ଏମିତି ଟିକେ ଟିକେ ବସୁଥିଲି। ସ୍ୱାଧୀନତା ଉତ୍ସବଟା ଜୋରସୋରରେ ପାଳନ କରାଯାଇଥିଲା ନା ତେଣୁ ମୋର ଲଡୁ ଖାଇବା କଥାଟା ଟିକେ ଟିକେ ମନେ ଅଛି ! ଆପଣମାନେ ହେଲେ ତ୍ୟାଗୀ ପୁରୁଷ। ଜୀବନ ଦେଇ ଆପଣମାନେ ଦେଶକୁ ସ୍ୱାଧୀନ କଲେ। ଆଉ ଆମ୍ଭେମାନେ କୁଳାଙ୍ଗାର - ସମ୍ମାନ ଟିକିଏ ବି ଦେବାକୁ ଶିଖିଲୁନି।' ମୁଁ କଣ୍ଠରେ ଯଥାସମ୍ଭବ ଗ୍ଲାନି ଫୁଟେଇବାକୁ ଚେଷ୍ଟା କରୁଥିଲି। ଉମେଶ ମତେ ପଛଆଡୁ ଚିମୁଟି ଦେଲା ପୁଳାଏ।

'ଆହା ! ବ୍ୟସ୍ତ କାହିଁକି ? ଆପଣମାନେ ଫେର୍ ଏଇ ସ୍ୱାଧୀନତାକୁ ଗଢ଼ିବେ। ନୂଆ ରୂପ ଦେବେ। ଆମ୍ଭମାନଙ୍କ ବେଳ କାଳତ ସରିଲା।' ସେ କହୁ କହୁ ଦୀର୍ଘ ନିଃଶ୍ୱାସ ଛାଡ଼ିଲେ। ଯେପରି ସେ ଏକ ପ୍ରବୀଣ ନେତା ବା କର୍ମୀ ଓ ଉମେଶ ଅନାଇ ପରିହାସରେ ହସୁଛି ମତେ।

ବିଶ୍ୱମୋହନ ପୁଣି ଆରମ୍ଭ କଲେ - 'ଆଜିକାଲିକାର ପିଲା ତମେ। ନୂଆ କଥା ଭାବିବ - ନୂଆ କଥା ଚିନ୍ତା କରିବ। ପାଞ୍ଚଜଣ ଦଶଜଣ ଏକାଠି ହୋଇ ଆଲୋଚନା କଲେ କିଛି ନୂଆବାଟ ନିଶ୍ଚୟ ଦେଖାଯିବ। ଆମେ କଣ ଆଉ ତମମାନଙ୍କ ଭଳି ଏମିତି ଥିଲୁ ? କେତେ ସିରିଅସ୍ ଥିଲା ସେ ବେଳର ଯୁବସମାଜ। ତମମାନଙ୍କର ତ ଆଉ କିଛି ଚିନ୍ତା ନାହିଁ - ଖାଲି ସିନେମା, ଥିଏଟର, ସଙ୍ଗୀତ, ନୃତ୍ୟ, କାବ୍ୟକବିତାରେ ବେଳ ଗଲା। ଗଠନମୂଳକ ଚିନ୍ତା ସୃଷ୍ଟି କରିବ କିଏ'।

ନିତ୍ୟାନନ୍ଦ ଉଠି ଆସିଲେଣି ପାଖକୁ। ନୂତନ ଯୁବସମାଜର ଅଗ୍ରଣୀ ସେ। ଏମିତି ଆଲୋଚନାରେ ତା'ର ଜ୍ଞାନ ଉନ୍ମୁକ୍ତ ହେବ। ଉମେଶକୁ ପାଇଖାନା ଲାଗିଲାଣି। ସେଇ ତା'ର ଏକାନ୍ତ ଆଶ୍ରୟସ୍ଥଳୀ ବିଶ୍ୱମୋହନଙ୍କ କବଳରୁ ରକ୍ଷା ପାଇବା ପାଇଁ। ସେ ଚାଲି ଯାଉଁ ଯାଉଁ ବିଶ୍ୱମୋହନ ତାକୁ ଅଟକାଇଲେ -

'କିହୋ କବି ! ବୟସ ଥିଲା - ଆମେବି କବିତା ଲେଖୁଥିଲୁ। ତୁମେ ଏମିତି ଛାନିଆ ହେଉଛ କାହିଁକି ? ତୁମ କବିତା ପଢ଼ିବାକୁ ଝିଅଗୁଡ଼ା ଯେମିତି ଉହଳ ବିକଳ ହେଉଛନ୍ତି, ଆମ ବେଳେବି ସେମିତି ହେଉଥିଲେ। ଝିଅଗୁଡ଼ାକ ଯୁଗ ଯୁଗ ଧରି ସେମିତି ହୁଅନ୍ତି। ଟିକିଏ କିଛି ଆଖି ଦେଖାଣିଆ କର, ଝିଅଗୁଡ଼ାକ ତୁମକୁ ବାଟଘାଟ ଚଲେଇ ଦେବେନି। ବାଟରେ ଘାଟରେ କି ଘରେ ସବୁଠି ଦେଖିବ ସେମାନେ ମେଳା ମେଳା ହେବେ। କିନ୍ତୁ ସେଗୁଡ଼ା ନିହାତି ବାଜେ - ତମର ପ୍ରତିଭାର ବିକାଶ ପଥରେ ସହାୟ ନ ହୋଇ ହେବେ ଅନ୍ତରାୟ। ଦେଖିଲେ ତ ବଡ଼ ବଡ଼ ଆଖିରେ କାଲି ଚହଲି ଉଠିବ ପାଣି। କିଛି ତମକୁ କରାଇ ଦେବନି। ବାବୁ !

ସାବଧାନ ରୁହ। ଜୀବନରେ ଯଦି କିଛି ଭଲ କାମ କରିବାକୁ ନାଁ କମେଇବାକୁ ଚାହଁ ସେଇମାନଙ୍କଠୁ ଦୂରରେ ରହ।'

ଉମେଶ ଦୁଇ ପାହାଚ ତଳକୁ ଆସିଥିଲେ ବି ଆସ୍ତେ ଆସ୍ତେ ଉଠିଆସିଲାଣି ପୁଣି ସେତିକି ଉପରକୁ।

'ଆଜ୍ଞା! ଆପଣ କ'ଣ ...!' ଉମେଶ ଅଟକଉଛି।

ମୁଁ ମନେ ମନେ ଭୟରେ ଶିହରି ଉଠିଥିଲି। କାରଣ ଉମେଶ କିଛି ନା କିଛି ଗୋଟାଏ ଅଖାଡୁଆ ପ୍ରଶ୍ନ କରିବ। ଯଦି ସେ ପଚାରିଦିଏ ବିଶ୍ୱମୋହନଙ୍କୁ ସେ ପ୍ରେମ କରିଥିଲେ କି ନାହିଁ ତେବେ? ଇସ୍! ଏତେ ବଡ଼ ଦେଖାଚାହାଁଟା ସେ ନ କରନ୍ତା କି ଭଗବାନ୍! କିନ୍ତୁ ତାକୁ କିଛି କହିବାକୁ ନ ଦେଇ ବିଶ୍ୱମୋହନ ଆରମ୍ଭ କଲେ – 'ହଁ ହେ ଉମେଶଚନ୍ଦ୍ର! କିଛି ନୂଆ କଥା ତମେ। ପୃଥିବୀ ଯେଉଁକାଳୁ ସୃଷ୍ଟି ହେଲାଣି, ପ୍ରେମ ବୋଲି ଏକ ପଦାର୍ଥ ସେଇ କାଳରୁ ସୃଷ୍ଟି ହେଲାଣି। ଅବଶ୍ୟ ତୁମମାନଙ୍କ ପରି ତରଳ ଛଳଛଳ, କଳକଳ ପ୍ରେମ ରାଜରାସ୍ତା ଉପରେ ଦେଖାଉ ନ ଥିଲୁ। କି ନଦୀପଠା ଉପରେ କାନ୍ଧକୁ କାନ୍ଧ ଦେଇ ବସିବାକୁ ସୁଯୋଗ ପାଉ ନ ଥିଲୁ କି ଏମିତି ଅବାଧ ମିଳାମିଶା କରିପାରୁ ନ ଥିଲୁ। ଆମ ପ୍ରେମ ଥିଲା ଉନ୍ନତ...!'

'ହଁ ଆଜ୍ଞା! ନିଶ୍ଚୟ ଥବ! ଯେତେହେଲେ ଆପଣମାନେ ଆମ୍ଭମାନଙ୍କଠୁ କେତେ ଉଚ୍ଚରେ, କେତେ ମହାନ୍ ଓ ପବିତ୍ର। ପ୍ରେମ ମଧ୍ୟ ସେମିତି ସେତିକି ଅନୁପାତରେ ଉନ୍ନତ ଥିବ ରକ୍ତମାଂସ ଶରୀରର ପ୍ରଶ୍ନ ସେଠାରେ ଆଦୌ ନ ଥିବ। ଆମେମାନେ ଆଜ୍ଞା ନରକର କୀଟ, ଧର୍ମ ନାହିଁ, ସଂସ୍ଥା ନାହିଁ, ନୀତି ନାହିଁ, ବିଶ୍ୱାସ ନାହିଁ କିଛି ତ ଆମର। ଆଉ ପ୍ରେମ କେମିତି ଉନ୍ନତଧରଣର ହେବ?'

ଉମେଶର ବାକ୍‌ଚାତୁରୀ ପ୍ରଗଲ୍‌ଭତା ସହିତ ମୁଁ ବେଶ୍ ପରିଚିତ। ମୁଁ ଜାଣେ ସେ କାହିଁକି ନିଜର ବିନୟ ଏତେ ପ୍ରକାଶ କରୁଛି। କାଲି ଖରାବେଳେ କଲେଜଫେରନ୍ତି ନୀଳିମା ଯେ କବାଟରେ ଠକ୍ ଠକ୍ କରି ଡାକି ଉମେଶ ସହ କଥାବାର୍ତ୍ତା କରିଥିଲା – ସେଇଟାକୁ ବିଶ୍ୱମୋହନ ଭୁଲି ନାହାନ୍ତି! ସେଥିପାଇଁ ଏତେ ବଡ଼ ଗୌରଚନ୍ଦ୍ରିକା ସେ ଦେଇଛନ୍ତି। କଥା ବିଶେଷରେ ତାକୁ ଆକ୍ଷେପ ବି କରିସାରିଲେଣି। କିନ୍ତୁ ଉମେଶର ତେଣିକି ନଜର ନାହିଁ।

'ସ୍ୱାଧୀନତା ଆନ୍ଦୋଳନରେ ଝାସ ଦେଲାବେଳେ ନିଶ୍ଚୟ ଏ ଝିଅଗୁଡ଼ା ଆପଣଙ୍କୁ ହଇରାଣ କରିଥିବେ। ତା'ପରେ ଆପଣ ଖୁବ୍ ସୁନ୍ଦର ବକ୍ତୃତା ଦେଉଥିଲେ, କାବ୍ୟକବିତା ବି ଲେଖୁଥିଲେ। ଆପଣ ବୟାଳିଶ ଆନ୍ଦୋଳନ ବେଳେ ଯେଉଁ ଓଜସ୍ୱିନୀ ଭାଷଣ

ଦେଇଥିଲେ ଲୋକେ ତାକୁ ଆଜିପର୍ଯ୍ୟନ୍ତ ଭୁଲି ନାହାନ୍ତି। କେତେ ଲୋକଙ୍କଠାରୁ ତ ଆପଣଙ୍କ କଥା ଶୁଣେ'।

ବିଶ୍ୱମୋହନ ଚଉକିଟା ଉପରେ ଝୁଲୁଛନ୍ତି। ତାଙ୍କର ପଙ୍ଗୁ ଛୋଟା ଗୋଡ଼ଟା ବି ରହି ରହି ତାଳ ଦେଇ ଝୁଲୁଛି। ମୁଁ ଜାଣିପାରିଲି ଆଜି ଆଉ ସେ ଉଠିବା କଥା ନୁହେଁ। ଉଠୁ ଉଠୁ ଯେ ବସନ୍ତି, ସେ ଆଉ ନ ଉଠନ୍ତି ସହଜରେ!

ଜାଣିଲ ଉମେଶ! ଆମ ଅମଳରେ ଯେମିତି ଭାଷଣ ଦିଆ ହେଉଥିଲା; ଯେଉଁ ଭାଷା, ଯେଉଁ ଉପମା ଅଳଙ୍କାର, ସେ ଆଉ ଏବେ କାହିଁ କହିଲ? ଖାଲି ଗୁଡ଼ାଏ ଯା' ଇଚ୍ଛା ତା କହି, ଯେଣୁତେଣୁ ତେଣୁ ଲେଖି ଗଣଭାଷା, ଗଣଭାଷା ଚିତ୍କାର କରି ଛାଡୁଛନ୍ତି ହେଲେ ସେବ କାଳ କଥା ...

'ହଁ ଆଜ୍ଞା! ଝିଅଗୁଡ଼ା ନିଶ୍ଚୟ ଭାଷଣ ଅଗ୍ନିରେ ସଭାସମିତିରେ ପୋଡ଼ିଜଳି ବେହୋସ ହୋଇଯାଉଥିବେ। ଆଜିକାଲି ଝିଅଗୁଡ଼ା ଘୋଡ଼ା ଭଳି, ଆପଣ ଯଦି କିଛି କହିବେ ହେଁ ହେଁ ହୋଇ ଗଡ଼ିଯିବେ ପରା। କାନରେ ହାତ ଦେବ - ଯେମିତି କିଛି ଶୁଣିବାକୁ ତାଙ୍କ ମନ ନ ଥିବ!'

ଉମେଶ ନ ଛାଡ଼େ! ସେ ଯେମିତି ହେଲେ ତାଙ୍କ ପ୍ରେମର ଇତିହାସ ପୁଙ୍ଖାନୁପୁଙ୍ଖ ଶୁଣିବ। ବିଶ୍ୱମୋହନଙ୍କ ମୁହଁ ଅସମ୍ଭବ ରକମର ନରମ ହୋଇଉଠିଛି।

'ହଁ, ବୁଝିଲ ନା ଉମେଶ। ତୁମର ମାଉସୀ ହେବେତ ଆଉ କଣ? ଆଜିକାଲି ସିନା ଝିଅଗୁଡ଼ା ପୁଅଙ୍କ ସଙ୍ଗରେ ପଢ଼ିଲେଣି, ସେତେବେଳେ ତ ଏ ସବୁ ନ ଥିଲା। ଗାଁ ମାଇନର ସ୍କୁଲରେ ପଢ଼ି ଆସିଥିଲେ କଟକରେ ଟ୍ରେନିଂ ନେବେ କ'ଣ ଗୋଟେ! ବାପରେ ବାପ୍। ତା'ପରେ ଚାଲିଲା ଅମୁକ ସଭାକୁ ସମୁକ ସମିତିକୁ! ଆଉ କି ଛାଡ଼ନ୍ତି। ମୁଁ ତ ଜେଲରେ ଥାଏ ସେତେବେଳେ, କାନରେ ଖାଲି କାଁ ଭାଁ ବାଜୁଥାଏ ତାଙ୍କ କଥା। ଆନ୍ଦୋଳନ ସେମିତି ଚାଲୁ ରଖୁଥାନ୍ତି ତମ ମାଉସୀ। ଶେଷକୁ ଉମେଶ! ପୁଲିସ୍ ଗୁଳିରେ ପ୍ରାଣ ଦେଲେ ସେ। ଆଗକାଳର ଝିଅଗୁଡ଼ା ଏମିତି ନସମା ବି ନ ଥିଲେ। ସବୁ କଥାକୁ ଆଗ ତିଆର! ତା'ପରେ? କେତେ ବାହାଘର ପ୍ରସ୍ତାବ ଆସିଛି, ମୁଁ ସବୁ ଆଡ଼େଇ ଦେଇଛି। ଏବେ କାଳ ପିଲା ତମେ ଏମିତି ରହିପାରନ୍ତ ନା? କେତେ ଝିଅ ଚିଠି ଲେଖିଛନ୍ତି ମତେ ପ୍ରେମ ନିବେଦନ କରି, ସୁବିଧା ହେଲେ କେବେ ଦେଖେଇବି! ଉମେଶ ମୋ ଟ୍ରଙ୍କରେ ସେଗୁଡ଼ା ରହିଛି। ହେଲେ ମୁଁ ଟଳିବା ଲୋକ ନୁହେଁ। ତାଙ୍କରି ସ୍ମୃତି ସେମିତି ମୋ ମନରେ ଅକ୍ଷୁଣ୍ଣ ରହିଛି। ତମେମାନେ କେହି ପାରି ନ ଥାନ୍ତ!'

ବିଶ୍ୱମୋହନ କ୍ଷଣିକ ପାଇଁ ଗମ୍ଭୀର ହେଲେ। ଉମେଶ ଟିକିଏ କ'ଣ ଭାବିଲା

ପରି ମତେ ଲାଗିଲା। ପୂର୍ଣ୍ଣଚନ୍ଦ୍ର ସେମିତି ନିତ୍ୟାନନ୍ଦ ପକେଟରେ ହାତ ପୂରାଇ ଘରେ ପଦଚାରଣ କରୁଛନ୍ତି, ମନେ ମନେ ନିଜକୁ ତିଆରି କରୁଛନ୍ତି ଅବା! ମୁଁ ସିଗାରେଟ ଚା'ର ବରାଦ ପାଇଁ ଉଠିଆସିଲି ବସିବା ଜାଗାରୁ।

ଗୋଟାଏ ମିନିଟ ପରେ ମୁଁ ଫେରିଆସିଛି। ଆଶ୍ଚର୍ଯ୍ୟ ହେଲି। ବିଶ୍ୱମୋହନ ଯିବା ପାଇଁ ଉଠି ଛିଡ଼ା ହେଲେଣି। ମୁଁ ବ୍ୟସ୍ତ ହୋଇପଡ଼ି କହିଲି - ଏ କ'ଣ? ଆପଣ ଉଠୁଛନ୍ତି କାହିଁକି? ବସନ୍ତୁ ବସନ୍ତୁ - ଚା' ଖାଇ ଯିବେ!'

ସେ ଶୀର୍ଣ୍ଣ ହସ ହସିଲେ। ତାଙ୍କ ମନରେ ବିଷାଦର ଛାୟା! ମୁଁ ଉମେଶକୁ ଅନାଇଲି। ହୁଏତ ସେ ତାଙ୍କୁ କିଛି କହିଛି, କିନ୍ତୁ ଉମେଶ ବି ବଡ଼ ଆଶ୍ଚର୍ଯ୍ୟ ଭଙ୍ଗୀରେ ଠିଆ ହୋଇଛି କିଛି ନ ବୁଝିଲା ପରି। ନିତ୍ୟାନନ୍ଦ ଦ୍ୱାର ବନ୍ଧ ପାଖରେ ଛିଡ଼ା ହୋଇଛି ମତେ ଚାହିଁ!

ବିଶ୍ୱମୋହନ କିଛି ନ କହି ଶିଡ଼ି ଉପର ଦେଇ ତଳକୁ ଖସିଲେ ଆସ୍ତେ ଆସ୍ତେ। ମୁଁ ପରିଷ୍କାର ଦେଖିଛି ଦୁଇଠୋପା ଲୁହ ତାଙ୍କ ଆଖିରେ ଚହଲି ଉଠିଛି। କିନ୍ତୁ କାହିଁକି? ଗପ କରିବା ପାଇଁ ଯା'ର ଏତେ ଶ୍ରଦ୍ଧା, ଯେ ଲୋକେ ଖୋଜି ବୁଲନ୍ତି ଆଗ୍ରହରେ ସେ ପୁଣି ଏତେଗୁଡ଼ାଏ ଲୋକଙ୍କୁ ସୁବିଧାରେ ପାଇ ଚା' ସିଗାରେଟ ଛାଡ଼ି ଦେଇ ଚାଲିଗଲେ? ଆଶ୍ଚର୍ଯ୍ୟ!

ଆଗରୁ କେବେ ବିଶ୍ୱମୋହନ ଗପ ଶେଷ କରିଗଲା ପରେ ଆମେ ତିନିଜଣ ତାଙ୍କ କଥାଗୁଡ଼ା ଫେଣେଇ ଫେଣେଇ ସେଥିରୁ ବିଷ ଅମୃତ ସବୁ କିଛି ବାହାର କରୁ। ଆଜି କେହି କିଛି କାହାକୁ କରିପାରିଲୁନି। ହଠାତ୍ ଯେମିତି ଖଟ୍‌କିନା କେଉଁଠି ଗୋଟାଏ କ'ଣ ହେଲା - ବୀଣାର ସ୍ୱପ୍ନିଳ ସ୍ୱରରେ ରାଗିଣୀ ବେତାଳ ହେଲା!

ସନ୍ଧ୍ୟାବେଳେ ଉମେଶ ଆସି କହିଲା ମତେ - 'ଆରେ! ଶୋଇଛୁ କଣ, ଉଠ। ବିଶ୍ୱମୋହନବାବୁ ସକାଳୁ ଏଠୁ ଯାଇ କବାଟ ଦେଇ ଘରଭିତରେ କଅଣ କରୁଛନ୍ତି ଯେ ଏପର୍ଯ୍ୟନ୍ତ ଖୋଲି ନାହାନ୍ତି। ବାହାରକୁ ମୋଟେ ଆସି ନାହାନ୍ତି, ଖାଇବା ପିଇବା ବନ୍ଦ। ତାଙ୍କ ପୂଝାରୀ ଏଇକ୍ଷଣି ମତେ କହୁଥିଲା - ବାବୁ କ'ଣ ଯୋଗରେ ଅଛନ୍ତି। ଏମିତି କାଳେ ମଝିରେ ମଝିରେ ସେ କବାଟ ଦେଇ ରହନ୍ତି।' ଉମେଶ କହୁ କହୁ ହସି ଉଠୁଥିଲା ସତେବା ସିଏ ଏକ ରହସ୍ୟ ସମୁଦ୍ରରେ ସନ୍ତରଣ କରୁଛି।

ମୁଁ ଉଠି ବସିଲି। ସନ୍ଧ୍ୟାବେଳଟାରେ ଖାଲି ଡେଇଁ ଶୋଉ ଶୋଉ କେତେବେଳେ ଶୋଇପଡ଼ିଛି ମତେ ମାଲୁମ ନାହିଁ।

'ଏଁ! ଚାଲ-ଚାଲ, ଡାକିବା ତାଙ୍କୁ। ଯେତେ ହେଲେ ତ ତଳ ଉପର ହୋଇ ରହିଛେ। ବୁଢ଼ା ଲୋକ...?' ମୁଁ କହିଲି।

'ମୁଁ ଜାଣେ ତୋର ଗୋଟାଏ ଦୁର୍ବଳତା ଅଛି ତାଙ୍କ ପ୍ରତି। ତା' ବୋଲି ତୁ ପାଗଳ ହେଲୁନା କ'ଣ? ତାଙ୍କ ଇଚ୍ଛା ହେଲା ସେ ଦେଲେ କବାଟ। ଆମେ କ'ଣ ତାଙ୍କର କଲୁକି, ଯାଇଁ ତାଙ୍କୁ ଖୋସାମତ କରିବା। ପାଜି ବୁଢ଼ା ଏକନମ୍ବର ବଦମାସ୍। ନୀଳିମା କାଲି ଯେତେବେଳେ ଆସି ମତେ ଡାକୁଥିଲା, ମୁଁ ତ ସେତେବେଳେ ବଜାରରୁ ଫେରି ଖାଇ ବସିଥାଏ। ପୂଝାରୀ ହାତରେ ଖବର ପଠାଇଲି ତାକୁ ଅପେକ୍ଷା କରିବା ପାଇଁ। ବୁଢ଼ା ସେତେବେଳେ ଯାଇଁ ଗପ ଯୋଡ଼ିଦେଇଛି ତା' ସଙ୍ଗରେ। ତା' ବାପା ଓ ମା'ଙ୍କ ନାଁ, ଘରଦ୍ୱାର ସବୁ ବୁଝି ନେଇଛି। ନୀଳିମା କହୁଥିଲା ମତେ ଆଜି ସେ ଆଉ କଦାପି ଏଠାକୁ ଆସିବ ନାହିଁ। ସନ୍ଧ୍ୟାବେଳେ ପାଇଁ ବୁଢ଼ା ଛୋଟା ଗୋଡ଼ରେ ତାଙ୍କ ଘର ଚାରିପଟେ ବୁଲୁଛି। ନୀଳିମାର ପୂରା ସନ୍ଦେହ ହୋଇଥିଲା ଯେ ଏସବୁ କଥା ଅର୍ଥାତ୍ ତା' ମୋ ଭିତର ସମ୍ପର୍କଟା ସେ ତା'ର ବାପା ଓ ମା'ଙ୍କୁ କହିଦେଇଛି। ଭାଗ୍ୟକୁ ସେମାନେ ସନ୍ଧ୍ୟାବେଳେ ଘରେ ନ ଥିଲେ। ଉଃ! ବୁଢ଼ା ହେଲେ ଲୋକଙ୍କର ମୁଣ୍ଡ ଏମିତି ବିଗିଡ଼ି ଯାଏ। ଆଉ ଏମିତି ଯେଉଁମାନେ ଆଦର୍ଶ ଶବ୍ଦ, ଭାବପ୍ରବଣତା ଟିକିଏ କଥାରେ ଦେଖାନ୍ତି... ?'

ମୁଁ ତା' ପାଟିରୁ କଥା ଛଡ଼ାଇ କହିଲି – 'ନା! ଚାଲ ଦେଖିବା କ'ଣ ହେଉଛି! ହଠାତ୍ କଥାଟାର ପରିସମାପ୍ତି ଏମିତି ଉଦାସୀନତା ଦେଖାଇ ମୁଁ କରିବି ବୋଲି ସେ ଆଶା କରି ନ ଥିଲା। ଗୁଡ଼ାଏ ମନକୁ ମନ ବିଡ୍ ବିଡ୍ ହୋଇ ସେ ମୋ ସଙ୍ଗରେ ତଳକୁ ଆସିଲା, ହେଲେ ବିଶ୍ୱମୋହନଙ୍କ କୋଠରି ନିକଟରୁ ପାଞ୍ଚହାତ ଦୂରରୁ ଛିଡ଼ା ହୋଇ ରହିଲା।

କୋଠରି ଭିତର ଘନ ଅନ୍ଧକାର। ଝରକାର ଫାଙ୍କ ଦେଇ କିଛି ଦେଖାଯାଉନି। ଏମିତି ସେ ବେଳେ ବେଳେ ଚୁପ୍‌ଚାପ୍ ଘର ବନ୍ଦ କରି ବସିବା ସହିତ ମୋର ପରିଚୟ ଅଛି। ହଠାତ୍ ମନ ଭିତରଟା କେମିତି ଦବିଗଲା ଆଉ କିଛି ନୁହେଁ ତ... ? ଝରକାର ଫାଙ୍କ ଦେଇ ହଠାତ୍ ନାକରେ ବାଜିଲା ଧୂପକାଠିର ଗନ୍ଧ! ନା ନା କିଛି ନୁହେଁ। ଉମେଶର ଆଖିର ଉଦ୍‌ବେଗ ବେଶ୍ ଜଣାପଡୁଛି। ମୁଁ ହସୁ ହସୁ କହିଲି 'ନା'ରେ ବୁଢ଼ା ବଞ୍ଚିଛି ... ପାଗଳ ହେଲୁ, ଏମିତି କ'ଣ ଲୋକେ ମରିପାରନ୍ତି! ଧେତ୍ କବାଟ କିଲି ବୁଢ଼ା ବୋଧେ ପ୍ରେମପତ୍ର ପଢୁଛି!' ଉମେଶ ହସିଲା ତା'ର ଅନିଚ୍ଛାସତ୍ତ୍ୱେ!

ଟିଉସନକୁ ଯିବାର ବେଳ ମୋର ଅଧଘଣ୍ଟାଏ ଡେରି ହୋଇଗଲାଣି। ମୁଁ ବ୍ୟସ୍ତ ହୋଇ ପଡ଼ିଛି। ଜଣେ ବନ୍ଧୁଙ୍କର ବିବାହ ବାର୍ଷିକୀରେ କିଛି ଉପହାର କିଣି ଯୋଗ ଦେବାକୁ ହେବ। ନା! ଆଜି ବାଜେ କଥାରେ ଦିନଟା କେମିତି ଗୋଳମାଳିଆ ହୋଇଗଲାଣି। ଫେରୁ ଫେରୁ ରାତି କେତେ ହେଉଛି କେଜାଣି! ମୁଁ ସାଇକେଲ ଧରି

ପଦାକୁ ଆସି ଅଟକିଲି। ଉମେଶ ହାଁ ଟାଏ କରି ବୋକା ପରି ଛିଡ଼ା ହୋଇଛି। ମତେ ଦେଖି ଆସ୍ତେ କରି କହିଲା -

ମୋର କଥାଟା କିନ୍ତୁ ରଖ ଭାଇ! ମୁଁ ଏଠି ଅଣନିଶ୍ୱାସୀ ହୋଇଗଲିଣି - ମୁହୂର୍ତ୍ତେ ଆଉ ରହିବାକୁ ମୋର ମନ ନାହିଁ। ତୁ ଆଉ ଗୋଟାଏ ଘର କେଉଁଠି ଦେଖ! କଥାଟାରେ କେମିତି ମନେହେଲା ଟିକେ ଗାମ୍ଭୀର୍ଯ୍ୟ ଅଛି। ମୁଁ ହସିଲି - କହିଲି -

'ଉମେଶ! ନୀଳିମା ତେଣେ ଅପେକ୍ଷା କରିଥିବ ନା। ଦି ଦିନ ଦେଖା ହୋଇନି ତୋର - ମୁଣ୍ଡ ବିଗଡ଼ି ଗଲାଣି। ମୁଁ ଏ ଘର ବଦଳେଇବି ନାହିଁ। ବୁଢ଼ା ବିଶ୍ୱମୋହନ ନ ଥିଲେ ଏଠି ତୁ ଘରେ ଗୁଡ଼ାଏ ଝିଅଙ୍କୁ ପୂରାଇ ତାମସା କରନ୍ତୁନି... ହୁଁ!' ସେ କ'ଣ ଉତ୍ତର ଦେବ ଅପେକ୍ଷା ନ କରି ମୁଁ ଚାଲିଲି ସିଧା ଏକ ନିଶ୍ୱାସରେ।

ବନ୍ଧୁଙ୍କ ଘରେ ଖାଇପିଇ ଗପ ସପ ସାରି ଫେରୁ ଫେରୁ ରାତି ଅନେକ ହେଲାଣି। ରାସ୍ତା ନିଶୂନ ଲାଗୁଥାଏ। ମହାନଦୀର କାଲୁଆ ପବନ ଦେହରେ ବାଜୁଥାଏ। ମନରେ ପ୍ରମାଦ ଗଣୁଥାଏ। ଏତେ ଭଲ ଖାଇବା ପରେ ଟିକିଏ ଆରାମରେ ନ ଶୋଇଲେ ସବୁ ସୁଖ ନଷ୍ଟ ହୋଇଯାଏ। କିନ୍ତୁ ପୂଝାରୀ ଗନ୍ଧରାଜ କବାଟ ଖୋଲିଲେ ତ? ଆଉ ଯଦି ବିଶ୍ୱମୋହନ ଦେଖା ହୁଅନ୍ତି...! ତାହେଲେ କୈଫିୟତ ଆଉ କିଛି ଗପ।

ଦୂରରୁ ହଠାତ୍ ଚମକି ପଡ଼ିଲି। ଏତେ ରାତିରେ ମେସ୍ ଦ୍ୱାର ମୁହଁରେ ଲାଇଟ୍ ସାମ୍ନାରେ ବିଶ୍ୱମୋହନଙ୍କ କୋଠରି ଭିତରଟା ମଧ୍ୟ ଲାଇଟ୍‌ରେ ଦୂରରୁ ପରିଷ୍କାର ବାରି ହେଉଛି ସେ ଖଟ ଉପରେ ଶୋଇଛନ୍ତି - ଏହା ମଧ୍ୟ ଜାଣି ହେଉଛି। କିନ୍ତୁ ଏ କ'ଣ? ମେସ୍ ସାରା ସମସ୍ତେ ବାରଣ୍ଡାରେ ଏପଟ ସେପଟ ହେଉଛନ୍ତି ...! ହଠାତ୍ ମନକୁ ପାପ ଛୁଇଁଲା - ନିସ୍ତେଜ ହାତ ଦୁଇଟା ଯେମିତି ଆଉ ସାଇକେଲ ଗଡ଼ାଇ ପାରୁନି।

ମୁଁ ଆସ୍ତେ କରି ଯାଇ ଉମେଶ ପାଖରେ ଛିଡ଼ା ହେଲି। ସେ ମୁଣ୍ଡରେ ହାତ ଦେଇ ବସିଛି। ମୁହଁ ତା'ର ବିବର୍ଣ୍ଣ! ମୋର ନୀରବ ପ୍ରଶ୍ନର ଛୋଟ ଉତ୍ତରଟିଏ ସେ କାଗଜ ଖଣ୍ଡେ ବଢ଼େଇ ଦେଇ କହିଲା - 'ନେ ଆଗେ ପଢ଼! ତୁ ଏତେ ଡେରି କରି ଫେରିଲୁ! ସେ ଆଉ କିଛି କହିପାରୁନି - ମନେ ହେଲା ଯେମିତି ସେ ପାଟି ବନ୍ଦ ନ କଲେ କାନ୍ଦି ପକାଇବ। ମୁଁ ଥରିଲା ହାତରେ କାଗଜଟା ଖୋଲିଲି -

ଉମେଶ!

ଏ ଚିଠି ପଢ଼ିଲା ବେଳକୁ ତମେ ମୁଁ ହୁଏତ ମରଜଗତରେ ନ ଥିବି। ପୃଥିବୀର ସୁଖ ସୌନ୍ଦର୍ଯ୍ୟ ଉପଭୋଗ କରିବା ପାଇଁ ମୁଁ ଆଉ ଗୋଟିଏ କଲ୍ଲୋଳମୟ ପ୍ରଭାତକୁ ଅପେକ୍ଷା କରିବାର ସଂପୂର୍ଣ୍ଣ ଧୈର୍ଯ୍ୟ ହରାଇ ବସିଛି। କାରଣ ଜୀବନ ଓ ମରଣ ଭିତରେ ମୋ ପାଇଁ କୌଣସି ପାର୍ଥକ୍ୟ ନାହିଁ।

ସମୟେ ସମୟେ ତମେ ମୋତେ ନେଇ ଧୈର୍ଯ୍ୟ ହରାଇବସ। ମୋର କଥାବାର୍ତ୍ତା ତମକୁ ବ୍ୟସ୍ତ କରେ। ତଥାପି ତମକୁ ଦେଖିଲେ ତମ ସହିତ କିଛି କଥାବାର୍ତ୍ତା ଆଳାପ କଲେ – ଏ ଭଗ୍ନ ହୃଦୟରେ ଆଶା ସଂଚାର ହୁଏ, ଆଉ କିଛିଦିନ ବଞ୍ଚିଯିବା ପାଇଁ। କିନ୍ତୁ ତା' ଆଉ ସମ୍ଭବ ନୁହେଁ ଉମେଶ ! ବହୁଦିନ କ୍ଳାନ୍ତ ହେଲା ପରେ ମୋର ଦେହ ମନ ସବୁ ବିଶ୍ରାମ ଚାହେଁ। ତା' ପୂର୍ବରୁ ତମକୁ ଗୋଟିଏ ଛୋଟିଆ ଅନୁରୋଧ କରିଯିବି – ଜୀବନରେ ବହୁତ ଚେଷ୍ଟା କରିଛି କିନ୍ତୁ ପାଇନି। ଆଶାକରେ ତୁମେ ତାକୁ ରକ୍ଷା କରିବାକୁ ଚେଷ୍ଟା କରିବ।

ଆଜି ସକାଳେ ହଠାତ୍ ମୁଁ ଟିକିଏ ଭାବପ୍ରବଣ ହୋଇପଡ଼ିଲି। ତମେ କବି, ତମେ ଲେଖକ। ଭାବ ଆଉ କଥାର ଖୋରାକ ଯୋଗାଡ଼ କରିବା ତମର ଧର୍ମ। ତେଣୁ ତମେ ପ୍ରଶ୍ନ କରୁଥିଲ ମୁଁ ଉତ୍ତର ଦେଉଥିଲି ଏକ ଖେୟାଲରେ। କିନ୍ତୁ ହଠାତ୍ ଅଟକିଗଲି – କାହିଁକି ଜାଣ ? ମନର ସୂକ୍ଷ୍ମତମ ତନ୍ତ୍ରୀରେ ଏକ ଅଜଣା ଆଘାତରେ ବଡ଼ ଅପ୍ରସ୍ତୁତ ଅବସ୍ଥାରେ ମୁଁ ଭାଙ୍ଗି ପଡ଼ିଲି। ସ୍ୱାଧୀନତା ଆନ୍ଦୋଳନ ଏ ଦେଶକୁ ସ୍ୱାଧୀନ କରିଛି, ଧନଧାନ୍ୟ, ସୁଖସମ୍ଭୋଗ ଦେଇଛି। ହୁଏତ... କିନ୍ତୁ ମୁଁ ପାଇଛି କ'ଣ ? ମୁଁ ହୋଇଛି ପଙ୍ଗୁ ... ସେଥିପାଇଁ ଶୋଚନା ନାହିଁ... କିନ୍ତୁ।

ତମକୁ ମୋହିନୀଙ୍କ କଥା କହୁଥିଲି। ଖୁବ୍ ଅଳ୍ପ ପାଠ ପଢ଼ିଥିବା ଗାଁର ଝିଅ ସେ। ତଥାପି ମତେ ମାନିବାକୁ ହେବ ସେ ଯେମିତି ଅନ୍ୟମାନଙ୍କଠୁ ସ୍ୱତନ୍ତ୍ର, ଅନ୍ୟମାନଙ୍କଠୁ ଟିକିଏ ଭିନ୍ନ। ଗାନ୍ଧିଙ୍କର କାତର କଣ୍ଠ, ଜବାହରଙ୍କର ବଜ୍ର ଗମ୍ଭୀର ନିର୍ଦ୍ଦେଶ ଆଉ ସୁଭାଷଙ୍କର ରଣଭେରୀ ଯେତେବେଳେ ଏ ଦେଶର ପ୍ରତିଟି ଧୂଳିକଣାକୁ ଅସ୍ଥିର ଆବେଗମୟ କରି ତୋଳିଥିଲା, ସେତେବେଳେ ମୁଁ ସମ୍ମାନାସ୍ପଦ ଚାକିରିରୁ ଇସ୍ତଫା ଦେଇ ଆନ୍ଦୋଳନରେ ଝାମ୍ପଦେଲି। ଭାବିଥିଲି ମୋହିନୀ ମତେ ବାଧା ଦେବ – କିନ୍ତୁ ତା' ନୁହେଁ, ହସି ହସି ସେ ମୋତେ ବିଦାୟ ଦେଲେ ଗର୍ବ ଓ ଆନନ୍ଦରେ। ପୃଥିବୀରେ ସେଦିନ ମୁଁ ନିଜକୁ ସର୍ବଶ୍ରେଷ୍ଠ ସୁଖୀମଣିଷ ବୋଲି ଭାବିଥିଲି ତା'ପରେ ?

ଜେଲରେ ଥାଇ ଖବର ପାଇଲି ମୋହିନୀ ଆନ୍ଦୋଳନରେ ଯୋଗ ଦେଇଛନ୍ତି। ସମଗ୍ର ନାରୀ ସମାଜକୁ ସେ ଦେଇଛନ୍ତି ଆହ୍ୱାନ। ଗର୍ବରେ ଛାତି ଫୁଲି ଉଠିଥିଲା ସେଦିନ। ଖବରକାଗଜରେ ତାଙ୍କର ଭାଷଣ, ଫଟୋ ଏବେବି ମୋର ସୁଟକେଶରେ ଥିବ !

ଜେଲରେ ଅନେକ ଦିନ ରହିବାକୁ ହେଲା। ମୋହିନୀଙ୍କୁ ଦେଖିବାକୁ ବେଳେ ବେଳେ ମନ ଅସ୍ଥିର ହୋଇପଡୁଥାଏ। ହଁ, ଆଉ ଗୋଟିଏ କଥା କହିବାକୁ ଭୁଲିଯାଇଛି। ମୁଁ ଜେଲକୁ ଆସିଲା ବେଳକୁ ପିତାର ଆସନରେ ବସିସାରିଥିଲି। ମୋର ଏକମାତ୍ର

କନ୍ୟାର ଗୋଟିଏ ଛୋଟିଆ ଫଟୋ ମୁଁ ନେଇ ଆସିଥିଲି ସାଥିରେ। ବେଳେବେଳେ ସେଇ ଫଟୋଟାକୁ ଧରି ମୁଁ ମୋ କନ୍ୟାର ଭବିଷ୍ୟତ୍‌କୁ ସ୍ୱପ୍ନ ଦେଖେ। ଅଜଣା ଆଶଂକାରେ ଅନେକ ରାତିରେ ମତେ ନିଦ ହୁଏ ନାହିଁ।

ତା'ପରେ ? ଭାରତ ହେଲା ସ୍ୱାଧୀନ, ମୁକ୍ତ ହେଲୁ ଆମେ। ଅସୀମ ଉତ୍ସାହ, ଆବେଗ ନେଇ ମୁଁ ଫେରିଲି ମୋହିନୀ ଓ ମୋ କନ୍ୟାଙ୍କ ସନ୍ଧାନରେ।

ତମକୁ ଏ ଚିଠି ପଢ଼ି ଦୁଃଖ ଲାଗିବ ଏଇ ମୁହୂର୍ତ୍ତରେ - ତା' ପଛକୁ ତମେ ସବୁ ଭୁଲିଯିବ। ମୋର ମଧ ଦେହସୁହା ହୋଇଗଲାଣି। ଲେଖିଲାବେଳେ ଆଉ ବାଧୁ ନାହିଁ।

ଗାଁରେ କେହି ମୋହିନୀଙ୍କ ଖବର ଦେଇପାରିଲେନି, କହିପାରିଲେନି, କହିପାରିଲେନି ପଦୁଟିଏ କଥା ମୋର କନ୍ୟା ସମ୍ବନ୍ଧରେ। ପିତାର ହୃଦୟ ମୋର ସେ ସମ୍ବାଦରେ ଯେ କିପରି ମର୍ମାହତ ହୋଇଥିବ ତୁମେ ତାହା ଅନୁଭବ କରିପାରିବନି। ଭଗ୍ନ ହୃଦୟରେ ଆଉ ବଞ୍ଚିବାକୁ ଇଚ୍ଛା ନ ଥିଲା ମୋର! ତଥାପି... କାଳେ ଯଦି କେବେ ମୋର କନ୍ୟା ଓ ସ୍ତ୍ରୀ ଫେରନ୍ତି...!!

ତା'ପରେ ବର୍ଷ ବର୍ଷ ବିତିଛି। ସଂଧାନ ପାଇନି। ଭାବିଥିଲି ଆଉ ସେମାନଙ୍କ ଦେଖା ମିଳିବନି।

କିନ୍ତୁ ହଠାତ୍ ସେଦିନ ନୀଳିମା ସହିତ ଦେଖା ହେଲା। ଖୁବ୍ ପାଖାପାଖି - ଖୁବ୍ ନିକଟରେ! ଚମକିପଡ଼ିଲି। ମାତ୍ର ତିନିବର୍ଷର କନ୍ୟାକୁ ମୁଁ ଛାଡ଼ିଆସିଥିଲି - ସ୍ମୃତିଶକ୍ତି ମୋର ଏବେବି ପ୍ରଖର ବୋଲି ମାନିବାକୁ ହେବ। ବାଁ କାନ ତଳକୁ ସେଇ ଚିକ୍କଣ କଳାଜାଇ ଚିହ୍ନଟି ଏବେବି ସେମିତି ଅଛି। ପଚାରିବାକୁ ସାହସ ପାଇଲାନି କିଛି। ଖାଲି ତାକୁ କିଛିକ୍ଷଣ ନିରୀକ୍ଷଣ କରି ଦେଖିଥିଲି। ସେ ହୁଏତ ମୋ ନାଁରେ ତମ ପାଖରେ ନାଲିସ୍ କରିଥିବ - ତମେ ଖରାପ ଦୃଷ୍ଟିରେ କଥାଟା ନେଇଥିବ। କିନ୍ତୁ ବିଶ୍ୱାସ କର ଉମେଶ - ନୀଳିମା ମୋର କନ୍ୟା - ମୋର ଜୀବନ ସାହାରାରେ ଏକମାତ୍ର ପୁଷ୍ପିତ ଉଦ୍ୟାନ। ତାକୁ ଏତେଦିନ ପରେ ପାଖରେ ପାଇ ମୁଁ ଛାଡ଼ିଥାନ୍ତି କିପରି! ସେଇଥିପାଇଁ ଅନୁସରଣ କରି ଯାଇଥିଲି ତା' ପଛରେ... ତା'ର ବାପା ଓ ମା'ଙ୍କ ଖବର ବୁଝିବା ପାଇଁ।

ସନ୍ଧ୍ୟାର ଛାପିଲା ଅନ୍ଧାର ଭିତରେ ସେ ଦେବଦାରୁ ଗଛ ପାଖରେ ମୋର ସମସ୍ତ ଦୃଷ୍ଟିଶକ୍ତିକୁ ଏକତ୍ରିତ କରି ମୁଁ ଯାହା ଦେଖିଲି ସେଥିରେ ମୋର ଆଉ ମୁହୂର୍ତ୍ତେ ଏ ପୃଥିବୀରେ ବଞ୍ଚିବାକୁ ଇଚ୍ଛା ନ ଥିଲା। ମୋହିନୀ - ସୁସଜ୍ଜିତ ବେଶପୋଷାକରେ ଯାଉଛନ୍ତି - ଆଉ ପାଖରେ ତାଙ୍କର ସମରେନ୍ଦ୍ର! ସମ୍ପର୍କରେ ମୋର ସେ ଭାଇ ହେବ।

ସେମାନଙ୍କ କାର୍ ଯେତେବେଳେ ମତେ ପାସ୍ କରିଗଲା, ସଞ୍ଜର ଧୂସର ଆକାଶରେ ପାଟଳ ବାନ୍ଧିଥିବା ଧୂଳି ଭିତରେ ମୁଁ ଦେଖୁଥିଲି ମୋର ସ୍ୱପ୍ନ କଳ୍ପନାର ଚରମ ପରିଣତି। ଫେରି ଆସିଲେ - ପରିଚୟ ଦେବାକୁ କି ନେବାକୁ ମୋର ଆଉ ଇଚ୍ଛା ନ ଥିଲା...!!

ମୋହିନୀଙ୍କ ପାଇଁ ମୋର ଗ୍ଲାନି ନାହିଁ। ବେଦନା ନାହିଁ। ସେ ସୁଖରେ ଅଛନ୍ତି - ମୁଁ ସୁଖୀ। କିନ୍ତୁ ନୀଳିମା ପିତାର ସ୍ନେହ ଯେ ପାଇନି, ମା'ର ଭଙ୍ଗୀ ଆଦର୍ଶ ଭିତରେ ଯେ ମଣିଷ ହୋଇଛି ତାକୁ ଦେଖିବ କିଏ??

ମୁଁ ଜାଣେ ଉମେଶ! ତୁମେ ତାକୁ ଭଲ ପାଅ। ତାକୁ ତମେ ସୁସ୍ଥ ମଣିଷ କରି ଗଢ଼ିବ - ଯେମିତି ପାଞ୍ଚଜଣରେ ସେ ମଣିଷ ହେବ। ତମେ କବି, ଲେଖକ କାଳ୍ପନିକ ଜଗତରେ ସୃଷ୍ଟି କରିଛ ସୁସ୍ଥ ସୁନ୍ଦର ମଣିଷ - ବାସ୍ତବ ଜଗତରେ ନୀଳିମା ହେଉ ତମର କଳ୍ପନାର ଜୀବନ୍ତ ପ୍ରତିମୂର୍ତ୍ତି! ସେ ଭୁଲ କରିବ - ତଥାପି ତମେ ତାକୁ ହୃଦୟ ଦେଇ ବୁଝିବ ପ୍ରାଣ ଦେଇ ଭଲ ପାଇବ, ଏତିକି ମୋର ଅନୁରୋଧ! ଏକାନ୍ତ ଅନୁରୋଧ।

ମତେ ଆଉ ଖୋଜିବନି ଉମେଶ! ମୋର ସମସ୍ତ କାମ ସରି ଯାଇଛି। ଜୀବନ ପ୍ରତି ଆଉ ମମତା ନାହିଁ, ମରଣ ପ୍ରତି ଆନ୍ତରିକତା ନାହିଁ। ତଥାପି ମତେ ଯିବାକୁ ହିଁ ହେବ। ଆଶାକରେ ନୀଳିମା ଓ ତୁମେ ମତେ ଭୁଲ୍ ବୁଝିବନି।

। ଇତି।

ବିଶ୍ୱମୋହନ

ଚିଠିଟା ପଢ଼ି ସାରିଲା ବେଳକୁ ଆଖିରେ ମୋର ଲୁହ ଜମାଟ ବାନ୍ଧି ଆସିଥିଲା। ଉମେଶକୁ ଚାହିଁଲି। ପିଲାଙ୍କ ଭଳି ଝର ଝର କାନ୍ଦୁଛି ସେ। ମୁଁ ତା' ହାତଧରି ଉଠାଇ କହିଲି - 'ଛିଃ ଛିଃ ପିଲାଙ୍କ ଭଳି କାନ୍ଦୁଛୁ! ତୋରି କଥା ହେବ - କାଲି ଏ ଘର ଆମେ ବଦଳେଇବା। ଚାଲ - ଉପରକୁ ଚାଲ!'

ମହାନଦୀର ଅଶାନ୍ତ ପବନରେ ବିଶ୍ୱମୋହନଙ୍କ କୋଠରିର ଝରକା ବାଡ଼େଇ ହୋଇଯାଉଛି ବାରମ୍ବାର। ଆକାଶର କେଉଁ ଏକ ନାମହୀନ ତିଥିରେ ଚନ୍ଦ୍ର ଅସ୍ତ ହେବା ଉପରେ।

■

ଦୂର ପାହାଡ଼ ଓ ନୀଳକଇଁ

'ମାନସୀ! ମାନସୀ'!

ଦୁଇଥର ଯେମିତି ଗଳା ଝୁଙ୍କାଇ ଅସହାୟ ଭାବରେ ଡାକିଲେ ହିମାଂଶୁ। ପଶ୍ଚିମ ଦିଗନ୍ତରେ ସୂର୍ଯ୍ୟ ଢଳି ପଡୁଛି ଆସ୍ତେ ଆସ୍ତେ। ହିମାଂଶୁ ବୋଧେ କ୍ଳାନ୍ତ, ଅତିମାତ୍ରାରେ କ୍ଳାନ୍ତ।

ରୋଷେଇଘରୁ ଉଠିଆସିଲେ ମାନସୀ। ଲୁଗା ଦେହ ମୁଣ୍ଡ ସବୁ ଯେମିତି ଅସ୍ତବ୍ୟସ୍ତ। ହିମାଂଶୁ ଅଫିସରୁ ଫେରିଲେ କାହିଁ କେବେ ତ ଏମିତି ବ୍ୟସ୍ତ ହୋଇ ଡାକନ୍ତି ନାହିଁ। ଦିନେ ଦିନେ ଚୁପ୍‌ଚାପ୍ ସିଧା ଯାଇ ରୋଷେଇଘରେ ହାଜର ହୋଇ କୁହନ୍ତି – 'ଉଠ ମାନସୀ! ଏଇ ରୋଷେଇ କରି କରି ତମେ ଆଉ କିଛି କରିପାରିଲିନି ଜୀବନରେ। ତମକୁ ବା ମୁଁ କ'ଣ ଦେଇଛି – ଚାଲ ଉଠ। ଉଠିଲ!' ମାନସୀ ନ ଉଠିଲେ ସେ ଜବରଦସ୍ତ ହାତଧରି ଉଠାଇ ନିଅନ୍ତି। କିନ୍ତୁ ଆଜି ଯେମିତି ମନେହେଲା ସେଇ କଣ୍ଠରେ ଗୋଟାଏ କ'ଣ ରହିଛି – ଯେ ତାଙ୍କ ରୋଷେଇ କରିଦେବନି ବାହାରକୁ ବି ଝାଡ଼ି ଦେବନି। ମାନସୀ ଆସି ଛିଡ଼ା ହେଲେ ପାଖରେ। ହିମାଂଶୁ ଲୁଗା ଝାଡ଼ି ନାହାନ୍ତି। ପଥଶ୍ରମର ଝାଳ ଓ ଧୂଳି ସେମିତି ରହିଛି। ମୁହଁରେ ଜମିଛି ଠୋପାଏ ଠୋପାଏ ଝାଳ!

'ଶୁଣ ମାନସୀ! ପାଖକୁ ଆସ। ତମେ ତ ମୋ ପାଇଁ ଅନେକ କଷ୍ଟ ସହିଛ ଓ ସହିବ ବୋଲି ପ୍ରତିଜ୍ଞା କରିଛ, କିନ୍ତୁ ଗୋଟାଏ କାମ ଯଦି ତମେ ମୋ ପାଇଁ କରନ୍ତ ମାନୁ! ପାରିବ ...?'

'ଆହା! କ'ଣ କହୁନ କାହିଁକି ଶୁଣେ। ସବୁବେଳେ ଖାଲି ନାଟକ ମତେ ଭଲଲାଗୁନି। କ'ଣ ହୋଇଛି ଶୁଣେ? ଆଉ ଜଣକୁ ବାହା ହେବାକୁ ମନ ହେଉଛି ନା କ'ଣ?' ହସୁଥିଲେ ମାନସୀ ମୃଦୁ ମୃଦୁ ଭର୍ତ୍ସନା କରି। ଆଉ କେତେବେଳେ ହୋଇଥିଲେ ମାନସୀଙ୍କ କଥା ହିମାଂଶୁଙ୍କୁ ପରିହାସ ଜମେଇବାକୁ ଖୁବ୍ ଖୋରାକ୍ ଯୋଗାଇଥାନ୍ତା ମାତ୍ର ...!!

'ଶୁଣ ମାନସୀ ! ବୁଦ୍ଧି ଓ ଗାନ୍ଧୀଙ୍କ ମୂର୍ତ୍ତି ପାଖରେ ସେଇ ଯେଉଁ କଲମଟା ଥୁଆ ହୋଇଛି । ତମେ ତାକୁ ନିଆଁରେ ପକାଇ ପୋଡ଼ି ପାରିବନି... ?' ଅଟକିଗଲେ ହିମାଂଶୁ । କାରଣ ବଡ଼ ବଡ଼ ଆଖି କରି ମାନସୀ ଅନେକ ପଛକୁ ଘୁଞ୍ଚି ଗଲେଣି ।

ମାନସୀ ଜାଣନ୍ତି ହିମାଂଶୁଙ୍କର କେତେ ପ୍ରିୟ ସେଇ କଲମଟି । ସେଥିରେ ସେ ଲେଖନ୍ତି ନାହିଁ । ସେଇଟି କିନ୍ତୁ ଟେବୁଲ ଉପରେ ଥାଇ ପୂଜା ପାଏ । କାରଣ ତାହା ପିତୃପିତାମହ ଅମଳର କଲମ ସେ । ହିମାଂଶୁ ଅଜାଙ୍କ କଲମ ସେ । ସେଥିରେ ସେ ଲେଖିଥିଲେ ଅନେକ କାବ୍ୟପୁରାଣ, ରଚନା କରିଥିଲେ ଅନେକ ଶ୍ଳୋକ । ତା'ପରେ ବଂଶାନୁକ୍ରମେ ପ୍ରତିଟି ଉତ୍ତରାଧିକାରୀ କିଛି ନା କିଛି ଲେଖୁଛନ୍ତି । ସେଇ କଲମକୁ ଜୀବନଠାରୁ ଯଶ, ଐଶ୍ୱର୍ଯ୍ୟ ସବୁଠାରୁ ବଡ଼ ବେଶି ଶ୍ରଦ୍ଧା କରନ୍ତି ହିମାଂଶୁ – ସେ କଥା କ'ଣ ମାନସୀ ଜାଣନ୍ତି ନାହିଁ ? ହଠାତ୍ ଏତେ ବଡ଼ କଥା ସେ କେମିତି ଉଚ୍ଚାରଣ କରିପାରିଲେ ଭାବି ମାନସୀ ତଟସ୍ଥ ଅବାକ୍ ହୋଇଗଲେ । ମାନସୀ ପାଖକୁ ଘୁଞ୍ଚି ଆସି ପଚାରିଲେ –

'କ'ଣ ତମର ଆଜି ହୋଇଛି ଶୁଣେ ? ଏତେ ବଡ଼ ପାପକଥା ତମେ ପାଟିରେ ଧରିଲ ... ?' ବାପା ମତେ ବାରମ୍ବାର କାନେ କାନେ କହୁଥିଲେ – ମା' ! ସୁନା ରୁପା ଜମିବାଡ଼ିଠାରୁ ବି ଏ ବଂଶର ସେ ଅଧିକ ଗୌରବୋଜ୍ଜ୍ୱଳ ପରିଚୟ । ହିଂମାଶୁକୁ ବହୁତ ପଢ଼େଇଛି ମା' ! ମୁଁ ଜାଣେ ସେ ଏ ବଂଶର ମୁଖ ଆହୁରି ଉଜ୍ଜ୍ୱଳ କରିବ – କିନ୍ତୁ ସେଇ କଲମଟିକୁ ଯେମିତି ତୋର ଆତ୍ମଜ ହାତରେ ତୁ ସେମିତି ଯତ୍ନ ସହକାରେ ଅର୍ପଣ କରୁ !' କଥା ନ ଶେଷ ହେଉଣୁ ମାନସୀଙ୍କ ଆଖିରେ ଅଶ୍ରୁ ଭରି ଆସୁଥିଲା ।

'ଆଃ ! ବନ୍ଦ କର ମାନସୀ । ବନ୍ଦ କର । ସେ ଏକ ଅଭିଶାପ ଏ ବଂଶକୁ । ଦୀପଶିଖାରେ ପତଙ୍ଗର ଅନିବାର୍ଯ୍ୟ ମୃତ୍ୟୁପରି ପୂର୍ବପୁରୁଷ ଜଳିଛନ୍ତି ତଥାପି ମୂଢ଼ତାରେ ସେ କଲମକୁ ସାଇତି ରଖି ବଂଶାନୁକ୍ରମିକ ଜଳାଇଛନ୍ତି ଆକର୍ଷଣୀ ଶିଖା । ତମେ ତ ଦେଖିଛ କ'ଣ ପାଇଥିଲେ ବାପା ? ମୁଁ ପ୍ରଥମେ ବିଶ୍ୱାସ କରି ନ ଥିଲି କିନ୍ତୁ ମୁଁ ତ କ'ଣ ପାଇଛି ତମେ ଜାଣ ମାନସୀ ? ବର୍ଷ ବର୍ଷ ଅକ୍ଳାନ୍ତ ପରିଶ୍ରମ କରି ମୁଁ କ'ଣ ପାଇଲି ?'

ହିମାଂଶୁଙ୍କ ଦେହର ସବୁ ଝାଳ ଉତ୍ତେଜନାରେ ଶୁଖିଗଲାଣି । ଆଖି ପାଖରେ ବହଳ ଚିନ୍ତାର ଗାର । କେମିତି ଗୋଟାଏ ବିଷାଦ ବିଷାଦ କଣ୍ଠ । ମାନସୀ ଯେମିତି ଅନ୍ଦାଜ କଲେ ଆଜି ହିମାଂଶୁଙ୍କର କିଛି ଗୋଟାଏ ଏପଟ ସେପଟ ହୋଇଛି । ଅନ୍ତଃକରଣର ଏକ ନିଭୃତ ସ୍ଥାନରେ ଉଠିଛି ବୋଧେ ଦ୍ୱନ୍ଦ୍ୱ । ସେଇ ଜୁଆରରେ ସେ ଖୋଜି ପାଉ ନାହାନ୍ତି ଥଳକୂଳ କିଛି । ପାଖକୁ ଲାଗି ଆସିଲେ ମାନସୀ । ଆଦର କରି ହିମାଂଶୁଙ୍କ କୁଞ୍ଚ କୁଞ୍ଚ ବାଳରେ ହାତ ପୂରାଇ ମାନସୀ ସାଉଁଳି ଲାଗିଲେ ସତେବା ସେ

ଏକ ଶିଶୁ। ହିମାଂଶୁ ଚୁପ୍ ରହିଥିଲେ ... କିଛି କ୍ଷଣ ... ଚାରିଆଡ଼େ ଅଖଣ୍ଡ ନୀରବତା। ସାରା ଆକାଶ ଭରି ଘୋଟିଗଲାଣି ଅନ୍ଧାର କେତେବେଳୁ। ଘରେ ଲାଇଟ୍ ଲାଗିନି। ଚଉରାମୂଳେ ସଞ୍ଜ ଦିଆ ହୋଇନି। ମଶାର ଗୁଣୁଗୁଣୁ ସ୍ୱର। କେବଳ ଖାଁ ଖାଁ ହିମାଂଶୁଙ୍କୁ ବୋଧେ ନିଦ ଆସୁଛି। କିନ୍ତୁ ଏ କ'ଣ ? ହିମାଂଶୁଙ୍କ ଆଖିରେ ଟୋପାଏ ଲୁହ। ମାନସୀ ବ୍ୟଗ୍ର ହୋଇ ପଚାରିଲେ -

'କ'ଣ ତମର ହୋଇଛି ? ତମେ କାନ୍ଦୁଛ ?'

ମାନସୀଙ୍କ ଆଶ୍ୱାସନା ବାଣୀରେ ହିମାଂଶୁ ବିରକ୍ତ ହୋଇ ପାଟି କରି ଉଠିଲେ -

'କ'ଣ ନ ହୋଇଛି ମୋର ମାନୁ? କ'ଣ ନ ହୋଇଛି ? ଯେଉଁମାନଙ୍କୁ ନେଇ ମୁଁ ସ୍ୱପ୍ନର ସଂସାର ଗଢ଼ିଲି ସେମାନେ ଚାଲିଗଲେ, ଯେଉଁ ପୁଷ୍ପରେ ଗନ୍ଧ ଓ ସୁରଭି ଦେବାପାଇଁ ମୁଁ ଅନବରତ ରକ୍ତ ଦେଇ ପ୍ରତୀକ୍ଷା କଲି - ସେମାନେ ସମସ୍ତେ ଆଜି ବୃନ୍ତଚ୍ୟୁତ କଳିକା!! ଯେଉଁମାନଙ୍କୁ ଶାନ୍ତି ସୁଖ ଦେବାପାଇଁ ଅନବରତ ମୁଁ ଉଜାଗର ହେଲି - କାତର ଅଶ୍ରୁ ନିବେଦନ କଲି ସେମାନେ ପାଇଲେ କ'ଣ ? ଆଉ ମୁଁ ପାଇଲି କ'ଣ ? ଯଦି କାହାର କୌଣସିଥିରେ କିଛି ହାନିଲାଭ ତା'ହେଲେ ମୁଁ କାହିଁକି ଏତେ କଷ୍ଟ କରିବି ମାନସୀ! ତମେ ତ ଜାଣ ମାନୁ... ତମେ ତ କେବେ କଳ୍ପନା କରିପାରିବ... ସେଇ ଯେଉଁ ଗପଟା ଲେଖିବାକୁ ମୁଁ ଚାରିମାସ ନେଇଥିଲି, ଆଉ ଯା'କୁ ଶୁଣି ତମେ କାନ୍ଦି ପକାଇଥିଲ ସେଦିନ... ସେଇ ଅଲିଅଳୀ ଅପା ଆତ୍ମହତ୍ୟା କରିଛି। ବିଷଖାଇ ଛଟ୍ କରି ମରିନି କି ପୋଖରୀରେ ପେଟେ ପାଣି ପିଇ ବୁଡ଼ି ଯାଇନି ମାନୁ! କିରାସିନି ତେଲ ଦେହରେ ଲୁଗା ବୁଡ଼ାଇ ନିଜକୁ ତିଳ ତିଳ କରି ଜାଳି ଦେଇଛି ସେ... ତମେ କଣ କହିବ ମରଣ ତାକୁ ସୁଖ ଲାଗୁଥିଲା ? ଆଉ ଏଇଥିପାଇଁ କ'ଣ ମୁଁ ଠୋପା ଠୋପା ରକ୍ତ ପାଣି କରିଦେବି କେବଳ ବୃଥା ଭାବନାରେ... ଏଇଥିପାଇଁ କହୁଥିଲି ମାନୁ ସେଇ କଲମକୁ ଜାଳିଦିଅ...!!'

ମାନସୀ ସେତେବେଳକୁ ସତେବା ଏକ ନିର୍ଜୀବ କାଷ୍ଠପିଣ୍ଡ, ଦେହରେ ସମସ୍ତ ରକ୍ତଗୁଡ଼ାକ ଦୁହିଁ ହୋଇ ଯେମିତି ତଳକୁ ତଳ ଖସି ଯାଉଛି। ମନରେ ଆସୁଛି ଅଲିଅଳୀ କଥା। ହିମାଂଶୁଙ୍କ ଗାଁର ନିରିମାଖି ଝିଅଟା ଉଦଣ୍ଡୀ କିନ୍ତୁ ପାରିବାର, ଘର ଘର ବୁଲି ଲୋକଙ୍କ ସେବା କରେ। ବଢ଼ି ମରୁଡ଼ି ହେଲେ ଛଟ କରି ଅଣ୍ଟା ଭିଡ଼ି ବାହାରିପଡ଼େ। କଲେରା ହେଲେ ସେଇ ଏକା ହସି ହସି, ଘର ଘର ବୁଲି ସେବା କରେ। ବସନ୍ତ ହେଲେ ତେଲହଳଦୀ ଦେହରେ ଚୋପାର ମଳଖୁ ଛଡ଼ାଏ, ସେଇ ରାତି ରାତି କାହା ଛୁଆ ବେମାର ହେଲେ ଲୁହ ନିଗାଡ଼େ ଉଜାଗର ରହି। ସେଇ ଅଲିଅଳୀ ଉଦଣ୍ଡୀ

ଝିଅଟା - ହିମାଂଶୁଙ୍କର ସାତ ସାନ ହେଲବି ଗେହ୍ଲା କରି ସେ ଡାକୁଥିଲେ ଅପାବୋଲି। ଥରେ ଅଧେ ଦେଖିଛନ୍ତି ମାନସୀ। କେଉଁ ପିଲାଦିନୁ ହାତରୁ ଶଂଖା ମୁଣ୍ଡରୁ ସିନ୍ଦୂର ତା'ର ଲିଭିଛି। ସେଇ ଅଲିଅଳୀ ଅପାଟା - ଯା'ର ସଂସାର ନ ଥାଇ ମଧ୍ୟ ସାରା ଦୁନିଆକୁ ସଂସାର ମଣିଥିଲା। ସେ ପୁଣି ଆତ୍ମହତ୍ୟା କଲା ? କାହିଁକି ? କ'ଣ ପାଇଁ ? ହିମାଂଶୁ ଯେତେବେଳେ ତା' କଥା ଗପନ୍ତି ସେତେବେଳେ ମନେ ହୁଏ ସତେବା ଯେମିତି ଅଲିଅଳୀ ତାଙ୍କ ସାମ୍ନାରେ ଛିଡ଼ା ହୋଇଛି ଜୀବନ୍ତ ଛଳ ଛଳ। ତା'ରି ଜୀବନକୁ ସୁଖ ସ୍ୱପ୍ନମୟ କରିବା ପାଇଁ ହିମାଂଶୁ ସମାଜସେବୀ, କର୍ମୀ, ଯୁବକ ସନାତନକୁ ଅନୁରୋଧ କରିଥିଲେ। ସନାତନ ରାଜି ହୋଇଥିଲେ।

କିନ୍ତୁ ଏ କ'ଣ ହେଲା ? ସେଇ ଘଟଣା ଅବଲମ୍ବନରେ ଗୋଟିଏ ଗଳ୍ପ ଲେଖିଥିଲେ ହିମାଂଶୁ, ଯେଉଁଥିରେ ସେ ଅଲିଅଳୀକୁ ଏକ ଉଚ୍ଚାସନରେ ଅଧିଷ୍ଠିତ କରାଇଥିଲେ। ତାକୁ ନେଇ ସେ କେତେ ସ୍ୱପ୍ନ ଦେଖିଥିଲେ ? ସେ ଫେରେ ଆତ୍ମହତ୍ୟା କଲା ? ହିମାଂଶୁଙ୍କର ସମସ୍ତ ସ୍ୱପ୍ନ ଯେମିତି ବାସ୍ତବିକ ବିକଳାଙ୍ଗ ହୋଇଯାଇଛି। କିନ୍ତୁ ମାନସୀ କ'ଣ କରିପାରିବେ ? ହିମାଂଶୁ କାନ୍ଦୁଛନ୍ତି, ମାନସୀ ପାଦ ବଢ଼ାଇଲେ ଆଗକୁ ଯିବା ପାଇଁ। ଛିଡ଼ା ହୋଇ ସେ ଯଦି ତାଳ ମିଳାଇ କାନ୍ଦନ୍ତି ଏ ବାଉଳା ବାଚାଳ କବି ସାଥିରେ, ତା'ହେଲେ ରାତ୍ରି ଯାଇ ଦିନ ଯାଇ ରାତ୍ରି ଟପିଗଲେ ବି ସରିବନି। ଅଲିଅଳି ପରି ଅନେକ ଝିଅ ଏ ଦେଶରେ ଅନେକ କଳ୍ପନାକୁ ଚୂରମାର କରି ପ୍ରତ୍ୟେକ ଦିନ ଅସଂଖ୍ୟ ସଂଖ୍ୟାରେ ମରନ୍ତି। ଆତ୍ମହତ୍ୟା କରନ୍ତି। ଆତ୍ମହତ୍ୟା କରେ କିଏ ? ଅଲିଅଳୀ ଯଦି ନ କରେ ତା'ହେଲେ କ'ଣ ସାତମହଲା ପ୍ରାସାଦରେ ହଂସୁଲି ଶେଯରେ ଶୋଇ ଯେଉଁ ଅଲିଅଳୀ ରାଜକୁମାରୀ ସ୍ୱପ୍ନ ଦେଖୁଛି ସେଇ କରିବ ? ଅଲିଅଳୀ ଜୀବନକୁ ଗ୍ରହଣ କରିଥିଲା ସହଜ ଭାବରେ - ତେଣୁ ଦୁର୍ବହ କରି ଫିଙ୍ଗିଦେବାରେ ତାକୁ କିଛି ଲାଗିଲାନି ? ସେଥିରେ ଯଦି କା'ର କଳ୍ପନା ଚୂରମାର ହୁଏ ସେ କ'ଣ କରିବ ? ଆତ୍ମହତ୍ୟା କରେ ସେଇ ଯେ ସବୁଠୁ ବେଶି ଦାୟିକ ସବୁଠୁ ସହଜ ସରଳ ଓ ସାବଲୀଳ ଛନ୍ଦମୟ ଗତିରେ ଜୀବନକୁ ଗ୍ରହଣ କରିଥାଏ। ହିମାଂଶୁ ବୁଝିବେନି ଏଇକ୍ଷଣି। ସେ କାନ୍ଦନ୍ତୁ। ଟିକିଏ। ମାନସୀ ପାଦ ବଢ଼ଉ ବଢ଼ଉ ଅଟକିଗଲେ। ହିମାଂଶୁ ଅସ୍ପଷ୍ଟ ଗଳାରେ କହିଲେ - ଶୁଣ ମାନୁ ! ସେତିକି ନୁହେଁ। ଆହୁରି ଅଛି। ଟାଇଫଏଡ୍‌ରେ ପଡ଼ିଥିଲାବେଳେ ସେଇ ଯେଉଁ ନର୍ସ ମାଳତୀ - ତମର ମନେଅଛି ତ ? କେତେ ମୋର ସେବା କରିଥିଲା - ସେ ଯେଉଁ ଆତ୍ମକାହାଣୀ ତମକୁ କହିଥିଲା ରାତି ଅଧରେ ତାକୁଇ ମୂଳ କରି ଯେଉଁ ଗପଟା ଲେଖିଥିଲି ସେଇ ଗପଟା ଓଡ଼ିଶା ଏକାଡେମୀ ଦ୍ୱାରା ପୁରସ୍କୃତ ହୋଇଛି। ଆଉ ଜାଣ ମାନୁ ? ଆଜିର କାଗଜ ପଢ଼ି ଦେଖିବ ସେଇ ମାଳତୀ ତା' ସ୍ୱାମୀକୁ ବିଷ ଦେଇ

କିପରି ମାରିଛି ଅନ୍ୟଜଣକ ପ୍ରେମରେ ପଡ଼ି। ତମେ କ'ଣ ବିଶ୍ୱାସ କରିବ ମାନୁ - ଲେଖକର ସ୍ୱପ୍ନ ସତ୍ୟ ହୁଏ ବୋଲି ? ସେଇ ପୁରସ୍କାର କ'ଣ ମୋର ପ୍ରାପ୍ୟ ?'

ମାନସୀ କିଛି ଶୁଣୁ ନ ଥିଲେ। ତାଙ୍କ ଆଖିରେ ମାଳତୀର ସୁନ୍ଦର ସରଳ ହସିଲା ବିଭୋରକରା ଆଖି ଓ ମୁହଁ ଭାସି ଯାଉଥିଲା। କେତେ କଷ୍ଟ କରି ହିମାଂଶୁ ଡାକିଥିଲେ ସେଇ ଗପଟା ମାନସୀ ଲେଖିଥିଲେ ସେଇ ରୋଗ ବିଛଣାରେ ବସି ବସି । କ'ଣ ଗୋଟାଏ ଉତ୍ତର ଖୋଜୁଥିଲା ମାନସୀ। କ୍ଲାନ୍ତ ଶ୍ରାନ୍ତ ହିମାଂଶୁ ଯେମିତି ହାମ୍ପେଇ ଉଠୁଛନ୍ତି... ! କିନ୍ତୁ ତାଙ୍କୁ କିଛି କହିବାକୁ ନ ଦେଇ ହିମାଂଶୁ ପୁଣି ଆରମ୍ଭ କଲେ -

'ଶ୍ରୀମନ୍ତର ସେଇ ଭଉଣୀ ମହାଶ୍ୱେତା - ଯେ ମୋର ବନପକ୍ଷୀ କବିତା ଭୂରି ଭୂରି ପ୍ରଶଂସା କରି ଚିଠି ଲେଖିଥିଲା ନୂଆ ନୂଆ ଆମ ବାହାଘର ବେଳେ ତମର ମନେଥିବ ନିଶ୍ଚୟ ମାନୁ! ଆଉ ସେଇ ମହାଶ୍ୱେତାଙ୍କୁ ନେଇ ତମେ ମତେ ଥଟ୍ଟା କରିଥିଲ, ପରିହାସ କରୁଥିଲ ବୋଲି ମୁଁ ତମକୁ ଚିଡ଼େଇବା ପାଇଁ ଗପଟା ଲେଖୁ ଲେଖୁ କବିତା ପାଇଁ ଝିଅଟାକୁ ପାଗଳୀ କରିଦେଇଥିଲି ତମେ ଗାଳି ଦେଇଥିଲ - ତମେ କ'ଣ କେବେ କଳ୍ପନା କରିପାରିବ ସେଇ ଝିଅଟା ସତକୁ ସତ ପାଗଳୀ ହୋଇଯାଇଛି... ?' ହିମାଂଶୁଙ୍କ କଣ୍ଠ ଅଠା ଧରି ଯାଉଛି।

ମାନସୀ ଚମକି ପଡ଼ିଲେ। ଶ୍ୱେତା ପାଗଳୀ ହୋଇଛି କିନ୍ତୁ କାହିଁକି ? ଶ୍ୱେତାକୁ ସେ ଚିହ୍ନନ୍ତି - ତାକୁ ସେ ଖୁବ୍ ଭଲ ଭାବରେ ଜାଣନ୍ତି। ବଡ଼ ସରଳ, ବଡ଼ ସହଜ, ବଡ଼ ଭାବପ୍ରବଣ ଝିଅଟା ବାୟାଣୀ ହୋଇଗଲା - କିନ୍ତୁ କ'ଣ ପାଇଁ? ହିମାଂଶୁଙ୍କର କବିତା ପାଇଁ? ନା - ହିମାଂଶୁଙ୍କ ପାଇଁ ସମବେଦନା, କବି ପାଇଁ ଆତ୍ମନିବେଦନ, ଲେଖକଙ୍କ ପାଇଁ ହୃଦୟଭାବ ସବୁ ଯେମିତି ଧପ୍ କରି କୁଆଡ଼େ ଉଭେଇଗଲା ଆଉ ତା' ସ୍ଥାନରେ ଆସି ଛିଡ଼ା ହେଲା ଚିର ସଂଦେହୀ ମାନମୟୀ ଅଭିମାନିନୀ ଏକ ନାରୀର ଅସହାୟ ବିକଳ ପ୍ରାଣ। ତା'ହେଲେ ହିମାଂଶୁଙ୍କର ଲୋତକ ସେଇ ମହାଶ୍ୱେତା ପାଇଁ? ଆଉ ସବୁ ଛଳନା ? ଅଳିଅଳୀ, ମାଳତୀ, ସବୁ ଖାଲି କଥାରେ ଆଳ ? ସବୁ ଭୁଲିଗଲେ ନିମିଷକେ ମାନସୀ ଆଖି ଆଗରେ ଜଳ ଜଳ ହୋଇ ଛିଡ଼ା ହେଲା ମହାଶ୍ୱେତା - ତନ୍ୱୀ ସୁନ୍ଦରୀ ମହାଶ୍ୱେତା। ମାନସୀଙ୍କର ଦେହ ମୁଣ୍ଡ ସବୁଠି ଯେମିତି ବିଷ ଚରିଗଲା ଭଳି ଲାଗୁଥିଲା। ସବୁ ଯେମିତି ଅନ୍ଧାର ଝାପ୍‌ସା କଠିଣ ହୋଇ ତାକୁ ଦେଖାଗଲା। ଯେଉଁ ହିମାଂଶୁଙ୍କର କବିତା ଗଳ୍ପର ହୃଦୟବତ୍ତାରେ ବିଭୋର ଅଧୀର ହୋଇ ସେ ସାତମହଲା ପ୍ରାସାଦରୁ ଓହ୍ଲାଇଆସି ଦରିଦ୍ର ଅସହାୟ ଜୀବନ ଯାପନ କଲେ - ଦୁନିଆର ସମସ୍ତ ଲାଞ୍ଛନାକୁ ଅଂଗର ଭୂଷଣ କରି ରକ୍ତର ପ୍ରତିଟି ବିନ୍ଦୁରେ ହିମାଂଶୁଙ୍କ ପାଇଁ କଳ୍ପନାର ଜାଲ ବିଛାଇ ରଖିଲେ - ସେ ତା'ହେଲେ ସବୁ ବୃଥା! ସେ ତା'ହେଲେ

ଏକ ନିରାଟ ମରୁଭୂମିରେ ତୃଷାତୁର ପଥକଟି ପରି ମଧ୍ୟାହ୍ନର ପ୍ରଚଣ୍ଡ ମାର୍କଣ୍ଡ ତେଜରେ ବିନ୍ଦୁଏ ଜଳ ବିନା ଆର୍ତ୍ତ ଚିତ୍କାର କରୁଛନ୍ତି ? ମାନସୀ ଆଉ ହିମାଂଶୁଙ୍କୁ ଚାହିଁପାରିଲେନି... ?

ଚେୟାର ଉପରୁ ଉଠିଯାଇ ଖଟରେ ଗଡ଼ି ପଡ଼ିଛନ୍ତି ହିମାଂଶୁ। ଅନ୍ଧାରରେ ତାଙ୍କ ମୁହଁ ଦେଖାଯାଉନି। ଦେହରେ ପୋଷାକ ସେମିତି ରହିଛି। ମାନସୀଙ୍କର କି ଯାଏ ଆସେ ? ହିମାଂଶୁଙ୍କର ଘରଟାକୁ ସଜାଡ଼ି ରଖିବାର ଛଳନା କରିବାକୁ ସେ ଆଉ କାହିଁକି ଚେଷ୍ଟା କରିବେ ? ? ?

ମାନସୀ ସେ ଦିନୁ ଅନ୍ୟମନସ୍କ ହେଲେ। ସବୁଥିରେ ସେ ଯେମିତି ଉଦାସୀନ – ଏକାନ୍ତ ନିରଳସ। ହିମାଂଶୁ କ'ଣ କରନ୍ତି କେମିତି ଚଳନ୍ତି ତା' ସେ ଦେଖି ମଧ୍ୟ ଦେଖନ୍ତିନି। ସବୁ କାମ କରି ମଧ୍ୟ କୌଣସିଥିରେ ସେ ମନୋଯୋଗ ଦେଇପାରନ୍ତିନି। ସେ ଯେମିତି ଥାଇ ମଧ୍ୟ ନାହାନ୍ତି।

ହିମାଂଶୁ ଯେମିତି ଭାଙ୍ଗିପଡୁଥିବା ମନକୁ ଆଉ ସଜାଡ଼ିବାର ପ୍ରଚେଷ୍ଟା କରୁ ନ ଥିଲେ। କିଏ ଯାଏ ଆସେ ! ଦୁନିଆରେ ହଜାର, ହଜାର ଲୋକଙ୍କ ଭଳି ସେ ବି ଏକ ରକ୍ତମାଂସର ପିଣ୍ଡୁଳା। ତାଙ୍କର ଏତେ ଚିନ୍ତା କରି ଲାଭ କ'ଣ ? ଦୁନିଆ ଆଖିକୁ ସେ ହୋଇଛନ୍ତି ବିରାଟ ଲେଖକ, ପାଇଛନ୍ତି ସମ୍ମାନ, ସାର୍ଟିଫିକେଟ, ପୁରସ୍କାର। କିନ୍ତୁ ଆତ୍ମା ଭିତରେ ଯେଉଁ ନିରାଟ ଧୂସର ମରୁ ଖାଁ ଖାଁ, କରୁଛି, କାହିଁ, ସେଥିରେ ତ ଟିକିଏ ହେଲେ କିଛି ଶୀତଳତା ସେ ଅନୁଭବ କରି ନାହାଁନ୍ତି। ମନର ଯେଉଁ ନିଭୃତ ଦେଶ ଅନ୍ଧକାରାଚ୍ଛନ୍ନ ସେ ଠିକ୍ ତ ସେମିତି ରହିଛି। ଦିକ୍ ଦିକ୍ ହୋଇ ଯେଉଁ ଶିଖାଏ ଆଲୋକ କେଉଁଠି ଜଳୁଥିଲା ସେ କୁଆଡ଼େ ନିଶ୍ଚିହ୍ନ ହୋଇଗଲାଣି। ବାସ୍ – ବର୍ତ୍ତମାନ ଅନ୍ଧକାର ଆଉ ତା'ପରେ ମୃତ୍ୟୁ !

ହିମାଂଶୁ ସେଦିନ ଅତର୍କିତରେ ଆବିଷ୍କାର କଲେ ଟେବୁଲ ଉପରେ ପୂଜା ପାଉଥିବା ବଂଶାନୁକ୍ରମିକ ସେଇ କଲମଟି ଆଉ ତା' ସ୍ଥାନରେ ନାହିଁ। ମଇଳା ଜମା ହେଲାଣି ଗଦାଏ ଗାନ୍ଧୀ ଆଉ ବୁଦ୍ଧ ମୂର୍ତ୍ତିରେ। ଅଳନ୍ଧୁ ମେଞ୍ଚାଏ ପଡ଼ିଛି କାଠ ସେଲଫ ଉପରେ ଥୁଆ ହୋଇଥିବା ତାଙ୍କର ପ୍ରକାଶିତ ଅପ୍ରକାଶିତ, ବହି ଓ ପାଣ୍ଡୁଲିପି ଉପରେ। ଅଜାଣତରେ ହିମାଂଶୁଙ୍କ ହାତଟା ଲମ୍ବିଗଲା ସେଲଫ ଉପରକୁ। ଚମକି ପଡ଼ିଲେ ହଠାତ୍ ସେ। କିଏ ଦେଖିଲାକି ଆଉ ? ପରିହାସ କରି କିଏ ବା ଯେମିତି ପ୍ରତିଜ୍ଞାଟା ତାଙ୍କୁ ମନେ ପକେଇ ଦେଉଛି ! ଧୂଳିମୁଠାଟା ଫୋପାଡ଼ି ଦେଇ କୌଣସିମତେ ହିମାଂଶୁ ପଦାକୁ ପଳାଇ ଆସିଲେ। କିନ୍ତୁ ସେ କଲମଟା କାହିଁ ? ସତେ କ'ଣ ମାନସୀ ତାକୁ ଚୁଲିରେ ଫୋପାଡ଼ି ଦେଲେ ? ପଚାରିବେ ମାନସୀଙ୍କୁ ସେ ?

ଶୋଇଲା ଘର କବାଟ ଆଉଜା ହୋଇଛି। ରବିବାରର ଦ୍ୱିପ୍ରହର। ଘଡ଼ିରେ ମାତ୍ର ଦିନ ବାରଟା। ଏତେ ଚଞ୍ଚଳ କେବେ କାମ ତାଙ୍କର ରବିବାର ଦିନ ସରିବାର ଖେୟାଲ ନାହିଁ। ଗପୁ, ଗପୁ ଦିନ ସରିଯାଏ ... କିନ୍ତୁ! ହିମାଂଶୁ ଅଟକିଲେ। ଯେମିତି ମନେ ହେଲା ଅନେକ ଦିନ ଧରି ସେ ମାନସୀଙ୍କ କଣ୍ଠର ସ୍ୱର ବି ଶୁଣି ନାହାଁନ୍ତି। କାହିଁ କିଛିବି ଖେୟାଲ ପଡୁନି ତାଙ୍କର। ମାନସୀ ବୋଲି କୌଣସି ବ୍ୟକ୍ତିର ଅସ୍ତିତ୍ୱ ଯେମିତି ସେ ଅନୁଭବ କରି ନାହାଁନ୍ତି କେଉଁ ଦୂର ଅତୀତରୁ।

କବାଟ ଖୋଲି ଘରେ ପଶିଲେ ହିମାଂଶୁ। ମାନସୀ ଆଖି ଖୋଲିଲେ। କରୁଣ ସଜଳ ଆଖି ପତା। ହିମାଂଶୁଙ୍କୁ ଦେଖି କର ଲେଉଟାଇ ଶୋଇଲେ ସେ। ମାନସୀ ଶୁଖିଲା ଦିଶୁଛନ୍ତି ଅସମ୍ଭବ ରକମର। ଆପଣାର ନିର୍ବୋଧତା ପାଇଁ ଥରଥର କରି କମ୍ପି ଉଠିଲା ମନ – କେତେ ସ୍ୱାର୍ଥପର ସେ ନିଜେ! ମାନସୀ ପାଇଁ ଦିନେବି ଚିନ୍ତା କରି ନାହାନ୍ତି। ଜୀବନର ସମସ୍ତ ହିସାବ ନିକାଶ କରିଥିଲେ ବି ମାନସୀଙ୍କ ପାଖରେ ସେ ଋଣୀ। ତାଙ୍କର ବି ହିସାବ ଲୋଡ଼ା। କାହିଁକି ବିନା କାରଣରେ ଏତେ ପରିଶ୍ରମ, ଏତେ ବେଦନା, ଏତେ କଷ୍ଟ ସହିବେ ସେ ହିମାଂଶୁଙ୍କ ପାଇଁ? ହିମାଂଶୁ ଅପରାଧୀ ପରି ପଦାକୁ ଚାଲିଗଲେ।

ତା'ପରଦିନ!

ଅଫିସଫେରନ୍ତି ହିମାଂଶୁ ଘରକୁ ଫେରିଆସି ଡାକ ଛାଡ଼ିଲେ ପୂର୍ବପରି।

'ମାନସୀ! ମାନସୀ!' ବଡ଼ ସ୍ୱାଭାବିକ ସହଜ ସରଳ କଣ୍ଠ।

ମାନସୀ ଆସି ଛିଡ଼ା ହେଲେ। ସେମିତି ଶୁଖିଲା ମୁହଁ। କରୁଣ କରୁଣ ଆଖି। ସତେକି ଏଇକ୍ଷଣି ଲୁହ ଭାରରେ ଖସିପଡ଼ିବ ତଳକୁ। ହିମାଂଶୁଙ୍କର ଉଦ୍‌ଗତ ଭାଷା ଅଟକିଗଲା ଆପଣା ଛାଏଁ।

ମାନସୀ ଯେମିତି ନିଜକୁ ସତର୍କ କରିନେଲେ ସଙ୍ଗେ ସଙ୍ଗେ। ଛିଟିକାଏ ହସ – ଉଙ୍କିମାରି ଉଠିଲା ତାଙ୍କ ଓଠ କଣରେ। ସେ ସହଜ କଣ୍ଠରେ ପ୍ରଶ୍ନ କଲେ – 'କ'ଣ କହୁଥିଲ ଯେ – କହୁନ?'

'ତମେ ବ୍ୟସ୍ତ ଅଛ ବୋଧେ ମାନସୀ!'

ହିମାଂଶୁଙ୍କ କଣ୍ଠରେ ଅଭିମାନ। ମାନସୀ ଆଉ ଟିକେ ଆଗେଇ ଆସି ସରଳ ହୋଇ କହିଲେ –

'ଏଁ – ଏମିତି କ'ଣ ହେଉଛ – ଟିକିଏ ଡେରି ହୋଇଗଲା ଆସୁ ଆସୁ ପରା... !'

ହିମାଂଶୁ ସେ କଥାର ସ୍ପର୍ଶରେ ଏକ ଅଦ୍ଭୁତ ଉଷ୍ଣତା ଅନୁଭବ କଲେ। ସାମାନ୍ୟ ହସି ସେ ପକେଟରୁ ବିଡ଼ାଏ ଚିଠି ବାହାର କରି ଥୋଇ ହସିଲେ – ଏକ କୁଣ୍ଠିତ ହସ।

'ପଢ଼ ମାନୁ – ଏମାନେ ମତେ ଆଉ ରଖାଇ ଦେବେନି। ପ୍ରତିଦିନ ଯେତେ ଅନୁରୋଧ ଆସେ ତା'ଠୁ ଏ ଅନୁରୋଧ ସ୍ୱତନ୍ତ୍ର। ଖାଲି ଅପାର ଚିଠିଟା ପଢ଼ି ମରିବାର ପୂର୍ବଦିନ ସେ ଲେଖିରଖି ଯାଇଛି ମୋ ପାଖକୁ। ଆଉ ପଢ଼ ଶ୍ରୀମନ୍ତର ଚିଠି...!'

ନିଶ୍ୱାସ ମାରି ଜୋର୍‌ରେ ଆର୍ମଚେୟାର ଉପରେ କ୍ଳାନ୍ତିକର ଶରୀରଟାକୁ ଲମ୍ବାଇ ଦେଲେ ହିମାଂଶୁ।

ମାନସୀ ସେତେବେଳକୁ ନିଜର କୃତ୍ରିମ ସରଳତାକୁ ହରାଇବା ଉପରେ। ତଥାପି ସେ ଚିଠି ଖୋଲିଲେ। ଅଲିଅଳୀ ଅପା ଲେଖିଛି –

ଆଶୁଭାଇନା,

ଜୀବନରେ ମୋ ପାଇଁ ବହୁ କଷ୍ଟ ସହିଛ। ଏଇ ଅଭାଗିନୀ ଝିଅଟା ମୁହଁରେ ହସ ଠୋପାଏ ଦେବାକୁ ତମେ କେତେ ଚେଷ୍ଟା କରିଛ; ହେଲେ ତା' ଭାଗ୍ୟରେ ନାହିଁ ଏତେ ସୁଖ। ଖାଲି ସବୁବେଳେ ଏତେ ହସୁଥିଲି ବୋଲି ତମେ ମତେ ହିଂସା କରୁଥିଲ ଆଶୁଭାଇନା! ଖାଲି ସେଗୁଡ଼ା ଛଳନା ମ! କେତେଦିନ ଆଉ ଛଳନା କରିବି କହିଲ।

ଜୀବନଟା ସାରା ଦେଇ ଦେଇ ସରିଲାନି। ମୃତ୍ୟୁ କୋଳକୁ ଡେଇଁ ନ ପଡ଼ିଲେ ଯେମିତି ମୋର ଏ ଦେବାର ଆଉ ଶେଷ ହେବନି! ଏଇ ଦେହଟା ମୋର ସବୁଠୁ କାଳ – ଏ ମନଟାକୁ କେହି ବୁଝିଲେନି। ତମେ ବୁଝିଥିଲ, ତେଣୁ କଲମ ମୁନରେ ଠୋପାଏ ହସ ଦେବାକୁ ଆଗେଇ ଆସିଥିଲ। କିନ୍ତୁ ତମରି ପୁରୁଷ ସମାଜ ତାକୁ ଶୋଷି ନେଇଛି ଆଶୁଭାଇନା। ତେଣୁ ଏ ଦେହ ଉପରେ ମୋର ଏତେ ହିଂସା! ଏ ଦେହଟାକୁ ଆଜି ରାତିରେ ପାଉଁଶ ନ କଲେ ମନଟା ମୋର ଥୟ ହେବନି।

ଆଶୁଭାଇନା! ଏ ଦେଶରେ ଆଉରି ଝିଅ ଅଛନ୍ତି ମୋରି ପରି କେତେ ଅଭାଗିନୀ! ଏମିତି କ'ଣ ତମେ ଲେଖିବନି – ଏମିତି ହସ କ'ଣ ତାଙ୍କ ମୁହଁରେ ତମେ ଦେବନି – ଯା' ସବୁ ତୁଚ୍ଛ ତାକୁ ଜାଳିପୋଡ଼ି ପାଉଁଶ କରିବ। ବଞ୍ଚି ରହିବ ତାଙ୍କ ଦେହ, ବଞ୍ଚି ରହିବ ତାଙ୍କ ମନ ଚିର ସତେଜ ହୋଇ। ତମରି କଲମ ନିଶ୍ଚୟ ପାରିବ – ସେ ଦିନ ମୁଁ ପୁଣି ଜନ୍ମ ହେବ ଦେହ ଓ ମନର ସତେଜତା ନେଇ। ତମେ ଲେଖିବ ଆଶୁଭାଇନା! କଲମ ତମର ଚିର ଚଞ୍ଚଳ ରହୁ। ଇତି।

ତମର ଅଭାଗିନୀ
ଅଲିଅଳୀ ଅପା

ମାନସୀଙ୍କ ଆଖିରେ ସେତେବେଳେ ଅଶ୍ରୁର ପ୍ଳାବନ ଆସିଯାଇଥିଲା। ସେଇ କରୁଣ ଓଠରେ ଘନ ଘନ କମ୍ପନ ହିମାଂଶୁ ଲକ୍ଷ୍ୟ କରିଥିଲେ। ମାନସୀ ଶ୍ରୀମନ୍ତଙ୍କ ଚିଠିଟା ଖୋଲିଲେ।

ହିମାଂଶୁ !

ତୁ ଏ କ'ଣ କଲୁ ? ଶ୍ୱେତା ପାଗଳୀ ହୋଇଛି ସତ ହିମାଂଶୁ - ହେଲେ ତୋର କବିତା ସେ ଭୁଲିପାରିନି । ରାଞ୍ଚିର ଡାକ୍ତର କହନ୍ତି ତୋ' ଲେଖା ଅନୁକୂଳ ମତ ନେଇ ପଢ଼ିଲେ ସେ ଭଲ ହୋଇଯିବ ହିମାଂଶୁ ! ଫେରିଆସିବ ତା'ର ବୋଧଶକ୍ତି । ତୁ ଜାଣୁ ସେ ମୋର ଗୋଟିଏ ବୋଲି ଭଉଣୀ - ସେ କ'ଣ ତୋର ଭଉଣୀ ନୁହେଁ ... ?

ଚିଠିଟା ଶେଷ ନ କରି ମାନସୀ ପାଟିକରି ଉଠିଲେ - 'ନା-ନା, ଏ ହୋଇପାରେନା ହିମାଂଶୁ ! ଏ ମୋର ସାମାନ୍ୟ କଥା ନୁହେଁ - ଅନୁରୋଧ ନୁହେଁ - ଏ ମୋର ଆଦେଶ - ଆଦେଶ । ତମେ ଆଉ ଲେଖିପାରିବନି - ତମର ବିଷାକ୍ତ ଭାବନା ସମସ୍ତଙ୍କୁ ତିଳ ତିଳ ନଷ୍ଟ କରିଛି, କୀଟ ପରି ଅଦୃଶ୍ୟରେ । ଅଦୃଶ୍ୟରେ ସମସ୍ତ କୋମଳତାକୁ ହରଣ କରି ବିକଳାଙ୍ଗ କରିଛି ହିମାଂଶୁ - ତମେ ଆଉ ଲେଖିପାରିବନି - ମାନସୀ ବଞ୍ଚି ଥାଉ ଥାଉ ସେ ତମକୁ କେବେହେଁ କଲମ ଛୁଆଁଇ ଦେବନି । ଏ ମାନସୀର ପ୍ରତିଜ୍ଞା - ଭୀଷ୍ମ ପ୍ରତିଜ୍ଞା ହିମାଂଶୁ ! ଓଃ !'

ହିମାଂଶୁଙ୍କର ମନର ଜଡ଼ତା ସେତେବେଳକୁ କୁଆଡ଼େ ଉଭେଇ ଗଲାଣି । ଏଇ କ'ଣ ତାଙ୍କର ମାନସୀ ? ଏ କ'ଣ ତାଙ୍କ କଳ୍ପନାକୁଞ୍ଜର ଏକମାତ୍ର ଆରାଧ୍ୟା ଦେବୀ - ଯା'କୁ କେନ୍ଦ୍ରକରି ସେ ଫୁଟାଇଛନ୍ତି ଶତ ଶତ କୁସୁମ । ଦେଇଛନ୍ତି ସୃଷ୍ଟିକୁ ଅମୃତମୟ ସ୍ପର୍ଶ ! କବିର ମାନସୀ ବୋଲି ମାନମୟୀ ନାଁଟାକୁ ବଦଳେଇ ଦେଇଥିଲେ ହିମାଂଶୁ । ତାଙ୍କ ଆଖିରେ ଏବେବି ମାନସୀ ସେଇ କଲେଜ ଜୀବନର ଢଳ ଢଳ ଛଳ ଛଳ କିଶୋରୀ - ଯେ ପ୍ରତିଟି କଥା ହସଭଙ୍ଗୀରେ ତାଙ୍କ ପ୍ରାଣରେ ଦିଏ ଭାବ ଉଲ୍ଲାସ, ଆଶ୍ୱାସ ଓ କଲମ ମୁନରେ ଅଜସ୍ର ଶକ୍ତି ଓ ପ୍ରେରଣା ! ମାନସୀ ବସି ପଡ଼ିଲେ ମୁଣ୍ଡରେ ହାତ ଦେଇ । ଆଖିରୁ ବହିଯାଉଛି ଅଶ୍ରୁର ଝର । କେଉଁଠି ଭୁଲ ହେଲା ହିମାଂଶୁଙ୍କର ? କେଉଁଠି କିଛି ଅପରାଧ କରିନି ତ ଶ୍ରୀମନ୍ତ ? ବନ୍ଧୁ ପାଖରେ ବନ୍ଧୁର ସାମାନ୍ୟ ଅନୁରୋଧ । ଏଥିରେ ଭୁଲ ବା କ'ଣ ? ଯେଉଁ ମାନସୀ ତାଙ୍କର ଲେଖା ପଢ଼ିଲେ କି ଶୁଣିଲେ ତାଙ୍କ ଅପେକ୍ଷା ଅନେକ ଗୁଣ ଆନନ୍ଦ ଅନୁଭବ କରୁଥିଲେ ସେ କାହିଁକି ଏମିତି ହେଲେ ? କେଉଁ ଦୁଃଖରେ କେଉଁ ବେଦନାରେ ? ହିମାଂଶୁ ଚେୟାର ଉପରେ କ୍ଳାନ୍ତ ଶରୀରଟାକୁ ଆଉଜାଇ ଦେଲେ । ମାନସୀ ତାଙ୍କଠାରୁ ଦୁଇହାତ ଦୂରରେ ସେମିତି ବସିଛନ୍ତି । ହୁଏତ କାନ୍ଦୁଥିବେ !! ତା'ପରେ ?

ଗତାନୁଗତିକ ଜୀବନର ଧାରା ସେମିତି ଗଡ଼ି ଚାଲିଛି । ହିମାଂଶୁଙ୍କୁ ସେଥିରେ ନୌକା ଭିଡ଼ି ଚାଲିବାକୁ ପଡ଼ିଥିଲା, କାରଣ ଚାଲିବା ଛଡ଼ା ତାଙ୍କର ଦ୍ୱିତୀୟ କୌଣସି କରିବାର ନ ଥିଲା ।

ଆଉ ମାନସୀ ? ସେ ମାନ-ଅଭିମାନରେ ସିଝି ସିଝି ନିଜ ମନକୁ ମନ ଯେମିତି ଅବୁଝା ବେଦନାରେ କ୍ଳାନ୍ତ ହୋଇପଡ଼ିଥିଲେ । ସବୁ କାମ କରି ମଧ୍ୟ କରୁ ନ ଥିଲେ । ବୁଝି ମଧ୍ୟ ବୁଝୁ ନ ଥିଲେ । ଜାଣି ମଧ୍ୟ ଜାଣୁ ନ ଥିଲେ ।

ଦୁଇଟି ପରସ୍ପର ନିର୍ଭରଶୀଳ ଜୀବନ ବର୍ତ୍ତମାନ ବେଶ୍ ନିରଳସ ଆତ୍ମନିର୍ଭରଶୀଳ ହୋଇ ଗତି କରି ଚାଲିଲା ।

କେତେଦିନ ବିତିଗଲାଣି । ପ୍ରାୟ ବର୍ଷେ ପାଖାପାଖି । ହିମାଂଶୁ ଆଉ ଲେଖି ନାହାନ୍ତି । ଯାଇ ନାହାନ୍ତି କୌଣସି ବିଶିଷ୍ଟ ସଭାସମିତି ବା ଆୟୋଜନକୁ । ମାନସୀ ବି ଆଉ ଆଗ୍ରହ ନେଇ ଅଳି କରନ୍ତିନି ତାଙ୍କ କବିତା ଶୁଣିବା ପାଇଁ - ଉତ୍ସାହିତ ହୁଅନ୍ତିନି ବାନ୍ଧବୀ ମହଲରେ ହିମାଂଶୁଙ୍କ ପ୍ରଶଂସା ଶୁଣି ।

ସେ ଦିନ ଅଫିସଫେରନ୍ତି ହିମାଂଶୁ ଆଶ୍ଚର୍ଯ୍ୟ ହେଲେ ଘର ଭିତରେ ବହୁ କଣ୍ଠର କଲ୍ଲୋଳ ଶୁଭୁଛି । ମାନସୀଙ୍କ କଳ କଳ କଣ୍ଠର ଭାଷା ଓ ହସର ଲହରୀ ଯେମିତି ତାଙ୍କୁ ଟାଣି ନେଇଗଲା କେଉଁ ଦୂର ଅତୀତକୁ । ବେଳେବେଳେ ଏମିତି ପ୍ରିୟଜନ ପରିସରରେ ମାନସୀ ମୁଖରିତ କରୁଥିଲେ ତାଙ୍କର କ୍ଷୁଦ୍ର କୁଟୀରକୁ । କିନ୍ତୁ ହଠାତ୍ ବହୁଦିନ ପରେ - ଶୁଷ୍କ ମରୁରେ ଯେମିତି କେଉଁଠି ଓଏସିସ୍‌ର ସଂଧାନ ପାଇଲେ ହିମାଂଶୁ ... ।

ଘରେ ପାଦ ନ ଦେଉଣୁ ଶ୍ରୀମନ୍ତ ପାଟିକରି ଉଠିଲା - 'ଏଇ ହିମାଂଶୁ ! କିରେ ତୁ ଏବେବି ସେମିତି ବାଲୁଙ୍ଗାଟାଏ ଅଛୁନାରେ ? କିରେ ଘଡ଼ିରେ ଆସି ଛ'ଟା ବାଜିଲାଣି - ତୁ କ'ଣ କରୁଥିଲୁ ଅଫିସରେ ? ଛିଃ ! ଛିଃ !' କହୁ କହୁ ଶ୍ରୀମନ୍ତ ମେଞ୍ଚାଏ ଧୂଆଁ ସିଗାରେଟ୍‌ରୁ ହିମାଂଶୁଙ୍କ ମୁହଁ ଉପରକୁ ଛାଡ଼ିଲା ! ହିମାଂଶୁ ହସିଲେ । କାରଣ ଅନ୍ୟ କିଛି ଉପାୟ ନ ଥିଲା ।

ଶ୍ରୀମନ୍ତ କହିଲା - 'ପଦ୍ମିନୀ ଆସିଛି - କାଲି ତମେ ସମସ୍ତେ ଆମ ଘରକୁ ଯିବ... ଆରେ... ଭୁଲିଗଲି - ଦେଖ ହିମାଂଶୁ ! ମୋର ଏଇ ବୟସରୁ ଗୋଟାଏ ବଡ଼ ବଦ୍‌ଗୁଣ ହେଲାଣି ଯେ ମୁଁ ସବୁ କଥା ଭୁଲିଯାଉଛି... !'

ହିମାଂଶୁଙ୍କୁ କ୍ଳାନ୍ତ ଲାଗିଲାଣି । ସେ ବିରକ୍ତ ହୋଇ କହିଲେ - 'ଦେ କହ - ତୁ ଏତେ ଗୌରଚନ୍ଦ୍ରିକା କରୁ ଯେ ମୋର ଧୈର୍ଯ୍ୟ ପଳାଉଛି । ଶ୍ରୀମନ୍ତ... ତୁ ତ ଜାଣୁ... !' ହଠାତ୍ ହିମାଂଶୁ ଅଟକିଲେ । ଶ୍ରୀମନ୍ତ କିଛି କହିଲା ପୂର୍ବରୁ ଆନନ୍ଦରେ ଛଳଛଳ ହୋଇ ପଶି ଆସିଲେ ମାନସୀ - ତାଙ୍କ ପଛକୁ ପଦ୍ମିନୀ - ଶ୍ରୀମନ୍ତଙ୍କ ସ୍ତ୍ରୀ । ଆଉ ପଦ୍ମିନୀଙ୍କ ପଛକୁ ଏ କିଏ ? ଆରେ ଏ ଯେ ଶ୍ୱେତା - ମହାଶ୍ୱେତା ... ! ହିମାଂଶୁ ଭୂତ ଦେଖିଲା ଭଳି ଚମକି ଛିଡ଼ାହେଲେ ଚେୟାର ଉପରୁ । ମାନସୀ ପାଟିକରି ଉଠିଲେ -

'ଏଇ ଦେଖିଲଣି ପଦ୍ମିନୀକୁ - କେତେ ମୋଟା ହୋଇଯାଇଛି। ଆଉ ଏ ତ ଶ୍ୱେତା- ତମ କବିତାର ସ୍ତାବକ - ଶ୍ରୀମତୀ ରାଧା। ବିବାହ ନିମନ୍ତ୍ରଣ ଦେବାକୁ ଆସିଛନ୍ତି ଗୋ ...!' କହି ମାନସୀ ଶ୍ୱେତାର ଗାଲ ଚିପିଦେଲେ। ଶ୍ୱେତାର ମୁହଁରେ ଲଜ୍ଜାର ପାଟଳିମା। ସୁବର୍ଣ୍ଣ ଜିଣି ଶ୍ୱେତାର ସେଇ ଅନୁପମ କାନ୍ତିରେ ଯେମିତି ମୁହୂର୍ତ୍ତକ ପାଇଁ ହିମାଂଶୁଙ୍କ ବେପଥୁ ହୃଦୟ ସ୍ୱପ୍ନ ବିଭୋର ହୋଇଉଠିଲା। ସେ ଦୃଷ୍ଟି ଫେରେଇଲେ ମାନସୀଙ୍କ ଦୃଷ୍ଟିକୁ। ସେଥିରେ ଥିଲା ଆନନ୍ଦ ଓ ପ୍ରଶାନ୍ତି। ଆଶ୍ଚର୍ଯ୍ୟ ହେଲେ ହିମାଂଶୁ!

ଶ୍ରୀମନ୍ତଠୁ ହିମାଂଶୁ ବୁଝିଲେ କିଛିଦିନ ରାଞ୍ଚି ହସପିଟାଲରେ ରହିଲା ପରେ ଶ୍ୱେତା ଅଳ୍ପଦିନ ହେବ ଫେରୁଛି। ଆଉ ନିକଟରେ ସେ ବିବାହ କରୁଛି ବିଖ୍ୟାତ ସଂଗୀତଜ୍ଞ କମଳକୁମାରଙ୍କୁ ...! ଆହୁରି କେତେ କ'ଣ କହୁଥିଲା ଶ୍ରୀମନ୍ତ - ହିମାଂଶୁ ଯେମିତି ଶୁଣି ବି ଶୁଣି ନ ଥିଲେ। କମଳକୁମାର! ବିଖ୍ୟାତ ସୁରକାର ସଙ୍ଗୀତଜ୍ଞ ଯେ ହିମାଂଶୁଙ୍କ ପ୍ରତିଟି କବିତାକୁ ସୁର ଦେଇଛନ୍ତି - ତାଙ୍କ କଣ୍ଠରେ ଯେତେବେଳେ ହିମାଂଶୁ ଆପଣାର କବିତାର କଲ୍ଲୋଳମୟ ଝଙ୍କାର ଶୁଣନ୍ତି - ସେ ଆତ୍ମହରା ହୋଇ ଭୁଲିଯାନ୍ତି ଜଗତ- ଶ୍ୱେତା ଯଦି କମଳଙ୍କୁ ବିବାହ କରେ ତା'ହେଲେ ହିମାଂଶୁଠୁ ବେଶି ଆଉ ସୁଖୀ କିଏ ହେବ?

ଗୋଟି ଗୋଟି ହୋଇ ସେମାନେ ବିଦାୟ ନେଲେ। ହସର ଲହଡ଼ି ଉଠୁଛି ସବୁରି ଓଠରେ। ସେ ଲହଡ଼ିରେ ଯେମିତି ବାରବାର ସ୍ନାନ କରି ହିମାଂଶୁ ଆପଣା ମନକୁ ଶୀତଳଉ ଥିଲେ।

ଆଗେଇ ଦେଇ ସେମାନଙ୍କୁ କିଛିଟା ରାସ୍ତା ଫେରୁଥିଲେ ଏକାକୀ ହିମାଂଶୁ। ରାସ୍ତାର ପରିଷ୍କାର ଜହ୍ନ ଭିତରେ ଆଜି ତାଙ୍କୁ ସମସ୍ତ ଘଟଣା ଝାପ୍‌ସା ଲାଗୁଥିଲା। ମନେପଡ଼ିଲା ଅଲିଅଳୀ ଅପା କଥା। ସେ କହିଥିଲା ଆଶୁଭାଇନାକୁ ଲେଖିବା ପାଇଁ। ତା' ପରି ଅଭାଗିନୀ ଝିଅଙ୍କ ମୁହଁରେ ଫୁଟାଇବା ପାଇଁ ହସ। ଆହୁରି କେତେ କାହାର ଅନୁରୋଧ - ରକ୍ତ ଓ ଅଶ୍ରୁର ଅନୁରୋଧ! ସେ କାହାକୁ କ'ଣ ଦେଲେ? ଆଗକୁ ଦଶ ପାଦ ଯାଇଁ ପଛକୁ ପନ୍ଦର ପାଦ ଫେରିଲେ ଯାହା।

ଶୋଇଲାଘରେ ପଶି ଅବାକ୍ ହେଲେ ହିମାଂଶୁ। ମାନସୀ ନାହିଁ। ପାଖ ଘରୁ ଗୁଣୁଗୁଣୁ ସ୍ୱର ଭାସିଆସୁଛି ମାନସୀର ବହୁ ହଜିଲା ଦିନର ସ୍ମୃତି ନେଇ। ଫୁଲଦାନିରେ ଆଜି ରଜନୀଗନ୍ଧାର ତୋଡ଼ା ରହିଛି। ଫୁଲଦାନି ତଳେ ଗୋଲାପି କାଗଜଖଣ୍ଡେ। କେଜାଣି କାହିଁକି ରଙ୍ଗର ଚମକ ହେତୁ ବୋଧେ ହିମାଂଶୁ କାଗଜଟା ଉଠାଇଆଣି ଖୋଲିଲେ - ମାନୁଅପା,

ଛଳେଇ କରି ବହୁଦିନ ତଳେ ଖଣ୍ଡେ ଚିଠି ଲେଖିଥିଲ - ପଢ଼ି ସେଦିନ

ହସିଥିଲି। ସବୁ ସ୍ତ୍ରୀ କ'ଣ ସମାନ? ତମର ଯେଉଁ ଭାଗ୍ୟ ମାନୁଅପା ସେଥିରେ ଶ୍ୱେତା କାହିଁକି ଭାଗୀ ହେବ? ବରଂ ସେ ଚାହେଁ ତମର ଯାତ୍ରାପଥରେ ଫୁଟୁ ଲକ୍ଷ ଗୋଲାପ - କଥାରେ ଫୁଟୁ କୋଟିଏ ପାରିଜାତ ଯେ ମୋର ଆରାଧ୍ୟ କବିଙ୍କୁ ଦେବ ଜୀବନରେ ରଙ୍ଗ ଆଉ ସ୍ୱପ୍ନ!

ତମେ ତ ଜାଣ - ଚନ୍ଦ୍ରର କୁମୁଦ ପ୍ରତି ଅସୀମ କରୁଣା। କିନ୍ତୁ ଚକ୍ରବାକୀଙ୍କୁ ଚନ୍ଦ୍ର କ'ଣ ଦିଏ? ଅଧିକ ବିହ୍ୱଳ କରେ ଯାହା। କମଳିନୀ ପାଇଁ ସୂର୍ଯ୍ୟ ଆସେ ଉଲ୍ଲାସ ନେଇ କିନ୍ତୁ ସୂର୍ଯ୍ୟମୁଖୀଙ୍କୁ ସେ କ'ଣ ଦିଏ? ତଥାପି ତମେ କ'ଣ କହିବ, କି ଉତ୍ତର ଦେବ ମତେ ବୁଝାଇ ପାରିବ ସୂର୍ଯ୍ୟମୁଖୀ କାହିଁକି ସାରାଦିନ ସୂର୍ଯ୍ୟଙ୍କୁ ଚାହିଁ ଜୀବନ କାଟେ?

ଚନ୍ଦ୍ର ମୁଁ ପାଇ ନାହିଁ। ସୂର୍ଯ୍ୟର ପ୍ରଶ୍ନ ଉଠେ ନାହିଁ। ହିମାଂଶୁଙ୍କ କବିତା ଅପେକ୍ଷା କମଳଙ୍କ କଣ୍ଠର ସ୍ୱର ମତେ ବେଶି ଆକର୍ଷଣ କରିଛି। ତମେ ଭାଗ୍ୟବତୀ ମାନୁଅପା! ତମକୁ କାହିଁକି ମୁଁ ହିଂସା କରିବି କବିର କଲମକୁ ମୁଁ ଚାହିଁଛି। କବିଙ୍କୁ ନୁହେଁ - ସେ ତମର - ସେ ଏକାନ୍ତ ତମର ...!'

ଆହୁରି ଗୁଡ଼ାଏ ଅପଢ଼ା ରହିଗଲା - ଫଟ୍ କରି ପଛଆଡୁ ଚିଠିଟା ଟାଣିନେଲେ ମାନସୀ! ଚିତ୍କାର କରି ଆରେ ଆରେ ଏ କ'ଣ କରୁଛ ଶୁଣେ - ପର ଚିଠି ପଢ଼ିବନି କେବେହେଲେ! ମାନସୀଙ୍କ କଣ୍ଠରେ ଲଜ୍ଜା ଲହଡ଼ି ଭାଙ୍ଗୁଛି।

ହିମାଂଶୁ ଚାହିଁଲେ। ମାନସୀ ଆଜି ବହୁଦିନ ପରେ ସାଜିଛନ୍ତି। ଖୋଷାରେ ତାଙ୍କର ମଲ୍ଲୀର ହାର - କପାଳରେ ଉଜ୍ଜ୍ୱଳ କୁଙ୍କୁମ ଟିକା - ସିନ୍ଥିରେ ଚଉଡ଼ା ସିନ୍ଦୂର - ପାଦରେ ଅଳତା। ଶୁଭ୍ରବସ୍ତ୍ରରେ ଆପାଦ-ମସ୍ତକ ଏକ ନବବଧୂ ପରି ସେ ଆଚ୍ଛାଦିତ। ଶ୍ୱେତାର ବର୍ଣ୍ଣିତ ଏକ ଶୁଭ୍ର କୁମୁଦ ସେ।

ହିମାଂଶୁ ଝରକା ପାଖକୁ ମାନସୀଙ୍କୁ ଟାଣିନେଲେ ଏକ ଆବେଗରେ - 'ଦେଖ ମାନସୀ! ସେଇ ପୋଖରୀ ଭିତରେ ଯେଉଁ ଫୁଲଟା ଫୁଟିଛି ଦେଖୁଛ - ଆଉ ଆକାଶରେ ସେଠି ଜହ୍ନ ଦେଖୁଛ ମାନସୀ। ଆକାଶର ବକ୍ଷ ଥରାଇ ସେଇ ଯେଉଁ ପକ୍ଷୀଟି ଉଡ଼ି ଯାଉଛି ସେ ଯଦି ଏକ ଚକ୍ରବାକୀ ହୁଏ ତା' ହେଲେ ଚନ୍ଦ୍ର କ'ଣ ତା'ର ଶୀତଳ କିରଣ ଢାଳିବା ବନ୍ଦ କରିବ? ତମେ କ'ଣ ମନା କରିପାରିବ ତା'ର ଗତିକୁ। ସେ ଏମିତି ଚିର ଅବାଧ ...!'

ପିତୃପିତାମହ ଅମଳର ସେଇ ପୁରୁଣା କଲମଟିକୁ ହିମାଂଶୁଙ୍କ ପଞ୍ଜାବି ପକେଟ୍‌ରେ ରଖି ଦେଉ ଦେଉ ତାଙ୍କ ପାଟିରୁ କଥା ଛଡ଼ାଇ ମାନସୀ ଉତ୍ତର ଦେଲେ - 'ରାତି ଅଧରେ କବିତ୍ୱ ନ କଲେ ଚଳିବ କବି!' ■

କସ୍ତୁରୀ ମୃଗ ଓ ସବୁଜ ଅରଣ୍ୟ

ଏକ ଅସହ୍ୟ... ଅବ୍ୟକ୍ତ ଯନ୍ତ୍ରଣାରେ ନିଦ ଭାଙ୍ଗିଗଲା ଇନ୍ଦ୍ରଜିତ୍‌ଙ୍କର। ହାତଟାକୁ ଭୟାନକ କ୍ଷିପ୍ରତାର ସହିତ ଛିଞ୍ଚାଡ଼ି ଦେବା ଦ୍ୱାରା ଖଟପାଖରେ ଥିବା ମେଜ ଉପରୁ କାଚଗ୍ଲାସଟା ଝଣଝଣ ହୋଇ ପଡ଼ିଗଲା ଘର ଚଟାଣ ଉପରେ। ସେହି ଶବ୍ଦରେ ଛାତିରେ ଏକ ଗୁରୁଯନ୍ତ୍ରଣା ନେଇ ଉଠିବସିଲେ ଇନ୍ଦ୍ରଜିତ୍। ଲାଇଟ ଓ ଫ୍ୟାନ୍ ମୁଣ୍ଡ ଉପରେ ବିଚିତ୍ର ଅନୁଭୂତି ଆଣୁଛନ୍ତି। ଦେହରେ ସେମିତି ରହିଛି ସୁଟ୍। ଟାଇଟା ସତେକି ସାପଟା ପରି ବେକରେ ଗୁଡ଼େଇ ହୋଇଯାଇଛି। ଇନ୍ଦ୍ରଜିତ୍ ଲମ୍ଫ ଦେଇ ବିଛଣାରୁ ଉଠିଲେ। ସର୍ବୋପରି ସେଇ ସ୍ୱପ୍ନ! ବିଚିତ୍ର - ଏହାଠୁ ଆଉ କିଛି ବିଚିତ୍ର ପୃଥିବୀରେ ଥାଇ ନ ପାରେ। କେମିତି ଗୋଟାଏ ଭୟ ଲାଗିଲା ତାଙ୍କୁ। ଶୋଷ... ତଣ୍ଟି ଜଳୁଛି। ଡାକିବେ ? ଘଡ଼ିରେ ଦୁଇ ବାଜିଲା। ଦ୍ୱାର ଖୋଲି ବାରଣ୍ଡାକୁ ଆସିଲେ ଇନ୍ଦ୍ରଜିତ୍। କେମିତି ଭୟ ଲାଗୁଛି, ପାଦ ଓ ମୁଣ୍ଡର ଭୟାନକ ଅସ୍ଥିରତା।

ବାହାରେ ଅପର୍ଯ୍ୟାପ୍ତ ଜ୍ୟୋତ୍ସ୍ନା। କି ତିଥି କେଜାଣି! ଇନ୍ଦ୍ରଜିତ୍‌ଙ୍କର ଖିଆଲ ନାହିଁ। ତା'ର ଖବର ରଖିବା ମୁସ୍କିଲ। ପରନ୍ତୁ ସେ କଥା ସଠିକ ଭାବରେ ନୀଳାମ୍ବରୀ କହିପାରିବେ। କିନ୍ତୁ ଇଏ ତ ନିର୍ଘାତ ସତକଥା - ଏମିତି ଏକ ଜ୍ୟୋତ୍ସ୍ନାରାତିର ସ୍ୱପ୍ନ ସେ ଏଇକ୍ଷଣି ଦେଖୁଥିଲେ। ତା' ସହିତ ଅନେକ ଦିନ ତଳର, ଖୁବ୍ ପିଲାଦିନର ସେଇ ବାଲିଖେଳ ବେଳର କେତୋଟି କଥା ଆଖି ଆଗରେ ସ୍ୱପ୍ନର ସେଇ ଚିତ୍ରପଟ ପୂର୍ଣ୍ଣ ସତେଜ ହୋଇ ନାଚିଉଠିଲା। ବାରଣ୍ଡାର ବାଡ଼ ଦେହରେ ଶୀତଳ ପବନ ଆଡ଼କୁ ମୁଣ୍ଡରଖି ଇନ୍ଦ୍ରଜିତ୍ ହେଜିନେଲେ ସେଇ ଅତୀତକୁ ଆଉଥରେ। ହଁ ଠିକ୍ ତ ଠିକ୍ ମନେପଡୁଛି... ସ୍କୁଲରେ ପଢୁଥିଲେ ବୋଧହୁଏ ସପ୍ତମ ଶ୍ରେଣୀରେ - ସିଏ ଆଉ ଦୀପୁ। ଇନ୍ଦ୍ରଜିତ୍ ଏବଂ ସୁଦୀପ୍ତରଞ୍ଜନ। ଦୁଇଜଣଙ୍କର ଚେହେରାରେ ଥିଲା ଅଦ୍ଭୁତ ଅମେଳ। କିନ୍ତୁ ପରସ୍ପରକୁ ଭଲପାଉଥିଲେ ଅତି ନିବିଡ଼ ଭାବରେ। ଦୀପୁ ଥିଲା ଖୁବ୍ ବଡ଼ ଲୋକର ବିଶାଳ ସମ୍ପତ୍ତିର ଏକମାତ୍ର ଉତ୍ତରାଧିକାରୀ। ଆଉ ନିଜେ ଇନ୍ଦ୍ରଜିତ୍

ଥିଲେ ଏକ ନିଃସ୍ୱ ଦରିଦ୍ର କିରାଣିର ସପ୍ତମ ସନ୍ତାନ। ଦୁହିଁଙ୍କର ଲକ୍ଷ୍ୟ କ'ଣ ଥିଲା ସେତେବେଳେ ମନେ ନାହିଁ - କିନ୍ତୁ ଚିନ୍ତାଧାରା ଯେ ବିପରୀତମୁଖୀ ସେଥିରେ ଚିନ୍ତା କରିବାର କିଛି ନ ଥିଲା। ତଥାପି କେଜାଣି କାହିଁକି ଇନ୍ଦ୍ରଜିତ୍ ଦୀପୁକୁ ମୁହୂର୍ତ୍ତେ ନ ଦେଖି ରହିପାରୁ ନ ଥିଲେ। ଅନେକ ମାଡ଼ଗୋଳ, ମାନ ଅଭିମାନ ହୋଇଥିବ, ତଥାପି ସନ୍ଧ୍ୟାବେଳେ ସେମାନେ ନିଶ୍ଚୟ ପରସ୍ପରକୁ ଭେଟିବେ। ହଠାତ୍ ଦିନେ ଦୀପୁ ତାଙ୍କୁ ଦେଖିଲାକ୍ଷଣି ପଚାରିଥିଲା ଖୁବ୍ ଆବେଗ ସହକାରେ - 'ଜିତୁ! ବଡ଼ହେଲେ ତୁ କ'ଣ ହେବୁ? ମଣିଷ କ'ଣ କଲେ ଆଉ କ'ଣ ପାଇଲେ ସୁଖୀ ହୁଏ ଜିତୁ?' ପରିଷ୍କାର ମନେଅଛି ଇନ୍ଦ୍ରଜିତ୍‌ଙ୍କର, ଦୀପୁର ଏଇ ବଡ଼ ସିରିୟସ୍ ପ୍ରଶ୍ନଟାକୁ ଏକ ହାଲୁକା ହସରେ ଉଡ଼େଇ ଦେଇ ଆଖୁଛେଦ୍‌ରା ଖଣ୍ଡ ଖଣ୍ଡ କରି ପାଟିରୁ କାଢୁ କାଢୁ ଠୋଠୋ ହସି ସେ ଉତ୍ତର ଦେଇଥିଲେ - "ଆରେ ନିର୍ବୋଧ! କ'ଣ କଲେ ମଣିଷ ସୁଖ ପାଏ ଜାଣିନୁ! ଟଙ୍କା ଆରେ ଟଙ୍କା। ପକେଟ୍ ଯେତେଦିନ ପର୍ଯ୍ୟନ୍ତ ଉଷୁମ, ସେତେଦିନ ପର୍ଯ୍ୟନ୍ତ ମନଟା ବି ଉଷୁମ। ପକେଟ୍ ଥଣ୍ଡା, ମନ ଏକଦମ୍ ହେମାଳ ମଣ୍ଡା। ଟଙ୍କା ହେଉଛି ସବୁ ମୂଳ।"

"ଟଙ୍କା! ଟଙ୍କା ମଣିଷକୁ ସୁଖ ଦିଏ ଜିତୁ!! କାହିଁ ଆମ ଘରେ ତ ଏତେ ଟଙ୍କା ଅଛି - ମୋତେ କିଛି ସୁଖ ଲାଗୁନି। ତୁ ମିଛ କହୁଛୁ ଜିତୁ... ମଣିଷର ମନ ଯଦି ଭଲ ନ ରହେ, ସୁଖ, ଶ୍ରଦ୍ଧା, ସ୍ନେହ, ମମତା ଯଦି ନ ମିଳେ ତା'ହେଲେ ସେ ସୁଖ ପାଏନା।"

"ଧେତ୍ ବୋକା! ପାଠପଢ଼ା ବହି କଥା କହୁଛୁ ତୁ। ବହିରେ ଯାହା ଲେଖାହୋଇଥାଏ, ସେ ସବୁ ପରୀକ୍ଷାରେ ପାସ୍ କରିବା ପାଇଁ। ସେଗୁଡ଼ା ଯଦି ସତ ହୁଅନ୍ତା ନାଁ ତା'ହେଲେ ଆକାଶ ଆଉ ପୃଥିବୀର ଦୂରତା ମୋଟେ ରହନ୍ତା ନାହିଁ। ଆଉ ତୁ ସେଇଗୁଡ଼ା ଭାବି ବାଇଆ ହଉଛୁ। ... ହଉ ଛାଡ଼... ଆସିଲୁ, ଆ ଖେଳିବା।"

"ନା ନା ଜିତୁ, ତୁ ଯାହା କହୁଛୁ ସବୁ ମିଛ। ହଇରେ, ବହି କଥା ସବୁ ମିଛ? ଆଉ ତୋ କଥା ସବୁ ସତ! ମୋତେ ମାରିପକେଇଲେ ବି ମୁଁ ବିଶ୍ୱାସ କରିବିନି।" ଦୀପୁ ତା' ଛିଟ ଛିଟ ସିଲ୍‌କ ଜାମା ପିନ୍ଧା ଦେହଟାକୁ ଘାସ ପଡ଼ିଆରେ ଗଡ଼େଇଦେଲା। ଦୀପୁର ଏମିତି ପରିହାସ କରି କଥାଟାକୁ ଉଡ଼େଇଦେବା ଢଙ୍ଗ ଇନ୍ଦ୍ରଜିତ୍‌ଙ୍କୁ ଉତ୍ୟକ୍ତ କରିଦେଇଥିଲା। ରାଗରେ ଜଳିଯାଇ ସେ ଉତ୍ତର ଦେଇଥିଲେ, - "ତୁ ଭଲରେ ଖାଇପିଇ ସୁଖରେ ଅଛୁ ନା ଦୀପୁ! ସେଇଥିପାଇଁ ତୁ ଜାଣିନୁ, ବୁଝିପାରୁନୁ ଟଙ୍କା ମଣିଷକୁ କେତେ ସୁଖ ଦିଏ।"

"ମୋ ବାପାଙ୍କର ଟଙ୍କା ଅଛି। ମୋ ନିଜର ତ ନାହିଁ।"

"ସମଗ୍ର ଜୀବନ ପଡ଼ି ରହିଛି ଦୀପୁ! ଦେଖିବା, ଟଙ୍କା ପଇସା ଛାଡ଼ି ଦେଇ ମଣିଷ କେଉଁଠୁ କେବେ ଶାନ୍ତି ପାଇପାରେ ବୋଲି ତୁ ମୋତେ କହିବୁ। ତୁ ଭାବ ନାହିଁ, ଆମେ କେବେ ଷାଠିଏ ବର୍ଷ ପୂର୍ବରୁ ମରିଯିବା! କଥା ରହିଲା - ତୋତେ ଯେତେବେଳେ ଷାଠିଏ ବର୍ଷ ହେବ, ମୋତେ ସେତେବେଳେ ଷାଠିଏ ବର୍ଷ ହେବ। ନ ହେଲେ କେତେ ଦିନ ଏପଟ ସେପଟ ହେବ ଏଇ ତ! ଯେମିତି ଷାଠିଏ ହୋଇଯିବ ତୁ ଆସି ମୋତେ କହିବୁ ଷାଠିଏ ବର୍ଷ ଭିତରେ ତୋର ଅଭିଜ୍ଞତା ସୁଖ ସମ୍ବନ୍ଧରେ କ'ଣ ହେବ। ଏଇକ୍ଷଣି ତୋତେ ଆଉ ଯୁକ୍ତି କରି ମୁଁ ବୁଝେଇ ପାରିବିନି।"

"ଆଚ୍ଛା ଠିକ୍ ଅଛି। ମୁଁ ତୋତେ କହିବି ଆଉ ତୁ ମୋତେ କହିବୁ। ଷାଠିଏ ବର୍ଷ ପରେ। ଆଜି ଥାଉ। ଠିକ୍ ମନେ ରହିଲା ତ? ପଛରେ ଯଦି ତୁ ନ ମାନୁ ଜିତୁ? ସତକଥା ନ କହୁ।"

"ଆରେ ଯାଃ - ମୋ ନାଁ ଇନ୍ଦ୍ରଜିତ୍! ମୁଁ ଯାହା କହିଛି ତାହା ହୋଇଛି। ତୁ ଦେଖିବୁ ରହ - ସେତେବେଳେ କେମିତି ତୁ ମୁହଁ ଶୁଖେଇ କହିବୁ ଆଉ ହାର ମାନିବୁ!"

"ଆଉ ମୁଁ ଯାହା କହିଛି, ସବୁ କଣ ମିଛ ଜିତୁ?"

"ମିଛ, ମିଛ, ମିଛ - ଶହେଥର କହିବି ମିଛ, ମିଛ, ମିଛ।" ହିଃ-ହିଃ-ହିଃ- କରି ପ୍ରଚଣ୍ଡ ହସି ତାଳିମାରି ଇନ୍ଦ୍ରଜିତ୍ ଦୀପୁର ଚାରିପଟେ ଘୂରି ଘୂରି ଚକା ଚକା ଭଉଁରୀ ଖେଳିଥିଲା।

ହଠାତ୍ ଯେମିତି କାନରେ କେଉଁ ଦୂର ଅତୀତର ଆପଣାର ହସ ବାଜି ତାଙ୍କର ଅଚେତନ ମନକୁ ସଜାଗ କରିଦେଲା। ବାରଣ୍ଡା ଧାରରୁ ସେ ଉଠି ଆସିଲେ। ସବୁ ମନେ ପଡୁଛି। କେତେ ଦିନ ତଳର କଥା। ଷାଠିଏ ବର୍ଷ ଆଜି ତ ତାଙ୍କୁ ହୋଇଛି। ବନ୍ଧୁ ବାନ୍ଧବ ପ୍ରିୟ ପରିଜନ ଗହଳି ରାତ୍ରୀ ଆସର ଶେଷହେବା ପର୍ଯ୍ୟନ୍ତ ତାଙ୍କର ଦୀପୁର କଥା ମୋଟେ ମନେ ନାହିଁ। କେତେଦିନ ହେଲା ଦେଖା ଯେ ହୋଇନି ତା'ର ହିସାବ ବି ନାହିଁ। ଜନ୍ମ ଦିନରେ ଅନ୍ତତଃ ଏଇ ଷାଠିଏ ଜନ୍ମ ତିଥିରେ ଦୀପୁକୁ ଡାକିବା କଥା ତାଙ୍କର। ସେ ତ ଭୁଲି ଯାଇଛନ୍ତି। ଦୀପୁ ଦେଖାହେଲେ ସେ କହିବେ ଜୀବନରେ ଭାରି ସୁଖ ପାଇଛନ୍ତି ଅପର୍ଯ୍ୟାପ୍ତ ଐଶ୍ୱର୍ଯ୍ୟ ଭିତରେ। ହଁ କହିବେ, ନିର୍ଭୀକ ଭାବରେ ସେ କହିବେ। ଷାଠିଏ ବର୍ଷ ଭିତରେ, ଯେଉଁଥିରେ ସେ ହାତ ଦେଇଛନ୍ତି ସେଥିରେ ସେ ଯଶସ୍ୱୀ ହୋଇଛନ୍ତି, ନାଁ କମାଇଛନ୍ତି। ଆଜି ତାଙ୍କର ଅକଳନ୍ତି ଟଙ୍କା, ଅକଳନ୍ତି ପ୍ରାଚୁର୍ଯ୍ୟ। ସହରର ନାମଯାଦା ବ୍ୟକ୍ତି, ସ୍ତ୍ରୀ, ପୁତ୍ର, କନ୍ୟା ତାଙ୍କର ମନଲାଖି। ବନ୍ଧୁବାନ୍ଧବର ସୀମା ନାହିଁ। ଆନନ୍ଦ, ନାଚ, ଗୀତ, ମଉଜ ମଜଲିସ୍ କମ୍ ହୁଏନି ତାଙ୍କର। ସେ ଚାହିଁଥିଲେ ସହରର ବିରାଟ ଅଟ୍ଟାଳିକା - ସେ ହୋଇଛି ତାଙ୍କର, ସେ ଚାହିଁଥିଲେ

ଅସୁମାରୀ ଐଶ୍ୱର୍ଯ୍ୟ, ବ୍ୟାଙ୍କ ବାଲାନ୍‌ସ, ସୁନା ହୀରା ହୋଇଛି ତାଙ୍କର ଅସରନ୍ତି। ସେ ଚାହିଁଥିଲେ ସର୍ବଶ୍ରେଷ୍ଠ ସୁନ୍ଦରୀ ସ୍ତ୍ରୀ, ନୀଳାମ୍ବରୀ ତାଙ୍କର ସୁନ୍ଦରୀ ଶ୍ରେଷ୍ଠା। ସେ ଚାହିଁଥିଲେ ଆନନ୍ଦ - ମିଳିଛି ତାଙ୍କୁ କ୍ଲବ, ମଦ ଆଉ ଅସଂଖ୍ୟ ସୁନ୍ଦରୀ ନାରୀ। କ'ଣ ତାଙ୍କର ଅଭାବ। ସବୁ ତ ଟଙ୍କା ଦେଇ ପାଇଛନ୍ତି ଯେତେବେଳେ ଯାହା ଚାହିଁଛନ୍ତି। ତେବେ କାହିଁକି ସେ କହିବେନି ନିଜକୁ ପରମ ସୁଖୀ ବୋଲି। ସେ ତ କାହାକୁ ସର୍ବୋପରି ଦୁଃଖ ଦେଇ ନାହାନ୍ତି। କେତେବେଳେ ଦୁଃଖ ଦେଲେ ? ସବୁ ତାଙ୍କର ଅସରନ୍ତି। ସୁଖ ତାଙ୍କର ଅସୀମ। ତଥାପି... ଇନ୍ଦ୍ରଜିତ୍ ଉଠିଲେ। ଶୋଷ କରୁଛି। ତଳ ମହଲାକୁ ଯିବାକୁ ହେବ। ଉପରେ ପାଣି ଟୋପାଏ ବି ରଖୁ ନାହାନ୍ତି ଏମାନେ... ଏତେ ଲୋକ ଥାଇ...। ତାଙ୍କଭଳି ସୁଖୀ ଆଉ ଐଶ୍ୱର୍ଯ୍ୟଶାଳୀ ଲୋକକୁ ପାଣି ମୁନ୍ଦାଏ ପାଇଁ ରାତି ଅଧରେ ତଳକୁ ଯିବାକୁ ହେବ। ସେ ଧୀରେ ଧୀରେ ଓହ୍ଲେଇଲେ ତଳକୁ। ଜହ୍ନ ଲୋଟୁଛି ସିଡ଼ି ଉପରେ ଲୋଟଣୀପାରା ଭଳି। ମନେହେଲା ତାଙ୍କୁ ସତେବା ଜହ୍ନଟା 'ସୁଖ' ହୋଇ ତାଙ୍କ ପାଦତଳେ ଖେଳୁଛି। କହୁଛି, 'ମୁଁ ହାରିଗଲି ତୁମରି ପାଖରେ। ଇନ୍ଦ୍ରଜିତ୍ ତୁମେ ବଡ଼, ତୁମେ ମୋଠାରୁ ବି ବଡ଼।' ଇନ୍ଦ୍ରଜିତ୍ ସଗର୍ବରେ ହସିପକାଇଲେ।

ତଳ ମହଲାକୁ ଆସି ବାହାର ବାରଣ୍ଡାରେ ଥୁଆ ହୋଇଥବା ସୁରେଇରୁ ପାଣି ପିଇଲେ ଇନ୍ଦ୍ରଜିତ୍। ଓଃ! କେଡ଼େ ଶାନ୍ତି ଲାଗୁଛି! ନା ନା, କାଲି ତାଙ୍କୁ ପୁରୀଯାଇ ଦୀପୁକୁ କହି ଆସିବାକୁ ହେବ। ଶୁଣାଇ ଆସିବାକୁ ହେବ ନିଜର ବିଜୟ କାହାଣୀ। ଆଉ ଚେତାଇ ଦେବାକୁ ହେବ ଦୀପୁର ପରାଜୟର ଗ୍ଲାନି। ଏକ ଅପୂର୍ବ ଉଲ୍ଲାସରେ ମନ ତାଙ୍କର ନାଚି ଉଠୁଥିଲା। କାହାକୁ ଏଇକ୍ଷଣି ସେ ଏକଥା ନ କହିଲେ ତାଙ୍କୁ ନିଦ ହେବନି। ଇନ୍ଦ୍ରଜିତ୍ ଠିକ୍ କଲେ ଏଇକ୍ଷଣି ପୁଅଝିଅ ଚାକରବାକର ଆଉ ନୀଳାମ୍ବରୀଙ୍କୁ ବସେଇ ସେ ଗପିବେ ଏଇ ଜୀବନ ଜୟଯାତ୍ରାର ସୁଖ ସମୃଦ୍ଧିର କଥା। ଜୀବନସାରା ତ ସେମାନେ ଶୋଇ ଶୋଇ କଟେଇଲେଣି - ଏବେ ଆଜି ଅଧାରାତିରେ ଟିକିଏ ଉଠି ବସନ୍ତୁ। କ୍ଷତି କଣ ? ତାଙ୍କରି ପାଇଁ ତ ସେମାନଙ୍କର ଏତେ ସୁଖ। ଇନ୍ଦ୍ରଜିତ୍ ଖପ୍ ଖପ୍ ଡେଇଁ ଚାଲିଲେ - ସତେକି କେଉଁ ଅତୀତର ସପ୍ତମ ଶ୍ରେଣୀର ଚଳଚପଳ କିଶୋର ସିଏ!

ନୀଳାମ୍ବରଙ୍କ ରୁମ୍ ପାଖରେ ଅଟକିଗଲେ ଇନ୍ଦ୍ରଜିତ୍। ଆଗେ ତାଙ୍କୁ କହିବାକୁ ହେବ। ଝରକା ବାଟେ ଲାଇଟ୍ ପଡୁଛି ବାରଣ୍ଡାରେ। ନୀଳାମ୍ବରୀଙ୍କ ବିଛଣା ଶୂନ୍ୟ। ତାଙ୍କ ଖଟକୁ ଲାଗି ଅନ୍ୟ ଖଟରେ ଝିଅ ଅଞ୍ଜନା ଓ ରଞ୍ଜନା ଶୋଇଛନ୍ତି। ନୀଳାମ୍ବରୀ ଆଣ୍ଠୁମାଡ଼ି ତଳେ ବସିଛନ୍ତି। ସାମ୍ନାରେ ତାଙ୍କର ହରପାର୍ବତୀଙ୍କର ଯୁଗଳ ଫଟୋ। ଧାର ଧାର ଅଶ୍ରୁ ଗଣ୍ଡ ଭିଜାଇ ବୋହିଯାଉଛି। ଇନ୍ଦ୍ରଜିତ୍ ପ୍ରଥମେ ବୁଝିପାରିଲେନି ନୀଳାମ୍ବରୀ

କ'ଣ କରୁଛନ୍ତି। ତାଙ୍କର ବାରଣ ସତ୍ତ୍ୱେ ସେ ମୂର୍ତ୍ତି ପୂଜା କରୁଛନ୍ତି ? କ'ଣ ତାଙ୍କର ଅଭାବ ବୋଲି ସେ ଏତେ କାନ୍ଦୁଛନ୍ତି ? ? ଇନ୍ଦ୍ରଜିତ୍ ଯେମିତି ଗୋଲକଧନ୍ଦାରେ ପଡ଼ିଛନ୍ତି। ଡାକିବେକି ନାହିଁ ସେ କିଛି ସ୍ଥିର କରି ପାରିଲେନି। ନୀଳାମ୍ବରୀ କାନ୍ଦି କାନ୍ଦି କହୁଛନ୍ତି – "ପ୍ରଭୁ ହେ! ହେ ଶିବଶଙ୍କର! ହେ ମହାମାୟା! ହେ ମହାକାଳୀ! ତୁମରି ଶରଣ। ସାରାଜୀବନ କନ୍ଦେଇ କନ୍ଦେଇ ମାରିଲ ପ୍ରଭୁ। କି ସୁଖ ପାଇଲ ତୁମେ ହିଁ ଜାଣ। ଟିକିଏ ଶାନ୍ତି, ଟିକିଏ ମୃତ୍ୟୁ ଦିଅ। ଐଶ୍ୱର୍ଯ୍ୟ ଲୋଡ଼େ ନାହିଁ। ଯଶ ମାନ ମୋର କ'ଣ ହେବ ପ୍ରଭୁ। ଯାହା ଦେଇଛ ସବୁ ଫେରେଇ ନିଅ। ମୋତେ କାଙ୍ଗାଳ କର; ମୋତେ ନିଃସ୍ୱ କର। ମୁଁ ଯେ ତୁମର ଏଇ ଦାନର ଭାର, ଐଶ୍ୱର୍ଯ୍ୟର ବୋଝ..."

ଇନ୍ଦ୍ରଜିତ୍‌ଙ୍କୁ ଅସହ୍ୟ ମନେହେଲା। ଅସହ୍ୟ, ନିହାତି ଅସହ୍ୟ, ନାରୀର ଏଇ ପ୍ରଳାପ! ସବୁ ଥାଇ ମଧ୍ୟ ନିଜକୁ ନିଃସ୍ୱ ବୋଲି କହି ସେ ଶାନ୍ତି ପାଏ। କ'ଣ ନ ଦେଇ ପାରିଛନ୍ତି ବୋଲି ସେ, ନୀଳାମ୍ବରୀ ସେଇ ନିର୍ଜୀବ ପ୍ରାଣହୀନ ଫଟୋଗୁଡ଼ିକ ଆଗରେ ଅଶ୍ରୁ ଢାଳୁଛନ୍ତି। ଫେର କ'ଣନା ସବୁ ଫେରେଇ ନେବା ପାଇଁ। ଇନ୍ଦ୍ରଜିତ୍ ଏକ କର୍କଶ କଣ୍ଠରେ ଡାକ ଛାଡ଼ିଲେ –

"ନୀଳାମ୍ବରୀ! ଚୁପ୍ କର! ଚୁପ୍‌କର ତୁମେ। ଏ ମୋର ଆଦେଶ – ପ୍ରାର୍ଥନା ବନ୍ଦ କର ତୁମେ। ଇନ୍ଦ୍ରଜିତ୍ ଦାସ ମହାପାତ୍ରର ସ୍ତ୍ରୀ ହୋଇ, ସକଳ ଐଶ୍ୱର୍ଯ୍ୟ ପ୍ରାଚୁର୍ଯ୍ୟର ଅଧିକାରିଣୀ ହୋଇ ଏକ ନିର୍ଜୀବ ମୂର୍ତ୍ତି ପାଖରେ ରାତିଅଧରେ ଛଳନାରେ ଅଶ୍ରୁ ଗଡ଼ାଇ କାନ୍ଦିବାକୁ ତମକୁ ଲଜ୍ଜାବୋଧ ହେଉନି ?"

ନୀଳାମ୍ବରୀଙ୍କର ଅଶ୍ରୁଧାର ମନକୁ ମନ ରୋକି ହୋଇଗଲା ଆକସ୍ମିକ ଭାବରେ। ସେ କେବେ କଳ୍ପନା କରି ନ ଥିଲେ ଇନ୍ଦ୍ରଜିତ୍ ଅବେଳାରେ ଆସିବେ ତାଙ୍କ ଘର ପାଖକୁ, ଦେବତା ପୂଜାକୁ ସେ କହନ୍ତି ଦୁର୍ବଳ ମାନସିକ ଶକ୍ତିର ପରିଚୟ। ଅଶ୍ରୁକୁ ସେ ଘୃଣା କରନ୍ତି। ଟଙ୍କା ତାଙ୍କ ଆଖିରେ ସବୁଠୁ ବଡ଼ ଜିନିଷ। ନିଜ ସୁଖରେ ଯେଉଁ ଲୋକ ଜଗତ ଭୁଲନ୍ତି ତାଙ୍କୁ କି ଭାଷାରେ ସେ ବୁଝାଇବେ।

ଦ୍ୱାରକୁ ଗୋଇଠାଏ ମାରି ଆଉଥରେ ଚିତ୍କାର କରି ଉଠିଲେ ଇନ୍ଦ୍ରଜିତ୍ 'ଖୋଲ, ଦ୍ୱାର ଖୋଲ ଶୀଘ୍ର!'

ହଠାତ୍ ନୀଳାମ୍ବରୀ ବଜ୍ରଗମ୍ଭୀର ସ୍ୱରରେ ଜବାବ ଦେଲେ – "ନା ନା, ମୁଁ ଖୋଲିବିନି। କ'ଣ ତୁମେ କରିବ କର। ତମର ସବୁକଥା ମୁଁ ଆଜୀବନ ମାନି ଆସିଛି। ସୁନାପଞ୍ଜୁରୀରେ ଶୁଆକୁ ଅମୃତ ଦେଇ ରଖିଲେ ବି ସେ ପୋଷାମାନେନା ବୋଲି ତୁମର ମନେ ରଖିବା ଉଚିତ। କେବଳ ଟଙ୍କା ପଇସା ଅଛି, କି ତୁମର ସ୍ତ୍ରୀ ବୋଲି ମୁଁ ଗର୍ବରେ ଦାଣ୍ଡ ଚାଲିବାକୁ ଅକ୍ଷମ! କ'ଣ ମୋତେ ଦେଇଛ ତୁମେ ? ଏଇ ବିରାଟ

ପ୍ରାସାଦ, ଲକ୍ଷ ଲକ୍ଷ ଟଙ୍କା, ଅନେକ ଗହଣା, ଶାଢ଼ି ଆଉ ପାଞ୍ଚଟା ପିଲା ? ଏଇଥିରେ ତୁମେ ଭାବିଛ ମୁଁ ସୁଖୀ। ତମେ କେବେ ଦେଖିଛ ରାତି ରାତି ମଦ, ମାଂସ, ନାରୀରେ ଯେତେବେଳେ ତମର କଟିଯାଏ, ତମର ପତ୍ନୀ ଅଧିକାରରେ ଗର୍ବିତା ଏଇ ନୀଳାମ୍ବରୀଙ୍କୁ ? ସେ କେବଳ ଏଇ ଫଟୋଟି ଧରି ପାଏ ସାନ୍ତ୍ୱନା। ଏଇ ଫଟୋ ଉପରେ କେତେଟୋପା ଲୁହ ଗଡ଼େଇ ସେ ପାଏ ବଞ୍ଚିବାର ଅମୃତ ସନ୍ଧାନ। ତୁମେ ଭାବିଛ - ତମର ଐଶ୍ୱର୍ଯ୍ୟ, ତମର ସମ୍ପତ୍ତି। ତମର ସ୍ତ୍ରୀ ହିସାବରେ ଲକ୍ଷ କୋଟି କଳ୍ପନା ନେଇ ମୁଁ ବଞ୍ଚିଛି...। ହେ ଭଗବାନ୍!" ନୀଳାମ୍ବରୀ ଆଉ କହି ପାରିଲେନି। କଣ୍ଠ ତାଙ୍କର ରୁଦ୍ଧ ହୋଇ ଆସୁଛି ଲୁହର ଝଡ଼ରେ। ନାସ୍‌ପାତି ଭଳି ଶରୀର ରଙ୍ଗରେ ଗୋଟାଏ ଅଦ୍ଭୁତ ଜ୍ୟୋତି ରହିଛି ତାଙ୍କର। ଆଖି ଦି'ଟାରେ ପ୍ରଚଣ୍ଡ ଅଗ୍ନିର ଝଲକ। ଦୁଇ ହାତରେ ଫଟୋଟାକୁ କୁଣ୍ଢାଇ ଧରି କାନ୍ଦୁଛନ୍ତି ନୀଳାମ୍ବରୀ, ଏକ ଅବୁଝା ଅଝଟ ଅଲିଅଳୀ ରାଜଜେମା ପରି !

ଇନ୍ଦ୍ରଜିତ୍ ନୀଳାମ୍ବରୀଙ୍କର ଏ ବେଶ କେବେ ଦେଖି ନାହାଁନ୍ତି। କେବେ ସେ ରାଗନ୍ତି, ଅଭିମାନ କରନ୍ତି, ଲୁହ ଝରାନ୍ତି, ସେ ବିବାହର ପଇଁତ୍ରିଶ ବର୍ଷ ଭିତରେ ଜାଣିପାରି ନାହାନ୍ତି। ତା'ହେଲେ ନୀଳାମ୍ବରୀ କହିବାକୁ ଚାହାନ୍ତି ସେ ଦୁଃଖୀ ! କୋଟିପତି ଇନ୍ଦ୍ରଜିତ୍‌ର ସ୍ତ୍ରୀ ରାତି ଚେଇଁ ଅଶ୍ରୁ ଢାଳେ ଗୋଟିଏ ପାଷାଣ ନିର୍ଜୀବ ଫଟୋ ଉପରେ ! ଇନ୍ଦ୍ରଜିତ୍‌ଙ୍କ କ୍ରୋଧ ସେତେବେଳକୁ ଥମିଗଲାଣି। ତାଙ୍କୁ ଲାଗୁଥିଲା ସତେ ବା ସେ ସ୍ୱପ୍ନ ଦେଖୁଛନ୍ତି ! ତାଙ୍କରି ସ୍ତ୍ରୀ କରୁଛନ୍ତି ତାଙ୍କୁ ଭର୍ତ୍ସନା। ଅଥଚ ପୃଥିବୀର ସର୍ବଶ୍ରେଷ୍ଠ ସୁଖୀ ମଣିଷ ବୋଲି ସେ ଯାଇଥାନ୍ତେ କହିବାକୁ, ଦୀପୁକୁ ଆସନ୍ତାକାଲି - ଆମ୍ବାସଡ଼ର ଗାଡ଼ିକୁ ରାଜପଥରେ ପେଣ୍ଡୁ ପରି ଗଡ଼େଇ ! ଦୀପୁକୁ ଯଦି ନୀଳାମ୍ବରୀ ଏଇ କଥା କହନ୍ତି - ତା'ହେଲେ ସେ ଭାବିବେ ଇନ୍ଦ୍ରଜିତ୍ ଗୋଟିଏ ଭଣ୍ଡ, ଗୋଟିଏ ମିଛୁଆ ! ଇନ୍ଦ୍ରଜିତ୍ ପାଟିକରି ଉଠିଲେ, -

"ତୁମେ ଯାହା କହିଛ ନୀଳାମ୍ବରୀ - ସବୁ ଫେରେଇ ନିଅ। ଥରୁଟିଏ କହ ତୁମେ ସେ ସବୁ କହିନ ବୋଲି ମୋତେ। ମୋର ଏତେବଡ଼ ବିଶ୍ୱାସକୁ ତୁମେ ଧୂଳିସାତ୍ କରିଦିଅନା, ଗୋଟିଏ ନିର୍ଜୀବ ମୂର୍ତ୍ତି ଉପରେ ଅଯଥା ବିଶ୍ୱାସ ଆରୋପ କରି। କହ ! ନୀଳାମ୍ବରୀ ଥରୁଟିଏ, ତୁମେ ସୁଖୀବୋଲି।"

"ନା ନା, ମୁଁ ପାରିବିନି। ସୁଖବୋଲି ଯିଏ ଜୀବନରେ କ'ଣ ଜାଣିନି, ଦୁଃଖରେ ସଢ଼ି ଯା'ର ଜୀବନ ଦାଣ୍ଡର ଭିଖାରୁଣୀଠାରୁ ହୀନ - ସେ କହିବ ତମର ସୁଖ ପାଇଁ ନିଜକୁ ସୁଖୀ ! ପୁଣି ତମରି ଆଗରେ ! ମୁଁ ପଛକେ ସାତ ନର୍କରେ ସଢ଼ୁଲି ହୋଇ ମରିବି - ମୁଁ କିନ୍ତୁ ସେ କଥା କହିପାରିବିନି।"

"ତା'ହେଲେ, ତା'ହେଲେ ମୁଁ କ'ଣ ସୁଖୀ ନୁହେଁ!!" ଇନ୍ଦ୍ରଜିତ୍ ଏକ ଅସହାୟ ବାଳକ ଭଳି, ଏକ ଅସହାୟ ମେଷ ଶିଶୁଭଳି ଝର୍କାର ରେଲିଂ ଉପରେ ନଇଁ ପଡ଼ିଥିଲେ।

"ସୁଖୀ ତୁମେ? ସୁଖ ତୁମେ ପାଇଛ - ନା ଦେଇଛ? ସୁଖର ଧାର ଦେଇ ତୁମେ ଯାଇଛ? ମୋଠୁ ପାଠ ପଢ଼ିଛ ବହୁତ ବେଶି, ହେଲେ ସୁଖର ଅର୍ଥ ତମକୁ ଜଣା ନାହିଁ। ସୁଖୀ ଯଦି ତୁମେ, ପୃଥିବୀରେ ଦୁଃଖୀ ତା'ହେଲେ କିଏ? ମୁଁ ତୁମକୁ ଏ କଥା ପଚାରୁଛି - ହୁଏତ ତୁମର ଟଙ୍କା ଯଶ ସମ୍ମାନ ଭୟରେ ଏ ପ୍ରଶ୍ନ କେହି ତୁମକୁ ପଚାରିବାକୁ ସାହସ କରିବନି। ବୃଥା ତୁମର ଶିକ୍ଷା, ଦୀକ୍ଷା, ବଡ଼ଲୋକି, ଆଭିଜାତ୍ୟ ଆଉ ଅଯଥା ଆତ୍ମବଡ଼ିମା! ମୋତେ ଯଦି ଅବିଶ୍ୱାସ କରୁଛ ନିଜ ମନକୁ ପଚାର - ଆପଣାର ବିଦ୍ୟାବୁଦ୍ଧି ଦେଇ ପଚାର, ଯୁକ୍ତି କରି ସତ୍ୟକୁ ମନଭିତରୁ ବାହାର କରି ଆଣ। ତୁମେ ସୁଖୀ ନୁହଁ ଯେ ତୁମେ ସ୍ୱାର୍ଥପର - ଆପଣାର ସ୍ୱାର୍ଥ ପାଇଁ ତୁମେ ସବୁକିଛି କରିପାର... ଏତେ ପାଠ ପଢ଼ିଥିଲ, ଛିଃ, ଛିଃ, ଛିଃ...।" ଘୃଣାରେ ଯେପରି ନୀଳାମ୍ବରୀ ରୁନ୍ଧି ହୋଇଯାଉଛନ୍ତି। ଇନ୍ଦ୍ରଜିତ୍ ସ୍ତ୍ରୀଙ୍କ ପଛକଥା କେତେ ଧାଡ଼ି ଶୁଣି ଦୁଇ ପାଦ ଘୁଞ୍ଚି ଆସିଲେ ଝରକା ପାଖରୁ।

ଏ କାହାର କଥା! ଏ କାହାର ଭାଷା! ଏଇତ ସେଇ ସପ୍ତମ ଶ୍ରେଣୀର ଦୀପୁର କଥା ଆଉ ଭାଷା। ସତେବା ନୀଳାମ୍ବରୀଙ୍କ କଣ୍ଠରେ ସେ ତା'ର ପରିପକ୍ୱ ବୟସର ଅଭିଜ୍ଞତାକୁ ପରିସ୍ଫୁଟ କରାଉଛି ମାର୍ଜିତ ଭାବରେ! ହାଏ! କେତେବଡ଼ ଆତ୍ମବିଶ୍ୱାସ ଉପରେ ଏ ପ୍ରବଳ ଧକ୍କା। କାହିଁକି ସେ ଆସିଲେ ତଳକୁ? କି ଦରକାର ଥିଲା ତାଙ୍କର?? ଯୋଗ - ମନଭିତରୁ କିଏ ଯେମିତି କହୁଛି ଯୋଗ। ବିଧାତାର ନୀତିନିୟମ କେହି ଖଣ୍ଡି ପାରିବେନି। ସେ ଅସୁଖୀ, ସେ ସ୍ୱାର୍ଥପର; ଦୁନିଆ କହୁଛି; ଏ କ'ଣ ସତ? ନା ନା, ନୀଳାମ୍ବରୀ ମୂର୍ଖ ସ୍ତ୍ରୀ ଲୋକ, ସେ କ'ଣ ଜାଣନ୍ତି? ସେ ଯିବେ, ବଡ଼ପୁଅକୁ ପଚାରିବେ। ଏମ୍.ଏ ପାଶ୍ କରି କ'ଣ ଗବେଷଣା କରୁଛି। ବିଲାତରୁ ଫେରିଛି। ଏବେ ବି ଗବେଷଣାରେ ଲାଗିଛି ସିଏ। ତାକୁ ସେ ପଚାରିବେ କି? ଇନ୍ଦ୍ରଜିତ୍ ଧାଇଁଲେ ରୁମ୍ ପରେ ରୁମ୍ ଟପି।

ତଳମହଲାର ଶେଷପ୍ରାନ୍ତରେ ବଡ଼ପୁଅ ସୁରଜିତ୍‌ର ରୁମ୍ - ନିରୋଳା ହେବ ତାକୁ ଗବେଷଣା ପାଇଁ। ସେ ବି ଚେଇଁଛି। ଗଦାଗଦା ବହି ଚାରିପଟେ ମେଲେଇ ଦେଇ ପୋକଟିଏ ଭଳି ତା' ଭିତରେ ବସିଛି। ରାତି ରାତି ଚେଇଁ ପଢ଼େ ସେ। ରାତି ଦିନ ତା'ର କିଛି ବିଭେଦ ନାହିଁ। ଚବିଶ ଘଣ୍ଟା ନିଅନ୍ ଆଲୁଅ ଜଳୁଥାଏ ତା'ର। ସେ ଅଧୀର ଆବେଗରେ ଝର୍କା ପାଖରେ ମୁହଁ ଗଳେଇ ଡାକିଲେ;

"ସୁର ! ସୁର ! ବାପା - ପୁଅ ମୋର ! କହିଲୁ ବାପା - ଧନ କ'ଣ ମଣିଷକୁ ସୁଖୀ କରି ପାରେନା ? ପ୍ରକୃତ ଧନୀ କ'ଣ ଅସୁଖୀ ? ? ସେ କ'ଣ ସ୍ୱାର୍ଥପର ? ?"

"ଆଇ ଡୋଣ୍ଟ ବିଲିଭ୍ ଇନ୍ ଆକ୍ୟୁମୁଲେଶନ ବାଟ୍ ଇନ୍ ପ୍ରପର ଡିଷ୍ଟ୍ରିବ୍ୟୁସନ୍, ଡାଡି !" ବହି ଉପରୁ ମୁଣ୍ଡ ନ ଟେକି ସୁରଜିତ୍ ଉତ୍ତର ଦେଲା ।

"ନନ୍‌ସେନ୍‌ସ ! ଏତେ ପାଠ ପଢ଼େଇଥିଲି ତୋତେ ଏଇଥିପାଇଁ, କ'ଣ ଗୁଡ଼ାଏ ନିର୍ବୋଧ ଭଳି କହୁଛୁ ?"

ସୁରଜିତ୍ ଉଠି ଆସିଲା ଏ କଥା ଶୁଣି ଦ୍ୱାର ଖୋଲି । - ତାକୁ କୁଣ୍ଢେଇ ଆଉଥରେ ଆକୁଳ ପ୍ରଶ୍ନ କଲେ ଇନ୍ଦ୍ରଜିତ୍ - "ସତ କହ ! ମୁଁ କ'ଣ ସୁଖୀ ନୁହେଁ - ମୁଁ କ'ଣ ସୁଖ ପାଇନି ? ?"

"ତୁମେ ଆଦୌ ସୁଖୀ ନୁହଁ ଡାଡି ! କାରଣ ଏଇ ସହରରେ ତମର ସବୁଠୁ ବେଶି ଧନ ଅଛି - ତୁମେ କେବଳ ସୁଖ ପାଇବ ତାକୁ ସମାନ ଭାବରେ ବାଣ୍ଟି ଦେଲେ... ।"

ଇନ୍ଦ୍ରଜିତ୍‌ଙ୍କର ହାତଟା ଚଟ୍‌କରି ଉଠିଲା ସୁରଜିତ୍‌ର ଗାଲକୁ । ଠାସ୍ କରି ଚାପୁଡ଼ାଟାଏ ବାଜିଲା ତା'ର ବାଁ ଗାଲରେ । ସୁରଜିତ୍‌ର ଆଖିର ଚଷମା ଛିଡ଼ିକି ପଡ଼ିଲା ଦି'ହାତ ଦୂରକୁ । କାଚଟା ହୁଏତ ଭାଙ୍ଗିଗଲା ନିଃଶବ୍ଦରେ । ସୁରଜିତ୍ ହସୁ ହସୁ କହିଲା - "ଆଇ ନୋ; ଏକ୍‌ଜାକ୍‌ଟଲି । ଅଲ୍ ରିଚ୍ ମେନ୍ ଆର୍ ମ୍ୟାଡ୍ - ବ୍ରେନ୍ ଲେଶ୍ - ସେମାନେ ସେଲଫିସ୍ । ତୁମେ ସେଥିରୁ ବାଦ୍‌ଯାଇପାରନା ଡାଡି !" କହି ସୁରଜିତ୍ ତା' ରୁମ୍‌ରେ ପଶି କବାଟ ଦେଲା ।

ହତବାକ୍ ହୋଇ ଇନ୍ଦ୍ରଜିତ୍ କିଛିକ୍ଷଣ ତଳେ ବସି ପଡ଼ିଲେ । ସତେଯେମିତି ସେ ଗୁଡ଼ାଏ ଅଦ୍ଭୁତ ସ୍ୱପ୍ନ ଦେଖୁଛନ୍ତି । ହଠାତ୍ ଦେଖିଲେ ଡାହାଣ ପଟ ବାରଣ୍ଡା ଦେଇ ଗୋଡ଼ରୁ ମୁଣ୍ଡ ପର୍ଯ୍ୟନ୍ତ ନାଇଟ୍ ଗାଉନ୍‌ରେ ଘୋଡ଼େଇ ହୋଇ ଆସୁଛି ବଡ଼ଝିଅ ଅର୍ଚ୍ଚନା । ଅର୍ଥନୀତିର ଛାତ୍ରୀ ସେ, ହୁଏତ ବୁଝିବ ତାଙ୍କ କଥା । ଧାଇଁ ଗଲେ ସେ ତା' ପାଖକୁ । ତାକୁ ଏକଦମ୍ କୁଣ୍ଢେଇ ପକାଇ କହିଲେ - "ମା' ଅର୍ଚ୍ଚନା ସତ କହ ! ତୋତେ ଗୋଟିଏ କଥା ପଚାରିବି । ତୁ ସତ କହ ମୁଁ କଣ ସୁଖୀ ନୁହେଁ ? ଟଙ୍କା ଧନ ପ୍ରାଚୁର୍ଯ୍ୟ କ'ଣ ମଣିଷକୁ ସୁଖ ଦିଏନା ? ?"

ଅତମତ ଖାଇ ଅର୍ଚ୍ଚନା କହିଲା, "କ'ଣ ହୋଇଛି ବାବା ! ସେୟାର ମାର୍କେଟ ତ ଠିକ୍ ଅଛି - ମୁଁ ଆଜି ତମର ସେୟାରଗୁଡ଼ାକ ମିଳେଇ ଦେଖୁଥିଲି - ସବୁତ ଠିକ୍ ଅଛି - ବ୍ୟାଙ୍କ ରେଟ୍ ତ ତୁମେ ଜାଣ, ଗଲାକାଲିଠୁ କମିଯାଇଛି । ତୁମର ବିଜ୍‌ନେସ୍ ଇନ୍‌ଭେଷ୍ଟମେଣ୍ଟରେ କିଛି ଗଣ୍ଡଗୋଳ ରହିନି ତ ବାବା ?"

"ଇଡିୟଟ୍! ତୋତେ ପାଠ ପଢ଼େଇଥିଲି - ତୁ ଗୋଟିଏ ସାଧାରଣ ପ୍ରଶ୍ନ ବି ବୁଝିପାରୁନୁ? ସୁଖ କେଉଁଠିରେ ମିଳେ କହ - ଅର୍ଥନୀତିର ଛାତ୍ରୀ ତୁ - ଏତିକି କହିପାରୁନୁ?"

ଅର୍ଚ୍ଚନା ବଲ୍‌ବଲ୍ କରି ଅନେଇଥିଲା। ଇନ୍ଦ୍ରଜିତ୍‌ଙ୍କ ଆଖିରେ ଅଶ୍ରୁ - ବଡ଼ ଆଶ୍ଚର୍ଯ୍ୟ!! ସେ କ'ଣ ଦେବ ଏ ପ୍ରଶ୍ନର ଉତ୍ତର! ଟିକକ ପରେ ଇନ୍ଦ୍ରଜିତ୍ ମନକୁ ମନ ତାକୁ ପେଲିଦେଇ ଚାଲିଗଲେ ବିଶ୍ୱଜିତ୍‌ର ଘର ଆଡ଼କୁ। ସେ ହୁଏତ ଏ ପ୍ରଶ୍ନର ଉତ୍ତର ଦେଇପାରେ। ଶିଳ୍ପୀ ସେ, ଲେଖକ ସେ। ବହୁ ପୁସ୍ତକ ଲେଖି ନାଁ କରିଛି। ମଣିଷର ପ୍ରାଣକୁ ତର୍ଜମା କରିଛି। ଇନ୍ଦ୍ରଜିତ୍ ଝରକା ବାଟେ ଅନେଇଲେ - ବିଶ୍ୱଜିତ୍ ଲେଖୁଛି। କଲମ ଚାଲିଛି ଅବିରାମ ଗତିରେ। ସେ ଧୀରେ ଧୀରେ ପ୍ରଶ୍ନ କଲେ - "ବିଶୁ! ସତ କହିବୁ - ସୁଖ ମଣିଷକୁ କେଉଁଠିରେ ମିଳେ। ଧନ କ'ଣ ମଣିଷକୁ ସୁଖ ଦେଇପାରେନା? ତୁ ତ ମଣିଷର ମନ ବିଶ୍ଳେଷଣ କରୁଛୁ? କେତେ ମଣିଷର ଚରିତ୍ର ସୃଷ୍ଟି କଲୁଣି - କହିଲୁ, ସୁଖ କେଉଁଠିରେ ମିଳେ। କହ!!"

କଲମ ବନ୍ଦ ରଖି ବିଶ୍ୱଜିତ୍ ହସିଲା। ମଳିନ ସେ ହସ। ଶୁଷ୍କ କଣ୍ଠରେ କହିଲା ବାବା! ସୁଖ କ'ଣ ପଚାରୁଚ ତୁମେ! ସୁଖର ସଂଜ୍ଞା ମୋତେ ଜଣା ନାହିଁ। ମୁଁ ତ ଏକ ପରେ ଏକ ସଂଜ୍ଞା ରଚନା କରୁଛି। ପୁଣି ସେ ବଦଳି ଯାଉଛି। କିଏ ସତ୍ୟ - କିଏ ସୁଖୀ ମୁଁ ନିର୍ଣ୍ଣୟ କରି ପାରିବିନି! ତୁମକୁ କ'ଣ ଉତ୍ତର ଦେବି। ଏବେବି ମୁଁ ଅପୂର୍ଣ୍ଣ - ଆଉ ବୋଧହୁଏ ଏଇ ଅପୂର୍ଣ୍ଣତା ହିଁ ମୋର ସୁଖ। ଇନ୍ଦ୍ରଜିତ୍ ତୀରବେଗରେ ଧାଇଁଗଲେ ନିଜ ରୁମ୍ ଆଡ଼କୁ ଶିଡ଼ି ପରେ ଶିଡ଼ି ଡେଇଁ। ଆଖିରେ ଆଖି ଲୁହ। ସେ ହାର ମାନିଛନ୍ତି ସବୁରି ପାଖରେ। କେହି ତାଙ୍କୁ ବୁଝୁ ନାହାନ୍ତି। ସମସ୍ତଙ୍କର ମତ ସେ କାହିଁକି ଲୋଡ଼ିଗଲେ? କି ଦରକାର ଥିଲା ତାଙ୍କର? ହାୟ, ହାୟ - ବଡ଼ ଅସହାୟ ଭାବରେ ସେ ହାରିଗଲେ ଆଜି। ନିଜ ମନକୁ ସେ ସାନ୍ତ୍ୱନା ଦେଇପାରୁ ନାହାନ୍ତି। ସବୁ ପ୍ରାପ୍ତି ପରେ ଏକ ହାହାକାର! ଇନ୍ଦ୍ରଜିତ୍ ଆକୁଳ ହୋଇ ବିଛଣାରେ ଲୋଟି ପଡ଼ିଲେ।

ଟ୍ରେନ୍ ଛାଡ଼ିଲା ଶେଷକୁ। ମନେହେଉଥିଲା ସତେବା ସେ ଏଇ ଷ୍ଟେସନ ଛାଡ଼ି ଆଜି ଯିବାକୁ ନାରାଜ। ସୁଦୀପ୍ତରଞ୍ଜନ ରେଲିଂ ଧରି ପାହାନ୍ତିର ରକ୍ତରଞ୍ଜିତ ଆକାଶକୁ ଚାହିଁଲେ। ଅନ୍ଧାର କଟିଯିବ ଏଇ ଚାହୁଁ ଚାହୁଁ। ଦିନର ମୁକ୍ତ ଆଲୋକରେ ସେ ଯାଇ ପହଞ୍ଚେ ଇନ୍ଦ୍ରଜିତ୍ ପାଖରେ! ଅତୀତର ସେଇ ନିଃସ୍ୱ ଦରିଦ୍ର ବାଳକ ଆଜି ହୋଇଛି କୋଟିପତି। ଆଉ ତାକୁ ସେ କଥା ଦେଇଥିଲେ କେଉଁ ଦୂର ଅତୀତର ଷାଠିଏ ବର୍ଷ ଜୀବନ ଭିତରେ ସୁଖର ସଂଜ୍ଞା ନିର୍ଣ୍ଣୟ କରିବାକୁ। ବିଜୟ ଗର୍ବରେ ଦୋହଲି ଦୋହଲି ସେ ଆସି ଛିଡ଼ା ହୋଇ ତା'ର ହାତଧରି କହିବ - "ଦୀପୁ! ବହି ପଢ଼ା କଥା କହୁଛୁ?

ବାସ୍ତବ ଜୀବନରେ ମଣିଷ ଜୀବନରେ ସେ ଖୁବ୍ କମ୍ ଯେ ଦରକାରରେ ଆସେ ଏ କଥା ତୁ ଶେଷରେ ସ୍ୱୀକାର କଲୁ ତ ?" ସୁଦୀପ୍ତରଞ୍ଜନ କହିପାରିବେନି ତ "ଜିତୁ ! ମୁଁ ସେକଥା ସ୍ୱୀକାର କରିବାକୁ ନାରାଜ। ସୁଖ ସିନା ମୁଁ ପାଇନି - ସୁଖର ଉତ୍ପତ୍ତି ସିନା ନିର୍ଣ୍ଣୟ କରିପାରିନି। ... ହେଲେ ଧନକୁ ମୁଁ ସୁଖର କାରଣ ବୋଲି କହିବାକୁ ପ୍ରସ୍ତୁତ ନୁହେଁ!" ଇନ୍ଦ୍ରଜିତ୍ ତା'ର ସେଇ ବଡ଼ ବଡ଼ ଦାନ୍ତଗୁଡ଼ା ଦେଖେଇ ଠୋ ଠୋ ହସିବ - ଆଉ ତା'ର ସେଇ ହସରେ କ'ଣ ଥାଏ କେଜାଣି ସୁଦୀପ୍ତରଞ୍ଜନ ଭୟ କରନ୍ତି - ଶିହରୀ ଉଠନ୍ତି।

ଆକାଶରେ ଏକ ପ୍ରାନ୍ତରେ ମଳିନ ହୋଇଛି ଜ୍ୟୋତ୍ସ୍ନା - ସେଇ ନିଷ୍ପ୍ରଭ ! ଆଉ ଟିକିଏ ଗଲେ ତା'ର ଅସ୍ତିତ୍ୱ ଲୋପ ପାଇବ। ଅନ୍ୟପ୍ରାନ୍ତର ଦିଗ ଉଜ୍ଜ୍ୱଳ କରି ଆସିବ ପ୍ରଦୀପ୍ତ ସୂର୍ଯ୍ୟ। ଏକର ମୃତ୍ୟୁ - ଅନ୍ୟର ବିକାଶ - ଦୁଇଜଣ ଏକାଠି ତିଷ୍ଠି ପାରିବେନି।

ରେଲିଂ ଛାଡ଼ି ବସିଲେ ସୁଦୀପ୍ତିରଞ୍ଜନ। ମନ ଭିତରେ ଅତୃପ୍ତ ବାସନା, କାମନା ଓ ନ ପାଇବାର ଅପରିପୂର୍ଣ୍ଣତା, ରିକ୍ତତାରେ ଛାତି ଦଗ୍ଧ ହେଉଛି। ଷାଠିଏ ବର୍ଷ ଧରି ସେ କ'ଣ ପାଇଲେ ? ତାଙ୍କର ହିସାବ ଖାତାରେ ସେ କେବଳ ଦେଖୁଛନ୍ତି କ୍ଷତି। ଏଇ ମନକୁ ବୁଝାଇବା ପାଇଁ ଯାଇ ସେ ଆଜି ସର୍ବସ୍ୱାନ୍ତ। କୋଟିପତି ସୁପ୍ରୀତିରଞ୍ଜନର ପୁଅ ସୁଦୀପ୍ତରଞ୍ଜନ ଆଜି ଦାଣ୍ଡର ଭିଖାରିଠାରୁ ହୀନ। ଅଥଚ ସାରା ଜୀବନ କ'ଣ ସେ ଏଇଆ ପାଇବା ପାଇଁ ଚେଷ୍ଟା କରିଥିଲେ ? ଏଇ ତାଙ୍କର ସୁଖ ? ସୁଖର ସାମାନ୍ୟକଥନ ?

ଇନ୍ଦ୍ରଜିତ୍ କଥା ମନେ ପଡ଼ିଲା - ସେ କହିଥିଲା; 'ଦୀପୁ ! ବାୟାଟା କିରେ ତୁ ? ଟଙ୍କା ଐଶ୍ୱର୍ଯ୍ୟ ଚାଲିଗଲେ ମଣିଷ ହୁଏ କାଠ ପଥର ଗୋଡ଼ିଠାରୁ ବି ହୀନ। ଯେତେ ଦିନ ପର୍ଯ୍ୟନ୍ତ ଐଶ୍ୱର୍ଯ୍ୟ ଅଛି, ସେତେ ଦିନ ପର୍ଯ୍ୟନ୍ତ ଶାନ୍ତି ଅଛି ! ସେ କଥାକୁ ତିଳେହେଲେ ମନରେ ସ୍ଥାନ ଦେଇ ନ ଥିଲେ ସୁଦୀପ୍ତରଞ୍ଜନ। ପିତାଙ୍କର ଅସୁମାରୀ ସମ୍ପତ୍ତିକୁ ଦୁଇ ମୁଠାରେ ସେ ବର୍ଷ କେତେଟାରେ ଏଣେତେଣେ ଫିଙ୍ଗି ଦେଇଛନ୍ତି। ଯିଏ ଯାହା ମାଗିଛି; ସିଏ ତାକୁ ମୁକ୍ତ ହସ୍ତରେ ଦେଇଛନ୍ତି। ଦେଲାବେଳେ ତାଙ୍କୁ କେତେ ହାଲୁକା କେତେ ଉଶ୍ୱାସ ଲାଗୁଥିଲା ! ପିତାଙ୍କର ମୃତ୍ୟୁ ପରେ ସେ ଯେଉଁଦିନ ବଡ଼ ବଡ଼ ଲୁହାର ସିନ୍ଦୁକଗୁଡ଼ା ଖୋଲିଥିଲେ - ସେଦିନ ଭୂତ ଦେଖିଲା ଭଳି ଚମକି ଉଠିଥିଲେ। ଇଏ କ'ଣ ? ଅସୁମାରୀ ସୁନାରେ ଆଖି ତାଙ୍କର ଅନ୍ଧ ହୋଇଯାଇଛି। ସୁନା ସହିତ ଆହୁରି କେତେ ଯେ ମୂଲ୍ୟବାନ୍ ପଥର - ତାକୁ ଗଣିବାକୁ ସାଇତି ରଖିବାକୁ ସୁଦୀପ୍ତରଞ୍ଜନ ସାହସ କରି ନ ଥିଲେ। ଏଇଗୁଡ଼ାକ ଥିବାରୁ ବୋଧହୁଏ ଲୋକେ ତାଙ୍କୁ ଭୟ କରୁଛନ୍ତି। ମଣିଷ ପରି ବ୍ୟବହାର ନ କରି ଦେବତା ପରି ଭୟ କରୁଛନ୍ତି। ଏଇଥି ପାଇଁ ତ ! ତା'ପରେ ? ତା'ପରେ ଦୁଇ ହାତରେ ସେଇ ବହୁପୁରୁଷର

ସଞ୍ଚିତ ଧନକୁ ଦୀପ୍ତିରଞ୍ଜନ ବାଣ୍ଟି ଦେଇଥିଲେ ଅକାତରରେ। ଯେଉଁମାନେ ନେଇଥିଲେ ହାତ ପତେଇ, ସେମାନଙ୍କ ମୁହଁର ସେଇ ହସ ଆଜି ବି ଭୁଲି ନାହାନ୍ତି ସିଏ। ସତେଯେମିତି ସେମାନେ ପାଇଗଲେ ଅମୃତଭାଣ୍ଡ। ଆଉ ସେଇ ଅମୃତଭାଣ୍ଡ ଦାନ କରିଦେଇ ସୁଦୀପ୍ତରଞ୍ଜନ ଯେମିତି ଆଶ୍ୱସ୍ତ ହୋଇପଡ଼ିଥିଲେ। ତାଙ୍କୁ ଲାଗିଥିଲା ବହୁପୁରୁଷର ତୃଷିତ ଆତ୍ମା ସତେଯେପରି ଶାନ୍ତି ପାଇଛନ୍ତି ତାଙ୍କରି ଆତ୍ମା ଭିତରେ। ସେହିଦିନୁ କି ନିଶା ଲାଗିଲା ତାଙ୍କୁ କେଜାଣି ବହୁ ସଂଘ, ସମିତି, ଅନୁଷ୍ଠାନ ଓ ବ୍ୟକ୍ତିବିଶେଷକୁ ସେ ଦାନ କରି ଚାଲିଲେ। ଯେତେ ଦେଉଛନ୍ତି, ସେତେ ଦେଖୁଛନ୍ତି ହାହାକାର, ସେତେ କାରୁଣ୍ୟ ତାଙ୍କର ଚତୁର୍ଦ୍ଦିଗରେ ଝଙ୍କାର ତୋଳି ଘୂରୁଛି। ତାଙ୍କୁ ଅବସନ୍ନ କରି ଦେଉଛି! ପୃଥିବୀର ତୃଷିତ ପ୍ରାଣକୁ ସେ ଦେଇ ଦେଇ ଶାନ୍ତି କରି ପାରିବେନି। ଅବିଶ୍ରାନ୍ତ ଅନ୍ତର୍ବେଦନାରେ ଦୀର୍ଘ ଷାଠିଏ ବର୍ଷକାଳ ସେ ଘୂରିଛନ୍ତି – କିନ୍ତୁ କାହିଁ ଶାନ୍ତି, କାହିଁ ସୁଖ? କାହିଁ ସେହି ଅମୃତ ସୁଖ? ଯାହା ପ୍ରାପ୍ତି ପରେ ନିର୍ବିକାର ହୋଇଛି ମହାଶୂନ୍ୟ?? ହୁଏତ ରାସ୍ତାରେ ଗଲାବେଳେ ଲୋକେ ତାଙ୍କୁ ଚାହୁଁଥିବେ। ହେଇ ଦେଖ ଦେଖ ଯାଉଛନ୍ତି ଦାନୀ, ମହାଦାନୀ ପୁରୁଷ ଦୀପୁବାବୁ କି ସୁଦୀପ୍ତରଞ୍ଜନ! ଏଇତ! କିନ୍ତୁ ସୁଖ କାହିଁ? ମନେପଡୁଛି ଆପଣାର ଶେଷ ସମ୍ବଳ କୋଠା ଖଣ୍ଡକୁ ଯେତେବେଳେ ଏଇ କେତେଦିନ ତଳେ ବନ୍ଧା ପକାଇ ସେ ହାଇସ୍କୁଲ ପାଇଁ ପନ୍ଦର ହଜାର ଟଙ୍କା ଦାନ କଲେ, ସେତେବେଳେ ସମଗ୍ର ଜନତାର କି କରତାଳି, କି କୃତଜ୍ଞତା! ସେଇ ସ୍କୁଲ କମିଟିର ସେକ୍ରେଟେରୀ ହରିଶଙ୍କରବାବୁଙ୍କର ଯେଉଁ କୃତଜ୍ଞତା ଜ୍ଞାପନର ପ୍ରଣାଳୀ! ଇସ୍ କି ବୀଭତ୍ସ ସେ ହସ ଆଉ ତା'ର ପ୍ରତିଧ୍ୱନି! ତାଙ୍କର ଶିରାଏ ଶିରାଏ ମର୍ମେ ମର୍ମେ, ଆଜି ପ୍ରତିଧ୍ୱନିତ ହେଉଛି ସେଇ କରୁଣ ହସର ଧ୍ୱନି! ସୁଦୀପ୍ତରଞ୍ଜନ କାନ ବୁଜି ଧରିଲେ ଦୁଇ ହାତରେ! ସତେଯେମିତି ସେଇ ଲୋକଗୁଡ଼ାକ ତାଙ୍କର ଚାରିପଟେ ଘୂରି ହାତ ତାଳି ମାରୁଛନ୍ତି, ପରିହାସରେ ପୋତି ପକାଉଛନ୍ତି ତାଙ୍କୁ...।

ସ୍କୁଲର ଉତ୍ସବରୁ ଫେରି ଗୋଡ଼ ଉପରେ ଗୋଡ଼ ପକେଇ ଶାନ୍ତି ମେଣ୍ଟାଉ ଥିଲେ ସେ ସେଦିନ ସନ୍ଧ୍ୟାବେଳେ। ମନେ ମନେ ସମୀକ୍ଷା କରୁଥିଲେ ନିଜକୁ। ହଠାତ୍ କାହାର 'ବାବୁ', 'ବାବୁ' ଶବ୍ଦରେ ସେ ଆଖି ଖୋଲି ଚାହିଁଲେ। ସାମ୍ନାରେ ତାଙ୍କର ଗାଁର ସପନା ବାଉରୀ ହାତଯୋଡ଼ି ଛିଡ଼ା ହୋଇଛି। ସଙ୍ଗେ ସଙ୍ଗେ ଭୁସ୍‌କରି ଗୋଡ଼ତଳେ ପଡ଼ିଗଲା ସିଏ କାନ୍ଦି, କାନ୍ଦି –

"ବାବୁ! ବାବୁ! ମୁଁ ମରିଗଲି, ମୋର ସବୁ ସରିଗଲା। ମୋର ଏକୋଇର ବଳା ବିଶିକେସନ, ସରିଗଲା ବାବୁ, ସରିଗଲା।" ସୁଦୀପ୍ତରଞ୍ଜନଙ୍କ ଆଖି ଲୁହ ଝରିଲା

ତା'ର କାରୁଣ୍ୟଭରା କ୍ରନ୍ଦନରେ। ସେ ଉଠିପଡ଼ି ସପନା ବାଉରୀକୁ କୁଣ୍ଢେଇ ପକେଇଲେ।

"କ'ଣ ହେଲା କହ ସପନା! ତୁ ଏମିତି କାହିଁକି ହେଉଛୁ ?"

"ନାଇ ବାବୁ ଆଉ କ'ଣ କହିବି। ବିଶି ମୋତେ ଭସେଇ ଦେଲା ବାବୁ। କାଲି ଆମ୍ବଗଛରୁ ଆମ୍ବ ତୋଳୁ ତୋଳୁ ପଡ଼ିଗଲା ବାବୁ। ମୁଣ୍ଡ ଫାଟି ଦେହରୁ ସବୁ ରକତ ନିଗିଡ଼ି ଯାଇଛି। ମା' ତା'ର ବେହୋସ ହୋଇପଡ଼ିଛି ଯେ କାଲିଠୁ ଏବେଯାଏଁ ଚେତା ଫେରିନି।"

"କିରେ ବିଶି କେଉଁଠି ? ଡାକ୍ତରଖାନା ନେଇ ଆସିଲୁନି ତାକୁ ?"

"ସେଇ କଥା ତ କହୁଛି ବାବୁ। ଅର୍ଜୁନ କାନତରାଟି ଗାଡ଼ିରେ ଶୁଆଇ ତାକୁ ନେଇ ଆସିଲି କାଲି ବାବୁ - ଜମି ଡିହଟା ବନ୍ଧା ପକେଇ ନିଧି ଗୁଡ଼ିଆଠୁ ଦୁଇଶହ ଟଙ୍କା ଆଣି ଠନ୍ ଠନ୍ କାନତରାଟିକି ଗଣିଦେଲି ବଡ଼ ଡାକ୍ତରଖାନା ଆଗରେ। ଆଉ ପଇସା କାହୁଁ ପାଇବି! ଡାକ୍ତରବାବୁ କହୁଛନ୍ତି ପାଞ୍ଚଶହ ଟଙ୍କା ଦରକାର ଟୋପାଏ ରକତ ନାହିଁ। ରକତ ନ ହେଲେ ବାବୁ, ବାବୁ..."

"ଆଚ୍ଛା, ତୁ ବ୍ୟସ୍ତ ହ ନା ସପନା! କେଉଁ ଡାକ୍ତରବାବୁ ନାଁ ଜାଣିଛୁ ?"

"ନାଇ ବାବୁ କି ଗୋଟିଏ ଇଞ୍ଜିମିଞ୍ଜି ନାଁ। ତମେ ପଢ଼ ଏଇ କାଗଜରେ ନେଖା ଥିବ।" ମଳିଆ କାଗଜ ଖଣ୍ଡେ ଅଣ୍ଟାରୁ ବାହାର କରି ସେ ଦେଲା ସୁଦୀପ୍ତରଞ୍ଜନଙ୍କ ହାତକୁ। ସେ ଦେଖିଲେ ଡାକ୍ତର ରଣଜିତ୍ ରାୟର ପ୍ରେସକ୍ରିପ୍ସନ୍। ରଣଜିତ୍ ରାୟ! ଓଃ! ଶାନ୍ତିରେ ଏକ ହାଲୁକା ନିଃଶ୍ୱାସ ମାରିଲେ ସେ। ପାଠ ପଢ଼ିଲାବେଳେ ଏଇ ରଣଜିତ୍ ଶହ ଶହ ଟଙ୍କା ତା'ଠୁ ନେଇଛି। ବିଲାତ ଗଲାବେଳେ ସେ ତାହାକୁ ଦେଇଥିଲେ ଅର୍ଥ ସାହାଯ୍ୟ। ବାଟରେ ଘାଟରେ ଦେଖାହେଲେ ରଣଜିତ୍ ତାଙ୍କୁ ଯଥେଷ୍ଟ ସମ୍ମାନ ଦିଏ। ଆଜି କ'ଣ ସେ ତାଙ୍କର ଅନୁରୋଧ ରଖିବନି! ରଖିବ!

ସୁଦୀପ୍ତରଞ୍ଜନ ଘରଭିତରେ ଲୁଗା ବଦଳେଇ ଆସିଲେ। ଆଜି କିନ୍ତୁ ତାଙ୍କ ପାଖରେ ଟଙ୍କା ନାହିଁ। ଦିନ ଥିଲା ଯେତେବେଳେ ହଜାର ହଜାର ଟଙ୍କା ସେ ବାଣ୍ଟିଥିଲେ ଦୁଇ ହାତରେ। ସାମାନ୍ୟ ପାଞ୍ଚଶହ ଟଙ୍କା ପାଇଁ ରଣଜିତ୍‌ର ଦ୍ୱାରସ୍ଥ ହେବାକୁ ହେବ। ସପନାକୁ ସେ ମନାକରି ପାରିବେନି। ରଣଜିତ୍ କଦାପି ଫେରେଇବନି ତାଙ୍କୁ!

ରଣଜିତ୍ ରାୟର କ୍ଲିନିକ୍ ସାମନାରେ ସେ ଅଟକିଲେ। ଦ୍ୱାର ବନ୍ଦ। ଆପଣାର ପରିଚୟ ଓ ଦରକାରୀ ଜିନିଷ ସମ୍ବନ୍ଧରେ ଖବର ପଠାଇଲେ କମ୍ପାଉଣ୍ଡର ହାତରେ। ଟିକକ ପରେ କମ୍ପାଉଣ୍ଡର ଖବର ଦେଲା...

"ଡାକ୍ତର ବର୍ତ୍ତମାନ ବିଜି, ସାହେବ। ଦେଖା କରି ପାରିବେନି।" ସୁଦୀପ୍ତରଞ୍ଜନ ଧଡ଼୍ କରି ଚେୟାର ଉପରୁ ଉଠି ପଡ଼ିଲେ। "କ'ଣ ହେଲା ଡାକ୍ତର ବିଜି ? କେଉଁଥିରେ

ଅପରେସନ୍ ଚାଲିଛି ? କିଛି ଏମାରଜେନ୍‌ସି ?" "ନା, ମୁଁ ସେ କଥା ଆଜ୍ଞା କହି ପାରିବିନି।" ସପନା କାନ୍ଦ କାନ୍ଦ ହୋଇ କହିଲା - "ବାବୁ ତୁମେ ଆଉ ଡେରି କରନା। ମୋତେ ପାଞ୍ଚଶହ ଟଙ୍କା ଦିଅ ବାବୁ - ଦୁନିଆ ଲୋକଙ୍କୁ ତୁମେ ଦାନ ଦେଇଛ - ହଜାର ଜାଗାରେ ତମରି ନାଁ ପଡୁଛି। ମୁଁ ତ ବେଶି ମାଗୁନି। ମାତ୍ର ପାଞ୍ଚଶହ ଟଙ୍କା ବାବୁ। ଧର୍ମାବତାର। ଟଙ୍କା ନ ଦେଲେ ଡାକ୍ତରବାବୁ ରୋଗୀ ଦେଖିବେ ନାହିଁ ଆଜ୍ଞା, କମ୍ପାଉଣ୍ଡର ବାବୁ ତ ମୋତେ ଏଇ ଟିକକ ତଳେ କହୁଥିଲେ।"

ସୁଦୀପ୍ତରଞ୍ଜନ ଚେୟାର ଛାଡ଼ି ଉଠିଆସିଥିଲେ ପଦାକୁ। ରାସ୍ତାରେ ଅସୁମାରୀ ଜନ ଗହଳି ଟ୍ରାଫିକ୍। କେମିତି କରି ସେ ସପନା ବାଉରୀକୁ ବୁଝେଇବେ ଯେ ଏଇ ମୁହୂର୍ତ୍ତରେ ପାଞ୍ଚଶହ ଟଙ୍କା ଦେବାକୁ ସେ ଅକ୍ଷମ। ପୂରା ଅକ୍ଷମ ! ଦୁଇ ହାତରେ ମୁଠା ମୁଠା କରି ଯେ ଟଙ୍କା ଅକାତରରେ ଦେଇଛି ଆଜି ସେ କେତେଟା ମାତ୍ର ଟଙ୍କା ଦେବାକୁ ନିଃସମ୍ବଳ, ନିଃସହାୟ ! ନା-ନା, ସେ ଯିବେ ଆଜି ସହରର ପ୍ରତ୍ୟେକଟି ଲୋକ ପାଖକୁ, ମାଗିବେ ହାତ ପତେଇ, ଗୋଡ଼ ଧରି କିଛି ଟଙ୍କା ! ସେ ଶୁଝିଦେବେ ଯେମିତି ହେଉ ତାକୁ ମୂଳ ଲାଗି, ନ ହେଲେ। କିନ୍ତୁ ସବୁ ବିନିମୟରେ ଦରକାର ତାଙ୍କର ସପନା ବାଉରୀ ପୁଅର ଜୀବନ, ଯାହାକୁ ରଣଜିତ୍ ରାୟ ଦେଇପାରିବ ପାଞ୍ଚଶହ ଟଙ୍କା ବଦଳରେ।

ସୁଦୀପ୍ତରଞ୍ଜନ ଦୌଡ଼ିଗଲେ ରାଜପଥ ଉପରେ। ଏକ ଉଦ୍‌ଭ୍ରାନ୍ତ ଶିଶୁ ପରି। ଆଉ ଠିକ୍ ମନେଅଛି ସେତିକିବେଳେ ଟ୍ରାଫିକ୍ ଜନଗହଳି ଟପି ଇନ୍ଦ୍ରଜିତ୍‌ର ପରିହାସଭରା କଣ୍ଠ ତାଙ୍କୁ ଶୁଭୁଥିଲା। 'ଦୀପୁ ତୁ ଗୋଟିଏ ବୋକା ! ବହିରେ ଯାହା ଲେଖା ହୋଇଥାଏ ସେ ସବୁ ପରୀକ୍ଷାରେ ପାଶ୍ କରିବା ପାଇଁ ! ବାସ୍ତବ ଜୀବନରେ ତା'ର ମୂଲ୍ୟ କାଣିଚାଏ ବି ନାହିଁ... ନାହିଁ... ନାହିଁ...।'

ସୁଦୀପ୍ତରଞ୍ଜନ ଦୌଡୁଥିଲେ ରାସ୍ତା କଡ଼େ କଡ଼େ। ଆଖିରେ ଚିହିଁକି ଆସୁଥିଲା ପାଣି।

ଘର ପରେ ଘର, ବନ୍ଧୁ ପରେ ବନ୍ଧୁ, ଅନୁଷ୍ଠାନ ପରେ ଅନୁଷ୍ଠାନ, ସଂଘ ସମିତି ଘୂରି ସେ ଫେରିଲେ, କଥାର ଯୁକ୍ତି ଘଟଣାର ସତ୍ୟତା ପ୍ରତିପାଦନ କରିବାକୁ ସେ ଅକ୍ଷମ। ସମସ୍ତେ ଚାହିଁଛନ୍ତି ସିକ୍ୟୁରିଟି। ସମସ୍ତେ ଜାଣନ୍ତି ସେ ଆଜି ନିଃସ୍ୱ, କାଙ୍ଗାଳ, ଦରିଦ୍ର, ରାସ୍ତାର ଭିକ୍ଷୁ ଠାରୁ ବି ହୀନ। ତାଙ୍କୁ ଟଙ୍କା ଦେଇ ଲାଭ ନାହିଁ। ଖାଲି ଜାଣିନି ସେଇ ସପନା ବାଉରୀ ଅଶିକ୍ଷିତ, ହରିଜନ ଆଉ ଗାଁର ତୁଚ୍ଛା ନିଃସମ୍ବଳ ସପନା ବାଉରୀ ଅସୀମ ବିଶ୍ୱାସ ନେଇ ଛିଡ଼ା ହୋଇଛି ତାଙ୍କରି ପ୍ରତୀକ୍ଷାରେ। ସେ ତାକୁ କ'ଣ କହି ବୁଝାଇବେ ? କ'ଣ କରିବେ ସୁଦୀପ୍ତରଞ୍ଜନ ? ? କାନ୍ଦିବେ ହାଉ ହାଉ କରି ? ହସିବେ,

ହସି ହସି ଗଡ଼ିଯିବେ?? ନା ପଥରରେ ମୁଣ୍ଡ ଛେଚି ମରିବେ। ରକ୍ତ ଢାଳି ଢାଳି ସେଇ ପତିତପାବନର ବଡ଼ଦାଣ୍ଡରେ ଗଡ଼ିଗଡ଼ି? ନା ନା ସେ ଦୌଡ଼ିଯିବେ ସାଗରର ସୁନୀଳ ବକ୍ଷକୁ - ଯେଉଁଠି ସବୁ ଏକାକାର, ସବୁ ସ୍ଥିର ଓ ବିଭେଦ ଶୂନ୍ୟ! ନା... ନା... ନା...। ପୁଣି ଦୌଡ଼ିଲେ ସେ ଅସ୍ଥିର ଚିତ୍ତରେ ହସ୍‌ପିଟାଲ ଆଡ଼କୁ। ମୁହୂର୍ତ୍ତେ ଡେରିକଲେ ହୁଏତ ବିଶିକେସନ ଆଉ ବଞ୍ଚିବ ନାହିଁ! ସେ ଅପରାଧ ହେବ ତାଙ୍କର। ତାଙ୍କରି ଉପରେ ବିଶ୍ୱାସ ରଖି ସପନା ଧାଇଁ ଆସିଛି ଏତେବାଟ ଯେ!

ସେ ଅଣନିଃଶ୍ୱାସୀ ହୋଇଯାଇ ପହଞ୍ଚିଲେ ରଣଜିତ୍ ରାୟର କ୍ଲିନିକ୍ ଆଗରେ। ନା ନା, ସେ ତା'ର ଗୋଡ଼ ଧରି କହିବେ। ନିଜ ଦେହରୁ ରକ୍ତ ଦେବେ ସେ ବିଶିକେସନକୁ। ରଣଜିତ୍ ବାହାରି ଆସୁଛି ପଦାକୁ। ସାମ୍ନାରେ ତାକୁ ଦେଖୁ ସୁଦୀପ୍ତରଞ୍ଜନ ପାଟି କରି ଉଠିଲେ, "ରଣଜିତ୍! ରଣଜିତ୍! ଟିକିଏ ରୁହ! ମୁଁ ବ୍ଲଡ୍ ଦେବାକୁ ଆସିଛି ନିଜେ। କେତେ ବ୍ଲଡ୍ ଚାହିଁ? କେତେ ଦେଇପାର ତୁମେ?? କିନ୍ତୁ ବିଶିକେସନକୁ ବଞ୍ଚାଅ ରଣଜିତ୍...।"

ଉତ୍ତରକୁ ଅପେକ୍ଷା ନ କରି ସୁଦୀପ୍ତରଞ୍ଜନ ବ୍ଲଡ୍ ଟେବୁଲ ଉପରେ ଶୋଇ ପଡ଼ିଲେ। ରଣଜିତ୍ ଟିକିଏ ରକ୍ତ ନେଇ ପରୀକ୍ଷା କରୁଥିଲେ ତାଙ୍କ ହାତରୁ ଗମ୍ଭୀର ହୋଇ! ଏଡ଼େଇ ଚାଲିଯିବାର ଉପାୟ ନାହିଁ ଆଉ। ସପନା ବାଉରୀର କୁଁ କୁଁ କାନ୍ଦଣା ଶୁଭୁଛି ତାଙ୍କୁ ରହି ରହି। ରଣଜିତ୍‌ର ଭାବଗମ୍ଭୀର ମୁହଁକୁ ଚାହିଁ ଆଖି ବୁଜିଲେ ସେ। ବ୍ଲଡ୍ ଦିଆ ଚାଲିଛି...।

ହଠାତ୍ ସପନା ବାଉରୀର ଉଚ୍ଛ୍ୱସିତ କାନ୍ଦଣା ଲହରୀ ତାଙ୍କ କାନରେ ବାଜିଲା ଆସି। ଚମକି ଉଠିଲେ ସେ। ଧାଇଁ ଆସୁଛି କାହାର ପାଦଶବ୍ଦ ତାଙ୍କ ପାଖକୁ। ସେ ଇଚ୍ଛା କରି ଆଖି ଖୋଲି ପାରୁ ନାହାଁନ୍ତି। ନାରୀ କଣ୍ଠର ଆୱାଜ୍ - "ସାର୍, ସାର୍ ସବୁ ଶେଷ ହୋଇଯାଇଛି...। ଦ୍ୟାଟ୍ ଚାଇଲଡ୍ ଇଜ୍ ଡେଡ୍।"

"ସିଷ୍ଟର! ଓଃ! ଡଃ ଚାଟାର୍ଜୀ କ'ଣ କରୁଛନ୍ତି?"

"ସେ ତ ସେଇଠି ସାର୍। .... ଆପଣଙ୍କୁ ଅପେକ୍ଷା କରୁଛନ୍ତି।" ସୁଦୀପ୍ତରଞ୍ଜନ ଜାଣିପାରିଥିଲେ ବ୍ଲଡ୍ ଦିଆ ସଙ୍ଗେ ସଙ୍ଗେ ରଣଜିତ୍ ବନ୍ଦ କରିଦେଇଛି। ଆଉ କି ଆବଶ୍ୟକ। ନିଜର ଦେହ ତାଙ୍କୁ ଦୁର୍ବଳ ଲାଗୁଥିଲା, ମୁଣ୍ଡ ଅବଶ ଲାଗୁଥିଲା। ରଣଜିତ୍‌ର ଶେଷ ନିଧାର୍ଯ୍ୟ ବାଣୀ ଶୁଣିବାକୁ ଅପେକ୍ଷା କରିବାକୁ ସେ ନାରାଜ। ରକ୍ତ ଦାନ ପରେ ହସ୍ପିଟାଲର ସେଇ ଚିରାଚରିତ ପ୍ରଥା ଅନୁସାରେ କପେ କଫି କି ଓଭାଲଟ୍ ଦେଇ ସମ୍ବର୍ଦ୍ଧନାରେ ଆପ୍ୟାୟିତ ହେବାକୁ ତାଙ୍କର ଇଚ୍ଛା ନାହିଁ। ସବୁ ଦମ୍ଭ, ସବୁ ଅଭିମାନ, ସବୁ ସୁଖ ଆଜି ତାଙ୍କର ପାଞ୍ଚଶହ ଟଙ୍କା ପାଇଁ ସରିଯାଇଛି। ସପନା ବାଉରୀ ଆଗରେ

ସେ ହାରିଯାଇଛନ୍ତି ବଡ଼ ଅସହାୟ ଭାବରେ...

ସୁଦୀପ୍ତରଞ୍ଜନ ଚମକିଲା ପାଦରେ ଉଠିଲେ ଟେବୁଲ ଉପରୁ। ଆସ୍ତେ ଆସ୍ତେ ପାଦ ପକେଇଲେ! ପଛରୁ ଶୁଭିଲା ରଣଜିତ୍‌ର କଣ୍ଠ - "ଆପଣ କ'ଣ ଏ ବ୍ଲଡ୍‌କୁ ଦାନ କରିବାକୁ ଚାହାନ୍ତି ସାର୍? ଇଉ ୱାଣ୍ଟ ଟୁ ଡୋନେଟ୍ ଇଟ୍?"

"ଦାନ! ରକ୍ତ ଦାନ କରିବାକୁ ଚାହେଁ ମୁଁ? ଏତେ ଦିନ ଧରି ଯାହା ଦାନ କରିଥିଲି ତା'ର ଚୂଡ଼ାନ୍ତ ହେବ ଏଇ ରକ୍ତ ଦାନରେ? ହା... ହା... ହା... ଡାକ୍ତର ମଣିଷର ଦେହକୁ ଟଙ୍କାରେ ତଉଲୁଛ? ରକ୍ତରେ ନୁହେଁ... ରକ୍ତରେ ନୁହେଁ।" କହି କହି ସୁଦୀପ୍ତରଞ୍ଜନ ବାହାରି ଆସିଲେ ପଦାକୁ!

ସପନା ବାଉରୀର ଗଗନଫଟା କାନ୍ଦ ଶୁଭୁଛି। ଆକାଶ ପୃଥିବୀକୁ ଏକ ତାଳରେ ମିଶାଇ କାନ୍ଦୁଛି ସେ। ସୁଦୀପ୍ତରଞ୍ଜନ ଭାବିଲେ ଚିତ୍କାର କରି କାନ୍ଦିବେ। ସପନା ଧାଇଁ ଆସୁଛି ତାଙ୍କୁ ଦେଖି।

"ବାବୁ! ବାବୁ! ଏତେବଡ଼ ଲୋକ ତୁମେ - ଏତେ ଧନ ଦାନ କରିଛ। ଏତକ ଟଙ୍କା ଦେଇପାରିଲନି। ଡାକ୍ତରବାବୁ କହୁଛନ୍ତି ଠିକ୍ ସମୟରେ ରକତ ଦିଆ ହୋଇଥିଲେ ଧନ ମୋର ବଞ୍ଚିଯାଇଥାନ୍ତା। ଛି... ଛି... ଛି... ବାବୁ ଧିକ୍ ତମ ବଡ଼ଲୋକ ପଣିଆକୁ। ବଡ଼ଲୋକକୁ ଦାନ କରିଛ। ତେଲିଆ ମୁଣ୍ଡରେ ତେଲ ଦେଇ ନାଁ କିଣିଛ। ଆମକୁ କାହିଁକି ଦାନ କରିବ?"

ସୁଦୀପ୍ତରଞ୍ଜନ କାନରେ ଆଙ୍ଗୁଠି ଗେଞ୍ଜି ଧାଇଁଲେ। ସେ ଶୁଣି ପାରିବେନି। ଶୁଣି ପାରିବେନି ଏ ଲାଞ୍ଛନା, ଏ ନିର୍ଯାତନା ବାଣୀ। ସପନା ବାଉରୀ ଆଗରେ ମହାଦାନୀ ସୁଦୀପ୍ତରଞ୍ଜନ ଆଜି ଗୋଟାଏ ସାଇଲକ୍। ଏ ନିନ୍ଦା ସେ ସହି ପାରିବେନି। ବିଛା କି ସାପ ମାଇଲା ଭଳି ସେ ଦିନ ଦ୍ୱିପ୍ରହର ଭୀଷଣ ଖରା ତାତିରେ ଏକ ପାଗଳ ପରି ଧାଇଁଥିଲେ!!

ଘରେ ପହଞ୍ଚି ସେ ଆର୍ମଚେୟାର ଉପରେ ବାରଣ୍ଡାରେ ଆଖି ବୁଜି ପଡ଼ିଗଲେ। ଦେହରୁ ଟପ୍ ଟପ୍ ଝାଳ ବୋହିଯାଉଛି। କ୍ଳାନ୍ତି... ଦେହ ଓ ମନ, ସବୁଥିରେ କ୍ଳାନ୍ତି...। ସେ ଆଖିବୁଜିଲେ। ପୃଥିବୀର ସବୁ ଦାୟ ଆଜି ତାଙ୍କ ଛିଣ୍ଡିଛି। କାଲି ସେ ଘର ଛାଡ଼ି ଯାଇଁ ରାଜରାସ୍ତାରେ ଛିଡ଼ା ହେବେ ଏକ ଦୀନ ହୀନ କାଙ୍ଗାଳ ଭଳି... ବଡ଼ଦାଣ୍ଡର ବିଶାଳ ଛାତିରେ ଛିଡ଼ା ହୋଇ ପତିତପାବନଙ୍କୁ ପ୍ରଣତି ଜଣାଇ ସ୍ୱର୍ଗଦ୍ୱାରର ଅନନ୍ତ ସାଗର ବକ୍ଷରେ ବିଲୀନ ହେବେ। କିନ୍ତୁ... କିନ୍ତୁ ମନଭିତରୁ କିଏ ଯେମିତି ହୁଙ୍କାର ଛାଡୁଛି... 'ଦାୟ ଛିଣ୍ଡିନି... ଋଣ ସୁଝା ସରିନି... ତୁ ପଳାୟନପନ୍ଥୀ - ପୃଥିବୀରେ ଏବେ ବି ଦାୟ ରହିଛି ଅସୁମାରୀ। ତୁ ହାରିଯାଉଛୁ ବୋଲି ମୃତ୍ୟୁ ଚାହୁଁଛୁ... ନଚେତ୍

ମୃତ୍ୟୁ ତୋର କାମ୍ୟ ନୁହେଁ! ତୁ ଦୁର୍ବଳ... ତୁ ଅସହାୟ...।' କିଏ ସେ ... କିଏ ସେ ଜିତୁ? ସେଇ ସପ୍ତମ ଶ୍ରେଣୀର ଦୁର୍ଦ୍ଧାନ୍ତ କିଶୋର ଜିତୁର କଣ୍ଠ ଏ...। ସେ ହାରି ଯାଇଛନ୍ତି। ଜିତୁକୁ ନ ଜଣାଇ ତ ସେ ମୃତ୍ୟୁବରଣ କରିପାରିବେନି। ତା'ହେଲେ ମୃତ୍ୟୁ ପରେ ବି ଶାନ୍ତି ନାହିଁ! ସବୁ ପାରିଲାର ପଣ ଆଜି ଭାଙ୍ଗି ଚୂରମାର ହୋଇଛି। ଶୂନ୍.... ନିଶୂନ୍! ଟଙ୍କା, ଧନ, ମାନସମ୍ମାନ ଦେଇ ହୃଦୟ, ସ୍ନେହ, ପ୍ରୀତି ଖୋଜୁଥିଲେ। ବିଶ୍ୱଜୀବନ ଭିତରେ ନିଜକୁ ଏକାକାର କରିବାକୁ ଚାହୁଁଥିଲେ। ସ୍ୱାର୍ଥପର ହୋଇଯିବେ; କାଳେ କାଳେ ସଂସାର ତାଙ୍କୁ ଛନ୍ଦି ପକାଇବ ମାୟା ମୋହରେ ବୋଲି ସେ ଦୂରେଇ ରହିଥିଲେ ସଂସାରଠାରୁ। ପରିବାରର ଦାୟ ନାହିଁ। ଜଞ୍ଜାଳ ନାହିଁ - ସେ ଆଜି ମୁକ୍ତ ହୋଇଛନ୍ତି ପୂରାପୂରି। ଖାଲି ଜିତୁକୁ ପଦେ କଥା କହିବେ। କହିବେ - "ଜିତୁ! ସୁଖର ସଂଜ୍ଞା ନିର୍ଣ୍ଣୟ କରିପାରିନି। ହୃଦୟ, ସ୍ନେହ, ପ୍ରୀତି, ସୌହାର୍ଦ୍ଦ୍ୟ କେଉଁଥିରେ ମିଳେ ମୁଁ ଜାଣେ ନାହିଁରେ ଜିତୁ! ତୋରି କଥା ସତ! ଟଙ୍କା ନ ଥିଲେ ମଣିଷର ଶାନ୍ତି ନାହିଁ। ଯେତେଦିନ ଦେଇପାରୁଥିଲି ଟଙ୍କା, ସେତେ ଦିନ ଶାନ୍ତି, ସୁଖ ଥିଲା। ଟଙ୍କା ଶେଷ ହୋଇଛି, ମୁଁ ଆଜି ଦୁଃଖୀ - ପୃଥିବୀର ସର୍ବଶ୍ରେଷ୍ଠ ଦୁଃଖୀ। ମୁଁ ହାରିଗଲି... ତୁ ଜିତିଛୁ ଜିତୁ... ତୁ ଜିତିଛୁ...।"

ସୁଦୀପ୍ତରଞ୍ଜନ ଉଠି ଠିଆହେଲେ। କ୍ୟାଲେଣ୍ଡରରେ ଜନ୍ମ ତାରିଖ ଏଇ ପଡୁଛି। ଆସନ୍ତା କାଲି ଷାଠିଏ ବର୍ଷ ତାଙ୍କୁ ହୋଇଯିବ। କେଜାଣି ଜିତୁକୁ ଷାଠିଏ ହେଲାଣି କି ନାହିଁ.... ତା'ର ଜନ୍ମତିଥି ହେଲାଣି କି ନାହିଁ ମନେ ନାହିଁ। ଜିତୁ ଆସିନି। ସେ ତା'ର ଈପ୍ସିତ ପଦାର୍ଥ ପାଇଛି... ସେ କାହିଁକି ଆସିବ? ସୁଦୀପ୍ତରଞ୍ଜନ ନିଜେ ହିଁ ଯିବେ। ହଁ ଆଜି ହିଁ ଯିବେ...।

ଟେବୁଲ୍ ଉପରକୁ ଦୃଷ୍ଟି ଫେରାଇଲେ ସୁଦୀପ୍ତରଞ୍ଜନ। ଥୁଆ ହୋଇଛି ରକ୍ତଗୋଲାପର ଏକ ଗୁଚ୍ଛ ଆଉ ତା' ତଳେ ଖଣ୍ଡେ ଚିଠି। ହଠାତ୍ ଏକ ଅଦ୍ଭୁତ ସ୍ପନ୍ଦନ ଜାଗିଲା ମନରେ। କିଏ ସେ ଅଛି ତାଙ୍କର ଯେ ଜନ୍ମଦିନରେ ବଧେଇ ଜଣାଉଛି ତାଙ୍କୁ ଶୁଭ କାମନା କରି। ତରତରରେ ଚିଠି ଖୋଲିଲେ ସୁଦୀପ୍ତରଞ୍ଜନ -

"ହେ ମହାଦାନୀ! ହେ ମହାପୁରୁଷ! ସବୁ ଦେଇ ଦେଇ ଆଜି ତୁମେ ନିଃସ୍ୱ, କାଙ୍ଗାଳ, ରାଜପଥର ଭିକାରି - ତମେ ଦିନେ କହିଥିଲ ନାରୀ ପୁରୁଷକୁ କରେ ସ୍ୱାର୍ଥପର - ଧନର ଦାସ - ତାକୁ ସେ ଦେଇପାରେନା ଅମୃତ ଆଲୋକ। ଅମୃତ ଜୀବନର ସନ୍ଧାନ - ସେଇଥିପାଇଁ ସଂସାରଠାରୁ ଭୟ କରି ତୁମେ ଦୂରେଇ ଥିଲ! ଆଜି ତ ସବୁ ଦେଇସାରିଛ। ନିଃସ୍ୱ ତୁମେ... କାଙ୍ଗାଳ ତୁମେ!! କେତେ ଅମୃତର ସନ୍ଧାନ ପାଇଛ ମୁଁ ଜାଣେନା! ହେ ସୃଷ୍ଟିର ମହାକଳାକାର! ଆପଣାର ଶୋଣିତ

ଦେଇ କେତେ ହସ, ସ୍ନେହ, ପ୍ରୀତିର ସନ୍ଧାନ ପାଇଛ ତମେ ମୋତେ ଜଣେଇବ କି ? ତମରି ପାଇଁ ଆଜି ମୁଁ ଗଢ଼ିଛି 'ସୁ' ଦୀପ୍ତି ଆଶ୍ରମ'। ଯେଉଁଠି ଲକ୍ଷ ଲକ୍ଷ ଅନାଥ ଶିଶୁ ରହିଛନ୍ତି। କିନ୍ତୁ ହେ ଦେବତା ! ତମରି ବିନା ସବୁ ପୂଜା ସବୁ ଧୂପ ରହିଛି ଅବଢ଼ା। ତମେ ଆସିବ - ତମର ଚରଣର ଧୂଳିରେ ରଞ୍ଜିତ ହେବ ମୋର ପୂଜାର ଅର୍ଘ୍ୟ ! ଥରୁଟିଏ - ଥରୁଟିଏ ମାତ୍ର ଆସିବ। ଏତିକି ମିନତି... ଏତିକି ଭିକ୍ଷା ମୋର... ଯେମିତି ହେ ମହାଦାନୀ ! ପାଦରେ ଏଡ଼ାଇ ନ ଦିଅ।"

ତମର

କରୁଣା

କରୁଣା ! ଝାପ୍‌ସା ଝାପ୍‌ସା ମନେପଡୁଛି। ପତଳା ହୋଇ ଝିଅଟିଏ। ତାଙ୍କ ସହିତ ପଢୁଥିଲା। ବୋଧହୁଏ... ଆରେ - ଆରେ କରୁଣା ! ଯୌବନର ପୂଜାପାତ୍ର ନେଇ ଯିଏ ତାଙ୍କୁ ଭେଟିବାକୁ ଆସିଥିଲା ଏକ ଛଳ ଛଳ ଦେବଦାସୀ ଭଙ୍ଗୀରେ। କଠୋର ନିର୍ମମ ଭାଷା କହି ତାକୁ ସେ ଫେରେଇ ଦେଇଥିଲେ। ସେଇ କରୁଣା ଆଜି ଗଢ଼ିଛି 'ସୁ' ଦୀପ୍ତି ଆଶ୍ରମ' ତାଙ୍କରି ନାଁରେ ! ସମସ୍ତ ଜୀବନ ଦେଇ ସେ ଚାହିଁଛି ପାଦର ମାତ୍ର କଣିକାଏ ଧୂଳି ! ଗୋଟିଏ ଜୀବନର ମୂଲ୍ୟ ମାତ୍ର କାଣିଚାଏ ତାଙ୍କ ପାଦଧୂଳି !! ଅସମ୍ଭବ !!! ଏମିତି ଦାନର ଇତିହାସ ତ ସେ କେବେ ଶୁଣି ନାହାନ୍ତି ! ସୁଦୀପ୍ତରଞ୍ଜନଙ୍କ ଦେହରେ ଆସିଲା ଏକ ଅଦ୍ଭୁତ ଚିତ୍କାର। ଏକ ଅଦ୍ଭୁତ ଶିହରଣ। ସେ ଗୋଲାପ ଗଛଟା ଉପରେ ଅଜସ୍ର ଚୁମ୍ବନ ଢାଳି ବିଛଣାରେ ଲୋଟିପଡ଼ି ଚିତ୍କାର କରିଉଠିଲେ -

'ତମେ ମୋତେ ଜିଣିଗଲ କରୁଣା ! ତମେ ମହାଦାନୀ ! ମହାମହା ଜ୍ୟୋତିଶ୍ୱରୀ କରୁଣା ! ମୋର ଦାନ, ମୋର ଅହଙ୍କାର, ମୋ ସ୍ୱାର୍ଥପରତା - ମୁଁ କିଛି ନୁହେଁ - ମୁଁ କେହି ନୁହେଁ - ତମେ ମହାଦାନୀ - ମୁଁ ମହାକୃପଣ - ତୁମେ ଦେବୀ - ମହାଦେବୀ ! ତମର ଚରଣର ଧୂଳି ମଥାରେ ମାରି ମୁଁ ହେବି ଧନ୍ୟ - ମୁଁ ହେବି ପୁନର୍ଜୀବିତ - ମୁଁ ନର୍କର କୀଟ କରୁଣା ! ମୁଁ ଦାନୀ ନୁହେଁ - ମୁଁ ସ୍ୱାର୍ଥପର। ମୋତେ ତୁମେ ନୂତନ ଆଲୋକ ଦେଇଛ, ନୂତନ ଜ୍ଞାନ ଦେଇଛ କରୁଣା ! ମୋତେ କ୍ଷମା କର - ହେ ମହାଦେବୀ... ଦାନ କ'ଣ ମୁଁ ଜାଣେନା। ସୁଖ କ'ଣ ମୁଁ ଜାଣେନା। ମୁଁ ମହାପାପୀ...।' ସୁଦୀପ୍ତରଞ୍ଜନ ଚିତ୍କାର କରି କାନ୍ଦି ଉଠିଲେ ଏକ ଅବୋଧ ବାଳକ ପରି। ଅବିରାମ ସେ ଅଶ୍ରୁ... ତା'ର ଇୟତ୍ତା ନାହିଁ।

କାନ୍ଦ ଯେତେବେଳେ ବନ୍ଦ ହେଲା - ସେତେବେଳେ ସୁଦୀପ୍ତରଞ୍ଜନ ଦେଖିଲେ; ଗୋଧୂଳି ଛୁଉଁଛି ଦୂର ଆକାଶର ନମ୍ର ବୁକୁ ! ଖାଁ ଖାଁ ଡାକୁଛି ସବୁ, କାଲି

ଏ ଘର ଛାଡ଼ି ଦେବାକୁ ହେବ। ଆଜି ରାତି ଟ୍ରେନ୍‌ରେ ସେ ଯିବେ ଇନ୍ଦ୍ରଜିତ୍ ପାଖକୁ। କହିଆସିବେ ବନ୍ଧୁକୁ ଯାଇ ତାଙ୍କର ପରାଜୟର ଗ୍ଳାନି। ଜୀବନର ସମସ୍ତ ରଣରୁ ମୁକ୍ତ ହୋଇ ତା'ପରେ ସେ ଯିବେ କରୁଣା ପାଖକୁ। ସେଇ ମହାଦାନୀ କରୁଣା ପାଖକୁ। ତା'ର ଚରଣ ଧୂଳି ସେ ମୁଣ୍ଡରେ ମାରିବେ। ଗଡ଼ିଯିବେ ଲୋଟିଲୋଟି ତା'ର ପାଦ ଧୂଳିରେ। ତେବେ ଯାଇଁ ସବୁ ପାପର... ସବୁ ଦୋଷର... ସବୁ ଗ୍ଳାନିର ମୁକ୍ତି ହେବ!! ସେଇ ତାଙ୍କର ବଡ଼ଦାଣ୍ଡ... ସେଇ ତାଙ୍କର ପତିତପାବନ। ତାଙ୍କର ସ୍ୱର୍ଗଦ୍ୱାର ହେବ ସେଇ ମହା କରୁଣାମୟୀ ନାରୀ କରୁଣା। ସୁଦୀପ୍ତରଞ୍ଜନ ଧାଇଁଥିଲେ ତା'ପରେ ଷ୍ଟେସନ ଆଡ଼କୁ। ସେ ଆଉ ଅପେକ୍ଷା କରିପାରିବେନି ଯେ...।

କେତେବେଳେ ଟ୍ରେନ୍ ଆସିଛି - ସେ ଚଢ଼ିଛନ୍ତି ତାଙ୍କର ଖିଆଲ ନାହିଁ... ଆଉ ଭାବିପାରିଲେନି ସେ। ଟ୍ରେନ୍ ଚାଲିଛି ଅବିରାମ ଗତିରେ।

■

ରକ୍ତ ଗୋଲାପ ଓ ବୁଲ୍‌ବୁଲ୍

ଶୁଆ କାନ୍ଦୁଛି । ଆଖିରୁ ଧାର ଧାର ଲୁହ ବୋହି ଲୁଗା ତିନ୍ତୁଛି । ଘଣ୍ଟା ଆଳତି ଚାଲିଛି, ଧୂପ ଦୀପ ଅଗୁରୁ ଗନ୍ଧରେ ଚାରିଆଡ଼ ମହକି ଉଠୁଛି । ଶୁଆ କାନ୍ଦୁଛି । ହଳଦୀ ଗଣ୍ଠି ପରି ତା'ର ଦେହର ରଙ୍ଗ କାନ୍ଦି କାନ୍ଦି ଲାଲ୍ ପଡ଼ି ଆସୁଛି । ମଦନମୋହନଙ୍କ ଆଳତି ବେଳ । ଠାକୁରେ ଯେତେବେଳେ ବେଶ ହୁଅନ୍ତି, ଫୁଲମାଳ ପକାଇ ଲୁଗା କୁଞ୍ଚାଇ ଏକ ଅପୂର୍ବ ଭଙ୍ଗୀରେ ଛିଡ଼ା ହୁଅନ୍ତି, ଶୁଆକୁ ଲାଗେ ସତକୁସତ ଠାକୁର ଅବା ଛୁରୀଅନା କୁଞ୍ଜ ଛାଡ଼ି ଜୀଅନ୍ତା ରୂପ ପାଇଛନ୍ତି ପଥର ଦେହରେ । ଘରଯାକର ସବୁ କାମ ଫୋପାଡ଼ି ଦେଇ ମଦନମୋହନଙ୍କ ଘଣ୍ଟା ଶବ୍ଦରେ ସେ ଧାଇଁ ଆସେ । ତା' ପରେ ମନଇଚ୍ଛା ଲୁହ ଗଡ଼ାଇ କାନ୍ଦେ । କାନ୍ଦିଲେ ମନ ତା'ର ଫୁଲିଲା ପରି ହାଲୁକା ହୁଏ । ଛାତିରେ ସାହସ ଭରେ ।

ମଦନମୋହନ ତା'ର ଭରସା । ମଦନମୋହନ ତା'ର ସବୁ । ସକାଳୁ ସଞ୍ଜ ତାଙ୍କରି ପାଇଁ ସେ ଧାଇଁ ଥାଏ । ସକାଳ ହେଲେ ତାଙ୍କ ପାଇଁ ଫୁଲତୋଳା, ଫୁଲଗୁନ୍ଥା, ତାଙ୍କରି ବଗିଚାରେ ନଇଁ ନଇଁ ଖରା ବର୍ଷା ଶୀତରେ ପାଣି ଦିଆ - ସତେଯେମିତି ମଦନମୋହନଙ୍କ ଛଡ଼ା ଶୁଆର କିଛି ନାହିଁ । ସଞ୍ଜ ସକାଳେ ମଦନଙ୍କ ପାହାଚ ଉପରେ ବସି ସେ ଗୀତ ଗାଏ, ମନକୁ ମନ ହସେ, ମନକୁ ମନ କାନ୍ଦେ । ଦାଣ୍ଡଗଲା ଲୋକ ଥକ୍କା ହୋଇ ଚାହେଁ । ସାଇପଡ଼ିଶା ଟାହୁଲି କରନ୍ତି, କହନ୍ତି ଫୁଲେଇ ହଉଛି, ଢଙ୍ଗେଇଟା, ଛୋପରୀଟା, ବିରାଡ଼ି ବୈଷ୍ଣବ । ଆଉ କିଏ ବା ପ୍ରଶଂସା କରନ୍ତି । ଶୁଆର କି ଯାଏ ଆସେ ? ସେ କାନ ଦିଏନା । ଦେଇ ବା ଲାଭ କ'ଣ ? ଦୁନିଆରେ ପାଞ୍ଚ ଲୋକଙ୍କ ଆଗରେ ସେ ସମାନ ନୁହେଁ । ଏମିତି ଦିନ କଟୁଥିଲା ସପନ ପରି । କିନ୍ତୁ ଇଏ କ'ଣ ହେଲା ? ମଦନ ଏମିତି କି ମାୟା କଲେ ? କି କପଟ ରଚିଲେ ? କି ମିଳିବ ତାଙ୍କୁ ଏ ଛନ୍ଦରୁ ?

ଶୁଆ ଗୁଣୁ ଗୁଣୁ କହି ଚାଲିଥାଏ । ଏଡ଼େ କପଟିଆ ତମେ ଠାକୁର ! ଦିନ

କଟଉଥିଲ ସୁଖରେ। କ'ଣ ଦେଇନ ? କେବେ ତ ମାଗିନି ହାତ ପତେଇ ଧନଦରବ ଦେଇ ମତେ ସୁଖୀ କର ବୋଲି। ଦିନେ ତ ଲୁହ ଢାଳିନି ଠାକୁର, ସଂସାର ପଥକୁ ମତେ ଫେରେଇ ନିଅ ବୋଲି। କାହିଁକି ଏ ଛନ୍ଦ ରଚିଲେ ମାଧବ ! କି ଲାଭ ପାଉଛ ଏମିତି ହନ୍ତସନ୍ତ କରି ପ୍ରଭୁ !

ଘଣ୍ଟା ଆଳତି ସଇଲା। ମନ୍ଦିର ସାରା ଲୋକ ଚାହିଁଛନ୍ତି ଶୁଆକୁ ! ସତେବା ଶୁଆଟା ପାପୀ ଆଉ ସମସ୍ତେ ପୁଣ୍ୟର ଭଣ୍ଡାର। ଶୁଆ ମୁହଁ ବୁଲେଇନେଲା। ଶେଷରେ ଠାକୁରେ ତାକୁ ଲୋକହସା କଲେ କି ଆଉ ? ପାହାଚ ଡେଇଁ ସେ ଓହ୍ଲେଇଲା। ଭୟରେ ଛାତି ଥରୁଛି କେମିତି ଅଧଘଣ୍ଟାଏ ହେଲାଣି !

ମୁଣ୍ଡରେ ଓଢ଼ଣା ଦେଇ ଶୁଆ ଉଠିଲା ରାସ୍ତା ଉପରକୁ। ଫାଲ୍‌ଗୁନ ଜହ୍ନ ଆକାଶକୁ ଭସେଇ ଦେଲାଣି ହସରେ। ପବନ ବୋହୁଛି ଥିରି ଥିରି। କେଉଁଠି କେଜାଣି ନିଆଁଲଗା କୋଇଲିଟା କୁହୂ କରୁଛି। ସତେକି ଶୁଆ ପଛରେ ଗୋଡ଼େଇ ଗୋଡ଼େଇ ଖତେଇ ହଉଛି। ଅଲାଜୁକୀ ଜିଭ କାଟିଲା ଶୁଆ। କେଜାଣି କାହିଁକି ଘରକୁ ଯିବାକୁ ମନ ହେଉନି ସାହସ କୁଳଉନି। ଡାହାଣ ହାତି ଗଲେ ଘର ବାଁ ହାତି ଗଲେ ମନ୍ଦିର, ଆଉ ଟିକିଏ ସାମନାକୁ ଗଲେ ତାଙ୍କ ଘର...। ସବୁକୁ ସାକ୍ଷୀ କରି ସତେବା ଦେବଦାରୁ ଗଛଟା ଠିଆ ହୋଇଛି ମୂକ ହୋଇ। ଜହ୍ନ ଆଲୁଅ ପଡୁଛି ଛପିଛପି ମୁଣ୍ଡି ପଥରଟା ଉପରେ। ଶୁଆ ବସିଲା ପଥର ଉପରେ। ଦୂରରୁ ସାମନାକୁ ଚାହିଁଲେ ସେ କୋଠା ଦିଶୁଛି। ଉପରେ ଚାଳ ଭିତରେ ଚୂନ ସିମେଣ୍ଟ। ଥୁଣ୍ଟା ବରଗଛଟା ଯେମିତି ତା' ଉପରେ ନଇଁପଡ଼ିଛି। ଶୁଆ ବସିଲା ଗୋଡ଼ ଲମ୍ବେଇ...। ମନ ଦଉଡୁଛି ପଛକୁ... ଖୁବ୍ ବେଶି ଦିନର କଥା ନୁହେଁ... ମାତ୍ର ଦିନ କେତେଟାର ଅଲିଭା ସ୍ମୃତି...। ମନ ଦୌଡୁଛି ପବନ ବେଗରେ...। ସେଦିନ ସତେବା ଯେମିତି ଶୁଆକୁ ଶୁଣେଇ ଶୁଣେଇ ସେ ରାଧାଶ୍ୟାମକୁ କହୁଥିଲେ -

"ଭଲ ଜାଗାକୁ ମଣିଷ ବଦଳି ହେଲା। ଘର ଖଣ୍ଡେ ବି ମିଳୁନି। ଇଲେକ୍‌ଟ୍ରିକ୍ ନାହିଁ। ଖରାଦିନ ଗରମରେ ଖାଲି ଚାକିରି ପାଇଁ ମଣିଷ ଏତେ କଷ୍ଟ ସହିବ ? ଏକୁଟିଆ ଲାଗୁଛି, ସିନେମା ଓ ଥିଏଟର କିଛି ନାହିଁ। ପଦେ ମନ ଖୋଲି କଥା କହିବାକୁ କେହି ନାହିଁ।

ଆଉରି କେତେ କ'ଣ ସେ କହି ଯାଇଥିଲେ ମନକୁ ମନ। ଶୁଆ ହସୁଥିଲା ସେଦିନ ଫୁଲ ଗୁନ୍ଥୁ ଗୁନ୍ଥୁ। ମଫସଲ ଜାଗା ବୋଲି କ'ଣ ଆଉ ମଣିଷ ରହିବେ ନାହିଁ ? କେତେ ବଡ଼ ବଡ଼ ହାକିମ ତ ସେଇ ଘରେ କଟେଇ ଗଲେଣି। ସେ ଉଦୟବାବୁ କେଡ଼େ ହାକିମ ଥିଲାଟି। ଗାଡ଼ି ଥିଲା ତା'ର। ଆଉ ଇଏ ଏମିତି କେଉଁ ସାଇବ କି ?

କଣେଇ ଅନେଇ ଦେଇଥିଲା ଶୁଆ ଟିକିଏ ଫୁଲ ଗୁନ୍ଥୁ ଗୁନ୍ଥୁ। ଛାତିଟା ଧଡ଼ ଧଡ଼ ହୋଇ କମ୍ପି ଉଠିଥିଲା ତା'ର। ଇଲୋ ମା' ଇଏ କିଏ? ଏ ତ ସାକ୍ଷାତ ମଦନମୋହନ। କି ସୁନ୍ଦର ଚେହେରା, ଗୋରା ତକ ତକ ଦେହର ବର୍ଣ୍ଣ। ଖଣ୍ଡା ପରି ନାକ। ଚଉଡ଼ା ଛାତି। ଆଖି ଯେମିତି କଥା କହୁଛି। ନାକତଳେ ସରୁ ନିଶ। ପିନ୍ଧିଛନ୍ତି କୁଞ୍ଚ କରି କି ସୁନ୍ଦର ମଲ୍ଲିଫୁଲ ପରି ଧୋବ ଧୋତି। ଶୁଆକୁ ମନେ ହୋଇଥିଲା ସତେ ବା ସେ ସପନ ଦେଖୁଛି। ଇଏ କିଏ...? କିଏ... କିଏ? କେଉଁଠି ଦେଖୁଛି ଯାଙ୍କୁ ସେ। ମୁଣ୍ଡ ତା'ର ନିମିଷକେ ଘୂରିଗଲା - ସେ ଭୂତ ଦେଖୁନି ତ? ସବୁ ଭୁଲି ଶୁଆ ଡାକ ଛାଡ଼ିଥିଲା-

"ଶାମ ରେ ଶାମ।"

"କ'ଣ ହେଲା ନାନୀ! କ'ଣ ହେଲା? ରାଧାଶ୍ୟାମ ଦଉଡ଼ି ଆସିଥିଲା ତା' ପାଖକୁ ପାଟି କରି ଆଉ ତା' ପଛେ ପଛେ ଧାଇଁ ଆସିଥିଲେ ସେଇ ବାବୁ। ଶୁଆର ଅଜାଣତରେ ଫୁଲ ଗୁନ୍ଥି ଗୁନ୍ଥି ତା'ର ବାଁ ହାତ ବିଶି ଆଙ୍ଗୁଠିରେ ଫୁଟି ରକ୍ତ ବୁହାଇ ଦେଇଥିଲା। ବାବୁ ଜଣକ ନଇଁ ପଡ଼ି ତା' ହାତରୁ ଛୁଞ୍ଚି ଆସ୍ତେ କାଢ଼ି ନେଇ କହିଥିଲେ- "ଅନ୍ଧାର ହେଲାଣି, ଆପଣ ଏମିତି ଅନ୍ଧାରରେ ଫୁଲ ଗୁନ୍ଥିଲେ ହାତ ଫୁଟିଯିବ... କେତେ ରକ୍ତ ବୋହିଲାଣି ଦେଖିଲଣି ରାଧାଶ୍ୟାମ!"

"ନାନୀଟା ସେମିତି ଅନେକଥର ରକତ ବୁହାଇଲାଣି ହାତରୁ। ଆଜି କ'ଣ ନୂଆ ଭାବୁଛନ୍ତି ବାବୁ! ଏଇ ଖୁଣ୍ଟି ଦେହରେ ଦେଖୁ ନାହାନ୍ତି କେତେ ରକତ ସବୁ ନାନୀ ହାତରେ ନେପା ହୋଇଛି। ମୁଁ ଯଦି କହିବି ତା' ହେଲେ ପରା ସେ ଟପଟପ କରି ଛୁଞ୍ଚି ହାତରେ ଫୋଡ଼ିପକାଇ ହସି ହସି କହିବ - ଠାକୁରେ ପରା ପଥରରେ ଶାମ! ମଣିଷ ଦେହରୁ ରକତ ତା' ଦେହରେ ନ ଲେପିଲେ ସେ ଜୀବନ ପାଇବ କେଉଁଠୁ? ଆଚ୍ଛା ବାବୁ! କହିଲେ, ଠାକୁର ତ ପଥରରେ ଗଢ଼ା, ସିଏ କ'ଣ ସତରେ ଜୀବନ ପାଇ କଥା କହିବେ?"

"ଉଁ... ହୁଁ! ଏମିତି ଟିକିଏ ଛୁଞ୍ଚିର ରକ୍ତ ଦେଲେ କ'ଣ ଠାକୁର ଜୀବନ ପାଇବେ? ଠାକୁରଙ୍କ ପାଇଁ ବହୁତ ରକ୍ତ ଦର୍କାର! ସେତେ ରକ୍ତ ବା ଦବ କିଏ?"

ଶୁଆକୁ ଯେମିତି ଲାଜରେ ସଢ଼ିଗଲା ପରି ଲାଗୁଥିଲା ଓ ଶ୍ୟାମଟା ଏଡ଼ିକି ହୁଣ୍ଡା! ପଢ଼ାଶୁଣା ବାବୁଭାୟାଙ୍କ ଆଗରେ ସବୁ ଏମିତି କଥା କହନ୍ତି। ଶୁଆ କଣେଇ ଅନେଇଲା। ବାବୁ ଜଣକ ରାଧାଶ୍ୟାମ ହାତ ଧରି ପାଚେରି ସେପଟ ଡେଇଁ ଗଲେଣି। ଶୁଆ ଫେର୍ ଚମକି ପଡ଼ିଲା। ଆଗ ପଛ ସବୁ ସମାନ। ଏମିତି ଲୋକ ସେ କେଉଁଠି କେଉଁଠି...? ସାତତାଳ ପାଣି ତଳେ ଦିପଦାଣ୍ଡି, ଭିତରେ ସୁନା ଖମ୍ବ, ଖମ୍ବ ଭିତରେ ଫରୁଆ, ଫରୁଆ ତଳେ ଟିକି ଭଅଁର! ତାକୁ ଯେମିତି ହଠାତ୍ କରି କୁମ୍ଭକର୍ଣ୍ଣ ନିଦରୁ

କିଏ ଉଠେଇ ଦେଇଛି – ଆଉ ସେ ଅସ୍ଥିର ହୋଇ ସାତଟା ସମୁଦ୍ରକୁ ଦଳି ମକଚି ଏକାକାର କରି ଦେଇଛି। ଜାଣେ, ଜାଣେ ଏଇ ବାବୁ କାହାପରି ସେ ଜାଣେ...! କେଉଁ ଦୂର ଅତୀତର ଛାପିଲା କଥା, ଛାପିଲା କଷ୍ଟ, ଛାପିଲା ଚେହେରା ଛିଡ଼ା ହେଲା ଆସି ଗୋଟିଏ ଯୁଗ ପରେ! ସେ ମଦନମୋହନଙ୍କର – ତା'ର ସ୍ୱାମୀ ମଦନମୋହନଙ୍କର! ଏମିତି ସୁଢ଼ଳ ଚେହେରା ଠିକ୍ ଏମିତି ଆଖି! ଏମିତି ଚଗଲା ଚାହାଣି!

ମାତ୍ର ପନ୍ଦରଟି ଦିନ ଶାଶୂଘର କରିଥିଲା ଶୁଆ। ତାକୁ ତେର ପୂରି ଚଉଦ ଚାଲିଥାଏ ଆଉ ମଦନମୋହନଙ୍କୁ ପଚିଶ ଛବିଶ ହେବ ବୋଧେ। ଦିନବେଳେ ତାଙ୍କୁ ଦେଖିବାର ଅବକାଶ ନ ଥିଲା ଶୁଆର। କେହି ନ ଥିଲା ବେଳେ ଛପିଛପି ଆସି ଆଖି ବୁଜି ଧରନ୍ତି, ଗେଲ କରି ଦେଇ ଦଉଡ଼ି ପଳାନ୍ତି, ମଲ୍ଲିଫୁଲଟାଏ ଖୋସି ଦିଅନ୍ତି... ସେତେବେଳେ ଲାଜରେ ସଢ଼ିଯାଏ ଶୁଆ! ଆଖି ବୁଜି ଯାଏ ଆପଣା ଛାଁକୁ। ରାତି ହେଲେ ବି ଡିବିରି ଆଲୁଅରେ ସେ ଚାହିଁ ପାରୁ ନ ଥିଲା ତାଙ୍କୁ ମୋଟେ! ଭାରି ଲାଜ ଲାଗୁଥିଲା। ଚିଢ଼େଇ କରି ସେ ଦିନେ କହୁଥିଲେ –

"ଆଚ୍ଛା! ମତେ ତ ତମେ ଆଖି ଖୋଲି ଦେଖୁନ, ଚିହ୍ନିବ କେମିତି କହିଲ? ଆଉ କେଉଁ ପୁରୁଷକୁ ନିଜ ସ୍ୱାମୀ ବୋଲି ଭୁଲକରି ବସିବନି ତ?"

ସେ କଥା ଶୁଣି ଶୁଆର ମୁଣ୍ଡ ନଇଁ ଯାଇଥିଲା ଲାଜରେ। କେମିତି କଥା କେଜାଣି! ସେ ଯଦି ସତରେ କାହାକୁ ଭୁଲ୍ କରି ବସେ? ରାତିରେ ଭଲ ନିଦ ହେଲାନି ତାକୁ। ପନ୍ଦର ଦିନ ହେଲା ଆସିଲାଣି, ହେଲେ ନିଜ ସ୍ୱାମୀକୁ ଚିହ୍ନିବା ତା' ପକ୍ଷରେ ସମ୍ଭବ ହୋଇନି। ରାତି ପାହିଲେ ତା'ର ବାପଘର ଆସିବା କଥା। ନା ସେ ଶୁଅନ୍ତୁ। ରାତିରେ ସେ ନିଶ୍ଚେ ତାଙ୍କୁ ଭଲ କରି ଦେଖିବ ମନ ଦେଇ ଚିହ୍ନିବ। କିଏ ଜାଣେ ବାପ ଘରୁ ପୁଣି ଯାଇ କେବେ ଫେରିବ ସେ! ଭାବୁଭାବୁ ନିଆଁଲଗା ନିଦ ତାକୁ ଲାଗିଯାଇଥିଲା। ବଢ଼ିଭୋରଟାରୁ ତରତରରେ ଉଠିପଡ଼ିଥିଲା ଶୁଆ। ମଦନମୋହନ ଘୁଙ୍ଗୁଡ଼ି ମାରି ଶୋଇଥିଲେ। ତାଙ୍କ ମୁହଁ ଉପରୁ ତରତରରେ ଚଦରଟା କାଢ଼ି ନେଇଥିଲା ଶୁଆ। ଝର୍କା ବାଟ ଦେଇ ପାହାନ୍ତିର ଝାପ୍‌ସା ଆଲୁଅ ଆସି ପଡ଼ିଥିଲା ମଦନମୋହନଙ୍କ ମୁହଁ ଉପରେ! ଛିଃ ଛିଃ, ଏବେ ବି ମନେ ପଡ଼ିଲେ ହସ ମାଡ଼େ। କେଡ଼େ ଅଲାଜୁକ କଥା! ବାଉଳାରେ ତାଙ୍କ ଛାତି ଉପରେ ଅଧା ନଇଁପଡ଼ି ମିଟିମିଟି କରି ଅନେଇ ଦେଖୁଥିଲା ସିଏ! ମନ ତା'ର ଗର୍ବରେ ଫୁଲି ଉଠୁଥିଲା। ବାପା ସତକୁ ସତ ବାଛିବାଛି ତା' ପାଇଁ ସୁନ୍ଦର ଜୋଇଁ କରୁଛନ୍ତି। ଗାଁଯାକର ଏତେ ଏତେ ଝିଅଙ୍କର ତ ବର ଆସନ୍ତି; କିନ୍ତୁ ତା' ବର ପାସଙ୍ଗରେ କେହି ପଡ଼ିବେନି। ଏଡ଼େ ବଡ଼ବଡ଼ ଆଖି କରି

ଶୁଆ ଉହୁଁକି ଦେଖୁଥିଲା ତାଙ୍କୁ। ହଠାତ୍ ଭାବନାରେ ତା'ର ବାଧା ପଡ଼ିଥିଲା। ଫେଁ ଫେଁ କରି ହସି ଉଠିଥିଲେ ମଦନମୋହନ ଦୁଇ ହାତରେ ତାକୁ କୁଣ୍ଢାଇ ଧରି! ହସୁ ହସୁ କହିଥିଲେ - ତମ ମାଇପି ଜାତି ଏଡ଼େ ଚତୁରା ନାଁ! ଆହା! ଗୋଟାପଣେ ତୁଳସୀ... ଯେମିତି କିଛି ଜାଣନ୍ତିନି... କାହାକୁ ମୁହଁ ଟେକି ଅନାନ୍ତି ନାହିଁ। ଉହୁଁ... ଧରା ପଡ଼ିଲଟି... ଏମିତି ମଣିଷକୁ ଶୋଇଲାବେଳେ ଲୁଚି ଲୁଚି ଦେଖନ୍ତି ନାଁ...! ଶୁଆର ମନେ ଅଛି ଲାଜ ସରମରେ ତା' ଦେହରୁ ଅସରାଏ ଝାଳ ବୋହିଗଲା ସକାଳଟାରୁ!

ତା' ପରେ? ତା' ପରେ? ଭାବିପାରେନା ଶୁଆ। ବାପଘର ଆସିବାର ପନ୍ଦର ଦିନ ହୋଇଥିବ। ଦିପାଳୀ ଅମାବାସ୍ୟା ଦିନ ଖବର ପାଇଲା - ଗଛ ବାଣ ଫୁଟି ଜୀଅନ୍ତା ପୋଡ଼ି ହୋଇଯାଇଛନ୍ତି ମଦନମୋହନ। କୂଅରେ ଦଉଡ଼ିଯାଇ ଡେଇଁ ପଡ଼ିଥିଲା ଶୁଆ। କେମିତି ସେ ଟେକା ହୋଇ ଆସିଲା, ଆଉ କେମିତି ଏତେଦିନ ମଦନମୋହନଙ୍କୁ ଛାଡ଼ି ସେ ବଞ୍ଚିଛି? ଶୁଆ ଭାବିଲେ ଆଶ୍ଚର୍ଯ୍ୟ ହୋଇଯାଏ।

ସେଦିନଠୁ ଆଉ ଶାଶୂଘର ମାଡ଼ିନି ସେ। ଆଉ ଯାଇ ବା ଲାଭ କ'ଣ? ମଣିଷ ମଦନମୋହନଙ୍କୁ ଭୁଲି, ଠାକୁର ପ୍ରତିମା ମଦନମୋହନଙ୍କୁ ଆଶ୍ରାକରି ପଡ଼ିଛି ସେ। ସଞ୍ଜ ସକାଳେ ସେ ଧାଏଁ ଠାକୁର ମନ୍ଦିରକୁ। ମଣିଷକୁ ଭୁଲିବ, ଠାକୁରକୁ ନିଜର କରିବ। ବାର ବରଷ ବିତି ଗଲାଣି। ସେଇ ଗୋଟିଏ ଧରାବନ୍ଧା କଥା, ଧରାବନ୍ଧା ଜୀବନ। ବେଳେବେଳେ ଠାକୁର ମଦନମୋହନଙ୍କ ଦେହରେ ଦେଖେ ସତ ମଣିଷ ମଦନମୋହନ ଛିଡ଼ାହୋଇ ହସୁଛନ୍ତି...। ସେ କାନ୍ଦେ। କାନ୍ଦି କାନ୍ଦି ଲୋଟିଯାଏ। ଗାଁ ମାଇପେ ଧନ୍ୟ କହନ୍ତି... କେଡ଼େ ଭକ୍ତି... କେଡ଼େ ସୁଧାର... କେଡ଼େ ଧୀର ଏଇ ଶୁଆ!!

କିନ୍ତୁ ଇଏ କ'ଣ ହେଲା? ସେ ଆଉ ଭୂତ ଦେଖୁନି ତ? ଏ ବାବୁ ଜଣକ ଅବିକଳ ମଦନମୋହନ ପରି। ସେଇ ବର୍ଣ୍ଣ, ସେଇ ଆଖି, ନାକ, ଆଉ ସେଇ ଭଙ୍ଗୀ! ଭୂତ ନୁହେଁ ତ? ମୁଣ୍ଡ ଘୂରୁଛି ଶୁଆର...। କେତେବେଳେକେ ଆଚ୍ଛନ୍ନତା ତା'ର କଟିଥିଲା ରାଧାଶ୍ୟାମର ଡବ ଡବ କଥାରେ -

"ହେଇ ଲୋ ନାନୀ! ବାବୁ ତତେ ଏତେ କଥା ପଚାରିଲେ ପଦେ କଥା କହିଲୁନି? ସିଏ କେଡ଼େ ବଡ଼ ବାବୁ ଜାଣୁନା ନାନୀ! ସେଇ ଯେଉଁ ବଡ଼ ନଈ ବନ୍ଧ ତିଆରି କରୁଛି ଇଞ୍ଜିନିୟରବାବୁ। ବହୁତ ପାଠ ପଢ଼ିଛି - ବିଦେଶରୁ ପଢ଼ି କରି ଆସିଛି। ବହୁତ ଟଙ୍କା ଦରମା ପାଏ ସେ। ହେଲେ ବାବୁଟା ଭାରି ଭଲ ଲୋକ। ତୋ ହାତରୁ ରକତ ବୋହିବା ଦେଖି ପରା ବାବୁ କାନ୍ଦ କାନ୍ଦ ହୋଇଗଲା। ତୁ ତ ମୁହଁ ଢାଁକି ବସିଲୁ ଖାଲି...।"

ବାବୁଙ୍କୁ ଘର ପାଖରେ ଛାଡ଼ି ରାଧାଶ୍ୟାମ ଫେରିଲାଣି। ସେତିକିବେଳୁ ଶୁଆ ସେମିତି କାଠଟା ପରି ବସିଛି। ସେ ଯେମିତି ସ୍ୱପ୍ନ ଦେଖୁଥିଲା - କେଉଁ ଅତୀତ ଦୀର୍ଘ ବାର ବର୍ଷ ତଳର କେଉଁ ମଧୁଝରା ରାତ୍ରିର କଥା। ଦିନ ପନ୍ଦରଟାର ସ୍ମୃତି। ତେଣୁ ବାବୁ କ'ଣ ପ୍ରଶ୍ନ କରିଥିଲେ ତା'ର ଶୁଣିବାକୁ ହୋସ୍ ନ ଥିଲା।

ଏମିତି ବେଳା ଅବେଳା, ବାଟ ଘାଟ ଦେଉଳ ବେଢ଼ା ଆଉ ଫୁଲଗୁନ୍ଥାରେ କେତେଥର ଯେ ବାବୁ ସହିତ ଜଣା ଅଜଣାରେ ଭେଟ ହୋଇଯାଇଛି, ଶୁଆର ମନେ ନାହିଁ। କେମିତି ଗୋଟାଏ ଅନାନ୍ତି ଯେ ଦେହ ଭିତରଟା ଝିମି ଝିମି କରେ ଶୁଆର। ଆଉ ଦିନେ ଠାକୁର ମନ୍ଦିରରୁ ଭୋଗ ନେଇ ଫେରୁଥିଲା ସେ। ରାସ୍ତା ମଝିରେ ଇଞ୍ଜିନିୟରବାବୁ ହାତ ପତାଇ ଆସି ଛିଡ଼ା ହୋଇଗଲେ। ଦେହଟା ବରଡ଼ା ପତର ପରି ଥରିଉଠିଲା ଶୁଆର। ତାକୁ ନୀରବ ହବାର ଦେଖି ବାବୁ କହିଥିଲେ - "ଭୋଗ କାହାକୁ ନାହିଁ କରନ୍ତିନି। ଶତ୍ରୁ ହେଲେ ବି ତାକୁ ଟିକେ ଦିଅନ୍ତି। ଆଉ ମୁଁ ତ ଶତ୍ରୁଠାରୁ ହୀନ ନୁହଁ।"

ଥରିଲା ହାତରେ ଶୁଆ ଭୋଗ ବଢ଼େଇ ଦେଇଥିଲା ସେଦିନ। ମନ୍ଦିରବେଢ଼ାରେ ଫୁଲ ଗୁନ୍ଥୁଗୁନ୍ଥୁ ସଞ୍ଜସକାଳେ ସତେବା ଯେମିତି ଛଳନା କରି ରାଧାଶ୍ୟାମକୁ ଖୋଜିବା ପାଇଁ ସେ ଆସନ୍ତି। ବୁଲେଇ ବୁଲେଇ କଥା ପଚାରନ୍ତି। ଶୁଆ ସବୁ ବୁଝେ। ବିବେକ କହେ ଯେମିତି ଭୁଲ ହେଉଛି, ଯେଉଁ ଭୁଲର ପରିଣାମ ବଡ଼ ବିଷମୟ! କିନ୍ତୁ ସଞ୍ଜସକାଳରେ ମନ ପୁଣି ଓଟାରି ହୁଏ - ଅଜାଣତରେ ସେ ମନ୍ଦିରବେଢ଼ାକୁ ଧାଏଁ। ଆଉ ଦିନକର ଶ୍ୟାମ ଆସି କହିଲା -

"ନାନୀ! ଅମୂଲ୍ୟବାବୁଙ୍କୁ ମୁଁ କହିଛି ଆଜି ପିଠା ଖୁଆଇବି। ଚକୁଳି ପିଠା ମତେ ଦେ, ମୁଁ ଦେଇଆସିବି।"

ଶୁଆ ପଚାରିଲା, "ଅମୂଲ୍ୟବାବୁ କିଏରେ ଶ୍ୟାମ?"

"ମ, ଜାଣିନୁ! ସେଇ ଇଞ୍ଜିନିୟରବାବୁର ନାଁ ପରା ଅମୂଲ୍ୟ ରତ୍ନ! ଭଲ ନାଁଟିଏ ନୁହେଁ ଲୋ ନାନୀ?"

ଶୁଆ ମନେ ମନେ ହସିଥିଲା। ସତେ ଭଲ ନାଁଟିଏ। ସହରିଆ ଲୋକଙ୍କ ନାଁ ସବୁ ସେମିତି।

ଶ୍ୟାମ ତାକୁ ହଲେଇ ଦେଇ କହିଥିଲା - "ନାନୀ। ଦେ ପିଠା ଦେ।" ଚୁଲିମୁଣ୍ଡରେ ପିଠା କରୁକରୁ ଶୁଆ ଜିଭ କାମୁଡ଼ି ପକେଇ କହିଲା - "ଛିଃ, ଛିଃ। ଲାଜରେ ମୋ ମୁଣ୍ଡ ଛିଣ୍ଡେଇବୁ ତୁ ମୁଁ ଦେଖୁଛି! କିରେ, ସେ ବାବୁଙ୍କୁ କେଉଁ କଥା ଅପୂର୍ବ! ସେ ଆମଘର ପିଠା ଖାଇବେ। ବାପା ବୋଉ ଶୁଣିଲେ ଆଉ ପିଠି ରହିବନି ତୋର।"

ଶ୍ୟାମର କିନ୍ତୁ ଏକା ଜିଦ୍ ସେ ପିଠା ନେଇ ଯିବ! ଏକଥା ଯଦି ସାଇରେ କିଏ ଜାଣେ ଶୁଆର ଇଜ୍ଜତ୍ ଦି'କଡ଼ା ହେବ। କିନ୍ତୁ ଶ୍ୟାମ ଯେ କାନ୍ଦୁଛି? ଶୁଆ ଏବେ କ'ଣ କରିବ?

ଶ୍ୟାମର କିନ୍ତୁ ଏକା ଜିଦ୍ ସେ ପିଠା ନେଇ ଅମୂଲ୍ୟବାବୁଙ୍କୁ ଖୁଆଇବ। ବାଧହୋଇ ଶୁଆ ପିଠା ଦେଇଥିଲା ଶ୍ୟାମ ହାତରେ। ସେ ତ କେତେ ଦିନର କଥା। ତା' ପଛକୁ ପଛ ଶ୍ୟାମ ଆସି କହେ – ନାନୀ! ଆଜି ତରକାରୀ ଦେ! ଶାଗ ଦେ! ବାବୁ କହୁଛନ୍ତି ତୋ ହାତରନ୍ଧା କୁଆଡ଼େ ଭାରି ଭଲ ଇତ୍ୟାଦି ଇତ୍ୟାଦି...। ଶୁଆକୁ ଡରଲାଗେ - କିଏ ଯଦି ଜାଣେ! ଦାଣ୍ଡରେ ମୁଣ୍ଡ ଟେକି ବାଟ ଚାଲି ପାରିବନି ସିଏ - ଛି ଛାକରରେ ଗାଁ ଦାଣ୍ଡ ହେବ ତାକୁ କାଳ। ଛାତି ଭିତରେ ପଡ଼େ କି ଉଠେ ଚବିଶ ଘଣ୍ଟା। ବେଳେବେଳେ ମନରେ ଡୋର ଲାଗେନା। ବନ୍ଧ ଭାଙ୍ଗି ସେ ଦଉଡ଼ି ପଳାଏ ଦୂରକୁ ଦୂରକୁ...। ଅମୂଲ୍ୟବାବୁ ଗୋଟାଛାଏଁ ମଦନମୋହନ। ସେମିତି କଥା, ସେମିତି ଚାଲି, ସେମିତି ସବୁ ରଙ୍ଗଢଙ୍ଗ। ତାଙ୍କୁ ଦେଖିଲେ ଶୁଆର ଯେମିତି ସବୁ ହାତଗୋଡ଼ ଅଚଳ ହୁଏ - ମନ ଧାଏଁ ବାରବର୍ଷ ତଳର ମାତ୍ର ପନ୍ଦରଟି ଦିନର ହଜିଲା ସ୍ମୃତିକୁ! ସପନ ଭାଙ୍ଗେ - ଆଖିରେ ପାଣି ଆସେ ଉକୁଟି। ବାମନ ହୋଇ ଚାନ୍ଦକୁ ହାତ ବଢ଼ାଉଛି ସିଏ। କେତେବେଳେ ମଦନମୋହନଙ୍କ ସ୍ଥାନରେ ଆସି ଛିଡ଼ା ହୁଅନ୍ତି ଅମୂଲ୍ୟବାବୁ, ତା'ର ଖେୟାଲ ରହେନା...। ତାଙ୍କୁ ନେଇ ସେ ସପନରେ ଘର କରେ। ପିଲାଛୁଆ ନେଇ ସେ ହସ ବୁଣେ... ଫେର ନିମିଷକେ ସପନ ଭାଙ୍ଗେ, ଆଖିର ଲୁହ ହୁଏ ଦିନରାତି ସାର। ଯେଉଁ ଲୁହ ଦେଖେଇ ସେ ସାନ୍ତ୍ୱନା ପାଇବନି ଦୁନିଆରେ କାହାଠୁ, ବରଂ ଜଳି ଚୂନା ପାଉଁଶ ଦଗ୍‌ଧ ହେବ!

ସେଦିନ ଶ୍ୟାମ ଧାଇଁ ଆସି କହିଲା, 'ନାନୀଲୋ ଅମୂଲ୍ୟବାବୁଙ୍କ ଦେହ ଖରାପ। ଦିନସାରା ସେ ଖାଇ ନାହାନ୍ତି - ବିଛଣାରେ ଛଟପଟ ହେଉଛନ୍ତି। ମତେ କହିଲେ ଡାକ୍ତର ଡାକିବାକୁ - ଡାକି ଆଣିଲି। ଡାକ୍ତର କହୁଛି ଅମୂଲ୍ୟବାବୁଙ୍କୁ ବାର୍ଲି ପିଇବାକୁ। ମୁଁ ସବୁକିଛି ଆଣି ରଖି ଦେଇଛି। ତୁ ଟିକିଏ ଯାଇ କରି ଦେଇ ଆସିବୁନି? ମତେ ଆସୁନି...!' ଶୁଆର ଛାତି ଧପ୍ ଧପ୍ ହେଲା। ସେ ଯିବ ଅମୂଲ୍ୟବାବୁଙ୍କ ଘରକୁ! ମାଇପି ଲୋକ କେହି ସେଠାରେ ନାହିଁ - ସାଇ ପଡ଼ିଶାରୁ ଆଉ ବାସନ୍ଦ ହେବ କି ସେ? ଶାସନ ବ୍ରାହ୍ମଣ ଘରର ବିଧବା ଝିଅ ସେ। - ଅମୂଲ୍ୟବାବୁ ଜାତିରେ ଖଣ୍ଡାଏତ। ଲୋ, ମା'! ଲୋକେ ରଖିବେନି ତାକୁ ଆଉ। ବାପାଙ୍କର ମୁହଁ କଳା ପଡ଼ିବ ତାକୁ ନେଇ। ଶ୍ୟାମ ତାକୁ ହଲାଇ ଦେଇ କହିଥିଲା "ଚାଲ ମ ନାନୀ! ଏତେ ଭାବୁଛୁ କ'ଣ? ପର ଉପକାର କଲେ ଭଗବାନ୍ ମଙ୍ଗଳ କରନ୍ତି - ଆମ ସାର୍

କହୁଥିଲେ।" ଶ୍ୟାମ ଭିଡ଼ିଲା ତା'ର ହାତ। ଭୂତ ଲାଗିଲା ପରି ଶୁଆ ଉଠିଗଲା... କୁଳ ମାନ ମହତ ରହିଗଲା ସବୁ ପଛରେ। ... ମନେ ପଡୁଥିଲା ମଥୁରା ଦାଣ୍ଡରେ ଶ୍ରୀରାଧା ତ ଏମିତି ସବୁ ପଛରେ ପକାଇ ଧାଇଁଥିଲେ ମଦନମୋହନଙ୍କ ପାଇଁ। କେତେବେଳେ ଯାଇ ସେ ଅମୂଲ୍ୟବାବୁଙ୍କ ଘରେ ବାର୍ଲି କଲା, ତାଙ୍କର ତୃଷାର୍ତ୍ତ କଣ୍ଠରେ ଢୋକ ଦେଲା କିଛି ହୋସ ନାହିଁ... ତାକୁ ଲାଗିଥିଲା ସତେ ତାକୁ କିଏ କିମିଆଁ କରିଛି। ବାର୍ଲି ପିଉ ପିଉ ଅମୂଲ୍ୟବାବୁ ବାନ୍ତି କରି ଦେଇଥିଲେ ଦି'ଚଳା ତା' ଲୁଗାରେ। ଶୁଆକୁ ଘୃଣା ଲାଗିନି - ବରଂ ଅମୂଲ୍ୟବାବୁଙ୍କ ମୁଣ୍ଡଟାକୁ ଧୀରେ ଧୀରେ ଆଉଁସି ଦେଉଥିଲା ସେ ଠିଆହୋଇ। ଏକ ଶାନ୍ତଶିଷ୍ଟ ବାଳକ ପରି ଅମୂଲ୍ୟବାବୁ ମୁହଁ ଗୁଞ୍ଜି ଦେଇଥିଲେ ତା' ବକ୍ଷରେ। ବାସ୍, କେତେ ସମୟ ଯାଇଛି ତା'ର ଇୟତ୍ତା ନାହିଁ। ହଠାତ୍ ସେ ଏକ ଗଳାଖଙ୍କାରରେ ଚମକି ପଡ଼ିଲା। ସାଇର ମୁଖିଆ, ପଞ୍ଚାଏତର ଚେୟାରମେନ୍, ଆଉ ସମ୍ପର୍କରେ ତା'ର ମଉସା ହେବ ଚନ୍ଦ୍ରଶେଖର - ବୟସ ଛୁଇଁଛି ଷାଠିଏ ପାଖ। ଧୀରେ ଧୀରେ ବାଡ଼ି ଖଣ୍ଡିକ ଧରି ଫେରି ଯାଉଛନ୍ତି ଆସିବା ବାଟରେ। ଶୁଆ ଅମୂଲ୍ୟବାବୁଙ୍କୁ ଏକଦମ ପେଲି ଦେଇ ଫେରି ଆସିଲା ଦି'ହାତ ଦୂରକୁ। ଗୋଟାଏ ମୁହୂର୍ତ୍ତ ଭିତରେ ଆକାଶଟା ଯେମିତି ତା' ମୁଣ୍ଡ ଉପରେ ଭାଙ୍ଗି ଚୂନା ହୋଇଗଲା ଖଣ୍ଡ ଖଣ୍ଡ କରି। ହେ ଭଗବାନ୍! ସେ କାହିଁକି ଆସିଲା ତେବେ? କେତେବେଳେ ସେ ସେମିତି ଛିଡ଼ା ହୋଇ ହୋଇ ଅମୂଲ୍ୟବାବୁ ଘରୁ ଫେରି ଆସିଛି ତା'ର ଖେୟାଲ ନାହିଁ।

ରାତି ନ ପାହୁଣୁ ଦୁନିଆସାରା ତା' ନାଁରେ ବସିଲା ହାଟ। କ'ଣବା କରିଛି ସିଏ? କି ଅପରାଧ? ମଦନମୋହନଙ୍କ ପୂଜା ପାଇଁ ସେ ଘରଘର ସାଇସାଇ ବୁଲି ଫୁଲ ତୋଳି ଆଣେ। ତ୍ରିପାଠୀ ଘର ବଗିଚାରେ ନ ପଶୁଣୁ ତାଙ୍କ ନୂଆ ହୋଇ ପୁଅ ବାହାହୋଇ ଆଣିଥିବା ପାଠପଢୁଆ ବୋହୂର କଣ୍ଠ - "ହେ, ହେ ତୁ ଆଉ ସକାଳୁଟାରେ ଆସି ଫୁଲତକ ରଟରଟ କରି ଛିଣ୍ଡାନା... ଠାକୁର ଖାଲି ତୋ'ରି ହାତରୁ ଫୁଲ ନେବେ ବୋଲି ଅନେଇ ବସିଛନ୍ତି...?"

ଫୁଲର ଡେମ୍ଫ ଉପରୁ ହାତଟା ତା'ର ଶୂନ୍ୟ ଶୂନ୍ୟ ଫେରି ଆସିଲା। ତ୍ରିପାଠୀଘର ବୋହୂ କହୁଛି ଏ କଥା? ଲୁଚି ଲୁଚି ରାତି ଅଧରେ ଯିଏ ଠାକୁର ବେଢ଼ାରେ ମିଶ୍ରଘର ରାଜୁନନା ସାଙ୍ଗରେ...! ଚିନ୍ତା ଆଉ କରି ପାରିଲାନି ଶୁଆ। କାହାକୁ ସେ କହିବ ଏ କଥା। ତ୍ରିପାଠୀବାବୁ ବଡ଼ଲୋକ।

ନନ୍ଦ ଘର ପୋଖରୀରେ ପାଦ ନ ଦେଉଣୁ ସାରୀ ସାଙ୍ଗରେ ଭେଟ ହେଲା ତା'ର। ସାରୀର ଶାଶୂଘର ତାଙ୍କ ଘରଠୁ ଦଶଟା ଘର ଛାଡ଼ି। ତା'ଠୁ ଦଶଟା ଘର ଛାଡ଼ି ପାରାର। ହେଲେ ସାରୀ ସହିତ ପୋଖରୀ ତୁଠରେ ଭେଟହୁଏ ଶୁଆର। ପାରାର ଶାଶୂଘର

ତାକୁ ଛାଡ଼ନ୍ତି ନାହିଁ ଦୂରକୁ। ସାରୀ ତାକୁ ଦେଖି କହିଲା "ହଇଲୋ ନାନୀ! ଜହର ମିଳିଲାନି ତତେ ବକଟେ। ପୋଡ଼ାମୁହିଁ - ଶେଷରେ ବାପାଙ୍କ ମୁହଁ କାଳି କଲୁ। ଏଇଥିପାଇଁ ଏତେ ଭକ୍ତି, ଏତେ ସେବା ଠାକୁରଙ୍କୁ କରୁଥିଲୁ ପରା... ଛତରରେ ପଶିବା ପାଇଁ...।" ଶୁଆ ମୁଣ୍ଡ ବୁଡ଼େଇଲା ପାଣିରେ - ସେ ଶୁଣି ପାରିବନି। ମଦନମୋହନ, କାହିଁକି ଏତେ ହଟହଟା କଲ ପ୍ରଭୁ। ନଚେତ୍ ସାତସାନ ସାରୀଠୁ ଆକଟ ଶୁଣନ୍ତା। ସାରୀଠୁ ଝିଅଟାଏ ଆଣି ପାଳି ପୋଷିବ ବୋଲି କେତେ ତା'ର ଆଶା! ସାରୀ ରାଜି ହୋଇଥିଲା ସମ୍ପତ୍ତି ଲୋଭରେ - ଦୁଇ ପିଠିରେ ଅସରନ୍ତି ସମ୍ପତ୍ତି...! ଦୁଇ ହାତ ଉପରକୁ ଟେକି ପ୍ରଣତି ଜଣାଇଲା ଅନାଗତ ବିଧାତା ଉଦ୍ଦେଶ୍ୟରେ...।

ଡାହାଣ ପାଖ ପୁରୁଷ ତୁଠରେ ପାଣି ଭିତରେ ପଶୁପଶୁ ଗୋବର୍ଦ୍ଧନପିଇସା ପାଟିକରି ଉଠିଲେ... ରାମ ରାମ! କି ଯୋଗରେ ମଣିଷ ବାହାରିଥିଲା କେଜାଣି...! ଗାଁଟା ତ ଉଛନ୍ନରେ ଗଲା ନିଧି। ଝିଅ ବୋହୂଏ ଆଉ ମାନିଲେ ନାହିଁ। ଘୋର କଳିକାଳ...। ସେମିତି ହାତ ଟେକି ଦଣ୍ଡବତ କରୁ କରୁ ଶୁଆର ଆଖିରୁ ପାଣି ଗଡ଼ିଲା। ଆଖି ଆଗରେ ଛନଛନିଆ କିଶୋରୀର ମୁହଁ ଛିଡ଼ାହେଲା - ଯେଉଁ ପାଣଘର ଝିଅ କିଶୋରୀକୁ ରାତିଅଧରେ ଗୋବର୍ଦ୍ଧନପିଇସା ଟେକି ନେଇଯାଇଥିଲେ ନଈ ସେ ପଟକୁ... ବିଚାରୀ ଦଉଡ଼ି ଦେଇ ମଲା ଶେଷରେ।

ଛାଟିପିଟି ହୋଇ ଶୁଆ ପଳେଇ ଆସିଲା ତୁଠରୁ। ତାକୁ ଲାଗୁଥିଲା ବାଟସାରା ସମସ୍ତେ ତାକୁ ଚାହିଁ ଟାପରା କରୁଛନ୍ତି, ହସୁଛନ୍ତି...। ମଦନମୋହନଙ୍କ ବେଢ଼ା ଭିତରେ ପଶି ମୁଣ୍ଡିଆ ମାରିବାକୁ ସାହସ ହେଲାନି ତା'ର। ଯାହାଙ୍କର ଏତେ ସେବା କରିଥିଲା ସେ ବା ତା'ର କି ମାନ ମହତ ରଖିଲେ? ପଥର ଉପରୁ ଉଠି ଠିଆହେଲା ଶୁଆ। ମରିତ ପାରିବ ନାହିଁ... ଘର ଆଡ଼କୁ ମୁହାଁଇଲା...।

ବଡ଼ ପାହାଚ ଉପରେ ଗାଲରେ ହାତ ଦେଇ ବାପା ତାର ଚାହିଁଛନ୍ତି ଆକାଶକୁ। ଭୟରେ ଦେହ ଥରିଲା - ଭାରି ରାଗୀ ତା'ର ବାପା! ଆଶ୍ଚର୍ଯ୍ୟ! ସେ କିଛି କହିଲେନି - ମୁହଁ ବୁଲେଇ ନେଲେ ତାକୁ ଦେଖି। ବୋଉ କାନ୍ଦୁଛି କେଜାଣି କାହିଁକି...। ହେଇଥିବ ତା'ରି ପାଇଁ... ତାକୁ ଦେଖି କେହି କିଛି କହୁ ନାହାନ୍ତି। ହମ ହମ ହୋଇ ଧାଇଁ ଆସୁଛି କୃଷ୍ଣ ଚରଣ ତା'ର ବଡ଼ଭାଇ, 'ଶୁଆ! ତତେ ବିଷ ମିଳିଲାନି, ହଇଲୋ ତୁ ଯାଇ ଶେଷରେ ସେ ଚଷାଟା ସାଙ୍ଗରେ... ଛିଃ, ଛିଃ, ଗାଁ ଯାକରେ ଆମ ମୁଣ୍ଡ ତଳକୁ କଲୁ। ଖବରଦାର ଯଦି ଘରୁ ଗୋଡ଼ କାଢୁ, ଅନା ଦେଖୁଛୁଟି ଏ ଠେଙ୍ଗାକୁ। ମୁଣ୍ଡରୁ ତୋର ଦହି କାଢ଼ି ଦେବିଟି।'

"ମଲାମୋର, ସେ କାଲୁ କହୁଛି। ମୁଁ ତ ପରଝିଅ, ସେ ତ ଭଉଣୀ। ଗନ୍ଧାଉ

ଥିଲା ମୋ କଥା ଏବେ ଫଳ ପାଅ... ମା' ବାପ ତ ମୁହଁ ବଢ଼େଇ ଥୋଇଛନ୍ତି... !" ବଡ଼ଭାଉଜ କହିଲେ ।

ଶୁଆ କବାଟ ଦେଲା ଘର ଭିତରେ ପଶି ଧଡ଼ାସ କରି ! ଲୁଗା ବଦଳା ବି ତା'ର ହୋଇପାରିଲାନି । ଏତେଦିନର ପରିଚିତ ଘର ମଣିଷ ସବୁ ଯେମିତି ଭୟ ଲାଗୁଛି ତାକୁ । କି ଅପରାଧ ବା ସେ କରିଛି ! ମଦନମୋହନ, ମଦନମୋହନ ବୋଲି ଡାକି ଡାକି ଶୁଆ ଖାଲି ଭୂଇଁ ଉପରେ କଚାଡ଼ି ପଡ଼ିଲା - ଆଖିରୁ ତା'ର ଏତେବେଳେକେ ଜଡ଼ତା ପୋଛି ବୋହିଲା ଅଶ୍ରୁ । ଅସରନ୍ତି ଅଶ୍ରୁର ଲହଡ଼ି । ବେଳ କେତେ ହେଲାଣି ଜଣା ନାହିଁ । ରାଧାଶ୍ୟାମର ଫୁସଫୁସ୍ ଡାକରେ ସେ ଆଖି ଖୋଲି ଚାହିଁଲା ବାରିପଟ ଝରକା ପାଖରେ ସେ ଆକୁଳ ଆଖିରେ ଛିଡ଼ା ହୋଇ ଚାହିଁ ରହିଛି ତାକୁ ! ମୁହଁ ଶୁଖିଛି ନାନୀ ପାଇଁ ଚିନ୍ତାରେ ! ଆହା ! ପିଲାଲୋକ - ମନରେ ଛନ୍ଦ କପଟ ପଶିନି, ବଇରୀ ମିତ୍ର ଭାବ ତା'ର କାହାଠି ନାହିଁ । ନାନୀ ତା'ର ଜୀବନ, ନାନୀ ତା'ର ସବୁ । ସେଇ କାନ୍ଦୁଛି ତା'ରି ଦୁଃଖରେ କେବଳ ! ଶ୍ୟାମ କାନ୍ଦି କାନ୍ଦି କହିଲା - "ନାନୀ ! ସେ ଅମୂଲ୍ୟବାବୁଟା ଏତେ ଖରାପ ଲୋକ ! ମୁଁ ତା'ର କେତେ କାମ ନ କରିଛି, ଆଜି ଯେମିତି ଯାଇଛିନା ମତେ ଚାପୁଡ଼ାଟାଏ ପକାଇଲା ଗାଲରେ କହିଲା- ଯା ପଳା ! ତୁ କି ତୋ ଭଉଣୀ ଯଦି ଏ ଘର ମାଡ଼ିବ ତା'ହେଲେ ଗୋଡ଼ ଛୋଟା କରିଦେବି । ପୁଲିସରେ ଦେବି ! ପଳା ଛୋଟଲୋକ" - କହି କହି ଶ୍ୟାମ କାନ୍ଦିଲା ଜୋର୍‌ରେ ଫୁଲି ଫୁଲି । ଶୁଆର ଏ କଥାରେ ମୁଣ୍ଡ ଘୂରିଗଲା - ସେ ବୁଝି ପାରିଲାନି କ'ଣ କହି ବୁଝାଇଲେ ଶ୍ୟାମଚରଣ ବୁଝିବ ! କେମିତି ସେ କହିବ, ଶ୍ୟାମ, ସେମାନେ ବଡ଼ଲୋକ । ତାଙ୍କ ମନ, ତାଙ୍କ କଥା ଆମେ ମୂରୁଖ ଲୋକ ବୁଝିବା କେଉଁଠୁରେ ? ସେମାନେ ପଢୁଆ ଲୋକ - ଟଙ୍କା ଅଛି, ମରଦ ପିଲା - ତାଙ୍କର ତ ଜାତି ଯାଏନି... । ଶୁଆ ପୁଣି ମୁହଁମାଡ଼ି ଶୋଇଲା - ନା ନା - ସେ ମରିବ, ବଞ୍ଚିବା ତା'ର କିଛି ଲାଭ ନାହିଁ । ସାରୀ ଠିକ୍ କହିଛି - ସାନ ଭଉଣୀଟା ତାକୁ ଠିକ୍ କହିଛି ! କାନ ଡେରିଲା ସେ କବାଟ ଉପରେ ଠକ୍ ଠକ୍ କରି ଡାକୁଛି କିଏ ?

"ନାନୀ ! ହେ ନାନୀ ! ମଲା - କ'ଣ ଛଇ ହେଉଛୁକି ? ଯାହାତ କରି ମୁହଁ ଉଜ୍ଜ୍ୱଳ କଲୁ କଲୁ । ତୋ ସକାଶେ ତ ଆଉ ମୁହୂର୍ତ୍ତେ ମୁହଁ ଟେକି କେହି ଚାଲି ପାରିବେନି... ଫେର୍ ଆଉ କବାଟ ଦେଇ ଚୋରି ଉପରେ ସିନାଚୌରୀ ଦେଖାନା... ।" ପାରା ଡାକୁଛି, ପାରା ଏମିତି ପ୍ରାୟ ବେଳେବେଳେ ବୁଲି ଆସେ । ଆଜି ତ ସହଜେ ନାନୀକୁ ତା'ର ବୁଦ୍ଧି ଦେବାର, ଜିଙ୍ଘାସି ହୋଇ କହିବାର ବେଳ ହୋଇଛି ।

ମଲା ମୋର ମଲୁଣିନା କ'ଣମ ? କାନ୍ଦ ଦେଖଉଛୁ ? ସେମିତି ତୋତେ ବେଳା

ଅବେଳାରେ କାନ୍ଦି ଆସେ ମତେ ଜଣାଲୋ ନାନୀ ଜଣା। ମରିଲୁନି ଯାହା ନଈକୁ ଡେଇଁ ତୁ...। ପାରା ଚାଲିଗଲା ଧମ୍ ଧମ୍ ପାଦ ପକାଇ! ବଡ଼ ଖର ଚାଲି ତା'ର। ଶୁଆ ଉଠି ବସିଲା - ପାରା ତା'ଠୁ ସାତ ସାନ। କୋଳରେ କାଖରେ ମଣିଷ କରିଛି ସେ ତାକୁ - ସେଇ ଫେର ଆସିଛି ଶାସନ କରି, ଆକଟ୍ କରି! ମଦନମୋହନ ଶେଷକୁ ଏତିକି ଲାଞ୍ଛନା ଦେଲ! କିବା ଦୋଷରେ କିବା ଶାସ୍ତି! ଆଉ ସହି ପାରିବନି ଶୁଆ - ସହି ପାରିବନି... ସତକୁ ସତ ବିଷଖାଇ ମରିବ। ଦଉଡ଼ି ଦେଇ ମରିବ ନ ହେଲେ ନଈକୁ ଡେଇଁବ।

'ନାନୀ ଲୋ! ନାନୀ!' ଶୁଆ ଅନେଇଲା ଝରକା ପାଖରେ ଶ୍ୟାମ ଛିଡ଼ା ହୋଇଛି। ମୁହଁ ଶୁଖି ତା'ର କଳାକାଠ। ଶୁଆକୁ ଦେଖି ଲୁହ ଜଡ଼ସଡ଼ କଣ୍ଠରେ କହିଲା - ନାନୀ, ଅମୂଲ୍ୟବାବୁ ଘରୁ ଦି'ଟା ମୂଲିଆ ନାଗି ଜିନିଷପତ୍ର ବୋହୁଛନ୍ତି। ଦି'ଟା ବଡ଼ ବଡ଼ ଗାଡ଼ି ଛିଡ଼ା ହୋଇଛି। ଅମୂଲ୍ୟବାବୁ ଆଜି ଚାଲି ଯାଉଛନ୍ତି ସଞ୍ଜ ବେଳକୁ। ସେ ଆଉ ଏଠି ଚାକିରି କରିପାରିବେନି। ଗାଁ ଯାକ ଲୋକ ଜମା ହୋଇଛନ୍ତି...। ସେଇ ଚନ୍ଦରମଉସା ସେଠି ବସି ତମାଖୁ ପିଉଥିଲେ, ମତେ ଦେଖି ହସଟାଏ ହସି କହିଲେ -

"ଆଃ ଆସିଗଲେ ଗୁଣମଣି। ସଙ୍ଖୋଳିବାକୁ ପରା! ଗାଁଟାରେ ଆଉ ଭଦରଲୋକ ରଖେଇ ଦେବନି। ହ୍ୟାପ୍ ମୂର୍ଖ ତ ବଉଁଶ ଗୋଷ୍ଠୀ - ପାଠପଢୁଆ ଲୋକଙ୍କ ସଙ୍ଗରେ କେମିତି କାରବାର ହେବାକୁ ହୁଏ ଜାଣିବ କେଉଁଠୁ? ଯିଏ ଆସିଲା ତା' ଘରେ ପଶିଲେ ଭାଇ ଭଉଣୀ। ଭଦ୍ରଲୋକ ଯିଏ, ସିଏ ତ ସହି ପାରିବନି... ନିନ୍ଦା... ଅନାଚାର... ଅମୂଲ୍ୟବାବୁ ଭଦ୍ରଘରର ପିଲା। ବୁଦ୍ଧି ଶୁଦ୍ଧିର ପିଲା...। ନାନୀ ଲୋ! ମୋର ମନେ ପଡୁନି ଆହୁରି କେତେ କ'ଣ କହିଲେ, ସେଠି ଯେତେ ଲୋକ ଅଛନ୍ତି ସମସ୍ତେ ଠୋ, ଠୋ ମାରି ହସିଲେ। ଆଉ ସେଇ ଅମୂଲ୍ୟବାବୁ ସତେକି ମତେ ଚିହ୍ନିନି ଏମିତି ହେଉଛି। ସେଇତ ମତେ କହିଲା, ତୁ ନାନୀକି ଡାକି ଆଣ ଶ୍ୟାମ, ନ ହେଲେ ମୁଁ ବଞ୍ଚିବିନି।" କହୁ କହୁ ଶ୍ୟାମଚରଣ କାନ୍ଦିଲା। ଝରକା ଏପଟରୁ ଶୁଆ ଦେଖିଲା - ସେତେବେଳକୁ ସୂର୍ଯ୍ୟ ବୁଡ଼ି ରାତି ଘଡ଼ିଏ ହେଲାଣି। ଜମାଟ ଅନ୍ଧାର ଡେଇଁ ବାଉଁଶ ବଣରେ ବିଲୁଆ ଭୁକୁଛି ହୋ, ହୋ! ହଠାତ୍ ବିଲୁଆ ଡାକ ଡେଇଁ ଭାସି ଆସିଲା ଦୁଇଟା ବିରାଟ ଗାଡ଼ିର ହର୍ଣ୍ଣ ଶବ୍ଦ। ଶ୍ୟାମ କହିଲା, "ହେଇ ଅନା ଅନା ନାନୀ! ଅମୂଲ୍ୟବାବୁ ଚାଲିଗଲେ ଗାଁ ଛାଡ଼ି। ... କେତେ ବଡ଼ ଗାଡ଼ି ନାନୀ ... ମତେ କହିଥିଲେ ଗାଡ଼ିରେ ବସାଇ ବନ୍ଧ ଦେଖେଇ ନେବେ। ଓଲଟି ମତେ ଅପମାନ କଲେ, ମାଡ଼ ମାଇଲେ... ବଡ଼ ଖରାପ ଲୋକ ସିଏ...?" ଶ୍ୟାମ ଗାଡ଼ିର ଯିବା ପଥକୁ

ଅନେଇ ଥିଲା ବାଉଁଶ ଗଛର ଫାଙ୍କ ଦେଇ। ଶୁଆର ଆଖିରୁ ଲୁହ ଶୁଖି କାଠ ହୋଇଯାଇଥିଲା ଦେହ ହାତ ସବୁ।

କିଏ କେତେ ଖାଇବାକୁ ଡାକି ଫେରି ଗଲେଣି। ତା'ର ଏକା ଜିଦ୍ ଆଜି ସେ ଖାଇବନି, ଉପାସ ତା'ର। ସିଏ କବାଟ ଖୋଲିବନି। କିଏ ବା ମନ ଦୁଃଖ କରିବ? ସେଇ ବାପା ବୋଉ।

ହୁଏତ ସେମାନେ ଭାବିଥିବେ ମରିଗଲେ କାଳ ଯିବ। ବିଧବା ଝିଅକୁ ବେକରେ ବାନ୍ଧି କିଆଁ ସେମାନେ ହଇରାଣ ହେବେ। ତାଙ୍କର କି ଯାଏ ଆସେ। ଜନମ ଦେଇଛନ୍ତି ବୋଲି ତା' ବୋଉ ଭାଷାରେ ସେ କରମ ଦେଇନି। ଆଉ ସବୁଠୁ ସୁଖୀ ହେବେ ସାରୀ ଆଉ ପାରା। ଶାଶୂଘରେ ସେମାନେ ଆଉ ଉଲୁଗୁଣା ପାଇବେନି ନାନୀ ପାଇଁ...। ନାନୀର ଶାଶୂଘର, ନାନୀର ଐଶ୍ୱର୍ଯ୍ୟ ଦେଖି ଯେଉଁମାନେ ହିଂସାରେ ଜଳିପୋଡ଼ି ମରୁଥିଲେ ସେମାନେ ଦେଖିବେ ତାଙ୍କ କାଳ ଯାଇଛି। ସବୁ ତା'ର ସରିଛି। ବେକର ହାର, ହାତର ବାଜୁ ଖୋଲି ସାରୀକୁ ଦେଇଥିଲା। ହାତର ସୁନା ଖଡୁ, ପଞ୍ଝାକ ମୁଦି ଖୋଲି ଦେଇଥିଲା ଭାଉଜକୁ ଆଉ ଭାଇ ନାଁରେ ସମ୍ପତ୍ତି ଲେଖି ଦେଇଥିଲା, ମମତାରେ ପଦେ ଭଲ କଥା ଶୁଣିଥିବା ପାଇଁ ଏଇ ତ ହେଲା ସବୁରି ସମାଧାନ। ଭଲକଥା! ଅଲୋଡ଼ା ଜୀବନରେ ବଞ୍ଚିରହିଥିବାର ସାର୍ଥକତା। ମଦନମୋହନଙ୍କୁ ଏତେଦିନ ଧରି ସେବା କରିଥିଲା ଏଇ ସୁକୃତ ପାଇବ ବୋଲି? ସବୁଠୁ ବେଶି ରାଗ ହେଉଥିଲା ମନରେ ସେଇ ଠାକୁରଙ୍କ ପ୍ରତି। - କ'ଣ ସେ କରିଥିଲା ବୋଲି ଏତେ ଶାସ୍ତି ପାଇବ? ଏତେ ଅପମାନ ଶୁଣି ବଞ୍ଚିବ। ନା, ନା, ସେ ମରିବ। ତାଙ୍କୁ ପାତକ ଦୋଷ ଲାଗିବ। - ଲାଗୁ - ଦୁନିଆରେ କଳଙ୍କ ରଟାଇବ ସେ ତାଙ୍କ ବଡ଼ ପଣର - ତାଙ୍କ ଦାତା ପଣର...। ଶୁଆ ଉଠି ବସିଲା। ଦ୍ୱାର ଖୋଲିଲା ଧୀରେ। କେହି ନାହିଁ ନିଶୂନ। ଯେ ଯୁଆଡ଼େ ଶୋଇଲେଣି। ଗୋଡ଼ ଚିପି ଚିପି ବାଡ଼ିକି ଆସିଲା ସିଏ। ଦଣ୍ଡେ ଛିଡ଼ା ହେଲା। କେହି ନାହିଁ ତ? ହଠାତ୍ ପଛପଟେ କାହାର ପାଦଶବ୍ଦ। କାହାର ଚାପିଲା କଣ୍ଠ ନାନୀ - ନାନୀ - ରାଧାଶ୍ୟାମ ବୋଧେ...। ନା, ନା, ଏଇ ପିଲାଟା ତା'ର ମୋହ। ସେ ବି ବଡ଼ ହେଲେ ତାକୁ କହିବ, ଗଞ୍ଜଣା ଦେବ - ଆଜି ସିନା ଦୁନିଆର ଜଟିଳତା ତା' ମନରେ ପଶିନି।

ଶୁଆ ଦୌଡ଼ିଲା ବାଉଁଶ ବୁଦା ଭିତର ଦେଇ। ଗୋଡ଼ରେ ଦେହରେ ହାତରେ ବାଜୁଛି କଣ୍ଟା ଝଟା। ନିଘା ନାହିଁ - ସେ ଦୌଡ଼ି ଦୌଡ଼ି ଅଣନିଃଶ୍ୱାସୀ ହୋଇ ପହଞ୍ଚିଲା ଠାକୁର ବେଢ଼ାରେ। ଠାକୁରଙ୍କ ପହଡ଼ ପଡ଼ିଛି। କବାଟ ବନ୍ଦ। ଠାକୁର ନିଶ୍ଚିନ୍ତ ନିଦରେ ଶୋଇଛନ୍ତି - ଅନନ୍ତ ଶୟନରେ ତାଙ୍କର ବାଧା ଆଣିବ ସିଏ! ଏତେ ସାହସ। ଧପାସ୍

କରି ପାହାଚ ଉପରେ ପଡ଼ିଲା ସିଏ। ଦି'ହାତରେ ଆପଣା ମୁଣ୍ଡକୁ ଧରି ଛେଚି ଲାଗିଲା ସିଏ। ଛେଚି ଛେଚି ରକ୍ତରେ ଚଟାଣଟା ଭସାଇ ନ ଦେଲେ ମଦନମୋହନର ନିଦ ଭାଙ୍ଗିବନି ଯେ ?

ଲହୁଲୁହାଣ ହୋଇଗଲା ନିମିଷକେ ମୁହଁ ଦେହ ହାତ ଲୁଗାପଟା ସବୁ। ସେ ସେମିତି ଢୋ ଢୋ ମୁଣ୍ଡ ପିଟି ଚାଲିଥାଏ...। ହଠାତ୍ ପଛରୁ ଧରି ପକାଇଲା କାହାର ନରମ ହାତ ଦିଓଟି। "ଏ କ'ଣ କରୁଛୁ ନାନୀ? ମୁଣ୍ଡ ଫାଟିଗଲାଣି ଯେ, ନାନୀ! ନାନୀ!" ଶ୍ୟାମଚରଣର ବିକଳ କଣ୍ଠ। 'ଛାଡ଼ ମତେ ତୁ ଶ୍ୟାମ। ତୁ ଜାଣିନୁ - ଏଇଟା ଠାକୁର ନୁହେଁ - ପଥର। ରକତ ନ ଦେଲେ ଫୁଲ ଦେଲେ ତା'ର ମନବୋଧ ହେବ କେଉଁଠୁ? ଦେ ଉଠ୍ - ମୁଁ ରକତ ଦେଇ ତାକୁ ଜୀବନ ଦେବି - ତେବେ ସିନା ଯାଇ ସେ ମଣିଷ କଥା ଶୁଣିବ କି ବୁଝିବ! ଏଇଟା ଏକଦମ୍ ପଥର ପରା ଶ୍ୟାମ!' ଶୁଆ ଆଉ ପାହାରେ ମୁଣ୍ଡ ଛେଚିଦେଲା ପଥର ପାହାଚରେ ଖୁବ୍ ଜୋରରେ। - ବାସ୍ - ତାପରେ ଆଉ ହୋସ୍ ନାହିଁ ତାର। ଶ୍ୟାମଚରଣ ଶୁଆର ମୁଣ୍ଡଟା କୋଳରେ ଧରି ଚିତ୍କାର କରି ଉଠିଥିଲା - ବୋଉ ହୋ, ବାପା ହୋ! ଧାଇଁ ଆସ... କିଏ କୁଆଡ଼େ ଅଛ ଧାଇଁ ଆସ ହୋ - ନାନୀ ମୁଣ୍ଡ ଫାଟିଗଲା। ନିର୍ବୋଧ ବାଳକର କଣ୍ଠସ୍ୱରର ପ୍ରତିଧ୍ୱନି ହିଁ ତାକୁ ଜବାବ ଦେଲା ଖାଲି...। ଗାଁ ସାରା ନିସ୍ତବ୍ଧ। ଆହୁରି ନିସ୍ତବ୍ଧ ଲାଗୁଛି ମନ୍ଦିର ବେଢ଼ା। ଶ୍ୟାମର ଆକୁଳ କାନ୍ଦଣା ଝରି ମିଶୁଥିଲା ଶୁଆର ରକ୍ତର ସ୍ରୋତରେ କେବଳ...

■

ତଟିନୀର ତୃଷ୍ଣା

ମନେ ହେଉଛି ଯେପରି ସେ ଅସାମାନ୍ୟା ସୁନ୍ଦରୀ ଥିଲେ। ମନେ ହେଉଛି ଯେପରି ତାଙ୍କର ଗଣ୍ଡଦେଶରେ ଗୋଲାପର ତ୍ୱକ୍ ଥିଲା ଆଉ ଚଞ୍ଚଳ ଆଖିକୋଣରେ କିଛି କିଛି ଆକାଶର ନୀଳରଙ୍ଗ ଥିଲା।

ନାଁ ତାଙ୍କର ରୁଚି। ଅନେକ ଦିନ ତଳର ସେ ଯେପରି ଏକ ସତ୍ତାହୀନ ସୁରଭି !

ରୁଚି ! ଯାହାର ବୃହତ୍ତର କିମ୍ବା କ୍ଷୁଦ୍ରତର ନାମ ସହିତ ଚିନ୍ମୟଙ୍କର କୌଣସି ସମ୍ପର୍କ ନାହିଁ। ସୂର୍ଯ୍ୟ ପ୍ରାୟ ଅସ୍ତ ହେବା ଉପରେ। ହୁଏତ ରୁଚି ଛିଡ଼ା ହୋଇଥିବେ ଅଧଘଣ୍ଟାଏ ଧରି ତାଙ୍କ ଅପେକ୍ଷାରେ... ! ଟ୍ରେନ୍ ଅଧଘଣ୍ଟାରୁ ଉପର ବିଳମ୍ବ ହୋଇଗଲାଣି।

ଷ୍ଟେସନ୍ ଏଇ ଆସିଗଲା। ରୁଚି ଛିଡ଼ା ହୋଇଛନ୍ତି। ପନ୍ଦର ବର୍ଷ ତଳର ସେଇ ଚେହେରାରେ ଅନେକ ପରିବର୍ତ୍ତନ ଆସିଥିଲେହେଁ ସେ ପରିଷ୍କାର ଚିହ୍ନି ହେଉଚନ୍ତି। ବିକ୍ଷିପ୍ତ ଚୂର୍ଣ୍ଣ କୁନ୍ତଳ ତଳେ ଯେପରି ତାଙ୍କର ଚଞ୍ଚଳ ଆଖି ଚିନ୍ମୟଙ୍କ ସନ୍ଧାନରେ ଆହୁରି ବେଶି ଚଞ୍ଚଳ ହୋଇଉଠିଛି।

ଆଃ ! ଆଜି ଯଦି ପନ୍ଦର ବର୍ଷ ତଳର ଅତୀତ ହୋଇଥାନ୍ତା...। ନା, ନା ସେ ଭାବିବେ ନାହିଁ। ସେ ନିଜକୁ ଦୁର୍ବଳ କରିବେ ନାହିଁ।

ପାଖକୁ ଆସିଲେ ରୁଚି। ଈଷତ୍ ହସି କହିଲେ – "ଅନେକ କଷ୍ଟ ସହି ଅନେକ ଦିନ ପରେ ଆସିଲ ଚିନ୍ମୟ ! ମାତ୍ର ଟ୍ରେନ୍ ଆଜି ଭୀଷଣ ଡେରି କରିଦେଲା। ଜୀବନ ସାରା କେବେ ତମେ ଠିକ୍ ସମୟରେ ଆସିପାରିଲନି... !"

ଚିନ୍ମୟ ଉତ୍ତର ଦେଲେନି। ରୁଚିଙ୍କ କଥାର ଇଙ୍ଗିତ ସେ ବୁଝିଥିଲେ। ପନ୍ଦରବର୍ଷ ତଳର ସ୍ମୃତି ତାଙ୍କ ମନର ସମସ୍ତ କମଳବନକୁ ଛାରଖାର କରିଦେଇଥିଲା। ସେ କ୍ଷଣିକ ପାଇଁ କଥା କହିବାର ଶକ୍ତି ହରାଇ ବସିଥିଲେ।

କାର୍ ଭିତରେ ବସି ଷ୍ଟାର୍ଟ ଦେଲେ ରୁଚି। କିଛି ଗୋଟାଏ କହିବାକୁ ହେବ ଭାବି ଚିନ୍ମୟ କହିଲେ – "ବରଂ ତୁମେ ବସ ରୁଚି ! ମୁଁ ଡ୍ରାଇଭ୍ କରେ।"

"ତମକୁ କ'ଣ ଲାଜ ଲାଗୁଛି ଚିନ୍ମୟ ! ଏଠି ସମସ୍ତେ ଜାଣନ୍ତି, ମୁଁ ଡ୍ରାଇଭ୍ କରେ, ମଦ ପିଏ, କ୍ଲବ୍ ଯାଏ; ଆଉ ଅନେକ ବନ୍ଧୁଙ୍କୁ ଏପରି ସଂଖୋଳି ନେବା ଯେପରି ମୋର ଏକ ଚିରାଚରିତ ଧର୍ମ। ତା'ପରେ ତୁମେ କ୍ଳାନ୍ତ ଏବଂ ମୋର ଅତିଥି। ତୁମେ ବସ।"

ଚିନ୍ମୟ ଯେପରି ଅନ୍ୟମନସ୍କ ହୋଇପଡ଼ିଲେ। ରୁଚି ଆଉ ତାଙ୍କୁ ପରିହାସ କରୁ ନାହାନ୍ତି ତ ?

ରୁଚି କାର୍ ଛାଡ଼ି ଦେଉ ଦେଉ କହିଲେ – "ତୁମେ ସବୁଦିନେ ବଡ଼ ଦୁର୍ବଳ ଚିନ୍ମୟ ! ମୋର ଏଇ ଅବାଧ ଭ୍ରମଣ ନୀତିଟାକୁ ତୁମେ କେବେ ପସନ୍ଦ କରି ନ ଥିଲ, ଆଜି ବି କରୁ ନାହଁ। ଆଜି ତୁମେ ମୋର ଅତିଥି। ମୁଁ ତୁମକୁ କଥା ଦେଉଛି ତୁମେ ଥିଲା ପର୍ଯ୍ୟନ୍ତ ମୁଁ ମଦ ସ୍ପର୍ଶ କରିବି ନାହିଁ... !" ଓଠ ଉପରେ ଓଠ ଚାପି ସେ ଯେପରି କଣ୍ଠର ସଜଳତାକୁ ଘୋଡ଼ାଇ ରଖିଲେ।

"ତୁମର ମୋ ପ୍ରତି ଗୋଟାଏ ଭ୍ରାନ୍ତ ଧାରଣା ରହିଛି ରୁଚି ! ତୁମେ ବୋଧହୁଏ ପ୍ରଦୋଷର କଥାଟାକୁ ବିଶ୍ୱାସ କରିଛ !"

ରୁଚି କହିଲେ – "ମୋ ନିଜର ଗଣନା ଉପରେ ମୁଁ ବେଶି ନିର୍ଭର କରେ ଚିନ୍ମୟ ! ମୋର ଏହି ଅହଂ ଭାବଟାକୁ ସହ୍ୟ କରିପାରିଲନି... ତୁମେ କାହିଁକି... ମୁଁ ନିଜେ ବି ସମୟେ ସମୟେ ଦୁର୍ବଳ ମନେକରେ ତାକୁ ନେଇ...। ଛାଡ଼... ତେବେ ପ୍ରଦୋଷର କଥାକୁ ମୁଁ ଦାମ୍ ଦେଇ ନାହିଁ କେବେ – ଆଉ ଆଜି ?"

ରୁଚି ହସୁଥିଲେ। ଖୁବ୍ ସ୍ତିମିତ ଆଲୋକରେ ତାଙ୍କର ପ୍ରଦୋଷ ପାଇଁ ଉଦ୍ଦିଷ୍ଟ ବ୍ୟଙ୍ଗ ହସର କ୍ଷୀଣରେଖା ଯେପରି ଚିନ୍ମୟଙ୍କୁ କ୍ଷତବିକ୍ଷତ କରି ଦେଉଥିଲା।

ଏଇ ସେ ରୁଚି। ବହୁ ସୁଖ୍ୟାତିସମ୍ପନ୍ନ ଧନୀ ପିତାର କନ୍ୟା। ବିଳାସ-ବ୍ୟସନ-ପ୍ରାଚୁର୍ଯ୍ୟ ଭିତରେ ଜୀବନଟାକୁ ଅହରହ ଫାଙ୍କିଦେବା ଯେପରି ତାଙ୍କର ଗୋଟାଏ ନିଶା ଥିଲା। ଅଥଚ କି ଅମାୟିକ ବ୍ୟବହାର ସେ କରୁଥିଲେ ! ତାଙ୍କର ବ୍ୟକ୍ତିତ୍ୱ ଆଉ ବିରାଟ ନାରୀତ୍ୱ ଭିତରେ ଚିନ୍ମୟ ଯେପରି ନିଜର ସତ୍ତା ହରେଇ ବସୁଥିଲେ।

ସହର ରାସ୍ତା ଛାଡ଼ି ଗାଡ଼ି ଯେପରି ଅନ୍ୟ ଏକ ରାସ୍ତାରେ ଚାଲିଛି ! ଚିନ୍ମୟ ପାଟିକରି ଉଠିଲେ – "ଆରେ ! ଏ କ'ଣ କରୁଛ ରୁଚି ! ଆମେ ଯେ ରାସ୍ତା ଛାଡ଼ି ଅବାଟକୁ ଆସିଗଲେଣି !"

"ଭୟ କରିବାର କିଛି ନାହିଁ। ସମଗ୍ର ରାତି ଆମକୁ ଏମିତି ଅବାଟରେ ଚାଲିବାକୁ ହେବ।"

"ମୁଁ ଆଉ ଏଠାରେ ରହୁ ନାହିଁ। କିଛି ଦିନ ଧରି ଯେପରି କିଛି ଭଲ ଲାଗୁ

ନାହିଁ। ତେଣୁ ସହର ଛାଡ଼ି ଦିଶହ ମାଇଲ ଦୂରରେ ମୁଁ ଅଛି। ଅବଶ୍ୟ ସେ ସ୍ଥାନକୁ ସହର କୁହାଯାଇପାରିବ। ହେଲେ ସେ ମୋର ଅପରିଚିତ ସହର। ସେଠି କିନ୍ତୁ ମୋର ଭୟ ହୁଏ ଚିନ୍ମୟ, ମୁଁ ବେଶିଦିନ ରହିପାରିବି ନାହିଁ। କେଜାଣି କେଉଁ ମୁହୂର୍ତ୍ତରେ ସେ ଅସ୍ଥାୟୀ ନୀଡ଼ ଛାଡ଼ିଦେଇ ମୁଁ ପୁଣି ଚାଲିଯିବି...।"

"ଜୀବନଟାକୁ ଏମିତି ଫାଙ୍କି ଉଡ଼େଇଦେଲ ରୁଚି ?"

"ଫାଙ୍କିଲି ଆଉ କୁଆଡୁ ? ଜୀବନଟା ଯେ ମୋ ଉପରେ ବୋଝ ହୋଇ ବସିଗଲାଣି। ବରଂ ଜୀବନଟା ମତେ ଫାଙ୍କିବାକୁ ବସିଲାଣି।"

ଚିନ୍ମୟ ଉତ୍ତର ଦେଲେନି। ପନ୍ଦର ବର୍ଷ ଧରି ରୁଚିଙ୍କ ସହିତ ନବ ବର୍ଷର ଶୁଭେଚ୍ଛା କାର୍ଡ ଆଉ ଜନ୍ମଦିନର ବଧେଇ ବ୍ୟତୀତ ତାଙ୍କର କିଛି ସମ୍ପର୍କ ନାହିଁ। ବହୁ ପରିଚିତ ଏଇ ନାରୀଟି ସହିତ ତାଙ୍କର ଦୀର୍ଘ ଦିନର ବିଚ୍ଛେଦ ଭିତରେ ଅନେକ ଘଟଣା ଯେ ଘଟି ନ ଥିବ, ଏ କଥା ସେ କାହିଁକି ଭାବୁଛନ୍ତି ?

ଷାଠିଏ ମାଇଲ ବେଗରେ ଗାଡ଼ି ଗତିକରି ଚାଲିଛି। ଦୁଇ ତଟରେ ଶ୍ୟାମଳ କ୍ଷେତରାଶି। ଆକାଶରେ ଖଣ୍ଡ ଖଣ୍ଡ ଧଳାମେଘ, ଆଉ ମଝିରେ ମଝିରେ ହାଲୁକା ଶୀତଳ ପବନର ସ୍ପର୍ଶ। ଚିନ୍ମୟଙ୍କୁ ଲାଗୁଥିଲା ସତେ ଅବା ସ୍ୱର୍ଗର ପରୀ ତାଙ୍କୁ ଉଡ଼େଇ ନେଇଯାଉଛି କୁଆଡ଼େ।

ହଠାତ୍ ଷ୍ଟାର୍ଟ ବନ୍ଦ କରି ରୁଚି କହିଲେ - "ତୁମକୁ ନିଶ୍ଚୟ ଭୋକ ଲାଗିବଣି ଚିନ୍ମୟ ! ଟିଫିନ୍ କ୍ୟାରିୟର୍ ଖୋଲି ତୁମେ କିଛି ଖାଇ ନିଅ।" ସେ ଦ୍ୱାର ଖୋଲି ପଦାକୁ ଉଠିଗଲେ।

"ତମେ ନିଜେ କିଛି ଖାଇବନି ରୁଚି ?"

"ନା, ମତେ ମୋଟେ ଭୋକ ନାହିଁ। ତା'ପରେ ଆଜିକାଲି କେଜାଣି କାହିଁକି ଖାଇବାକୁ ଇଚ୍ଛା ବି ହୁଏ ନାହିଁ। ସମୟେ ସମୟେ ଭୟ ହୁଏ ମୁଁ ଆଉ ଅନାହାରରେ ମରିଯିବି ନାହିଁ ତ ?" ରୁଚି ଯେପରି କହୁ କହୁ ଆବେଗରେ ଚିନ୍ମୟଙ୍କ ହାତପାପୁଲିକୁ ମୁଠାଇ ଧରିଲେ।

ଅନ୍ଧକାର, ଚତୁର୍ଦ୍ଦିଗରେ ଘନ ଅନ୍ଧକାର। ତଥାପି ରୁଚିଙ୍କୁ ସେ ସ୍ପଷ୍ଟ ଦେଖିପାରୁଥିଲେ। କେତେ ନିକଟରେ, କେତେ ଆପଣାର ଲୋକ ପରି ସେ ତାଙ୍କ ପାଖରେ ଛିଡ଼ା ହୋଇଛନ୍ତି। ଅଥଚ ପନ୍ଦର ବର୍ଷ ତଳେ ଗୋଟାଏ କଥା କହିବାକୁ ଯାଇ ବାରମ୍ବାର ଲେଉଟି ଆସିଥିଲେ; କିନ୍ତୁ ତାଙ୍କ ପ୍ରତି ଯେଉଁ ଭୀଷଣ ଦୁର୍ବଳତା ତାଙ୍କର ଥିଲା, ସେ କଥା ସେ ପାସୋରିବେ କିପରି ? ରୁଚିଙ୍କର ବିବାହ ପରେ ଚିନ୍ମୟ ଚାହିଁଥିଲେ ମୃତ୍ୟୁ। କିନ୍ତୁ ତା ହେଲା ନାହିଁ।

ଆଜି ଯେପରି ପୌଷର ପଳିତ ପତ୍ରରେ ବସନ୍ତର ମଳୟ ଅକାଳରେ ଅଗ୍ନି ସଂଯୋଗ କରିଛି। ବଞ୍ଚିବା ପାଇଁ ଆଉ ଥରେ ମନରେ ଆସୁଛି ରୋମାଞ୍ଚ।

"...ଆରେ, ଆରେ ଚିନ୍ମୟ। ଆଇ ଆଡ୍‌ମିଟ୍, ଇଉ ଆର୍ ଏ ବ୍ରେଭ୍ ବୟ। ଓଃ ! ସିଲି... । ଦେଖ ଚିନ୍ମୟ – ଅନ୍ଧକାର ଯାଇ ଆଲୋକ ଆସିଲେ... ତୁମେ ପୁନଶ୍ଚ..."

ହସିଉଠିଲେ ରୁଚି ଆଉ ଚମକି ଘୁଞ୍ଚିଗଲେ ଚିନ୍ମୟ। ସେ ହସ ଭିତରେ ଯେପରି ଅଜସ୍ର କାରୁଣ୍ୟର ଜଳତରଙ୍ଗ ସୃଷ୍ଟି ହେଲା।

ଗାଡ଼ିରେ ବସୁ ବସୁ ରୁଚି କହିଲେ – "ମୋ କଥାରେ ତୁମେ ଆଘାତ ପାଇଲ ପୁଣି। ଚୁପ୍ ହେଲ ଯେ !"

ଚିନ୍ମୟ ହସି ସିଗାରେଟ୍ ଧରିଲେ। ଆଉ କଥାର ମୋଡ଼ ଘୂରାଇ ପ୍ରଶ୍ନ କଲେ – "ତୁମେ ପ୍ରଦୋଷକୁ ଏମିତି ଏକା ଛାଡ଼ିଦେବାଟା ମୁଁ ପସନ୍ଦ କରୁ ନାହିଁ ରୁଚି। ସେ ଦାର୍ଜିଲିଂରେ ଆଉ ତୁମେ ଏକ ନିରାଟ ମଫସଲରେ... ମୁଁ ଏହାର ମାନେ ବୁଝୁନି !"

"ତୁମେ ବୁଝିପାରିବନି ଚିନ୍ମୟ ! ଧନୀ ଲୋକଙ୍କର ଯେପରି ଗର୍ବ ଆଉ ଉଦ୍ଧତ ଭଙ୍ଗୀ ଥିବ, ସେମିତି ଗରିବ ଲୋକଙ୍କର ଏକ ନିଃସହାୟ ଭାବ ଥିବ। ଏ ଦୁଇଟି ଜିନିଷ ମଣିଷକୁ ସହଜ କରେ ନାହିଁ। ଏକାଠି ରହି ବଞ୍ଚିବାକୁ ହେଲେ କିଛିଟା ସ୍ୱାଭାବିକତା ଦରକାର। ସେ ହେଲା ନାହିଁ। ମୋର ଉଦ୍ଧତ ମାତ୍ରା ତାଙ୍କ ଉପରେ ଯେତିକି ମାଡ଼ି ମାଡ଼ି ପଡ଼ିଲା – ତାଙ୍କର ନିଃସହାୟ ଭାବ ସେତିକି ଅନୁପାତରେ ମୋତେ ଅଣନିଃଶ୍ୱାସୀ କରିଦେଲା। ପ୍ରଦୋଷର ଅନେକ ଗୌଣ ମନୋବୃତ୍ତିର ବିକାର ଅଛି। ତୁମେ ଜାଣ ଚିନ୍ମୟ ! ମୁଁ କୌଣସି ପୁରୁଷ ଲୋକର ଅସହାୟତାକୁ ସହ୍ୟ କରିପାରେନା। ମୁଁ ବଡ଼ ଅହଂକାରୀ, ଆଉ ମୁଁ ଚାହିଁଥିଲି ପ୍ରଦୋଷ ହେଉ ମୋଠାରୁ ବଳି ଅହଂକାରୀ।

କିନ୍ତୁ ଦିନକୁ ଦିନ ସେ ବଡ଼ ଭୀରୁ ହୋଇଗଲେ ! ସେଥିପାଇଁ ସେ ଦୂରେଇ ଯାଉଛନ୍ତି। ବ୍ୟବସାୟ ଆଳରେ ସେ ମାସ ମାସ ଧରି ଏଣେତେଣେ ବୁଲୁଛନ୍ତି। ମୁଁ ସେଥିପାଇଁ ଚିନ୍ତିତ ନୁହେଁ। ମୁଁ ଚିନ୍ତିତ ଜୀବନଟା ମୋ ଉପରେ ଯେପରି ବୋଝ ହୋଇଗଲା... ।"

"ତମର ଝିଅ କେଉଁଠି ତେବେ ?"

"ସିଏ ଆହୁରି ଆଶ୍ଚର୍ଯ୍ୟ କଥା। ପ୍ରଦୋଷ ତାକୁ ପାଖରୁ ଛାଡ଼ିବେ ନାହିଁ। ଝିଅ କୁଆଡ଼େ ମୋ ପାଖରେ ରହିଲେ ଖରାପ ହୋଇଯିବ। ତାକୁ ଭିନ୍ନ ବାଟରେ ଟ୍ରେନିଂ ଦେଉଛନ୍ତି ପ୍ରଦୋଷ। ହିନ୍ଦୁଧର୍ମର ବିଭିନ୍ନ ରୀତି ଶୃଙ୍ଖଳା ଯୋଗ ସେ ଅଭ୍ୟାସ କରୁଛି। ମୁଁ ବି କରିଥିଲି ଚିନ୍ମୟ ! ଓଷାବ୍ରତ କରିବାକୁ ଆଉ ପୁରାଣ ପଢ଼ିବାକୁ ଜେଜେମା'ଙ୍କ

ପାଖରେ ମତେ ଭାରି ଭଲ ଲାଗୁଥିଲା। ଜାଣ ଚିନ୍ମୟ ! କେଡ଼େ ସରଳ ମୁଁ ଥିଲି ? ମିଛ କହିଲେ ଯମପୁରରେ ଶିମିଳି ଗଛରେ କଣ୍ଟା ପିଟା ହୋଇ ମରିବା କଥା ପଢ଼ି ମୁଁ ନିଶ୍ଚିନ୍ତରେ ଶୋଇପାରୁ ନ ଥିଲି। ଇସ୍ ! ସକାଳୁ ସଞ୍ଜ ପ୍ରାର୍ଥନା କରି କରି ମୁଁ ଯେମିତି କ୍ଳାନ୍ତ ହୋଇପଡୁଥିଲି। ଏସବୁ ମନେପଡ଼ିଲେ ସେଇ ସେଦିନର ଝିଅ ରୁଚି ପ୍ରତି ମୋର ଦୟା ହୁଏ। ଆଉ ମୋର ଝିଅ ଶୁକ୍ଳା... ବିଂଶ ଶତାବ୍ଦୀର ଅଜସ୍ର ଜୀବାଣୁ ଆଉ ଦ୍ୱନ୍ଦ୍ୱରୁ ଯାହାର ଉତ୍ପତ୍ତି...।"

ଚିନ୍ମୟ ଅନ୍ୟମନସ୍କ ହୋଇପଡ଼ିଥିଲେ। କେଉଁ ଦୂର ଅତୀତର ରୁଚିଙ୍କ କଥା ତାଙ୍କର ମନେ ପଡୁଥିଲା। ବାସ୍ତବିକ ରୁଚି ଥିଲେ ଅଦ୍ଭୁତ, ନମ୍ର ଆଉ ଆତ୍ମବିଶ୍ୱାସୀ ତରୁଣୀ। ତାଙ୍କ ଆଖି ଆଉ ମୁହଁରେ କ'ଣ ଥିଲା କେଜାଣି, କେତେ ବାର କିଛି କହିବାକୁ ଯାଇ ଅଟକିଛନ୍ତି ନିଜେ ସେ। ପ୍ରଦୋଷକୁ ଯେ ରୁଚି ଏପରି ବିବାହ କରିବାର ସିଦ୍ଧାନ୍ତଟା ହଠାତ୍ ନେବେ – ସେ କଥା କେହି ଜାଣି ନ ଥିଲେ; କିନ୍ତୁ ବିବାହ ପରେ ଅନେକବାର ସେ ପ୍ରଦୋଷ ସହିତ ଦେଖା କରିଛନ୍ତି... ରୁଚି ସହିତ ସାକ୍ଷାତ୍‌ଟାକୁ ସେ ସର୍ବଦା ଏଡ଼େଇ ଆସିଛନ୍ତି। କେତେ ବାର ପ୍ରଦୋଷ ନିମନ୍ତ୍ରଣ କରିଛି, ଆଉ କେତେ ବାର ଅଭିମାନ କରି ରୁଚି ପତ୍ର ଲେଖିଛନ୍ତି; କିନ୍ତୁ ଚିନ୍ମୟ ସେସବୁ ଲାବୋରେଟୋରୀ ଭିତରେ ପୋଡ଼ିଦେଇଛନ୍ତି। ଦିନ ଦିନ ଧରି ନିଜକୁ ରୁଦ୍ଧ କକ୍ଷ ଭିତରେ ଆବଦ୍ଧ ରଖି ସେ ରୁଚିକୁ ସୁଖୀ କରିବାର କାମନା କରିଛନ୍ତି। ମାତ୍ର ତାଙ୍କର ଏତେ ଆତ୍ମତ୍ୟାଗ, ନିଷ୍ଠା – ସବୁ କ'ଣ ବ୍ୟର୍ଥ ହୋଇଗଲା ? ପ୍ରଦୋଷ ସହିତ ଦେଖାହେଲେ ସେ କହିବେ ଶାନ୍ତି ସୁଖ ଯଦି ସେ ରୁଚିକୁ ନ ଦେଇପାରୁଛ ନାହିଁ, ସ୍ତ୍ରୀର ସ୍ୱଚ୍ଛନ୍ଦତା ଟିକିଏ ତା'ର ସ୍ୱାମୀ ହିସାବରେ ଦେଖିବା ତ ଦରକାର।

କିଛି ସମୟ ଅଖଣ୍ଡ ନୀରବତା। ଆକାଶରେ ଭଙ୍ଗା ଭଙ୍ଗା ବାଦଲ। ମନ ଭିତରେ ଅଜସ୍ର ସ୍ମୃତିର କଲ୍ଲୋଳ।

ନୀରବତା ଭାଙ୍ଗି ରୁଚି ପ୍ରଶ୍ନ କଲେ – "ତୁମେ ପ୍ରଶାନ୍ତ ଚୌଧୁରୀକି ଚିହ୍ନିଛ ? ବିଲିୟାର୍ଡ ଖେଳି ଯେ ଗୁଡ଼ାଏ ସୁଖ୍ୟାତି ଅର୍ଜନ କରିଛି ? ଚିହ୍ନ ତାକୁ ?"

ଚିନ୍ମୟ ଚମକି ପଡ଼ିଲେ। ପ୍ରଦୋଷ ଯେପରି ରୁଚି ସହିତ ପ୍ରଶାନ୍ତର ବନ୍ଧୁତ୍ୱଟାକୁ ସହ୍ୟ କରୁ ନ ଥିଲା। ସେଦିନ କଥାବାର୍ତ୍ତାରୁ ଯେପରି ଚିନ୍ମୟ ଏକ ହୀନ ଇଙ୍ଗିତ ପାଇଥିଲେ। ରୁଚି ତା'ହେଲେ କ'ଣ... ?

ରୁଚି ହସୁ ହସୁ କହିଲେ – "ମୋର ଏଇ ଅପବାଦର ନାଗରା ନିଶ୍ଚୟ ତୁମ କାନରେ ବାଜିଥିବ। ତେବେ ଏ କଥା ସତ ଯେ ପ୍ରଶାନ୍ତ ଚୌଧୁରୀ ସହିତ ମୋର ବନ୍ଧୁତ୍ୱ ଥିଲା ପ୍ରଚୁର। ଲୋକମୁଖରେ ନାନା କଥା ରାଷ୍ଟ୍ର ହେଲା। ମୁଁ ହେଲି କଳଙ୍କିନୀ,

ମୁଁ ହେଲି ଅସତୀ। ମୁଁ କାନ ଦେଲି ନାହିଁ ସେଥିରେ। ଯାହାର ବନ୍ଧୁ ନାହିଁ ପୃଥିବୀରେ ତା'ର ସ୍ଥିତି ନାହିଁ। ବନ୍ଧୁତ୍ୱ କରିବାକୁ ହେଲେ ମୁଁ ଲିଙ୍ଗ ବିଚାର କରେ ନାହିଁ ଚିନ୍ମୟ! ମୁଁ ତାକୁ ସ୍ନେହ କରୁଥିଲି। ଅତଏବ ତାକୁ ମୁଁ ବୁଝାଇ କହିଲି ନ ଆସିବାକୁ; କିନ୍ତୁ ସେ ସ୍କାଉଣ୍ଡ୍ରେଲ୍ କ'ଣ କଲା ଜାଣ? ମୋ ବେକ ଚାରିପଟେ ହାତ ଗୁଡ଼ାଇ ସେ କହିଲା - "ପ୍ରଶାନ୍ତ ଖେଳଓ୍ୱାଡ୍ ହେଲେ ବି ଏଡ଼େ ନୀଚ ନୁହେଁ ରୁଚି ଦେବୀ! ମୁଁ ତମକୁ ବିବାହ କରିବାକୁ ରାଜି ଅଛି... ଚାଲ ପଳେଇବା...!"

ମୁଁ ତାକୁ ଅନେଇ ଚମକି ପଡ଼ିଲି। ମୋଠାରୁ ସେ ଛ' ବର୍ଷ ଛୋଟ। ମୋ ବାଳଗୁଡ଼ାକ କାନ ପାଖରୁ ପ୍ରାୟ ପାଚିଗଲାଣି। ମୋ ମୁଣ୍ଡରେ ଏମିତି ପିତ୍ତ ଉଠି ଯାଇଥିଲା ଯେ ମୁଁ ତାକୁ ପାଦରୁ ଚପଲ କାଢ଼ି ସେକି ଦେଇଗଲି ଚିନ୍ମୟ! ଭବିଷ୍ୟତରେ ଯେପରି ସେ କେଉଁଠି ଏହାର ପୁନରାବୃତ୍ତି ନ କରେ। ସେଦିନୁ ମୁଁ ତାକୁ ଆଉ ଦେଖି ନାହିଁ। କୌଣସି ପୁରୁଷର ଅଯଥା ଅତ୍ୟାଚାର ମତେ ସୁଖ ଲାଗେ ନାହିଁ। ନିହାତି ସ୍କାଉଣ୍ଡ୍ରେଲଟାଏ।"

ଚିନ୍ମୟ ଏକନିଷ୍ଠ ହୋଇ ଶୁଣୁଥିଲେ ରୁଚିଙ୍କ ଜୀବନରେ ପ୍ରଶାନ୍ତ ଚୌଧୁରୀଙ୍କର ସଂକ୍ଷିପ୍ତ ଇତିହାସ। କ'ଣ କହିବେ କହିବେ ହୋଇ ସେ ଅଟକିଗଲେ... କାରଣ ରୁଚି କାର୍ ଅଟକାଇ କହିଲେ - "ପଦାକୁ ଆସ ଚିନ୍ମୟ! ଟିକିଏ ଖୋଲା ପବନ ଦେହରେ ବାଜୁ...।"

ଚିନ୍ମୟ ଉଠିଆସିଲେ। ଚତୁର୍ଦ୍ଦିଗରେ ତମସାର ଘନ କାଳିମା। ସାମ୍ନାରେ କ୍ଷୀଣରେଖାର ନଈଟିଏ ବହିଯାଉଛି କେବଳ। ବଡ଼ ନିସ୍ତବ୍ଧ, ବଡ଼ ନିଃସଙ୍ଗ ଲାଗୁଛି ମନଟା।

"ଜାଣ ଚିନ୍ମୟ! ବେଳେ ବେଳେ ଏମିତି ମଝି ରାତିରେ ଖୋଲା ପଡ଼ିଆରେ ଛିଡ଼ା ହୋଇ ଆକାଶର ତାରାଙ୍କୁ ଚାହିଁବାକୁ ଭାରି ଇଚ୍ଛା ହୁଏ। ଜନ୍ମକାଳରୁ ଯେପରି ବଞ୍ଚିବାର ନିମ୍ନତମ ଚାହିଦା ଖୋଜି ଖୋଜି ମୁଁ କ୍ଳାନ୍ତ ହୋଇପଡ଼ିଲିଣି। ଅଥଚ ପୃଥିବୀର ସମସ୍ତ ପ୍ରାଚୁର୍ଯ୍ୟ ଯେପରି ମୋ ପାଦତଳେ ଲୋଟୁଛି। ଆଉ ଯେପରି ଭଲ ଲାଗୁନି ଚିନ୍ମୟ...!"

"ପନ୍ଦର ବର୍ଷ ତଳର ରୁଚି ଆଉ ଆଜିର ରୁଚି ଭିତରେ ଏତେ ବେଶି ପ୍ରଭେଦ ଆସିଛି - ଯାହାକି ମୋ କଳ୍ପନାର ବହିର୍ଭୂତ। ମୁଁ ତମକୁ କ'ଣ କହି ବୁଝାଇବି - ମୁଁ ନିଜେ ଜାଣେ ନାହିଁ।"

"ମୋତେ ବୁଝାଇବାର ପ୍ରଚେଷ୍ଟା କରିବ ନାହିଁ। ତମର ମନେଥିବ ଚିନ୍ମୟ! ମୋର ଲାଇବ୍ରେରୀରେ ପୃଥିବୀର ସବୁ ବିଶିଷ୍ଟ ସାହିତ୍ୟିକଙ୍କର ବହି ଥିଲା। ରାଶି ରାଶି

ବହି। ରାଶି ରାଶି ଉପଦେଶ, ଅଭିଜ୍ଞତାର କାହାଣୀ। ସେ ବହିସବୁ ମୋର ଅତି ଆପଣାର ପ୍ରିୟଜନ ଥିଲେ। ଗ୍ରନ୍ଥକୀଟ ପରି ମୁଁ ସେମାନଙ୍କ ଭିତରେ ବସି ରହୁଥିଲି ବର୍ଷ ବର୍ଷ; କିନ୍ତୁ ସେଥିରେ ଦିନେ ହଠାତ୍ ନିଆଁ ଲାଗିଗଲା। ଅତି ବିକଳରେ ମୁଁ ଯେତେବେଳେ ପ୍ରଦୋଷଙ୍କୁ ପ୍ରତିକାର ବ୍ୟବସ୍ଥା କହିଲି, ସେ କ'ଣ କହିଲେ ଜାଣ – 'ଯାହାର ଧ୍ୱଂସ ଅନିବାର୍ଯ୍ୟ, ତୁମେ ତାକୁ ପ୍ରତିରୋଧ କରିପାରିବ ନାହିଁ।' ମୁଁ ଫେରିଆସିଲି। ମୋର ନିଜର ପ୍ରଚୁର ଟଙ୍କା ଅଛି... କିନ୍ତୁ ଲାଇବ୍ରେରୀର ସଉକ ମୋର ଯେପରି ଭାଙ୍ଗିଗଲା। ଆଉ ଥରେ ନୂଆ କରି ଗଢ଼ିବାର ସ୍ପୃହା ମୋର ରହିଲାନି। ହାରିଯାଇଥିବା ସେଇ ପୁସ୍ତକର ବନ୍ଧୁତ୍ୱକୁ ସାଉଁଟି ଆଣିବାକୁ ମୋର ଇଚ୍ଛା ହେଲା ନାହିଁ।

ହଠାତ୍ ଥରେ ଆର୍ଟିଷ୍ଟ ସୁନୀଲ ସହିତ ଦେଖା ହେଲା। ଆର୍ଟ ଛାଡ଼ି ଏବେ ସେ ଦାର୍ଶନିକ ହୋଇଯାଇଛି। କିନ୍ତୁ ମତେ ଦେଖି ତା'ର ଛବି ଆଙ୍କିବାର ସଉକ୍ ହେଲା ଚିନ୍ମୟ ! କିନ୍ତୁ କ'ଣ କଲା ଜାଣ ? ସେ ଯେଉଁ ଛବି ଆଙ୍କିଲା ସେଥିରେ ମୁଁ ଏକ ଭରା ପୁଷ୍କରିଣୀର ମଧ୍ୟସ୍ଥଳରେ ଛିଡ଼ା ହୋଇ ଏକ ପଦ୍ମପତ୍ରକୁ ଚାହିଁ ହସୁଛି ! ମୋ ଓଠର ହସଗୁଡ଼ାକ ଖଣ୍ଡ ଖଣ୍ଡ ହୀରା ପରି ପଦ୍ମପତ୍ର ଉପରେ ପଡ଼ି ତଳକୁ ଖସିପଡୁଛି, ଆଉ ତା' ତଳେ ସୁନୀଲ ଲେଖୁଛି – 'Life you may evade, but Death you shall not. You shall not deny the stranger.'

ସେ ଛବି ମୋ ପାଖରେ ନବବର୍ଷର ଶୁଭେଚ୍ଛା ନେଇ ଆସି ଯେଉଁଦିନ ପହଞ୍ଚିଲା, ସେଦିନ ମୋର ମନେ ହେଲା, ମୋର ରକ୍ତ ଆଉ ଜୀବନିକା ଯେପରି କିଏ ଶୋଷି ନେଇଯାଇଛି। ମୁଁ ହଠାତ୍ କ୍ଳାନ୍ତ ହୋଇପଡ଼ିଲି। ମୋର ମନେ ହେଲା, ପୃଥିବୀର କୌଣସି ଲୋକ ପାଖରେ ମୁଁ ଯେପରି ଗ୍ରାହ୍ୟ ନୁହେଁ।

ଚିନ୍ମୟ ! ମୁଁ ବଡ଼ ଅବଶ ମନେକରୁଛି। ପ୍ରତି ମୁହୂର୍ତ୍ତରେ ମୁଁ ଯେପରି ଇଞ୍ଚ ଇଞ୍ଚ କରି ମରିଯାଉଛି...! ମୋର ମନେ ହେଉଛି, ପୃଥିବୀର ଅଜସ୍ର ପ୍ରାଚୁର୍ଯ୍ୟ ଭିତରେ ମୋର ଯେପରି ବଞ୍ଚିବା ପାଇଁ ସାମାନ୍ୟତମ ଆବଶ୍ୟକତାର ଅଭାବ ରହିଛି। ତମେ କୁହ ଚିନ୍ମୟ ! ମୁଁ କ'ଣ ଆକାଶକୁସୁମ ପଛରେ ଧାଇଁଛି ? ମୁଁ କ'ଣ ଅରଣ୍ୟରୋଦନ କରୁଛି ?"

ଚିନ୍ମୟ ଉତ୍ତର ଦେଲେନି। ସେ ବୈଜ୍ଞାନିକ। ଖାଦ୍ୟଶସ୍ୟ ଉପରେ ପ୍ରତ୍ୟକ୍ଷ ନିର୍ଭର ନ କରି ମଣିଷ କିପରି ସାମାନ୍ୟ ଟାବଲେଟ୍ ଗୋଟିଏ ଖାଇ ଜୀବନ ଯାପନ କରିପାରିବ, ସେଇ ଗବେଷଣାରେ ସେ ଦିନରାତି ଲାଗିଛନ୍ତି। ସେଇ ଟାବ୍‌ଲେଟ୍ ବ୍ୟତୀତ ମଣିଷ ଜୀବନର ଅନ୍ୟ କିଛି ଚାହିଦା ସେ ଜାଣନ୍ତି ନାହିଁ। ରୁଚିଙ୍କ ପ୍ରଶ୍ନବାଣରେ ସେ ଯେପରି ତଟସ୍ଥ ହୋଇଯାଇଥିଲେ।

ରୁଚି ପୁଣି ତାଙ୍କୁ ହଲାଇ ଦେଇ କହିଲେ – "ମୁଁ ଜାଣେ ଚିନ୍ମୟ! ଜଣେ ନାରୀ ତୁଣ୍ଡରେ ଏସବୁ କଥା ଅନ୍ୟାୟ ଆଉ ଅଶୋଭନୀୟ।"

"ତୁମେ ବୁଝିପାରିବନି, ତୁମ ବନ୍ଧୁ, ତୁମର ସମାଜ ଆଉ ତୁମର ପୌରୁଷ ଏ କଥାର ଦାମ୍ ଦେବ ନାହିଁ। ମୁଁ ଯଦି ଅକାଳରେ ମରିଯାଏ... ତେବେ ତମେ ତାକୁ କହିବ ମୋର ଗୋଟାଏ ସଉକ। ତୁମେ ତ ବୁଝିବ ନାହିଁ ତୁମର, ତୁମ ସମାଜ ଆଉ ପୃଥିବୀର ଅଜସ୍ର ପ୍ରାଚୁର୍ଯ୍ୟ ଭିତରେ ସାମାନ୍ୟ ଗୋଟାଏ ନାରୀ ବଞ୍ଚିବାର ନିମ୍ନତମ ଚାହିଦା ଅଭାବରେ... ଅସମୟରେ...।"

ଚିନ୍ମୟ ପାଟିକରି ଉଠିଲେ – "ତୁମେ ଚୁପ୍ କର ରୁଚି! ତୁମେ ପାଗଳୀ ହୋଇଯାଇଛ ନା କ'ଣ?"

"ମୁଁ ପାଗଳୀ ନୁହେଁ। ଗୁଡ଼ାଏ ସତ କଥା ତୁମେ ନିସ୍ତବ୍ଧ ରାତ୍ରିରେ ଶୁଣୁଥିବାରୁ ମତେ ମଣିଷ ନ ଭାବି ପାଗଳୀ ଭାବିବ। ମୁଁ ଜାଣେ ଚିନ୍ମୟ! ଚିରଦିନ ସତ୍ୟଟାକୁ ଏଡ଼େଇଦବା ତୁମର ଗୋଟାଏ ଅଭ୍ୟାସ। ସତ୍ୟକୁ ତୁମେ ଭୟ କର। ମୁଁ କହିବି ତୁମେ ଭୀରୁ, ଦୁର୍ବଳ...।"

"ଆଃ ରୁଚି! ତୁମେ ଏବେବି ମୋତେ ବୁଝିଲ ନାହିଁ!"

"ତୁମକୁ ବୁଝି ନାହିଁ? ବୁଝିଛି ବୋଲି ତ ଏତେ ନିର୍ଭୟରେ କହୁଛି। ମୁଁ କ'ଣ ଜାଣେନା, ତୁମେ ରୁଚି ପାଇଁ ଆଜୀବନ ନିଃସଙ୍ଗ ଜୀବନଯାପନ କରିଛ... କିନ୍ତୁ ସେ ପନ୍ଦର ବର୍ଷ ତଳର ରୁଚି ଆଜିର ରୁଚି ନୁହେଁ। ତୁମର ଜୀବନତ୍ୟାଗର ନମୁନା ପୃଥିବୀରେ ବିରଳ! ତୁମେ ମହାନ୍ ପ୍ରେମିକ ସତ, କିନ୍ତୁ ପୁରୁଷ ହେଲ ନାହିଁ...।" ଏଥର ବାସ୍ତବିକ୍ ରୁଚି କାନ୍ଦିଲେ ଶବ୍ଦ କରି – ଆଉ ଦୁଇ ହାତ ପାପୁଲିରେ ମୁହଁ ଢାଙ୍କି।

ଚିନ୍ମୟ ତାଙ୍କ ହାତକୁ ଧରି ପକାଇଲେ; କିନ୍ତୁ ରୁଚି ଦୂରକୁ ଘୁଞ୍ଚିଯାଇ ପାଟି କରି ଉଠିଲେ – "ତୁମେ ମୋ ପାଖରୁ ଘୁଞ୍ଚିଯାଅ ଚିନ୍ମୟ! ମୁଁ କାନ୍ଦିବା ପାଇଁ ଆଜି ଅବଲମ୍ବନ ଲୋଡ଼େ ନାହିଁ। ମୁଁ ଏକାକୀ କାନ୍ଦିବି। ଏ ଦୁଃଖ, କଷ୍ଟ ମୋ ନିଜର – ଏକାନ୍ତ ଭାବେ ନିଜର। ମୁଁ ଏଥିରେ କାହାକୁ ଭାଗୀଦାର କରିବାକୁ ଚାହେଁ ନାହିଁ।"

"ତୁମେ ଦୂରେଇ ଛିଡ଼ା ହୁଅ! ମୋ ଅଶ୍ରୁରେ ଅଜସ୍ର କଳଙ୍କ ରହିଛି। ସେ କଳା ଦାଗରେ ତୁମର ପ୍ରେମକୁ ମୋ ପ୍ରତି ନଷ୍ଟ ହେବାକୁ ଦିଅନା...!"

ବାହାରେ ଅନ୍ଧକାରର ଯେପରି ଶେଷ ନାହିଁ। ରୁଚିଙ୍କର କ୍ରନ୍ଦନର ସାଇଁ ସାଇଁ ଶବ୍ଦ ସହିତ ନଦୀର କୁଳୁକୁଳୁ ସ୍ୱର ମିଶି ଏକ ତୃତୀୟ ଶବ୍ଦର ସୃଷ୍ଟି ହେଉଥିଲା, ଯେଉଁ ଶବ୍ଦର ମାନେ ବୁଝିବା ଚିନ୍ମୟଙ୍କ ପକ୍ଷେ ଅସମ୍ଭବ ଥିଲା।

ଚିନ୍ମୟ ନିର୍ବାକ୍ ହୋଇଯାଇଥିଲେ। ଜୀବନସାରା 'ନାରୀ' କ'ଣ ଯେପରି

ସେ ବୁଝିଲେ ନାହିଁ। ପ୍ରଦୋଷ କହୁଥିଲା, ଚିନ୍ମୟ ନାରୀ ଜାତିକୁ ଭୟ କରେ। ନାରୀର ବିଭିନ୍ନ ରୂପରେ ସେ ବାସ୍ତବିକ ସମୟେ ସମୟେ ସଂବିତ୍ ହାରୁଥିଲେ।

ଚିନ୍ମୟର ତନ୍ଦ୍ରା ଭାଙ୍ଗିଲା। ରୁଚି କାନ୍ଦ ବନ୍ଦ କରି ଗାଡ଼ିରେ ଷ୍ଟାର୍ଟ ଦେଲେଣି। ସେ ପାଖକୁ ଯାଇ କହିଲେ - "ତୁମେ ଟିକେ ବିଶ୍ରାମ କର ରୁଚି! ମୁଁ ଡ୍ରାଇଭ୍ କରେ।"

"ନା-ନା, ତମେ ବସ। ତମେ ମୋର ଅତିଥି ଚିନ୍ମୟ! ତମକୁ ସୁସ୍ଥରେ ରଖିବା ମୋର କର୍ତ୍ତବ୍ୟ; କିନ୍ତୁ ତମକୁ ଆଜି ବହୁତ କଷ୍ଟ ଦେଲିଣି... ଏତିକି ବେଦନା ତମେ ସହ୍ୟ କରିନେବ। ବସ। ଡେରି ହେଉଛି ଯେ।"

ଚିନ୍ମୟ ଅଗତ୍ୟା ବସିଲେ। ଶୁଖିଲା ଲୁହର ଦାଗ ତାଙ୍କ ଆଖି ଆଗରେ। ବଡ଼ ଶ୍ରୀହୀନ ଲାଗୁଛନ୍ତି ରୁଚି। ଅଥଚ କେତେ ଲୋଭନୀୟ ଥିଲା ତାଙ୍କର ଚେହେରା। ବାରମ୍ବାର ଚାହିଁରହିଲେ ବି ତାଙ୍କର ତୃପ୍ତି ଆସୁ ନ ଥିଲା।

ଲାବୋରେଟୋରୀରେ ଗବେଷଣା କରୁ କରୁ ବହୁବାର ତାଙ୍କ ଆଖି ସାମ୍ନାରେ ନାଚିଉଠେ ରୁଚିଙ୍କର ସେଇ ମନୋମୁଗ୍ଧକର ଛବି। ଗବେଷଣା ବନ୍ଦ ରହେ। ଫର୍ମୁଲା ଶେଷ ହୁଏନା କି ବହିର ପୃଷ୍ଠା ଓଲଟେ ନାହିଁ। ପନ୍ଦର ବର୍ଷ ଧରି କେବଳ ମାମୁଲି ସମ୍ପର୍କ ଛଡ଼ା ସେ ଅଧିକ ସମ୍ପର୍କ ରଖି ନାହାନ୍ତି। କାରଣ ସେଥିରେ ରୁଚି ହୋଇଥାନ୍ତେ ଅସୁଖୀ। ନିଜ ଅପେକ୍ଷା ସେ ଅଧିକ ଭଲ ପାଉଥିଲେ ରୁଚିଙ୍କୁ। ତେଣୁ ନିଜକୁ ଅଗ୍ନିରେ ଦାହ କରି ତାଙ୍କୁ ଆଲୋକ ଦେବାକୁ ଅନବରତ ଚେଷ୍ଟା କରି ଆସିଛନ୍ତି ସେ। ହେଲେ...।

ଚିନ୍ମୟଙ୍କ ଆଖିପତା ବୁଜି ହୋଇ ଆସୁଛି। ଘଣ୍ଟାରେ ବୋଧେ ଚାରି ବାଜିବ। ଏତେ ସମୟ ଧରି ଡ୍ରାଇଭ୍ କଲେ ମଧ୍ୟ କ୍ଳାନ୍ତି ଆସୁ ନାହିଁ। ବଡ଼ ଚିନ୍ତାମଗ୍ନ ଯେପରି ସେ!

ନା ଥାଉ! ସେ ତାଙ୍କୁ ଅଧିକ କିଛି ପ୍ରଶ୍ନ କରିବେ ନାହିଁ; କିନ୍ତୁ ରୁଚି ଯେ ତାଙ୍କୁ ଡାକିଥିଲେ କ'ଣ କହିବେ ବୋଲି, ଏପର୍ଯ୍ୟନ୍ତ କିନ୍ତୁ କହି ନାହାନ୍ତି, ପଚାରିବେ କି? ନା ଥାଉ।

ବଡ଼ ଅସୁସ୍ଥ ଲାଗୁଛି ମନଟା। ଚତୁର୍ଦ୍ଦିଗ ଫାଙ୍କା। ନିର୍ଜନ ଏକାକୀ ମନ ଖାଁ ଖାଁ କରି ଉଠୁଛି। ରୁଚିଙ୍କର ବିବାହ ଦିନ ଯେଉଁ ନିଃସଙ୍ଗ ବେଦନା ସେ ଅନୁଭବ କରିଥିଲେ - ସେ ବେଦନା ମନେହେଲା ଯେପରି ତାଙ୍କର ମନନ କେନ୍ଦ୍ରକୁ, ସ୍ମୃତି ଓ ଧୀମତ୍ତାକୁ ଚୂର୍ଣ୍ଣବିଚୂର୍ଣ୍ଣ କରିଦେବ!

ରୁଚି କିନ୍ତୁ ନୀରବ। ଅବିଶ୍ରାନ୍ତ ଝଡ଼ ପରେ ସବୁଜ ବନାନୀ କ୍ଳାନ୍ତ ଅବା!

ଚିନ୍ମୟ ଆଖି ବୁଜିଲେ।

କେତେବେଳେ ବିତିଯାଇଛି ଚିନ୍ମୟ ଜାଣନ୍ତି ନାହିଁ। ଗାଡ଼ି ଅଟକିବାରୁ ସେ ଉଠିପଡ଼ିଲେ। କିନ୍ତୁ ଏ କ'ଣ? ଏ ଯେ ଷ୍ଟେସନ୍! ଯେଉଁଠି ସେ ସନ୍ଧ୍ୟାବେଳେ ଓହ୍ଲାଇଥିଲେ, ରାସ୍ତା ଭୁଲି ତେବେ ଅବାଟରେ ଚାଲିଆସିଲେ ରୁଚି!

ରୁଚି କିନ୍ତୁ ମୃଦୁ ହସି କହିଲେ - "ରାସ୍ତା ଭୁଲ୍ କରିଛି ବୋଲି ତମେ ଭାବୁଛ ନା? ତା' ନୁହେଁ! ନଦୀକୂଳରୁ ମୁଁ ପୁଣି ଷ୍ଟେସନ୍‌ଆଡ଼କୁ କାର୍ ବୁଲାଇ ଦେଇଥିଲି। ତମେ ଫେରିଯାଅ। ମୁଁ ତୁମକୁ ମୋ ସାଙ୍ଗରେ ଘରକୁ ନେଇ ଅମର୍ଯ୍ୟାଦା କରିବାକୁ ଚାହେଁନା!"

"ଏ କ'ଣ ତମେ କହୁଛ ରୁଚି! ଏତେ ଦିନ ପରେ ମୁଁ ଆସିଲି... କିନ୍ତୁ ତମେ...!"

"ସେଇଥିପାଇଁ ତ କହୁଛି ଚିନ୍ମୟ! ଏତେ ଦିନ ପରେ କଳଙ୍କର ଦାଗରେ ମୁଁ ତମକୁ ରଞ୍ଜିତ କରିବାକୁ ଚାହେଁନା! ଯେଉଁ ରୁଚିର ସମାଜରେ ସ୍ଥାନ ନାହିଁ, ଘରେ ସ୍ଥାନ ନାହିଁ କି କେଉଁ ପ୍ରିୟ ପରିଜନଙ୍କଠାରେ ସ୍ଥାନ ନାହିଁ - ସେ ତୁମକୁ ସ୍ଥାନ ଦେବ କୁଆଡୁ? ବଞ୍ଚିବାର ନିମ୍ନତମ ଚାହିଦାର ଅଭାବରେ ଯିଏ ଦୀର୍ଘଦିନ ଧରି କ୍ଷୁଧିତ ସେ ତୁମର ସମ୍ମାନ ରକ୍ଷା କରିପାରିବନି! ତୁମେ ଫେରିଯାଅ ଚିନ୍ମୟ! ଫେରିଯାଅ...!"

"ରୁଚି! ଶୁଣ, ମୋ କଥା ଶୁଣ ଟିକେ!"

"ଆହା! ଆଜି ଆଉ ଅଙ୍ଗୀକାର କରି ଲାଭ ନାହିଁ। ମୁଁ ତୁମକୁ ଶ୍ରଦ୍ଧା କରେ। ତେଣୁ ତୁମକୁ ବିଦାୟ ଦେଉଛି। ରୁଚିର ଏଇ ରୁଚିହୀନତା ପାଇଁ ତୁମେ ତାକୁ କ୍ଷମା କର ଚିନ୍ମୟ! କିନ୍ତୁ ଫେରିଯାଅ, ମତେ କଷ୍ଟରୁ ଆଉ ଯନ୍ତ୍ରଣାରୁ ତ୍ରାହି ଦିଅ। ତୁମକୁ ନଷ୍ଟ କରିବାର ବେଦନାରୁ ମତେ ମୁକ୍ତି ଦିଅ!"

ସେ କଣ୍ଠରେ କି ନିର୍ଦ୍ଦେଶ ଥିଲା କେଜାଣି, ଚିନ୍ମୟ ଗାଡ଼ିରୁ ଓହ୍ଲାଇ ଧୀରେ ଧୀରେ ପ୍ଲାଟ୍‌ଫର୍ମ ଭିତରେ ପଶିଲେ। ପଛେ ପଛେ ଚାଲିଥିଲେ ରୁଚି। ପ୍ରଭାତ ପ୍ରାୟ ହେବା ଉପରେ।

କମ୍ପାର୍ଟମେଣ୍ଟ୍‌ର ରେଲିଂ ଧରି ଚିନ୍ମୟ ଚାହିଁଥିଲେ ରୁଚିଙ୍କୁ। ବଡ଼ ଉଦାସ ଦିଶୁଥିଲେ ସିଏ। ଟ୍ରେନ୍ ସିଗ୍‌ନାଲ୍ ଦେଲାଣି।

ଚିନ୍ମୟ ନଇଁପଡ଼ି କହିଲେ - "ତମକୁ ବୁଝିପାରିଲି ନାହିଁ ରୁଚି! ତମେ ମତେ କ୍ଷମା କରିବ। କିନ୍ତୁ କ'ଣ କହିବି ବୋଲି ମୋତେ ଏତେ ଆଗ୍ରହରେ ଡାକିଥିଲ, କହିଲ ନାହିଁ ଯେ!"

ରୁଚି ଯେପରି ଚମକି ଚାହିଁଲେ। ଆଉ ଆବେଗରେ ପ୍ରଶ୍ନ କଲେ - "ତମେ

ପାରିବ ଚିନ୍ମୟ ? ପାରିବ ଗୋଟିଏ କାମ କରି ? ମୋ ପାଇଁ କହୁ ନାହିଁ, କହୁଛି ଅନ୍ୟମାନଙ୍କ ପାଇଁ।"

"କୁହ ରୁଚି ! ଟ୍ରେନ୍ ଛାଡ଼ିଦେବ ଯେ... !"

ଶୁଷ୍କ ହସ ହସିଲେ ରୁଚି - "ତୁମେ ବୈଜ୍ଞାନିକ। ମଣିଷର ଶରୀରକୁ ବିନା ଖାଦ୍ୟରେ ବଞ୍ଚେଇ ରଖିବା ପାଇଁ କ'ଣ ଉଦ୍ଭାବନରେ ଲାଗିଛ ତୁମେ, ମୁଁ ଜାଣେନା। କିନ୍ତୁ ମଣିଷର ମନକୁ ବଞ୍ଚେଇ ରଖିବା ପାଇଁ କ'ଣ କରୁଛ ? ପାରିବ ? ପାରିବ ଗୋଟାଏ ଜିନିଷର ଉଦ୍ଭାବନ କରି ? ବଞ୍ଚେଇ ରଖିବାର ନିମ୍ନତମ ଚାହିଦାକୁ ଆବିଷ୍କାର କରିପାରିବ ? ଆଧୁନିକ ମଣିଷର ମାନସିକ ରିକ୍ତତାକୁ ତମେ ଦୂର କରିପାରିବ ଚିନ୍ମୟ ? ଆଜିର ନିର୍ଜନ ବୁଦ୍ଧି ନିର୍ଭର ମନୁଷ୍ୟ ପାଇଁ କିଛି ନୂତନ ଆବିଷ୍କାର ଦରକାର। ନଚେତ୍ ସେ ମରିଯିବ ଚିନ୍ମୟ ! ଆଉ ପୃଥିବୀ ହେବ କେତୋଟି ପଶୁଙ୍କର ବାସସ୍ଥଳୀ... !"

ଟ୍ରେନ୍‌ର ବିକଟାଳ ହୁଇସିଲ୍ ଶବ୍ଦରେ ଚିନ୍ମୟଙ୍କ ହୃତ୍‌ପିଣ୍ଡ ଭିତରଟା ଯେପରି ଠକ୍ ଠକ୍ କମ୍ପି ଉଠୁଥିଲା। ଆଉ ଗୁଡ଼ାଏ ଭଙ୍ଗା କାଚର ଶବ୍ଦ ତାଙ୍କ କାନକୁ ବଧିର କରି ଦେଇଥିଲା।

ମନେ ହେଉଥିଲା ତାଙ୍କ ଗବେଷଣାଗାରରେ ଥିବା ସମସ୍ତ ଯନ୍ତ୍ରପାତି ଆଉ ରାସାୟନିକ ପ୍ରଣାଳୀ ଅକସ୍ମାତ୍ ପଡ଼ିଯାଇ ଚୂର୍ଣ୍ଣବିଚୂର୍ଣ୍ଣ ହୋଇଯାଇଛି।

ଟ୍ରେନ୍‌ର ଗତି ସହିତ ତାଳ ମିଳାଇ ରୁଚି ଯେମିତି ଦୌଡ଼ିଛନ୍ତି ଅଣନିଃଶ୍ୱାସୀ ହୋଇ।

■

ସାୟାହ୍ନର ସ୍ୱର

ଡାଆଣିଆ ଖରା ଓସ୍ତ ଗଛର ପତ୍ର ଦେହରେ ଚିକ୍ ଚିକ୍ କରୁଛି। ଶୀତଦିନର ବହଳ କୁହୁଡ଼ି ପୋଖରୀ ହୁଡ଼ାରେ ଆଉ ପାଚିଲା ଧାନ କିଆରିରେ ଜମିଆସୁଛି। ଆଉ ଟିକକ ପରେ ସନ୍ଧ୍ୟା ଯେମିତି ଅନ୍ଧାର ଖୁନ୍ଦି ଦେବ ଘରେ ଘରେ। ଏତେ ବଡ଼ ଗାଁଟା ନିଶ୍ଚଳ ନିଶୂନ ହୋଇଯିବ!

ନାରୀ ସମିତିରୁ ଯେ ଯୁଆଡ଼େ ଘରକୁ ଗଲେଣି। ଦୁଇଟା ପାହାଡ଼ ତଳକୁ ଓହ୍ଲାଇ ଲଳିତା ଥକ୍କା ମାରି ଛିଡ଼ା ହେଲେ। କେତେ ସମୟ ବସିଗଲେ ସେ ଆଉ ଅଣ୍ଟା ସଳଖିପାରୁ ନାହାନ୍ତି। ହଁ ବୟସ ହେଲା। କଳିକ୍ଷଠା ଷାଠିଏ। ସେ ତ ଷାଠିଏ ଟପିବାକୁ ବସିଲେଣି। ସେତକ କ'ଣ କମ୍ ଭାଗ୍ୟର କଥା!

ଘରକୁ ଫେରିଲେ ଧୀରେ ଧୀରେ ଲଳିତା। ଯେତେ କହିଲେ କି ଲେଖିଲେ ସେ ତ ଗାଁକୁ ଆସିବାକୁ ମନ କରୁ ନାହାନ୍ତି। ବ୍ୟବସାୟ ବଣିଜରେ ବଳ ଗଲା ଆଉ ବେଳ ବି ଗଲା। ବୟସ ତ ତାଙ୍କୁ କିଛି କମ୍ ହୋଇନି। ଲଳିତାଙ୍କଠୁଁ ସେ ପାଞ୍ଚ ଛ ବର୍ଷ ବଡ଼। ତଥାପି ଚବିଶ ଘଣ୍ଟା କାମ, ନିଶା ଲାଗିଲା ପରି କାମ। ଟଙ୍କା କ'ଣ ହେବ? ଆଉ କି ବେଳ ଆସୁଛି। କୋଠା କରିବେ କି ଗାଡ଼ି କରିବେ, ମଉଜ ମଜଲିସ୍ କରିବେ! ପିଲାଏ ସବୁ ବଡ଼ ହେଲେଣି। ଚାରି ଚାରିଟା ଧନୁର୍ଦ୍ଧର ପୁଅ। ସେ ତାଙ୍କ କାମ କରିବେ, ଘରଦ୍ୱାର ବୁଝିବେ। ଆମର ଏଣିକି ଦାଣ୍ଡକୁ କବାଟ ହୋଇ ବସିବା କଥା! ତଥାପି ସେ ବୁଝିଲେ ନାହିଁ; ମାୟା ଘାରିଛି, ମାୟା, ଟଙ୍କାର ମାୟା!

ଲଳିତା ଦାଣ୍ଡ ଦ୍ୱାରକୁ ଆଉଜି ବସିଲେ। ଟିକିଏ ବାଟ ଜୋର୍‌ରେ ଚାଲିଲେ ସେ ଥକିପଡୁଛନ୍ତି। ଦେହ ଥରୁଛି, ନିଶ୍ୱାସ ଗୋଟାକ ପରେ ଦି'ଟା ଉଠୁଛି। କେଜାଣି, କେତେବେଳେ ଏମିତି ଆତଯାତ ହେଉ ହେଉ ପ୍ରାଣ ଯଦି ଛାଡ଼ିଯାନ୍ତା... କେତେ ଭଲ ନ ହୁଅନ୍ତା? ଘୁଅ ମୂତରେ ଘାଣ୍ଟି ହେଲେ କିଏ ସେବା କରିବ? ସେ ସିନା ସବୁରି କରିବେ, ତାଙ୍କ ବେଳକୁ କେହି ଶୁଣିବେ ନାହିଁ – ଏ ତ ଦୁନିଆର ନିୟମ!

ସାଇକେଲ ଘଣ୍ଟି ଶୁଭୁଛି... ଏଇ ତ ବଡ଼ପୁଅ ଆସିଲାଣି। ଆଜି ଶନିବାର। ପ୍ରତି ଶନିବାର ବଡ଼ପୁଅ ତିରିଶ ମାଇଲ ସାଇକେଲରେ ଝାଳ ସରସର ହୋଇ ଘରକୁ ଆସେ। ପୁଣି ସୋମବାର ରାତି ଚାରିଟାରୁ କଟକ ଫେରେ! ସହଜେ ଦୁର୍ବଳିଆ ଜନ୍ମକାଳରୁ। ଲଳିତା ବା କ'ଣ କରିବ! ବିରକ୍ତ ହୋଇ ସେ ଦିନେ କହିଥିଲେ ଗାଡ଼ି ଖଣ୍ଡିଏ କିଣ, ପଇସାପତ୍ର ନ ଥାନ୍ତା ସେ ଅଲଗା କଥା। ଯାହା ଯେମିତି ଆମର ଅଛି ପୁଅଟା ଯିବାଆସିବା କରିବାକୁ ହଇରାଣ ହେଉଛି? ହସିଦେଇ ସେ କହିଲେ ପୁଅ ପାଇଁ ଭଲ ଲାଗୁଛ! ପୁଅ ତମର ତିରିଶ ମାଇଲ ଯାଉଛି, ପୁଣି ସପ୍ତାହରେ ଥରେ! ମୋ ବେଳେ ତ ପିଚୁ ରାସ୍ତା ନ ଥିଲା, ଘୂରାଣି ରାସ୍ତାରେ ଚାଳିଶ ମାଇଲ ମୁଁ ଆସୁଥିଲି! ପୁଣି ସପ୍ତାହରେ ଦୁଇ ଥରରୁ କମ୍ ନୁହେଁ, କେତେ କଷ୍ଟ ହେଉଥିଲା ତମେ ଦିନେ ତ ପଚାରି ନାହଁ...! ଓଲଟି ନ ଆସିଲେ ରାଗୁଥିଲ...।

ଲଳିତା କଥା ବାଁରେଇ ବସିଥିଲେ। ସେ ସବୁଦିନର କଥା ମନେପଡ଼ିଲେ କେମିତି ଲାଜ ଲାଗେ ତାଙ୍କୁ। କିନ୍ତୁ ସେ ଛାଡ଼ନ୍ତି ନାହିଁ, ଟାପରା କରି କହନ୍ତି, 'ସତ କଥା ମିନିବୋଉ, ପୁଅ ମୋଠୁଁ ଦୁର୍ବଳିଆ, ମୁଁ ମାନୁଛି!' ଛିଃ ଛିଃ, ପୁଅକୁ ନେଇ ଥଟ୍ଟା। ଗାଡ଼ି କିଣିବା ପ୍ରସ୍ତାବ ସେଇଠି ଅଟକିଯାଏ ପ୍ରତିଥର। ଲଳିତା ଲାଜରେ ପଳାନ୍ତି।

ବଡ଼ପୁଅ ସାଇକେଲରୁ ଓହ୍ଲାଇଲାଣି। ପିଲାଗୁଡ଼ାକ ବାପା ବାପା କରି ଧାଇଁଲେଣି। ଏତେବାଟରୁ ପିଲାଟା ଆସିଛି, ହାତ ଗୋଡ଼ ଧୋଇନି, ଜଳଖିଆ ଖାଇ ଟିକେ ବସିନି, ଛୁଆଗୁଡ଼ାକ ଟିକେ ବସେଇ ଉଠେଇ ଦେବେନି। କିଏ କହିବ କାଖା, କିଏ କହିବ ନାଉ କର, କିଏ କହିବ, ବାପା! ଘୋଡ଼ା ହୁଅ ମୁଁ ବସିବି...। ସେତକ ନ ହେଲା ପର୍ଯ୍ୟନ୍ତ ସେ ପିଲା ଶାନ୍ତି ଦେବେ ନାହିଁ। ଛିଃ ଛିଃ ମା'ଟାର ଟିକେ ଅକଲ ନାହିଁ। ଛୁଆଙ୍କୁ ସିନା ଟିକେ ଅଟକେଇ ନିଅନ୍ତା, ନାହିଁ ତାକୁ ବି ମଜା, ପିଲାଙ୍କ ସାଙ୍ଗରେ ସେ ବି କିରିକିରି ହେଉଥିବ! ଲଳିତା ଏବେ କରିବେ କ'ଣ? ଅମାନିଆ ପିଲା ବାପାଙ୍କୁ ଦେଖିଲେ ଗୋଟାକୁ ଦି'ଟା ହେବେ, ଯେତେ ଡାକିଲେ ଶୁଣିବେ ନାହିଁ। ଅନ୍ୟଦିନେ ପାଖରୁ ପେଲିଲେ ବି ନିଉଛୁଣାଏ ଶୁଆଇ ବସେଇ ଦେବେନି। ଜେଜେମା ଗପ କହ, ଜେଜେମା ଖୁଆଇ ଦେ। ହେଲେ ବାପାଙ୍କୁ ଦେଖିଲେ କ'ଣ ଯେମିତି ହୋଇଯାଆନ୍ତି...!

ଅମୁ ଘର ଭିତରକୁ ପଶୁଛି। ଗୋଟାଏ ଛୁଆ ବେକରେ ଆଉ ଦି'ଟା କାଖରେ। ବଡ଼ ଦି'ଟା ଲୁଗା ଧରି ଆସୁଛନ୍ତି। ଅନ୍ଧାରରେ ଝାପ୍‌ସା ଦିଶୁଛି ଅମୁର ମୁହଁ। ଠିକ୍ ତା' ବାପ ପରି ଚେହେରା। ଆଖି ଦି'ଟା ଯେମିତି ଛିଡ଼େଇ ଆଣିଛି! ଏମିତି ୪୦ ବର୍ଷ ତଳେ ଶନିବାର ସନ୍ଧ୍ୟାରେ ସେ ଧାଇଁ ଆସୁଥିଲେ - ଅମୁ ଏମିତି ବାପ କାନ୍ଧରେ ନାଉ ହୋଇ ଓହଳିପଡ଼େ! ରମୁଟା ରାହା ଧରି କାନ୍ଦୁଥାଏ...।

ଅମୁ ଅଟକିଗଲା, ଆଉ ଟିକିଏ ଚମକିଲା ପରି ପଚାରିଲା – ବୋଉ ! ଏମିତି ଅନ୍ଧାରଟାରେ ଏକୁଟିଆ ବସିଛୁ କାହିଁକି ? ତୋ ଦେହ ଭଲ ନାହିଁ କି ? ସଞ୍ଜ ହେଲାଣି, ଘରେ ଲଣ୍ଠନ ଲଗାଇବାକୁ ତୋ ବୋହୂମାନଙ୍କୁ ବେଳ ହୋଇନି ନା କ'ଣ ?

ବାସ୍ ଏତିକି ? ଲଳିତାଙ୍କର ଉତ୍ତର କି କୁଶଳ ପ୍ରଶ୍ନ ଶୁଣିବାକୁ ଅପେକ୍ଷା ନ କରି ବଡ଼ ବୋହୂଙ୍କୁ ବଡ଼ପାଟିରେ ଡାକି ଡାକି ସେ ଚାଲିଗଲା ।

ଲଳିତାଙ୍କ ମନରେ କୋହ ଆସିଲା । ହଁ, ବୁଢ଼ୀ ହେଲେଣି କେତେଦିନ ସେ ବଞ୍ଚିବେ ? ପୁଅ ଝିଅ ନ ପଚାରିଲେ ସେ କାହିଁକି ମାନ କରିବେ ? ପଚାରିବା ଲୋକ ତ ଭାବୁଛି ସେ ସୁଖରେ ଅଛି ପୁଅ ବୋହୂ, ନାତି ନାତୁଣୀ ମେଳରେ ସେ ସୁଖରେ ଝୁଲଣା ଝୁଲୁଛି, ସେ ମାନ ଆଉ କାହା ଉପରେ କରିବେ ?

ମୂଷାଟା ଧପଡ଼ ଧପଡ଼ କରି ମଥାନ ଉପରେ ଧାଇଁଲା । ଲଳିତା ଆପଣା ଚିନ୍ତାରେ ହଠାତ୍ ସଙ୍କୁଚିତ ହୋଇପଡ଼ିଲେ, ଲାଗିଲା ଯେମିତି ମନ କଥା ପଦାରେ ପଡ଼ିଗଲା । କିଏ ଯେମିତି ଜାଣିନେଇ କିରି କିରି କରି ହସିଦେଲା । ଲଳିତା କଣେଇ କଣେଇ ଚାରିଆଡ଼କୁ ଚାହିଁଲେ – କେହି କୁଆଡ଼େ ନାହିଁ । ତାଙ୍କ ପାଖରୁ ଅଳ୍ପ ଛାଡ଼ି ଲଣ୍ଠନଟାଏ ମିଞ୍ଜି ମିଞ୍ଜି କରି କିଏ କେତେବେଳେ ରଖିଦେଇଗଲାଣି, ସେ ଦେଖିପାରି ନାହାନ୍ତି ।

ଝାପ୍‌ସା ଆଲୁଅ ତେର୍ଛେଇ ପଡ଼ିଛି କାନ୍ଥ ଉପରେ । ଜଗନ୍ନାଥ ମହାପ୍ରଭୁଙ୍କର ଫଟୋ ଖଣ୍ଡିଏ ବନ୍ଧା ହୋଇଛି । ତା' ଫ୍ରେମ୍ ଦେହରେ କ'ଣ ସବୁ ସୁନେଲୀ ରଙ୍ଗ ଆଉ କାମ ହୋଇଛି । ପୁଅମାନଙ୍କର ଇଚ୍ଛା ନାହିଁ, ଦାଣ୍ଡ ଦୁଆର ମୁହଁରେ ଏଇଟା ଟଙ୍ଗାଇଲେ ଘର ସଜାଇବାରେ ସେମାନଙ୍କର ପାରଦର୍ଶିତା ନାହିଁ ବୋଲି ସାଙ୍ଗସାଥିଏ କହିବେ ! ରଥଯାତ୍ରାରୁ ଚାରିପଟରେ ମୁଠା ମୁଠା କଉଡ଼ିରେ ପଦ୍ମଫୁଲ ଖଞ୍ଜା ଫଟୋ ଖଣ୍ଡିଏ ଠାକୁରଙ୍କର ସେ କିଣି ଆଣିଥିଲେ ବହୁଦିନ ତଳେ । ଘର ଛୋଟ ଥିଲା, ଟଙ୍କା ଅଳ୍ପ ଥିଲା, କଥା କହିଲେ କଥା ମାନୁଥିଲେ । ଯେମିତି ପୁଅମାନେ ପାରିଗଲେ, ହଜାର ହଜାର ଟଙ୍କା ରୋଜଗାର ହେଲା, ଫଟୋଟାକୁ କାଢ଼ି ଥୋଇଦେଲେ । ବାପା ବି ସେମିତି ଯା'ହେଉ ଲଳିତା କାନ୍ଦି ବୋବେଇ ଫଟୋକୁ ଟଙ୍ଗାଇଲେ । କଉଡ଼ିର ପଦ୍ମଫୁଲରେ ମହାପ୍ରଭୁ ବସିଲେ ନାହିଁ, ନକଲି ସୁନା ରଙ୍ଗରେ ଠାକୁର ଛାଉଣି ହୋଇ ବସିଲେ । ହଉ ସେ ଯା'ହେଉ, ସେ ଯେ ଅଭିମାନ କରି ଘର ଛାଡ଼ି ଯାଇ ନାହାନ୍ତି ତାଙ୍କ ଭାଗ୍ୟ ! ଠାକୁରଙ୍କୁ ହାତଯୋଡ଼ି ଲଳିତା ଦଣ୍ଡବତ କଲେ, ଗୁଣୁଗୁଣୁ କରି କହିଲେ, ଆଉ କେତେଟା ଦିନ ଠାକୁର ! ଧର୍ମ କର୍ମ ସବୁ ଗଲାଣି ଖାଲି ବଞ୍ଚୁଛି, ତୋ ଇଚ୍ଛା ଠାକୁର ମୋ ହାତରେ କିଛି ନାହିଁ – ତୁ କାଳିଆ ସବୁ ଜାଣିଛୁ, ସବୁ ଦେଖୁଛୁ, ମୁଁ କ'ଣ କରିବି... ନରକରୁ ଉଦ୍ଧାରିଲେ ଉଦ୍ଧାରିବୁ ମାରିଲେ ମାରିବୁ ତୋ ଇଚ୍ଛା !

ଏତିକି କହି ଲଳିତା ଫଟୋକୁ ଅନେଇଲେ ! ନାହିଁ ନାହିଁ ମନଟା ତୃପ୍ତି ଲାଗୁନି। ଅଶାନ୍ତି ଖାଲି ଅଶାନ୍ତି। ଛାତି ଭିତର ଦପ୍ ଦପ୍ କରିଉଠିଲା। ଅଭିମାନରେ ଛୁଆଙ୍କ ନାଁରେ କିଛି ଠାକୁରଙ୍କୁ କହିଲେ କି ଆଉ ? ଇଲୋ ମାଲୋ...

ଲଳିତା କାନି ଗୁଡ଼େଇ ବେକରେ ଆଣ୍ଠୁ ମାଡ଼ି ମୁଣ୍ଡ ଲଗାଇଲେ, ଖାଲି କହିଲେ, କାଳିଆ, ଛୁଆଙ୍କ ଉପରେ ମୋ ଡାହାଣୀ ନିଶ୍ୱାସ ଯେମିତି ନ ପଡ଼େରେ ! ମୋ ଛୁଆ ହେଲେ ବି ତୁ ତାଙ୍କୁ ଜୀବ ଦେଇଛୁ, ସେ ତୋର, ତୁଇ ତାଙ୍କୁ ଭରସା ଘଣ୍ଟ ଘୋଡ଼େଇ ରଖିବୁ। ମୁଁ ତ ଆଉ କୁଳକୁ ବିହନ ନୁହେଁ। ଏମିତି ମନକୁ ମନ କେତେ କ'ଣ କହିଉଠିଲେ ସେ। ଆଖିରେ ଲୁହ ଜକେଇ ଟିକିଏ ଉଶ୍ୱାସ ବି ଲାଗୁଛି ଛାତି; ମାତ୍ର ଛାତି ଭିତରଟା ପୁଣି କାହିଁକି ରୁଗୁ ରୁଗୁ ହେଉଛି। କ'ଣଟାଏ ଛାଡ଼ିଗଲେ, ହଜେଇ ଦେଲେ କି ଆଉ... !

ସକାଳୁ ଏମିତି ମନଟା ରଗଡ଼ି ହେଉଛି। ଖିଆପିଆ କରିବାକୁ କି ଗପସପ କରିବାକୁ ଇଚ୍ଛା ନ ଥିଲା। ନାରୀ ସମିତିରେ ଘଣ୍ଟାଟାଏ ଖାଲି ବକର ବକର ହେଲେ ସିନା କଥା କିଛି ଛିଡ଼ିଲା ନାହିଁ। ଗୋଟାଏ କାମ କରିବେ ବୋଲି କେତେ ଲୋକଙ୍କର ମନ ସେ ନେବେ ଆଉ ? ମାଇପେ ପଞ୍ଚାଏ ଇଚ୍ଛା ଯଦି ନ କରିବେ କେହି ତାଙ୍କୁ ବୁଝାଇପାରିବ ନାହିଁ। ସେମିତି ଘରକୁ ଫେରିଲେ ଶାନ୍ତି ନାହିଁ ଏତେ ବଡ଼ ସଂସାର କରି ଘର କୋଠାବାଡ଼ି କରି କି ପୁଅ ବୋହୂ ଝିଅ ଜୋଇଁ ନାତି ନାତୁଣୀ ହୋଇ ତାଙ୍କର ଲାଭ କ'ଣ ? କାଉ କୋଇଲିଟିଏ ତ ତାଙ୍କ ପାଖ ମାଡୁନି... ଭଲରେ ମନ୍ଦରେ କଥା ପଦେ ନାହିଁ କ'ଣ ହେବ ଅର୍ଜିଲେ ଯଦି ଭୋଗର ବରାଦ ନାହିଁ।

କେତେ ଆଉ ତଳଟାରେ ବସିବେ ! ଦେହ ହାତ ଶିରି ଶିରି କଲାଣି। ଛୁଆଗୁଡ଼ାକ ଆଜି କେହି ଆଉ ଆସିବେନି ଇଆଡ଼େ। ବିଛଣାରେ ଗଡ଼ିଲେ ଯାଇଁ ଭଲ। ସାନବୋହୂକୁ ବେଳ ହୋଇଥିଲେ ବିଛଣାଟା ପକେଇଥିବ, ନ ହେଲେ ରାତିଅଧ ହେବ। ଡାକିଲେ ବି ହଁ ହାଁ ମାରି ବେଳ ଗଡ଼େଇ ଚାଲିଥିବେ। ନିଜର ଶକ୍ତି ପାଉନି ବୋଲି ବୟସ ଗଡ଼ିଲାକ୍ଷଣି ଯେମିତି ସମୟ ବୋଝ ହୋଇ ବସୁଛି ତାଙ୍କ ଉପରେ। ଏଇକଥା କହିଥିଲେ ବୋଲି ମିନିବାପା ହସିଲେ, ଆଉ କହିଲେ, ମୁଁ ତ କହୁଛି ତମେ ଆସି କଟକରେ ରୁହ, ଅସୁବିଧା କିଛି ନାହିଁ। ଏଠି ଗଣ୍ଡା ଗଣ୍ଡା ଲୋକ ରହିଛନ୍ତି ତମ ଖବର ବୁଝିବେ, କୁଟା ଖଣ୍ଡିକୁ ଦି'ଖଣ୍ଡ କରିବାକୁ ପଡ଼ିବନି... !

ସତ କଥା, ଲୋକବାକର ଅଭାବ ନାହିଁ; ତା ବୋଲି ସହରଟାରେ ଏକୁଟିଆ ବସି ସେ କରିବେ କ'ଣ ? ଇଏତ ସବୁବେଳେ କାରଖାନାରେ, ରାତି ଘଡ଼ିଏ ହେଲେ ଘରକୁ ଫେରନ୍ତି। ଖିଆପିଆ ସବୁ ସେଇଠି। କାହା ମୁହଁ ଚାହିଁ ସେ ଘରଟାରେ ବନ୍ଦୀ

ହୋଇ ପଡ଼ିବେ। ହଅ... ଆପଣା ସୁଖ ଆପଣା ଚିନ୍ତା। ସବୁରି, କିଏ କାହା କଥା ପଚାରେ ? ଚିନ୍ତା ଥିଲେ ଦକ ଥିଲେ ମାସେ ଦି'ମାସରେ ଥରେ ସେ ଆସନ୍ତେ ନାହିଁ... ! ଖବର ଅନ୍ତର ନିଅନ୍ତେ ନାହିଁ। ସେଇ ମନ ବଳେଇଲେ ଧାଇଁ ପଡ଼ି ଯିବେ ଦିନେ ଓଳିଏ ରହି ଫେରିଆସିବେ। ଘରକୁ ଚାଲ, ବିଶ୍ରାମ ନିଅ କହିଲେ ଖାଲି ହସିଦେଇ କହିବେ, ଜୀବନଟାସାରା କେବେ ବସିନି ମିନିବୋଉ। ମଲା ଯାକେ ସେମିତି କାମ କରୁଥିବି, ଥରେ ବସିଗଲେ ଆଉ ଉଠିପାରିବିନି। ତମେ ନିଜେ ତ କାମକୁ ପାରୁନ, ମୁଁ ପଡ଼ିଗଲେ ମୋ ସେବା କିଏ କରିବ ? ପୁଅ ବୋହୂ ? ଝିଅ ଜୋଇଁ ? ସମସ୍ତେ ସୁଖର ସାଥୀ...। ମୁଁ ଆଶା ରଖି ନାହିଁ କାହା ଉପରେ, ତେଣୁ ମୋର କଷ୍ଟ ନାହିଁ; କଷ୍ଟ ତମକୁ ହେବ, ହେଉଛି। ସେଇଥିପାଇଁ କହୁଛି ମୋ ପାଖରେ ରୁହ...।

ପଛ କଥାରେ ଲଳିତା ମନ ଦିଅନ୍ତିନି କାହିଁକି ନା ଏକୁଟିଆ ନିଛାଟିଆ ମୋଟେ ସେ ଘରେ ବସିପାରିବେନି। ବଡ଼ ଆଉ ସାନପୁଅ କାରଖାନାରେ ରହିଲେ - ତାଙ୍କ ବୋହୂମାନେ ଆଉ ପିଲାଏ ଗାଁରେ। ମଝି ଦି' ପୁଅ ନିମୁ ଆଉ ହେମୁ ଚାକିରି କଲେ ଦୂର ବିଦେଶରେ। ଝିଅ ଦି'ଟାରୁ ବଡ଼ ମିନି ଯାଇ ଆସାମରେ, ତା' ସ୍ୱାମୀ ସେଇଠି ଆଇ.ଏ.ଏସ୍. ଅଫିସର ହୋଇଛି। ସାନଟା ବିନି ଜନ୍ମରୁ ରୋଗିଣୀଟା, ସାତ ସମୁଦ୍ର ତେର ନଈ ପାରି ହୋଇ ଯାଇ ବିଲାତରେ। ସ୍ୱାମୀ ତା'ର ଡାକ୍ତର, ସେଇଠି ଚାକିରି। କିଏ ଜାଣେ ଦେଶକୁ ଆଉ ଲଳିତାଙ୍କ ଜୀବଦ୍ଦଶା ଭିତରେ ନ ଫେରିପାରେ। ଭାଉଜ ଭାଇଙ୍କୁ ଚିଠି ଲେଖେ ନୂଆ ବର୍ଷରେ। ବୋଉ କଥା ତା'ର ଆଉ ମନେ ବି ନ ଥିବ ! କାହିଁକି ବା ମନେ ରଖିବ ? ଯେଉଁ ଲୋକର ମନେ ରହିବା କଥା, ଚିନ୍ତା ଦକ ହବା କଥା ସେ ତ ତାଙ୍କୁ ତୁଠପଥର କରିଛି। ପୁଅ ଝିଅ ସାଇପଡ଼ିଶାରୁ ତାଙ୍କୁ କ'ଣ ମିଳିବ ? କାରଖାନାରେ, ସହରରେ କି ମାୟା ତାଙ୍କୁ ଲାଗିଛି ଠାକୁରେ ଜାଣନ୍ତି ! ଟଙ୍କା ! ଖାଲି କ'ଣ ଟଙ୍କା...।

ଛି ଲୋ ଛି...। ବାଁ ଆଖି ଫିଡୁକୁଛି.... ଛେପ ଟିକିଏ ନେଇ ଆଖିରେ ମାରିଲେ। ପାପ ଚିନ୍ତା ତୁଛାଟାରେ ବସିଲାରୁ ମନରେ ପଡୁଛି ସେ ଉଠିଗଲେ ଶୋଇବାଘର ଆଡ଼କୁ।

ଚାରି ବଖରା ଘର ଟପିଗଲେ ଯାଇ ତାଙ୍କର ଶୋଇବାଘର ଆସିବ। ପ୍ରଥମେ ପଡ଼େ ବଡ଼ ପୁଅର ଘର, ତା' ପରକୁ ପର ଅନ୍ୟ ପୁଅଙ୍କର। ସବା ଶେଷରେ ଲଳିତାଙ୍କର। ବଡ଼ପୁଅର ଦ୍ୱାର ମୁହଁରେ ତାଙ୍କ ପାଦ ମନକୁ ମନ ଅଟକିଗଲା। ବୋହୂ କିରି କିରି ହସି କହୁଛି, ବୁଢ଼ା ବୁଢ଼ୀ ହେଲେ ବି ମନ ଅଛି ତ ? ବାପା ମୋଟେ ଘରକୁ ଆସୁ ନାହାନ୍ତି, ଦେଖୁନ ବୋଉ କେମିତି ଚିନ୍ତାରେ ରହିଗଲେଣି। ଆଗେ ଚିଡୁ ନ

ଥିଲେ। ଆଜିକାଲି ଚିଡ଼ି ଚିଡ଼ି ହେଉଛନ୍ତି! ମାଉସୀ କହୁଥିଲେ, ସମିତିର ସବୁ କାମ ସେ ଆଗେ ଏକା ଏକା କରିଦେଉଥିଲେ, ଏବେ କେଉଁ କଥାରେ ପାଟି ଫିଟାଉ ନାହାନ୍ତି। ସେଇ ଯେ ପଦ୍ମାବତୀ ତମର ପଦ୍ମିନୀ ନା କ'ଣ କହୁଥିଲ, ସେ ବୁଢ଼ୀ ଆଉ କାରଖାନାକୁ ଯିବା ଆସିବା କରୁନି ତ?

ବଡ଼ପୁଅ ଯେମିତି ଏ କଥାକୁ ବେଶି ମାଜିବାକୁ ଚାହେଁ ନାହିଁ, ସେମିତି ଉତ୍ତର ଦେଲା - 'କିଏ କେତେବେଳେ ଆସେ ଯାଏ ମୁଁ ତା'ର ଖବର ରଖେ ନାହିଁ, ଆସୁଥିଲେ ଆସୁଥିବ! ଯାହା ଭାଗ୍ୟରେ ଲେଖାଥିବ, ତା କେହି ଖଣ୍ଡନ କରିପାରିବ ନାହିଁ।'

ବଡ଼ବୋହୂ ଦବିବାର ନୁହେଁ - 'ମ -ଅ...। ଭାଗ୍ୟରେ ଥିଲେ କ'ଣ ମ? ତାଙ୍କୁ ତ କିଛି କମ୍ ବୟସ ହୋଇନି? ତମେ ଆରିଷ୍ଟଟଲ୍, ସକ୍ରେଟିସ୍ କଥା କହୁଛ କି? ନା ପୁରୁଷ ଲୋକ ବୋଲି ଯାହା ଇଚ୍ଛା ତା' କରିଯିବ? ବୋଉ ଯଦି ଏମିତି କାମଟେ କରିବସିବେ ନା, ତା'ହେଲେ ତମେ ପୁଅମାନେ ଆଉ ଘର ରଖିବଟି?'

ବଡ଼ପୁଅ ହସି ହସି କହିଲା - 'ତମର ଭୁଲ୍ ଧାରଣା କମଳା! ପୁରୁଷ ସ୍ତ୍ରୀ କାହା କଥା କିଛି ଠିକ୍ କହିହେବନି, ସବୁ ସୁବିଧା ସୁଯୋଗ ଉପରେ ନିର୍ଭର କରେ। ମଣିଷର ମନ ବଡ଼ ବିଚିତ୍ର!'

ଖର ଖର ତୁଣ୍ଡରେ ବଡ଼ବୋହୂ ଉତ୍ତର ଦେଲା - 'ସେ ସାହିତ୍ୟ ମୋତେ ଶୁଣାଅ ନାହିଁ! ଢେର୍ ଶୁଣିଛି ଆଉ ଦେଖିଛି! ତମ ମନ କଥା ମତେ ଅଛପା ନାହିଁ ମ! ମୁଁ କ'ଣ ଆଉ ବୋଉ ହୋଇଛି, ମୋ ଦେଖିଲା କାମ ମୁଁ ନ କରି ଛାଡ଼ିବି ନାହିଁ...।'

ହୋ ହୋ ହୋଇ ହସିଉଠିଲା ଅମୁ - 'ମନ ତ ସେଇଆ ଚାହୁଁଛି ମୋର! କରନ୍ତ କି ଟିକିଏ ବାହାଦୁରି ଦେଖନ୍ତି! ତମ ମନ ଭିତରେ କେତୋଟି ପତିଙ୍କର ଆସନ ରହିଛି, ମତେ ଚିଠା କରିଦିଅ, ଦେଖେ ସେମାନେ ସବୁ କେଉଁଠି ଅଛନ୍ତି। ତମର ବନ୍ଦୋବସ୍ତଟା ଆଗ କରିଦେଲେ ତେଣିକି ମୋର ବ୍ୟବସ୍ଥା ହେବାକୁ ସମୟ ଲାଗିବନି...!'

ବଡ଼ବୋହୂ କ'ଣ ଉତ୍ତର ଦେବ ଶୁଣିବା ପାଇଁ ଲଳିତାଙ୍କର ଆଉ ଧୈର୍ଯ୍ୟ ନାହିଁ। ଗୋଡ଼ଆଡୁ ମୁଣ୍ଡକୁ କ'ଣଟାଏ ଉଠିଗଲା ଭଳି ଲାଗୁଛି। ଲାଜ ସରମରେ ଦେହ ଯେମିତି ଜଳିଗଲାଣି। ତାଙ୍କୁ ଲାଗୁଛି ଚାରି ପୁଅ ଆଉ ଦୁଇ ଝିଅଙ୍କର ଛ ଯୋଡ଼ା ଆଖି ତାଙ୍କୁ ତଳେଇ ଦେଖୁଛି, ଗାଁ ସାରା ସବୁ ଲୋକ କଣେଇ କଣେଇ ତାଙ୍କୁ ତଉଲୁଛନ୍ତି ମନ ଭିତରେ। ଛିଃ, ଛିଃ, ସେ ତାଙ୍କର ପ୍ରେମ କଲେ, କଲେ, ଲାଜରେ ଲଳିତା ଖାଲି ମରିବେ ସିନା!

କେମିତି ନିଃଶ୍ୱାସ ଚାପି ଲଳିତା ନିଜ ଶୋଇବାଘରକୁ ଧାଇଁଯିବେ ତାଙ୍କୁ ବୁଦ୍ଧି ଦିଶିଲା ନାହିଁ। ପଶିଯାଇ ସେ କିଳିଣି ଦେଲେ। ଲଣ୍ଠନଟି ଜଳୁଛି ମିଞ୍ଜି ମିଞ୍ଜି କରି। ବିଛଣା ପରିଷ୍କାର ହେଇ ମଶାରି ପଡ଼ିଛି। ଶୀତ ସନ୍ଧ୍ୟାରେ କାଉଁଳିଆ ଜହ୍ନ ଦରବୁଜା ଝରକା ଦେଇ ଛିଟିକାଏ ପଡ଼ିଛି।

କ'ଣ ମନ ହେଲା କେଜାଣି ଲଳିତାଙ୍କର ସେ ଲଣ୍ଠନଟା ଲିଭାଇଦେଲେ। କାଳେ ନିଜକୁ ନିଜେ ସେ ଦେଖିପକାଇବେ, ତଥାପି ତାଙ୍କର ଗୋଲାପୀ ରଙ୍ଗର ଚମଡ଼ା ସ୍ତିମିତ ଜହ୍ନ ଆଲୁଅରେ ଧରିହେଉଛି। ଜାଣିପାରୁଛନ୍ତି, ଦେଖିପାରୁଛନ୍ତି, ଏଇ ତାଙ୍କର ହାତ, ଏଇ ତାଙ୍କ ଗୋଡ଼, ଏଇ ତାଙ୍କର ଚମ୍ପାକଢ଼ି ପରି ସୁନ୍ଦର ସୁନ୍ଦର ଆଙ୍ଗୁଠି। ତେବେ...! ନା ନା, ସେ ନିଜ ଉପରେ ମନ ରଖିବେ ନାହିଁ କି ମିନିବାପା କଥା ଭାବିବେ ନାହିଁ। ତାଙ୍କୁ ଯଦି ସୁନ୍ଦର ଲାଗୁଛି ସେ କରନ୍ତୁ, ପାପରେ ତ ସେ ଆଉ ଭାଗୀ ନୁହନ୍ତି, ଖାଲି ଯାହା ଜୀବନସାରାର ବାର ବ୍ରତ ତେର ଉପାସ ଲଳିତାଙ୍କର ନଷ୍ଟ ହୋଇଗଲା। ଦାଣ୍ଡକୁ ଅସୁନ୍ଦର, ଘରକୁ ବି ଅମଙ୍ଗଳ। ନିଜ କଥା ସେ ଭାବୁ ନାହାନ୍ତି, କଳିଷଠା ଷାଠିଏ ହେଲାଣି ତାଙ୍କୁ ...! କେତେ ଦିନକୁ ମନ ବାନ୍ଧିଛୁ ଆଣ୍ଟ...।

ଲଳିତା ଝରକା ବନ୍ଦ କରିଦେଲେ। ଜହ୍ନ ଆଲୁଅ ତାଙ୍କୁ ଭଲ ଲାଗୁ ନାହିଁ। ଚାରିଆଡ଼ ଜମଜମାଟ ଅନ୍ଧାର, ଭଲ ହୋଇଛି। ସେ କାହାକୁ ଦେଖିବେନି କି କେହି ତାଙ୍କୁ ଦେଖିବେ ନାହିଁ...। ଜଗନ୍ନାଥଙ୍କ ଫଟୋଟା ବି ଆଉ ଦିଶୁ ନାହିଁ।

କେହି ନ ଦିଶନ୍ତୁ, ଦିଶିଲେ ବା ଲାଭ କ'ଣ? ମଣିଷ କି ଠାକୁର କାହା ଉପରେ ତାଙ୍କର ବିଶ୍ୱାସ ନାହିଁ। ଜୀବନସାରା ଠାକୁର ଠାକୁର କହି ଠାକୁର ତ ମାନ-ଅପମାନ ବୁଝିଲେ ନାହିଁ, ମଣିଷ କଥା କାହିଁକି ସେ ଆଶା କରିବେ? ଚାରି ଚାରିଟା ପୁଅ, ଦି' ଦି'ଟା ଝିଅ! ସଭିଏଁ ପାରିବାର, ସଭିଏଁ ଏକୁ ଆରେକ ବଳି। କୋଳର ଛୁଆ ନାହିଁ ଯେ ଲଳିତା କାହାର ଶରଣ ମାଗିବେ! କୋଠା ଗଣ୍ଡା ଗଣ୍ଡା, ଟଙ୍କା ଧନଦଉଲତ କିଛି ଅଭାବ ତାଙ୍କର ନାହିଁ। ବୟସ ହେଲାଣି ଯଥେଷ୍ଟ, ତେଣିକି ମିନିବାପାର ଯାହା ଇଚ୍ଛା ସେ କରୁ! ସେ କାହିଁକି ବାଧା ଦେବେ, କଥାରେ ଅଛି ଏ ହାତର ପାପ ସେ ହାତ ଧୁଏନା...। ଲଳିତା ଆଖି ବନ୍ଦ କଲେ...।

ମଶା ଗୁଣୁ ଗୁଣୁ କରୁଛି। ଲଳିତାଙ୍କୁ ଅସମୟରେ ଯେମିତି ନିଦ ମାଡ଼ିଆସୁଛି। ଚାରିଆଡ଼ ଶୂନ୍‌ଶାନ୍, ଏକୁଟିଆଟା ସନ୍ଧ୍ୟାରେ ବସି ଦେହ ଟାଣ କରି ଲାଭ ନାହିଁ ଆଉ। ଅକାଳ ନିଦ ତ ଅକାଳ ମରଣ ଡାକିଆଣେ ଆଉ ସେଇଥିପାଇଁ ଯେମିତି ସେ ଚାହିଁ ବସିଛନ୍ତି...।

ଛପିଛପିକା ଜହ୍ନ ପଡ଼ିଛି ବଉଳଗଛ ପତ୍ର ଦେହରୁ। ଗାଁ ଦାଣ୍ଡରେ ବାଗୁଡ଼ି

ଖେଳ ସରିଲାଣି କେତେବେଳୁ। ଭାଗବତ ଘରେ କିଏ ଜଣେ ଗୁଣୁ ଗୁଣୁ କରି ଭାଗବତ ପଢୁଛି। ରଜ ଆଜି ପହିଲି ରଜ।

ଦୋଳିଟା ପାଖରେ କେହି ନାହାନ୍ତି। ଲଳିତାଙ୍କର ଇଚ୍ଛା ହେଉଥିଲା ଆଉ ଜଣେ କିଏ ଆସନ୍ତା କି ଦୋଳିଟା ଟିକେ ପେଲିଦେଇଯାଆନ୍ତା! ହେଇ ଜଣେ କିଏ ଆସୁଛି...।

ଛିଃ ଛିଃ ସୁରଭାଇଟା! ଗୋଡ଼ରୁ ମୁଣ୍ଡ ପର୍ଯ୍ୟନ୍ତ ଲାଜରେ ଜଡ଼ସଡ଼ ହୋଇଗଲା ଲଳିତାଙ୍କର। ସୁରଭାଇ ପାଖକୁ ଲାଗିଆସିଲେଣି... ଏଇନେ ପଚାରିବେ କେତେ ପ୍ରଶ୍ନ, ସେ କିଛି କହିପାରିବେ ନାହିଁ। ସୁରଭାଇ ଛିଡ଼ା ହୋଇ ପଚାରିଲା, ମୁଁ ଦି'ଦିନ ହେଲା ଆସିଲିଣି, କାଲି ଚାଲିଯିବି, ତମ ଗାଁରେ ଥିଏଟର ନ ହେଲେ ମୋର କ'ଣ ହୋଇଯାଉଛି କି?

ଲଳିତାଙ୍କର ଛାତି ଭିତରୁ ଝଲକାଏ ନିଆଁ ଖସିପଡ଼ିଲା। ସୁରଭାଇ ସତରେ ରାଗିଛି ନା କ'ଣ? ମୁହଁଟା ଶୁଖେଇଦେଇଛି ଯେ...! ଏକଜିଦିଆଟା, ଯା' କହିବ, ତା' କରିବ।

ଲଳିତା ଦୋଳି ଉପରେ ସେମିତି ବସି କହିଲେ – 'ଛିଃ! ମୋ ରାଣ ସୁରଭାଇ! ତମେ ଚାଲିଗଲେ ଗାଁ ଲୋକଙ୍କ ମନ ଖରାପ ହେବ। ବଉଳ, ଗୋଲାପ ଆଉ ସଙ୍ଗାତଙ୍କୁ ମୁଁ କେତେ ଟାଣ କରି କହିଛି...।'

ସୁରଭାଇ ପଛକୁ ବୁଲି କହିଲା – 'ଧେତ୍‌ତେରି! ତୋର ବାଜେ କଥା ମୁଁ ଶୁଣିବାକୁ ଚାହେଁନା। ପଚାଶ କୋଶ ରାସ୍ତାରୁ ମୁଁ ତୋ ସଙ୍ଗାତ ବଉଳ ପାଇଁ ଏଠିକି ଲାଜସରମ ଖାଇ ଧାଇଁଆସୁନି। ଯାହା ପାଇଁ ଆସୁଛି... ତା'ର ମୁହୂର୍ତ୍ତେ ବି ମୋ ପାଇଁ ବେଳ ନାହିଁ। ଭଉଣୀ ଘରେ କୁଣିଆ ହେବାକୁ ମୁଁ ଆସି ନାହିଁ... ମନେ ରଖିଥା!' ଏମିତି ଟାଣ କଥା କେବେ ସୁରଭାଇ କହେ ନାହିଁ! ଲଳିତାଙ୍କର ଆଖିରୁ ଝର ଝର କରି ଲୁହ ବହିପଡ଼ିଲା। ସେ କିଛି କହିଲେ ନାହିଁ! ଯାହା ପାଇଁ ରାତି ଦିନ ତାଙ୍କୁ ନିଦ ନାହିଁ, ଯାହା ଆସିବା ବାଟକୁ ଲାଜସରମ ଖାଇ ସେ ଅନାଇ ବସିଥାନ୍ତି, ସେଇ ପୁଣି ତାଙ୍କୁ ଏମିତି କଥା କହୁଛି!

ସୁରଭାଇ ବୋଧେ ଜାଣିପାରିଲା! ସାମନାକୁ ବୁଲି ଦୋଳି ଦଉଡ଼ିକୁ ଦି' ହାତରେ ଧରି ସେ କହିଲା, 'ହଁ କାନ୍ଦିବୁନି ତ ଆଉ କ'ଣ? ସକାଳେ ତୋ ହାତ ଟିକେ ଧରିପକାଇଲି ବୋଲି, ତୁ ଏମିତି ଟାଣ ଟାଣ ଦି'ପଦ ଶୁଣେଇ ଦେଲୁଟି! ସତେଯେମିତି ମୁଁ...।'

ଲଳିତା ଦୋଳି ଉପରେ ମୁହଁପୋତି ବସିଥାନ୍ତି। ଓହ୍ଲାଇବାର ଉପାୟ ନାହିଁ।

କଥା ନ କହିଲେ ରକ୍ଷା ନାହିଁ। ସଙ୍ଗାତ କି ଗୋଲାପ ଯଦି ଆସିଯାନ୍ତେ ଆହା, ବଞ୍ଚିଯାନ୍ତେ ସିଏ ! ପୋଡ଼ାମୁହାଁଗୁଡ଼ାକ ମଲେଣି ସବୁ।

ସେ ସୁରଭାଇକୁ ଅନାଇଲେ ! ତା'ର ସତୃଷ୍ଣ ଆଖି, ଲଳିତାଙ୍କ ଦେହ ମୁଣ୍ଡ ସବୁ ଘୂରିଯାଉଛି। ଲାଜରେ କାନିଟାକୁ ଟାଣି ଦେଉ ଦେଉ ସୁରଭାଇ ହାତପାପୁଲିଟା ଧରିପକାଇ କହିଲା - 'ମୋ କଥାର ଉତ୍ତର ଦେ ! କାହିଁକି ସକାଳେ ଚିଡ଼ିଲୁ... ?'

'ନାହିଁ ମ ! ଭାଉଜ ଆସୁଥିଲେ ପଛରେ। ସେ କ'ଣ କହିଥାନ୍ତେ କହିଲ ?'

'କ'ଣ ଆଉ କହିଥାନ୍ତେ ! କହିଥାନ୍ତେ, ତୁ ମତେ ଭଲ ପାଉଛୁ, ଏଇ ତ ?'

ଲଳିତାଙ୍କ ହାତପାପୁଲି ଦେଇ ଏକ କମ୍ପନ ସମଗ୍ର ଶରୀରଟା ଖେଳିଗଲା। ଉତ୍ତର ନ ଦେଇ ସେ ଚୁପ୍ ହୋଇଗଲେ। ଦୂରରୁ ପାଟି ଶୁଭୁଛି କାହାର। କିଏ ଯଦି ଆସିଯାଏ ଆଉ ସୁରଭାଇ ଓ ତାଙ୍କୁ ଏମିତି ଦେଖେ, ତା'ହେଲେ ଆଉ ଗାଁରେ ସେ ମୁହଁ ଟେକିପାରିବେ ନାହିଁ। ସୁରଭାଇଟା ଏତିକି ଜିଦ୍‌ଖୋର...

ସେ କହିଲେ, 'ଛାଡ଼ମ, ଛାଡ଼ - ହେଇ କାହା ପାଟି ଶୁଭିଲାଣି... ମୋ ରାଣ ଛାଡ଼, ସୁରଭାଇ !'

'ନା, ନ କହିଲେ ଛାଡ଼ିବି ନାହିଁ ! କହ ତୁ ମତେ ଭଲ ପାଉଛୁ...।' ହାତ ଟାଣିନେଇ ଲଳିତା କୃତ୍ରିମ ବିରକ୍ତିରେ କହିଲେ - 'ଭଲପାଏ ବୋଲି କ'ଣ ଜାଣିନ ? ହଁ ତୁମକୁ ମୁଁ ଭଲପାଏ ! ସେଇଠୁ କ'ଣ ହେଲା ? ବଜାରୀ ଛତରା... !'

ଲଳିତାଙ୍କ କୋଳ ଭିତରେ ମୁହଁ ଗୁଞ୍ଜି ସୁରଭାଇ କହିଲା - 'ଦିନକୁ ଦଶ ଥର ଯଦି ଏମିତି କହିବୁ ତେବେ ରହିବି ନ ହେଲେ ଚାଲିଯିବି... !' 'ଦିନକୁ ହଜାରଥର କହିଲେ ବି ତମେ ଚାଲିଯିବ ସୁରଭାଇ ! ମୁଁ ତମକୁ ବାନ୍ଧି ରଖିପାରିବି ନାହିଁ, ଜୀବନଟା ମୋର କାନ୍ଦି କାନ୍ଦି ମରିବାକୁ... !'

ପୁଣି ଲଳିତା କାନ୍ଦିଲେ, ସୁରଭାଇ ତାଙ୍କ ହାତପାପୁଲିରେ ହାତ ଚାପି କହିଲା - 'ମୁଁ ଅଛି, ମୁଁ ଅଛି ଲୋ ହୁଣ୍ଡୀ, ଜୀବନ ଥିବାଯାକେ ମୁଁ ତୋର ସେମିତି ହୋଇଥିବି। ତୋ ସୁରଭାଇ ଯୁଆଡ଼େ ଥାଉ, ତା' ଆତ୍ମା ତ ତୋ ପାଖରେ ପଡ଼ିଥିବ ! ମରିଯାଏ ଯଦି ଭୂତ ହୋଇ ତୋ ଝରକା ପାଖରେ ବସିବି ଯେତେବେଳେ ତୋର ବିପଦ ଆସିବ, ଦୁଃଖ ଆସିବ, ମୋତେ ଖବର ଦେବୁ, ପୃଥିବୀର ଯେଉଁ କୋଣରେ ଥାଏ ମୁଁ ଧାଇଁଆସିବି... ଧାଇଁଆସିବି ତୋ ପାଖକୁ... ! ସୂର୍ଯ୍ୟ ଚନ୍ଦ୍ର ଓଲଟ ଦିଗରେ ଯାଇପାରନ୍ତି, ସୁରଭାଇ ତା'ର ଜୀବନଠାରୁ କଥାକୁ ବେଶି ମୂଲ୍ୟ ଦିଏ...।'

ଲଳିତାଙ୍କ ହାତ ଯେମିତି ଜୋର୍‌ରେ ଜୋର୍‌ରେ ସୁରଭାଇ ଚାପି ଦେଉଛି... ଯେମିତି ସେତିକି ଜବାବ ସେ ତାଙ୍କଠାରୁ ଚାହୁଁଛି... ! ଦେହ ଝିମ୍ ଝିମ୍ କରିଉଠୁଛି...।

ଚମକିଲାପରି ଆଖି ମେଲି ଲଳିତା ଚାହିଁଲେ। ଗାଲ ତଳେ ପାପୁଲିଟା ରହି ଝିମ୍ ଝିମ୍ କରୁଛି ହାତଟା ସାରା। ଇସ୍! ଚାରିଆଡ଼େ କଟକଟ ଅନ୍ଧାର!

ସେ ସ୍ୱପ୍ନ ଦେଖୁଥିଲେ ନା କ'ଣ? କେଉଁ ପିଲାଦିନର ସ୍ମୃତି! କେତେଦିନ ପରେ ସୁରଭାଇର ସେଇ ପିଲାଳିଆ ମୁହଁଟା ଦିଶିଯାଉଛି, କୁଆଡ଼େ ଗଲା ସେ ଦିନ? ସୁରଭାଇ ତା' କଥା ରଖୁଛି। ଭାଉଜ କହନ୍ତି ସେ ବିଭା ହେଲା ନାହିଁ, ବିଭାଘର କଥା କହିଲେ ହସିଦିଏ। ଥିଏଟର ପାର୍ଟିଟିଏ କରି ସହର ସହର ବୁଲୁଛି। ଏ ବର୍ଷ କୁଆଡ଼େ ଦିଲ୍ଲୀରୁ ପ୍ରାଇଜ ମିଳିଲା ତାକୁ। ଘର ନାହିଁ, ଦ୍ୱାର ନାହିଁ, ଟଙ୍କା ପଇସା ବି ନାହିଁ।

ସୁରଭାଇ ସତେଜ ଆଖି ଦି'ଟା ଦିଶିଯାଉଛି। ମନେ ହେଉଛି ଯେମିତି ସେ ଏଇଠି ଥିଲା, ଏବେ ଚାଲିଯାଇଛି। ତା' ହାତଟା ଏବେବି ତାଙ୍କ ହାତରେ ଥିଲା। ତକିଆଟା କାନ୍ଦି କାନ୍ଦି ଭିଜିଯାଇଛି।

ଆହା! ସେଦିନ ଫେରନ୍ତା, ସୁରଭାଇ ଆସନ୍ତା, ପୁଣି ରଜରେ ଥିଏଟର୍ ହୁଅନ୍ତା, ଦୋଳି ଲାଗନ୍ତା ଆଉ ଛପିଛପିକା ଜହ୍ନ ଆଲୁଅରେ ଝୁଲୁଥାନ୍ତେ...!

ହଠାତ୍ କବାଟ ଉପରେ କିଏ ଧକ୍କା ମାରିବାର ଶବ୍ଦ ହେଉଛି! ଚମକିଲା ପରି ଆଖି ପୋଛି ଉଠିବସିଲେ ସେ। ବଡ଼ବୋହୂ ଡାକୁଛି ବୋଧେ!

ସତକୁସତ ବଡ଼ବୋହୂ ଆଉ ଅମୁ ଛିଡ଼ା ହୋଇଛନ୍ତି। ଲଣ୍ଠନରୁ ନିଜକୁ ଦୂରେଇନେଇ ଲଳିତା କହିଲେ – 'ଦେହଟା ଭଲ ଲାଗୁନି ବୋହୂ, ମୁଁ ଆଜି ଖାଇବି ନାହିଁ! ମୁଣ୍ଡ ବିନ୍ଧୁଛି, ଜର ଜର ଲାଗୁଛି!'

ଅମୁ ତାଙ୍କ ମୁଣ୍ଡରେ ହାତ ଦେଇ କହିଲା – 'କାହିଁ ନାହିଁ ତ? ଜ୍ୱର ନାହିଁ! ଦୁଧ ଟିକିଏ ପି! ତୁ ତ କଥା ମାନିବୁନି ବୋଉ... ମୁଁ କହୁଛି କଟକ ଚାଲ, ସେଠି ଡାକ୍ତର ଦେଖାଇବା। ତୋ ଦେହ ଭଲ ହୋଇଯିବ।'

ବଡ଼ବୋହୂ କଥା ଛଡ଼ାଇ କହିଲା, 'ମୁଁ କ'ଣ କମ୍ ଥର କହିଲିଣି ସେ କଥା! ଆଜି ତ ଖିଆପିଆ ରହିଗଲାଣି। ବଳ ବୟସ ଖସିଲା ବେଳକୁ ଟିକିଏ ବୁଲାବୁଲି ଭଲ ଖିଆପିଆ ନ କଲେ...।'

ଅମୁ ବିରକ୍ତ ହୋଇ କହିଲା – 'ତମେ ଚାରି ବୋହୂ ତ ବର୍ଷରେ ପାଳି କରି ଦେଶ ବୁଲି ନ ଗଲେ ତମମାନଙ୍କର ମୁଣ୍ଡ ଖରାପ ହୋଇଯିବ, ସେ ତ ଘର ଜଗି ଜଗି ଆଉ ପିଲା ସମ୍ଭାଳି ଦିନ କଟାଇଲା, ଆଉ ତା' ଦେହ କେଉଁଠୁ ଭଲ ରହିଲା? ମୁଁ ଆଉ କିଛି କଥା ଶୁଣିବିନି ବୋଉ! କାଲି ସନ୍ଧ୍ୟାରେ ମୋ ସାଙ୍ଗରେ କଟକ ଯିବୁ। ବିଛଣା ନବା ଦରକାର ନାହିଁ ସେସବୁ ଅଛି, ଖାଲି ତୋର ଦି'ଖଣ୍ଡ ଲୁଗା, ହେଲା...।'

ଅମୁ ଧଡ଼ପଡ଼ କରି ଚାଲିଗଲା। ତା'ର ସବୁଦିନେ ସେମିତି ଢଙ୍ଗ କଥାରେ ଦି'

କଥା ସେ ଶୁଣେ ନାହିଁ। ତା' ପଛକୁ ପଛ ବଡ଼ବୋହୂ ଦୁଧ ଆଣୁଛି ବୋଲି କହି ଚାଲିଗଲା ଲଣ୍ଠନଟା ଥୋଇଦେଇ।

ଲଳିତା କାନ୍ଥକୁ ଅନେଇଲେ। ଶାମୁକା ପଦ୍ମ ପାଖୁଡ଼ା ଭିତରେ ଜଗନ୍ନାଥର ମୂର୍ତ୍ତି ତାଙ୍କୁ ଅନେଇଛି, ସତେକି ଟାପରା କରି କହୁଛି।

'କେଡ଼େ ସ୍ୱାର୍ଥପର ତୁ, ତୋ ପାଇଁ ଜୀବନ ଦେଲା' – କଥା ଭାଙ୍ଗିଯିବ ବୋଲି ଜୀବନର ସୁଖସମ୍ପଦ ଦଳିଦେଇ ଦାଣ୍ଡର ଭିକାରି ହେଲା, ତା' ପାଇଁ ତ ଦିନେ ଚିନ୍ତା କରିନୁ? ତା' ପାଇଁ କ'ଣ ଥରୁଟିଏ ବ୍ରତ କି ଉପାସ କରିଥିଲେ ହୋଇ ନ ଥାନ୍ତା? ଦିନୁଟିଏ ଦୀପ ଜାଳି ମଙ୍ଗଳ ମନାସି ଥିଲେ କ'ଣ ତୋର ପାପ ହୋଇଥାନ୍ତା? ସିଏ ତ ତୋ ଦେହ ଛୁଇଁଥିଲା, ଶପଥ କରାଇଥିଲା ଯେଉଁ କଥା, ସେକଥା ମିନିବାପା ଜାଣେ ନାହିଁ। ହାତଗଣ୍ଠି ପଡ଼ିଗଲା ବୋଲି କ'ଣ ମନରେ ଗଣ୍ଠି ପଡ଼ିଗଲା? ନା ହାତଗଣ୍ଠି ପଡ଼ି ବେଦୀ ଉପରେ ଅଗ୍ନିକୁ ସାକ୍ଷୀ ରଖିଲେ କେହି ସତୀ ହୋଇପାରେ? ତେବେ? ତେବେ? କିଏ ପାପ? କିଏ ପୁଣ୍ୟ? ମିନିବାପା ପାଇଁ ସବୁଦିନେ ତ ପଥର ଛାତିରେ ମୁଣ୍ଡ ପିଟିଲୁ, କାହିଁ ଦିନଟିଏ ତ ସୁରଭାଇ ପାଇଁ ମତେ ଡାକିଲୁ ନାହିଁ? ଠୋପାଏ ଲୁହ ତୋ ଆଖିରୁ ତା' ପାଇଁ ଝରିଥିଲେ କ'ଣ ତୋର କ୍ଷତି ହୋଇଥାନ୍ତା?

ଜଗନ୍ନାଥଙ୍କର ନୀରବ ଉବାଚ ଯେପରି ଲଳିତାଙ୍କ କାନମୁଣ୍ଡାକୁ ଝାଇଁ ଝାଇଁ କରିଦେଉଛି! ନିଜ ଆଖିର ଲୁହ ଯେମିତି ଠାକୁରଙ୍କ ଆଖିରେ ଛିଟିକି ପଡୁଛି। ବହୁଦିନ ପରେ ନିର୍ଜୀବ ଫଟୋଟା ହଠାତ୍ ଅବା ଜୀବନ୍ୟାସ ପାଇ ତାଙ୍କର ସବୁ ବାହାଦୁରି ପଦାରେ ପକାଇ ଦେଉଚି।

ଲୁହରେ ଡବ ଡବ ହୋଇ କାନି ଗୁଡ଼େଇ ଲଳିତା ଜଗନ୍ନାଥଙ୍କ ଫଟୋ ତଳେ ମୁଣ୍ଡ ବାଡ଼େଇ କହିଲେ, 'ତୁ ସବୁ ଜାଣିଛୁ ଠାକୁର! ଅହିନରକରେ ମତେ ଠାବ ନାହିଁ। ମୁଁ ଅସତୀ... ମୁଁ କଳଙ୍କିନୀ... ମୁଁ ଦୋଷ ମାନୁଛି। ମୁଁ ସୁରଭାଇକୁ ଜଳେଇ ମାରିଛି, ମୁଁ ମିନିବାପାର ସପ୍ତପୁରୁଷକୁ ମୋ ପାପୀ ହାତରେ ପାଣି ଦେଇଛି... ପାପ କରିଛି। ତୁ ଯେଉଁ ଶାସ୍ତି ଦେବୁ ମୁଁ ସହିନେବି, ମୁଁ ଅସତୀ...!'

ଏତିକି କହି ସେ ନୀରବ ହେଲେ। ହଠାତ୍ ଯେମିତି କାନ ପାଖରେ କାହାର ସ୍ୱର ଶୁଭୁଛି – 'ଛିଃ, ଛିଃ ପାଗଳୀଟା! ଅନିଚ୍ଛାରେ କେହି କାହାକୁ ଦେହ ଦେଇଦେଲେ ଅସତୀ ହୁଏ ନାହିଁ ଲୋ ହୁଣ୍ଡୀ!'

ବହୁ ବର୍ଷ ତଳେ ସୁରଭାଇ ଏଇକଥା ପଦକ କହିଥିଲା। ବାହାଘରର ବର୍ଷକ ପରେ ପୁଆଣୀ ହୋଇ ଦୋଳଯାତ୍ରା ଦେଖିବାକୁ ସେ ବାପଘର ଯାଇଥିଲା। ସୁରଭାଇ

ପୋଖରୀତୁଠରେ ଲଳିତାକୁ ନିରୋଳାରେ ପାଇ କହିଥିଲା ଏଇ ପଦକ କଥା । ସେଇ ତା'ର ଶେଷ କଥା । ସେତେବେଳେ ତାଙ୍କୁ ସତର ବର୍ଷ ବୟସ, ଆଜି ଷାଠିଏ ଟପିବାକୁ ବସିଲାଣି; ଅଥଚ ପଛ କଥାଗୁଡ଼ାକ ଠିକ୍ ଠିକ୍ ମନେପଡୁଛି... ।

ବଡ଼ବୋହୂର ଧମ୍ ଧମ୍ ଚାଲି ପାଖେଇ ଆସୁଛି । ଛି, ଛି, କି ଲାଜ କଥା ପ୍ରଭୁ ! ସେ ଉଠିପଡ଼ିଲେ । ସରମରେ ଜଡ଼ସଡ଼ ହୋଇ ଜଗନ୍ନାଥ ଫଟୋଟାକୁ ହଠାତ୍ ମୁହଁ ମାଡ଼ି ଓଲଟାଇ ଦେଲେ ଲଳିତା ।

■

ଅନ୍ଧକାରର ଛାଇ

ଡମ୍ ଡମ୍ ଡମ୍ ହୋଇ ଡ୍ରମ୍ ବାଜୁଛି । ପ୍ରାୟ ଦୁଇଶହ ପିଲା ଏକାଠି ଠିଆହୋଇ ଡ୍ରିଲ୍ କରୁଛନ୍ତି । ନୀଳ ଫ୍ରକ୍ ସାଙ୍ଗକୁ ଧଳା ରିବନ୍ । ଏକ୍-ଦୁଇ-ତିନ୍ ଡମ୍ ଡମ୍, ଡମ୍... ଡମ୍ ଡମ୍ ଡମ୍ । ବେଶ ଲାଗେ ଦେଖିବାକୁ କିନ୍ତୁ ଅଜଣା ଲୋକର ବ୍ୟସ୍ତ ଆଖି ମୁହୂର୍ତ୍ତକ ପାଇଁ ଘୂରିଆସେ ।

ସେଇ ବାଜା ଶବ୍ଦରେ କୋଇଲି ଘରଭିତରୁ ଛୋଟ ଲଙ୍ଗଳା ଛୁଆଟାକୁ କାଖେଇ, ମଇଳା ଛିଣ୍ଡା ପ୍ୟାଣ୍ଟ୍ ଉପରେ ମା'ର ମସିଆ ଖଦିଖଣ୍ଡିକ ବେଢ଼ାଇ ହୋଇପଡ଼ି ଖେଳପଡ଼ିଆକୁ ଧାଇଁଆସେ । ହେଲେ ଖୁବ୍ ଦୂରରେ ଛିଡ଼ା ହୁଏ । ପାଖକୁ ଭରସି ଯାଇପାରେ ନାହିଁ । ବେଶିବେଳ ମଧ୍ୟ ରହିପାରେ ନାହିଁ । କେଉଁଦିନ ଭାତ ବସିଥାଏ ଚୁଲିରେ, କେଉଁଦିନ ପିତା ଶାଗ ଅଧା ବଛା ହୋଇ ରହିଥାଏ, କେବେ ବା ଘଷି ପକାଇବା ପାଇଁ ଗୋବର ଏକାଠି ଜମା କରୁଥିବା ବେଳେ ବାଦ୍ୟ ବାଜିଉଠେ । ସତେକି ଦ୍ୱାପର ଯୁଗରେ ଶ୍ରୀକୃଷ୍ଣଙ୍କ ବଂଶୀ ତା' ପାଇଁ ବାଜିଉଠୁଛି... । ଯେଉଁପରି ଅବସ୍ଥାରେ ଥାଏ, ସେ ଧାଇଁଆସେ - ହେଲେ ସାନଭଉଣୀକୁ କାଖରେ ଗୋଟାଇ ଆଣିବାକୁ ସେ ଭୁଲି ନ ଥାଏ । କିନ୍ତୁ କ'ଣ ଯେପରି ଭାବି ସେ ପାଚେରି କଡ଼କୁ ଛିଡ଼ାହୋଇ ରହେ । ଦିନେ ଦିନେ ଅନେକ ସମୟ ଧରି - ଦିନେ ଦିନେ ଖୁବ୍ ଅଳ୍ପ ସମୟ ।

ଝର୍କା ପାଖରେ ପ୍ରତିଦିନ ମୁଁ ରେଲିଂ ଧରି ଚାହିଁରହେ କସରତ କରୁଥିବା ସେଇ ଅଳ୍ପବୟସ୍କ ଝିଅଗୁଡ଼ିକୁ । ଆଖି ଖୋଜିବୁଲେ ସେଇ ଗହଳି ଭିତରେ ମୋର ଝିଅ ରୋଜିକୁ । ଠିକ୍ ଭାବରେ ସେ ଡ୍ରିଲ୍ କରୁପାରୁଛି କି ନାହିଁ, କଲାବେଳେ ସେ କିପରି ଦିଶୁଛି... ତା'ର ଶରୀର ଗଠନ ପାଇଁ ଏହା ଯେ ଏକାନ୍ତ ଆବଶ୍ୟକ ଇତ୍ୟାଦି ଇତ୍ୟାଦି ଚିନ୍ତାରେ ମୁଁ ଅନ୍ୟମନସ୍କ ହୋଇପଡ଼େ । ଯେତେବେଳେ କୋଇଲି ଉପରେ ମୋର ନଜର ପଡ଼ିଯାଏ... କ'ଣ ସେ ଭାବୁଛି... କ'ଣ ସେ କରୁଛି... ଆଶ୍ଚର୍ଯ୍ୟ

କଥା, ଡ୍ରିଲ୍ ସରିଗଲା ପରେ ଦିନେ ଦିନେ ଏଣିକି ତେଣିକି ଚାହିଁ ମନକୁ ମନ ଠିକ୍ ସେମିତି ହାତଗୋଡ଼ ଛାଟି ଡ୍ରିଲ୍ କରେ। ନିଛାଟିଆ ପଡ଼ିଆଟାରେ ଛିଡ଼ାହୋଇ କନକନ ହୋଇ ଏଣିକି ତେଣିକି ଚାହେଁ, କାଳେ କିଏ ଦେଖିଦେବ କି! ଆହା ସତକୁ ସତ ଯେମିତି ଦୁର୍ଘଟଣାଟା ବି କାଲି ଘଟିଗଲା ମୋରି ଆଗରେ।

ଦ୍ୱିପ୍ରହରର ଉଚାଟକରା ଖରାରେ ଠିଆହୋଇ କୋଇଲି ମନକୁ ମନ ଡ୍ରିଲ୍ କରୁଥିଲା ବୋଧହୁଏ। ଗୋଟିଏ ବିକଳ କାନ୍ଦଣାରେ ମୋର ଦିବାସ୍ୱପ୍ନଟା ଭାଙ୍ଗିଗଲା, ଭୂତିଆରୀ ଛାଟରେ କୋଇଲିର ମା' ତାକୁ ବାଡ଼େଇ ବାଡ଼େଇ ଲୁଗାକାନି ଧରି ଗୋଛା କରି ଟାଣିନେଉଛି ତଳେ ଘୋଷାରି ଘୋଷାରି, ପାଖରେ ଲଙ୍ଗଳା ଛୁଆଟା ରାହାଧରି ଦୌଡୁଛି...

ମୁଁ କେତେବେଳେ ଏକ ଲମ୍ଫରେ ଯାଇ ସେଠି ପହଞ୍ଚିଲି ଜାଣି ନାହିଁ। କୋଇଲିମା, କୋଇଲିମା ଶବ୍ଦରେ ହୁଏତ ପାଖପଡ଼ିଶାର ନିସ୍ତବ୍ଧ କୋଠରି କମ୍ପି ଯାଇଥିବ - ଏପରି ବିରକ୍ତ ହେବାର ଅନ୍ୟ ଏକ କାରଣ ମଧ୍ୟ ଥିଲା। କୋଇଲିମା ଯେ ମୋ ଘର ତିଆରି ହେବାଦିନୁ ଦୁଇ ମାସ ଧରି ମୂଲିଆଣୀ କାମ କରୁଛି।

ଭୂତିଆରୀ ଛାଟଟା ମୁଁ ଛଡ଼େଇ ନେଇ କହିଲି - "ଛାଡ଼... ଛାଡ଼... ତୁ କ'ଣ ପିଲାଟାକୁ ମାରିପକେଇବୁ ନା କ'ଣ?"

"ହଁ, ମୁଁ ତାକୁ ମାରି ତା' ରକ୍ତ ପିଇବି ଯାଇଁ...।"

"କ'ଣ କହିଲୁ? ଏଇ ଅନା ମୋ ହାତକୁ..." ମୁଁ ଗୋଛାଏ ଭୂତିଆରୀ ଟାଣିଆଣି ତା' ଆଡ଼କୁ ଉଞ୍ଚେଇଲି। ରାଗରେ ମୋ ଆଖିରୁ ନିଆଁ ଖସୁଥିଲା। ବର୍ବରତା, ଅସଭ୍ୟତା ମୁଁ ସହ୍ୟ କରିପାରିବି ନାହିଁ...।

କୋଇଲିମା' ଏଥର ଝିଅକୁ ଓ ଛାଟକୁ ଫୋପାଡ଼ିଦେଇ କହିଲା - "ଆଜ୍ଞା! ଆପଣ ତ ମୋତେ ବୁଝିବେନି, ଇଏ ଯଦି ଡିରିଲି କରିବ ଏଠେଇଁ ଦିନକୁ ଦିନ ଦି'ଘଡ଼ି - ମୁଁ ଚଳିବି କେମିତି? ଏଡ଼େ ବଡ ଝିଅଟା - ଘାସ ଦି'ମୁଠା ଆଣିବନି ଛେଳିଟା ପାଇଁ କି ଘଷି ଗୋବର କେଉଁଠୁ ଗୋଟାଇ ଆଣିବନି ଦିନେ... କି ଆଜ୍ଞା ଭାତମୁଠାଟା ଫୁଟେଇ ପାରିବନି, ଚାଲୁ ନାହାନ୍ତି ଦେଖିବେ, ଭାତ ବସିଥିଲା ଚୁଲିରେ... ପୋଡ଼ି ଅଙ୍ଗାର ହୋଇଛି, ବଡ଼ପୁଅଟା ମାସେ କାଳ ବିଛଣା ଧରିଛି, ଉଠୁନି - ମଝିଆଁଟା ତ ଦେଖିପାରେ ନାହିଁ ଆଖିରେ। ଠାକୁରାଣୀ କୋଉ ପାପରୁ ତା' ଆଖି ବନ୍ଦ କରିଦେଲା ସେଇ ଏକା ଜାଣେ... ଆଉ ଏ ଟୋକୀଟା କୋଉ କୂଳକୁ ବି ହବନି? ବାପ ସବାଖିଆ ମାଇପ କରିବାକୁ ପଳେଇଗଲା କଲିକତା... ମୋରି ବେକରେ ବାନ୍ଧି ଦେଇଗଲା ପୁଞ୍ଜାକ... ତେହିଁକି ଟୋକୀଟା ମରୁ ନାହିଁ କି ମତେ ମାରୁନାହିଁ..." ମୁଁ ତା'ର ସମସ୍ତ

କଥା ଶୁଣୁ ଶୁଣୁ ଭିତରେ ବେଶ ନରମ ହୋଇଯାଇଥିଲି - ମାତ୍ର ସେପରି ଭାବ ପ୍ରକାଶ କରିବାକୁ ମୁଁ ପ୍ରସ୍ତୁତ ନ ଥିଲି। ଓଲଟି ତାକୁ କହିଲି - ତୁ ତାକୁ ସ୍କୁଲରେ ନାଁ ଲେଖେଇ ଦେଉନୁ? ଘରେ ବସିଲେ ଏକୁଟିଆଟା ତା' ମୁଣ୍ଡ ଖରାପ ହୋଇଯିବନି?

ହଅ - ନାଁ ନେଖେଇଦେବି? କୋଉ ଛୁଆକୁ ସ୍କୁଲକୁ ନ ପଠେଇଛି କହିଲ? ସେ ସବାଖାଇ ହେଡ଼ମାଷ୍ଟ୍ରାଣୀ ପରା ଫେରେଇ ଦେଇଛି - କହୁଛି କି ଅମୁକ ଆଣ, ତମୁକ ଆଣ, ଦରମା କାହିଁରେ କେତେ କ'ଣ? ନ ହେଲେ ବଡ଼ପୁଅଟାକୁ ପଢ଼େଇ ମାଜିଷ୍ଟିର କରିବାକୁ ମୋର ବହୁତ ଇଚ୍ଛା ଥିଲା।

ଏଥର କୋଇଲି ମା' ଅସହାୟଭାବେ ମୁହଁଟାକୁ ବିଲବିଲେଇ କରି ପକାଇଲା। ମୁଁ ତା'ର ଶେଷକଥାରେ ହସି ଆସୁ ଆସୁ ଅଟକିଗଲି "ଏ ଝିଅଟା କଥା କହୁଛନ୍ତି ଆଜ୍ଞା! ଏଇଟାକୁ କିଆଁ ପଢ଼େଇବି ବା? ମୁଁ ତା'ରି ବୟସରେ ତା' ବୋପା ହାତଧରି ଏଠିକି ଆଇଲି - ପନ୍ଦର ପ୍ରାଣୀଙ୍କୁ ରାନ୍ଧିବାଢ଼ି, ଘଷିପାରି, ଧାନମକଚି, ଘରଦୁଆର ନିପିପୋଛି ମୋତେ ମରିବାକୁ ବେଳ ନ ଥିଲା - ମୁଁ ଡିରିଲି କରୁଥିଲି କେତେବେଳେ ନା ବହିସିଲଟ ଧରିଲି କେତେବେଳେ?"

ମୁଁ ଅତୀତର ଅନ୍ଧକାର ସହିତ ବର୍ତ୍ତମାନର ଆଲୋକକୁ ମିଶାଉଥିଲି। ହାଏ! ଚାରିପଟର ଜମାଟ ଅନ୍ଧାର ଭିତରେ ମୁଁ କେବଳ କୋଇଲିର କୁଳୁକୁଳିଆ ଆଖିପରି ଛୋଟ ଛୋଟ ଆଖିଦିଓଟି ଦେଖିପାରୁଥିଲି।

"ହେଇ ଦେଖନ୍ତୁନି ଆଜ୍ଞା! ଖଣ୍ଡିଆ ଖଡ଼ି, ସିଲଟ, ବହି... କେଢ଼େ ପାଠୋଇ ଝିଅ ମୋର। ରୋଜଗାର କରି ପେଟ ପୋଷିବ, ଆହାଲୋ... ଜହର ମିଳୁନି ବକଟେ... ଆଜି ଖାଇବୁ କ'ଣ ଖା - ନେ ଏଇଆକୁ ଖା... ମର... ମର।"

ମୋରି ଆଖି ଆଗରେ କୋଇଲି ପିନ୍ଧିଥିବା ଖଦିକାନିରୁ ଖଡ଼ି ଚାଖଣ୍ଡେ, ଭଙ୍ଗା ସ୍ଲେଟ୍ ଆଉ ଖଣ୍ଡିଏ ବହିର ପୁଟୁଳିଟା କୋଇଲିମା' ଖୋଲି ଫିଙ୍ଗିଦେଲା ତା' ଉପରକୁ। ଆଉ ଖଦିଟା ଟାଣିନେଇ ଛୁଆଟାକୁ କାଖେଇ ଏକରକମ ଧାଇଁ ଚାଲିଗଲା। ସତେକି ସମସ୍ତ ସୃଷ୍ଟି ଆଉ ତା'ର ନିୟମକୁ ଭ୍ରୂକ୍ଷେପ ସେ କରେ ନାହିଁ। ତା'ର ଯେମିତି ଆଉ କାହା ଉପରେ ଆସ୍ଥା ନାହିଁ, ଶତଛିନ୍ନ ପ୍ୟାଣ୍ଟଟି ପିନ୍ଧି ଅସ୍ଥିକଙ୍କାଳସାର କଳା ମଚ ମଚ ଝିଅଟି କୁଙ୍କୁରିକାଙ୍କୁରି ହୋଇ ମୋ ସାମ୍ନାରେ ଛିଡ଼ାହୋଇ ରହିଛି। ଦେହସାରା ଘାସ ଆଞ୍ଚୁଡ଼ା... ଛିଟିକି ଉଠିଛି ରକ୍ତର ଆଭା। ବୋଧହୁଏ ବାର ତେର ବର୍ଷ ହେବ... ଯୌବନ ଯେମିତି ଆଖି ପକାଇବାକୁ ଭୁଲିଯାଇଛି ଝିଅଟାକୁ, ଅଥଚ କ'ଣ ଭାବି ମା' ତା'ର ନାଁ ଦେଇଥିଲା କେଜାଣି! ମକଚାମକଚି ଛିଣ୍ଡା ବହି, ଭଙ୍ଗା ସ୍ଲେଟକୁ ଅନେଇ କୋଇଲିର ଆଖିରୁ ଝରିଯାଉଥିଲା ଲୁହ। ମୁଁ ଯେମିତି କ'ଣ କହିବି କହିବି କହିପାରୁ

ନ ଥିଲି। ଏକ ଏକ ପରିସ୍ଥିତିରେ ମଣିଷ ଯେମିତି ଭାଙ୍ଗିପଡ଼େ, ସେମିତି ହୁଏତ ଅହେତୁକ କରୁଣାରେ ମୋର ଆଖିରେ ଅଶ୍ରୁ ଆସିଯାଇଥିଲା। ହଠାତ୍ ଗଗନ ପବନ ଭେଦି ଦୂରରୁ ଭାସିଆସିଲା - "କୋଇଲି - ଲୋ... ଲୋ ସବାଖାଇ, ଛତରଖାଇ... ଆଇଲୁ ନା... ଫେର୍ ଦେଖୁଛୁ ମୋତେ ଲୋ କୋଇଲି।" ଚମକି ପଡ଼ିଲି ମୁଁ। ବତାସ ଯେମିତି ପୃଷ୍ଠା ପରେ ପୃଷ୍ଠା ଉଡ଼େଇନେଲା କେଉଁଆଡ଼େ... କେଉଁଠୁ ଭାସିଆସିଲା ଯେମିତି ଦଦରା ରଫୁଆ କଣ୍ଠରେ - "ଲୋ ରେବୀ। ଲୋ ନିଆଁ - ଲୋ ଚୁଲି !"

ଗ୍ରୀଷ୍ମର ପ୍ରଚଣ୍ଡ ତାପରେ ବି ମୋ ଦେହ ଶିରଶିରେଇ ଉଠିଲା। ମୁଁ ଦୁଇ କାନରେ ଆଙ୍ଗୁଠି ଦେଇ ସ୍ତବ୍ଧ ହୋଇ ଛିଡ଼ା ହୋଇଥିଲି। ଛାଟ ମାରିଲାପରି ପ୍ରାଣ ବିକଳରେ ଧାଇଁ ଯାଉଥିଲା କୋଇଲି। ଖରାର ଚକ୍ ଚକ୍ ଛୁରୀ ଯେମିତି ତା' କଳା ପତଳା ଦେହକୁ ଛୁଇଁପାରୁ ନ ଥିଲା।

କୋଇଲିମା'ର ଉଗ୍ରମୂର୍ତ୍ତି ମୁଁ ଦେଖିପାରୁଥିଲି ଦୂରରୁ। ସାତ ଦିନ ସାତ ରାତି କଜିଆ କରିବାର ଖ୍ୟାତି ତା'ର ଏ ଅଞ୍ଚଳରେ ବିଦିତ। ସେମିତି ଅଚଳ ନ ହେଲେ କେହି ତା' ସାଙ୍ଗରେ କଥା କହିବାକୁ ବି ଚାହିଁବ ନାହିଁ...।

ମୁଁ କୋଇଲିର କଥା ଭାବୁ ଭାବୁ ଘରକୁ ଫେରି ଖଟ ଉପରେ ଗଡ଼ିପଡ଼ିଲି। ପାଖ ଖଟରେ ରୋଜି ଶୋଇଯାଇଛି। ମୁଦ୍ରିତ ଆଖିପତା ଦେଇ ମୁଁ କୋଇଲିକୁ ଖୋଜୁଥିଲି ରୋଜି ଭିତରେ, ଆଉ ଟିକେ ଗଲେ ସେ ଉଠିବ, ତା'ପରେ ଟିଉସନମାଷ୍ଟରଙ୍କ ପାଇଁ ପ୍ରସ୍ତୁତ ହୋଇରହିବ ଏବଂ ତା'ପରେ ସନ୍ଧ୍ୟାରେ ତା'ର ବନ୍ଧୁ ସୋନିର ଜନ୍ମଦିନ ପାର୍ଟିରେ ଯୋଗ ଦେବାକୁ ଚାଲିଯିବ। ଅଧା ଦିନର ପ୍ରୋଗ୍ରାମ ଏତକ। ସେଥିପାଇଁ ଘରେ କେତେ ଯୋଜନା, କେତେ ବ୍ୟସ୍ତତା, କେତେ ଆୟୋଜନ। ଅଥଚ... ବାଜେ କଥା - ନିହାତି ଅବାନ୍ତର, ମୋର କୋଇଲି ପାଇଁ ଶୋକ। କେବଳ ଗୋଟାଏ... କେବଳ ଗୋଟାଏ ଖେୟାଲ - ଯେଉଁ ଖେୟାଲକୁ ମୁଁ ବଳବତ୍ତର କରିପାରିବି ନାହିଁ ତାହା ଉପରେ ମୋର ବିଳାସ ବୋଲି ଯାହାକୁ ସମସ୍ତେ ହସି ଉଡ଼ାଇଦେବେ। ତା' ପରଦିନ ଶନିବାର ଯୋଗୁଁ ପୁଣି ଡମ୍ ଡମ୍ କରି ବାଜା ବାଜିଉଠିଲା। ନିଦ ଭାଙ୍ଗିଗଲା ସତେବା କେଉଁ ପ୍ରତୀକ୍ଷିତ ମୁହୂର୍ତ୍ତର ଆଗମନରେ। ମୁଁ ଯାଇ ରେଲିଂରେ ମୁହଁ ଚାପି ଛିଡ଼ା ହେଲି। ରୋଜିକୁ କେତେବେଳେ ଆୟା ନେଇ ଛାଡ଼ିଆସିଚି... କାରଣ ଡ୍ରିଲ୍ କରିବାକୁ ସେ ମୋଟେ ମଙ୍ଗେ ନାହିଁ, ମାତ୍ର ଶରୀର ଗଠନ ପାଇଁ ବିଶେଷତଃ ଯେଉଁ ଶରୀର ଅଧିକ ଯତ୍ନ, ପ୍ରୋଟିନ୍, ଫ୍ୟାଟ୍ ଡାଏଟ୍‌ରେ ଲାଳିତ ତା'ପାଇଁ... ଡ୍ରିଲ୍ ବ୍ୟତୀତ ଭଲ ମେଡିସିନ୍ ତ କିଛି ନାହିଁ।

କିନ୍ତୁ ମୁଁ ରୋଜିକୁ ଖୋଜୁ ନ ଥିଲି, ଖୋଜୁଥିଲି କୋଇଲିକୁ - ମାତ୍ର ତା'ର

ଦେଖା ନାହିଁ; ବୋଧହୁଏ ମା'ର ମାଡ଼ ଯୋଗୁଁ ଦେହ ବାଧକରେ ଶୋଇଯାଇଛି କିମ୍ବା ଘରେ ମା' ଜଗିବସିବାରୁ ସେ ଆସିପାରୁ ନାହିଁ। କୋଉଠି ଗୋଟିଏ ଅଜଣା ବେଦନାର ଯନ୍ତ୍ରଣାରେ ମୋର ଛାତି ଭିତରଟା ଥରିଉଠିଲା। ଏତେ ସୁନ୍ଦର ଝିଅମାନଙ୍କର ରୂପ, ବିଦ୍ୟା, ମହତ କେବଳ କୋଇଲିର ଉପସ୍ଥିତିରେ, କୋଇଲିର ମାନଦଣ୍ଡରେ ଝଟକିଉଠେ ସିନା ନ ହେଲେ ଏ ତ ଅତି ସାଧାରଣ କଥା।

ଦ୍ୱିପ୍ରହରରେ ମୁଁ ପୁଣି ଝରକା ଖୋଲି ଖେଳପଡ଼ିଆକୁ ଚାହିଁଲି। କେହି ନାହିଁ ନା ସେ ଆସିବ ନାହିଁ। ତଥାପି ମୋତେ ଅସ୍ଥିର ଲାଗୁଛି... ନିଦ ଆଉ ହେବନି କି ବିଶ୍ରାମ ନେଇ ହେବନି। ମୁଁ ମୋ ଅଜାଣତରେ କୋଇଲିମା' ଘର ପାଖରେ ପହଞ୍ଚି ଯାଇଥିଲି। ଖୋଲା ଅଗଣାର ଚାଳ ଛାଇତଳେ କୋଇଲିମା' କାଠ ପାନିଆଟା ଧରି କୋଇଲିର ମୁଣ୍ଡ କୁଣ୍ଡାଉଛି, ଗୋଟାକୁ ଗୋଟା ଉକୁଣି ଆଣି ନଖ ଟିପରେ ଦଳି ଦେଇଯାଉଛି। ଆଉ କୋଇଲି? ଖଣ୍ଡିଆ ସ୍ଲେଟ୍‌ଟା ଧରି କ'ଣ ଗୁଡ଼ାଏ ଗାରେଇ ଚାଲିଛି... ବେଳେ ବେଳେ ଛିଣ୍ଡା ବହିଟା ମେଲେଇ କ'ଣ ଦେଖିପକେଇ ଲେଖୁଛି। ସେଥିରେ ମୁଣ୍ଡ ହଲିଯାଉଛି। ଆଉ କୋଇଲିମା'ର ଟାଣୁଆ ମୁଥ ଗାଲରେ ବାଜୁଛି। ଜଟଟିଏ ଯେନତେନ ପ୍ରକାରେଣ ପକେଇ ଅଣ୍ଟାରୁ ଗୋଟିଏ ନାଲି ପ୍ଲାଷ୍ଟିକ୍ ପ୍ରଜାପତି ବାହାର କରି ମୁଣ୍ଡରେ ଖୋସିଦେଲା ତା' ମା'। ତା'ପରେ ଗିନାରୁ ଟିକେ ହଳଦୀ ଆଣି କୋଇଲି ମୁହଁରେ ମାରିଦେଲାକ୍ଷଣି ଚିର୍‌ଚିରେଇ ଉଠିଲା ସେ। ମା' ଗର୍ଜିଉଠିଲା – "ଆହା ଲୋ କାଳୀ। କେତେ କଷ୍ଟରେ ହଳଦୀ ମାଳପା ଯୋଗାଡ଼ କରି ଆଣିଛି .. ଟୋକୀର ମନକୁ ପାଉନି। ପାଉଡର ଆଣିବି ଆ'ପେଇଁ। ଦେଖିବାକୁ ଆସିବେ ବୋଲି ଦି' ଦିନ ହେଲା ମୋ ଆଖିକୁ ନିଦ ନାହିଁ, ଇଏ କ'ଣ ନା ବହିବସ୍ତାନି ମେଲୁଛି। ଯାବତ୍ ଖରାପ କଥା ସେଇ ଇସ୍କୁଲ ଶିଖେଇଛି... କିଲୋ ତୁ ସେ ଝିଅଙ୍କ ସରି? ପାଠ ପଢୁଛି। ଖବରଦାର, ଶଶୁର ଯେମିତି ନ ଜାଣେ – ପକା ସେ ସିଲଟଖଡ଼ି, ମାଇକିନିଆ ଝିଅ।"

ମୁଁ ପାଟିକରି ଉଠିଲି –

"କ'ଣ କିଲୋ କୋଇଲିମା'! ଝିଅକୁ ବାହାଦେବୁ ନା କ'ଣ?"

"ନାଇଁ ଆଜ୍ଞା! ଆପଣ କେତେବେଳେ ଅଇଲେ! ଯା'ବା ଟୋକୀଟା, ଅନେଇଛୁ କ'ଣ? ମସିଣାଟା ଆଣେ।"

"ନା-ନା ଥାଉ, ଦରକାର ନାହିଁ। କୋଇଲିକୁ କ'ଣ ବାହା ଦେଉଛୁ କିଲୋ?"

"ହଁ ବାବୁ! ଭାଗ୍ୟରେ ଥିଲେ ହେବ। ଆଜି ଦେଖିବାକୁ ଆସିବେ, ସେଇଥିପାଇଁ ମାଳପା ହଳଦୀ ଟିକେ ମାରି ଦେଉଥିଲି। କିଛି ନାହିଁ ଯେ... ହେଲେ

ମୋର ତ ମାନମହତ ଅଛି । ବଡ଼ ଘର... ଧାନ ଅମାର ଦି'ଟା... ଟୋକାଟା ଦେଖିବାକୁ କାର୍ତ୍ତିକ ପରି... ତମେ ଚିହ୍ନିନା କି ବାବୁ, ସେଇମ କରୁଣି ଡ୍ରାଇଭରର ପୁଅ - କ'ଣଟି ତା' ନାଁ? ହଁ ଲଇଖଣ ।" ମୋ ମୁଣ୍ଡ ଘୂରିଗଲା । ଲକ୍ଷ୍ମଣକୁ ବୟସ ୩୫ ଉପରେ । ସେଇଥିରେ ଫେର ତା'ର ପ୍ରଥମ ସ୍ତ୍ରୀ ମରିଛି । ଦ୍ୱିତୀୟ ସ୍ତ୍ରୀର ତିନୋଟି ପିଲା - ସେମାନଙ୍କୁ ସେ ଘରୁ ତଡ଼ିଦେଇଛି ବର୍ଷେ ହେଲାଣି । ମଦ ଖାଇ ଏଣେତେଣେ ବୁଲି ସେ ବାପ ଉପରେ ଚଢ଼ଉ କରୁଛି ବୋଲି କେତେଥର କରୁଣି ମୋତେ ମନଦୁଃଖ କରି କହିଥିବ । ସେଇ ଲକ୍ଷ୍ମଣ ସାଙ୍ଗରେ କୋଇଲି ଭଳି ଗୋଟିଏ ଅଳ୍ପବୟସ୍କ ଝିଅ... !

ମୁଁ ଗର୍ଜିଉଠିଲି -

"ତୋତେ ସେ କେତେ ଟଙ୍କା ଦେଇଛି କୋଇଲିମା'? ଜାଣୁ ଏମିତି କଲେ ପୋଲିସ୍ ତୋତେ ଧରିନେବ - ସରକାର ତୋତେ ଜେଲ ଦେଇଦେବ... ଆଇନ୍ ଆଖିରେ..."

ମୋ କଥା ଅଧା ରହିଗଲା । କୋଇଲିମା' ଅଣ୍ଟାରେ ଲୁଗାଟା ଭିଡ଼ିଦେଇ କହିଲା-

"ହଁ ଖବରଦାର, ମୋ ଘରେ ଛିଡ଼ା ହୋଇ ମୋ ମୁହଁରେ କଥା କହିବନିଟି ! ମୁଁ ସରକାର ପୁଲିସି କାହାକୁ ଡରେନି । ମୋ ଇଚ୍ଛା, ମୋ ଝିଅ, ମୁଁ ଯାହା କରିବି । ଏଁ ସରକାର ଦେଖଉଛ ? ତା' ଆଖି କ'ଣ ଫୁଟି ଯାଇଛି କି ? - ଘରେ ଖାଇବାକୁ ନାହିଁ, ମୁଣ୍ଡ ଗୁଞ୍ଜି ରହିବାକୁ ସ୍ଥାନ ବକଟେ ନାହିଁ, ଚାରି ଚାରିଟା ପିଲାଙ୍କୁ ଛାଡ଼ି ମୋ ଗେରସ୍ତ ଯେତେବେଳେ ପଳେଇଲା ମୁଁ କ'ଣ ପୁଲିସିକି କହି ନ ଥିଲି ନା ସାଇ ସାଇ ବୁଲି ବାବୁଭୟାଙ୍କୁ କହି ନ ଥିଲି ? କିଏ ଆଇଲା ବା ସେତେବେଳେ ମୋ ଛୁଆଙ୍କ ତୁଣ୍ଡରେ ଢୋକ ଦେବାକୁ ? ହେଇଟି, ମାସେ ହେଲା ବଡ଼ପୁଅ ରୋଗରେ ପଡ଼ିଛି - ଡାକ୍ତରଖାନା ବାଲା ରଖିଲେନି, ଫେରେଇଦେଲେ । ଚାଉଳ ଗଣ୍ଡାଏ ଆଠଦିନରେ ମିଳୁନି - କେଉଁଠି ସରକାର ପୁଲିସ ଅଛନ୍ତି ଶୁଣେ ? ହଁ - ସେଇ ଲଇକ୍ଷଣ ଅଛି ବୋଲି ମୁଁ ଜୀବନ ଧରିଛି... ଯେତେବେଳେ ଯାହା କହିବି ତା' ଆଣି ଥୋଇବ । ହେଇ ଦେଖୁନା ଟଙ୍କା ଦଶଟା ବାହା ଜିନିଷ କିଣିବାକୁ ଠକ୍ ଠକ୍ ଗଣି ଦେଇଯାଇଛି... ।"

କୋଇଲିମା' କାନି ଗଣ୍ଠିଟା ଖୋଲିବାକୁ ଗଲାବେଳେ ମୁଁ ଆଉ ଛିଡ଼ା ହୋଇପାରିଲିନି । ଆଖି ବୁଜି ଏକରକମ ଦଉଡ଼ି ଚାଲିଆସିଲି । ପଛରୁ କୋଇଲିମା'ର କଣ୍ଠ ବର୍ଚ୍ଛା ପରି ବିନ୍ଧୁଥିଲା - "ହଅବା । ଶୁଖିଲା ସୁଆଗ, ମହତ୍ ବାଣୀ ଶୁଣି ଶୁଣି ତ ବୁଢ଼ୀ ହେଲି - ନ ଦେଖିଲା ଓଉ ଛ ଫଡ଼ା ।"

ଆଠ ଦିନ ପରେ ସନ୍ଧ୍ୟାବେଳେ ମୁଁ ଦିଲ୍ଲୀ ବାହାରୁଥିଲି । ରୋଜିକୁ ନେଇ ଦିଲ୍ଲୀ ଲରେଟୋ କନ୍‌ଭେଣ୍ଟରେ ଆଡ୍‌ମିସନ୍ ଦେବାର କଥା । ପ୍ଲେନ୍ ସମୟ

ହୋଇଆସୁଥିଲା। ରୋଜିକୁ ବହୁ ଦୂରରେ ଛାଡ଼ି ଆସିବାକୁ ଭାବି ମୁଁ ବ୍ୟସ୍ତ ହୋଇପଡୁଥିଲି। ପରିପୁଷ୍ଟ ସ୍ୱାସ୍ଥ୍ୟ ନେଇ ଗୋଲାପୀରଙ୍ଗର ପୋଷାକରେ ସେ ଯେତେବେଳେ ଆସି ମୋ ପାଖରେ ଛିଡ଼ା ହେଲା – ସତେବା ସେ ଏକ ଫୁଟନ୍ତ ରକ୍ତ ଗୋଲାପ। ମୁଁ ଭାବାବେଗ ଓ ବେଦନାରେ ତାକୁ କୁଣ୍ଢାଇ ଧରିଲାବେଳେ କିଏ ଯେମିତି ନସର ପସର ହୋଇ ଘର ଭିତରକୁ ପଶି ଆସିଲା। କୋଇଲିମା' ଓ କୋଇଲି, ଚାହିଁ ଦେଖିଲି ହଳଦୀ ଗୁରୁଗୁରୁ କୋଇଲିର କଳା ଦେହକୁ। ମୁଣ୍ଡରେ ସେହି ପ୍ରଜାପତିଟି – ଦେହରେ ନାଲି ରଙ୍ଗର କସ୍ତାଟିଏ। ହାତରେ ଚୁଡ଼ି ଦି' ଗୋଛା। କୋଇଲିମା' କହିଲା – "ବାବୁଙ୍କୁ ଓଳଗି ହଅ। ଅନେଇଛୁ କ'ଣ ବା ଡେମଣାଟା ପରି? ବାହାଘରଟା ଦୁଃଖେସୁଖେ ହୋଇଗଲା ବାବୁ! ବରକୁ ଦି'ଓଳି ରଖିଲି ଘରେ। ଆଉ ପାରିବି ନାହିଁ – ଆଜି ବିଦା କରିଦେଉଛି। ସେଇପାଇଁ ନେଇଆସିଲି।"

କୋଇଲି ମତେ ମୁଣ୍ଡ ଲଗାଇ ଦଣ୍ଡବତ ହେଲା। ଉଠିଲା ବେଳକୁ ଦେଖିଲି ତା' ମୁହଁକୁ। ସେ କ'ଣ ତେବେ ବିଭାଘରର ମାନେ ବୁଝିଛି? ବୁଝିଛି ଦୁଃଖସୁଖ ଜଞ୍ଜାଳଭରା ଘର ଆଉ ତା' ଭିତରେ ସହଯୋଗୀ ଜୀବନର ପରମ ସାଥୀ ସ୍ୱାମୀକୁ? ନା ସବୁ ଝିଅ କାନ୍ଦନ୍ତି ବୋଲି ସେ କାନ୍ଦୁଛି? ତା' ମୁହଁକୁ ମୁଁ ଚାହିଁପାରୁ ନ ଥିଲି। ମୋର ସମସ୍ତ ଶକ୍ତି ସତ୍ତ୍ୱେ ମୋ କଲିଜା ଭିତରଟା କାନ୍ଦି ଉଠୁଥିଲା ରୋଜିକୁ କୁଣ୍ଢାଇ ଧରି।

ପଛକୁ ଫେରିଲା କୋଇଲି। ଅଣ୍ଟାରୁ ତା'ର ଝଣ୍ କରି କ'ଣଟାଏ ପଡ଼ିଗଲା। ତଥାପି ସେ ତାକୁ ନଇଁପଡ଼ି ଗୋଟାଇ ନେବାକୁ ଗଲାବେଳେ ମା' ତା'ର ହାତ ଉପରେ ଗୋଡ଼ ଚାପି କହିଲା– "ନାଜ ସରମ ସବୁ ପୋଡ଼ି ଖାଇଲୁଣି ଲୋ ଚଣ୍ଡାଲୁଣୀ, ତତେ ସରମ ନାହିଁ – ଶାଶୂଘରକୁ ଅଣ୍ଟାରେ ଗୁଞ୍ଜି ଖଡ଼ି ନଉଚି କ'ଣ ନା ପଢ଼ିବ ପାଠ? ମତେ ଯା ମରଣ ନ ହେଲା।" କୋଇଲି ଖଡ଼ି ଗୋଟେଇ ନେଇପାରିଲାନି। ମା' ତାର ହାତଧରି ଘୋଷାରି ନେଇ ଚାଲିଗଲା ଯେମିତି ଆସିଥଲା ସେମିତି – ସତେ କି ଉଲ୍‌କା। ସତେକି ଗୋଟାଏ ଧୂମକେତୁ।

ମତେ ଆଉ ବେଳ ନାହିଁ। ମୁଁ ତରତରରେ ରୁମ୍ ବନ୍ଦ କରି ତଳକୁ ଧାଇଁଲି ରୋଜି ସହିତ।

X X X X

ଏକମାସ ଛୁଟି କଟେଇ ମୁଁ ଯେତେବେଳେ ଶୂନ୍ୟ ମନରେ ଘରକୁ ଫେରିଆସୁଥିଲି ସେତେବେଳେ ସୂର୍ଯ୍ୟ ଅସ୍ତ ହେବା ଉପରେ। କିପରି ଗୋଟିଏ ନିଃସଙ୍ଗତା ମୋତେ ଗ୍ରାସ କରି ଆସୁଥିଲା ଗୋଧୂଳି ଆକାଶକୁ ଚାହିଁ।

ହଠାତ୍ ଦେଖା ହୋଇଗଲା କୋଇଲିମା' ସହିତ। କେମିତି ଏକ ବୋକା ଚାହାଣିରେ ସେ ମୋତେ ଅନେଇଛି ସତେ କି ଚିହ୍ନି ପାରୁନି। ସତେ କି ମୁଁ ଏକ ଅଜଣା ଦେଶର ଅପରିଚିତ ବ୍ୟକ୍ତି। ମୁଁ କାର୍‌ରୁ ଓହ୍ଲେଇଲା କ୍ଷଣି ସେ ମୋତେ କୁଣ୍ଢେଇ ପକେଇ କହିଲା -

"ଦିଦୀମଣିକୁ ଛାଡ଼ି ଅଇଲ କାହୁଁ। ପଳେଇ ଯିବନି? ଏକଲା କେମିତି ରଖି ଆଇଲ? ଅନ୍ଧାର ରାତିରେ ପଳେଇଯିବ ଯେ... ନଈରେ ପଡ଼ିଯିବ... ରଶି ଲଗାଇଦେବ... କି କନିଅର ମଞ୍ଜି ଖାଇଦେବ... ଆହା, କାହିଁକି ଛାଡ଼ି ଆଇଲ... କୋଇଲି... କୋଇଲିଲୋ... ଲୋ ସବାଖାଇ।"

ଏପରି ଅସଂଲଗ୍ନ କଥା ଭିତରେ ବୁକୁଫଟା ଆର୍ତ୍ତନାଦ ମୁଁ କୋଇଲିମା'ଠାରୁ କେବେହେଲେ କଳ୍ପନା କରି ନ ଥିଲି। ଫେରେ ମୋତେ ଏତେ ଜୋର୍‌ରେ ଜାବୁଡ଼ି ହାଉ ହାଉ ହେଉଛି ଯେ;

ମୋର ଡ୍ରାଇଭର ରହେମାନ୍ ପାଟିକରି ଉଠିଲା - "ଏ ବୁଢ଼ୀ! ଛାଡ଼ିଲୁ....।" ରହେମାନ୍ ତାକୁ ଏକରକମ ଟାଣିନେଇ ବାରଣ୍ଡାରେ ବସାଇଦେଲା। ଆଣ୍ଠୁ ଭିତରେ ମୁହଁ ଗୁଞ୍ଜି ସେ ଏକପ୍ରକାର ବିଡ଼୍ ବିଡ଼୍ ହେବାକୁ ଲାଗିଲା। ମୁଁ ରହେମାନ୍‌କୁ ଅନେଇଥିଲି ଘଟଣା କ'ଣ ଶୁଣିବାପାଇଁ - "ଝିଅଟାର ତ ବାହାଦେବା ଦିନ ଆପଣ ଦିଲ୍ଲୀ ଚାଲିଗଲେ। ଆଠଦିନ ଯାଇନି ଝିଅଟା କୁଆଡ଼େ ପଳେଇଲା - ପଳେଇବ କାହିଁକି ବାବୁ, ଲକ୍ଷଣା ତାକୁ ମଦଖାଇ ମାରି କୋଉଠି ପୋତି ପକେଇଛି କି କ'ଣ! ଆମ ଜଣାଶୁଣାରେ କେତେ ଖୋଜିଲୁଣି। କୋଉଠି ହେଲେ ଲାସ୍ ମିଳୁନି। କିଏ କହୁଛି ନଈକି ଡେଇଁଛି, କିଏ କହୁଛି ବିଷ ଖାଇଛି, ସେଥିରେ ତା' ମା' ମୁଣ୍ଡ ଖରାପ ହୋଇଗଲାଣି ବାବୁ! ରାତି ସାରା ବୁଲୁଛି - ଗାଳି ଦେଉଛି, ହସୁଛି ପୁଣି ଝିଅ ନାଁ ଧରି ଏମିତି ଡକା ପକଉଛି ଯେ..."

ଆଉ କିଛି ଶୁଣିବାକୁ ଧୈର୍ଯ୍ୟ ମୋର ନ ଥିଲା, ସାହସ ନ ଥିଲା କି ଆବଶ୍ୟକତା ନ ଥିଲା, କୋଇଲିମା'କୁ ସାନ୍ତ୍ୱନା ଦେବାକୁ ଆଦୌ ଆଗ୍ରହ ବି ନ ଥିଲା। ମୁଁ ଶିଡ଼ି ପରେ ଶିଡ଼ି ଦେଇ ଉଠିଗଲି ଉପରକୁ। ଶୂନ୍ୟ, ଶୂନ୍ୟ ଘର ଆଉ ଶୂନ୍ୟ ପୃଥିବୀ।

ମୁଁ ରୁମ୍ ଖୋଲି ସ୍ତବ୍ଧ ହୋଇଗଲି। ମୋର ମାର୍ବଲକରା ଚଟାଣରେ ଛୋଟ ଛୋଟ କେତେଖଣ୍ଡ ଧଳା ଚକ୍‌ଖଡ଼ି। ହଠାତ୍ ଝଲକାଏ ପବନ ଘର ଭିତରକୁ ନେଇ ଆସିଲା କରୁଣ ଆର୍ତ୍ତନାଦ, "କୋଇଲି... ଲୋ... କୋଇଲି... ଆଲୋ ସବାଖାଇ - କୁଆଡ଼େ ଗଲୁ ଲୋ... ମୋ ରାଣୀଟା ପରା,.. ମୋ ବାଇଆଣୀ ଲୋ... ଆ... ଆଲୋ।

କୋଇ... ଆ... ଆ... ତୋ ଖଡ଼ି ସିଲଟ ବହିବସ୍ତାନି ରଖିଛି ଲୋ... ଆ... ଆ... ଆ... ଆ... ଲୋ କୋଇ... ଆ!"

ସତେ କି ସେ ଡାଳରେ ବସିଛି ପତ୍ର ଗହଳି ଭିତରେ କି ଉଡ଼ିଯାଇ ବସିଛି ଗୁମାନ କରି କୋଉ ଘରର ମଥାନ ଉପରେ କିମ୍ବା ଆକାଶ ବୁକୁରେ ଉଡ଼ିବୁଲୁଛି ଅମାନିଆ ଅଝଟିଆ ହୋଇ, କୋଉ ଫାଲଗୁନ୍‌ର ମଳୟ ସନ୍ଧାନରେ!!!

■

ଆରୋହଣ

ସେ ଜାଣିଥିଲା ଯେ ସେ ଲୋକଟି ଭଲ। କିନ୍ତୁ କି ରକମର ଭଲ ତା'ର କୌଣସି ସଂଜ୍ଞା ତାକୁ ଜଣା ନ ଥିଲା। ଅଥବା ସେ ତା' ଉପରେ କିଛି ଜବାବ ନିଜକୁ କିମ୍ବା କାହାକୁ ଦବାର ଆବଶ୍ୟକତା କେବେ ହେବ ଭାବି ନ ଥିଲା।

ମାତ୍ର ଏହା ନିଶ୍ଚିତ ସତ ଯେ ପ୍ରତିଦିନ ସୂର୍ଯ୍ୟ ଉଦୟ ପରି ସାବିତ୍ରୀକୁ ଦୁଇ ହାତରେ ପ୍ଲାଷ୍ଟିକ୍ ଝୁଡ଼ି ଓହଳାଇ ବଜାରରୁ ଫେରିଲାବେଳେ କିମ୍ବା ବଜାର ଭିତରକୁ ପ୍ରବେଶ କଲାବେଳେ ଲୋକଟି ସହିତ ସାମ୍ନା କରିବାକୁ ହୁଏ। ନିଜର ଅଜାଣତରେ ତା' ଆଖି ସହ ନିଜ ଆଖି ମିଶିଯାଏ ମୁହୂର୍ତ୍ତକ। ଯାହା - ବାସ୍ ତା'ପରେ ଯେଝା ବାଟରେ ଯେଝା ଯିବା କଥା।

ସାବିତ୍ରୀ ପ୍ରଥମେ ପ୍ରଥମେ କିଛି ଭାବୁ ନ ଥିଲା। ହୁଏତ ତା'ର ଯିବା ଆସିବା ସମୟ ସହିତ ସାବିତ୍ରୀର ସମୟ ଖାପ ଖାଉଛି। ଏହାଛଡ଼ା ଆଉ ଏଇ ପରିଣତ ବୟସରେ ଏବଂ ଜୀବନର ଅମାପ ଜଞ୍ଜାଳ ଭିତରେ ଅନ୍ୟ ବିଷୟ ଚିନ୍ତା କରିବାର ବିଳାସବୋଧ ସାବିତ୍ରୀର ନାହିଁ। ଲୋକଟି ଭଲ ବୋଲି ଏକ ନିଧାର୍ଯ୍ୟ ମତ ତା'ର ମନରେ ଆସିଥିଲା। କାରଣ ଅନ୍ୟମାନଙ୍କ ପରି ସେ ତାକୁ ଆଖି ମାରୁ ନ ଥିଲା କି କଣେଇ କଣେଇ ବୁଲିପଡ଼ି ଚାହୁଁ ନ ଥିଲା କିମ୍ବା ଅନ୍ୟ କିଛି କୁତ୍ସିତ ଅଙ୍ଗଭଙ୍ଗୀ କରୁ ନ ଥିଲା। ସେ ଜାଣେ କାହିଁକି ଡାଲି ଚାଉଳ ମାଛ ପରିବା କିମ୍ବା ଶାଢ଼ି ପୋଷାକ ଦୋକାନରେ ପୁରୁଷଲୋକମାନେ ଅଜଣା ଅଚିହ୍ନା ସ୍ତ୍ରୀଲୋକମାନଙ୍କୁ ବୟସ ନିର୍ବିଶେଷରେ ଅନେଇ ରହନ୍ତି ଏବଂ ପରିହାସରେ ଆକ୍ଷେପ ବି କରନ୍ତି।

କିନ୍ତୁ ଏଇ ଲୋକଟିର ବୋଧେ ସେସବୁ ଅଭିପ୍ରାୟ ନ ଥିଲା। ଏମିତିକି ପଛ ପଟରୁ ବୁଲିପଡ଼ି ଚାହିଁବାର ମଧ୍ୟ ସେ ଦେଖି ନ ଥିଲା। ତେଣୁ ବୋଧହୁଏ ପ୍ରତିଦିନ ତାକୁ ଦେଖିବା ପାଇଁ ସାବିତ୍ରୀର ଇଚ୍ଛା ହୁଏ। ସେଇ ନୀରବ ଆଖିର ଭଲଲୋକିପଣିଆରେ

ଦିନସାରାର ଆବର୍ଜନା ଯେମିତି ତା'ର ଧୋଇଧାଇ ସଫାସୁତୁରା ହୋଇଯାଏ। ତା'ପରଦିନ ସାରାର କ୍ଳାନ୍ତି ଭୁଲି ପରିବା ଚାଉଳ ଡାଲି ଔଷଧପଥି ଝୁଡ଼ିରେ ପୂରାଇ ଘରକୁ ଫେରେ ସାବିତ୍ରୀ... ଭାଙ୍ଗି ଯାଉଥିବା ତା'ର ପୃଥିବୀକୁ ସଜାଡ଼ି ନେବା ପାଇଁ ପୁଣି ଥରେ ରାତିରେ ଶୋଇ ସକାଳ ପାଇଁ ଉଠିବାର ଆଗ୍ରହ ରଖି।

ଜୀବନରେ ଅନୁଭବ କରିଥିବା ଖୁବ୍ କମ୍ ଭଲ ଅନୁଭୂତି ଭିତରୁ ଏହା ତା'ର ଗୋଟିଏ।

ତା'ର ତିରିଶ ବର୍ଷ ବୟସ ଭିତରେ ସବୁ ଅଭାବନୀୟ ଦାରୁଣ ପରିସ୍ଥିତିର ସେ ମୁଖାମୁଖି ହୋଇ ଆସିଲା ନାହିଁ ତ ବଞ୍ଚି ବି ରହିଲା ଏବଂ ତା' ଭିତର ଦେଇ ବଞ୍ଚିବାକୁ ତାକୁ ସଂଗ୍ରାମ ମଧ୍ୟ କରିବାକୁ ପଡ଼ିଲା।

ଟ୍ରକ୍ ଆକ୍ସିଡେଣ୍ଟରେ କେଶବର ଗୋଡ଼ଟା ଯେଉଁଦିନ କଟିଗଲା ଏବଂ ମୁମୂର୍ଷୁ କେଶବକୁ ଯେତେବେଳେ ରକ୍ତ ଜୁଡୁବୁଡୁ ଅବସ୍ଥାରେ ଲୋକଗୁଡ଼ାକ ଟେକି ନେଇଗଲେ, ସେତେବେଳେ ସାବିତ୍ରୀ ତା'ର ଦେହ ମୁଣ୍ଡରେ ଏପରି ଦାରୁଣ ଯନ୍ତ୍ରଣା ଅନୁଭବ କରିଥିଲା ଯେ ତା'ର ଜ୍ଞାନ ଲୋପ ହୋଇଯାଇଥିଲା। ଏବଂ ଆଶ୍ଚର୍ଯ୍ୟ, ତା'ର ମନେ ଅଛି ଯେ ସେ ଭାବୁଥିଲା ସେ ବୋଧେ ମରିଯାଉଛି... ଏବଂ ମୃତ୍ୟୁର ଯନ୍ତ୍ରଣାରେ ସେ ଖୁସି ହେବାକୁ ଚେଷ୍ଟା କରୁଥିଲା। (କାରଣ ତାହାହିଁ ସେ ଭାବୁଥିଲା ଯନ୍ତ୍ରଣାର ଶେଷ ସୀମା)। କିନ୍ତୁ ତା'ପରେ ପୁଣି ଯେମିତି ଜୀବନ୍ୟାସ ପାଇଲା ପରି ସେ ଉଠିଲା କେଶବର ଅକ୍ଷମ ଦେହ ଓ ବିକଳ ମୁହଁକୁ ଚାହିଁ! ସେ ଦମ୍ଭ ନେବାକୁ ମଧ ବଳ ପାଇଗଲା, ଏମିତିକି ଛୋଟ ପିଲା ଦି'ଟାଙ୍କୁ ଭାତ ଖୁଆଇଲାବେଳେ କି ଅଝଟ ହୋଇ ଝୁଣିଲା ବେଳେ 'ତୋ ବାପ ଯାଇଛି ଘୋଡ଼ାରେ ଚଢ଼ି' ଗୀତ ଖୁବ୍ ମଧୁର କଣ୍ଠରେ ଗାଇପାରିଲା।

କିନ୍ତୁ କେତେ ଦିନ? କେତେ ଦିନ ବା କରିପାରିବ? କେତେଦିନ ମୁଣ୍ଡରେ ଓଢ଼ଣା ଦେଇ ମନ୍ଦିରକୁ ଯାଇ ଭୋଗ କରିପାରିବ? ଆଉ କେତେଦିନ ବା ସାଇପଡ଼ିଶାଙ୍କ ମନ ନେଇ ଘର କୋଣରେ ସୁନାମ ଅର୍ଜନ କରିଚାଲିଥିବ?

କେଶବର ବନ୍ଦଥିବା ବରା ଗୁଲୁଗୁଲା ଦୋକାନଟା ପୁଣି ସେ ଖୋଲି ବସିଲା। ସ୍କୁଲ୍ ଓ କଲେଜ ଫେରନ୍ତି ପିଲାଙ୍କର ଏବଂ ବେଳେ ବେଳେ ବାବୁଭାୟା ବି ଭିଡ଼ ଜମେଇଲେ। କେତେ ଥଟ୍ଟା ଟାପରା କେତେ କୁତ୍ସିତ ଇଙ୍ଗିତ ତା'ର ଦେହର ତନ୍ତୁକୁ ଯେମିତି ଗଣ୍ଠି ଗଣ୍ଠି ସିଲେଇ କରିଦେଲେ। ଏବେ ସବୁ କଥାରେ ତାକୁ ହସ ମାଡ଼େ - ରାଗ ଦେଖେଇବାକୁ ସାବିତ୍ରୀର ଆଉ ମଉକା କାହିଁ?

ସାରା ଜୀବନ ଧରି ଅୟସ କ'ଣ ସେ ଜାଣିନି। କେଶବ ଭଲ ଥିଲାବେଳେ

ରୋଜ୍ ବିଧା ଗୋଇଠା ମାରେ ଏବଂ ଅଶ୍ଳୀଳ ଗାଳି ଦିଏ - ଏବେ ଭାତ ଖାଇଲାବେଳେ ଥାଳି ତାଟିଆ କଚାଡ଼ି ଦିଏ। ବିଡ଼୍ ବିଡ଼୍ ହୁଏ, ହାତ ଉଞ୍ଚାଏ। ବିଡ଼ି ଦି' କଠା ନ ହେଲେ ସେ ରଶି ଲଗେଇ ମରିବ ବୋଲି ଧମକ ଦିଏ... ଯେମିତି କି ସବୁ ଲଜ୍ଜା, ସବୁ ଜଞ୍ଜାଳ ଯନ୍ତ୍ରଣା ସାବିତ୍ରୀର, କେଶବର କିଛି ନୁହେଁ।

ବରା ଗୁଲୁଗୁଲା ଦୋକାନ ରାତି ଆଠଟାରେ ବନ୍ଦ ରଖି ସେ ବଜାର ଧାଏଁ। କିଛି ଚାଉଳ, ପରିବା, ବଡ଼ି ଧରି ଫେରେ। ମୁହଁରେ ତା'ର ସାରା ଦିନର କ୍ଳାନ୍ତି! ଗୋଡ଼କୁ ଗୋଡ଼ ଛନ୍ଦି ହୋଇଯାଏ, ପାଟି ଅଠା ଧରିଯାଏ... ତଥାପି ଉପାୟ ତା' ପାଇଁ କିଛି ନାହିଁ।

ମାତ୍ର ବଜାରକୁ ପଶୁ ପଶୁ କି ଫେରୁ ଫେରୁ ସେ ତଥାକଥିତ ଭଲ ଲୋକଟିର ଆଖି ସହିତ ଆଖି ମିଳିଗଲେ, ତା'ର ମନେହୁଏ ସତେବା ଦିନସାରାର ସବୁ କ୍ଳାନ୍ତ ନିମିଷକରେ ତୁଟିଯାଏ। ମନେହୁଏ ଆପଣାର କେହି ବିଶ୍ୱାସୀ ଲୋକଟିଏ। ମନେହୁଏ ଏ ଲୋକଟିକୁ ସେ ତା'ର ଦୁଃଖ କହିପାରିବ (କାରଣ ସେ ତା'ଠାରୁ କିଛି ଆଶାକରେ ନାହିଁ, କିଛି ବି ଚାହେଁ ନାହିଁ। ଖାଲି ଟିକିଏ ଆଶ୍ୱାସନା - ପୃଥିବୀରେ ଭଲ ମଣିଷ ଅଛନ୍ତି, ଅନ୍ତତଃ ଅପରର ଯନ୍ତ୍ରଣା ବୁଝିବା ପାଇଁ ନିଃସ୍ୱାର୍ଥପର ହୃଦୟଟିଏ ଅଛି ତ!) ଇଚ୍ଛାହୁଏ ସେ ନିଜେ ତାକୁ କଥା କହିବ; କିନ୍ତୁ କହିବ କ'ଣ? ସାବିତ୍ରୀ ତ ତା'ର ନାମ ଜାଣେ ନାହିଁ, ତା' ଘର ବି ଜାଣେ ନାହିଁ, ତାକୁ ଅନ୍ୟ କେଉଁ ସ୍ଥାନରେ ବି ଦେଖେ ନାହିଁ। ଅଥଚ ପ୍ରତିଦିନ ସେଇ ଆଠଟା ବେଳେ ବଜାର ଭିତରେ... ଛିଃ, ଛିଃ, କେମିତି ବା ସେ କହିବ କ'ଣ? ଆଉ ଲୋକଟା ବି କ'ଣ ଭାବିବ?

ତା'ର ଜୀବନ ସାରାର ଯନ୍ତ୍ରଣା ଭିତରେ ପୁଣି ଗୋଟିଏ ନୂଆ ଅଭାବନୀୟ ଯନ୍ତ୍ରଣାର ସମ୍ମିଶ୍ରଣ। ଏତେ ଦିନପରେ ଭଲ ଲୋକଟିର ସଂସ୍ପର୍ଶରେ ଆସି ସେ ତା'ର ନିକଟକୁ ଯାଇପାରୁ ନାହିଁ - ଏଇ ସଂକୋଚବୋଧର ଯନ୍ତ୍ରଣା। ତା' ସହିତ ଦି'ପଦ କଥା ହେଲେ କ'ଣ ବା ତା'ର ଇଜ୍ଜତ୍ ଚାଲିଯିବ..

ହାତରେ ଝୁଡ଼ି ଦି'ଟା ଆଜି ଭାରୀ ଭାରୀ ଲାଗୁଛି। ଟିକେ ବେଶି ଚାଉଳ ଡାଲି କିଣି ଦେଇଛି - କାଲି ପୁଅର ଜନ୍ମଦିନ। ପୂଜାସାରି ବଜାର ଆସିବାକୁ ହୁଏତ ସାବିତ୍ରୀକୁ ବେଳ ନ ମିଳିପାରେ -

କୋବିଗୁଡ଼ାକ ଗଦାହୋଇଛି ମାଳ ମାଳ। କାଲି ପାଇଁ ଯେତେ ଯାହା ପଡୁ ସେ କୋବିଟିଏ ନେବ। କୋବିଟିଏ ହାତରେ ଧରି ସେ ଓଜନ କରୁଥିଲା, ଆଉ ଦୋକାନୀକୁ ଦାମ୍ ପଚାରୁଥିଲା କେତେ ବୋଲି। ଏତିକିବେଳେ କିଏ ଯେମିତି କହିଲା ଅତି ପାଖରେ -

'ପୋକଡ଼ା କୋବିର ପୁଣି ଏତେ ଦାମ୍! କେହି ତ କିଣୁ ନାହାନ୍ତି - ଆଉ ଏ ସେଇ କୋବି ନୁହେଁ ତ ଯାହାକୁ ଖାଇ...।' ଦୋକାନୀ ଗର ଗର ରାଗରେ ଫାଟିପଡ଼ି ଅଧାରୁ କଥା ଛଡ଼ାଇ ନେଇ କହିଲା - 'ହେ ବାବୁ! ତମକୁ କିଏ ଖୋସାମତ କରୁଛି ମ ନେବାକୁ। ନେଲେ ନିଅ ନ ନେଲେ ନାହିଁ - ହେଲେ ଗରାଖ ଉସ୍‌କେଇବାକୁ ତମେ କିଏ ହେ ବାବୁ? କଡ଼ାକର ଜିନିଷ କିଣିବନି ଖାଲି କୁହାଟ।'

ସାବିତ୍ରୀ ବୁଲିପଡ଼ି ଦେଖିଲା ଭଲ ଲୋକଟିର ମୁହଁରେ ଏମିତି ତାଚ୍ଛଲ୍ୟଭରା କଥାରେ କିଛି ହେଲେ ପରିବର୍ତ୍ତନ ଆସି ନାହିଁ। ବରଂ ସେ ହସୁଛି। ଯେମିତି ସେଇ କେବଳ ସତ କଥାଟି, ଭଲ କଥାଟି ଜାଣେ ଆଉ କେହି ଜାଣନ୍ତି ନାହିଁ - କିନ୍ତୁ କାହାର ଅଜ୍ଞାନପଣିଆକୁ ସେ ହେୟ ବି ମନେକରେନା। ସେ ଫଳନ୍ତି ଗଛ - ନଇଁପଡ଼ିବା ସତେ କି ତା'ର ଏକମାତ୍ର ଧର୍ମ।

କୋବିଟି ଥୋଇ ଦେଇ ସାବିତ୍ରୀ ତା'ର ଝୁଡ଼ି ନେଇ ଚାଲିଗଲା। ସତେ ତ ଦୋକାନରେ କିଏ ଜଣେ କହୁଥିଲା - ବିଷାକ୍ତ କୋବି ଖାଇ ପାଞ୍ଚ ଦଶ ଲୋକ ବେହୋସ ହୋଇ ଡାକ୍ତରଖାନାରେ ପଡ଼ିଛନ୍ତି।

ପଛେ ପଛେ କେହି ଆସିଲା ପରି ଲାଗୁଛି। ପଛକୁ ବୁଲି ଅନେଇ ବି ନାହିଁ ସାବିତ୍ରୀ - କି ଯାଏ ଆସେ - ବଦମାସ ଲୋକଙ୍କର ସବୁବେଳେ ତ ପରଛିଦ୍ର ଖୋଜିବା, ପରକୁ ହଇରାଣ କରିବା ଗୋଟାଏ କାମ...

'ଆଜ୍ଞା! ଟିକେ ଶୁଣିବେ କି?'

'କିଏ?'

'କୋବିଟି ନ କିଣିପାରିଲାରୁ ବ୍ୟସ୍ତ ହେଲେ କି? ପ୍ରକୃତରେ କୋବିଗୁଡ଼ାକ ପୋକା। ଆଉ ଏଠାର କୋବିରେ କ'ଣ ବିଷ ମିଶୁଛି ବୋଲି ମୁଁ ଶୁଣିଥିଲି...।'

ସାବିତ୍ରୀ ଝୁଡ଼ି ଥୋଇ ତରତରରେ ମୁଣ୍ଡରେ ଲୁଗା ଟାଣିଦେଲା, କି ଆଶ୍ଚର୍ଯ୍ୟ! ସେଇ ଲୋକଟି ତା' ପଛେ ପଛେ ଆସୁଛି ଅଥଚ ବଦମାସ ଲୋକଙ୍କ କଥା ଭାବୁଛି। ସରମରେ ଜଡ଼ସଡ଼ ହୋଇଗଲା ସାବିତ୍ରୀ।

'ନାହିଁ, ନାହିଁ, ମୋର କୋବି କ'ଣ ହେବ? ଏମିତି ଦେଖୁଥିଲି ନା? ପିଲାଗୁଡ଼ାକ ତ ଅଝଟିଆ - କ'ଣ କିଛି ବୁଝୁଛନ୍ତି।'

'ଯଦି କିଛି ଭାବିବେନି ତେବେ ମୁଁ କାଲି ଭଲ ଜାଗାରୁ କୋବି ଆଣି ଆପଣଙ୍କ ଘରେ ଦେଇ ଆସିବି।'

'ନାଇଁ ନାଇଁ - ମୁଁ ସେମିତି... ମାନେ... ମୋର କ'ଣ ହେବ ବାବୁ! ମୁଁ ଗରିବ ଲୋକ - ଏତେ ଅୟସ ମତେ ସହିବ ନାହିଁ! ଅପରାଧ ହେବ।'

ଭଲ ଲୋକଟିର ମୁହଁଟିରେ ଯନ୍ତ୍ରଣା ଯେମିତି ଶିରଶିରେଇ ଉଠୁଛି। ସେ କ'ଣ କହିବ ବୁଝୁ ନାହିଁ – କହିବାର ତ ଆଉ କିଛି ନାହିଁ।

ସାବିତ୍ରୀ ଦେଖିଲା ମୁହଁ ପୋତି ଲୋକଟି ଧୀରେ ଧୀରେ ଚାଲିଗଲା ଆଗକୁ। ଆହା! ସତେ ତା'ର ମନରେ କଷ୍ଟ ହେଲା ବୋଧେ...।

ଘରକୁ ଫେରି ସାବିତ୍ରୀ ଥକ୍କା ହୋଇ ବସିପଡ଼ିଲା। ଆଜି ତାକୁ ଭାରି କ୍ଳାନ୍ତ ଲାଗୁଛି – ସେ ରାନ୍ଧି ପାରିବ ନାହିଁ। ପିଲା ଦୁଇଟା ମୁଡ଼ି ବିଞ୍ଚିଦେଇ ସପ ଖଣ୍ଡକରେ ଶୋଇଯାଇଛନ୍ତି। କେଶବ ସେ ଘରେ ବସି ରମୁ, ଅନାଦି ଆଉ ବିନୋଦ ସାଙ୍ଗରେ ତାସ ଖେଳୁଛି। ଗଂଜେଇ ଓ ବିଡ଼ି ଗନ୍ଧରେ ଘରଟା ଯେମିତି ଫାଟି ଯାଉଛି... ଆବର୍ଜନା ଅଳିଆ ସାଙ୍ଗକୁ ଗନ୍ଧ। ତା' ସାଙ୍ଗକୁ ଭୋକ, ଜଞ୍ଜାଳ ଯନ୍ତ୍ରଣା। ସବୁଠୁ କଷ୍ଟ ଏମିତି ପ୍ରତିଦିନ ବଞ୍ଚି ରହିବା ଏବଂ ତା' ପାଇଁ ସଂଗ୍ରାମ କରିବା। ତା' ଆସିବା ଜାଣି କେଶବ ଲେଙ୍ଗେଡ଼େଇ ବିଡ଼ିପାଇଁ ଆସୁଛି ବୋଧେ। ଆସୁ – ବିଡ଼ି ଆଣିବାକୁ ଭୁଲି ଯାଇଛି...।

'ହଇଲୋ ଛତରଖାଇ! ବଜାରରେ କୋଉ ନାଗର ସଙ୍ଗରେ ଟହଲ ମାରୁଥିଲୁ? କିଏ ସେ ଲୋକ ହଇଲୋ। କହ, ସଫା ସଫା କହ, ନଇଲେ ଏଇନେ ତତେ ଠେଙ୍ଗାରେ ପିଟି ପିଟି ଛତୁ କରିଦେବି। ଆରେ ରମୁ! ଆଇଲୁ ମୋର ଠେଙ୍ଗୁଲୀଟା...'

କେଶବର ଡାହାଣ ପାପୁଲି ସାବିତ୍ରୀର ଦର ପାଚିଲା ଅଳିଆ ଝାଟୁଆ ଭର୍ତ୍ତି ବାଳ କେରାକୁ ଦୁଇଁ ଚାଲିଛି ଆକ୍ରୋଶରେ।

ଟପ୍ ଟପ୍ ଲୁହ ଝରିପଡ଼ିଲା ସାବିତ୍ରୀର। ପାଟିର ଦୁଇ ଓଠ ମେଲା ହୋଇ ରହିଲା ସତ, ହେଲେ କୌଣସି ଶବ୍ଦ ବାହାରିଲା ନାହିଁ। କାହିଁକି ନା ପ୍ରଶ୍ନ ଓ ଘଟଣା ବୁଝିବା ପୂର୍ବରୁ ଶରୀରରେ ଯନ୍ତ୍ରଣାର ସୁଅ ତାକୁ ମୂକ କରି ଦେଇଥିଲା।

ରମୁ ଆସି ତା' ସାମ୍ନାରେ ଛିଡ଼ା ହୋଇ ତା'ର ଛାତି ଓ ମୁହଁକୁ ଅନେଇ ହସୁଛି। ବହୁଦିନ ଧରି କେଶବର ଅନୁପସ୍ଥିତିରେ ସେ ସାବିତ୍ରୀକୁ ନାନା କୁତ୍ସିତ ଇଙ୍ଗିତ କରିଆସିଛି – ଟଙ୍କା ଗହଣାର ଲୋଭ ନେଇ ବଶ କରିବାକୁ ଚେଷ୍ଟାକରି ବି ବିଫଳ ହୋଇଛି। ସେଇ ପରାଜିତ ମୁହଁରେ ଆଜି ବିଜୟର ହସ! ଏଇ ଟିକକ ଆଗରୁ ସେ ରମୁକୁ ଚାଉଳଦୋକାନରେ ଦେଖିଲା। ହୁଏତ ସେଇ ଆସି କେଶବକୁ କ'ଣ କ'ଣ କହିଛି – ମାତ୍ର କହିବାର ତ କିଛି ନ ଥିଲା। ଆଉ କ'ଣ ବା ସେ କରିଛି? କୋଉ ନାଗର, କୋଉ ଗୁରୁ ସଙ୍ଗରେ! ହାତଧରି ଘର କରିଥିଲା ଯେଉଁ ମଣିଷକୁ ନେଇ ସେ ମଣିଷ ଯଦି ନିଷ୍କର୍ମା ଆଉ ଅକ୍ଷମ ହୁଏ, ତାକୁ ତ ତା'ର ସନ୍ତାନମାନଙ୍କ ଜୀବନରକ୍ଷା ପାଇଁ ଯଦି ସେ ଯୁବା ବୟସରେ ଦାଣ୍ଡ-ବଜାର-ଘାଟ ଯାଏ, ତେବେ କ'ଣ ସେ ଅସତୀ ଦୋଚାରୁଣୀ ହୋଇଗଲା?

ଆଉ ସେଇ ଲୋକଟି ଯିଏ ବର୍ଷ ବର୍ଷ ଧରି ତା' ସାଥିରେ ବଜାରରେ ବୁଲୁଥାଏ ଝଡ଼, ଝଞ୍ଜା, ବତାସ ଦେହମୁଣ୍ଡ ଖରାପ କିଛି ନ ମାନି ସେ ଲୋକଟି ତ କାହିଁ ଦିନେ ତାକୁ ଅସଜଡ଼ା ଅବାଗିଆ ବ୍ୟବହାର କରିନି। ଏମିତିକି ଦିନେ ଦିନେ ଅନ୍ଧାର ରାତିରେ ସେ ଦେଖିଛି ତା' ପଛେ ପଛେ ସେ ଆସିଛି ସାବିତ୍ରୀର ଘର ପର୍ଯ୍ୟନ୍ତ। ମାତ୍ର ପଦୁଟିଏ କଥା ବି କହିନି। ବାଟ ଭାଙ୍ଗି ଚାଲିଗଲାବେଳେ ଥରୁଟିଏ ବି ଚାହିଁନି। ଦିନରେ କେବେ ତା'ର ବରା ଗୁଲୁଗୁଲା ଦୋକାନରେ ଛିଡ଼ା ହୋଇ କଥା କହିବାର ଇଚ୍ଛା ବି କରିନି...। ହେଇ ହେଇ ଆଜି କୋବି କିଣିଲା ବେଳେ ପଦୁଟିଏ କଥା - ସେଇଥିରେ ସବୁ ଅଶୁଦ୍ଧ ହୋଇଗଲା ?

ସମସ୍ତ ଶକ୍ତି ଖଟେଇ ସାବିତ୍ରୀ ମୁକ୍ତ କରି ଆଣିଲା କେଶବର ହାତ ମୁଠାରୁ ନିଜକୁ। ଆଉ ସେଇ ଧକ୍କାରେ ଛିଟିକି ପଡ଼ିଲା ଦି'ହାତ ଦୂରକୁ ଓ ମୁଣ୍ଡଟା ଢାଏ କରି ବାଡ଼େଇ ହୋଇଗଲା - କାନ୍ଥ ଦେହରେ, ଆଉ ସେଇ ଶବ୍ଦରେ ପୁଞ୍ଜୀଭୂତ ସଂଚିତ ବେଦନାର ପାହାଡ଼ରେ ଯେମିତି ନିଆଁ ଲାଗିଗଲା। ସାବିତ୍ରୀ କ୍ରୋଧରେ ଭାଙ୍ଗିପଡ଼ି ପାଟିକରି ଉଠିଲା -

'ଖବରଦାର ! ମୋ ଦେହରେ ଗଞ୍ଜୋଡ଼ ଯଦି ହାତ ଦେବୁ ଆଉ ଥରେ ତେବେ ମୋତେ ଚିହ୍ନିବୁ। ମୁଁ ଯଦି ଅସତୀ, ଦୋଚାରୁଣୀ, ତେବେ ତୁଇ କ'ଣ ସତିଆ, ସାଧୁପୁରୁଷ ? ହଇରେ ରମୁ ! ତୁଇନା ଭାଉଜ ଭାଉଜ କହି ମୋ ହାତକୁ ଧରୁ, କାନିରେ ମୁହଁ ପୋଛୁ, ଛାତିକୁ ବଲ ବଲ କରି ଅନେଇରହୁ... ଶାଢ଼ି, ଗହଣା ଦେବୁ ବୋଲି କେତେ ଉଚ୍ଚାଟ କରୁ। ପଚାରିଲୁ, ତୋ ମନକୁ ପଚାର - କିଏ ସତ୍ କିଏ ଅସତ୍। ତୋ ଆତ୍ମା ଜଳି ଜଳି ମରିବ। ଯେମିତି ମତେ ଜଳଉଛୁ...।'

'କ'ଣ କହିଲୁ - ମୁଁ ତତେ ଟାହୁଲି କରୁଛି। ଯା, ଯା... କେଶା'ଇ ପାଇଁ ମୁଁ ଧାଇଁ ଆସିବା କଥା। ରମୁ ନାୟକକୁ ଫେର୍ ମାଇକିନା ଅଭାବ - ଦେଖୁଛୁ କେଶା'ଇ, ଚୋରି ତହିଁରେ ଫେର ଜୋରଦାରି... ମୋ ମାଇକିନା ହୋଇଥାନ୍ତା ଜୀଅନ୍ତା ଫାଡ଼ି ପକେଇ ଦିଅନ୍ତି। ସପ୍ତପୁରୁଷଙ୍କୁ ପାଣି ଦେଉଛି... ଏକା କୁଟୁମ୍ବ ନ ହେଲେ...।' ରମୁ ରାଗରେ ଫାଟିପଡ଼ି ଓଠ ଉପରେ ଓଠ ଚାପି କେଶବକୁ ଅନେଇ ରହିଛି। ଯେମିତି ଆଦେଶ ପାଇଲେ ସାବିତ୍ରୀର ସେ ହାଡ଼ ମାଉଁସ ଛେଚି ଚୂନା କରିଦେବ !

କେଶବ ଲେଙ୍ଗେଡ଼େଇ ଆସି ସାବିତ୍ରୀର ତଣ୍ଟି ଚିପି ଧରି କହିଲା - 'କ'ଣ କହିଲୁ ? ଆଲୋ ମୋ ଭାଇ ନାଁରେ କ'ଣ କହିଲୁ ? ତୋ ଭଳି ମାଇକିନାକୁ ମୁଁ ଜୀଅନ୍ତା ସମାଧି ଦେବି - ଦୋଚାରୁଣୀ, ବେଶ୍ୟାଗିରି କରିବାକୁ ତତେ ଥାନ ମିଳୁନି।ଏତେ ବଡ଼ ନାହାକ ବଅଁଶ ନାଁ ପକେଇବୁ - ସାତପୁରୁଷଙ୍କ କାୟା ଅପବିତ୍ର କଲୁ...।'

ଗଁ ଗଁ କରିଉଠିଲା ସାବିତ୍ରୀ। ସତେ ତା'ର ପ୍ରାଣ ଛାଡ଼ିଯିବ। ଏ ଦୁଇଟା ଲୋକଙ୍କୁ ସେ ତ ବଳରେ ପାରିବ ନାହିଁ। ତା'ର ଦୁଇଟା ଛୁଆ, ସେମାନେ ବଞ୍ଚିବେ କିପରି ? ସାବିତ୍ରୀ ମରିଗଲେ ଅଭିମାନରେ କାହାର କିଛି ଯିବନି, ଏ କଥା ସେ ନିଜେ ହିଁ ଭଲ କରି ଜାଣେ। ସ୍ୱାମୀ ହାତରେ ମଲେ ସତୀ ହୋଇ ସ୍ୱର୍ଗକୁ ଯିବା କଥା ପିଲାଦିନେ ସେ ଶୁଣିଛି। ନାହିଁ ନାହିଁ - ସେ ପାରିବନି - ତା'ର ପିଲା, ତା'ର ସଂସାର, ପୃଥିବୀ ସେ ଛାଡ଼ିଦେଇ ସ୍ୱର୍ଗକୁ ଯିବ ନାହିଁ। ସେ ବଞ୍ଚିବ, ବଞ୍ଚିବ, ବଞ୍ଚିବ -।

ନିଜର ଗୋଡ଼ ନେଇ ସେ କେଶବର ଖଣ୍ଡିଆ ଗୋଡ଼କୁ ଆଘାତ କଲା। ଘୁଞ୍ଚି ପଡ଼ିଲା କେଶବ ତଳେ। ଆଉ ସେ ମୁହୂର୍ତ୍ତରେ ଛିଡ଼ା ହୋଇପଡ଼ି, ଅଣ୍ଟାରେ ଲୁଗା ଭିଡ଼ି ଚିତ୍କାର କରିଉଠିଲା -

'କ'ଣ କହିଲ ? ମୁଁ ବେଶ୍ୟା ? ଆଉ ତେମେ ? ଆହା-ହା, ମୋରି ଆଖି ଆଗରେ ଗୋଟାକୁ ଗୋଟା ମାଇକିନା ନେଇ ଆସି କବାଟ ବନ୍ଦକରି ତମେ କ'ଣ ନ କରିଛ ? ମୁଁ ଛୁଆକୁ କୋଳରେ ଧରି ବାରଣ୍ଡାରେ ଶୀତ ବରଷାରେ କାନ୍ଦି କାନ୍ଦି ନେହୁରା ହୋଇଥିବି ତୁମକୁ। ମୋ କଥା କିଏ ଶୁଣିଛି - କୁଟୁମ୍ବ ଲୋକେ ସେତେବେଳକୁ କୁଆଡ଼େ ଥିଲେ ? ସାତପୁରୁଷଙ୍କ କାୟା ତ କୋଉଦିନୁ ଅପବିତ୍ର ହୋଇଛି। ଆଉ ଆଜି କ'ଣ ? ମୁଁ କାହା ଆଗରେ ଏକଥା କହିନି। ସବୁ ମୁହଁ ପୋତି ସହିଛି। କାହିଁକି କୋଉଥିପାଇଁ ବା ? ମୁଁ ବେଶିଆ ? ଆଉ ତମେ ସଭିଏଁ ସତ୍ୟପୁରୁଷ ? ମୋ ଦେହରେ ନିଆଁ ନଗାନା କହୁଛି। ମୁଁ ସବୁ ଜାଳିପୋଡ଼ି ଚୂନା କରିଦେବି, ନିଆଁ ଲଗେଇ କଞ୍ଚା ଖାଇଯିବି - ମୁଁ କାହାର ନୁହେଁଟି...।'

ରମୁ ସେ କିଳିକିଳା ରଡ଼ିରେ ଚମକିପଡ଼ି ପଳେଇଗଲା ଦାଣ୍ଡ ଆଡ଼କୁ। ବିନୋଦ ଅନାଦି କବାଟ କଣରୁ ମୁହଁ ଛପେଇ ଦେଲେଣି କୁଆଡ଼େ। ଖାଲି ବାରଣ୍ଡାରେ ସାବିତ୍ରୀର କିଳିକିଳା ରଡ଼ିରେ ଛୁଆ ଦି'ଟା ନିଦରୁ ଉଠି ବଲ ବଲ କରି ଅନେଇ ରାହା ଧରିଛନ୍ତି। ଆଉ କେଶବ ? ପିଣ୍ଡା ତଳକୁ ଗଡ଼ିପଡ଼ି କୌଣସିମତେ ଖଣ୍ଡିଆ ଗୋଡ଼ରେ ଭରା ଦେଇ ଉଠିବାକୁ ଚେଷ୍ଟା କରୁଛି ଏଣେ ବିଡ଼୍ ବିଡ଼୍ କରି ସାବିତ୍ରୀକୁ ଅଶ୍ଳୀଳ ଗାଳିଗୁଲଜ କରୁଛି ।

ମାତ୍ର ସାବିତ୍ରୀର ମନ କି କାନ ସେଥିରେ ନାହିଁ। ହଠାତ୍ ନିଜ ସ୍ୱରରେ ନିଜେ ସେ ଚମକିପଡ଼ି ଅଟକି ଯାଇଥିଲା। କି ଖରାପ ଭାଷାରେ ସେ କଥା କହୁଥିଲା ସତରେ ? ସେଇ ଲୋକଟି ଯଦି ଶୁଣିଥିବ...। ତା'ର ନିର୍ଲିପ୍ତ ପବିତ୍ର ଆଖି ଯୋଡ଼ିକ ହଠାତ୍ ସାବିତ୍ରୀର ମନକୁ ଛୁଇଁଗଲା ! ଏବଂ ସେଇକ୍ଷଣି ତା'ର ଦେହ ଓ ମନର ସମସ୍ତ କ୍ରୋଧ ଆକ୍ରୋଶକୁ ମଧ୍ୟ ! ସେ ଭୁଲିଗଲା ଏଇ ଟିକକ ତଳର ଘଟଣା ! ସତେବା ସ୍ୱପ୍ନରେ ଯାଇଁ ସେ କେଉଁ ଏକ ଜାଗାରେ ପହଞ୍ଚିଛି ଯେଉଁଠି କିଛି ଦୁଃଖ ନାହିଁ, କଷ୍ଟ ନାହିଁ,

ଯନ୍ତ୍ରଣା ନାହିଁ – ଅଛି ଖାଲି ପବିତ୍ରତା, ଶାନ୍ତି ଆଉ ଅଫୁରନ୍ତ ଆନନ୍ଦବୋଧ –। ଗଭୀର ତୃପ୍ତିରେ ସାବିତ୍ରୀର କ୍ଳାନ୍ତ ଆଖିପତା ଯେମିତି ମୁଦି ହୋଇଯାଉଛି କାହାର ପବିତ୍ର ସ୍ନିଗ୍ଧ ମଧୁର ଆଶ୍ଳେଷରେ !

ଆଲୋ ହେ ସାବି ! ଧର ବା ମୋ ହାତକୁ ଟିକେ ! ଡବ ଡବ କରି କାହାକୁ ଅନେଇଛୁ ସେ ଆଡ଼େ ? ତୋ ଦେହରେ ଆଉ କେବେ ହାତ ଦେବିନି ଲୋ, ମୋର ଭୁଲ ହୋଇଛି ଲୋ, ଭୁଲ ହୋଇଛି –

ସାବିତ୍ରୀର ତନ୍ଦ୍ରା ଭାଙ୍ଗିଗଲା। ଆରେ ସତେ ତ ? ପିଣ୍ଡା ତଳକୁ ପଡ଼ିଯାଇ କେଶବର ଆଣ୍ଠୁ ଛିଣ୍ଡିଯାଇଛି। ବୋଧେ ଜୋର୍‌ରେ ମାଡ଼ ଲାଗିଯାଇଛି କି କ'ଣ ? କେଶବର ଆଖିରୁ ଲୁହ ଗଡୁଛି ଯେ ! ଗୋଡ଼ କଟିଗଲା ଦିନ ସେ ତା' ଆଖିରେ ଲୁହ ଟୋପାଏ ବି ଦେଖି ନ ଥିଲା ଅଥଚ...

କରୁଣ ସ୍ନିଗ୍ଧତାରେ ହଠାତ୍ ସାବିତ୍ରୀର ଅନ୍ତର ମାୟାମମତାରେ ଭରିଉଠିଲା। ସେ ଜିଭ କାମୁଡ଼ି ପିଣ୍ଡା ଦାଢ଼କୁ ଧାଇଁଗଲା ଓ ନିଜର ଛୋଟ ଛୁଆକୁ ଯେମିତି ଗୋଟେଇ ଆଣେ ତଳୁ, ସେମିତି କେଶବକୁ ସେ ଗୋଟେଇ ଆଣିଲା ପିଣ୍ଡା ଉପରକୁ। ତା' ଦେହରେ ଏତେ ବଳ କେଉଁଠୁ ଆସିଲା କେଜାଣି। ଫୁଲଟିଏ ପରି ନରମ ଓ ହାଲୁକା ଲାଗୁଛି କେଶବର ଦେହର ଓଜନ।

ଗୋଡ଼ ଲମ୍ବେଇ ପିଣ୍ଡା ତଳକୁ ସାବିତ୍ରୀ କେଶବକୁ କୋଳ କରିନେଲା। ସତେ କି ସେ ତା'ର କଅଁଳାଛୁଆ – ନାରଖାର ହୋଇ ଧୂଳିରେ ଲୋଟୁଥିଲା – ରାହା ଧରି ମାଆର ଫେରନ୍ତି ପଥକୁ ଚାହିଁ।

ଏପରି ଏକ ଅଭାବନୀୟ ପରିସ୍ଥିତି ପାଇଁ କେଶବ ପ୍ରସ୍ତୁତ ନ ଥିଲା। ତାକୁ ବି ସ୍ୱପ୍ନ ଦେଖିଲା ପରି ଲାଗୁଥିଲା।

ଗଭୀର ଆବେଗରେ ସାବିତ୍ରୀ ନିଜର ଲୁଗା କାନିରେ କେଶବର ଆଣ୍ଠୁର ରକ୍ତ ଡାହାଣ ହାତରେ ପୋଛି ଦେଉଥିଲା ଆଉ ବାଁ ହାତରେ ଆଉଁଶୁଥିଲା ତା'ର କପାଳ ଉପର ଅଲରା କେଶକୁ।

ଅବାକ୍ ବିସ୍ମୟରେ ଛୁଆ ଦି'ଟାଙ୍କର ରାହା ବନ୍ଦ ହୋଇଯାଇଥିଲା ସବୁରି ଅଜାଣତରେ ! ଆଉ ଏକ ପୃଥିବୀର ସ୍ପର୍ଶରେ ସମସ୍ତେ ବା ଯେପରି ହଡ଼ବଡ଼େଇ ଯାଇଛନ୍ତି !!!

■

ମଧ୍ୟାନ୍ତର

ତା'ର ଏମିତି ନାଟକୀୟ ଭାବରେ ଚାଲିଯିବାର କ'ଣ ବା ଦରକାର ଥିଲା।

କଥାଟା ବୁଝେଇ ସୁଝେଇ କହି ଯାଇଥିଲେ ଅନ୍ତତଃ ଅନେକଙ୍କୁ ଅଯଥା କୈଫିୟତ୍ ଦେବାରୁ ମୁକ୍ତି ମିଳିଥାନ୍ତା ! ଏତେଦିନ କୋଠି ରହଣି ଭିତରେ ଦିନେ ତ ସେ ମୁହଁ ଖୋଲି କୌଣସି ବିଷୟରେ ପ୍ରତିବାଦ କରି ନ ଥିଲା। ଏପରିକି ତା'ର ଭାବଭଙ୍ଗୀରେ ମଧ୍ୟ ସାମାନ୍ୟ ବିରକ୍ତ ଭାବ ନ ଥିଲା। କେହି କାହାକୁ କୌଣସି କଥା ଆଳକରି ପ୍ରଶ୍ନ କରିବା କି ଉତ୍ତର ଦେବାର ଅଭିନୟ ପାଇଁ ମଧ୍ୟ ସମୟ ନାହିଁ।

କି ଆଶ୍ଚର୍ଯ୍ୟ କଥା ! ଅନୀତାର ମା' କିନ୍ତୁ କଥାଟା ସ୍ୱାଭାବିକ ଭାବରେ ଗ୍ରହଣ କରିବାକୁ ନାରାଜ। କିଛି ଛୋଟ ଝିଅ ନୁହେଁ। ନିଜ ଇଚ୍ଛାରେ ବିବାହ କରି ତିନୋଟି ସନ୍ତାନର ଜନନୀ ହେବା ପର୍ଯ୍ୟନ୍ତ ଅନୀତାର କୌଣସି କଥାରେ ବିରସଭାବ ସେ ଦେଖି ନାହାନ୍ତି। ପିଲାଦିନୁ କିପରି ଗୋଟାଏ ଉଦାସ ଭାବ ଥିଲା ଝିଅର। ତା'ମାନେ ନୁହେଁ ଯେ ଜଣେ ସେଇ ଉଦାସ ଭାବ ନେଇ ସମସ୍ତ ସଂସାରକୁ ବିନା ଉପକ୍ରମଣିକାରେ ତ୍ୟାଗ କରି ଚାଲିଯିବ। ନିଶ୍ଚୟ ସେଇ ଚିରାଚରିତ ଦାମ୍ପତ୍ୟ କଳହ ଏହାର କାରଣ। ଓଠ ଉପରେ ଓଠ ଚାପି ନିଜ ଜ୍ୱାଇଁ ଉପରେ ଥରେ ଆଖି ବୁଲାଇ ନେଇ ଅନୀତାର ମା' ଲୁହ ଝରଝର ହୋଇ ଘର ଭିତରକୁ ପଶିଗଲେ।

ଦିଗମ୍ବରବାବୁ ଖବରକାଗଜଟା ଏଡ଼େଇଦେଇ ପଚାରିଲେ - 'ଅଭୟ ଆସିଥିଲା ଯେ... !'

ଇନ୍ଦୁମତୀ ଆଖି ପୋଛୁ ପୋଛୁ କୋହରେ ଭାଙ୍ଗିପଡ଼ିଲେ। ଥରିଲା କଣ୍ଠରେ କହିଲେ - 'ତୁମେ ଯାଅ ! ଜ୍ୱାଇଁ ଚର୍ଚ୍ଚା କରିବାକୁ ମୋର ମନରେ କି ଦେହରେ ବଳ ନାହିଁ।'

'ଏଥିରେ ଅଭୟର କେଉଁଠି ଦୋଷ ମୁଁ ବୁଝିପାରୁନି। ଦେଖ ଇନ୍ଦୁ ! ଗୋଟାଏ ଭୁଲରୁ ଯେମିତି ଅଜସ୍ର ଭୁଲ ସୃଷ୍ଟି ହୋଇଯାଏ, ଗୋଟିଏ ମତିଚ୍ଛନ୍ନ ଅବସ୍ଥାରେ ତୁମେ

ତା'ର ବାଟ ଫିଟେଇ ଚାଲିଛି। ଅଭୟକୁ ମିଥ୍ୟାରେ ଅଭିଯୁକ୍ତ କରି କିଛି ଲାଭ ନାହିଁ... !'

ଦିଗମ୍ବରବାବୁ ଉଠିଗଲେ ତ୍ରଇଁ ରୁମ୍‌କୁ। କେହି ନାହିଁ। ସମ୍ମୁଖ ଦ୍ୱାର ଦେଇ ଲୁଚିଯାଉଛି ଅଭୟର ଉଡ଼ନ୍ତା କେଶରାଶି।

ଦିଗମ୍ବରବାବୁ ସାବଧାନ ସହକାରେ ମନେ ପକେଇବାକୁ ଚେଷ୍ଟା କରୁଥିଲେ। କ'ଣ ହୋଇପାରେ? ଏତେ ପ୍ରାଣପ୍ରାଚୁର୍ଯ୍ୟରେ ଭରା ଏତେ ଚତୁରୀ, ବୁଦ୍ଧିମତୀ ଆଉ ସର୍ବୋପରି ଏତେ ଶାନ୍ତଶିଷ୍ଟ ହୋଇ ଅନୀତା ଏପରି ଗୋଟାଏ ଅଶୋଭନୀୟ ବ୍ୟାପାର କରି ବସିବ ବୋଲି ସେ ଭାବିପାରିଲେ ନାହିଁ।

ଷାଠିଏ ବର୍ଷର ନିଷ୍କଳଙ୍କ ଜୀବନରେ ଏହାହିଁ ତ ତାଙ୍କର କଳଙ୍କ। ଆଖି ସାମ୍ନାରେ ସେ ବଞ୍ଚି ଥାଉ ଥାଉ ବୟସ୍କ ବିବାହିତା ଝିଅର ଏପରି ଗୃହତ୍ୟାଗ ଯେ କି ଲଜ୍ଜାକର ଅବସ୍ଥାରେ ତାଙ୍କୁ ପକାଇଛି... ଛିଃ...ଛିଃ! କାହାକୁ ସେ କ'ଣ କହିବେ? ଇନ୍ଦୁମତୀ କିଛି ବୁଝିବେ ନାହିଁ। ନିଜର ଅନ୍ତର କିଛି ଗ୍ରହଣ କରିବାକୁ କି କୌଣସି କାନକୁହା କଥା ଶୁଣିବାକୁ ନାରାଜ। ସେ ଖୋଜୁଛନ୍ତି ସତ୍ୟକୁ। କିଏ ଦେବ ତା'ର ଖବର? ଅସଲ କଥାଟି ଯାହାଠୁ ସେ ଶୁଣିପାରନ୍ତେ ସେ ତ ଚାଲିଯାଇଛି। କୁଆଡ଼େ ଚାଲିଗଲା? କୋଉଠି ଅଛି? ସେ ଏତେବଡ଼ ସଂସାରର କୋଉ ସ୍ଥାନରେ ଖୋଜି ପାଇବା ତ ମୁସ୍କିଲ। କିନ୍ତୁ ଅଛି ତ... ଅଛି ତ?

ଦିଗମ୍ବରବାବୁ ପାଚେରି ଦେହରେ ଲଟେଇ ଯାଇଥିବା ମନିପ୍ଲାଣ୍ଟକୁ ଅନେଇଲେ। ଗଲାବର୍ଷ ତୃତୀୟ ସନ୍ତାନର ଜନ୍ମ ଅବସରରେ କିଛିଦିନ ଆସି ଅନୀତା କଟେଇଥିଲା ଏଠାରେ। ତା' ନିଜ ହାତରେ ଲଗାଇଥିଲା ଚାରାଟିକୁ। ମାତ୍ର ଆଜି ସେ ନାହିଁ - ବିନାଯତ୍ନରେ ଚାରାଟି ଲମ୍ବି ଯାଇଛି, ଯାହାର ଖବର ବୁଝିବାକୁ ଦିନେ ସେ ଚାହିଁ ନାହିଁ। ଆଉ ଯେଉଁ ଚାରାରୁ ତା'ର ଜନ୍ମ ତା'ର ଭଲମନ୍ଦ ପାଇଁ ସେ କାହିଁକି ବ୍ୟସ୍ତ ହେବ? କିନ୍ତୁ? କେଉଁଠି ଗୋଟାଏ ଖଟ୍‌କା ଲାଗୁଛି! ଯେତେ ବୁଝାଇଲେ ବି ବୁଝୁ ନାହିଁ ମନ। ନିଜ ଇଚ୍ଛାରେ ବିବାହ କରିଥିଲା ବୋଲି କ'ଣ ସେ ଧରିନେବେ ଅନୀତାର ସାଂସାରିକ ଯନ୍ତ୍ରଣା କିଛି ନ ଥିଲା। ସେ କ'ଣ ମୁନି, ଋଷି ନା ଯୋଗଜନ୍ମା? ଏମିତି ବା କି ବିଶେଷ ଗୁଣ ଥିଲା ଅଭୟର ଯେ ଯାହା ଅନୀତା ଭଳି ଏକ ଚତୁରୀ ଗୁଣବତୀ ଝିଅକୁ ସାରାଜୀବନ ଆଚ୍ଛନ୍ନ କରି ରଖିବ? ବିବାହ, ସଂସାର ଓ ସନ୍ତାନସନ୍ତତି କ'ଣ ଏକମାତ୍ର ଜୀବନର ନମୁନା? ନା... ଆଉ କିଛି ତା'ର ଅନ୍ତରାଳରେ... କ'ଣ ସେ?

ଦିଗମ୍ବରବାବୁ ରାସ୍ତାକୁ ଚାହିଁଲେ। ଅନୀତାଠାରୁ ପାଞ୍ଚବର୍ଷ ସାନଝିଅ ସରିତା ଆସୁଛି। ଆସୁଛି ସାଙ୍ଗରେ ନେଇ ତା'ର ଭରା ସଂସାର। ଏଇକ୍ଷଣି ସେ ବି ସେଇ ପ୍ରଶ୍ନ

କରିବ ଏବଂ ଦିଗମ୍ବରବାବୁଙ୍କୁ ତା'ର ଉତ୍ତର ଦେବାକୁ ହେବ? ତାଙ୍କ ଛଡ଼ା ଦୀର୍ଘ ତିନିଦିନ ଧରି ଏ ସବୁ ଜଟିଳ ପ୍ରଶ୍ନର ସୂକ୍ଷ୍ମ ଉତ୍ତର ଦେବାକୁ କେହି ନାହାନ୍ତି ତାଙ୍କ ଘରେ କି ଅନୀତାର ସ୍ୱାମୀ ଅଭୟ ପାଖରେ। ପାହାଚ ଉପରେ ତଳ ଉପର ହୋଇ ଛିଡ଼ା ହେଲେ ସରିତା ଆଉ ମନୀନ୍ଦ୍ର। ସରିତାର ସେଇ ପ୍ରଶ୍ନ - ଓଠରେ ନାହିଁ ମାତ୍ର ଆଖିରେ।

ମେସିନ୍ ପରି ଦିଗମ୍ବରବାବୁ କହିଲେ - 'କିଛି ଖବର ନାହିଁ ମା'! କୁଆଡ଼େ ଗଲା ଚଣ୍ଡାଳୁଣୀଟା? ପିଲାଗୁଡ଼ାକର କଥା ଟିକେ ଭାବିଲା ନାହିଁ?'

ମନୀନ୍ଦ୍ର କହିଲା - 'ମୁଁ ଯାଇଥିଲି ସେଠାକୁ ହେଲେ କାହାର ଦେଖା ମିଳିଲାନି। ପିଲାମାନେ ଶୋଇପଡ଼ିଥିଲେ ଆଉ ଅଭୟବାବୁ ଉପର ଘରେ କବାଟ କିଳି କ'ଣ ସବୁ କାଗଜପତ୍ର ଘାଣ୍ଟିବାରେ ବ୍ୟସ୍ତ ଥିଲେ। ମୁଁ ତ ଭାବୁଛି ତାଙ୍କୁ ବର୍ତ୍ତମାନ ଟିକେ ନଜରରେ ରଖିବାକୁ ପଡ଼ିବ। ବରଂ ଆପଣ କି ମା' ଯାଇଁ ସେଠାରେ ରହିଲେ...!'

'ତୁମେ ନିଶ୍ଚିନ୍ତ ରୁହ ମନୀନ୍ଦ୍ର! ଅନ୍ୟ କୌଣସି ଦୁର୍ଘଟଣା ସେଠାରେ ଘଟିବ ନାହିଁ। ଉପରେ ଈଶ୍ୱର ଅଛନ୍ତି।'

ସରିତା କହିଲା - 'କିନ୍ତୁ ଅପା ଗଲା କୁଆଡ଼େ? ଚାରିଆଡ଼େ ଲୋକେ ନାନା କଥା କହୁଛନ୍ତି! ତା'ର ସାଙ୍ଗମାନେ, ମୋର ଚିହ୍ନାଜଣା ଲୋକମାନେ ଆଉ ଅଭୟଭାଇଙ୍କ ଚିହ୍ନା-ପରିଚିତମାନେ କଥାଟାକୁ ନେଇ ଯେ କେଉଁଠି ପହଞ୍ଚେଇଲେଣି - ତମେ, ତମେ ମୋତେ କଳ୍ପନା...!'

ବିରକ୍ତ କଣ୍ଠରେ ଦିଗମ୍ବରବାବୁ ତିନିଦିନର କ୍ଳାନ୍ତି ଅବସାଦ ଆତ୍ମଗ୍ଲାନିର ବ୍ୟର୍ଥତାରେ ଚିତ୍କାର କରି କହିଲେ - 'ଚୁପ୍‌କର! ମୁଁ କିଛି ଶୁଣିବାକୁ ଚାହେଁ ନାହିଁ। କ'ଣ କହିଥିବେ କି ଆଲୋଚନା କରିଥିବେ ତମର ବନ୍ଧୁମାନେ, ସାଙ୍ଗସାଥୀ ହିତାକାଙ୍‌କ୍ଷୀମାନେ ମୁଁ ବୁଝିପାରୁନି ଯେ ତୁ ମତେ ବୁଝାଇବୁ? ମୁଁ ଶୁଣିବାକୁ ଚାହେଁ ଅଭୟ କ'ଣ କହୁଛି? କ'ଣ ତା'ର କୈଫିୟତ୍ ଏ ଘଟଣା ପାଇଁ?

'ତୁମେ ତାଙ୍କୁ ବୃଥାରେ କାହିଁକି ଦାୟୀ କରୁଛ ବାପା? ତାଙ୍କ ଭଳି ଅମାୟିକ ଲୋକ...?'

'ତୋ ଠାରୁ ମୋତେ ମଣିଷ ଚିହ୍ନିବାକୁ ଦରକାର ପଡ଼ିବନି ରୀତୁ! ମୁଁ କ'ଣ ଜାଣିନି ଅଭୟ କେମିତି ପିଲା?'

'ହଁ - ତାଙ୍କଭଳି ଭଦ୍ର, ସୁପୁରୁଷ...!' ମନୀନ୍ଦ୍ର କଥାଟାକୁ ପରସ୍ତେ ଆଡ଼େଇ ନେବାକୁ ଚାହେଁ। ଦିଗମ୍ବରବାବୁ କହିଲେ - 'ତୋ ମା' କାନ୍ଦି ଏବେ ଟିକେ ଶୋଇଛି। ତାକୁ ଡିଷ୍ଟର୍ବ କରିବା ଉଚିତ ମନେ କରୁନି!'

କେଜାଣି କାହିଁକି ଅଚାନକ ଭାବରେ ଦିଗମ୍ବରବାବୁଙ୍କ ଆଖିରେ ଟିକିଏ ଲୁହ ଜକେଇ ଆସିଲା। ସରିତା ଆଉ ମନୀନ୍ଦ୍ର ଫେରିଗଲେ ଯେମିତି ଆସିଥିଲେ ନୀରବରେ। ଏତେ ଜଣାଶୁଣା ସତ୍ତ୍ୱେ ବି ତାଙ୍କର କୁକୁରଟା ଭୋ ଭୋ କରି ଭୁକି ଉଠିଲା ସେମାନଙ୍କ ପଛରେ।

ଅଭୟ ନିଜ କୋଠରି ଭିତରେ ହଠାତ୍ ପବନ ଆଲୋକ ବନ୍ଦ ହୋଇଗଲା ପରି ଅନୁଭବ କଲେ। ଘରସାରା କାଗଜପତ୍ର, ଟ୍ରଙ୍କ୍, ବାକ୍ସ ଫଟୋ ସବୁ ବିଛାଡ଼ି ହୋଇ ପଡ଼ିଛି। ବ୍ଲାଉଜ୍ ଶାଢ଼ିର ସମସ୍ତ ପ୍ରସ୍ତ ଖୋଲା ହୋଇସାରିଛି। କୋଉଠି କିଛି ନାହିଁ। ସାମାନ୍ୟତମ ସନ୍ଦେଶଟିଏ ଗନ୍ତବ୍ୟପଥରେ ସେ ଛାଡ଼ି ଯାଇ ନାହିଁ।

ଯେମିତି ତେଇଶ ବର୍ଷର ଜୀବନ ତା'ପାଇଁ କିଛି ନାହିଁ। ମୂଲ୍ୟହୀନ। ମାଟି ଗୋଡ଼ି ସଙ୍ଗରେ ସମାନ। କାହିଁକି ତେଇଶ ବର୍ଷ ? ବିବାହର ପୂର୍ବ ଦୁଇବର୍ଷ ମିଶାଇ ଦେଲେ ତ ଠିକ୍ ପଚିଶ ବର୍ଷ ! ହାତ ଆଙ୍ଗୁଠିରେ ଗଣି ବସିଲେ ଅଭୟ ବର୍ଷଗୁଡ଼ାକୁ। ନା ଠିକ୍ ଅଛି। କୌଣସି ଦିନ କୌଣସି ଗଣନାରେ ତାଙ୍କର ଭୁଲ୍ ହୋଇ ନାହିଁ... ଅଥଚ... ?

ଅନୀତାର ଅଭାବ କ'ଣ ଥିଲା ? ସେ ତ ନିଜେ ଚାହିଁଥିଲା। ତାଙ୍କୁ ବିବାହ କରିବାପାଇଁ ? କେତେଥର ବିବାହ ପୂର୍ବରୁ ତାଙ୍କର କଣ୍ଠସଂଲଗ୍ନ ହୋଇ ସେ କହିଥିବ – 'କୁହ ! ତମେ ମୋର ହୋଇ ରହିବ ! କୁହନା... ଥରେ କୁହ ତମେ ମୋର ବୋଲି। ତମକୁ ପାଇଲେ ମୋର ସାରା ଜୀବନର ସ୍ୱପ୍ନ ସାର୍ଥକ ହେବ।'

ହୋଇଥିଲା ତ ! ପୃଥିବୀର ସମସ୍ତ ବାଧାବିଘ୍ନକୁ ଏଡ଼ାଇ ଅଭୟ ନିଜର ଓ ଅନୀତାର ବାପା ମା'ଙ୍କ ଅନିଚ୍ଛାସତ୍ତ୍ୱେ ତାକୁ ବିବାହ କରିଥିଲେ। ଜୀବନର ସବୁ କିଛି ଅଦେୟ ତାକୁ ଦେଇଥିଲେ, ତା'ର ସୁଖ ପାଇଁ ଶାନ୍ତି ପାଇଁ, ଅଜସ୍ର ଶ୍ରମ ମଧ୍ୟ କରିଥିଲେ ! ମାତ୍ର... ନା ! କ'ଣ ଗୋଟାଏ କଥା ଚାଉଁ ଚାଉଁ କରି ଲାଗୁଛି ଛାତି ଭିତରେ।

ଅନୀତା ସେ କଥା ଜାଣେ ନାହିଁ। ତା'ର ଖବର ସେ ଘୁଣାକ୍ଷରରେ ଜାଣେ ନାହିଁ। ସୁଲକ୍ଷଣାର ବ୍ୟାପାର ସେ ଜାଣେ ନାହିଁ। କେବେ ମଧ୍ୟ ଅନୀତା ସେଠାକୁ ଯାଇ ନାହିଁ କି ସେ ଏଠାକୁ ଆସି ନାହିଁ। ଅଭୟଙ୍କୁ ମଧ୍ୟ କୌଣସି ଅପ୍ରସ୍ତୁତ ଅବସ୍ଥାରେ ସୁଲକ୍ଷଣା ସହ କେହି ଦେଖି ନାହିଁ ଯେ...।

ଦେଖିଥିଲେ ବି କ'ଣ ହୋଇଥାନ୍ତା ? କିଏ ବି ବିଶ୍ୱାସ କରିଥାନ୍ତା ? ଏବେ ବିଶ୍ୱାସ କରିଥିଲେ କ'ଣ ହୋଇଯାଇଥାନ୍ତା ? ବିବାହ କରିଥିଲା ବୋଲି ଏକ ନାରୀ ପାଖରେ ବାନ୍ଧି ହୋଇ ରହିବ ଏମିତି ତ କିଛି ଅର୍ଥ ନାହିଁ ? ସବୁଠାରୁ ବଡ଼ କଥା, ସେ ଅତୀତକୁ ତ ସୁଲକ୍ଷଣା ସହ ସମ୍ପର୍କ ଯୋଗୁଁ କଷ୍ଟ ଦେଇ ନାହିଁ ଯେମିତି ତା'ର ବହୁ

ସାଙ୍ଗସାଥୀ ନିର୍ବିକାରରେ ନିଜ ସ୍ୱାମୀମାନଙ୍କୁ କଷ୍ଟ ଦେଇଥାନ୍ତି ! ତା' ବୋଲି କ'ଣ ? ନାରୀ ଚତୁରୀ ବୁଦ୍ଧିମତୀ ହେଲେ ତା' ସହ ମାନସିକ କ୍ଷୁଧା ମେଣ୍ଟିପାରେ ପରାମର୍ଶ କରି ଜୀବନର ସମୃଦ୍ଧି ପାଇଁ ପଥ ଉନ୍ମୁକ୍ତ କରାଯାଇପାରେ କିନ୍ତୁ ଦେହର ତ ଏକ କ୍ଷୁଧା ଅଛି ? ଦେହ ଚାହେଁ ଏକ ଯୌବନ ପରିପୁଷ୍ଟ ଅକ୍ଳାନ୍ତ ଦେହ। ସୁଲକ୍ଷଣା ଅଭୟର ସେଇ ଶାରୀରିକ କ୍ଷୁଧାର ଥିଲା ସାମୟିକ ତୃପ୍ତି ! ସେଥିପାଇଁ ହିସାବ କରି ଅର୍ଥ ଓ ସମୟ ଖର୍ଚ୍ଚ କରିଥିଲେ ଅଭୟ। କୌଣସି ଦିନ କୌଣସି କଥାରେ ତ୍ରୁଟି ରହି ନାହିଁ ଯେ କିଏ ତାଙ୍କୁ ପଦେ କହିଦେବ !

ତେବେ ? ଅନୀତା କ'ଣ ଆଉ କିଛି ଚାହୁଁଥିଲା, ଆଉ କିଛି କହୁଥିଲା ଯାହା ସେ ବୁଝିପାରିଲେ ନାହିଁ, ଦେଇପାରିଲେ ନାହିଁ। ଅଭୟଙ୍କର ପ୍ରତିପତ୍ତି, ଯଶଃ, ଐଶ୍ୱର୍ଯ୍ୟ ଏବଂ ଭବିଷ୍ୟତକୁ ନୀରବରେ ଉପେକ୍ଷା କରି ଚାଲିଗଲା ସାମାନ୍ୟ ଗୋଟାଏ ନାରୀ ! ଅଥଚ କି ଭୀଷଣ ଭାବରେ ତାଙ୍କୁ ଭଲ ପାଇବାର ଛଳନା ସିଏ କରୁଥିଲା ? ଅଭୟ ନିଜ ଉପରେ ରାଗିଗଲେ।

ଏମିତି ବୋକା ବନିଯିବେ ବୋଲି ସେ କଳ୍ପନା କରି ନ ଥିଲେ। ଅନୀତାକୁ ଅବାଧ ସ୍ୱାଧୀନତା ଦେବା ହିଁ ତାଙ୍କର ଭୁଲ ହୋଇଛି। ଗୋଟିଏ ନୁହେଁ, ଯୋଡ଼ିଏ ନୁହେଁ - ଶହ ଶହ ନାରୀ ପୁରୁଷ ବନ୍ଧୁ ତା'ର। ହଜାର ସଭାସମିତି, ସିନେମା, ଥିଏଟର ଯୁକ୍ତିତର୍କରେ ସମୟ ତା'ର କଟିଯାଏ। କେବେ ତ ବିରସ ହୋଇ କି ବିରକ୍ତ ହୋଇ ଅନୀତାକୁ ଏକାକୀ ସେ ଦେଖି ନାହାନ୍ତି। କିଏ ଜାଣେ ? ହୁଏତ କାହା ସଙ୍ଗରେ ଗୁପ୍ତ ପ୍ରଣୟ ଯୋଗୁଁ କିମ୍ବା... କ'ଣ ହୋଇପାରେ ? କିଏ ସେ ଜଣକ ?

ଟେବୁଲ୍ ଉପରୁ ଗ୍ଲାସଟା କାନ୍ଥକୁ ଲକ୍ଷ୍ୟ କରି ଫୋପାଡ଼ିଲେ ଅଭୟ ! ଝଣ ଝଣ ଶବ୍ଦରେ ଚତୁର୍ଦ୍ଦିଗ କମ୍ପି ଉଠିଲା।

ସେଇ ମୋହନ ରାସ୍କେଲ୍‌ଟା ଛଡ଼ା ଆଉ କେହି ନୁହେଁ ! କେତେଥର ଅଭୟ ଦେଖୁଛନ୍ତି ଦି'ଜଣ ବସି ନିରୋଳା ଡ୍ରଇଁ ରୁମ୍‌ରେ ଗଳ୍ପ କରିବା, ରେଡ଼ିଓ ଶୁଣିବା ଆଉ ରାଜନୀତି ନେଇ ଚର୍ଚ୍ଚା କରିବା। ଅନେକଥର ସେ ବି ସେଠାରେ ଯୋଗ ଦେଇଛନ୍ତି। ଖାଲି ସେତିକି ନୁହେଁ - ସୁରେଶ, ଶଶାଙ୍କ, ଗୀତିମୟ, ପ୍ରାଣବନ୍ଧୁ, ଉମା, ସାବିତ୍ରୀ, ପ୍ରଫୁଲ୍ଲ ଆଉ ଅରୁଣ ପ୍ରଭୃତିଙ୍କ ସହ ସେ ବି ସେମିତି ଗପକରେ, ଘରକୁ ଖାଇବାକୁ ଯାଏ ଆଉ ନିମନ୍ତ୍ରଣ କରେ। କେବେ କେମିତି ଅଭୟ ଥାଆନ୍ତି କେବେ ନ ଥାନ୍ତି। ତେଇଶ ବର୍ଷର ବିରାମହୀନ ପ୍ରେମମୟ ଜୀବନରେ ଅନୀତାଠାରୁ ଅଭିଯୋଗ ସେ ଶୁଣି ନାହାନ୍ତି। କେବେ ମଧ୍ୟ ଯାଇ ଅନ୍ୟତ୍ର ରାତ୍ର କଟାଇବା ତାଙ୍କର ଖେୟାଲ୍‌ରେ ଆସୁ ନାହିଁ। ତା'ହେଲେ କ'ଣ ଅନୀତା... ?

ଦୁଇଟା କଥାରୁ ଗୋଟିଏ ସମ୍ଭବ ମାତ୍ର। ମୋହନ ସଙ୍ଗରେ ହୁଏତ ଚାଲିଯାଇଛି କେଉଁ ଦୂରକୁ ଯେଉଁଠି ସେମାନଙ୍କର ପତ୍ତା କେହି ପାଇବେନି। କିମ୍ବା ଚାଲିଯାଇଛି ସମ୍ପୂର୍ଣ୍ଣ ଭାବରେ ସଂସାର ଛାଡ଼ି? ନା ନା, ଦ୍ୱିତୀୟଟି କେବେହେଁ ସମ୍ଭବ ନୁହେଁ। ସଂସାର, ଧନସମ୍ପତ୍ତି, ସନ୍ତାନସନ୍ତତି ପ୍ରତି ଅଦ୍ଭୁତ ଆକର୍ଷଣ ଥିଲା ତା'ର! ହେଇ ତ ଆଲବମ୍‌ରେ କାନ୍ଥରେ, ଟେବୁଲ୍ ଉପରେ ରାଶି ରାଶି ତା'ର ପ୍ରାଣ ମତାଣିଆ ଜୀବନ ରସରେ ପରିପୁଷ୍ଟ ପ୍ରତିଛବି! କେଉଁଠି ବଗିଚାର ସୂର୍ଯ୍ୟମୁଖୀକୁ ଚାହିଁ ବିଭୋର ହୋଇଛି ତ କେଉଁଠି ପୁଅଝିଅଙ୍କୁ କୋଳରେ ଧରି ଭବିଷ୍ୟତ୍‌ର ସ୍ୱପ୍ନ ଦେଖୁଛି, ଗାଡ଼ି ଦେହରେ ଗାଲ ଚାପି ଆକାଶକୁ ଚାହିଁଛି, କେତେବେଳେ ତ ଠାକୁରଘରେ ଭକ୍ତି ବିଭୋର ହୋଇ ପ୍ରାର୍ଥନା କରୁଛି ଛଳ ଛଳ ନୟନରେ କେତେବେଳେ କୋଉ ଦେଶ, କୋଉ ସହର, କୋଉ ନଈପର୍ବତ ତଟରେ, କୋଉ ତିଥି ନକ୍ଷତ୍ରରେ ଉଠିଛି ତା'ର ପ୍ରତିଛବି ସବୁ ତା'ର ମୁହେଁ ମୁହେଁ ମୁଖସ୍ଥ...! ଏପରି ବ୍ୟକ୍ତି କଦାପି ଏତେ ଶୀଘ୍ର ସଂସାରରୁ ବିଦାୟ ନେଇପାରେନା। ସେ ଅଛି.... ଅଛି... ଗୋପନରେ କେଉଁ ପ୍ରେମିକ ପାଖେ ଅସଫଳ ଥିବା ଯୌନକ୍ଷୁଧାର ତୃପ୍ତି ନିମିତ୍ତ ସେ ଚାଲିଯାଇଛି? କିନ୍ତୁ କିଏ ସେ ବ୍ୟକ୍ତି? କାହାର ଏତେ ଆସ୍ପର୍ଦ୍ଧା ଯେ ଅଭୟର ତେଇଶ ବର୍ଷ ବିବାହିତ ସମ୍ବନ୍ଧ ସ୍ୱର୍ଦ୍ଧିତ ଭବିଷ୍ୟତର ଗୌରବକୁ ଚୂର୍ଣ୍ଣବିଚୂର୍ଣ୍ଣ କରି ଚାଲିଗଲା? ସାମ୍ନାରେ ଦେଖାହେଲେ ତା'ର ଦେହକୁ ଗୁଣ୍ଡ କରିଦିଅନ୍ତା ଅଭୟ ଗୋଟାଏ ସେକେଣ୍ଡରେ। କାଓ୍ୱାର୍ଡ!

ଗ୍ଲାସଟାଏ ପୁଣି ବାଜିଲା ଯାଇ କାନ୍ଥରେ। ଘର ସାରା ଟୁକୁରା ଟୁକୁରା କାଚର ଝଲମଲ ଆସ୍ତରଣ।

ବାହାରେ ନନ୍ଦର ପାଦଶବ୍ଦ। ବିଶ୍ୱସ୍ତ ବୁଢ଼ା ଚାକର ଘରର, କୋଉ ଅମଳର। ଆସ୍ତେ କବାଟ ଖୋଲି ଅଭୟ ଅନାଇଲେ।

'ବାବୁ! ବାବୁମାନେ ସବୁ ଖୋଜୁଛନ୍ତି!'

'କହି ଦେ ଘରେ ନାହାନ୍ତି.. ହଁ ଶୁଣ, ମୋହନବାବୁ ଆସୁଛନ୍ତି କି?'

'ନା, ଆଉ ସମସ୍ତେ - ସେଇ ମା'ଙ୍କ କଥା ପଚାରୁଛନ୍ତି!'

'ସେମାନଙ୍କୁ ନାହିଁ କରିଦେ। ଆଉ ମନେରଖ, ମୋହନବାବୁ ଆସିଲେ ତାଙ୍କୁ ଡ୍ରଇଁରୁମ୍‌ରେ ବସାଇ ମତେ ଖବର ଦେବୁ।'

'ହଁ ବାବୁ! ମୋହନବାବୁ ତ ମା' ଯିବା ଆଗଦିନ ସଂଧ୍ୟାରେ ଆସିଥିଲେ... ଚାରିଦିନ ହେଲା ତାଙ୍କର ମୋଟେ ଦେଖା ନାହିଁ। ମୁଁ ଯିବି କି ତାଙ୍କ ଘରକୁ?'

'ନା - ତୁ ଦାଣ୍ଡରେ ବସିଥା। ସେମାନଙ୍କୁ ସବୁ ବିଦା କରିଦେ। ମତେ ଯେମିତି କେହି ଅଯଥା ବ୍ୟସ୍ତ ନ କରନ୍ତି! ପିଲାମାନେ ଯେମିତି ବ୍ୟସ୍ତ ନ ହୁଅନ୍ତି!'

ନନ୍ଦ ଚାଲିଗଲା। ତା'ର ଗତିପଥକୁ ଚାହିଁ ଭୀଷଣ କ୍ରୁଦ୍ଧ ହୋଇଉଠିଲେ ଅଭୟ। ତା' ହେଲେ ନନ୍ଦର ବି ସେଇ ମୋହନ ଉପରେ ସନ୍ଦେହ। ଏତେ ଦିନର ବୟସ୍କ ବିଶ୍ୱସ୍ତ ଲୋକ!

ଭୟାନକ ଉତ୍ତେଜନା ନେଇ ବୁଲୁଥିଲେ ଘରସାରା ମତ୍ତହସ୍ତୀ ପରି ଅଭୟ। ଜୀବନର ଏଇ ପରାଜୟ, ଏଇ ଗ୍ଲାନି ସାମାନ୍ୟ ଗୋଟିଏ ସ୍ତ୍ରୀ ପାଇଁ! ସେ ଏସବୁକୁ ସହ୍ୟ କରି ବଞ୍ଚିବେ କିପରି? ଅସହ୍ୟ ଏ ଗ୍ଲାନି!

ଟେବୁଲ୍‌ର ଚାରିପଟରେ ସେମାନେ ଘେରି ବସିଥିଲେ। ବାହାରେ କେଉଁ ଅଜଣା ତିଥିର ହୋଇଯାଇଛି କେତେ ଟୋପା ଅଚାନକ ବର୍ଷା। ପବନର ଚଞ୍ଚଳତାକୁ କିଏ ଯେପରି ହାତମାରି ଶୁଆଇ ରଖିଛି। ଚତୁର୍ଦ୍ଦିଗରେ ଏକ ନୀରବ ଅଥଚ ଅବରୁଦ୍ଧ କାରୁଣ୍ୟର ଅନ୍ତଃସ୍ରୋତ!

ମ୍ୟାଗାଜିନ୍‌ଟା ଫୋପାଡ଼ି ଦେଇ ଉମା କହିଲା - 'ତୁମେମାନେ ଯାହା କୁହ ପଛେ, ମୋର ମୋଟେ ବିଶ୍ୱାସ ହେଉ ନାହିଁ। ଏପରି ଏକ ପରିପୂର୍ଣ୍ଣ ସଂସାରକୁ କାହିଁକି ଯେ ନୀରବରେ ପ୍ରତ୍ୟାଖ୍ୟାନ କରି ଅନୀତା ଚାଲିଯିବ ମୁଁ ବୁଝିପାରୁ ନାହିଁ। ହୁଏତ କୌଣସି କଥାରେ ଅଭିମାନ କି ଅପମାନ ତାକୁ ମରଣାନ୍ତକ ଯନ୍ତ୍ରଣା ଦେଇଛି ଯାହା କେହି ଜାଣିପାରି ନାହାନ୍ତି... କେବେ ମଧ୍ୟ ଅନୀତା କାହାକୁ କିଛି କହି ନାହିଁ, ସାମାନ୍ୟତମ ସଂକେତ ଦେଇ ନାହିଁ ଆଉ ସେଇ ଯନ୍ତ୍ରଣାରେ ସେ ଚାଲିଯାଇଛି। ଫେରିବ... ସମୟ ହେଲେ ଫେରିବ।'

କେଟଲିରୁ ଚା' ଢାଳୁ ଢାଳୁ ସାବିତ୍ରୀ ବିରକ୍ତ ହେଲାପରି କହିଲା -

"କାହିଁକି ସେ କଥା ଆମର ପଡ଼ିଛି ଯେ! ଏମିତି ତ ପ୍ରତିଦିନ କେତେ ସମ୍ବାଦ ବାହାରୁଛି କାଗଜରେ। କିଏ କେତେ ଯାଉଛନ୍ତି, ମରୁଛନ୍ତି ତା'ର ଠିକଣା ନାହିଁ। ତା' ବୋଲି ତ ଆଉ ସମସ୍ତେ ଏମିତି ହାୟ ହାୟ କରି ମରିଯିବେ ନାହିଁ...।'

ଶଶାଙ୍କ ସିଗାରେଟ୍‌ରୁ ଧୂଆଁ ଛାଡୁ ଛାଡୁ କହିଲା-

"କେହି ସିନା ମରିଯିବେ ନାହିଁ, ହେଲେ ଅଭୟର କ'ଣ ହେବ?... ଅନୀତାକୁ ଛାଡ଼ି ସେ ତିନିଟା ପିଲା ନେଇ ବଞ୍ଚିବ କିପରି? ଏ କ'ଣ ଆଘାତ ପରି ଆଘାତ? ତୁମେ ସ୍ତ୍ରୀଲୋକମାନେ ବୁଝିବ କ'ଣ? ଆମର ତ ପୁଣି ସାମାଜିକ ଦାୟିତ୍ୱ ଆଉ ନିରାପତ୍ତା ଦରକାର?"

ଶଶାଙ୍କର ସ୍ତ୍ରୀ ଧୀରା ଝର୍କା ପାଖରେ ଛିଡ଼ା ହୋଇଥିଲା ବାହାର ଆକାଶକୁ ଅନାଇ। ଶଶାଙ୍କ କଥାରେ କଟାକ୍ଷ ହାଣି ସେ କହିଲା -

"ପୁରୁଷ ତା'ର ଦେହ ନେଇ ବଞ୍ଚେ, ନାରୀ ମନ ନେଇ ବଞ୍ଚେ। ଥରେ ସେ

ମନ ମରିଗଲେ କେହି ତାକୁ ବଞ୍ଚେଇପାରେ ନାହିଁ। ଆଉ ସେଇ ମନ ମରିଯାଇଥିଲା ଅନେକ ଦିନୁ ଅନୀତାର। କାହିଁକି ସେ ବଞ୍ଚିଥାନ୍ତା ? ଏ ସଂସାରରେ ବହୁ ସ୍ତ୍ରୀଲୋକ ବୃଥାରେ ଖାଇପିଇ, ସନ୍ତାନ ଜନ୍ମକରି, ବଡ଼ ବଡ଼ କୋଠାଘରେ ଅୟସରେ ଜୀବନ କଟାଇ ଚାଲିଛନ୍ତି... ଅନୀତା ଏବେ ଚାଲିଗଲା। କାହାର ତ ସେ କ୍ଷତି କରି ନାହିଁ... ବଞ୍ଚିବା ଜୀଇଁବା ବା ଅଭିନୟ କରିବା ତା'ର ବ୍ୟକ୍ତିଗତ ମର୍ଜି।"

ହଠାତ୍ ଧୀରାର ଏକଥାରେ ଘର ଭିତରେ ଏକ ନୀରବତା ଖେଳିଗଲା। ସମସ୍ତେ ଶଶାଙ୍କର ମୁଖରୁ ନିର୍ଗତ ଅନର୍ଗଳ ଧୂମକୁଣ୍ଡଳୀର ବାସ୍ନା ଆଘ୍ରାଣ କରିବାରେ ସତେ ବା ବ୍ୟସ୍ତ।

କିଛି ସମୟ ପରେ ଗଳା ପରିଷ୍କାର କରି ସୁରେଶ କହିଲା–

"ଆମର ଏ ସବୁ ବିଷୟରେ ବାଦାନୁବାଦ କରିବା ଉଚିତ ନୁହେଁ। ପର ଘର ବ୍ୟାପାର ଆଉ ପର ସ୍ତ୍ରୀ ନେଇ ଆଲୋଚନା କରିବା ନୀତିସଙ୍ଗତ ମଧ୍ୟ ନୁହେଁ। କେବଳ ଏକମାତ୍ର ଯୁକ୍ତି ଅନୀତା ଆଉ ଅଭୟ ଆମ ସମସ୍ତଙ୍କର ଅନ୍ତରଙ୍ଗ ବନ୍ଧୁ। ଜଣେ ଅନ୍ତରଙ୍ଗ ବନ୍ଧୁର ଆକସ୍ମିକ ମୃତ୍ୟୁ ପରି ଅନୀତାର ବିଚ୍ଛେଦ...।"

ଅରୁଣା ଚା' କପ୍‌ଗୁଡ଼ାକ ଏକାଠି କରୁ କରୁ କହିଲା –

"ହଁ ଯାହା କହିଲେ... ସେଇ ଗୋଟିଏ ପ୍ରଶ୍ନ ତ ସମସ୍ତଙ୍କ ମନରେ। ଏତେ ଦିନର ଜଣାଶୁଣା ଲୋକ, ଦିନେ ନ ଦେଖିଲେ ନିଦ ହୁଏ ନାହିଁ। କ'ଣ ବ୍ୟାପାରଟା କହିଥିଲେ କିଛି ଯଦି ଆମେ ସାହାଯ୍ୟ କରିପାରିଥାନ୍ତୁ, ମନରେ ଅବସୋସ ରହନ୍ତା ନାହିଁ। ନ ହେଲେ ଆମେ ବା କ'ଣ କାହାର କରିପାରିବୁ ? ସେ ଡାକରା ଯେତେବେଳେ ଆସିବ କେହି ରୋକିପାରିବେ ନାହିଁ।"

ଶେଷ କଥାଟି ଅରୁଣା ସନ୍ଦେହକୁ ବଢ଼ାଇବା ପରିବର୍ତ୍ତେ ଦ୍ୱିଗୁଣ କରିଦେଲା। କଥାଟାକୁ ଯେତେ ସରଳ କରି ପୂର୍ଣ୍ଣଚ୍ଛେଦ ଦେବାକୁ ସମସ୍ତେ ଚାହିଁଲେ ବି କେଉଁଠି ଯେମିତି ଗଣ୍ଠି ପଡ଼ିଯାଉଛି, ଆଉ ତାକୁ କେହି ଖୋଲିପାରୁ ନାହାନ୍ତି। ଆଖି ଆଗରେ ମାୟାର ଅଞ୍ଜନ ଲଗାଇ ଭାସିଯାଉଛି ଅତି ପରିଚିତ ଅନୀତାର ହାସ୍ୟୋଜ୍ଜ୍ୱଳ ଆଖି ଦିଓଟି। କେତେ ବୁଝିଲାର ଅଥଚ... କ'ଣ ଯେ ସବୁ ହୋଇଗଲା।

ବାହାରେ ମଟରଗାଡ଼ିର ହର୍ଣ୍ଣ। ବାଧହୋଇ ଶଶାଙ୍କ ଉଠିଗଲା ଏବଂ ତା'ର ଗତିପଥକୁ ଚାହିଁ ଧୀରା କହିଲା–

"ଯେତେ ଖୋଜ, ଯାହା କର, ଆଉ ତାକୁ ପାଇବନି। ସେ ଚାଲିଯାଇଛି... ମୁଁ ପରା ପ୍ଲାଞ୍ଚେଟ୍‌ରେ ପଚାରିଥିଲି ବାପାଙ୍କୁ। ଯାହାକୁ ଡାକିଲି ସମସ୍ତେ ସେଇକଥା କହିଲେ...।" ଉମା କହିଲା–

"ତାକୁ ଡାକିଲୁନି। ଏତେ ସେକେଣ୍ଡ୍ ହ୍ୟାଣ୍ଡ ଖବର ମତେ ଭଲ ଲାଗେନି।"

"ଡାକିଥାନ୍ତି ଯେ... ଭଲ ହୋଇ ନ ଥାନ୍ତା। ଏବେ ଯାଇଛି ତ କେମିତି ମୁଡ୍‌ରେ ଥିବ ଠିକ୍ ନାହିଁ। ମୋର ତ ପୁଣି ଘରଦ୍ୱାର ପିଲାଛୁଆ ଅଛନ୍ତି! ହଅ, ତାକୁ କଷ୍ଟ ଦେଇ ବା ଲାଭ କ'ଣ?"

ଗମ୍ଭୀର ହୋଇ ଉଠୁଥିଲା ଧୀରା। ଯୁକ୍ତି କରି କାହାକୁ ସେ କିଛି ବୁଝାଇପାରିବ ନାହିଁ। ବିଶ୍ୱାସ ଖଣ୍ଡନ କରିବାକୁ ପ୍ରମାଣ ତା'ର କିଛି ନାହିଁ।

ନୀରବତା ଭାଙ୍ଗି ଘର ଭିତରକୁ ପଶିଲେ ଶଶାଙ୍କ ଆଉ ସୁରେଶ। ପଛେ ପଛେ ଜଣେ ଅଜଣା ବ୍ୟକ୍ତିର କାନ୍ଧରେ ଝୁଲିଲା ଭଳି ଆସୁଛି ମୋହନ। ଅନୀତା ଯିବା ଦିନଠାରୁ ମୋହନର ମଧ୍ୟ ଦେଖା ନ ଥିଲା...।

ବ୍ୟସ୍ତ ଭାବରେ ଛିଡ଼ା ହୋଇପଡ଼ି ଧୀରା ପଚାରିଲା - "କ'ଣ ହୋଇଛି? ଅନୀତା ଆସିଛି? ମୋହନବାବୁଙ୍କ ଦେହ କ'ଣ ଭଲ ନାହିଁ? କ'ଣ କିଛି କହୁନ ଯେ କେହି...?"

"ଆ! ଚୁପ୍‌କର। ଏତେଦିନ ପରେ ଯଦି ବା କିଛି ଖବର ମିଳେ ତୁମେ ତାକୁ ପାଟିତୁଣ୍ଡ କରି ଭଣ୍ଡୁର କରିଦେବ? ଦେଖିପାରୁନ ମୋହନର ଅବସ୍ଥା।"

ଶଶାଙ୍କର ଶାସନରେ ଚୁପ୍ ହୋଇଗଲା ଧୀରା। ପ୍ରକୃତରେ ବଡ଼ ଅସୁସ୍ଥ ମନେହେଉଛି ମୋହନ। ଆଖି ଦୁଇଟା ରକ୍ତବର୍ଣ୍ଣ। ମୁହଁଟା ଦୁଃଖ, ରାଗ ଆଉ ଏକ ବିଚିତ୍ର ସମାହାର। କିଛି ନିର୍ଣ୍ଣୟ କରିବା ସମ୍ଭବ ନୁହେଁ।

ନୀରବରେ ଚା' କପ୍‌ଟିଏ ମୋହନ ହାତକୁ ସାବିତ୍ରୀ ବଢ଼େଇଦେଲା ଏବଂ ଧୀର କଣ୍ଠରେ ପଚାରିଲା - "ନୀତାର ଖବର କିଛି ଜାଣିଛ ମୋହନ?"

ଆଖି ପିଛୁଳାକେ କପ୍ ପ୍ଲେଟ୍ ଗରମ ଚା' ସହ ସାବିତ୍ରୀର ଲୁଗା ଉପର ଦେଇ ପଡ଼ିଗଲା ତଳେ ଖଣ୍ଡ ଖଣ୍ଡ ହୋଇ ଏବଂ ସେଇ ଶବ୍ଦ ସହ ଗର୍ଜନ କରିଉଠିଲା ମୋହନ - "ମତେ କାହିଁକି ସମସ୍ତେ ପଚାରୁଛ? ମୁଁ ବୁଝିପାରୁନି, କାରଣ କ'ଣ ଜାଣିପାରୁନି। ଏମିତିକି ଅଭୟ ମତେ ଅଭିଯୁକ୍ତ କରୁଛି ତା' ସହିତ ଗୁପ୍ତ ପ୍ରଣୟ ବ୍ୟାପାରରେ। କାହିଁକି? ମୁଁ ଅନୀତା ସହ ବସି ଗପ କରୁଥିଲି ବୋଲି? ଶଶାଙ୍କ ଗପି ନାହିଁ? ନା, ସୁରେଶ ଗପି ନାହିଁ, ନା, ଅରୁଣ ନୁହେଁ? ଆମେ ସମସ୍ତେ ପ୍ରତ୍ୟେକ ପ୍ରତ୍ୟେକ ସହ ମିଶିଛେ, ଗଳ୍ପ କରିଛେ, ବୁଲିଛେ, ଅବସର କଟେଇଛେ - କିନ୍ତୁ କେହି କାହାକୁ ବୁଝି ନାହେଁରେ ବୁଝି ନାହେଁ। ଏମିତିକି ବିବାହ କରି ତେଇଶ ବର୍ଷ ଜୀବନ ଏକାଠି କଟାଇ ଅଭୟ ବୁଝି ନାହିଁ - ବଞ୍ଚିବା କଣ, ଭଲ ପାଇବା କ'ଣ - ଆଉ ଆମେ? ଆମେ ତ ତା'ର ସୀମାକୁ ବି ସ୍ପର୍ଶ କରି ନାହେଁ କେହି! ଜନ୍ମ ଦେଇ

ଅନୀତାର ବାପା ମା' ବି ବୁଝି ନାହାନ୍ତି। କିନ୍ତୁ ମୋତେ ଆଶ୍ଚର୍ଯ୍ୟ ଲାଗୁଛି... ଆଠଦିନ ପରେ ମୁଁ ଫେରିଆସି ଖବରଟା ନ ଶୁଣୁନୁ ମୋ ଉପରେ ସମସ୍ତଙ୍କର ଏଇ ବୃଥା ଆକ୍ଷେପ... ଛିଃ ଛିଃ!"

ଏକା ସ୍ୱରରେ ସମସ୍ତେ ପଚାରିଲେ ସତେକି ଆଶ୍ଚର୍ଯ୍ୟରେ ଭାଙ୍ଗି ପଡ଼ିଛନ୍ତି - ସତରେ ତମେ ଜାଣି ନାହଁ! ଆଉ ତା'ର ଉତ୍ତରରେ ଖୁବ୍ ଜୋର୍‌ରେ ମୁଣ୍ଡ ହଲାଉ ଥିଲା ମୋହନ - ନା, ନା, ନା - ମୁଁ ଜାଣି ନାହିଁ... ଲେଶମାତ୍ର ଜାଣି ନାହିଁ - ବୁଝି ମଧ୍ୟ ପାରୁ ନାହିଁ, ସୀମାହୀନ ଅନନ୍ତ ସମୟର ପ୍ରଖର ସ୍ରୋତକୁ ତୁମେ ମୋ ଭଳି ଏକ ନଗଣ୍ୟ ଏକ ଜ୍ୟୋତିହୀନ...!

ସୁରେଶ ମୋହନର ହାତଧରି କହିଲା - ଚୁପ୍‌କର ଭାଇ! ଚୁପ୍‌କର। ତତେ ଯେଉଁମାନେ ବୃଥାରେ ଅଭିଯୁକ୍ତ କରିଛନ୍ତି ସେମାନେ ଭୁଲ୍ କରିଛନ୍ତି। ତୁ ଚୁପ୍ କର!

ଆଖି ଛଳ ଛଳ କରି ଉଠିଲା ମୋହନର - "ଦେଖ ଭାଇ! ଆମେ କେହି କାହାକୁ ବୁଝୁ ନାହେଁ, ଜାଣୁ ନାହେଁ - ଅଥଚ ବନ୍ଧୁ ବୋଲି ଗର୍ବ କରୁଛେ! ମତେ ତୋ କଥା ପାଇଁ କଷ୍ଟ ହେଉନିରେ, କଷ୍ଟ ହେଉଛି ଅନୀତା ପାଇଁ। ମୁଁ ତ ଏଇ ଅଧଘଣ୍ଟାକ ତଳେ ତାକୁ ଷ୍ଟେସନରେ ଦେଖିଲି...!"

ସମସ୍ତଙ୍କର ସମ୍ମିଳିତ ପ୍ରଶ୍ନ - "ଦେଖିଲ? ଆଖିରେ ତାକୁ ଦେଖିଲ? ସତ?"

ମୋହନ ପ୍ରକୃତିସ୍ଥ ଭଙ୍ଗୀରେ କହିଲା - "ହଁ - ମୁଁ ଦେଖିଲି! ପ୍ଲାଟ୍‌ଫର୍ମରେ ସେ ଛିଡ଼ା ହୋଇଥିଲା। ମୁଁ ପଚାରିଲି କୁଆଡ଼େ ଯାଉଛ ବୋଲି। ସେ କହିଲା ଅଭୟ ଯାଉଛନ୍ତି କାମରେ ବାଙ୍ଗାଲୋର, ମୁଁ ଓ ପିଲାମାନେ ଯାଉଛୁ - ବାସ୍ ସେତିକି। ଘଣ୍ଟା ଦେଖି ଓଭରବ୍ରିଜ୍ ଉପରେ ତରତର ହୋଇ ସେପଟକୁ ଚାଲିଗଲା। ତା' ମୁହଁରେ ବିଷାଦର କୌଣସି ସଙ୍କେତ ମୁଁ ଦେଖି ନାହିଁ... କେମିତି ବା ମୁଁ ଜାଣିଥାନ୍ତି ଯେ, ଆଉ ଜାଣିଥିଲେ କି ମୁଁ ତାକୁ ଫେରାଇ ଆଣି ପାରିଥାନ୍ତି? ମୁଁ ଏମିତି କିଏ କି? ତୁମମାନଙ୍କ ଭଳି ନିର୍ବୋଧ ମୁଁ ଏତେଟା ନୁହେଁ!"

ଘର ଭିତରେ ଅବୋଧ ନୀରବତା। କେହି କାହାର ମୁହଁକୁ ଚାହିଁ ପ୍ରଶ୍ନ କରିବାର ସାହସ ନାହିଁ କି ଆବଶ୍ୟକତା ନାହିଁ, ଯେମିତି ବାହାରେ କୃଷ୍ଣପକ୍ଷ ରାତ୍ରିର ଯେତିକି ଅନ୍ଧାର ଭିତରେ ନିଅନ ଆଲୋକରେ ତା'ଠାରୁ ଅନେକ ଅଧିକ। ନିଜ ନିଜର ଚିନ୍ତା ଭିତରେ ଅନ୍ୟର ଉପସ୍ଥିତି କ୍ରମଶଃ ଗୌଣ ହୋଇ ଉଠୁଥିଲା...!

କଥାର ଉପକଥା।

x x x x

ଦିଗମ୍ବରବାବୁ ଅନୀତାର ସାନଝିଅ ମିତ୍ରାର ହାତ ଧରି ଫେରୁଥିଲେ

ପ୍ରାତଃଭ୍ରମଣରୁ। ଏକ ମାସ ପରେ କୌଣସିମତେ ଅବସ୍ଥା ଟିକିଏ ଶାନ୍ତ ପରିସ୍ଥିତିକୁ ଆସିଲା ପରି ମନେ ହେଉଥିଲା ତାଙ୍କର। ମାତ୍ର ନିଆଁ ଯେ ଜଳୁଛି କୋଉଁଠି ପାଉଁଶ ଭିତରେ ସେ କଥା ତାଙ୍କୁ ଅଛପା ନ ଥିଲା।

ଅଜା ! ମା' ଆଉ ଫେରିବନି ? ମିତ୍ରାର କାତର ପ୍ରଶ୍ନ। ସତେ ବା ଦିଗମ୍ବରବାବୁ ହିଁ ସବୁ ଭବିଷ୍ୟତ୍‌ବାଣୀର ନିର୍ଭରଯୋଗ୍ୟ ବ୍ୟକ୍ତି।

ଚମକିପଡ଼ି ଦିଗମ୍ବରବାବୁ କହିଲେ – 'ହଁ ହଁ ଫେରିବ। ଏମିତି ଯାଇଛି ପଢ଼ିବାକୁ ନା...।'

'ମିଛ ! ସେ କୁଆଡ଼େ ପଳେଇଛି ଅଜା ?'

'ମା' କୁଆଡ଼େ ବାପାଙ୍କୁ ଛାଡ଼ି ପଳେଇଛି ?'

'କିଏ କହିଲା ? ଭୁଲ କଥା। ଲୋକେ ସେମିତି ତୋ ମା'କୁ ସହି ନ ପାରି କହୁଛନ୍ତି।'

'ଆଚ୍ଛା ଅଜା ! ମା ତେଣେ ବାହା ହୋଇଯାଇଛି ? ରୀତୁମାଉସୀ କହୁଥିଲା, ଆମପରି ତା'ର ପୁଅଝିଅ ଅଛନ୍ତି ସେଆଡ଼େ।'

ଦିଗମ୍ବରବାବୁ ଜାଣନ୍ତି ବାପ ସମ୍ପତ୍ତି ପାଇବାର ନିଶା ଲାଗିଛି ସରିତାକୁ, ଆଉ ସେଇଥିପାଇଁ କଅଁଳ ଶିଶୁ ମନରେ ସେ ଅଜଣା ଭୟର ଆତଙ୍କ ସୃଷ୍ଟି କରିବାକୁ ପଛାଇ ନାହିଁ।

'ନା, ନା, ସବୁ ମିଛ ମିତୁ ! ତୋ ମା ଯାଇଛି ଫେରିବ...'

'ମୁଁ ଜାଣେ ସେ ଫେରିବ। ସଂସାରର ସବୁ ମଣିଷଠାରୁ ଅଧିକ ବୁଦ୍ଧିମାନ୍ ଥିଲା ସେ। ତେଣୁ ତ ସମସ୍ତଙ୍କୁ ପଛରେ ପକେଇ ସେ ଚାଲିଗଲା। ପ୍ରତିଦିନ ତିଳ ତିଳ କରି ମରିଯିବାଠାରୁ ଏମିତି ଦୂରରେ ରହିବା କ'ଣ ଭଲ ନୁହେଁ ?'

ମିତୁ କାନ୍ଦିଉଠି କହିଲା – 'ନାହିଁ ! ତୁମେ ତାକୁ ଚିଠି ଲେଖ ସେ ଶୀଘ୍ର ଆସୁ। ମୁଁ କାନ୍ଦୁଛି, ତମେ ଲେଖିଲେ ସେ ଆସିବ। ନ ହେଲେ ମୁଁ ଖାଇବିନି !' ଉଦ୍‌ଗତ ଲୁହକୁ ଚାପି ରଖୁ ରଖୁ ଦିଗମ୍ବରବାବୁ କହିଲେ – 'ହଁ ହଁ, ମୁଁ ଲେଖିବି ତାକୁ ଚିଠି – ମା ନୀତୁ ! ଶୀଘ୍ର ଚାଲିଆ ମା ! ଯେତିକି ନୂଆ ଖବର ପାଇଛୁ ସେତିକି ନେଇ ଚାଲିଆସ। ଆମେ ଯେ ପୁରୁଣା ସମ୍ବାଦ, ଘଷରା ସ୍ୱର। ଆଉ କଳଙ୍କିଲଗା ସଂସାରରେ ପୂରାପୂରି ଅଣନିଃଶ୍ୱାସୀ, ରୁନ୍ଧି ହୋଇ ଗଲୁଣି। ତୋ ବିନା ଆମେ ଯେ କେତେ ଦରିଦ୍ର କେତେ ନୀରସ ହୋଇ ଯାଇଛୁ। ଥରେ ଆସି ଦେଖିଯା... ମୁଁ ତାକୁ ଲେଖିବି, ସବୁ ବୁଝେଇ ଲେଖିବି।'

ଅଜାଣତରେ ଦିଗମ୍ବରବାବୁଙ୍କ ମୁଦ୍ରିତ ଚକ୍ଷୁପତାରୁ ବୋହି ଯାଉଥିଲା ଅଶ୍ରୁ।

ଦୁଇ ହାତ ପାପୁଲିରେ ମିତ୍ରା ସେ ଅଶ୍ରୁକୁ ପୋଛି ଆଣି କହିଲା – 'ତୁମେ ଆଉ କାନ୍ଦନି ଅଜା ! ମୁଁ ଆଉ ଚିଠି ଲେଖିବାକୁ ତମକୁ କହିବିନି... ତମ କଥା ମାନିବି... !'

'ନାହିଁ ଲୋ ପାଗଳି ! ନ କାନ୍ଦିଲେ ମୋ ମା' କ'ଣ ଫେରିବ ! ତୁ କାନ୍ଦ, ମୁଁ କାନ୍ଦିବି, ସମସ୍ତେ କାନ୍ଦିବେ, ଗଛଲତା, ପଶୁପକ୍ଷୀ ସମସ୍ତେ କାନ୍ଦିବେ, ତେବେ ଯାଇଁ ମୋର ନୀତୁ ଫେରିବ। ଗଲାବେଳେ ସେ କାହାକୁ କିଛି କହିଯାଇ ନାହିଁ। ଛୋଟ ଖଣ୍ଡେ କାଗଜରେ ମତେ ହିଁ ଲେଖିଥିଲା – ମୁଁ ଯାଉଛି ବାପା ! କୁଆଡ଼େ ଯାଉଛି କହିପାରିବିନି। କାହିଁକି ଯାଉଛି ତା'ର ନିର୍ଦ୍ଦିଷ୍ଟ କୈଫିୟତ୍ ବି ଦେଇପାରୁନି। କିନ୍ତୁ କିଛିଦିନ ହେଲା ମତେ ଭଲ ଲାଗୁ ନାହିଁ। କେଜାଣି ଚାରିକାନ୍ଥରୁ ବାହାରିଗଲେ ଯଦି କିଛି ଜୀବନର ସନ୍ଧାନ ପାଏ ତେବେ ଫେରିଆସିବି .... ଠିକ୍ ନାହିଁ... କିନ୍ତୁ ଜାଣେ ମୁଁ ଫେରିବି। ... କି ରୂପରେ କି ଭାଷାରେ ଆସିବି ମୁଁ ଯେତେବେଳେ ଜାଣିପାରୁ ନାହିଁ ତମକୁ କ'ଣ କହିବି। ଖାଲି ଏତିକି। ନିର୍ଦ୍ଦୟ ପୃଥିବୀଟା ତାକୁ ବୁଝିଲା ନାହିଁ, ତା' ପାଇଁ କାନ୍ଦିଲା ନାହିଁ, ତାକୁ ସୁମରିଲା ନାହିଁ, କେମିତି ସେ ତେବେ ଫେରିବ ? ତୁ କାନ୍ଦ ମିତୁ – ଆହୁରି କାନ୍ଦ। ନୀତା ଫେରିବ, ଅନେକ ରୂପରେ, ଅନେକ ଭାଷାରେ ଆଉ ଅନେକ ପ୍ରାଣରେ। ତା'ପରେ ସବୁ ବଦଳିଯିବ... ହଁ ହଁ ବଦଳିଯିବ। ମୁଁ ଜାଣି ନାହିଁ ? ମୋ ଝିଅକୁ ମୁଁ ଜାଣି ନାହିଁ ? ଜାଣିଛି ! ଫେରିବ ସେ। ତୁ କାନ୍ଦ ମୁଁ ବି କାନ୍ଦିବି, ସମସ୍ତେ କାନ୍ଦିବେ, ତେବେ ଯାଇଁ ସେ ଆସିବ ଲୋ ହସର ଫୁଆରା ଛୁଟାଇ, ମିତୁ ... ଆସିବ। ସେ ଆସିବ... ସବୁ ପୁରୁଣା ବିଶ୍ୱାସକୁ ଭାଙ୍ଗି ଦେଇ ନୂଆ କଥା କହିବ, ନୂଆ ବିଶ୍ୱାସ ଗଢ଼ିବ, କାନ୍ଦ ମା ! କାନ୍ଦ !'

ଦିଗମ୍ବରବାବୁଙ୍କ ପ୍ରଳାପ ଶୁଣି ଆଠ ବର୍ଷର ଝିଅ ମିତ୍ରା ବୋକା ହୋଇଯାଇଥିଲା। ଏତେ ଲୁହ ସେ କେବେ ତ ତାଙ୍କ ଆଖିରେ ଦେଖି ନାହିଁ କି ଅଜା ଏମିତି ଏତେଗୁଡ଼ାଏ କଥା ରାସ୍ତା ଉପରେ ଠିଆ ହୋଇ ତାକୁ କହିବାର ବି ସେ କେବେ ଶୁଣି ନାହିଁ। ସେଇ କଥାଗୁଡ଼ାକ ଖୁବ୍ ଜୋର୍‌ରେ ବାରମ୍ବାର ଦିଗମ୍ବରବାବୁ କହି ଚାଲିଥାନ୍ତି ରାସ୍ତା ମଝିରେ। ଯାନବାହନ ଓ ମଣିଷ କେତେ ଯେ ଦୁଇ ପାଖରେ ଜମା ହୋଇ ଏ ଦୃଶ୍ୟ ଦେଖୁଥାନ୍ତି, ଶୁଣୁଥାନ୍ତି ତା'ର ଠିକଣା ନାହିଁ।

ଅସହାୟ ଭାବରେ ଭୟଭୀତ ହେଲାପରି ମିତ୍ରା ଦିଗମ୍ବରବାବୁଙ୍କଠାରୁ ନିଜକୁ ମୁକ୍ତ କରି ନେଇ ଜନଗହଳିରେ ଦୌଡ଼ି ପଳେଇଗଲା ଆଗକୁ... ସତେ ଯେପରି ସମଗ୍ର ପୃଥିବୀ ଦସ୍ୟୁପରି ତାକୁ ଆକ୍ରମଣ କରିବାପାଇଁ ଧାଇଁ ଆସୁଛି।

ଜୀବନର ସ୍ରୋତରେ ସେତେବେଳେ ସମୟର ଜୁଆର କେତେ ଥିଲା କେଜାଣି ! ! !

ବସ୍ତ୍ରହରଣ

ସଂସାରରେ ଘରଦ୍ୱାର ଭାଇବନ୍ଧୁ ସନ୍ତାନସନ୍ତତି ନେଇ ଯେମିତି ସବୁ ସ୍ତ୍ରୀ ପୁରୁଷ ବାନ୍ଧି ହୋଇ ରହିଥାନ୍ତି, ସବୁ ଅବୁଝାମଣା, ଅଶାନ୍ତି ଅଭାବକୁ କାନିରେ ବାନ୍ଧି ଯେମିତି ଉପରମୁହଁରେ ହସୁଥାନ୍ତି, ସେମିତି ହସି କାନ୍ଦି ଜୀବନ କଟେଇଦେବାକୁ ଯେତେବେଶି ଯତ୍ନ କଲେ ବି ସରସୀ ପାରୁ ନ ଥିଲା। ତା'ର ମନେ ହେଉଥିଲା ପ୍ରତିଦିନ ସେ ଯେମିତି ପଛକୁ ଫେରୁଛି।

ହୋଇପାରେ, କିଛି ଦିନ ହେଲା ତାକୁ ଭଲ ଲାଗୁ ନାହିଁ। ପ୍ରତିଦିନ ନାନା କଥାର କୌଣସି ନିର୍ଦ୍ଦିଷ୍ଟ କାରଣ ନ ଥାଇ ବି ହୁଏତ ଏସବୁ ଘଟଣା ଓ ଧାରା ସହିତ ସେ ଆଗରୁ ବହୁ ପରିଚିତ ହୋଇଯାଇଥିଲା, କିନ୍ତୁ କ'ଣ ହେଲା କେଜାଣି, ସବୁ ଯେପରି ଅସୁନ୍ଦର ଅସଜଡ଼ା ହୋଇଯାଉଛି। ସରସୀକୁ କିଛି ଭଲ ଲାଗୁ ନାହିଁ। ଅଥଚ ସେ ମୁହଁ ଖୋଲି ସିଧାସଳଖ ସବୁ କଥାରେ ପ୍ରତିବାଦ କରିବା ମଧ୍ୟ ସମ୍ଭବ ହେଉ ନାହିଁ। କାହିଁକି ? କାହିଁକିର କୈଫିୟତ ନାହିଁ।

ଅକାରଣରେ ସରସୀର ଆଖିପତା ଦେଇ କେଇବୁନ୍ଦା ଲୁହ ହାତରେ ଧରିଥବା ବହି ଉପରେ ଝରିପଡ଼ିଲା। ଆରପଟ ଘରେ ଦୁଇ ମାସର ଝିଅ ରାହାଧରି କାନ୍ଦୁଛି... ଯିବାକୁ ହେବ।

ଝିଅର ଦୋଳା ପାଖକୁ ଲାଗି ତା'ର ଓ ଗିରୀଶର ଶୋଇବା ଖଟ। ତା' ତଳେ ଦୁଇଟା ମଦବୋତଲ ଏବେ ମଧ୍ୟ ଗଡୁଛି। ଚାକରାଣୀ ଘର ଖରକି ଗଲାଣି। ସେ ଦେଖିଥିବ... ଦେଖୁ। ପ୍ରଥମେ ପ୍ରଥମେ ଲଜ୍ଜା ଓ ଭୟରେ ସରସୀର ମନ ଅସ୍ଥିର ହୋଇ ଉଠୁଥିଲା। ବୋତଲ ଦୁଇଟା କେଉଁଠି ନେଇ ପକେଇବ ସେ ବୁଝିପାରୁ ନ ଥିଲା। ଏମିତି କି ମନେଅଛି ପାହାନ୍ତା ପହରୁ ଉଠିଯାଇ ସେ ବାଡ଼ିଆଡ଼ ଖତଗଦା ଖୋଳି ତା' ଭିତରେ ତାକୁ ପୋତି ପକାଏ – ସ୍ୱାମୀ ତା'ର ମଦ ଖାଉଛି ବୋଲି କେହି ନ ଜାଣନ୍ତୁ। ଏବେ ସେ ପରିସ୍ଥିତି ଆଉ ନାହିଁ। ଦେହସୁହା ହୋଇଗଲାଣି

ବ୍ୟାପାରଟା। ଚାକରାଣୀକି ଲୁଚାଇ ଲାଭ କ'ଣ? ବାହାରେ କଲୋନୀ ସାରା ସବୁଲୋକ ଏକଥା ଜାଣନ୍ତି। ଗିରୀଶ ମଦ୍ୟପ ବୋଲି ସଂସାରଯାକ ହୁରିପଡ଼ିଥିଲାବେଳେ ସେ କେତେ ଆଉ ନାହିଁ ନାହିଁ କରି ଚାଲିଥବ? ବରଂ ଗ୍ରହଣ କରିନେବା, ସ୍ୱୀକାର କରିନେବା ତା' ପକ୍ଷରେ ବାଞ୍ଛନୀୟ। ସେତିକିରେ କଷ୍ଟ ସରିଲା ନାହିଁ। ଦରମାର ଦୁଇ ଭାଗ ମଦ ଖର୍ଚ୍ଚରେ ଚାଲିଗଲା ପରେ ପାଞ୍ଚ ପାଞ୍ଚଟା ପିଲା ଧରି ଘର ଚଳାଇବା ଯେ କି କଷ୍ଟକର ବ୍ୟାପାର, ସେ କଥା କେବଳ ସେଇ ଜାଣେ। ପାଟି ଫିଟେଇ ଯଦି ଅଧିକ ଟଙ୍କା ଦେବା ପାଇଁ ସରସୀ ପଦେ କହିବ, ଗିରୀଶ ଘରକୁ ଆସିବନି, ଦି'ଦିନ ଖାଇବନି ଓ ଓଲଟି ପକେଟ୍‌ରେ ଯାହା ଟଙ୍କା ଥିବ ସେତକ ବି ବାହାରେ ସାରିଦେଇ ଆସିବ।

ପାଞ୍ଚଟା ପିଲାଙ୍କର ଯତ୍ନ ଓ ଖାଦ୍ୟ ଅଭାବରେ ଯେମିତି ଦେହର ହାଡ଼ମାନ ଗଣି ହୋଇ ଯାଉଛି। ବଡ଼ପୁଅକୁ ଶ୍ୱାସ ଯେ ଦୁଇ ଦିନ ହେବ ସ୍କୁଲକୁ ଯାଇନି। ମଝିଆଝିଅର ନାଳରକ୍ତ ଝାଡ଼ା, ଔଷଧ କଥା ଦୂରେ ଥାଉ, ବାର୍ଲି କି ଶାଗୁ ଟିକେ ଦେବା ପାଇଁ ପଇସା ନାହିଁ। ଘରେ ଭଲ ମନ୍ଦରେ ଆହାପଦଟିଏ କହିବାକୁ ମଣିଷଟିଏ ନାହିଁ। ସାନ ପିଲାଟା ହେଲାଦିନୁ ସରସୀ କାମକୁ ପାରୁନି - କ'ଣ ହେଲା କେଜାଣି ସେଦିନୁ ବ୍ଲିଡିଂ ଲାଗି ରହିଛି, ଫୁଲି ରହିଛି ପେଟ... ହଜମ ହେଉନି, ସବୁବେଳେ ଜର ଜର ଲାଗୁଛି। କେତେ ସେ ମନା କରିଥିଲା, କେତେ ସେ ହାତ ଗୋଡ଼ ଧରି ଅନୁନୟ କରିଥିଲା। ହେଲେ ଗିରୀଶ କିଛି ଶୁଣିଲା ନାହିଁ। ସଂସାରେ ସବୁ ସ୍ତ୍ରୀ ପିଲା ଜନ୍ମ କରନ୍ତି। ପ୍ରତିବର୍ଷ କରିଥାନ୍ତି ଏବଂ ସେଇଥିପାଇଁ ସେମାନେ ଜଣେ ପୁରୁଷର ହାତ ଧରି ଅନ୍ୟ ଘରକୁ ଆସନ୍ତି। ସ୍ତ୍ରୀର ଭରଣପୋଷଣ, ଭଲ ମନ୍ଦ ସବୁକୁ ପୁରୁଷ ସ୍ୱୀକାର କରିଥାଏ। କେବଳ ତା'ର ଉତ୍ପାଦିକା ଶକ୍ତି ଯୋଗୁ... ତା'ର ଚିତ୍ତ ବିନୋଦନ କରିବାର ବିଶେଷ ଗୁଣ ଯୋଗୁ। ଅକାଟ୍ୟ ଯୁକ୍ତି ଗିରୀଶର। ସରସୀ ସ୍ୱଇଚ୍ଛାରେ ପରିସ୍ଥିତି ସହ ସାଲିସ କରି ନ ନେଲେ ଗିରୀଶ ଯେ ଅନ୍ୟ ବନ୍ଦୋବସ୍ତ କରିବ, ଏଥିରେ ତା'ର ସନ୍ଦେହ ନ ଥିଲା। କେବଳ ସେଇଥି ପାଇଁ ସେ ମନରୁ ତା' ଦେହକୁ ବାଦ୍ ଦେଇଛି। ନିଜର ସ୍ୱାମୀ ପାଖରେ ସରସୀ ହୋଇଛି ଥରେ ନୁହେଁ, ବହୁବାର ଧର୍ଷିତା, ଲାଞ୍ଛିତା, ଅପମାନିତା। ଅନିଚ୍ଛାରେ ଓ ପରିସ୍ଥିତିର ତାଡ଼ନାରେ ଶରୀର ସମର୍ପଣ ଯାହାକୁ କରାହେଉନା କାହିଁକି, ତା'ର ଅର୍ଥ ଯେ କ'ଣ ତାହା ସରସୀକୁ ଆଉ ବୁଝିବାକୁ ବାକୀ ନାହିଁ। ସମାଜ ଘେରେଇଥିବା ଚାରିପଟର ଅନ୍ଧାରୁଆ ଜାଲରେ ପଡ଼ି ସେ କେବଳ ପ୍ରତିଦିନ ଅଣନିଃଶ୍ୱାସୀ ହୋଇଉଠୁଛି। ପଦ୍ମ ତୋଳିବାକୁ ଯେତେ ବେଶି ଇଚ୍ଛା ଥିଲେ ବି

ଯେତେ ସତର୍କ, ସାବଧାନ ହେଲେ ବି ପଦ୍ମ ଘୁଞ୍ଚି ଘୁଞ୍ଚି ଯାଉଛି... ଆଣ୍ଠୁଏ ପାଣିରୁ ବେକେ ପାଣିରେ ଯାଇ ସେ ଠିଆ ହେଲାଣି – ଆଉ ଅଳ୍ପ ସମୟରେ ସେ ବୁଡ଼ିଯିବ – ହେଲେ ପଦ୍ମ ଯାଇ କେତେ ଦୂରରେ !

ଗିରୀଶ ଶୋଇଛି ଖଟ ଉପରେ। ଗଭୀର ନିଦରେ, ପରମ ଶାନ୍ତିରେ ଯେମିତି ସେ ଶୋଇଛି। କିଛି ତା'ର ଚିନ୍ତା ନାହିଁ – ସତେ କି ସେ ଜନ୍ମ ହୋଇଛି କେବଳ ମଧୁ ସଂଗ୍ରହ କରିବା ପାଇଁ। ବର୍ତ୍ତମାନ ଛୋଟ ଝିଅ ବେଶି ସମୟ କାନ୍ଦିଲେ ତା'ର ନିଦ ଭାଙ୍ଗିଯିବ – ତା'ର ଅବସର ସମୟର ପୂର୍ଣ୍ଣଚ୍ଛେଦ ଘଟିବ। ତା'ପରେ ସେ ନିଦରୁ ଉଠି ହୁଏତ ଗୋଟାଏ କିଛି ଅଘଟଣ ଘଟାଇ ବସିବ। କାରଣ ନିଶା ଛାଡ଼ିବାକୁ, ସମ୍ପୂର୍ଣ୍ଣ ସୁସ୍ଥ ମସ୍ତିଷ୍କକୁ ଆସିବାକୁ କୌଣସି ସମୟ ତା' ପାଇଁ ନିର୍ଦ୍ଦିଷ୍ଟ ଆଉ ନାହିଁ। କାନ୍ଦୁରା ଛୁଆର ମୁହଁ ନିଜ କୋଳରେ ଚାପିଧରି ସରସୀ ତରତର ହୋଇ ଫେରୁଥିଲାବେଳେ ଗିରୀଶ ଡାକ ଛାଡ଼ିଲା ପଛରୁ –

"ସରସୀ ! ଶୀଘ୍ର ମୋ ପାଇଁ ଦି' କପ୍ ଚା' ପଠାଅ ଏବଂ ଶୀଘ୍ର ରୋଷେଇ ସାର। ମୁଁ ଯିବି ଘଣ୍ଟାଏ ଭିତରେ, ଜରୁରୀ କାମ ଅଛି।"

କଥା ନୁହେଁ ତ ଆଦେଶ। କାନ୍ଥ କଡ଼କୁ ମୁହଁ କରି ପୁଣି ବୋଧେ ଶୋଇବାର ଚେଷ୍ଟା କଲା ସେ।

ଅବାକ୍‌ହୋଇ ଅନାଇଲା ସରସୀ। କାଲି ରାତିରେ ସେ ଏତେ ମିନତି କରି କହିଥିଲା ଘରେ ଚାଉଳ ନାହିଁ, କ୍ଷୀର ଡବା ନାହିଁ, ସାଗୁ ନାହିଁ, ପିଲାଏ ରୋଗରେ ଛଟପଟ ହେଉଛନ୍ତି। ସବୁ କ'ଣ ଭୁଲିଗଲା ସକାଳୁ ଗିରୀଶ ? ଭୟଭୀତ କଣ୍ଠରେ ସରସୀ ବାଧ୍ୟ ହୋଇ କହିଲା – କ୍ଷୀର ନାହିଁ କି ଚାଉଳ ନାହିଁ। କାଲି ରାତିରୁ କହିଥିଲି, ସକାଳୁ କିଛି ନ ଆଣିଲେ ପିଲାଏ ଉପାସ ରହିବେ –

"କ'ଣ କହିଲୁ ? ରାତିରୁ କହିଥିଲୁ ? ମୁଁ ଏଠି ଚାକର ତା'ହେଲେ ? ବଦ୍‌ମାସ ମାଇକିନା, ଖାଲି ଗିଳିପିଟି ଘରେ ବସିଥିବୁ। ପୁଅକୁ ପଠେଇ ଦେଲୁନି, ନ ହେଲେ ନିଜେ ଚାଲି ଗଲୁନି ? କିଏ ନେଇଯାଉଥିଲା ସୁନ୍ଦରୀକୁ ? ପାଞ୍ଚ ପଇସାରେ ତତେ କେହି ପଚାରିବେନି ବୁଝିଲୁ ?"

ସରସୀ ଏସବୁ କଥା ଶୁଣିବାରେ ପ୍ରତ୍ୟହ ଅଭ୍ୟସ୍ତ। ବଜାର କରିବା ତା'ର କାମ। ପିଲାଙ୍କ ତତ୍ତ୍ୱ ନେବା, ସ୍ୱାମୀର ସୁଖସ୍ୱାଚ୍ଛନ୍ଦ୍ୟ ଦେଖିବା ତ ନାରୀ ଜୀବନର ପରମ ଗୌରବ ବୋଲି ଜାଣିବା ସତ୍ତ୍ୱେ ବି ସେ ଆଉ ପାରୁ ନାହିଁ। ଏଇ ପଦଟି କଥା କହିଦେବାକୁ ଅନେକ ଚେଷ୍ଟା କରି ମଧ୍ୟ ସେ ପାରୁ ନାହିଁ। ଅନ୍ତତଃ ସେଥିପାଇଁ କିଛି ଅର୍ଥ ତା'ର ଦରକାର। ଗିରୀଶ ବୋଧେ ଜାଣୁ ନାହିଁ ତା'ର ପରିବାରର ସଂଖ୍ୟା

କେତେ ? ସେ ବୋଧେ ବୁଝେ ନାହିଁ ତା' ଦରମାର ଅଙ୍କ କେତେ ଏବଂ କେତେ ଦିନ ହେଲେ ମାସଟିଏ ହୁଏ ।

ଧୀର କଣ୍ଠରେ ସରସୀ କହିଲା, "ଗୋଟେ ବୋଲି ପଇସା ନାହିଁ ମୋ ପାଖରେ । ପୁଅକୁ ଶ୍ୱାସ ଯେ... ।"

ଗିରୀଶ ଧଡ଼ପଡ଼ ହୋଇ ବିଛଣାରୁ ଉଠିପଡ଼ିଲା, "କ'ଣ କହିଲୁ ହାରାମଜାଦୀ ? ପଇସା ନାହିଁ ? ଗଲା କୁଆଡ଼େ ? ତିନି ଶହ ଟଙ୍କା ଦେଇଥିଲି – ସବୁ ସରିଗଲାଣି ? କାହାକୁ ନେଇ ଦେଇଛୁ ?" ସରସୀ ଧୀର କଣ୍ଠରେ କହିଲା, "ପାଟି କର ନାହିଁ । ପିଲାମାନେ ବଡ଼ ହୋଇଗଲେଣି – ସାଇପଡ଼ିଶା କାନ ଡେରିଛନ୍ତି ।"

ଗିରୀଶ ସରସୀ ପାଖକୁ ଚିହିଙ୍କି ଆସି କହିଲା – "କ'ଣ ହେଲା ? ମୁଁ ପୁଣି ଡରିଯାଇ ପାଟି କରିବିନି ? ଚାଲାକି ବାହାରୁଛି ନା ? କହ ଟଙ୍କା ଗଲା କୁଆଡ଼େ ?"

ଗିରୀଶ ସରସୀର ହାତକୁ ଏପରି ଜୋର୍‌ରେ ଚାପି ଧରିଥିଲା ଯେ ଯନ୍ତ୍ରଣାରେ ଟପ୍ ଟପ୍ ପାଣି ଝରି ପଡ଼ିଲା ସରସୀ ଆଖିରୁ । ଚିତ୍କାର କରିବାର ସାଧ୍ୟ ନାହିଁ ତା'ର । ଶବ୍ଦଟିଏ ତା'ର ପାଟିରୁ ବାହାରିଲେ ଏଇନେ ହୁଏ ତ କ'ଣ ନାହିଁ କ'ଣ ଘଟିଯିବ । କିନ୍ତୁ ସହିପାରିବ ତ ସିଏ ?

ଦ୍ୱାର ପାଖରେ ନଜର ପଡ଼ିଲା ସରସୀର । ଚାରୋଟିଯାକ ପିଲା ଲୁହ ଡବ ଡବ ଆଖିରେ ଠିଆ ହୋଇଛନ୍ତି । ଦେହକୁ ଦେହ, ରକ୍ତକୁ ରକ୍ତ ଯେପରି ଏକାକାର ହୋଇଯାଉଛି । ସରସୀ ସେମାନଙ୍କ ପାଖକୁ ଯାଇପାରୁଛି, ନା ସେମାନେ ତା' ପାଖକୁ ଆସି ପାରୁଛନ୍ତି ।

ଝିଙ୍କି ହେଲାପରି ଲୁଗାଟାକୁ କାନ୍ଧ ଉପରକୁ ଟାଣି ସରସୀ କହିଲା, – "ଛାଡ଼ ମୁଁ ଆସେ । ଛୁଆଗୁଡ଼ାକ କେମିତି ଅନେଇଛନ୍ତି ଦେଖୁଛ ତ ?"

ଗର୍ଜି ଉଠିଲା ଗିରୀଶ – "ଛୁଆ ଅନେଇଛନ୍ତି । ବାହାର୍ ମୋ ଘରୁ । ଏଇ ମୁହୂର୍ତ୍ତରେ ବାହାରିଯା – ମତେ ଢେର୍ ସ୍ତ୍ରୀ ମିଳିବେ । ଯା ବାହାର ।"

ଗିରୀଶର ହାତ ସରସୀକୁ ପେଲି ଦେଇଥିଲା ସେତେବେଳକୁ ଦ୍ୱାରଆଡ଼କୁ । ପଡ଼ି ଯାଉ ଯାଉ କବାଟ ଧରି କୌଣସିମତେ ଅଟକିଗଲା ସରସୀ । ବାଁ ହାତ ଓ ଛାତି ଭିତରେ ଚାପି ଧରିଥିବା ଦୁଇମାସର ଛୁଆଟାର ମୁଣ୍ଡ ଢାଏକରି ପିଟି ହୋଇଯାଇଛି କବାଟ ଦେହରେ – ତା'ଉପରେ ବୋମା ପଡ଼ିଥିଲେ ହୁଏତ ଯନ୍ତ୍ରଣା କମ୍ ହୋଇଥାନ୍ତା ।

ସରସୀର ଦୁର୍ବଳ ରୋଗଣା ଦେହ ନିମିଷକେ ଅସାଡ଼ ହୋଇ ପଡ଼ିଯାଉଥିବା ସତ୍ତ୍ୱେ ବି ଶୁଣିପାରୁଥିଲା ଗୁଡ଼ିଏ ସମ୍ମିଳିତ ବିକଳ କଣ୍ଠର କରୁଣ କ୍ରନ୍ଦନ ।

॥ ଦୁଇ ॥

ପଦ୍ମିନୀ ଝର୍କାର ରେଲିଂ ଦେହରୁ ମୁହଁ ଖସାଇ ଆଣିଲା। ଆଉ ଛିଡ଼ାହୋଇ ପ୍ରଭାତର ସ୍ନିଗ୍ଧ ବାତାବରଣ ଉପଭୋଗ କରିବାକୁ ତା'ର ବେଳ ନାହିଁ। ସକାଳ ଆଠଟା ସୁଦ୍ଧା ଫ୍ୟାକ୍ଟ୍ରିରେ ନ ପହଞ୍ଚିଲେ ନାନା କୈଫିୟତ ଦେବାକୁ ପଡ଼ିବ। ଏଣେ ଦିନେ ଛୁଟି ନେଇ କ୍ଲାନ୍ତି ମେଣ୍ଟେଇବାରେ ମଧ୍ୟ ଉପାୟ ନାହିଁ ତା'ର। ଆଗେ ଡେରିରେ ଉଠିଲେ ଶାଶୂ କେତେ ଉଲୁଗୁଣା ଦେଉଥିଲେ। ଶାଶୂବୁଢ଼ୀ କାମ କରୁଥିବାବେଳେ ତା'ର ଗୋଡ଼ ଲମ୍ବେଇ ଶୋଇବା କଥାଟା ବିଷୟରେ ତାକୁ ପରୋକ୍ଷରେ ନ କହି ଶ୍ୱଶୁର ତାଙ୍କର ଝିଅମାନଙ୍କୁ ଶୁଣାଇ କହିବାର ପାଲା ଏବେ ବନ୍ଦ ହୋଇଯାଇଛି। ଠିକ୍ ସମୟରେ ନ ଉଠିଲେ ଶାଶୂ ଆସି ଆଦର କରି ଡାକନ୍ତି, ଶ୍ୱଶୁର ତାଙ୍କର ଝିଅମାନଙ୍କୁ ପଠାଇ ବୋହୂକୁ ନିଦରୁ ଉଠାଇବାକୁ ପଠାଇ ଦିଅନ୍ତି କାହିଁକି ?

ପଦ୍ମିନୀ ନିଜ ମୁହଁକୁ ଅନେଇଲା ଦର୍ପଣରେ। ଯେତେ ପରିପାଟୀ ହେଲେ ବି ଚିନ୍ତା ଓ ବୟସର ଛାପ ମୁହଁରେ ସୁସ୍ପଷ୍ଟ। କ୍ଲାନ୍ତିରେ ଆଖିପତା ଯେପରି ମାଡ଼ି ପଡୁଛି। ସୁଜି ଭଜା ହେବାର ବାସ୍ନା ଆସୁଛି। ଶାଶୂ ବୋଧହୁଏ ଉଠିଲେଣି। ରାତି ଡିଉଟି ସାରି ଆସୁଥିବେ ଆଶୁତୋଷ। ଦୁଇ ବର୍ଷ ହେଲା ବେମାରୀରେ ପଡ଼ି ଏବେ କୌଣସିମତେ ଉଠିଛନ୍ତି। କ'ଣ ବା ଦରକାର ଥିଲା ଦେହ ସମ୍ପୂର୍ଣ୍ଣ ଭଲ ନ ହେବା ପୂର୍ବରୁ କାମରେ ଜଏନ୍ କରିବା ? ପାନିଆଟା ମୁଣ୍ଡବାଳ ଉପରେ ବୁଲାଇ ଆଣି ପଦ୍ମିନୀ ପର୍ଦ୍ଦା ଆଡ଼େଇ ଗାଧୁଆଘରକୁ ଯାଉ ଯାଉ ଆଶୁତୋଷଙ୍କ ସାମ୍ନାସାମ୍ନି ହୋଇଗଲା।

ମୃଦୁ ହସି ସେ ପଚାରିଲେ, "କ'ଣ ବାହାରିଲ ? ଯାଃ, ଡେରି ହୋଇଗଲାଣି। ମୁଁ ଏପର୍ଯ୍ୟନ୍ତ ଗାଧୋଇନି, ଉଠ, ବାଟ ଛାଡ଼।"

"ଶୁଣ ପଦ୍ମା ! କଥା ଅଛି। ରତିର ପୁଅ ଏକୋଇଶିଆକୁ ଅନ୍ତତଃ ହାରଟିଏ ଦେବାକୁ ହେବ। ଦେହ ଖରାପ ବେଳେ ସେ ଦୁଇ ହଜାର ଟଙ୍କା ଦେଇଥିଲା।"

"ସେ ଟଙ୍କା ତ ମୁଁ ଶୁଝି ଦେଇଛି।"

"ଓଃ କ'ଣ ଖାଲି ଶୁଝିଦେଲେ ହେଲା ? ଯେତେହେଲେ ସେ ମୋର ଭଉଣୀ ଏବଂ ଏଇଟା ତା'ର ପ୍ରଥମ ପୁଅର ଏକୋଇଶା। ଛାଡ଼ ସେ କଥା, କିଛି ନ ହେଲେ ଘଣ୍ଟାଟା ବିକି ମୁଁ ଦେଇଦେବି। କିନ୍ତୁ କିଶୁର ଯେ ପରୀକ୍ଷା ଫିସ୍ ଇତ୍ୟାଦି ମିଶାଇ ତିନିଶହ ଟଙ୍କା ଦେବାକୁ ପଡ଼ିବ।"

"ଏତେ ଟଙ୍କା କେମିତି କୁଆଡୁ ଯୋଗାଡ଼ ହେବ ? ଜାଣ, ଘରଭଡ଼ା ମଧ୍ୟ ଦୁଇ ମାସର ବାକି ଅଛି ? ଆଉ ସେ ଲୋକଟା ମତେ..."

ଆଶୁତୋଷ ଅନ୍ୟମନସ୍କ ହେଲାପରି କହିଲେ, "ସେ ଯା' ହେଉ। ତମେ ଆଜି ମିଷ୍ଟର ନାୟାରଙ୍କୁ ଦେଖାକରି କିଛି ଆଡ୍‌ଭାନ୍‌ସ ଆଣିବ। ନଚେତ୍..."

ପଦ୍ମିନୀ ରାଗିଯାଇ ପଚାରିଲା, "ନଚେତ୍ କ'ଣ ? କଥାଟା ପରିଷ୍କାର ଭାବରେ କହୁନ କାହିଁକି ?" ଆଶୁତୋଷ କିଛି କହିଲେ ନାହିଁ। ମୁହଁ ତଳକୁ ପୋତି ଚେୟାର ଉପରେ ବସିପଡ଼ି ସେ ଜୋତା ଖୋଲିବା ଆରମ୍ଭ କରିଦେଲେ। ଗାଧୁଆ ଘର ଭିତରକୁ ପଶିଯାଇ ଧଡ଼ାସ୍ କରି କବାଟ ବନ୍ଦ କରିଦେଲା ପଦ୍ମିନୀ।

ନାୟାରଙ୍କୁ ଦେଖା କରି ଟଙ୍କା ଆଣିବାପାଇଁ ଆଜି ତାକୁ ଆଶୁତୋଷ କହୁଛି। ଅଥଚ ସେଇ ନାୟାରଙ୍କୁ ନେଇ ମନେ ମନେ ସନ୍ଦେହ କରେ ତାକୁ। ଏତେଗୁଡ଼ିଏ ଟଙ୍କା ଆଡ୍‌ଭାନ୍‌ସ ଦେବା ପାଇଁ ମିଃ ନାୟାର ରାଜି ହୋଇଯିବେ ବୋଲି ଧାରଣା ଆସିବ ମୂଳରେ ଏଇ ତଥ୍ୟଟି ଯେ ବିଦ୍ୟମାନ, ଏଥିରେ ଭାବିବାର କିଛି ନାହିଁ।

ତରତର ହୋଇ ସେ ଆସିବା ବେଳକୁ ଶାଶୂ ଆସି ବାଟ ଓଗାଳି ଛିଡ଼ାହେଲେ ଏବଂ ହାତକୁ ଲେଖା କାଗଜଟିଏ ବଢ଼େଇ ଦେଇ କହିଲେ, "ଆସିବା ବେଳକୁ ଏ ଜିନିଷ କେତେଟା କିଣି ଆଣିବୁ ମା। କିଶୁଟାର ପରୀକ୍ଷା। ତୋ ଶ୍ୱଶୁରଙ୍କର ସବୁଦିନେ ସନ୍ଧ୍ୟାବେଳେ ଛାତି କ'ଣ ହେଉଛି। ଆଶୁ ଅବସ୍ଥା ତ ଦେଖୁଛୁ, ଆଉ କାହାକୁ ପଠେଇବି ?"

ଚିଠିଟା ବ୍ୟାଗ୍ ଭିତରେ ରଖି ସେ ଚାଲିଗଲା ଡାହାଣପଟ ରାସ୍ତା ଦେଇ। ବସ୍ ଧରିବାକୁ ହେବ ତାକୁ ଓ କେଜାଣି କାହିଁକି ତା'ର ଆଖି ଘୂରିଗଲା ଶୋଇବାଘରର ଝର୍କା ଆଡ଼କୁ। ଆଶୁତୋଷ ଛିଡ଼ା ହୋଇଛନ୍ତି - ରେଲିଂର ଫାଙ୍କଦେଇ, ମୁହଁର ଭାବ ସ୍ପଷ୍ଟ ହେଉ ନାହିଁ। ପଦ୍ମିନୀ ମୁହଁ ବୁଲେଇ ନେଲା।

ଦିନ ପ୍ରାୟ ଦଶଟା ସମୟରେ ହଠାତ୍ ଫୋନ୍ କଲ୍ ଆସିଲା ପଦ୍ମିନୀର। ଆଶ୍ଚର୍ଯ୍ୟ, କିଏ ତାକୁ ଅସମୟରେ ସ୍ମରଣ କଲା ? ଅଗତ୍ୟା ନିଜ ଟେବୁଲ ଛାଡ଼ି ମିଃ ନାୟାରଙ୍କ ରୁମ୍‌କୁ ଯିବାକୁ ହେବ। ଆସିଲାବେଳେ ଆଶୁତୋଷ ଯାହା କହିଥିଲେ ସେ କାମ ତ ସେ କେବେହେଲେ କରିପାରିବନି !

ନିଜର ଚଷମା କାଚ ପୋଛୁ ପୋଛୁ ମୁର୍କି ହସି ନାୟାର କହିଲେ, "ଆଶୁତୋଷ ଫୋନ୍ କରିଥିଲେ। ତୁମେ ତ ମତେ କହିପାରିଥାନ୍ତ, ପୁଣି ସାମାନ୍ୟ କେତେଟା ଟଙ୍କା ପାଇଁ ଏପରି... ଏବଂ ଟଙ୍କାଟା ଯେତେବେଳେ ତମର ବ୍ୟକ୍ତିଗତ ଭାବରେ ଦରକାର..."

"ନାହିଁ ସାର୍। କେତେଟା ଟଙ୍କା ନୁହେଁ ଖାଲି, ଏହା ପଛରେ... ?" "କ'ଣ ପଛରେ ଅଭିସନ୍ଧି ? ଷଡ଼ଯନ୍ତ୍ର ? ବସ, ବସ ପଦ୍ମିନୀ, ମୁଁ ତୁମ ପାଇଁ କଫିର ଅର୍ଡର ଦେଇସାରିଛି, ବସ।"

ପଦ୍ମିନୀ ବସିଲା ବାଧ୍ୟହୋଇ। ରୁମାଲ ଦେଇ ନିଜ ମୁହଁର ଝାଳ ପୋଛିବାକୁ ସେ ବ୍ୟର୍ଥ ହୋଇଯାଇଥିଲା।

ମିଃ ନାୟାର ସିଗାରେଟ୍ ଟାଣୁ ଟାଣୁ କହିଲେ, – "ଦେଖ ପଦ୍ମିନୀ ! ଆଶୁତୋଷ ଯାହା ଚାହେଁ ତମେ ଭଲକରି ଜାଣ। ତା'ର ଭଗ୍ନ ସ୍ୱାସ୍ଥ୍ୟ ପାଇଁ କେବଳ ନୁହେଁ, ତୁମର ବ୍ୟକ୍ତିତ୍ୱର ପରିପ୍ରକାଶ ପାଇଁ। ଅନ୍ତତଃ ନାରୀମାନଙ୍କର ଏକ ସ୍ୱତନ୍ତ୍ର ସତ୍ତା ଅଛି। ଏପରି କି ପୁରୁଷଠାରୁ ଅଧିକ ବିଚାରବନ୍ତ, ସ୍ନେହଶୀଳ ଏକ ବିବେକ ଅଛି।" ବେହେରା କଫି ରଖି ଦେଇଥିଲା। ପଦ୍ମିନୀ ଆଡ଼କୁ କଫି ବଢ଼େଇ ଦେଉ ଦେଉ କହିଲେ ନାୟାର। ତା'ର ଉତ୍ତରରେ ସେ କହିଲା, – "କିନ୍ତୁ ସାର୍, ଆପଣ ଜାଣନ୍ତି ନାହିଁ, ଏ ଦେଶରେ ଖୁବ୍ କମ୍ ଲୋକ ଅଛନ୍ତି, ଯେଉଁମାନେ କଥାଟା ବୁଝିଥିଲେ ବି ଆଦୌ ପ୍ରକାଶ କରିବେ ନାହିଁ। ଆଉ ପ୍ରକାଶ କଲେ ବା କ'ଣ ହେବ ?"

"ସେ ହିସାବରେ ତୁମେ ଲକି ପଦ୍ମିନୀ। ଆଶୁତୋଷ ଓ ତମ ପରିବାରରେ ସମସ୍ତେ ଖୁବ୍ ସହନଶୀଳ। ମୁଁ ତ ତୁମ ଘରକୁ ବହୁବାର ଯାଇଛି। ଏପରିକି ତୁମ ଶାଶୂଙ୍କୁ ମଧ୍ୟ ଦେଖିଲି, ଇକୁଆଲ୍ ଟ୍ରିଟ୍‌ମେଣ୍ଟ। ବରଂ ତୁମ ପାଇଁ ବ୍ୟସ୍ତତା ତାଙ୍କର ବେଶି।"

ମିଃ ନାୟାରଙ୍କ କଥାଗୁଡ଼ା ବେଶି ଖାପ୍‌ଛଡ଼ା ଲାଗୁଥିଲା ପଦ୍ମିନୀକୁ। ଫୋନ୍ କଲ୍ ଆସିଛି ବୋଲି ତା'ର ପରିବାର, ନାରୀ ପୁରୁଷର ଅଧିକାର ଓ ସମତା ଉପରେ ଆଲୋଚନାର ବା କ'ଣ ପ୍ରୟୋଜନ ?

ଏଥର ଚେୟାର ଛାଡ଼ି ଉଠିବା ପୂର୍ବରୁ ପଦ୍ମିନୀ କୁଣ୍ଠିତ କଣ୍ଠରେ କହିଲା, – "ସାର୍ ! ମୋର ଦରମାକୁ ଅନାଇ ମୁଁ କେତେ ଟଙ୍କା ଆଡ୍‌ଭାନ୍‌ସ ନେଇପାରିବି ? ଘରେ ଭୀଷଣ ଧାର କରଜ ରହିଛି। ମୁଁ ତାକୁ ପ୍ରତି ମାସରେ କିଛି କିଛି ଶୁଝିଦେବି।"

ମିଃ ନାୟାର ଚିନ୍ତିତ ହୋଇ କହିଲେ – "ଫ୍ୟାକ୍‌ଟ୍ରୀ ଏବେ ଆଡ୍‌ଭାନ୍‌ସ ଦେବା ବନ୍ଦ କରି ଦେଇଛି। ତା'ପରେ ଆଶୁତୋଷ ନେଇଥିବା ଟଙ୍କା ଏ ପର୍ଯ୍ୟନ୍ତ ଶୁଝା ସରି ନାହିଁ – ତୁମର ତ ଟେମ୍ପରାରୀ ସର୍ଭିସ। ଆଚ୍ଛା, ତୁମେ ଗୋଟାଏ କଥା କରିପାର ପଦ୍ମିନୀ, ତୁମେ ମୋଠାରୁ ନେଇପାର... ଦରକାର ପଡ଼ିଲେ ସମସ୍ତେ ଧାର କରିଥାନ୍ତି। ତୁମର ଏପରି ବ୍ୟସ୍ତ ହେବାର କ'ଣ ଅଛି ?"

ନାୟାର ତାଙ୍କ ପକେଟ୍‌ରୁ ଶହେଟଙ୍କିଆ ପାଞ୍ଚଖଣ୍ଡି ନୋଟ୍ କାଢ଼ି ବଢ଼ାଇଦେଲେ ପଦ୍ମିନୀ ହାତକୁ। ପଦ୍ମିନୀ ଟଙ୍କା ନେଇ ବ୍ୟାଗ୍ ଭିତରେ ରଖି ନମସ୍କାର କରି ଚାଲିଆସିଲା। ରୁମାଲଟା କେବଳ ଝାଳରେ ଭିଜିଗଲାଣି। ଅସମୟରେ ସାମାନ୍ୟ କ୍ଳାନ୍ତିରେ ଏତେ ଘର୍ମାକ୍ତ ସେ ହୋଇପଡ଼େ ଯେ...

ପଦ୍ମିନୀ କେତେବେଳେ ଡିଉଟି ସାରି ଘରକୁ ଫେରି ଆସିଥିଲା ତା'ର ମନେ ନାହିଁ। ନିସ୍ତବ୍ଧ ଗ୍ରୀଷ୍ମର ଦ୍ୱିପ୍ରହରରେ ଘରଟା ଯେପରି ଭୂତକୋଠି ପରି ଲାଗୁଛି। ସମସ୍ତେ ନିଦ୍ରାଗତ। କେବଳ ଚାହିଁବସିଛି ତା'ର ଛୋଟ କୁକୁରଛୁଆ ଟିପୁ। ଶାଶୂ କବାଟ ଖୋଲି ଶୋଇବା ଘରକୁ ଚାଲିଗଲେ।

ଗୋଡ଼ ହାତ ଧୋଇ ରୋଷେଇ ଘରେ ପଶିଲା ପଦ୍ମିନୀ। ତା' ପାଇଁ ଭାତ ଘୋଡ଼ାହୋଇ ଗୋଟାଏ କଣରେ ରହିଛି। ବାସନକୁସନ ଜମା ହୋଇଛି। ଆଜି ଆଉ ଦେହରେ ବଳ ନାହିଁ ଭାତ ଗରମ କରିବାକୁ।

ଶୁଖିଲା ଭାତଥାଳି ଧରି ପଦ୍ମିନୀ ବସିରହିଲା କିଛିକ୍ଷଣ। ନା, ଗୁଣ୍ଡାଏ ମଧ୍ୟ ପେଟକୁ ଯାଉ ନାହିଁ। କିଛି ଭଲ ଲାଗୁ ନାହିଁ। ତା' ଅପେକ୍ଷା ବାସନକୁସନ ମାଜି, ଲୁଗାପଟା କାଚି କାମ ସାରିଦେବା ଭଲ। ଥାଳିର ଭାତ ନେଇ ସେ ବାହାର କୁଣ୍ଡରେ ପକେଇଦେଲା ଏବଂ ସେତିକିବେଳେ ଶାଶୂଙ୍କର ପାଟି ଶୁଭିଲା, "ହଇଲୋ ବୋହୂ! ଦାନା ତତେ ଗନ୍ଧେଇଲାଣି କି? ହେଲା ଏବେ, ରୋଜଗାର କରୁଛୁ, ବାହାରକୁ ଯାଉଛୁ, ହାତରେ ପଇସା ଅଛି, ଭଲମନ୍ଦ ଖାଇଲୁ, ପେଟରେ ଜାଗା ନାହିଁ, ତା' ବୋଲି ଦାନାଗୁଡ଼ା ଏମିତି ଢାଳିଦେବୁ? ମୋ ଛୁଆ ଭୋକରେ ତୋ ହାତକୁ ଅନାଇ ରହିଛନ୍ତି ବୋଲି ତୋର ଟିକିଏ ଦୟା ନାହିଁ ଲୋ... ? ହେ ଶୁଣୁଛ, ଦେଖୁଛଟି ତୁମ ବୋହୂଙ୍କ ଗୁଣ?"

ପଦ୍ମିନୀ ହାତରୁ ଥାଳିଟା ବି ଥରି ଥରି ଖସି ଆସି ପଡ଼ିଲା ଝଣ୍‌କରି ତଳେ। ଶ୍ୱଶୁର ଉଠିଆସି ଅନେଇ ଦେଇ ଚାଲିଗଲେ ଘର ଭିତରକୁ। ମୁହଁରେ ବିରକ୍ତି। କେଜାଣି କାହିଁକି ଟିପୁଟା ଭାଉ ଭାଉ କରି ଭୁକି ଉଠିଲା।

ଆଶୁତୋଷ ଅଣ୍ଟାରେ ହାତ ଦେଇ ବାରଣ୍ଡାରେ ଆସି ଛିଡ଼ା ହେଲେ। ପଦ୍ମିନୀ ଥାଳିଟା ଗୋଟେଇ ନେଇ ଚାଲିଗଲା ରୋଷେଇ ଘର ଭିତରକୁ। ଆଜିକାଲି ତା' ଆଖିରେ ଲୁହ ଟିକିଏ ବି ଆସେ ନାହିଁ। ଆଉ ଘରେ ଶାଶୂଙ୍କର ଦେଖେଇ ଶିଖେଇ ଶୁଣାଇ ବି ଆରମ୍ଭ ହୋଇଯାଇଛି - ଥରେ ଆରମ୍ଭ ହେଲେ ଶେଷ ନାହିଁ। ବେଶି ରାଗିଥିବେ ସେ ଆଜି। କାହିଁକି ନା କେହି ତାଙ୍କ କଥାରେ ପାଟି ଫିଟେଇଲେ ନାହିଁ।

ବେଶି ବେଳ ଛିଡ଼ା ହୋଇ ଚିନ୍ତା କରିବାକୁ ବେଳ ନାହିଁ। ପାଇପରୁ ପାଣି ଚାଲିଯିବ। ବାସନ ମାଜି ସଫା କରିଦେବାକୁ ହେବ। ସ୍କୁଲଫେରନ୍ତା ତା'ର ଛୋଟ ଛୁଆ ଦୁଇଟା ପାଇଁ ଜଳଖିଆ ପ୍ରସ୍ତୁତ କରିବାକୁ ହେବ ଏବଂ ଆଶୁତୋଷଙ୍କୁ ଇଞ୍ଜେକ୍ସନ ଦେବାକୁ କମ୍ପାଉଣ୍ଡରକୁ ଚାରିଟା ପୂର୍ବରୁ ଖବର ଦେବାକୁ ହେବ।

"ପଦ୍ମା!" ଆଶୁତୋଷ ଆସି ଛିଡ଼ା ହୋଇଛନ୍ତି। ବୋଧେ ପଚାରିବେ, କାହିଁକି ଖାଇଲା ନାହିଁ... ? କାହିଁକି?

"ଟଙ୍କା ଆଣିଲ ? ତମ ବ୍ୟାଗ୍‌ରେ ତ ମାତ୍ର ପାଞ୍ଚ ଶହ ଟଙ୍କା ଦେଖିଲି । ଅତି କମ୍‌ରେ ହଜାରେ ନ ହେଲେ ଚଳିବନି ପଦ୍ମା... ଔଷଧ ଦୋକାନରେ ବାକି ଅଛି । ତା'ଛଡ଼ା ତମେ ଚାହିଁଲେ –"

ରୁକ୍ଷ କଣ୍ଠରେ ପଦ୍ମିନୀ ପଚାରିଲା – "କ'ଣ ? କୁହ ଅଟକିଗଲ କାହିଁକି ?"

"ନା, ପଦ୍ମିନୀ ତମେ ଚାହିଁଲେ ସବୁ ହେବ । କେବଳ ନାୟାରଙ୍କୁ ତମେ କରାଗତ କରିପାରିବ, ନଚେତ୍ ମୋର ଚାକିରି ଯିବ । ବାପା, ବୋଉ ଓ ପିଲାଏ ସବୁ ଗଡ଼ି ମରିବେ । ନାୟାରର ଗୋଟାଏ ଦସ୍ତଖତରେ ସବୁ ହୋଇଯିବ... କେବଳ ତମେ, ତମେ ପାରିବ ପଦ୍ମା ।" ଆଶୁତୋଷ ଯେପରି ସଙ୍କୁଚିତ ହୋଇଯାଉଥିଲେ ।

ପଦ୍ମିନୀର ହାତ ଧରି ବିନୀତ କଣ୍ଠରେ ଅନୁନୟ କରୁଛନ୍ତି ଆଶୁତୋଷ ! ମନେପଡୁଛି ତା'ର – ନାୟାରଙ୍କୁ ନେଇ ଆଶୁତୋଷର ତା' ପ୍ରତି କଟୁ ପରିହାସ, ଶାଶୂଙ୍କର ଗଞ୍ଜଣା, ଅଥଚ ଆଜି କ'ଣ ହେଲା ? ହଠାତ୍ ନାୟାରଙ୍କୁ ଏତେ ସ୍ତୁତି କରିବାର ମାନେ କ'ଣ ? ଧୀର କଣ୍ଠରେ ଏଥର ସେ କହିଲା, – "କଥାଟା ଶୀଘ୍ର କୁହମ ! ପିଲାଏ ଆସିଯିବେ, ଜଳଖିଆ କରିନି, ଘରଦ୍ୱାର କାମ ପଡ଼ିରହିଛି ।"

ଆଶୁତୋଷ ଏଣିକି ତେଣିକି ଚାହିଁ କହିଲେ – "ଶୁଣ ପଦ୍ମା ! ଦଶ ହଜାର ଟଙ୍କା ତୋଷରଫରେ ବର୍ତ୍ତମାନ ଫ୍ୟାକ୍‌ଟ୍ରୀ ମୋ ବିରୋଧରେ ରିପୋର୍ଟ କରୁଛି । ତମେ ତ ଜାଣ..." ପଦ୍ମିନୀ କଥା ଛଡ଼େଇ ନେଇ ପଚାରିଲା – "କ'ଣ ଜାଣେ ? ତମେ, ତମେ... !"

"ଆଃ, କାହିଁକି ପାଟି କରୁଛ ? ସମସ୍ତେ ନେଇଛନ୍ତି, ଏକା ମୁଁ କାହିଁକି ? ହେଲେ ନାୟାର ଚାହିଁଲେ ସେ କିଛି ନୁହେଁ ! ମୋର ପ୍ରମୋଶନଟା ବି ହୋଇଯିବ । ତୁମ କଥା ସେ ନିଶ୍ଚୟ ରଖିବ... ତୁମେ ଚାହିଁଲେ ନାୟାର..."

ପଦ୍ମିନୀର ପାଦ ଦୁଇଟା ଟଳ ଟଳ କରୁଥିଲା । ଆଶୁତୋଷ ତା'ର ସ୍ୱାମୀ, ତା'ର ଇହକାଳ ପରକାଳର ଦେବତା । ତା' ନାରୀ ଜୀବନର ଗୌରବ, ତା' ସନ୍ତାନର ପିତା, ତା' ସାମାଜିକ ଭୂଷଣ ତଥା ଅତୀତ, ବର୍ତ୍ତମାନ, ଭବିଷ୍ୟତର ଏକମାତ୍ର ସ୍ୱତ୍ୱାଧିକାରୀ – ହାତ ଓଠ ଧରି ଅନୁନୟ କରୁଛି, ବିନତି କରୁଛି, ତା' ସ୍ତ୍ରୀକୁ ଦାସାନୁଦାସ କରି ରଖିବାକୁ, ଇଚ୍ଛା ମତେ ବ୍ୟବହାର କରିବାକୁ । ଏବଂ... ଏବଂ ଆଜୀବନ ସୁରକ୍ଷିତ ରଖିବାକୁ, ରୁଚି ଅନୁଯାୟୀ ତା'ର ଜନ୍ମଗତ ଅଧିକାର ମଧ୍ୟ ରହିଛି ! !

ଆଶୁତୋଷର ମୁହଁକୁ ଅନାଇ ପାଗଳୀଙ୍କ ପରି ହସି ଉଠି ପଦ୍ମିନୀ କହିଲା – "ଓ, ଏଇ କଥା ? ଏଥିପାଇଁ ଏତେ ଗୌରଚନ୍ଦ୍ରିକା କାହିଁକି ? ମୁଁ ଭାବୁଛି, ଆଉ କ'ଣ କହିବ, କି ମୁଁ ଘରେ ନ ଥିଲାବେଳେ କିଛି ଅଘଟଣ ଘଟିଛି ସେ କଥା କହିବା ଛି... ଛି... ଚିନ୍ତାରେ ଯେ ମୁଁ ବୁଡ଼ି ଯାଇଥିଲି ।"

"କିନ୍ତୁ... କିନ୍ତୁ, ତମେ କାନ୍ଦୁଛ କାହିଁକି ପଦ୍ମା ? ମୁଁ ତ... ମାନେ ମୁଁ ତ ତମକୁ କିଛି... କ'ଣ ବୁଝିଲ ନା ? ମୁଁ ତ ତମକୁ କିଛି..."

କାନ୍ଧ କଡ଼କୁ ବୁଲିପଡ଼ି ପଦ୍ମିନୀ କହିଲା, "ନାଇଁମ, କାନ୍ଦିବି କାହିଁକି ? ସୁଖପରା ମତେ କେବେହେଲେ ସୁହାଏ ନାହିଁ। ଏତେ ସୁଖ, ଏତେ ସୌଭାଗ୍ୟ କଥା ଭାବିଲେ ଆଖିରେ ସତରେ ପାଣି ଆସିଯାଏ ମୋର। ଯାଅ, ଏଇଲେ ବୋଉ ଆସି ପଚାରିବେ, ବାପା ଉଠି ଆସିବେ - ପୁଅ ବୋହୂଙ୍କୁ ରଙ୍ଗ ହେବାକୁ ଜାଗା ମିଳିଲାନି ଯେ ଶେଷକୁ ରୋଷେଇ ଘରେ ପଶିଲେ। ଗଲନା... ମୁଁ ଯିବି !"

ହସ ହସ ମୁହଁରେ ଆଶୁତୋଷଙ୍କ ଚାଲିଯିବା ବାଟକୁ ଚାହିଁ କାନ୍ଥ ଦେହରେ ଆଉଜି ଯାଇ ନିଜ ଦେହର ଭାରସାମ୍ୟ ରଖିବାକୁ ଚେଷ୍ଟା କରୁଥିଲା ପଦ୍ମିନୀ!!

॥ ତିନି ॥

ଘଣ୍ଟାକୁ ଚାହିଁ ବ୍ୟସ୍ତ ହୋଇ ଉଠିଲା ଶାଶ୍ୱତୀ। ସମୟ ପ୍ରାୟ ହୋଇ ଆସିଲାଣି। ଅଥଚ ଏ ପର୍ଯ୍ୟନ୍ତ ସେ କ'ଣ କହିବ ସେ ବିଷୟରେ ସ୍ଥିର କରିବାକୁ ଗୋଟାଏ ମୁହୂର୍ତ୍ତ ମଧ୍ୟ ପାଇ ନାହିଁ। ଟେବୁଲ୍ ଉପରେ ରାଶି ରାଶି ଫାଇଲ୍ ଜମାହୋଇ ପଡ଼ିଛି। ଆଜି ସବୁ ଅର୍ଡର ନ ଦେଲେ କାଲିକି ଉପରୁ ଆସିବ କୈଫିୟତ୍‌ର ତାଗିଦା। ତା'ର ଯୋଗ୍ୟତାକୁ ସାବ୍ୟସ୍ତ କରିବା ପାଇଁ ସେ ଯେତେ ପରିଶ୍ରମ କଲେ ବି ସବୁ ଯେପରି ବିଫଳ ହୋଇଯାଉଛି। ସେ କାହାକୁ ସନ୍ତୁଷ୍ଟ କରିପାରୁନି। ଉପରିସ୍ଥ ଯେତିକି, ଅଧସ୍ତନ ତା'ଠୁ ଆହୁରି ଅସନ୍ତୁଷ୍ଟ...।

ଶାଶ୍ୱତୀ କଲିଂବେଲ୍ ଦେଇ ଅପେକ୍ଷା କଲା। ଘର ଭିତରକୁ ଚାରିଜଣ ବ୍ୟବସାୟୀ ହାତରେ ଗୁଡ଼ାଏ କାଗଜପତ୍ର ଧରି ପଶିଲେ। ସହରର ବିଶିଷ୍ଟ ବ୍ୟବସାୟୀ ଏମାନେ... ସେମାନଙ୍କ ହସରେ, ଚାଲିରେ ଓ କାରବାରରେ ରହିଛି ଅତ୍ୟଧିକ ବିନୟ ଭାବ ଓ ମନରେ ରହିଛି ଦାମ୍ଭିକତା - ସବୁକୁ କରାଗତ କରି ନିଜକୁ ସ୍ଥାପନା କରିବାର ଦୂରନ୍ତ ଅଭିଳାଷ। ସତେବା ସେମାନଙ୍କ ଆଖି କହୁଛି...। କାହିଁ କାହିଁ ଗଲେ ଫସରଫାଟି...

ଶାଶ୍ୱତୀ କଲମ ଟେକି ଉଦାସୀନ ଭାବରେ ସେମାନଙ୍କର ଉଦ୍‌ବିଗ୍ନ ମୁହଁକୁ ଚାହିଁଲା। ଜଟାନିୟାର ବିରୋଧରେ ସରକାରୀ କଳରେ ଯେଉଁ ବ୍ୟାପକ ପ୍ରସ୍ତୁତି ଚାଲିଛି ତା'ର କିଛି ଇଙ୍ଗିତ ପାଇଛି କି ସେ ଆଉ ?

ଗମ୍ଭୀର ହୋଇ ଶାଶ୍ୱତୀ କହିଲା, "ଆଜି କିଛି ଅର୍ଜେଣ୍ଟ ଅଛି କି ? ନାହିଁ ତ, ଆମେ କାଲି ଫାଷ୍ଟ ଆୱାରରେ ଆପଣଙ୍କ ବିଷୟଟାରେ ଡିସ୍‌କସନ୍ କଲେ ଭଲ ହୁଅନ୍ତା। ପ୍ଲିଜ୍ ମେକ୍ ଟାଇମ୍..."

ଜଟାନିୟା ନିଜ ମୁଣ୍ଡ କୁଣ୍ଡାଇ କହିଲା, "ଆଜ୍ଞା, ଆପଣଙ୍କ ଉପରେ ସବୁ ନିର୍ଭର କରୁଛି। ଅର୍ଡରଟା ଶୀଘ୍ର ହୋଇଗଲେ ସରକାରଙ୍କୁ ଯେତିକି ସୁବିଧା, ଆମକୁ ବି ସେତିକି। ଟଙ୍କା ସବୁ ବ୍ଲକ୍‌ହୋଇ ପଡ଼ିରହିଛି।"

ଶାଶ୍ୱତୀ ଅଧୈର୍ଯ୍ୟ ହୋଇଉଠୁଥିଲା ମନେ ମନେ। ମିଟିଙ୍ଗ୍ ସମୟ ହୋଇ ଆସୁଅଛି। ଅଥଚ ଅଫିସ୍ ସମୟ ଅତିକ୍ରାନ୍ତ ହେବା ପରେ ଏମାନଙ୍କର ଆବିର୍ଭାବ ଓ ତା'ର ଗୌରଚନ୍ଦ୍ରିକାରେ ତାକୁ ପ୍ରତିଦିନ ଅଧଘଣ୍ଟା ଲେଟ୍‌ରେ ଘରକୁ ଫେରିବାକୁ ପଡୁଛି। କୌଣସି ବ୍ୟକ୍ତିଗତ କାମ କରିବାକୁ ତା'ର କେବେହେଲେ ସମୟ ହେଉ ନାହିଁ।

ହଠାତ୍ ଫୋନ୍‌ଟା କ୍ରିଂ କ୍ରିଂ ହୋଇ ବାଜି ଉଠିଲା। ଶାଶ୍ୱତୀ ପାଟିକରି ଉଠିଲା, 'ନଟବର'।

ନଟବର ଆସିବା ମାତ୍ରେ ଶାଶ୍ୱତୀ ତାକୁ ଫୋନ୍ ଧରି ସେ ନାହିଁ ବୋଲି କହିବାକୁ ନିର୍ଦ୍ଦେଶ ଦେଲା। ନଟବର ଜଣାଇଲା, କୋଉ ମିଟିଂ ଅଛି ଏବଂ ସେଠୁ କଲ୍ ଆସିଛି। ଶାଶ୍ୱତୀ ବ୍ୟସ୍ତହୋଇ କହିଲା, "ତମେ ଡ୍ରାଇଭରକୁ କୁହ ଗାଡ଼ି ବାହାର କରୁ, ନଟବର। ଟାଇମ୍ ହୋଇଗଲା - ତେଣେ ମନ୍ତ୍ରୀ ଆସିଯିବେଣି। ଆପଣମାନେ କାଲି ଆସନ୍ତୁ..."

ଅଗ୍ରୱାଲ ଉତ୍ତର ଦେଲା, "ଆଜ୍ଞା ! ଆପଣଙ୍କ ଡ୍ରାଇଭର ଚକା ସଜାଡ଼ିବାରେ ବ୍ୟସ୍ତ ଥିଲା। କହୁଥିଲା, ଆହୁରି ଘଣ୍ଟାଏ ଲାଗିବ। ଆମ ଗାଡ଼ିରେ ଆପଣଙ୍କୁ ଛାଡ଼ି ଦେଇ ଆସିବୁ, ଚାଲନ୍ତୁ ଆଜ୍ଞା - ଜରୁରୀ କାମ ଯେତେବେଳେ..."

ଶାଶ୍ୱତୀ ବିରକ୍ତ ହୋଇ ନଟବରକୁ କ'ଣ କହିବାକୁ ଯିବା ପୂର୍ବରୁ ପୁଣି ଥରେକ୍ରିଂ କ୍ରିଂ କରି ଫୋନ୍‌ବାଜି ଉଠିଲା। ପ୍ରାୟ ପଇଁଚାଳିଶ ମିନିଟ୍ ଲେଟ୍ ହେବାକୁ ବସିଲାଣି... ଓଃ ଗଡ୍ ! କାଲି ଅଫିସରମାନଙ୍କର ଟାଇମ୍ ଜ୍ଞାନ ରହୁନି ବୋଲି ବିଭାଗୀୟ ମନ୍ତ୍ରୀଙ୍କଠୁ ୱାର୍ଣ୍ଣିଂ ଆସିଛି।

ଭୀଷଣ ଅସ୍ଥିର ଭାବରେ ଶାଶ୍ୱତୀ ବ୍ୟାଗ୍ ହାତରେ ଗଳାଇ ଚେୟାର ଛାଡ଼ି ଉଠି ଆସିଲା। ବାଥ୍‌ରୁମ୍‌ରେ ନିଜର ଚେହେରା ଉପରେ ଥରେ ଦୃଷ୍ଟିପାତ କରିବାକୁ ମଧ୍ୟ ବେଳ ନାହିଁ। ଏପରି କି କଫି କପେ ପିଇବାକୁ ମଧ୍ୟ।

ସାଙ୍ଗରେ ଆସିଥିବା ଅନ୍ୟ ଦୁଇ ଜଣ ବ୍ୟକ୍ତି ଅନ୍ୟ ରାଜ୍ୟର। ଜଟାନିୟା ଭାଷା ସେ ନ ବୁଝିଲେ ବି ଭାବ ବୁଝିବାକୁ ତାଙ୍କର ଯେମିତି ଅସୁବିଧା କିଛି ନାହିଁ। ବିଶେଷତଃ ନାରୀ ଦେହରେ ମାନଚିତ୍ର ସମ୍ବନ୍ଧରେ କୌଣସି ଭାଷାର ଆବଶ୍ୟକତା ନାହିଁ। ଅଗତ୍ୟା ସେମାନଙ୍କ ଗାଡ଼ିରେ ବସି ଯିବା ଛଡ଼ା ଅନ୍ୟ କିଛି ଉପାୟ ନାହିଁ ଶାଶ୍ୱତୀର।

କ୍ଲାନ୍ତ ଦେହରେ ଶାଶ୍ୱତୀ ଯେତେବେଳେ ଘରକୁ ଆସିଲା, ସେ ଦେଖିଲା ସୁନନ୍ଦ କ୍ଲବକୁ ଯିବାକୁ ପ୍ରସ୍ତୁତ ହୋଇ ଅପେକ୍ଷା କରିଛନ୍ତି ତାକୁ। ବିରକ୍ତିରେ ସେ ପଚାରିଲେ, "ଏତେ ଡେରି କାହିଁକି ? ଆଜି କ୍ଲବରେ ଫଙ୍କସନ୍ ଅଛି - ମୁଁ ଲେଟ୍‌ରେ ଯିବା ପସନ୍ଦ କରେନା।"

ଗମ୍ଭୀର ହୋଇ ଶାଶ୍ୱତୀ କହିଲା, "ସରି। ମୁଁ ଯାଇ ପାରିବିନି ଆଜି। ବଡ଼ ଟାୟାର୍ଡ ଲାଗୁଛି ମୋତେ। ତୁମେ ମିଷ୍ଟର ଏବଂ ମିସେସ୍ ପଣ୍ଡାଙ୍କୁ କହିଦେବ ମୋ ପାଇଁ।"

ସୁନନ୍ଦ ଭ୍ରୂକୁଞ୍ଚନ କରି କହିଲେ - କ'ଣ ହୋଇଛି ତୁମର ଶାଶ୍ୱତୀ ? କୌଣସି କଥାରେ ତୁମେ ଏବେ ଟାଇମ୍ ରଖୁନ ? ସବୁ ପ୍ରସଙ୍ଗକୁ ଏଡ଼ାଇ ଦେବାକୁ ବସିଛ। ପଚାରିଲେ ଉତ୍ତର ନାହିଁ - ଖାଲି ଟାୟାର୍ଡ, ଟାୟାର୍ଡ କହିବା ଛଡ଼ା ତୁମେ ଶିଷ୍ଟାଚାର କିଛି ଶିଖି ନାହଁ ?

ଶାଶ୍ୱତୀ ଚଟ୍ କରି ବୁଲିପଡ଼ି ସୁନନ୍ଦ ମୁହଁକୁ ଚାହିଁଲା। କ୍ଲବର ସାନ୍ଧ୍ୟ ଫଙ୍କସନ୍ ପରେ ରାତ୍ରିଭୋଜନ ସାରି ସୁନନ୍ଦ ପ୍ରାୟ ଅଧିକାଂଶ ସମୟରେ ଫେରେ। ଖୁବ୍ କ୍ୱଚିତ୍ ଦିନ ଶାଶ୍ୱତୀ ତା' ସଙ୍ଗରେ ଯିବାର ସୁଯୋଗ ପାଇଥାଏ। ବର୍ତ୍ତମାନ କ୍ଷିପ୍ତ ହେବାର ତ କୌଣସି କାରଣ ନାହିଁ।

ସୁନନ୍ଦ ସିଗାରେଟ୍‌ରେ ଅଗ୍ନି ସଂଯୋଗ କରୁ କରୁ କହିଲେ, "ଫରେନ୍ ଭିଜିଟର ଆଜି ଆଡ୍ରେସ କରିବେ, ସବୁ ବଡ଼ ବଡ଼ କମ୍ପାନୀର ମ୍ୟାନେଜର ଉଚ୍ଚପଦସ୍ଥ ସରକାରୀ ଅଫିସର ଏପରିକି କେହି ମନ୍ତ୍ରୀ ମଧ୍ୟ ଆସି ପାରନ୍ତି। ନ ଯିବାଟା ଅସୌଜନ୍ୟ। ତୁମେ ପାଞ୍ଚ ମିନିଟ୍ ଭିତରେ ଆସ। ମୁଁ ଅପେକ୍ଷା କରିଛି। ତୁମେ ଶାଶ୍ୱତୀ ବୋକୀ ଝିଅଟିଏ ନୁହଁ ଯେ ମୁଁ ତୁମକୁ ବୁଝେଇବି।"

ସୁନନ୍ଦ ବଗିଚା ଭିତରକୁ ପଶିଗଲେ। ଶାଶ୍ୱତୀର ଯୁକ୍ତି କରିବା ପାଇଁ ସମୟ କି ସୁବିଧା ନ ଥିଲା। ତା'ର ମନେହେଲା, ହଠାତ୍ ଯେମିତି ସେ କ୍ଲାନ୍ତ ହୋଇପଡୁଛି, ଅବଶ ପାଦ ନେଇ ସେ ଆଉ ଟିକିଏ ଚାଲି ପାରିବ ନାହିଁ। ମୁହୂର୍ତ୍ତଟିଏ... ତା'ର ମୁହୂର୍ତ୍ତରେ ସେ କିପରି ଚାଲିଯାଇ ବାଥ୍‌ରୁମ୍ ଭିତରେ ପରିଷ୍କାର ହୋଇ ମେକଅପ୍ ହେଲା ଏବଂ କିପରି ଆସି ଗାଡ଼ିରେ ବସି ସୁନନ୍ଦ ସହିତ କ୍ଲବରେ ପହଞ୍ଚିଗଲା ତା'ର ଆଉ ସ୍ମରଣ ନାହିଁ ସେ କଥା।

ରାଶି ରାଶି ପାନୀୟ ଭିତରେ ସମସ୍ତେ ଯେପରି ଆତ୍ମହରା। ଆଜି ଶାଶ୍ୱତୀ ଠିକ୍ କରିଛି ସେ ବି ପିଇବ। ଯେତେ ଇଚ୍ଛା ସେତେ ପିଇବ। ହଠାତ୍ ମିଃ ବାରିକ୍ ଆସି ବଢ଼ାଇ ଦେଲେ ତା' ହାତକୁ ଗୋଟିଏ ଗ୍ଲାସ୍। ଅତି ଅଭିଜ୍ଞ ପରି ଶାଶ୍ୱତୀ ଧୀରେ ଓଠ ଛୁଆଁଇଲା।

ନିଶା ତ ଲାଗିବା ସ୍ୱାଭାବିକ - ହେଲେ ଶାଶ୍ୱତୀ କିପରି ଜାଣିପାରୁଥିଲା ତା' କଥାରେ ଭାରସାମ୍ୟ ରହୁନି। ତା' ହାତକୁ ବାହାକୁ ଧରି କେହି ମୃଦୁଚାପ ଦେଲେ ବି ସେ ପ୍ରତିବାଦ କରିବାକୁ ଶକ୍ତି ପାଉନି।

ଡିନାର୍‌ଟେବୁଲ୍ ତଳେ କାହାର ଏକ ଭାରି ପାଦ ତା' ପାଦ ଉପରେ ମୃଦୁ ଚାପ ଦେଉଛି। ତା'ର ଗୋଟିଏ କହୁଣି ତା'ର ପେଟରେ ବାଜୁଛି ବାରମ୍ବାର। ଏଠାରେ ଏପରି ହୁଏ ଓ ସବୁକଥା ଧରାଯାଏ ନାହିଁ ବୋଲି ବାରମ୍ବାର ତାକୁ ସୁନନ୍ଦ କହିଛି। ପାଶ୍ଚାତ୍ୟ ଦେଶରେ କୁଆଡ଼େ ବେଶି ବେଶି ଅଘଟଣ ଘଟିଯାଏ... କହିବାର ନୁହେଁ। ମାତ୍ର ସେମାନଙ୍କର ସେଇଟା ହିଁ ଚଳଣି।

କିନ୍ତୁ ସୁନନ୍ଦ କାହିଁ? ଏତେ ଲୋକ ଭିତରେ ତ ସେ ତାଙ୍କୁ ଦେଖୁ ନାହିଁ? ଶାଶ୍ୱତୀ ବ୍ୟସ୍ତ ହୋଇ ପାଖରେ ବସିଥିବା ମିଃ ସୋରେନ୍‌ଙ୍କୁ ପ୍ରଶ୍ନ କଲା। ଉତ୍ତରରେ ସେ ହସି ଦେଖାଇଦେଲେ ଗୋଟାଏ ଦିଗକୁ। ସୁନନ୍ଦ ଜଣେ ମଧ୍ୟବୟସୀ ମେଦବହୁଳା ସ୍ତ୍ରୀ ଲୋକ ସହିତ ଡ୍ୟାନ୍‌ସ କରୁଛି ଓ ଅନେକେ ଜମିଯାଇ ସେ ନୃତ୍ୟ ଉପଭୋଗ କରୁଛନ୍ତି। କିନ୍ତୁ କାହିଁକି? ଅନ୍ୟମାନେ ତ ବେଶ୍ ନାଚିପାରନ୍ତେ। ଏମିତି କି ସେ ନିଜେ ବି। ହଠାତ୍ ଉଠିପଡ଼ି ଶାଶ୍ୱତୀ ମିଃ ସୋରେନ୍‌ଙ୍କ ହାତଧରି କହିଲା - "ଆସନ୍ତୁ, ଆମେ ଆଉ କାହିଁକି ବସିବା?"

ମିଃ ସୋରେନ୍‌ଙ୍କ ବାମ ହାତ ତା'ର କଟି ବେଷ୍ଟନ କରିଛି। ଆଖିରେ ଯୁଗ ଯୁଗର କ୍ଷୁଧା ଓ ପିପାସା। ଶାଶ୍ୱତୀ କ୍ଳାନ୍ତ ହୋଇପଡୁଛି - ତା'ର ଅଜାଣତରେ ବେକ ଭାଙ୍ଗି ନଦି ହୋଇ ଯାଉଛି ମିଃ ସୋରେନ୍‌ଙ୍କ କାନ୍ଧରେ, ଛାତିରେ, ସମଗ୍ର ଦେହରେ। କୋଉଠି ଯେପରି ଘନ ଘନ କରତାଳର ଶବ୍ଦ ଆସୁଛି - ଉଜ୍ଜ୍ୱଳ ଆଲୋକ ସ୍ତିମିତ ନିସ୍ପ୍ରଭ ହୋଇଆସୁଛି - ଗଣ୍ଡଗୋଳ ସବୁ ହୋଇଯାଉଛି। ଧୀରେ ଧୀରେ, ପାଟି କରି କାହାକୁ ସେ ଡାକିବ ଡାକିବ ହୋଇ ଡାକି ପାରୁନି। କାହାକୁ ଆଉ ଡାକିବ? ସୁନନ୍ଦ ଯେ ବିଭୋର ହୋଇ ନାଚୁଛି...

ପ୍ରଭାତ ଅତିକ୍ରାନ୍ତ କରି ଆସନ୍ନ ପୂର୍ବାହ୍ଣର ସୂର୍ଯ୍ୟରଶ୍ମି ଝରକା ଦେଇ ଶାଶ୍ୱତୀର ମୁହଁ ଉପରେ ପଡ଼ିଛି। ଆଖି ମେଲି କେଉଁଠି ଅଛି ସେ ବୁଝିପାରିଲା ନାହିଁ। ଆରାମ ଚେୟାର ଉପରେ ଦେହରେ ସାଲ୍ ଘୋଡ଼େଇ ହୋଇ ସୁନନ୍ଦ କାଗଜ ପଢୁଛନ୍ତି। ରାତିର ଘଟଣାସବୁ ଯେପରି ଗୋଟିଏ ସ୍ୱପ୍ନପରି ଭାସିଯାଉଛି। ତାକୁ ନିଦରୁ ଉଠିବା ଦେଖି ସୁନନ୍ଦ ଗମ୍ଭୀର କଣ୍ଠରେ କହିଲା, "ମିଃ ଚାଟାର୍ଜୀ ବୋଲି କିଏ ଜଣେ କାଲ୍‌କାଟାରୁ ଆସି ତୁମକୁ ବହୁତବେଳୁ ଅପେକ୍ଷା କରିଛନ୍ତି।"

ଶାଶ୍ୱତୀ ଚମକି ପଡ଼ିଲା ଚାଟାର୍ଜୀର ନାଁ ଶୁଣି। ସାଙ୍ଘାତିକ ଲୋକ ସେ। ଦୁଇ

ଦିନ ତଳେ ଫୋନ୍ କରିଥିଲେ ସେ ତାଙ୍କୁ ମାଡ୍ରାସରୁ - ବିଜିନେସ୍ ସଂକ୍ରାନ୍ତୀୟ ଗୋଟାଏ ଲାଇସେନ୍‌ସ ପାଇଁ। କିଏ ତାଙ୍କୁ ଏ ଅଜବ ତଥ୍ୟ ଦେଲା କେଜାଣି। ଶାଶ୍ୱତୀ ଚାହିଁଲେ କୁଆଡ଼େ ବିଭାଗୀୟ ମନ୍ତ୍ରୀ ଏଥିରେ ସମ୍ମତ ହେବେ। ଲୋକଟା ଫୋନ୍‌ରେ ତାଙ୍କୁ ନାକେଦମ୍ କରି ଦେଇଥିଲା ସେଦିନ।

"ତୁମେ ତାଙ୍କୁ କ'ଣ କହିଲ ?" ଶାଶ୍ୱତୀ ପଚାରିଲା।

"କ'ଣ କହିଥାନ୍ତି ? ଲୋକଟା ତୁମର ବହୁତ ପରିଚିତ ବୋଲି ଜାଣିଲି। ଅତଏବ ଚା' ଜଳଖିଆ ଦେଇ ତା'ର ଚର୍ଚ୍ଚା କଲି, ସମସ୍ୟା ବି ବୁଝିଲି। ଆଚ୍ଛା, ତୁମେ ଏତେ ରିଜିଡ୍ କାହିଁକି ?" ଉତ୍ତର ନ ଦେଇ ଶାଶ୍ୱତୀ ବାଥ୍‌ରୁମ୍‌କୁ ଚାଲିଗଲା। ବାଥ୍‌ରୁମ୍‌ରୁ ଫେରିଆସି ଦେଖିଲା ହସି ହସି ଆସୁଛନ୍ତି ସୁନନ୍ଦ। ହାତରେ ଗୋଟିଏ ଫାଇଲ୍। ଶାଶ୍ୱତୀକୁ ଚାହିଁ କହିଲେ, ମୁଁ ତାଙ୍କୁ ବିଦା କରି ଦେଇଛି। ଫାଇଲ୍‌ରେ ତୁମେ ଅର୍ଡର ଦେବ। ଅଫିସ୍ ଯାଇ ଏତେ ଝାମେଲା କରିବାର ଅର୍ଥ କିଛି ନାହିଁ। ବିଶେଷ କରି ତୁମ ଅଫିସରେ କଥାଟା କେହି ଜାଣୁ ବୋଲି ମୁଁ ଚାହେଁନା। ହଁ, ମିଃ ସୋରେନ୍ ଯେପରି କଥାଟା ନ ଜାଣନ୍ତି। ସେ ଜାଣିଲେ କଥାଟା ସାଙ୍ଘାତିକ ହେବ ଏବଂ ଶେଷକୁ ସେ ତାଙ୍କର ପରସେଣ୍ଟେଜ୍ ଦାବି କରି ବସିବେ... ଅବଶ୍ୟ ତୁମେ ତାଙ୍କୁ ଟାକଲ୍ କରିପାରିବ ଯେ।"

ଶାଶ୍ୱତୀର ଦେହ ଯେପରି ଶିର୍ ଶିର୍ କରି ଉଠିଲା। ଏପରି ବସି ବସି ବାଜେ କଥା ଆଲୋଚନା କରିବା ଅପେକ୍ଷା ଶୀଘ୍ର ଅଫିସ୍ ଚାଲିଯିବା ବରଂ ଭଲ।

ଅଫିସ୍ ଲୋକାରଣ୍ୟ ହୋଇସାରିଛି ସେତେବେଳକୁ। ଶାଶ୍ୱତୀକୁ ପନ୍ଦର ମିନିଟ୍ ପୂର୍ବରୁ ଦେଖିବା ପାଇଁ କେହି ଯେପରି ପ୍ରସ୍ତୁତ ନ ଥିଲେ। ଶାଶ୍ୱତୀ ଦାନ୍ତ ଉପରେ ଦାନ୍ତ ଚାପି ନିଜକୁ ସଂଯତ ଓ ଗମ୍ଭୀର କରିବାକୁ ଚେଷ୍ଟା କରୁଥିଲା କେବଳ।

ଚେୟାରରେ ବସୁ ନ ବସୁଣୁ ବାଜି ଉଠିଲା ଫୋନ୍। ଶାଶ୍ୱତୀ ପ୍ରଶ୍ନ କଲା। ଉତ୍ତର ଆସିଲା - "ଦେଖନ୍ତୁ, ଆପଣଙ୍କୁ ଆମେ ସତର୍କ କରି ଦେଉଛୁ - ଜଣେ ସ୍ତ୍ରୀଲୋକ ବୋଲି। ସେ ଉତ୍କୋଚ ନବାର ଅଭିଳାଷ ଛାଡ଼ି ଠିକ୍ ବାଟରେ କାମ କରନ୍ତୁ। ଆଉ ସବ୍‌ଅର୍ଡିନେଟ୍ କର୍ମଚାରୀଙ୍କ ସହ ଉଚିତ୍ ବ୍ୟବହାର କରନ୍ତୁ... ନଚେତ୍।"

"ନଚେତ୍ କ'ଣ ?"

"ଚାକିରି କରିପାରିବେନି। ଲାଇସେନ୍‌ସ ଓ ଆଉଟ୍‌ସାଇଡ୍ ଷ୍ଟେଟ୍‌ସର ଯେତେ ବିଜିନେସ୍ ଫାଇଲ୍ ରହିଛି ଶୀଘ୍ର ସେଗୁଡ଼ାକ ଡିସ୍‌ପୋଜ୍ କରି ଦିଅନ୍ତୁ।"

ଶାଶ୍ୱତୀ ଫୋନ୍‌ଟା ଥୋଇଦେଲା। ଏପରି ଧମକ୍ ସେ ଚାକିରି କରିବା ଦିନୁ

ଶୁଣିବାରେ ଅଭ୍ୟସ୍ତ। ଏପରିକି ପ୍ରତିଦିନ ଅତି କମ୍‌ରେ ଗୋଟାଏ ଧମକପୂର୍ଣ୍ଣ ଅଶ୍ଳୀଳ ଚିଠି ଡାକରେ ତା' ପାଖକୁ ଆସିଥାଏ। ଖାଲି ସେତିକି ନୁହେଁ, ତା'ର ନକଲ ମଧ୍ୟ ବିଭାଗୀୟ ଉଚ୍ଚକର୍ତ୍ତାଙ୍କ ପାଖକୁ ଯାଇଥାଏ। ସମୟେ ସମୟେ ତାକୁ କୈଫିୟତ୍ ମଧ୍ୟ ଦେବାକୁ ପଡ଼ିଥାଏ।

ହଠାତ୍ କିଏ ଜଣେ ପର୍ଦ୍ଦା ଆଡ଼େଇ ପଶି ଆସିଲା। ଅମରେନ୍ଦ୍ର! ଅସମୟରେ କାହିଁକି? ଏବେ ପଲିଟିକାଲ ଟେନ୍‌ସନ୍ କେଉଁଠି ନାହିଁ। ଦୁଇ ଦିନ ତଳେ ତା' ପାଖକୁ ପାର୍ଟିର ସେ ବର୍ଷ ପୂର୍ତ୍ତିରାଲି ପାଇଁ ଆବଶ୍ୟକତାର ଦୁଇ ଗୁଣ ଚାନ୍ଦା ପଠାଇ ଦିଆଯାଇଛି।

"କ'ଣ ହେଲା? ବସନ୍ତୁ ଅମରେନ୍ଦ୍ରବାବୁ।"

"ନା, ମୁଁ ବସିବାକୁ ଆସିନି। ଆପଣ ଜଣେ ଉଚ୍ଚପଦସ୍ଥ ଅଫିସର, ବିବାହିତା ଏବଂ ଜଣେ ମାଆ। ଏକଥା ଆପଣ କଲେ କିପରି? ମିଃ ସୋରେନ୍ ଆପଣଙ୍କୁ କେତେ ଟଙ୍କା ଉତ୍କୋଚ ଦେଇଛନ୍ତି? ସତ କୁହନ୍ତୁ... ମୁଁ ଏ ଇସୁ ମନ୍ତ୍ରୀଙ୍କ ପର୍ଯ୍ୟନ୍ତ ନେବି।"

ଶାଶ୍ୱତୀର ଦେହରେ ଯେପରି କିଏ ଅଗ୍ନି ସଂଯୋଗ କରିଦେଲା। "କ'ଣ ଆପଣ କହିବାକୁ ଆସିଛନ୍ତି? ଶାଶ୍ୱତୀ ରାୟ ବୃଥା ଧମକରେ ଡରେ ନାହିଁ। ଆପଣ ଆସିପାରନ୍ତି।"

ଅମରେନ୍ଦ୍ର ଠୋ ଠୋ ହସି କହିଲା, "ଏଇଟା ବ୍ରିଟିଶ ରାଜତ୍ୱ ନୁହେଁ, ମନେରଖିବେ ମିସେସ୍ ରାୟ। ଅନ୍ଧାରୀ ଶାସନ ଚାଲିବ ନାହିଁ। ମାତ୍ର ଦଶ ହଜାର ଟଙ୍କା ପାଇଁ ଆପଣ ଆପଣଙ୍କ ଦେହଟାକୁ..."

"ସଟ୍ ଅପ୍, ଆଇ ସେ। ନଟବର..."

"ବୃଥାରେ ଚମକ ସୃଷ୍ଟି କରନ୍ତୁ ନାହିଁ। ଆପଣଙ୍କ ଅଫିସର ପିଅନଠାରୁ ଆରମ୍ଭ କରି ସବୁ ଅଫିସର ଦେଇସାରିଛନ୍ତି ପିଟିସନ୍ ଆପଣଙ୍କ ବିରୁଦ୍ଧରେ। କିଏ ଶୁଣିବ ଆଉ କିଏ ବିଶ୍ୱାସ କରିବ? କାଲି ଜଟାନିୟା ଓ ନାଇଡୁଠାରୁ କେତେ ନେଇଛନ୍ତି? ଶେଷରେ ସେଭଳି ଦୁଇଟା କଳାବଜାରୀଙ୍କ ଗାଡ଼ିରେ ଆପଣ ଏତେବଡ଼ ଜନସଭାକୁ ଚାଲିଗଲେ କେଉଁ ସାହସରେ?"

"ମିଃ କର! ଆପଣ ଚାଲିଯାନ୍ତୁ। ଅଗତ୍ୟା ମୁଁ ପୋଲିସ୍‌କୁ ଖବର ଦେବି?" ଠୋ ଠୋ ହସି ଉଠିଲେ ଅମରେନ୍ଦ୍ର – "କେହି ବିପଦରେ ପଡ଼ିଲେ ଖବର ପାଇ ପୋଲିସ୍ ଆସେ। ସହଜେ ଆପଣ ବଡ଼ ଅଫିସର, ତହିଁରେ ଜଣେ ନାରୀ ଏବଂ ଅତୀବ ସୁନ୍ଦରୀ। ପୋଲିସ୍ ଏ ସୁବିଧା ଛାଡ଼ିବ ନାହିଁ।"

ଶାଶ୍ୱତୀ କ'ଣ କହିବ କିଛି ବୁଝିପାରୁ ନ ଥିଲା। ପରଦା ସେପଟରେ ଓ ଏପଟରେ ଅଜସ୍ର ଲୋକ ଜମିଗଲେଣି। ପୁଣି ଗୁଡ଼ାଏ ଲୋକ ପଶି ଆସିଲେ। ହାତରେ ଫଟୋ - ବଡ଼ ବଡ଼ ସାଇଜର ଫଟୋ। କାହାର ? ଅମରେନ୍ଦ୍ର ତା' ଟେବୁଲ ଉପରେ ଗଦେଇ ଦେଇ ଗଲା ଗୋଟାକୁ ଗୋଟା। ଏ କ'ଣ... ?

କାଲି ରାତିରେ ତାର ମଦ ପିଇବାଠାରୁ ଆରମ୍ଭ କରି ମିଃ ସୋରେନ୍‌ଙ୍କ ସହିତ ଡ୍ୟାନ୍‌ସର ଟିକିନିଖି ଚିତ୍ର। କିପରି ସମ୍ଭବ ହେଲା ? ତା' ହେଲେ... ତା'ହେଲେ ଗୋଟିଏ ନିର୍ଦ୍ଦିଷ୍ଟ ଗ୍ରୁପ ତା' ପଛରେ ଯେ ଅଭିଯାନ କରିଛି - ଏଥିରେ ଆଉ ସନ୍ଦେହର ଅବକାଶ ନାହିଁ ? ବିରକ୍ତ ହୋଇ ଶାଶ୍ୱତୀ କହିଲା, ସେ ମୋର ବ୍ୟକ୍ତିଗତ ବ୍ୟାପାର। ମୁଁ କେଉଁଠି ବସିଲି, କାହା ସଙ୍ଗରେ ନାଚିଲି, କ'ଣ କଲି ତା'ର କୈଫିୟତ ମୁଁ ଆପଣଙ୍କୁ ଦେବି ନାହିଁ। ଆପଣମାନେ ଯାହା କରନ୍ତି, କେତେ ଡ୍ରିଙ୍କ୍ କରନ୍ତି, କେତେ ସ୍ତ୍ରୀଲୋକ ନେଇ ବଡ଼ ବଡ଼ ହୋଟେଲରେ ରାତ୍ରିଯାପନ କରନ୍ତି, କେତେ ଇଲିଗାଲ୍ ପ୍ରତିଷ୍ଠାନକୁ ଉତ୍ସାହିତ କରନ୍ତି ଏବଂ କେତେ ଅର୍ଥ ତୋସରଫ କରନ୍ତି, ତା'ର ହିସାବ ମୁଁ ଯେତେବେଳେ ମାଗି ନାହିଁ, ଆପଣଙ୍କର କି ଅଧିକାର ଅଛି ଏ ପ୍ରଶ୍ନ କରିବାକୁ ? ଯାନ୍ତୁ... ବାହାରି ଯାନ୍ତୁ... ଆଇ ସେ, ଗେଟ୍ ଆଉଟ୍।"

ହଠାତ୍ ଯେପରି ଉପସ୍ଥିତ ଜନତା ମୁହଁରେ କିଏ ପୂର୍ଣ୍ଣଚ୍ଛେଦ ଟାଣି ଦେଉଛି। ଏପରି ଏକ ଅଦ୍ଭୁତ ପ୍ରଶ୍ନ ଘୋର ସଂକଟ ମୁହୂର୍ତ୍ତରେ ଶାଶ୍ୱତୀ କରିବ ବୋଲି କେହି ବିଶ୍ୱାସ କରି ନ ଥିଲେ ଯେପରି। ଦୁଇଜଣ ଯୁବକ ମୁରବି କଣ୍ଠରେ ପାଟି କରି ଉଠିଲେ, "ମାମଲା ଏପରି ଛିଡ଼ିବନି, ସବୁ ବିଜ୍‌ନେସ୍‌ବାଲା, ମନ୍ତ୍ରୀଙ୍କୁ ହାତ କରି ରଖିଛି ମାଇକିନା। ସିଧା ହାତକଡ଼ି ପକାଇ ରାସ୍ତାରେ ଚଲେଇ ଦେବାକୁ ହେବ। ଅର୍ଥ, ନାରୀ ଆଉ ସୁରା ତିନୋଟି ବ୍ୟାପାର ବନ୍ଦ କରିବାକୁ ହେବ... ଏ ବାଟରେ ନୁହେଁ। ବାଟ ଭିନ୍ନ। ଚାଲନ୍ତୁ ଆଜ୍ଞା, ମାଇକିନାଙ୍କ ସାଙ୍ଗରେ କଳି କରି ପାରିବେନି - ଆପଣଙ୍କର ଇଜ୍ଜତ ଅଛି।"

ସେମାନେ ଚାଲିଗଲେ। ପରେ ପରେ ଫୋନ୍‌ରେ ଭାସି ଆସିଲା ସୁନନ୍ଦର କଣ୍ଠ। "ତୁମେ ସୋରେନ୍‌ଙ୍କ ସହ କାଲି ନାଚିଥିଲ ? କେତେ ପେଗ୍ ପିଇଥିଲ ? ତୁମେ ଭୁଲିଯାଉଛ ଯେ ତୁମେ... ତୁମେ ଜଣେ... ଆଚ୍ଛା ! ପୋଜ୍ ନେଇ ଫଟୋ ଉଠାଇବା ତୁମେ କ'ଣ ଭୁଲିଗଲ...।"

ଖୁବ୍ ଗମ୍ଭୀର କଣ୍ଠରେ ଶାଶ୍ୱତୀ କହିଲା, "ମୁଁ କିଛି ଭୁଲିନି। ମୁଁ ନାଚିଥିଲି, ମଦ ପିଇଥିଲି ଏବଂ ଗପ କରିଥିଲି, ଯାହା ସମସ୍ତେ କରନ୍ତି, ମୁଁ କରିଛି। ଏଥିରେ ପ୍ରଶ୍ନ

କରିବା କାହାର ଅଧିକାର ନାହିଁ - ସେ ଅଧିକାର ତୁମେ ବହୁତ ଦିନରୁ ନିଜର ଯୋଗ୍ୟତା ବଳରେ ହରେଇ ବସିଛ। ଧନ୍ୟବାଦ।"

ଫୋନ୍‌ଟା ଏକବାରେ କଚାଡ଼ିଲା ପରି ଥୋଇଦେଲା ଶାଶ୍ୱତୀ। ଚତୁର୍ଦ୍ଦିଗରେ ଅଖଣ୍ଡ ନିରବତା, ନିର୍ଜନତା କୁଢ଼େଇ ହୋଇପଡୁଛି ଆସନ୍ନ ଯୁଦ୍ଧର ସଂକେତ ଧରି। ମନ ହେଉଥିଲା ନିଜ ପଣତରେ ଅଗ୍ନି ଧରାଇ ସେ ସମଗ୍ର ପୃଥିବୀ ଜାଳିଦେଇ ଆସିବ। ମନ ହେଉଥିଲା ଅଟ୍ଟହାସ୍ୟ କରି ଧରିତ୍ରୀର ବକ୍ଷ ବିଦୀର୍ଣ୍ଣ କରି ଦେଖିବ ବାସୁକିର ସର୍ବଂସହା ରୂପ। ମନ ହେଉଥିଲା ଶୂନ୍ୟ ମଣ୍ଡଳରେ ହସ୍ତ, ପଦ, ବିସ୍ତାର କରି ଉଲଗ୍ନ ରୂପରେ ସେ ବିହାର କରିବ। ମନ ହେଉଥିଲା ଅସଂଖ୍ୟ ଅସଂଖ୍ୟ... !!!

■

ଅରଣ୍ୟ

॥ ଏକ ॥

ଛୋଟ ନୌକାଟିଏ ନଦୀର ଅସ୍ଥିର ଗତିକୁ ରୋକିଦେବା ପାଇଁ ଯଥେଷ୍ଟ ନୁହେଁ। ତଥାପି ଅନ୍ୟମନସ୍କ ଭାବରେ ଟେକା ଉପରେ ଟେକା ପକେଇ ଚାଲିଥିଲା ଆଲୋକ। ନଦୀ କିନ୍ତୁ ସେମିତି ପ୍ରଖର ଗତିରେ ଧାଇଁ ଚାଲିଥିଲା।

ଅସ୍ତ ସୂର୍ଯ୍ୟର ରକ୍ତରାଗରେ ପଶ୍ଚିମ ଦିଗନ୍ତ ବେଶ୍ ରଞ୍ଜିତ ହୋଇ ଉଠିଥିଲା। ଏହି ସମୟଟି ଆଲୋକକୁ ଅନ୍ୟ ଦିନ ଆନନ୍ଦ ଦେଇଥିଲେ ବି ଆଜି ଯେପରି ବିଷାଦରେ ଅନ୍ତର ଭରି ଦେଉଛି।

କିଛି ଭଲ ଲାଗୁ ନାହିଁ। ଅନ୍ୟ ଦିନମାନଙ୍କରେ ଚେଷ୍ଟା କରି ଭଲ ଲଗାଇବା କାମଟା ସେ ହାସଲ କରିପାରୁଥିଲା। ଅନ୍ତତଃ ଅଭିନୟ କରିବା ପାଇଁ ସ୍ପୃହା ଥିଲା ତା'ର। ତାହା କମି ଆସିବାର ଜାଣିଥିଲେ ବି କୌଣସି ଦିନ ଏମିତି ଠକି ଯାଇ ନ ଥିଲା ଆଲୋକ। ଆଜି ଠକି ନାହିଁ ଖାଲି – ଠକିବାରେ ଥକି ମଧ୍ୟ ଯାଇଛି।

ଆଲୋକର ଇଚ୍ଛା ହେଉଥିଲା ନଦୀର ଅତଳ ଗର୍ଭକୁ ଝାମ୍ପ ଦେଇ ଅନ୍ତତଃ ନିଜର ବାହ୍ୟ ଶରୀରଟିକୁ ଶୀତଳ କରି ଦେବା ଏକାନ୍ତ ଆବଶ୍ୟକ। କିନ୍ତୁ ଅନେକ ନ ପାରିଥିବା କଥା ଭିତରୁ ଏହା ଯେ ଅନ୍ୟତମ, ଏଥିରେ ତା'ର ସନ୍ଦେହ ବି ନ ଥିଲା। ଆଚ୍ଛା, ଦୀର୍ଘ ଦିନ ଧରି ଏମିତି ଅବାନ୍ତର କଥା ସେ କାହିଁକି ଭାବୁଛି? ଯେଉଁଥିରେ କୌଣସି ଆନନ୍ଦ ନାଇଁ ସେପରି କାମଗୁଡ଼ାଏ ନିର୍ବିକାର ଭାବରେ କରୁଚି। ନଦୀକୂଳରେ ଏମିତି ଦିନ ଦିନ ବସିବାରେ ତ ଆଦୌ ଯୁକ୍ତି ନାହିଁ, ତଥାପି ସେ ବସୁଛି। କେହି ଯଦି ପଚାରିଦିଏ କ'ଣ କହିବ ଆଲୋକ? କହିବ ସେ ବେକାର, ତୃତୀୟ ଶ୍ରେଣୀରେ ଘୋର ଅନିଚ୍ଛାରେ ଏମ୍.ଏ. ପାସ୍ କରିଛି। ଘରେ ବାପା, ମା' ଓ ଅନ୍ୟାନ୍ୟ ଭାଇ, ବନ୍ଧୁବାନ୍ଧବ ପ୍ରତିଷ୍ଠିତ ଓ ପ୍ରଭାବଶାଳୀ ହେତୁ ଏ ପର୍ଯ୍ୟନ୍ତ ତା'ର ଅନ୍ତର ଅଭାବ ଘଟି ନାହିଁ। କୌଣସି ମତେ ଚଳିଯାଇଛି, ଏବେ ଆଉ ଚଳି ହେବ ନାହିଁ... ମାନେ ସେ ଚଳିପାରିବ ନାହିଁ...!

ଏଇ କେତେ ଦିନ ହେଲା ଟିଉସନ୍‌ଟିଏ କରୁଥିଲା ଯେ ଆଲୋକ, ତାହା ମଧ୍ୟ ଗତ ମାସରୁ ବନ୍ଦ ହୋଇଯାଇଛି। ଛାତ୍ରଟି ପରୀକ୍ଷାରେ ଫେଲ୍ ହୋଇଗଲା। ବାସ୍ତବିକ ଏଥିପାଇଁ ଛାତ୍ରଟି ଦାୟୀ କି ଆଲୋକ ଦାୟୀ କିଛି ଠିକ୍ କରିପାରେନା ସେ। ଇଚ୍ଛା ହୁଏ ଆଣିଥିବା ଟଙ୍କାଗୁଡ଼ାକ ଯଦି ସେ ଛାତ୍ରର ବାପକୁ ଫେରେଇ ଦେଇପାରନ୍ତା। କେମିତି ବା ହେବ? ସେଥିରୁ ଗୋଟାଏ ଟଙ୍କା ଯଦି ଥାଆନ୍ତା, ତା'ହେଲେ ଏତେ ସମୟ ବିନା ସିଗାରେଟ୍‌ରେ ସେ ଅପେକ୍ଷା କରି ବସି ନ ଥାନ୍ତା। ସେଇପରି ସୂତ୍ରରେ ତା'ର ଲକ୍ଷପତି ପିତାଙ୍କୁ ମଧ୍ୟ ଟଙ୍କା ଫେରେଇ ଦେଇ ସନ୍ତାନର ଋଣ ପରିଶୋଧ କରିବାର କଥା। ମାତ୍ର ସେସବୁ ଆଲୋକ ପକ୍ଷରେ ସମ୍ଭବ ନୁହେଁ।

ଚାରିଆଡ଼େ ଅନ୍ଧକାର ଖୁନ୍ଦି ହୋଇ ଆସୁଛି। ନଦୀରେ ବଢ଼ିପାଣିର ସୁଅ ଛୁଟିଛି। ଆଉ ତାକୁ ଦେଖିବା ପାଇଁ ଆଜିକାଲି ନଦୀକୂଳରେ ନିର୍ଜନତା ହ୍ରାସ ହୋଇଯାଇଛି।

ଆଲୋକ ଉଠିପଡ଼ିଲା। ଆଜି ଗୀତା ଆସିବ ନାହିଁ। ଅଫିସ୍‌ରେ ଓଭରଟାଇମ୍ ଶେଷ କରି ଘରକୁ ଫେରି ତାକୁ ପୁଣି ଟିଉସନ୍ ଯିବାକୁ ହେବ। ସେଠାରୁ ଫେରି ଘରର ଯାବତୀୟ ଦାୟିତ୍ୱ ବୁଝି ସେ ଆଗାମୀ କାଲିର ପ୍ରୋଗ୍ରାମ୍ କରିବ ଏବଂ ତା'ପରେ ତା'ର ପତଳା ହାଡୁଆ ଲମ୍ବା ଦେହଟିକୁ ଜାକିଜୁକି ତେଲୁଣିପୋକ ପରି ମୋଡ଼ି ହୋଇ ସେ ବିଛଣାରେ ଗଡ଼ିପଡ଼ିବ। ଆହା! ବିଚାରି! ଭାବିଲେ କଷ୍ଟ ହୁଏ ଆଲୋକର, ଇଚ୍ଛା ହୁଏ ଗୀତା ଲାଗି ସେ କିଛି କରିଦେଇ ପାରିଲେ ଖୁସି ହୋଇପାରନ୍ତା। ଟିକିଏ ତ କଷ୍ଟ ଲାଘବ ହୁଅନ୍ତା। ମାତ୍ର ତାହା ମଧ୍ୟ ସେଇ କେତୋଟି ନ ପାଇବା କଥା ଓ କାମ ଭିତରୁ ଗୋଟିଏ। ଗୀତା ମନେ ମନେ ଭାବୁଥିବ ଆଲୋକ କେତେ ଅପଦାର୍ଥ ଆଉ ନିଷ୍ଠୁର! କେବଳ ତା' ସଙ୍ଗରେ କଥା କହି ଆମୋଦ କରୁଛି, କିନ୍ତୁ କର୍ତ୍ତବ୍ୟ କରୁ ନାହିଁ।

କର୍ତ୍ତବ୍ୟ କାହା ପ୍ରତି ଯେ ଆଲୋକ କରି ନାହିଁ ଏକଥା ହୁଏତ ଗୀତା ଜାଣି ନାହିଁ ଏମିତିକି ବାପାଙ୍କ ସଙ୍ଗରେ ତା'ର ଦେଖା ହୁଏ ନାହିଁ। ଭାଇଭଉଣୀ ସେ ବିରାଟ ଘରଟାରେ ଯେ କିଏ କେଉଁଠି ଥାଆନ୍ତି, ତାହା ଆଲୋକ ଜାଣିବାକୁ ଇଚ୍ଛା କରେ ନାହିଁ। କେବଳ ବାପାଙ୍କର ସେଇ ବୋଉ ଅର୍ଥାତ୍ ଆଲୋକର ଜେଜେମା ବ୍ୟତୀତ କାହା ସଙ୍ଗେ ପଦେ କଥା ହେବାର ସୁଯୋଗ ଘଟେ ନାହିଁ। ବୋଉ ତ ଦୀର୍ଘ ଦିନ ଧରି ସାନେଟୋରିୟମ୍‌ରେ। କ'ଣ ହୋଇଛି କେଜାଣି, କିଛି କଥା କୁହେ ନାହିଁ, କେବଳ ଜଳ ଜଳ କରି ଚାହିଁ ରହେ। ଏଇପରି ଅବସ୍ଥାରେ ଗୀତା ବ୍ୟତୀତ ଅନ୍ୟ କାହାକୁ ନିଜର ବୋଲି ମନେ କରାଯାଇ ନ ପାରେ। ମାତ୍ର ଗୀତାକୁ ମଧ୍ୟ ନିଜର କଥା କୁହାଯାଇ ପାରୁନି କି ନିଜର କରି ହେଉନି।

ଆଲୋକ ପାନଦୋକାନ ପାଖରେ ଛିଡ଼ା ହେଲା। ଦର୍ପଣରେ ନିଜର ଚେହେରା ଦେଖି ଆଦୌ ବିସ୍ମିତ ହେଲା ନାହିଁ। କିଛି ହେଲାନି ତା'ର ଦୀର୍ଘ ପାଞ୍ଚ ବର୍ଷଧରି, କିନ୍ତୁ ତା'ର ବଳିଷ୍ଠ ଚେହେରାଟି ସୂକ୍ଷ୍ମରୁ ସୂକ୍ଷ୍ମତର ହେବାକୁ ବସିଛି ଏବଂ ମୁଣ୍ଡର ବାଳ କେତୋଟି ଧଳା ହୋଇ ଆସୁଛି। ଡାଇ କରିଦେଲେ କେମିତି ହୁଅନ୍ତା ? ଗୀତା ଅନେକ ଥର କହିଥିବ ତାକୁ। ବିଚାରୀ ଜାଣେ ନାହିଁ ଯେ ନିଜର କୁଞ୍ଚିତ କେଶରାଶି ଅନେକ ଦିନୁ ଧଳା ହୋଇଗଲାଣି ଏବଂ ତାଳୁ ଉପରଟା ପ୍ରାୟ କେଶମୁକ୍ତ। ଆଲୋକ ତାକୁ ଅନେଇ ହସିଦିଏ। ସ୍ତ୍ରୀଲୋକମାନଙ୍କର ସାଧାରଣଜ୍ଞାନ ଯେ କମ୍ ଏକଥା ଆଲୋକକୁ ବେଶ୍ ଜଣା, ଯଦିଓ ଗୀତା ଏମ୍.ଏ.ରେ ସେକେଣ୍ଡ କ୍ଲାସ୍ ପାଇଥିଲା। ଡିଗ୍ରୀଟା ତ ବୁଦ୍ଧିର ମାପକାଠି ନୁହେଁ। ଦୋକାନୀ ଅଭ୍ୟାସ ମୁତାବକ ଦୁଇ ଖଣ୍ଡ ସିଗାରେଟ୍ ବଢ଼ାଇଦେଲା ଏବଂ ଖାତାଟିଏ ବାହାର କରି ଲେଖିଦେଲା। ସେ ଭଲକରି ଜାଣେ ଆଲୋକକୁ। ବଡ଼ ଲୋକର ପୁଅ - ପଇସା କେବେ ବୁଡ଼ିଯିବ ନାହିଁ। ଏମିତିକି ଗୀତା ଥିଲେ ତାକୁ ସେ ପାନ ଦୁଇ ଖଣ୍ଡ ଦିଏ। ପଇସା ଦେଲେ ନିଏ ନାହିଁ, କହେ ବାବୁ ଦେବେ ! ଆଲୋକ ଲାଜେଇ ଯାଇ ଗୀତାର ହାତଟାଣି ନେଇ ପଳାଏ। ଅନ୍ତତଃ ପାନଦୋକାନୀଟି ତାକୁ ଖାତିର୍ କରୁଥିବା କଥାଟିକୁ ସେ ମୂଲ୍ୟହୀନ କରି ଦେବାକୁ ଚାହେଁ ନାହିଁ। କିନ୍ତୁ କେବେ ଯଦି ପାନଦୋକାନୀ ପଚାରି ଦିଏ କାହିଁକି ପ୍ରତିଦିନ ଛତରା ବଗୁଲିଆ ଟୋକାଟି ପରି ସେ ନଦୀ କୂଳକୁ ଆସୁଛି ତେବେ ଆଲୋକ କି ଉତ୍ତର ଦେବ ? ଏ ମଧ ତା' ନ ପାରିଲା କଥା ଭିତରୁ ଅନ୍ୟତମ।

ଆଲୋକ ବେଞ୍ଚଟା ଉପରେ ବସିପଡ଼ିଲା। ଗୀତାକୁ ଅପେକ୍ଷା କରି ବଡ଼ କ୍ଲାନ୍ତ ବୋଧ ହେଲାଣି। କେଉଁ ପ୍ରହରରେ ସେ ଖାଇଥିଲା ମନେ ନାହିଁ। ଭୋକରେ ପେଟଟା ଜଳୁଛି। ଆଜିକାଲି କ'ଣ ହୋଇଛି କେଜାଣି ଆଲୋକକୁ ଭୀଷଣ ଭୋକ ହେଉଛି; ମାତ୍ର ଘରକୁ ନ ଗଲେ କେଉଁଠି ଯେ ଗଣ୍ଡେ ଖାଇବାକୁ ମିଳିବନି ଏବଂ ମିଳିଲେ ବି ସେ ଖାଇ ପାରିବନି ଏକଥା ଯେମିତି ଆଲୋକର ଭାଗ୍ୟଲିପିରେ କଳା କାଳିରେ ଲିପିବଦ୍ଧ।

ଆଲୋକ ସିଗାରେଟ୍‌ରେ ନିଆଁ ଧରେଇ ରାସ୍ତା ଉପରକୁ ଉଠିଲା। ସନ୍ଧ୍ୟା ସାତଟା ବାଜିଗଲାଣି। ଗୀତା ଆସିବ ନାହିଁ। ଏପରି ଅନେକ ଥର ଆସିବ କହି ସେ ଆସିପାରେନା। ମାତ୍ର ଆଲୋକ ଆସି ଅପେକ୍ଷା କରିବାରେ ବ୍ୟତିକ୍ରମ ନାହିଁ। ସନ୍ଧ୍ୟାରେ ତା'ର କାମ କ'ଣ ? ଏମିତିକି ସକାଳେ ଓ ଦ୍ୱିପ୍ରହରରେ ବି ସେ ଫାଙ୍କା। ଏକା ଏକା ସବୁ କଥାରେ ଓ କାମରେ ବେକାର ଥିବା ଲୋକଟି ପାଇଁ ଉଦ୍ଦିଷ୍ଟ ସମୟ କିଛି ନାହିଁ। ଏକଥା ସିଏ ଜାଣେ ଓ ଜାଣେ ବି ଗୀତା।

କିନ୍ତୁ ଆଜି ଦିନ ଏକ ବ୍ୟତିକ୍ରମ। ଗତକାଲି ଆଜି ପାଇଁ ଏକ ଜରୁରୀ ପ୍ରୋଗ୍ରାମ୍

ଥିଲା । ସବୁ ବାଧାବନ୍ଧନ ଏଡ଼ାଇ ଆଲୋକ ଆଜି ତାକୁ କହିଥାନ୍ତା - 'ଗୀତା ! ମୁଁ ତୁମକୁ ଭଲପାଏ । ଅନ୍ତତଃ, ଏଇ ପୃଥିବୀରେ କିଛିଟା ଦିନ ବଞ୍ଚିଯିବା ପାଇଁ ତୁମର ଉପସ୍ଥିତି ମୋ ପାଖରେ ଏକାନ୍ତ ବାଞ୍ଛନୀୟ । ଭାବ ନାହିଁ, ମୁଁ ସବୁଦିନେ ବେକାର ଥିବି । ଦିନେ ନା ଦିନେ ମୁଁ ନିଜ ଗୋଡ଼ରେ ଛିଡ଼ାହେବି ଏବଂ ତୁମର ସବୁ ଦାୟିତ୍ୱ ତୁଲାଇ ପାରିବି । ମୋ ଉପରେ ଭରସା ରଖ । କାରଣ ମୁଁ ତୁମକୁ ଭଲ ପାଏ ।'

ମାତ୍ର ଏ କଥାଟି ସେ ଅନେକଥର ଭାବି କହିପାରି ନାହିଁ । ଆଲୋକ ଅନେକ ଥର ଚେଷ୍ଟା କରି ମଧ୍ୟ ଗୀତାର ହାତଟିକୁ ବି ସ୍ପର୍ଶ କରିପାରି ନାହିଁ । କ'ଣ ନିଜ ଭିତରେ ସେହି ମୁହୂର୍ତ୍ତରେ ଘଟିଯାଏ ବୁଝିପାରେ ନାହିଁ !!! ଆଜି ଅନେକ ମୁଖସ୍ଥ କରି ଆସିଥିଲା ଏବଂ ଅନେକ ଅପେକ୍ଷା କରି କହିବାର ସୁଯୋଗ ପାଇପାରିଲାନି ବୋଲି କିପରି ଏକ ଅସହାୟ ଭାବ ତା'ର ନରମ ଛାତିଟାକୁ ଦୋହଲାଇ ଦେଉଥିଲା ।

ହଠାତ୍ ରାସ୍ତାମୋଡ଼ରେ ଲୋକଗହଳି ଭିତରେ ଆଲୋକ ଗୀତାକୁ ଦେଖିପାରି ଚିଲେଇ କରି ଉଠିଲା - 'ଗୀତା ! ଗୀତା ! ଆରେ ଏପଟ ରାସ୍ତାକୁ ଆସ । ସିଆଡ଼େ କୁଆଡ଼େ ଯାଉଛ ?'

ମାତ୍ର ଗୀତା ସେତେବେଳକୁ ଲୋକଗହଳି ଭିତରେ କେଉଁଠି ରହିଲା କେଜାଣି ରାସ୍ତାର ଲାଇଟ୍ ଦପ୍ କରି ଚାଲିଯାଇଥିଲା ଏବଂ ତା' ସହିତ ଆଲୋକର ଗତି ମନ୍ଥର ହୋଇଯାଇଥିଲା ।

କିଏ ଗୋଟାଏ ପଛରୁ ଧକ୍କା ମାରିଲା । ପୂଜାର ଲୋକ ଗହଳି । ଆଲୋକ ପଡ଼ି ଯାଉ ଯାଉ ନିଜକୁ କୌଣସିମତେ ସମ୍ଭାଳି ନେଇ ଗୀତା ଯାଉଥିବା ରାସ୍ତାରେ ଅନ୍ଧକାରରେ ବାଙ୍କ ବୁଲିଗଲା ।

ଗୀତା ନାଁ ଧରି ସେ ଆଉଥରେ ଡାକିବ କି ? ଧେତ୍ ।

॥ ଦୁଇ ॥

ଅପରାହ୍ନର ସୂର୍ଯ୍ୟ କ୍ରମଶଃ ଦିଗ୍‌ବଳୟକୁ ସ୍ପର୍ଶ କଲେଣି । ଝର୍କା ପାଖରେ ଗୀତାର କାଉଣ୍ଟର । ସେଇଠି ବସି ଭିତର ଓ ବାହାରର ଦୃଶ୍ୟ ଓ ପରିସ୍ଥିତିକୁ ଏକ ସମୟରେ ସେ ଅନୁଭବ କରିଥାଏ ।

ଅଣ୍ଟାପିଠି ଧରିଗଲାଣି । କାମ ଯେପରି ଆଜି ମୋଟେ ସରୁ ନାହିଁ । କେଉଁଆଡ଼େ କୌଣସି କାର୍ଯ୍ୟ ଠିକ୍ ସମୟରେ ହେଉନି । ଅଭାବ, ଅଭାବରେ ତା'ର ଅକାଳବାର୍ଦ୍ଧକ୍ୟ ଆସିଗଲାଣି । ତଥାପି ସମାଧାନରେ ପହଞ୍ଚିପାରୁ ନାହିଁ ଗୀତା ! ସକାଳର ସିଦ୍ଧାନ୍ତ ସନ୍ଧ୍ୟାକୁ ବଦଳି ଯାଉଛି । ନିଜେ ହିଁ ତ ସେସବୁର ହର୍ତ୍ତାକର୍ତ୍ତା ।

ଦୀର୍ଘଶ୍ୱାସଟିଏ ଛାଡ଼ି ଗୀତା ଚେୟାରରେ ସଳଖି ବସିଲା ! କେଜାଣି କାହିଁକି

ବାପାଙ୍କର କଥା ମନେପଡ଼ିଗଲା ତା'ର। ଭାଇ ଯେଉଁଦିନ ଆତ୍ମହତ୍ୟା କରି ମରିଗଲା, ସେଦିନ ବାପା କେବଳ ତାକୁ ହିଁ ଧରି କାନ୍ଦିଥିଲେ। ଭାଇ ସହିତ ବାପାଙ୍କର ପଟୁ ନ ଥିଲା; କିନ୍ତୁ ଭାଇ କୌଣସିମତେ ବାପାଙ୍କର ପାଞ୍ଚଟି ସନ୍ତାନଙ୍କର ଖାଦ୍ୟପେୟର ବନ୍ଦୋବସ୍ତ କରିପାରୁଥିଲା। ତେଣୁ ବାପା ଭାଇର ଗତିପଥର ଅନ୍ତରାୟ ହୋଇ ପାରୁ ନ ଥିଲେ ଭାଇ, ସମସ୍ତେ ଶୋଇଥିଲା ବେଳେ ବେକରେ ଦଉଡ଼ି ଦେଇ ଆତ୍ମହତ୍ୟା କଲା। ଗୀତା ତାର ଅପରିପକ୍ୱ ବୟସରେ ଘଟଣାଟା ଜାଣିବା ପାଇଁ ଯେତେ ଚେଷ୍ଟା କରିଥିଲେ ବି ପାରି ନ ଥିଲା। ବାପା ଗୀତାକୁ ଧରି କାନ୍ଦିଥିଲେ; କାରଣ ଭାଇର ଅବର୍ତ୍ତମାନରେ ଗୀତା ଉପରେ ହିଁ ତାଙ୍କ ପରିବାର ନିର୍ଭର କରୁଥିଲା। କୌଣସିମତେ ମାଟ୍ରିକ୍ ପାସ୍ କରି ସେ ଚାକିରିଟି କରିନେଲା। ପ୍ରାଇଭେଟ୍‌ରେ ଏମ୍.ଏ. ପର୍ଯ୍ୟନ୍ତ କୃତିତ୍ୱ ହାସଲ ମଧ୍ୟ କଲା। କିନ୍ତୁ ପରିବାର ଓ ସମାଜର ଦାୟିତ୍ୱରୁ ସେ ମୁକୁଳି ପାରିଲା ନାହିଁ। ସାନଭାଇ ଚାରିଟା ଆଜିଯାଏଁ ମଣିଷ ହେଲେନି! ବାପା ଯଥାରୀତି ରୋଗ ଓ ମାନସିକ ଯନ୍ତ୍ରଣା ଭୋଗ କରି ବିଦାୟ ନେଲେ। ବୋଉ କେବଳ ଅନ୍ଧ ହୋଇ ଘରେ ବସି ରହିଛି ମୃତ୍ୟୁକୁ ଅପେକ୍ଷା କରି। ସାନଭଉଣୀ ରୀତାର ବିଭାଘର ସରିଗଲେ ଗୀତା ଅନ୍ୟ କିଛି କଥାକୁ ଭୃକ୍ଷେପ ନ କରି ଚାଲିଯିବ... କୁଆଡ଼େ ଯିବ ଏବଂ କ'ଣ କରିବ ସେଥିପାଇଁ ତା'ର କୌଣସି ସୁଚିନ୍ତିତ ଯୋଜନା ନାହିଁ; କିନ୍ତୁ ସେ ଚାଲିଯିବ। ଭାଇମାନେ ସକ୍ଷମ ହୁଅନ୍ତୁ ବା ନ ହୁଅନ୍ତୁ ପଢ଼ା ଛାଡ଼ି ଦେଇ ବାହାରେ ସମୟ କାଟିବା, ଫାଲ୍‌ତୁ ସମାଜସେବା ଓ ରାଜନୀତିର ଧୂଆଁବାଣରେ ଉତ୍‌ଫୁଲ୍ଲ ହେବା ସେମାନଙ୍କର ଏକାନ୍ତ କାମ୍ୟ। ଘରେ ଗୀତା ଅଛି ବୋଲି ସେମାନଙ୍କର ଏତେ ଫୂର୍ତ୍ତି! କିନ୍ତୁ ସେ ଚାଲିଗଲେ ରୀତା କ'ଣ କରିବ? ବୋଉର ଅବସ୍ଥା... ? ଗୀତା ହସି ପକାଇଲା! କେଉଁ ଶାସ୍ତ୍ରରେ ଅଛି ସେ ସମସ୍ତ ଦାୟିତ୍ୱ ନିର୍ବିକାରରେ ବହନ କରି ଚାଲିଥିବ ଆଜୀବନ? ଗୋଟାଏ ସେଣ୍ଟିମେଣ୍ଟ ବ୍ୟତୀତ ଅନ୍ୟ କିଛି ନୁହେଁ।

ପ୍ରତିଦିନ ଗୀତା ବିରକ୍ତ ହୋଇ ଆସିଛି। ଶହ ଶହ ଟଙ୍କା ରୋଜଗାର କରି ଘରେ ଦେଇଛି, ଓଭରଟାଇମ୍ କରିଛି, ଟିଉସନ୍ କରିଛି; ତଥାପି ଘରର ଗୁଜୁରାଣ ମେଣ୍ଟି ନାହିଁ କି ଘରେ କେହି ସନ୍ତୁଷ୍ଟ ହୋଇ ତାକୁ ହସହସ ମୁହଁରେ ଅପେକ୍ଷା କରି ନାହିଁ। ସତେଯେପରି ସେ ଗୋଟାଏ ମେସିନ୍, କାମ ତା'ର ନିର୍ଦ୍ଦିଷ୍ଟ। ତା' ପାଇଁ କୌଣସି ପ୍ରତିକ୍ରିୟା ନାହିଁ।

ସବୁଠୁ ମୁସ୍କିଲରେ ପକେଇଛି ତାକୁ ରୀତା। କ'ଣ ହୋଇଛି ତା'ର କେଜାଣି, ଆଜିକାଲି ଗୁମ୍ ହୋଇ ବସୁଛି, ପଚାରିଲେ ଦଶଥରରେ ପ୍ରଶ୍ନର ଉତ୍ତର ଦେଉଛି। ଘରେ ଦୁଇ ଓଳି ସାଧାରଣ ଭାତ, ଡାଲି ରାନ୍ଧିବା ବ୍ୟତୀତ ତା'ର ଅନ୍ୟ କିଛି କାମ

ନାହିଁ। ଆଜିକାଲି ସେତିକି ମଧ୍ୟ ସେ କରୁ ନାହିଁ। ମୁଣ୍ଡ କ'ଣ ହେଉଛି କହି ବିଛଣାରେ ଶୋଇରହୁଛି। ବୋଉ ତ ଅନ୍ଧ, ସେ ଜାଣିବ କ'ଣ? ଟାଣ କରି କିଛି କହିଲେ କେବଳ ତା'ର ମୁଦ୍ରିତ ଆଖିରୁ ଦୁଇ ଟୋପା ଲୁହ ଝରିପଡ଼ିବ।

ଏଥିରେ ଗୀତା କ'ଣ କରିପାରେ? କିଛି ତା'ର ଆଉ ଅଧିକ କରିବାର ଅଛି କି? ବହୁଦିନ ଧରି ଏ ପ୍ରଶ୍ନ ନିଜକୁ ପଚାରି ସେ ଥକିଗଲାଣି।

ଠକ୍ ଠକ୍ ଶବ୍ଦ ହେଲା। କିଏ ଜଣେ ଆସୁଛି। ଅଯଥାରେ ଏଇ ଅଫିସରେ ଲୋକଗୁଡ଼ାକ ଯେ କାହିଁକି ତାକୁ ବିରକ୍ତ କରନ୍ତି?

ଅସଲ ପାଜି ଯାହାକୁ କହନ୍ତି ପ୍ରକୃତରେ ସୈତାନ ସେଇ କୁଳମଣି। ଦାନ୍ତ - ନେଫେଡ଼ି ଆସି ଛିଡ଼ା ହୋଇଛି। ଗୀତା ମୁଣ୍ଡଟେକି ପ୍ରଶ୍ନବାଚକ ଆଖିରେ ଚାହିଁଲା।

'କ'ଣ କାମ ସରି ନାହିଁ? ସବୁଦିନେ ତ ତୁମେ ଫାଷ୍ଟ ହୁଅ - ଆଜି ଲେଟ୍ କାହିଁକି?' କୁଳମଣି ପ୍ରଶ୍ନ କଲା।

'ଆପଣଙ୍କୁ ଫାଷ୍ଟ ପୋଜିସନ୍ ଦେବାପାଇଁ।' ଗୀତା ଝର୍କା ବାହାରକୁ ଚାହିଁ ଉତ୍ତର ଦେଲା।

'ଆଚ୍ଛା! କ'ଣ କାମ ଅଛି ଦିଅ, ମୁଁ ହେଲ୍ପ କରିଦେବି।'

'ନା, ନା ସରିଗଲାଣି ତ। ଆପଣ ଯାଆନ୍ତୁ ମୁଁ ଆଉ ମାତ୍ର ପନ୍ଦର ମିନିଟ୍ ନେବି। ମୁଣ୍ଡଟା ଭାରି ବିନ୍ଧୁଥିଲା ନା, ସେଇଥିପାଇଁ...।'

'ମୁଁ ତ କହୁଛି ସେଇଥିପାଇଁ ମୁଁ ଆସିଲି। ମୁଁ ବୁଝିପାରେ ନାହିଁ, କୌଣସି କଥା କହିଲେ ତୁମେ ଏମିତି ଅବାନ୍ତର ମନେକର କାହିଁକି? ଅନ୍ୟ ସମସ୍ତଙ୍କ ସଙ୍ଗରେ ତ ବେଶ୍ ହସଖୁସିରେ କଥାବାର୍ତ୍ତା କର, ମୋର ଅପରାଧଟା ବାସ୍ତବିକ କେଉଁଠି ମୁଁ ବୁଝିପାରୁ ନାହିଁ।'

'ମୁସ୍କିଲ! ମୁଁ ତ ଆପଣଙ୍କ ସାହାଯ୍ୟ ଦରକାର କରୁନି; କିନ୍ତୁ ମୋ ପାଇଁ ଆପଣ ଏତେ ବ୍ୟସ୍ତ କାହିଁକି ହଉଛନ୍ତି?'

'କାହିଁକି ହୁଏ ତା' ତୁମେ ବୁଝି ପାରିବନି ଗୀତା। ତୁମ ଭିତରେ ମୋ ପାଇଁ ଯେ ସାମାନ୍ୟ କରୁଣା ନାହିଁ - ଏକଥା ମୁଁ କ'ଣ ବୁଝିପାରୁ ନାହିଁ? ତଥାପି ମନଟା ବ୍ୟସ୍ତ ହୁଏ।'

ଗୀତା ବଲ୍ ବଲ୍ କରି କୁଳମଣିର ମୁହଁକୁ ଚାହିଁଲା। ଲୋକଟା ଉପରେ ପଡ଼ି ସୁଆଗ ଦେଖାଏ। ଫାଜିଲାମି କରି କଥା କହେ ବୋଲି ଗୀତା ଚିଡ଼ିଯାଏ। ଅନ୍ତତଃ ଜଣେ ବିବାହିତ ପୁରୁଷଠାରୁ ଏପରି ଚାଟୁବାକ୍ୟ ଶୁଣିବାକୁ ସେ ଚାହେଁ ନାହିଁ। ଘୃଣାରେ କୁଳମଣି ପ୍ରତି ଗୀତାର ମନଟା ବିଷାକ୍ତ ହୋଇଉଠେ!

'ଗୀତା !'

ଗୀତା ଜାଣିଲା କୁଳମଣି ସୁବିଧା ପାଇ ତା'ର ହାଡୁଆ ହାତଟି ଚେୟାର ଉପରେ ଲଦି ଦେଇଛି ଏବଂ ସମୟ ଓ ନିର୍ଜନତାର ଏକ ସୁବିଧା ଉଠେଇ ନେବାକୁ ସେ ଡେରି କରିବ ନାହିଁ। କଠୋର କଣ୍ଠରେ ଗୀତା କହିଲା - 'ଆପଣଙ୍କ ମୁଣ୍ଡ ଖରାପ ନା କ'ଣ ? ଏମିତି ଫାର୍ଶ କରିବାକୁ ଆପଣଙ୍କୁ ଲଜ୍ଜା ହେଉ ନାହିଁ ?'

କୁଳମଣି ହଠାତ୍ କହି ପକେଇଲା - 'ତୁମର ଏଇଟା ଭୁଲ୍ ଧାରଣା। ମୁଁ ତୁମ ଦୁଃଖରେ ଦୁଃଖୀ ଗୀତା ! ମୁଁ ବିବାହ ନ କରିଥିଲେ ଏ କଥାର ପ୍ରମାଣ ଦେଇଥାନ୍ତି। କିନ୍ତୁ ମ୍ୟାନେଜର ସହିତ ତୁମେ ଅବାଧରେ ମିଳାମିଶା କରୁଛ, ସେ ଟୁର୍‌ରେ ଗଲାବେଳେ ସଙ୍ଗରେ ଯାଉଛ, ହସି କରି କଥା କହୁଛ, ଆଉ ମୋ ବେଳକୁ ପୁରାଣ ଅଶୁଦ୍ଧ ହେବ କାହିଁକି ? ବାପ ଆଉ ପୁଅ ଦୁଇ ଜଣଙ୍କୁ ସନ୍ତୁଷ୍ଟ କଲାବେଳେ ତୁମକୁ ଲାଜ ମାଡୁ ନାହିଁ।' ରାଗରେ ଗୀତା ବୁଲିକରି ଅନେଇଲାକ୍ଷଣି କୁଳମଣି ନଇଁପଡ଼ି ଗୀତାର ଗାଲରେ ଏକ ଉଷ୍ମ ଚୁମ୍ବନ ଆଙ୍କିଦେଇ ଦୁଇ ବାହୁ ମେଲେଇ ତାକୁ ଗଭୀର ଆଲିଙ୍ଗନରେ ଜଡ଼ାଇ ଧରିଲା।

ଗୀତା ଅଣନିଃଶ୍ୱାସୀ ହୋଇ କହିବାକୁ ଯାଉଥିବା ସମୟରେ କୁଳମଣି ତାକୁ ପେଲିଦେଇ ଦ୍ୱାର ମୁହଁକୁ ଯାଉ ଯାଉ କହିଲା - 'ବୃଥାରେ ପାଟିତୁଣ୍ଡ କରନା ଗୀତା ! ଅପବାଦଟା ତୁମକୁ ହିଁ ଲାଗିବ... ? ମ୍ୟାନେଜର ତୁମକୁ ହିଁ ଦୋଷ ଦେବେ।'

କୁଳମଣି ଚାଲିଗଲା ଜୋତା ଠକ୍ ଠକ୍ କରି। ଆଖିପିଛୁଳାକେ ଘଟଣାଟି ଘଟିଗଲା। ନିଜେ କିଛି ବୁଝିବା ପୂର୍ବରୁ କାମ ସାରି ବାହାରିଗଲା କୁଳମଣି। ଅପମାନ ଲଜ୍ଜାରେ ଝାଉଁଳି ପଡ଼ି ଗୀତା ଟେବୁଲ୍ ଉପରେ ମୁହଁମାଡ଼ି ଶୋଇରହିଲା। ସତେଯେପରି ବହୁଦିନ ଧରି ସେ ରୋଗାକ୍ରାନ୍ତ, ତା'ର ଆଉ ଚାଲିବା ପାଇଁ ଟିକିଏ ହେଲେ ଶକ୍ତି ନାହିଁ।

ସମଗ୍ର ଦେହରେ ବିଷର ପ୍ରକ୍ରିୟା ନେଇ ଗୀତା ପଦାକୁ ଆସିଲା। ଅଫିସରେ କାଁ ଭାଁ ଲୋକ ଅଛନ୍ତି। ସୂର୍ଯ୍ୟ ଅସ୍ତ ହୋଇଗଲେଣି ଅନେକ ବେଳୁ। ଆସନ୍ନ ସନ୍ଧ୍ୟାରେ ପୃଥିବୀ ତା' ପାଇଁ ହୋଇଉଠିଛି ବିଷାକ୍ତ।

ଗେଟ୍ ଖୋଲି ନ ଯାଉଣୁ ଦରୱାନ୍ ସଲାମ୍ ଦେଇ କହିଲା - 'ଆଜ୍ଞା ! ସାହେବ ଡାକୁଛନ୍ତି।'

ଗୀତା ଯନ୍ତ୍ର ପରି ମ୍ୟାନେଜରଙ୍କ ରୁମ୍ ଆଡ଼କୁ ଆଗେଇଗଲା। ମ୍ୟାନେଜର ଆଉ କେହି ନୁହନ୍ତି, ଆଲୋକର ବାପା। ମ୍ୟାନେଜର ବାହାରି ଆସି ଛିଡ଼ା ହୋଇଛନ୍ତି ବାରଣ୍ଡାରେ ! ଗୀତାକୁ ଦେଖିଦେଇ କହିଲେ - 'ଦେଖ ଗୀତା ! ମୁଁ ତୁମର ଭଲ ପାଇଁ କହୁଛି ! ତୁମ ଘରର ଅବସ୍ଥା ମୁଁ ଜାଣେ, ଆଲୋକ ମତେ କହିଛି ! ତୁମର ଯଦି ଆପତ୍ତି

ନ ଥାଏ ମୁଁ ତୁମକୁ ବିବାହ କରିବାକୁ ପ୍ରସ୍ତୁତ ଅଛି। ତୁମ ଘରର ଦାୟିତ୍ୱ ଏଣିକି ସମ୍ପୂର୍ଣ୍ଣଭାବରେ ମୋର!'

ଗୀତା ଚମକିଲା ପରି ମ୍ୟାନେଜରଙ୍କ ମୁହଁକୁ ଚାହିଁଲା। ଷାଠିଏ ବର୍ଷ ବୟସ ଅତି କମ୍‌ରେ ହେବ ଏବଂ ସେ ପୁଣି ଆଲୋକର ବାପା। ସ୍ୱପ୍ନ କି ସତ୍ୟ ସେ ବୁଝିପାରିଲା ନାହିଁ।

'ମୁଁ ଆଜି ତୁମ ଘରକୁ ଯାଇ ମା'ଙ୍କ ସଙ୍ଗରେ କଥାବାର୍ତ୍ତା କରି ଆସିଛି। ମୋର ଆଜି ଗୋଟାଏ ଜରୁରୀ ମିଟିଂ ଅଛି। ମୁଁ କାମ ସାରି ରାତି ଆଠଟା ବେଳେ ତୁମକୁ ତୁମ ଘରେ ଦେଖାକରି ଡେଟ୍ ଫାଇନାଲ କରିବି।'

ଗୀତା କ'ଣ କହିବ ବୁଝିପାରୁ ନ ଥିଲା। ମୁହଁ ପୋତି ସେ ଧୀରେ ଧୀରେ ଗେଟ୍‌ଆଡ଼କୁ ଆଗେଇଗଲା। ମ୍ୟାନେଜରଙ୍କ ନୀଳରଙ୍ଗର ଫିଆଟ୍ ଗାଡ଼ିଟି ଧୂଳି ଉଡ଼େଇ ଚାଲିଗଲା ତା' ଆଖି ସାମ୍ନାରେ।

ଏବେ ଗୀତା କ'ଣ କରିବ? ଘଣ୍ଟାକୁ ଚାହିଁ ସେ ଜାଣିଲା ସାତଟା ବାଜିବାକୁ ଅଳ୍ପ ସମୟ ବାକି। ଆଲୋକ ନଦୀ କୂଳରେ ବସି ବସି ଅନେକ ଥର ପରି କ୍ଳାନ୍ତି ନେଇ ଫେରିଯିବଣି! କାହାକୁ କହିବ ସେ ତା'ର ଦୁଃଖ? ଅନ୍ତତଃ ଆଲୋକକୁ ତ ଏକଥା କୁହାଯାଇ ପାରିବନି। ଶୁଣିଲେ ହୁଏତ ସେ ସନ୍ଦେହ କରିପାରେ।

ଗୀତା ରାସ୍ତା ଉପରେ ଛିଡ଼ାହୋଇ, ଗାଡ଼ି ମଟରକୁ ଚାହିଁ ଯେପରି ଜୀବନରେ ପ୍ରଥମ ଥର ପାଇଁ କାବା ହୋଇଗଲା। ଆଖି ତା'ର ଜଳକା ମନେହେଲା, କାନ କୌଣସି ଶବ୍ଦ ଗ୍ରହଣ କରିପାରିଲାନି।

ଆଲୋକ ତା'ର ବାପା! କିଏ? ଏକ ବିଷାକ୍ତ ସର୍ପ ଦଂଶନରେ ଯେମିତି ଗୀତାର ଦେହ କମ୍ପୁଥିଲା। ନା ନା, ଏଥିରୁ ମୁକ୍ତି ପାଇବାକୁ ହେଲେ ନଦୀର ଶୀତଳ ବକ୍ଷ ହିଁ ଏକମାତ୍ର ଭରସା। ଆଲୋକ ସେଠି ନ ଥିବ। ନିର୍ବିକାରରେ।

ଗୀତା ଦଉଡ଼ିଲା ପରି ଚାଲିଲା। ସତେବା ଆଲୋକ ପାଇଁ ପ୍ରତୀକ୍ଷିତ ମୁହୂର୍ତ୍ତକୁ ସେ ଉଦ୍‌ବିଗ୍ନ ହୋଇ ଭେଟିବାକୁ ଧାଉଁଥାଏ।

ହଠାତ୍ ଲୋକଗହଳି ଭିତରୁ କିଏ ତା'ର ନାଁ ଧରି ଡାକ ପକାଇଲା। ଜୀବନରେ କୌଣସି କାମ ସ୍ୱଇଚ୍ଛାରେ, ନିର୍ବିଘ୍ନରେ ସେ କେବେହେଲେ କରିପାରିନି।

କିଏ? ଏ ଯେ ଆଲୋକ! ରାସ୍ତା ସେପଟରେ ତାକୁ ଅଟକିବା ପାଇଁ ପାଟି କରି କହୁଛି। ଓଃ...! ହେ ଭଗବାନ୍! ଭଗବାନ୍ ବୋଧ ତା' ଡାକ ଶୁଣିଲେ କି କ'ଣ, ନିମିଷକରେ ଚତୁର୍ଦ୍ଦିଗ ଅନ୍ଧକାର ହୋଇଗଲା ଏବଂ ଚଟ୍‌କରି ଡାହାଣ ପଟକୁ ବୁଲିପଡ଼ି ଗୀତା ଲୋକଗହଳିରେ ମିଶିଗଲା। ଆଲୋକ କ'ଣ ଡାକୁଛି କି? ତା'ର କଣ୍ଠ ଭଳି ଶୁଭୁଛି, ଧୂତ୍!!

॥ ତିନି ॥

ଦଉଡ଼ିଲା ପରି ପ୍ରାୟାନ୍ଧକାରରେ ଗୀତା ଚାଲୁଥିଲା। ଅଭ୍ୟାସବଶତଃ ନିର୍ଜନ ରାସ୍ତାରେ ମୁଣ୍ଡରେ ଲୁଗାଟା ଦେଇଥିଲା ସେ। ବାରମ୍ବାର ଆସି ପଡୁଥିଲା ପଣତଟି ଏବଂ ତାହାହିଁ ଥିଲା ଆଲୋକ ପାଇଁ ଭିଡ଼ ଭିତରେ ଗୀତାକୁ ଅନୁସରଣ କରି ଚାଲିବାର ଏକମାତ୍ର ମାଧ୍ୟମ।

ଗୀତାକୁ ଲାଗୁଥିଲା ଶହ ଶହ ମ୍ୟାନେଜର, କୁଳମଣି ତା'ର ପିଛାଧରି ଦୌଡ଼ୁଛନ୍ତି ଏବଂ କେଉଁ ଜନ୍ମକାଳରୁ ସମସ୍ତଙ୍କଠାରୁ ଏପରିକି ନିଜଠାରୁ ଦଉଡ଼ି ଦଉଡ଼ି ଭୀତତ୍ରସ୍ତ ହରିଣୀ ପରି ସେ ଘନ ଅରଣ୍ୟରେ ବ୍ୟାଧ ଭୟରେ ଧାଇଁଛି। କିନ୍ତୁ ଧାଉଁଛି କୁଆଡ଼େ? କାହିଁକି? କାହା ପାଖକୁ? ଆଲୋକ ପାଖକୁ? ତା' କଥା ଭାବିଲେ ଗୀତା ଖୁସି ହୁଏ ନାହିଁ କି କାନ୍ଦିପାରେ ନାହିଁ। ଆଲୋକକୁ ଆଜିଯାଏ ସେ ବୁଝି ନାହିଁ, ବୁଝେଇ ଦେବାକୁ ଆଲୋକ ମଧ୍ୟ କେଉଁ ଦିନ ଆଗେଇ ଆସିନି। ଯଦିଓ ପ୍ରତିଦିନ ପ୍ରାୟ ତା' ସହିତ ଦେଖାହେଉଛି ଗୀତାର। ନା, ନା, ବେକାର; ଆଲୋକ ପାଖକୁ ଧାଇଁ ଯାଇ ହାସ୍ୟାସ୍ପଦ ହେବାରେ କ'ଣ ଆଉ ପ୍ରୟୋଜନ? ଆଲୋକ ତ ବିଚ୍ଛୁରିତ ହୋଇ କେବେ ତାକୁ ସ୍ପର୍ଶ କରି ନାହିଁ...। ଆଲୋକ ଗୀତା ପଛରେ ଧାଇଁ ଧାଇଁ କ୍ଳାନ୍ତ ହୋଇପଡ଼ିଲା। ଗୀତା ବୋଧହୁଏ ପ୍ରକୃତରେ ଆଗରେ ଚାଲୁଥିବା ମହିଳାଟି ନୁହେଁ... ଏତେ ଦିନ ପରେ ବି ଆଲୋକର ଗୀତାକୁ ନେଇ ଭ୍ରମ ହୋଇପାରେ?

ରାସ୍ତା ନିର୍ଜନ ଦେଖି ଆଉଥରେ ଚିତ୍କାର କଲା- 'ଗୀତା! ଗୀତା!'

ଗୀତାର ଗତି ମନ୍ଥର ହେଲା। ଦେହରୁ ଝାଳ ସରସର ବୋହିଯାଉଛି। ଆଉ ପାରିବନି - ଦମ୍ ଚାଲିଯାଉଛି... ଟଳି ଟଳି ରାସ୍ତାକଡ଼ରେ ବସିପଡ଼ିଲା ଗୀତା ଦୁଇ ଆଣ୍ଠୁ ମଝିରେ ମୁହଁ ଚାପି।

ଏଇ ଅବସରରେ ଆଲୋକ ଧାଇଁଯାଇ ଗୀତାକୁ ଉଠେଇ ନେଇ ପଚାରିଲା - 'କ'ଣ ହେଲା? ମୁଁ ଏତେ ଡାକୁଛି, ତୁମେ ଶୁଣିପାରୁନ ଗୀତା?'

'କାହିଁ କେତେବେଳେ, ମୁଁ ତ ଶୁଣିନି!' ଗୀତା କୋହ ଚାପି କହିଲା।

ଆଲୋକ ଗୀତାର ହାତ ଧରି ଉଠେଇଦେଲା ଓ ଆଶ୍ଚର୍ଯ୍ୟ ହୋଇ ତା'ର ମୁହଁକୁ ଚାହିଁ ପଚାରିଲା - 'ତମର କ'ଣ ହେଲା ଗୀତା? ତୁମେ ଏତେ କ୍ଳାନ୍ତ... ଘରେ କିଛି...।'

'ଓଃ। ମତେ ଏଠି ଏକା ଛାଡ଼ି ଦେଇ ତମେ ଚାଲିଯାଅ... ତୁମକୁ ଭଲ ପାଇଥିଲି ବୋଲି ତୁମର ମଙ୍ଗଳ ପାଇଁ ଏତିକି କହୁଛି ଆଲୋକ। ତୁମେ ମୋର ଯନ୍ତ୍ରଣା ନେଇପାରିବନି... କେବଳ, କେବଳ...।'

'ଗୀତା!'

ନୀରବତା ଚତୁର୍ଦ୍ଦିଗରେ। ରାସ୍ତାରେ କେହି ନାହିଁ, ଆଲୋକ ଦୁଇ ହାତଧରି ଗୀତାକୁ ପୁଣି ଆଉଥରେ ଉଠେଇଦେଲା ତଳୁ।

ଗୀତାର ମୁଦ୍ରିତ ଆଖିରୁ ଅଶ୍ରୁର ସ୍ରୋତ ଛୁଟିଥିଲା। ତା'ର ଈଷତ୍ ଉଚ୍ଚ କପାଳ ଉପରେ, ବିନ୍ଦୁ ବିନ୍ଦୁ ଝାଳ ଜଡ଼େଇ ଧରିଥିଲା କେତୋଟି ଚୂର୍ଣ୍ଣକୁନ୍ତଳ। ଓଠ ଦୁଇଟି ଯେପରି କ'ଣ କହିବେ କହିବେ ହୋଇ କିଛି ପାରିପାରୁ ନ ଥିଲେ।

ଆଲୋକ ଶକ୍ତ ଭାବରେ ଗୀତାର ହାତଧରି ନିର୍ଦ୍ଦେଶ ଦେଲା ଭଙ୍ଗୀରେ କହିଲା – 'ଗୀତା ! ଆଖି ଖୋଲ ଏବଂ ସାମ୍ନାକୁ ଘୂରି ଚାହଁ।'

'ନା, ମୁଁ ପାରିବିନି। ତୁମେ ଚାଲିଯା ଆଲୋକ... ଚାଲିଯା !'

'ମୁଁ ଆଜି ଚାଲିଯିବାକୁ ଆସିନି। ମୁଁ ଆଜି ତୁମକୁ ନେଇଯିବାକୁ ଆସିଛି !'

'କୁଆଡ଼େ ? ପାଗଳଙ୍କ ଭଳି କଥା କୁହନା ଆଲୋକ।'

'ମୁଁ ପାଗଳ ନୁହେଁ ଗୀତା ! ମୁଁ ଚାହେ ଆମେ ଏଇ ଏ ସହର ଛାଡ଼ି ଚାଲିଯିବା। ଅନ୍ତତଃ ପ୍ରଭାତ ହେଲାବେଳକୁ ଆମେ ଅନ୍ୟ ଏକ ସହରରେ ଥିବା...। ତୁମେ ମୋଠାରେ ବିଶ୍ୱାସ ରଖ ଗୀତା।'

ଗୀତା ଆଖିଖୋଲି ଚାହିଁଲା ଆଲୋକକୁ ଏବଂ ବିସ୍ମିତ କଣ୍ଠରେ ପଚାରିଲା – 'ସତ କହୁଛ ? ଚାଲ ଆଲୋକ, ଆମେ ଏଇ ମୁହୂର୍ତ୍ତରେ ଚାଲିଯିବା...'

'କିନ୍ତୁ, କିନ୍ତୁ ...।'

'ଘରେ ଖବର ନେବା କଥା ଭାବୁଛ ? ବଳେ ଜାଣିଯିବେ। କିଏ ତୁମକୁ ଘରେ ଅପେକ୍ଷା କରିଛି ?'

ଗୀତା କହିଲା – 'ତୁମ ଘରେ ?'

'ବାପା, ତୁମର ...।'

'କେହି ନାହିଁ ! ଚାଲ, ଆମେ ଏଇ ମୁହୂର୍ତ୍ତରେ ଚାଲିଯିବା ! ଭୀଷଣ ବୋର୍ ଲାଗୁଛି ଏଠାରେ ମତେ !' ଦୁହେଁ ଚାଲୁଥିଲେ ଦୌଡ଼ିଲା ପରି ସାମ୍ନାକୁ। ଆଲୋକ ଆଉ ଗୀତା – ଗୀତା ଆଉ ଆଲୋକ ! ଚତୁର୍ଦ୍ଦିଗରେ ଅଗ୍ନାଅଗ୍ନି ବନସ୍ତ ! ଧନୁଶରଟି କାନ୍ଧରେ ପକାଇ ବ୍ୟାଧଟି ସନ୍ତର୍ପଣରେ ଶୁଖିଲା ପତ୍ର ଉପରେ ଅନୁସରଣ କରୁଥିଲା ସେମାନଙ୍କୁ। କିନ୍ତୁ ସେମାନେ ଅଟକି ଯାଉ ନ ଥିଲେ ଅନ୍ୟଦିନ ପରି – ଯାଉଥିଲେ ଆଗକୁ ଆଗକୁ ! ଗୀତା ଆଉ ଆଲୋକ – ଆଲୋକ ଆଉ ଗୀତା !!!

ଇଣ୍ଟରଭିଉ

ଘର ଭିତରେ ଏତିକି ଜଞ୍ଜାଳ ନେଇ କେମିତି ବା ପ୍ରତିମା ନୀରବ ରହିପାରିବ ! ପ୍ରତିଦିନ ସକାଳ ହେଲେ ସେଇ ଗୋଟିଏ ଚିନ୍ତା ଘର ଚଳିବ କେମିତି ? କାହାର ନଜର ନାହିଁ କଥାଟାକୁ । ଆଲୋଚନା ଚାଲେ ଭାଇମାନଙ୍କର ଦେଶର ସମସ୍ୟା ନେଇ, ସାଧାରଣ ଲୋକଙ୍କର ଅଭାବ ଅସୁବିଧାକୁ ଆଖିରେ ରଖି ରାଜନୀତିକ, ଆର୍ଥନୀତିକ ସମସ୍ୟା ଉପରେ ଖୁବ୍ ଉକ୍ତି-ପ୍ରତ୍ୟୁକ୍ତି ଚାଲେ । କପ୍, କପ୍ ଚା' ଓ ସିଗାରେଟ୍ ଧୂଆଁ ଭିତରେ ଭାଇ ଓ ତାଙ୍କ ସାଙ୍ଗମାନଙ୍କର ସମସ୍ତ ସ୍ୱପ୍ନ ମଧ୍ୟରାତ୍ରିବେଳକୁ ଝାପ୍‌ସିଆ ହୋଇ ମିଳାଇ ଯାଏ ପ୍ରତିମାର ଆଖିରେ । ଦୁଇ ଭାଇଙ୍କ ରାଜନୀତି, ବକ୍ତୃତା, ସମାଲୋଚନା ଲେଖିବା ଇତ୍ୟାଦି କାମରେ ହୁଏତ ଘର ଭିତରର ସମସ୍ୟାଟା ଦୃଷ୍ଟିଗୋଚର ହୁଏନା ।

ହାତରେ ଇଣ୍ଟରଭିଉ ପାଇଁ ଆସିଥିବା କାର୍ଡଟି ଧରି ପ୍ରତିମା କାହା ସଙ୍ଗରେ ପରାମର୍ଶ କରିବ ବୁଝିପାରିଲା ନାହିଁ । ମା'କୁ ପଚାରିବ ? କଥା ଶୁଣୁ ଶୁଣୁ ସେ ଚିହିଁକି ଉଠିବ ! ଯାଉ, ଉପାସରେ ସଭିଏଁ ମରିଯାନ୍ତୁ ପଛେ ଝିଅ ଦାଣ୍ଡକୁ ଗୋଡ଼ କାଢ଼ି ଚାକିରି କରିବାକୁ ଯିବ ନାହିଁ । ଆଉ ବାପା, ମନକୁ ମନ ହସିଲା ପ୍ରତିମା, ଜୀବନସାରା ଖଟି ଖଟି କି ଯଶ ମିଳିଲା ତାଙ୍କୁ । ଚାକିରି ହେଉଛି କିରାଣି । ଦିନରାତି ଫାଇଲ ଘାଣ୍ଟିବା କାମ । ଅଫିସରେ କାମ ସରେ ନାହିଁ ନିର୍ଦ୍ଦିଷ୍ଟ ସମୟରେ । ଘରକୁ କେବେ କେମିତି ଫାଇଲ ଆସେ ନ ହେଲେ ଅଫିସରେ ରାତି ବାଜିଯାଏ ଆଠ, ନଅ, ଦଶ । ଦିନେ ବନ୍ଧୁଘର ବୁଲି ଯାଇ ନାହାନ୍ତି । ଭଲକରି ଲୁଗା ଖଣ୍ଡେ ପିନ୍ଧି ନାହାନ୍ତି କି ମଉଜ ମଜଲିସ୍ କରି ସମୟ କାଟି ନାହାନ୍ତି । ସେହିଭଳି କାମ କରୁ କରୁ ତାଙ୍କୁ ସରକାରୀ ଟଙ୍କା ତୋଷରଫ ଅଭିଯୋଗରେ ସସ୍‌ପେଣ୍ଡ କରି ଦିଆଗଲା । ଦୀର୍ଘ ଚାରିମାସ କାଳ ସେ ଘରେ ବସିଛନ୍ତି । ସତେ ବା ମୂକ ବଧିର ! ଦେଲେ ଖାଇବେ, ନ ଦେଲେ କିଛି

କହିବେନି। ଥାଳି, କଂସା ବନ୍ଧା ପକାଇ ମା' ଏବେ ସାତଦିନ କାଳ ଘର ଚଳାଇଲାଣି। ବାପା ଜାଣନ୍ତି କି ନାହିଁ, କେଜାଣି ? ଏପରି ପରିସ୍ଥିତିରେ ପ୍ରତିମା ତାଙ୍କୁ କ'ଣ ପଚାରିବ ? ଭାଇମାନଙ୍କ କଥା ଛାଡ଼। ସେ ଚାକିରି କରି ଯଦି କିଛିଟା ଘରକୁ ଆଣେ ତା'ହେଲେ ତ ସେମାନଙ୍କର ସୁବିଧା ହେବ।

ପ୍ରତିମା ଆଉଥରେ କାର୍ଡଟିକୁ ପଢ଼ିଲା। ନା, ଆଜି ହିଁ ତାକୁ କିଛି ନିଷ୍ପତ୍ତି ନେବାକୁ ହେବ। ନଚେତ୍ ଏ ଘର ଛାଡ଼ି ତାକୁ ଚାଲିଯିବାକୁ ହେବ। ଦୁଇମାସ ହେଲାଣି ସେ କଲେଜ ଯାଉନି। ପାଠ ପଢ଼ି ପାସ୍ କରିବାର ଆବଶ୍ୟକତା ନାହିଁ ତା'ର। ଚେହେରାକୁ ଫୁଲ ପରି ସଜାଇ ଠିକ୍ ଦଶଟା ବେଳକୁ ହାତରେ ଖଣ୍ଡେ ଖାତା ଧରି କଲେଜ ଯିବାର ଯେଉଁ ସଉକଟା ଥିଲା, ତାହା ଏବେ ମଉଳି ଯାଇଛି। ତା' ସାଙ୍ଗର ଝିଅମାନେ କଲେଜ ଗଲାବେଳେ ସେ ରାସ୍ତା ପଟର ଝର୍କଟା ଦେଇଦିଏ। ଏବେ ବାପାଙ୍କ ପରି ତା'ର ମଧ୍ୟ କେହି ସାଙ୍ଗ ନାହିଁ।

କଳା କଟ୍ କଟ୍ ଦେହର ଚମକୁ ଚାହିଁ ଭବିଷ୍ୟତ୍ ଉପରେ ସେ ଆସ୍ଥା ହରାଇ ଦେଇଛି କେଉଁଦିନୁ। ଜୀବନଟା ଅନ୍ଧାରୁଆ ରାସ୍ତା ଘେରରେ ପଡ଼ି କିଛି ଗୋଟାଏ ପନ୍ଥା ଖୋଜୁଛି... କିଛି ନ ହେଲେ ନାହିଁ, ପ୍ରତିମା ସ୍ଥିର କଲା, ମନେ ମନେ ସେ ଇଣ୍ଟରଭିଉକୁ ଯିବ। ହେଲା ଏବେ ସେ କିରାଣି ହେବ, ତଳ ଗ୍ରେଡ୍ କିରାଣି। ସେଥିରେ ବି ଶାନ୍ତି ଅଛି, କିନ୍ତୁ ନିଜକୁ ଜାବୁଡ଼ି ଧରି ଏମିତି ସବୁଦିନେ ଆଉ ଘର କୋଣରେ ବାହୁନି ପାରିବନି !

ପ୍ରତିମା ଶୀଘ୍ର ଗାଧୁଆ ପାଧୁଆ ସାରି ସାଧାରଣ ଧଳା ଶାଢ଼ି ଖଣ୍ଡିଏ ପିନ୍ଧି ଯେତେବେଳେ ବାହାରିପଡ଼ିଲା, ବଡ଼ଭାଇ ହରେନ୍ଦ୍ର ଆସି କହିଲା- "ଦୁଇ କପ୍ ଚା' କରିବୁ ମାନୀ, ମା' କୁଆଡ଼େ ଯାଇଛି ଡାକିଲେ ଶୁଣୁନି।"

"ମତେ ଏବେ ବେଳ ନାହିଁ। ମୁଁ ଗୋଟାଏ ଜରୁରୀ କାମରେ ଯାଉଛି...।"

ଚଟ୍‌କରି ସ୍ଲିପରଟା ଗୋଡ଼ରେ ଗଳାଇ ସେ ଦାଣ୍ଡକୁ ବାହାରିଗଲା। ଅପଦାର୍ଥ, ବି.ଏ. ପାସ୍ କରି ବସିଛି ଭାଇ, ଅଥଚ ଦାୟିତ୍ୱ ନେବାକୁ ବଡ଼ପୁଅ ହିସାବରେ ଅକ୍ଷମ ! କେବଳ ରାଜନୀତି କରି, ବକ୍ତୃତା ଦେଇ, ଖବରକାଗଜରେ ବିନା ପାରିଶ୍ରମିକରେ ପ୍ରବନ୍ଧ ଲେଖି କେହି ପେଟ ପୋଷେ ନାହିଁ। ଘରେ ରାନ୍ଧିବାକୁ ଚାଉଳ ନାହିଁ, ଚା' କେଉଁଠୁ ଆସିବ। ସେ କଥା କ'ଣ ସେ ବୁଝିଛି ! ଯା ! ଯାତ୍ରା ବେଳଟା ଅଶୁଭ ହୋଇଗଲା ତା'ର। ସବୁଦିନ ସମାନ ଯାଏନା ଯେ !

ପ୍ରତିମା ରାସ୍ତା ଉପରକୁ ନ ଉଠୁଣୁ ଦେଖିଲା ମା' ଛିଣ୍ଡା ପ୍ଲାଷ୍ଟିକ ଝୁଡ଼ିରେ ଚାଉଳ ଆଉ କିଛି ପରିବା ନେଇ ଭୀଷଣ ଅନ୍ୟମନସ୍କ ଭାବରେ ଆସୁଛି। ନ ଦେଖା ହୋଇଥିଲେ

ଭଲ ହୋଇଥାନ୍ତା।... ନ କହିଗଲେ ଏଣେ ପାଟିତୁଣ୍ଡ କରିବ... ପନ୍ଦର ଜାଗାକୁ ଲୋକ ପଠାଇ ହୁଲସ୍ଥୁଲ କରିବ। ତା' ଅପେକ୍ଷା ବରଂ କହିଦେବା ଭଲ; ମାତ୍ର ଠିକ୍ କଥାଟା ସେ କହିବନି। ହଠାତ୍ ତା'ର ମୁଣ୍ଡକୁ ଗୋଟାଏ ବୁଦ୍ଧି ଜୁଟିଲା ଏବଂ ସେ ମା' ପାଖକୁ ଲାଗିଯାଇ କହିଲା- "ମା! ସୀମା ପୁଅର ଆଜି ଏକୋଇଶା। ମତେ ଡାକିଛି ଟିକେ ସାହାଯ୍ୟ କରିବାକୁ। ମୁଁ ତେଣୁ ଖାଇପିଇ ଫେରିବି। ତୁ ମୋ ପାଇଁ ଅପେକ୍ଷା କରିବୁନି!"

ମା' ବକ୍ ବକ୍ ଚାହିଁ ପଚାରିଲା- "ସୀମା! କୋଉ ସୀମା? ମୁଁ ତ ମନେ କରିପାରୁନି।"

"ମୋର ସେଇ ସାଙ୍ଗ ମା'! ଯିଏ ଆରବର୍ଷ ସବୁଦିନ ସନ୍ଧ୍ୟାରେ ଆସି ମୋଠାରୁ ଲଜିକ୍ ବୁଝୁଥିଲା ... ଗୋରା ପତଳା ହୋଇ। ଖରା ଛୁଟିରେ ବାହାଘର ପରେ ଆସି ନ ଥିଲା ଆମ ଘରକୁ, ତା'ରି ପୁଅର ଏକୋଇଶା।"

ମା' ମୃଦୁ ହସିଲା। ଗଦପରି କଥାଟା ମା'କୁ କାଟୁ କରିଛି। ଅନ୍ତତଃ ପେଟପୂରାଇ ଗଣ୍ଡିଏ ଭଲ କରି ଖାଇ ଝିଅ ତ ଫେରିବ। ଏ ଓଳିଟା ପାଇଁ ତାଙ୍କର କିଛି ଚିନ୍ତା ରହିବ ନାହିଁ। ମା'ର ମୁହଁ ଭାବରୁ ସମ୍ମତିସୂଚକ ଇଙ୍ଗିତ ପାଇଲାକ୍ଷଣି ପ୍ରତିମା ଆଗେଇଗଲା। ବେଶି କଥାବାର୍ତ୍ତା ହେଲେ ହୁଏତ ବିପଦ ଆସିପାରେ। ଚାକିରି ନ ଥେଲା ପୂର୍ବରୁ ଏତେ ହଇହଲ୍ଲା କରିବାର ବା କ'ଣ ପ୍ରୟୋଜନ? ଚାକିରି ହୋଇଗଲେ ତ ସେ ସମସ୍ତଙ୍କୁ ଚମକାଇ ଦେବ। ପ୍ରତିମା ଦୌଡ଼ିଲା ପରି ରାସ୍ତାଆଡ଼କୁ ସେ ଧାଇଁଗଲା। ଟାଉନ୍‌ବସ୍‌ଟା ଆସିବାର ସମୟ ହୋଇଗଲାଣି। କିନ୍ତୁ ମା' ନ ଛାଡ଼େ। ପଛରୁ ଡାକି ଲୁଗା କାନି ଗଣ୍ଠିରୁ କିଛି ଖୁଚୁରା ପଇସା କାଢ଼ି କହିଲା- "କାଳେ କିଛି ଦରକାର ଆସିବ, ଏଇ ଷାଠିଏ ପଇସା ନେଇଯାଇଥା, ତୋ ବାପାର ଘଣ୍ଟାଟା ବନ୍ଧାପକାଇ ଦଶଟା ଟଙ୍କା ଆଣିଲି। ଘରେ କିଛି ଖାଇବାକୁ ନାହିଁ... ହେଲେ ଘଣ୍ଟାଟା ପ୍ରତି ତୋ ବାପାର ଭାରି ଲୋଭ ଥିଲା ଲୋ ଝିଅ!"

ଚିଲପରି ପଇସା ନେଇ ଦଉଡ଼ିଗଲା ରାସ୍ତା ଉପରକୁ ପ୍ରତିମା। ଟାଉନ୍‌ବସ୍‌ଟା ଛାଡ଼ିଦେବ ଯେ!

ଟାଉନ୍‌ବସ୍‌ରୁ ଓହ୍ଲାଇପଡ଼ି ପ୍ରତିମା ଇଣ୍ଟରଭିଉ ଦବାକୁ ଯାଇ ଦେଖିଲା ଅଜସ୍ର ଲୋକଭିଡ଼। କେତେ ଝିଅ, ପୁଅ ଯେ ଆସିଛନ୍ତି ତା'ର କିଛି ଠିକ୍‌ଠିକଣା ନାହିଁ। ଏପରି ପରିସ୍ଥିତିରେ ସେ କରିବ କ'ଣ? ଅଗତ୍ୟା ଝାଳ, ଧୂଳି ମୁହଁରୁ ପୋଛି ଯେଉଁ ପଟରେ ଝିଅମାନେ ବସିଛନ୍ତି ସେଠି ଯାଇ ସେ ମୁହଁ ପୋତି ବସିଲା। ପାଖରେ ବସିଥିଲା ଝିଅଟିଏ, ପଚାରିଲା - "କ'ଣ ଏଇ ଷ୍ଟେନୋ ପୋଷ୍ଟ ପାଇଁ ଆସିଛ?" କିଛି ନ କହି ମୁଣ୍ଡ ଟୁଙ୍ଗାରିଦେଲା ପ୍ରତିମା।

ସେ ଝିଅଟି ପଚାରିଲା – "କ'ଣ ପଢ଼ିଛ ? ତମ ନାଆଁ କ'ଣ ?" ପ୍ରତିମା ଦେଖିଲା ଏଥର ଏହା ସଙ୍ଗରେ କଥା ନ କହି ଯେମିତି ଉପାୟ ନାହିଁ। ସେ ନାମ ଆଉ ଶିକ୍ଷାଗତ ଯୋଗ୍ୟତା କହିସାରିଲା ପରେ ଝିଅଟି ମୁହଁ ବଙ୍କେଇ ଦେଇ କହିଲା – "ଫୁଃ ! କାହିଁ ବଡ଼ ବଡ଼ ଗଲେ ଫସର ଫାଟି... ତମେ ପାରିବନି; ତହିଁରେ ଫେର ଟାଇପ୍‌ରେ ତମର ସ୍ପିଡ୍ ଅତି କମ୍। ସବୁଠୁ ବଡ଼ କଥା ଏଠି ଚାକିରି କରିବାକୁ ହେଲେ..."

ଆଗ୍ରହରେ ପ୍ରତିମା ପଚାରିଲା – "କ'ଣ କୁହନା, ମତେ କିଛି ଜଣା ନାହିଁ। ଘରେ ଭୀଷଣ ଅସୁବିଧା, ସେଇଥିପାଇଁ ବାଧ୍ୟ ହୋଇ ଆସିଲି। ଏଇ ଚାରିମାସ ହେଲା ପଢ଼ା ବନ୍ଦ କରିଛି... ଭାବୁଛି ଚାକିରିଟା ଯଦି ହୋଇଯାଏ ତେବେ ଘରକୁ ବି କିଛି ସାହାଯ୍ୟ ହେବ ଆଉ ମୁଁ ମଧ୍ୟ ପ୍ରାଇଭେଟ୍ ପରୀକ୍ଷା ଦେଇପାରିବି।"

ଅନ୍ୟ ଝିଅଟି କହିଲା – "ମୋର ବି ସେମିତି ଇଚ୍ଛା ଥିଲା ଦୁଇବର୍ଷ ତଳେ – ହେଲେ ସେ ଇଚ୍ଛା ଧୀରେ ଧୀରେ ମରିଗଲା। କେତେ ଇଣ୍ଟରଭିଉ ଦେଇଛି ତା'ର ହିସାବ ନାହିଁ, ଆଜି ବି ଆସିଛି ହେଲେ ଆଶା ନାହିଁ। ଖାଲି ନ ଆସିଲେ ଚଳୁ ନାହିଁ... ଅବଶ୍ୟ ଗୁଜୁରାଣ ମେଣ୍ଟାଇ ତା'ଠାରୁ ଭଲରେ ଚଳୁଛି ମୋର ସଂସାର, ତଥାପି ଗୋଟାଏ ସମାଜରେ ଚଳିବାକୁ ହେଲେ ଥାଟ ଦରକାର।"

କଥାଟା ଠିକ୍ ଭାବରେ ନ ବୁଝିପାରି ପ୍ରତିମା ଘନିଷ୍ଠ ହେବା ଉଦ୍ଦେଶ୍ୟରେ ପଚାରିଲା – "ତୁମେ ତ ବିବାହ କରିଛ, ତୁମର ସ୍ୱାମୀ ଚାକିରି କରୁଥିବେ; ତଥାପି ତୁମେ କାହିଁକି ଆସିଛ ମୁଁ ଜାଣିପାରୁନି।"

ସେହି ସ୍ତ୍ରୀଲୋକଟି ଏଥର କହିଲା – "ହଅ – କି ଚାକିରି ମ, ଏଇ ଲୋୟର ଗ୍ରେଡ୍ କିରାଣି; ସେଥିରେ ଅଧେ ଦିନ ବାତ ଯେ ଦରମା କଟିଯାଏ... ଦୁଇଟା ପିଲା ନେଇ ସଂସାର ଏଥିରେ ଚଳିବ ! ମୁଁ ସେମିତି ଧାଇଁଥାଏ ବୋଲି କାମ ଚଳିଯାଏ।"

"କେମିତି ? କ'ଣ କର ତମେ ?" ପ୍ରତିମା ପ୍ରଶ୍ନ କଲା।

"ସେ ଅନେକ କଥା। ତମେ ସେଥିରୁ କ'ଣ ପାଇବ ? ଦେଖ ଆଜି ଯଦି ତମର ଭାଗ୍ୟ ଫେରିଯାଏ..." ସ୍ତ୍ରୀ ଲୋକଟି ଉଠି ଯାଉ ଯାଉ କହିଲା।

"ଆରେ ତମେ କ'ଣ ଚାଲିଯାଉଛ କି ? ଇଣ୍ଟରଭିଉ ଦେବନି ?"

ସ୍ତ୍ରୀଲୋକଟି ପଛକୁ ବୁଲି ଅନେଇଲା ଏବଂ ମୁର୍କି ହସି କହିଲା – "ନାହିଁ, ମୁଁ ଆସୁଛି। ଏଠି ଜଣେ ଲୋକକୁ ଗୋଟିଏ ଖବର ଦେବାକୁ ଅଛି ଯେ ଟିକେ ଫୋନ୍ କରିଦେଇ ଆସିବି।"

ସିଏ ଚାଲିଗଲା। ଅନ୍ୟମନସ୍କ ହୋଇ ପ୍ରତିମା ତାକୁ ଅନେଇଥିଲା। ଆହା !

ଭୁଲି ତ ଗଲା, ତା' ସାଙ୍ଗରେ ଯାଇଁ ଅନ୍ତତଃ କପେ ଚା' ଖାଇ ଆସିଥିଲେ ହୋଇଥାନ୍ତା ! ସକାଳୁ ପେଟ ପୂରା ଖାଲି । ଚା' ଟିକେ ବି ପାଇନି ।

ଏତିକିବେଳେ ଘରଘରିଆ କଣ୍ଠରେ କିଏ ଜଣେ ତା' ନାଁ ଧରି ଡାକିଦେଲା । ମଲା ! ଏ ତ ତା'ର ମଉସା ହେବେ । ବାପାଙ୍କର ସାଙ୍ଗ ଶ୍ୟାମସୁନ୍ଦର ମଉସା ହସିଦେଇ ଚଷମା ଫାଙ୍କରୁ ଅନେଇ କହିଲେ - "କ'ଣ ଏଇ ଇଣ୍ଟରଭିଉ ଦେବାକୁ ଆସିଛୁ ତୁ ? ସେ ହରେନ୍ଦ୍ର, ସୁରେନ୍ଦ୍ର, ଦୁଇଟା ଏ ଯାଏଁ କିଛି କରି ନାହାନ୍ତି ? ବାପା କେମିତି ଅଛି ?"

ପ୍ରତିମା ଜାଣିଥିଲା ବାପା ସସ୍‌ପେଣ୍ଡ ହେଲା ପରେ ତାଙ୍କର ସାଙ୍ଗମାନେ କେହି ତାଙ୍କ ପାଖକୁ ଯାଉ ନାହାନ୍ତି । ସେ ବି କାହା ପାଖକୁ ଯାଉ ନାହାନ୍ତି । ଏମିତି ତେବେ ବନ୍ଧୁତ୍ୱ ? ବାଟରେ ଦେଖା ହୋଇଗଲା ବୋଲି ପଚାରି ଦେଉଛନ୍ତି ! ଏ ସମୟରେ ତା'ର ନୀରବତା ଭାଙ୍ଗି ମଉସା ପାଖରେ ଛିଡ଼ା ହୋଇଥିବା ଅନ୍ୟ ଜଣେ ପ୍ରାୟ ସମବୟସ୍କ ବ୍ୟକ୍ତିଙ୍କୁ ଉଦ୍ଦେଶ୍ୟ କରି କହିଲେ...

"ବୁଝିଲ ପ୍ରତାପ ! ଏଇ ପ୍ରତିମା, ଆମ କୃପାସିନ୍ଧୁର ଝିଅମ... ବିଚାରୀ ପଢ଼ା ଛାଡ଼ିଦେଇ ଚାକିରି ଖୋଜୁଛି ବାପକୁ ସାହା ହେବ ବୋଲି । ହେଲେ ଭେଣ୍ଡା ପୁଅ ଦୁଇଟାଙ୍କର ଅକଲ ଟିକିଏ ନାହିଁ । ଦେଖିବ ଟିକେ, ତୁମ ଡିପାର୍ଟମେଣ୍ଟ, ତୁମ ସାହେବଙ୍କ କଥା; ଟିକେ କହିବ... ଆହା ! ବାହା ହୋଇ ଝିଅ ଶାଶୂଘର ଯିବା କଥା । କୃପାସିନ୍ଧୁର ଭାଗ୍ୟ ଖରାପ... ନ ହେଲେ ଗଢ଼ଣ ଯେମିତି, ଗୁଣ ସେମିତି, ଦେଖିଲେ ମନ ପୂରିଯିବ । କହିବ, ତୁମ ସାହେବଙ୍କୁ ଟିକେ କହିବ... ।"

ପ୍ରତିମା ମଉସାଙ୍କ ସହ ଆଗରୁ କେବେ ଖୋଲାଖୋଲି କଥା ହୋଇନି । ଶେଷ କଥାଗୁଡ଼ିକରେ କ'ଣ ଥିଲା କେଜାଣି ସେ ଚମକି ଚାହିଁଲା ସେମାନଙ୍କୁ ! ମଉସା ଚଷମା ଫାଙ୍କରେ ତାକୁ ଗୋଡ଼ଠାରୁ ମୁଣ୍ଡଯାଏଁ ଦେଖୁଛନ୍ତି କିପରି ଆଖିରେ ଗୋଟାଏ ରହସ୍ୟର ରୋମାଞ୍ଚ ନେଇ... ଭଲ ଲାଗୁନି ସେ ଦୃଷ୍ଟି ମୋଟେ ।

ପ୍ରତାପ ନାଁ ଥିବା ଲୋକଟି ମଧ୍ୟ କେମିତି କେମିତି ଚାହୁଁଛି ତାକୁ । ଭଗବାନ୍ !

ବାପା କି ମା' ଜାଣନ୍ତିନି ତା'ର ଇଣ୍ଟରଭିଉକୁ ଆସିବା କଥା । ଯଦି ମଉସା ଯାଇଁ କହି ଦିଅନ୍ତି... ! ପ୍ରତିମା ଭୟରେ କହିଲା - "ମଉସା ! ମୁଁ ଏଠାକୁ ଆସିଛି ବୋଲି ମା' ଜାଣିନି । ଶୁଣିଲେ ରାଗିବ । ଆପଣ ତାକୁ କିଛି କହିବେନି । ଚାକିରି ହେବ କି ନାହିଁ... ହେଲେ ଯାଇଁ ଦେଖାଯିବ ।"

ମଉସା ଏଥର ପ୍ରତିମା ପାଖକୁ ଘୁଞ୍ଚିଆସି ତା' କାନ୍ଧ ଉପରେ ହାତ ଚାପି କଅଁଳ କଣ୍ଠରେ କହିଲେ - "ହବ ! ହବନି କିଆଁ ପ୍ରତାପ ? ପ୍ରତିମା ଭଳି ଝିଅ,

କୁହାବୋଲା ଝିଅ ତ ଖୁବ୍ କମ୍ ପାଇବ ତୁମେ। ଗୋଟାଏ ଟ୍ରାଏଲ ନେଇ ଦେଖ। ଆହା ବିଚାରୀ!"

ମଉସା କାନ୍ଧ ଉପରୁ ହାତ ଖସାଇ ନେଇ ତା'ର ଗାଲ ଟିକିଏ ଆଉଁଶି ଦେଲେ ଏବଂ ପର ମୁହୂର୍ତ୍ତରେ ପ୍ରତାପର ହାତ ଟାଣି ନେଇ ଜନଗହଳି ଭିତରେ ଅଦୃଶ୍ୟ ହୋଇଗଲେ।

ମନ ଭିତରେ ଅଜଣା ଆଶଙ୍କା ଦ୍ୱନ୍ଦ୍ୱ ନେଇ ବସି ରହିଲା ପ୍ରତିମା। କୁଆଡ଼େ ଗଲା କେଜାଣି ସେ ସ୍ତ୍ରୀଲୋକଟି। ଯଦି ତା'ର ନାଆଁ ଡକା ହୋଇଯାଏ, ତେବେ ତ ଚାନ୍‌ସଟା ଗଲା।

ଭାବୁ ଭାବୁ ସେଇ ସ୍ତ୍ରୀଲୋକଟି ଆସିଗଲା ଏବଂ ସଙ୍ଗେ ସଙ୍ଗେ ପ୍ରତିମା ପଚାରିଲା - "ତୁମ ନାଆଁ ତ ମୁଁ ଜାଣିନି। ଅବଶ୍ୟ ତୁମେ ଗଲା ପରେ କୌଣସି ସ୍ତ୍ରୀଲୋକର ନାଆଁ ଡକା ହୋଇନି ଯେ!"

"ମୋ ନାଁ ପୁଷ୍ପିତା। ମୁଁ ଜାଣିଛି କେତେ ପଛରେ ମୋ ନାଆଁ ଅଛି, ତୁମର ତ ମୋ ପଛକୁ। ସନ୍ଧ୍ୟା ହବ କି କ'ଣ?"

ଡରିଗଲା ପ୍ରତିମା। କାହିଁକିନା ସନ୍ଧ୍ୟା ହେଲେ ତ ମା' ହୁଲସ୍ଥୁଲ ପକାଇ ତାକୁ ଖୋଜିବ। ବାପା ଜାଣିଲେ ବ୍ୟସ୍ତ ହେବେ। କିଏ ବା ଯିବ ତାକୁ କେଉଁଠିକୁ ଖୋଜି; ଦୁଇ ଭାଇଯାକ ତ ରାତି ବାର ପୂର୍ବରୁ ଘରକୁ ଫେରନ୍ତି ନାହିଁ... ନା, ସେ ଚାଲିଯିବ, ନ ହେଉପଛେ ଚାକିରି! ଏମିତି ଅପେକ୍ଷା କରି କରି ତ ଚାରିଟା ବାଜିବାକୁ ହେଲାଣି।

ଏତିକିବେଳେ କିଏ ଜଣେ ତା' ନାଁ ଧରି ଡାକ ଛାଡ଼ିଲା! ଚମକିପଡ଼ି ପୁଷ୍ପିତା କହିଲା - "ଦେଖିଲ, ତୁମକୁ ଆଗେ ଡକା ଗଲାଣି। ଅଥଚ ମୁଁ ଦେଖିଥିଲି ମୋ ନାଁଟା ଆଗରେ ଥିଲା। ହଉ, ତୁମେ ଯାଅ।"

ଶଙ୍କିତ ପଦରେ ଭିତରକୁ ଗଲା ପ୍ରତିମା। ଦୁଇଜଣ ଲୋକ ଭିତରୁ ଜଣେ ଉଠିଗଲା ତାକୁ ଦେଖି। ଆରଜଣକ...

କେଉଁଠି ଦେଖିଛି ପ୍ରତିମା ଯେମିତି। ଭଦ୍ରଲୋକ ଇଙ୍ଗିତ କଲେ ବସିବା ପାଇଁ। ତା'ପରେ ନାଆଁ, ଘର, ଶିକ୍ଷାଗତ ଯୋଗ୍ୟତା, ବୟସ ଟିପି ନେଇ ପ୍ରଶ୍ନ କଲେ - "ଚାକିରି ପାଇବା ପାଇଁ ନା ଟଙ୍କା ରୋଜଗାର ପାଇଁ ଆସିଛ?" ଏପରି ଗୋଟିଏ ଅଦ୍ଭୁତ ପ୍ରଶ୍ନ ତାକୁ ହେବ ବୋଲି ପ୍ରତିମା ଆଶା କରି ନ ଥିଲା। ପ୍ରଶ୍ନକର୍ତ୍ତା ମୁର୍କି ହସୁଥିଲେ। ମୁହଁ ପୋତି ନୀରବରେ ବସି ରହିଥିଲା ସେ। "ଏ ଚାକିରିରେ ସୀମିତ ଟଙ୍କା। ଅପର୍ଯ୍ୟାପ୍ତ ଟଙ୍କା, ବିଳାସ ଓ ସୌଖୀନ ଜୀବନ ପାଇଁ ଏ ଚାକିରି ନୁହେଁ...।"

ପ୍ରତିମା ନିମ୍ନ କଣ୍ଠରେ କହିଲା - "ନା ସାର୍! ମୁଁ ବେଶି ଟଙ୍କାର ଚାକିରି

ଚାହୁଁନି। ବାପାଙ୍କୁ ଅନ୍ୟାୟ ଭାବରେ ସସ୍‌ପେଣ୍ଡ କରାହୋଇଛି। ଦୁଇ ଭାଇ ବେକାର। ମୁଁ କଲେଜରେ ପଢୁଥିଲି, ପଢ଼ା ଛାଡ଼ିଛି। ସାନଭାଇଟି ମାଟ୍ରିକ୍ ଦେବ। ମା' ମଧ୍ୟ ମୋର ବେକାର - ବାଧ୍ୟ ହୋଇ ମୁଁ ଆସିଛି... ଘରେ କେହି ଜାଣନ୍ତିନି..."

ପ୍ରତିମା ଛେପ ଢୋକିଲା। ଆଉ କ'ଣ ଏ ପ୍ରଶ୍ନର ଉତ୍ତର ଥାଇପାରେ ସେ ମନେ ମନେ ଚିନ୍ତା କରୁଥିଲା। ଲଜ୍ଜାରେ ତା'ର କାନମୁଣ୍ଡା ପୋଡ଼ି ଉଠୁଥିଲା।

"ଠିକ୍ ଅଛି। ତୁମର ଦରକାର ନାହିଁ। ତୁମେ ସୌଖୀନରେ ଆସିଛ ବୋଲି ମୁଁ କ'ଣ କହୁଛି ? ହେଲେ... ତୁମଠାରୁ ବହୁ ଉଚ୍ଚଶିକ୍ଷିତ ଯେ ଏଠାରେ ଆପିୟାର କରିଛନ୍ତି ଏବଂ ବହୁ ମନ୍ତ୍ରୀ, ଏମ୍.ଏଲ୍.ଏ. ସେମାନଙ୍କ ପାଇଁ ପ୍ରେସର ଦେଇଛନ୍ତି। ସେକଥା ତ ଆମକୁ ଦେଖିବାକୁ ହେବ।"

"ତା'ହେଲେ ମୋର ଚାକିରିଟା ହେବନି ସାର୍ ?"

"ତୁମେ ଏଇ ପ୍ରଥମ ଥର ଇଣ୍ଟରଭିୟୁକୁ ଆସିଲ ନା କେବେ ଅନ୍ୟ କେଉଁଠି... ?"

"ନାହିଁ, ଆଜି ତ ପ୍ରଥମ ଥର ପାଇଁ ଆସିଛି। ମୁଁ ଭାବିଥିଲି..."

ପେନ୍‌ସିଲଟା ଠକ୍ ଠକ୍ କରି ଭଦ୍ରଲୋକ ଗୁରୁଗମ୍ଭୀର କଣ୍ଠରେ କହିଲେ - "ଏଠି ହେବ କି ନାହିଁ ମୁଁ କହିପାରୁନି। ତେବେ ମୁଁ ଚେଷ୍ଟା କରିବି ତୁମପାଇଁ। ଆଉ ଗୋଟାଏ ଜାଗା ଅଛି ଯେଉଁଠାରେ ନିଶ୍ଚିତ ଭାବରେ ତୁମର ଚାକିରି ଥୁଆ। ପାଞ୍ଚଟା ବେଳକୁ ତୁମେ ଅପେକ୍ଷା କର, ମୁଁ ଗଲାବେଳେ ତୁମକୁ ନେଇ ସାକ୍ଷାତ୍ କରାଇଦେବି ଏବଂ ଘରେ ମଧ୍ୟ ଛାଡ଼ିଦେବି।"

"ନାହିଁ ସାର୍! ମୁଁ ବରଂ କାଲି ଆସିବି, ମୁଁ ଘରେ କିଛି କହି ଆସିନି; ମା' ବ୍ୟସ୍ତ ହେବ ଡେରି ହେଲେ।"

"ହୁଅନ୍ତୁ ବ୍ୟସ୍ତ। ମାତ୍ର ସେ ଯେତେବେଳେ ଜାଣିବେ ଯେ ତୁମେ ପରିବାରର ମଙ୍ଗଳ ପାଇଁ ସମୟ ଦେଇଛ - ହଁ, ଦେଖ ଚାକିରି କଲେ ଏମିତି ସବୁ କଥା ତରତରରେ ହୁଏନା। ତା' ଅପେକ୍ଷା ଘରେ ଉପାସରେ ରହିବା ଭଲ। ତୁମେ ତ ସଂପୂର୍ଣ୍ଣ ଭାବରେ ଅନଫିଟ୍।"

ପ୍ରତିମା ଟିକିଏ ଡରିଗଲା। ଜାଣୁ ଜାଣୁ ନିଶ୍ଚିତ ଚାକିରିଟା ହରେଇ ବସୁଛି ବୋଲି ବିଚଳିତ ହୋଇ ନିଜକୁ ସଂଶୋଧନ କଲାଭଳି ସେ କହିଲା - "ନାହିଁ ସାର୍! ମୁଁ ଅପେକ୍ଷା କରିବି। ଚାକିରିଟା ମୋର ନିହାତି ଦରକାର... ନଚେତ୍ ଭାରି ଅସୁବିଧା ହୋଇଯିବ। ଆପଣ ଦୟା ନ କଲେ..."

ଭଦ୍ରଲୋକ କହିଲେ - "ଆଜିକାର ଇଣ୍ଟରଭିଉ ଏତିକିରେ ସରିଲା। ବଳକା

ଲୋକ କାଲି ଆସିବେ। ମୁଁ କାଗଜପତ୍ର ସବୁ ପ୍ରସ୍ତୁତ କରି ରଖିଦେଇ ଯାଉଛି। ତୁମେ ମତେ କେଉଁଠି ଅପେକ୍ଷା କରିବ? ଅଫିସ ବାହାରେ ରାସ୍ତା ଉପରକୁ ଯାଇ ମେନ୍ ରାସ୍ତା ଦେଇ ଡାହାଣ ପଟକୁ ଭାଙ୍ଗିଯିବ। ସେ ଯେଉଁ ମଡର୍ଣ୍ଣ କ୍ଲଥ ଷ୍ଟୋର ଅଛି ସେଇଠି ଅପେକ୍ଷା କରିବ। ହଁ... ଦେଖ, ମୁଁ ତୁମକୁ ଚାକିରି ଦେବା କଥା କିଛି କହିଛି ଏବଂ ତୁମେ ମୋ ସାଙ୍ଗରେ ଯିବ ବୋଲି କାହାକୁ କିଛି କହିବନି। କାରଣ ସେ ପୋଷ୍ଟ ପାଇଁ ଛ'ଟାରେ ଇଣ୍ଟରଭିଉ ଡକା ହୋଇଛି ଏବଂ ବହୁତ ଲୋକ ମଧ୍ୟ ଇଣ୍ଟରେଷ୍ଟେଡ୍। କିନ୍ତୁ ଅଫିସର ମୋ କଥାରୁ ବାହାରି ଯିବେନି... ତୁମର ଅବସ୍ଥା ଦେଖି କିଛି ଗୋଟାଏ ନ କଲେ ଯେ ମୋର ବିବେକ ମତେ ରଖେଇ ଦେବନି।" ପ୍ରତିମା ଏପରି କଥା ଶୁଣି ଏତେ ବିହ୍ୱଳ ଓ ଚକିତ ହୋଇଯାଇଥିଲା ଯେ କ'ଣ ଉତ୍ତର ଦେବ ବୁଝି ପାରିଲାନି। କୃତଜ୍ଞତାରେ ତା'ର ଆଖି ଛଳ ଛଳ ହୋଇଉଠିଥିଲା।

ଭଦ୍ରଲୋକ କହିଲେ - "ଦେଖ ପ୍ରତିମା! ତୁମେ ସାମାନ୍ୟ କଥାରେ ଏମିତି ବିଚଳିତ ହେବନି। ଚାକିରି କରି ପଦାକୁ ଆସିଲେ ହାର-ଜିତ୍ ଲାଗି ରହିଥାଏ। ଏଠି ନ ହେଲେ ଅନ୍ୟ କେଉଁଠି ହେବ... ମୁଁ ତୁମ ପାଇଁ ଚେଷ୍ଟା କରିବି। ତୁମେ ଚିନ୍ତିତ ହେବନି, ଏଥର ତୁମେ ଯାଅ ଏବଂ ମତେ ଅପେକ୍ଷା କର। ଚାକିରି କଲେ ଏମିତି କରିବାକୁ ହୁଏ...।"

ପ୍ରତିମା କିଛି ନ କହି ଆଜ୍ଞାଧୀନା ଛାତ୍ରୀ ପରି ନମସ୍କାର କରି ପଦାକୁ ବାହାରି ଆସିଲା। ଭଦ୍ରଲୋକଙ୍କ ଅମାୟିକ ବ୍ୟବହାରରେ ଯେପରି ତା'ର ମନ ଅନ୍ୟ କେଉଁ ଜଗତକୁ ଚାଲିଯାଇଥିଲା। ବାହାରେ ଆସି ସେ ଦେଖିଲା ପୁଷ୍ପିତା ନାହିଁ। ଅପେକ୍ଷା କରିଥିବା ଅନ୍ୟ ପ୍ରାର୍ଥୀମାନେ ନାହାନ୍ତି। ବାରଣ୍ଡାରୁ ଗହଳି ପ୍ରାୟ କମିଯାଇଛି।

ଏଣିକି ତେଣିକି ଚାହିଁ ପ୍ରତିମା ବାହାରିଗଲା ରାସ୍ତା ଉପରକୁ। ନିର୍ଦ୍ଦେଶାନୁଯାୟୀ ତାକୁ ଅପେକ୍ଷା କରିବାକୁ ହେବ ସେ ଲୁଗାଦୋକାନରେ।

ଭୋକରେ ପେଟର ଅନ୍ତବୁଜୁଳା ବାହାରି ଆସିଲା ପରି ଲାଗୁଛି। ରୁମାଲରେ ମା'ର ଷାଠିଏ ପଇସା ଏବେବି ବନ୍ଧା ହୋଇ ରହିଛି। କେଉଁଠି କିଛି ଖାଇଦେଲେ ଟିକେ ହୁଅନ୍ତା... ନାହିଁ, ହେବନି; ଜାଗା ଛାଡ଼ି ଚାଲିଗଲେ ଅସୁବିଧା। ଏଣେ ଛିଡ଼ା ହୋଇ ଅପେକ୍ଷା କରିବାକୁ ଦେହ ମୁଣ୍ଡରେ ଶକ୍ତି ପାଉନି। ଡର ବି ଲାଗୁଛି, କିଏ ଯଦି ଜାଣିଦିଏ ?

ପ୍ରତିମା ଦୋକାନ ବାରଣ୍ଡାରେ ଗୋଟାଏ କୋଣରେ ନିଜକୁ ଯଥାସମ୍ଭବ ଆଡୁଆଳ କରି ଛିଡ଼ାହୋଇ ରହିଲା। ଏ କ'ଣ? ପାଞ୍ଚଟା ଯାଇ ଛ'ଟା ବାଜିବାକୁ ବସିଲାଣି, ଭଦ୍ରଲୋକ କାହାନ୍ତି? ମିଛ, ଏମିତି ମିଛ କଥା କହି ସେ ତାକୁ ଭୁଲେଇ

ଦେଲେ ବୋଧେ। ଭାଇ ତ ବରାବର କହେ ଲାଞ୍ଚ ନ ଦେଲେ କୌଣସି ଚାକିରି ହୁଏନା।

ପ୍ରତିମାକୁ ଆଶ୍ଚର୍ଯ୍ୟ କରିଦେଇ କଳାରଙ୍ଗର ପର୍ଦାଘେରା ଗାଡ଼ିଟିଏ ସେଠି ଅଟକିଲା ଏବଂ ସେଥିରୁ ସେଇ ଭଦ୍ରଲୋକ ଡୋର୍ ଖୋଲି ତା' ଆଡ଼କୁ ଚାହିଁଥିବାର ମଧ୍ୟ ସେ ଦେଖିପାରିଲା। ପ୍ରତିମା ଯନ୍ତ୍ର ପରି ଆଗେଇଗଲା। ଓଃ, ଛିଡ଼ାହୋଇ ଗୋଡ଼ ଭାଙ୍ଗିଗଲା ପରି ଲାଗୁଛି।

ଗାଡ଼ି ଛୁଟିଗଲା ନିମିଷକରେ। ଭଦ୍ରଲୋକ ସିଗାରେଟ୍ ଟାଣି ଧୂଆଁ ଛାଡ଼ି କହିଲେ – "ମୋର ଟିକେ ଡେରି ହୋଇଗଲା। କିଛି ଚିନ୍ତା ନାହିଁ ତୁମର। ଅବଶ୍ୟ ତୁମକୁ କଷ୍ଟ ହୋଇଥିବ। ମୁଁ ବଡ଼ ଦୁଃଖିତ।"

ପ୍ରତିମା ଉତ୍ତର ଦେଲାନି। ଭଦ୍ରଲୋକଙ୍କ ପାଟିଟା କେମିତି ଭୀଷଣ ଗନ୍ଧ କରୁଛି। ଚାରିପଟ ଦ୍ୱାର ବନ୍ଦ, ସିଗାରେଟ୍ ଧୂଆଁ ସହିତ ଅନ୍ୟ ଏକ ଅଜଣା ଗନ୍ଧ ଯେମିତି ପ୍ରତିମାକୁ ଶ୍ୱାସରୁଦ୍ଧ କରି ଦେବ –

ଗାଡ଼ି ଅଟକିଗଲା ନିଛାଟିଆ ଗୋଟିଏ ଘର ପାଖରେ। କିଏ ଜଣେ ଫାଟକ ଖୋଲିଦେଲା ଏବଂ ଯନ୍ତ୍ରପରି ଭଦ୍ରଲୋକଙ୍କ ପଛେ ପଛେ ସେ ଚାଲିବା ଆରମ୍ଭ କରିଦେଲା। କେହି ନାହିଁ... ନିଶୂନ ଲାଗୁଛି। ଗୋଟାଏ ରୁମ୍ ଭିତରକୁ ପଶିଯାଇ ପ୍ରତିମାର ହାତ ଟାଣି ନେଇ ଭଦ୍ରଲୋକ ଶିକୁଳିଟା ଦେଇଦେଲେ। ପ୍ରତିମା ପାଟିକରି ଉଠିଲା – "ସାର୍! ଏ କ'ଣ କରୁଛନ୍ତି ? ଇଣ୍ଟରଭିଉ...! ଭଦ୍ରଲୋକ ସେତେବେଳକୁ ତାକୁ କରାୟତ୍ତ କରିନେଇ କହୁଥିଲେ, "ଚୁପ୍! ପାଟି କରନା। ଭୟରେ ପ୍ରତିମାର ତଣ୍ଟି ଖୋଲୁ ନ ଥିଲା। ନୀରବ ନିସ୍ତବ୍ଧ ଗୃହ ଭିତରେ କୋଉ ଦୁର୍ଦ୍ଦାନ୍ତ ପଶୁର ଭୟାନକ ଦନ୍ତାଘାତରେ କେବଳ ତା'ର ଦୁର୍ବଳ ଦେହ କ୍ରମଶଃ ନିସ୍ତେଜ ହୋଇଯାଉଥିଲା...

■

ଖେଳଣା

କୁଦଟା ଉପରେ ଜହ୍ନ ପଡ଼ିଛି ଚିତ୍ ହୋଇ। କାଁ, ଭାଁ ଅନାବନା ଗଛ ଆଣ୍ଠୁଏ ଉଚ୍ଚ ହେଲେ ବି କେମିତି ପବନରେ ହଲିଯାଇ ଏକ ଭୌତିକ ମାୟା ସୃଷ୍ଟି କରୁଛି। ବାଲି ଦେହରେ ଜନ୍ଦା ଓ ପିମ୍ପୁଡ଼ି କ'ଣ ଅଛି, ରହି ରହି କାମୁଡ଼ି ଦେଉଛି ଆଉ ସ୍ଥିର ଭାବରେ ରଖେଇ ଦେଉନି ଗୋଡ଼ ହାତ। ଏଥିରେ ଭଲା ନିଦ କେମିତି ଆସିବ? ତିନି ଦିନ, ତିନି ରାତି ବିତିଗଲେ ବି ଆଖିକୁ ଟିକେ ବୋଲି ନିଦ ଆସୁ ନାହିଁ।

ସନାତନ ଅଣ୍ଟାରେ ଗାମୁଛାଟା ବାନ୍ଧି ଦେଇ ଠିଆହୋଇ ପଡ଼ିଲା। କୁଦଟା ଉପରେ ଲୋକଗୁଡ଼ା ହାଲିଆ ହୋଇ ଶୋଇପଡ଼ିଛନ୍ତି ବୋଧେ! ଭୋକ ଉପାସରେ କେତେଦିନ ଏଠି ପଡ଼ିରହିବେ କେଜାଣି? ଛୋଟପିଲାଗୁଡ଼ାକ ଯେଉଁ ରାହା ଧରି କାନ୍ଦୁଛନ୍ତି ସେଥିରେ ମନେହେଉଛି ଛାତି ଫାଟିଯାଇ ରକ୍ତ ଝରି ପଡ଼ିବ। ଆଠ ଦଶଟା ବୁଢ଼ାବୁଢ଼ୀ ପ୍ରାୟ ଶୁକୁଶୁକୁ ହେଉଛନ୍ତି। ଖାଲି ଜୁଳୁକୁଳୁ ଚାହୁଁଛନ୍ତି, କଥା କହିବାର ଶକ୍ତି ନାହିଁ। ଆପେ ଆପେ, ଆଖି କଣରୁ ଦି' ବୁନ୍ଦା ଲୁହ ନିଗିଡ଼ି ପଡୁଥିଲା, ମାତ୍ର ଆଜି ସବୁ ଚୁପ୍‌ଚାପ୍! ଖାଲି ଛାତି ଦୁକ୍ ଦୁକ୍ ପଡ଼ିବା ଉଠିବାରୁ ଜୀବନ ନ ଯାଇ ରହିଛି ବୋଲି ଜାଣିବା କଥା। ଦିନର ପ୍ରଚଣ୍ଡ ଖରାରେ ସିଝି ସିଝି ସମସ୍ତେ ଯେମିତି ନିର୍ଜୀବ ହୋଇଗଲେଣି। ଏତେଗୁଡ଼ାଏ ଲୋକ ଚିହ୍ନା, ଅଚିହ୍ନା ହେଲେ ବି ଏଇ ବାଲିକୁଦଟା ଉପରେ ଜୀବନକୁ ଜାବୁଡ଼ି ଧରି ବସି ରହିଛନ୍ତି ଚତୁର୍ଦ୍ଦିଗରେ ପାଣି, ଯୁଆଡ଼କୁ ଅନେଇଲେ ସେ ଆଡ଼େ ସମୁଦ୍ର। ସୁ, ସୁ ଗର୍ଜନରେ କେବଳ ଚାରିଦିଗ ମନ୍ଥି ହୋଇଯାଉଛି। କୁଦ ତଳକୁ ନଈ କି ସମୁଦ୍ର କଅଣଟେ ଗର୍ଜନ କରି ଅନବରତ ଚାଲିଛି ବୁଝି ହେଉନାହିଁ। ବାଲି ଭିତର ଦେଇ, ଅତଡ଼ା ତଳକୁ ଶହ ଶହ ବିଷାକ୍ତ ସାପ ବେଶ୍ ନିର୍ବିଘ୍ନରେ ଯିବା ଆସିବା କରୁଛନ୍ତି ଦିନରାତି!

ନାହିଁ, ଗୋଡ଼ ଯେମିତି ଲାଖିଯାଉଛି ବାଲିରେ। ଏମିତି ଶୋଇ ହେଉଛି ନା ବସି ହେଉଛି! କାହା ସଙ୍ଗରେ ବା କି କଥା ହେବ ସନାତନ? ଯାହା ପାଖରେ ଛିଡ଼ା

ହେଉଛି ସେ କାନ୍ଦୁଛି। କେହି ବେଶିହେଲେ ତା' ହାତ ଗୋଡ଼ ଧରି ଲମ୍ବ ଲମ୍ବ ପଡ଼ିଯାଉଛନ୍ତି। ଛୋଟ ପିଲାଗୁଡ଼ାକ ତାକୁ ଦେଖିଲାକ୍ଷଣି ଚାରିପଟରେ ଆସି ଛିଡ଼ା ହୋଇଯାଉଛନ୍ତି। ସତେ କି ସନାତନ ସେମାନଙ୍କର ବାପା, ଯେତେ ଯାହା ଅସୁବିଧା ହେଉପଛେ ସେ କିଛି ନା କିଛି ଖାଇବା ଜିନିଷ ଆଣି ସେମାନଙ୍କ ପାଟିରେ ଦେବ। କାଲିଠାରୁ ସନାତନ ଭାବୁଛି ଡେଇଁପଡ଼ି କୋଶ, କୋଶ ପହଁରି ସେ ଚାଲିଯିବ ଏପରି ଏକ ଜାଗାକୁ ଯେଉଁଠୁ ନେଇ ଆସିପାରିବ ଅପର୍ଯ୍ୟାପ୍ତ ଖାଦ୍ୟ ପଦାର୍ଥ...।

କିଏ କେଉଁଠି କାନ୍ଦୁଛି, ଖୁବ୍ ଚାପା ଚାପା କୋହ, ଅଥଚ ରୋକି ହୋଇ ପାରୁନି ତା'ର ଗତି। ଛପିଲା ଅନ୍ଧାର ଭିତରେ ଜହ୍ନର ଲୁଚକାଳି ସହ ବିଷଣ୍ଣ କାନ୍ଦଣାର ସ୍ୱର ସନାତନର ବୁକୁ ଫଟାଇଦେଲା। ନିଜ ଉପରେ ରାଗ ଆସୁଛି ଏତେ କ୍ଳାନ୍ତ ପରେ ବି ତା'ର ଦେହ ଓ ମନ ନିଜଠାରେ ଆବଦ୍ଧ ନ ରହି ଏଣେତେଣେ ଘୂରୁଛି। ଚାହିଁଲେ ବି ଦୀର୍ଘଶ୍ୱାସଟିଏ ଶାନ୍ତିରେ ସେ ଛାଡ଼ିପାରୁ ନାହିଁ। କାହିଁକି? ସନାତନର କିଛି ଦୁଃଖ ନାହିଁ? ଯନ୍ତ୍ରଣା ନାହିଁ, ବଞ୍ଚିବା ପାଇଁ ଆଗ୍ରହ ନାହିଁ? ଅଛି ଅଥଚ ନାହିଁ ଭିତରେ ନିଜକୁ ଅଣ୍ଡାଳି ଚାଲିଛି ସନାତନ।

ଏଇତ କାଲି ପରି ଲାଗୁଛି, ଦି' ବର୍ଷ ତଳେ ପିଢ଼ାଟା ଉପରେ ବସି ପାଟିକି ଭାତ ଗୁଣ୍ଡେ ନେଇଛି କି ନାହିଁ ଚାରିଆଡ଼େ ଘୋ ଘୋ ଶବ୍ଦ ଶୁଭିଲା। ବଢ଼ିପାଣି ମାଡ଼ି ଆସୁଛି ଅତିଶୀଘ୍ର ଉଚ୍ଚା ସ୍ଥାନକୁ ଚାଲିଯିବା ପାଇଁ ଚାରିଆଡ଼େ ମାଇକ୍‌ରେ କିଏ କହି କହି ଯାଉଛି। ଲଙ୍କାଟାଏ ଡାଲିରେ ମଳି ଦେଉ ଦେଉ ଜାନକୀକୁ ଅନେଇ ସନାତନ ହସିଦେଇ କହିଥିଲା - 'ଡରୁଛୁ କି ଜାନୀ? କିଛି ହେବନି ଲୋ! ମା ମଙ୍ଗଳା ପୀଠରେ ପାଣି ଏମିତି ପଶେ ନାହିଁ। ବର୍ଷ ବର୍ଷ ମୁଁ ଏମିତି ମାଇକ୍ ଶୁଣେ, ଆଖିରେ ଦେଖେ ଗାଁଲୋକ ଚୁଡ଼ା ଚାଉଳ, ପିଲା, କବିଲା ଧରି ଦଉଡ଼ି ଯାଉଛନ୍ତି ଉଚ୍ଚ ଜାଗାକୁ, ହେଲେ ଆମେ କେବେ ଯାଇନୁ। ମୋ ବାପା ସେଇଥିପାଇଁ ଏଡ଼େ ଉଚ୍ଚ ଜାଗାରେ ଘର କରିଥିଲେ ପରା!'

ଛ' ମାସର ଛୁଆକୁ କ୍ଷୀର ଦେଉ ଦେଉ ଜାନକୀ ମୁରୁକି ହସିଥିଲା! କିନ୍ତୁ ତା'ର ସେ ହସ ଦେଖିବାକୁ ଫୁରୁସତ୍ ପାଇ ନ ଥିଲା। ବାରିପଟର କବାଟ ଠେଲି ବଢ଼ିପାଣି ଭୁସ୍ ଭୁସ୍ କରି ଘର ଭିତରକୁ ପଶି ଆସିଥିଲା। ଭାତଗୁଣ୍ଡାଟା ଫୋପାଡ଼ି ଦେଇ ସନାତନ ଉଠିପଡ଼ି ଘରଭିତରୁ ଆଖିପିଛୁଳାକେ ନବେ ବର୍ଷର ବୁଢ଼ୀ ମା'କୁ କାନ୍ଧରେ ଉଠେଇ ନେଇ ଆସି ଜାନକୀଙ୍କୁ ପୁଅକୁ ନେଇ ପଛେ ପଛେ ଧାଇଁଯିବାକୁ କହିଥିଲା। ଜାନକୀ ଦୁଆରେ ପଶି ଆସୁଥିବା ପାଣିକୁ ଚାହିଁ ପଚାରିଥିଲା ଚୁଡ଼ା, ଚାଉଳ ସଙ୍ଗରେ ନେବ କି ନାହିଁ। ବିନା କଥାରେ ସନାତନ ତା' ହାତଟା ଧରି ଓଟାରି ନେଇ

ଆଗକୁ ଚାଲିଥିଲା । ଘର ଟପିଲାକ୍ଷଣି ପାଣି ଆଣ୍ଠୁକରୁ ବେକେ ଆଉ ବେକରୁ ଟପିଗଲା ମୁଣ୍ଡ ! ହାତ କେତେବେଳେ ଖସିଗଲା ଜାନକୀ ହାତରୁ ଆଉ କାନ୍ଧ ଉପରୁ ମା'ର ଅସାଡ଼ ଦେହଟା ଭାସିଗଲା ସନାତନ ନିଜେ ବି ଜାଣି ନ ଥିଲା । ତାକୁ ମନେ ହେଉଥିଲା ସେ ପହଁରୁଛି ଜୀବନ ବିକଳରେ ଆଉ ତା' ପଛରେ ବି ସେମିତି ସେମିତି ମା' ଆଉ ଜାନକୀ ଆସୁଥିବେ । ଭାସି, ଭାସି ଯାଇ କାହିଁ କେତେଦୂରରେ ଗୋଟାଏ ଝଟା ଦେହରେ ସେ ଲାଗିଯାଇଥିଲା । ତାକୁ ହିଁ ଧରି ଅପନ୍ତରା ପଠାଟାରେ ସନାତନ ପହଞ୍ଚି ପଛକୁ ଚାହିଁଥିଲା... ସେତେବେଳକୁ ନା ଥିଲା ମା', ନା ଥିଲା ଜାନକୀ ! ପିଲାକଥା ସ୍ୱପ୍ନରେ ବି ଭାବିନି କାହିଁକି ସେ ? ଚାରି ଦିନ କାଳ ଅପନ୍ତରା ଚଡ଼ାଟାରେ ପଡ଼ି ସେ ଘରକୁ ଫେରିଥିଲା । ପଘା ଦେହରେ ଗାଈ ବଳଦ ଭାସି ଯାଇଥିଲେ, ଘରର ଚିହ୍ନବର୍ଣ୍ଣ ନ ଥିଲା । ଆଖି ଆଗରେ ଜାନକୀର ସେଇ ମୃଦୁ ହସଟି କେବଳ ଲାଖି ରହିଥିଲା । ସେଇ ହସଟିକୁ ସାଇତି ରଖି ବଞ୍ଚିଥିଲା ଏ ଯାବତ୍ ସନାତନ, କାଳେ ଫେରି ଆସିବ ଜାନକୀ । ଦୁଇ ବର୍ଷ ବିତିଗଲେ ବି ଜାନକୀ ଶବର ସନ୍ଧାନ ଏ ଯାଏଁ ପାଇଲାନି... ଅଥଚ ବଢ଼ିପାଣି ଥରେ ଆସି ତାକୁ ସଙ୍ଖୋଳି ଗଲାଣି, ଅଜସ୍ର ଗାଁ ଗଣ୍ଡା ଭସାଇ ନେଲାଣି ଆଉ ହଜିଗଲେଣି ଅସୁମାରି ଜାନକୀ ମଧ୍ୟ । ତଥାପି ଜୀବନଟା ଜାଣି ଜାଣି ଭସେଇ ଦେବା ତ ସବୁବେଳେ ସମସ୍ତଙ୍କ ପାଖରେ ସମ୍ଭବ ହୁଏନା । ଗାଁରେ ପାଣି ରାତି ଅଧରେ ପଶି ଆସିଲା ବେଳକୁ ବୋଧହୁଏ ସନାତନ ହିଁ ଏକଲା ରହି ଯାଇଥିଲା, ପିଲାଛୁଆ ଆଉ ଚୁଡ଼ା ମୁଢ଼ି ଧରି ଅନ୍ୟମାନେ କୋଉଦିନ ଦିପହରୁ ଉଠି ଯାଇଥିଲେ । ନିଜ ଅଜାଣତରେ ଭାସି ଭାସି ଆସି ଅଚିହ୍ନା ଗାଁର ବାଲିକୁଦ ଅତଡ଼ାରେ କେମିତି ସେ ଲାଗିଯାଇଥିଲା ଭାବିଲେ ଥଳକୂଳ ପାଉନାହିଁ ସନାତନ ! ଆଖି ମେଲିଲା ବେଳକୁ ଦେଖିଲା ପଞ୍ଚାଏ ଲୋକ ତାକୁ ଚାହିଁଛନ୍ତି, ମେଞ୍ଚାଏ ଖରା ଆଲୁଅ ତା' ଆଖିକୁ ପୁଣି ମୁଦି ପକେଇଲା ନିମିଷକରେ । ଆଉ କିଏ ଜଣେ ପାଟି କରୁଥିଲା ଜୀଇଁଛି, ମୁନ୍ଦେ ପାଣି ପଟିଦିଅ ମୁହଁରେ ! ସନାତନ ବୁଝିପାରିଥିଲା ବଢ଼ିପାଣି ସୁଅରେ ସେ ଭାସିଛି, ପହଁରିଛି ପୁଣି ଅଚେତ ହୋଇ ଭାସିଲା ବେଳେ ଏଇ ଲୋକମାନେ ତାକୁ ଉଦ୍ଧାର କରି ଆଣିଛନ୍ତି । ନିଜ ଜୀବନକୁ ତିରସ୍କାର କରିବା ଛଡ଼ା ଆଉ ତ କିଛି ସମ୍ବଳ ନାହିଁ ତା' ପାଖରେ ।

ଆସିଲା ଦିନ ହିଁ କିଏ ମୁଠେ ଚୁଡ଼ାଗୁଣ୍ଡ ତା' ପାଟିରେ ଦେଇଥିଲା ସେତିକି ! ବାଲିକୁଦଟା ସାରା ଅସଂଖ୍ୟ ଲୋକ ହାଉଜାଉ ହେଉଛନ୍ତି । ଛୁଆପିଲାଙ୍କ କାନ୍ଦଣାରେ ମାଟି କମ୍ପୁଛି, ବଡ଼ ମଣିଷ ଗୁମୁରି ଗୁମୁରି କେବଳ ବାଲି ମୁଠା ମୁଠା କରୁଛନ୍ତି । ଆକାଶରେ ଉଡ଼ାଜାହାଜ ଉଡ଼ିଯାଉଛି, ପୁଡ଼ିଆ ସବୁ ଖସୁଛି ଅଗାଧ ଜଳଭଣ୍ଡାରର ଭଉଁରି ଦେହରେ

ଯେଉଁଠିକି କେହି ଯାଇ ପାରିବେନି। ନୌକା ଦିଶୁଛି ଦୂରରେ, କିନ୍ତୁ ଯେତେ ହାତ ହଲେଇଲେ ବି କେହି ଏପଟକୁ ଆସୁ ନାହାନ୍ତି। ଦିନର ପ୍ରଚଣ୍ଡ ଖରା, ପୁଣି ରହି ରହି ବର୍ଷାମାଡ଼ ଯେମିତି ସମସ୍ତଙ୍କୁ ବୁଝେଇ ଦଉଛି ଜୀଇଁ ଥାଉ ଥାଉ ମରଣ କେମିତି ଆସେ ! ଆଉ ମୃତ୍ୟୁର ସ୍ୱାଦଟା କ'ଣ।

ହଠାତ୍ କେଉଁଠୁ ଗୋଟାଏ ଚିଁ ଚିଁ ଚିତ୍କାର ଶୁଭିଲା। କୋଉଠି ଯେମିତି ଛୋଟିଆ ବଣି ଚଢ଼େଇଟାଏ ଯନ୍ତ୍ରଣାରେ କାନ୍ଦୁଛି ! କିଏ ? ଧୂସର ଛପିଲା ଜହ୍ନରେ ବୁଦାବୁଦା ଗଛଗୁଡ଼ାକ ସତେକି ପ୍ରେତ ପରି ମନେ ହେଉଛନ୍ତି ! କେମିତି ଗୋଟାଏ ଭୟ ଛୁଇଁଯାଉଛି ମନରେ... ଜୀବନ ପ୍ରତି ତା'ହେଲେ ଏବେ ବି ମମତା ରହିଛି ! ନାହିଁ, ଶବ୍ଦଟାରେ ବେଶ୍ ଗୋଟାଏ ଆର୍ତ୍ତନାଦ ରହିଛି। ଯିବାକୁ ହେବ; ବସି ରହିଲେ ଚଳିବ ନାହିଁ। ସନାତନ ଧୀରେ ଧୀରେ ଆଗେଇଗଲା ଶବ୍ଦକୁ ଲକ୍ଷ୍ୟକରି। ଚାରିଆଡ଼େ ମଣିଷଗୁଡ଼ାକ ଲମ୍ବା ଲମ୍ବା ମୁକ୍ତ ଆକାଶ ତଳେ ପଡ଼ିଛନ୍ତି, ଅଥଚ କାହାର ଯେମିତି କୌଣସି କଥାକୁ ଆଉ ଡର ବା ଆଶଂକା ନାହିଁ। ସନାତନ ଦକ୍ଷିଣ ପଟରେ ଥିବା ବୁଦା ମୂଳ ଆଡ଼େଇ ତଳ ଆଡ଼କୁ ଅନେଇ ଚମକି ପଡ଼ିଲା। ଏ କ'ଣ ? ଏ କ'ଣ ସେ ଦେଖୁଛି ? ଜୀବନ ମରଣର ଦ୍ୱନ୍ଦ୍ୱଯୁଦ୍ଧ ସମୟରେ ବି ମଣିଷର ଆଦିମ କ୍ଷୁଧା ରାକ୍ଷସ ରୂପ ଧାରଣ କରି ମୂର୍ତ୍ତିମନ୍ତ ହୋଇ ଛିଡ଼ା ହୋଇଛି ତା' ଆଗରେ। ଗୋଟାଏ ଚଉଦ ପନ୍ଦର ବର୍ଷର ଝିଅ ଉଲଗ୍ନ ହୋଇ ବାଲି ଉପରେ ପଡ଼ିଛି ହାଡ଼ ଆଉ ଚମଡ଼ା ବ୍ୟତୀତ ସେ ଦେହରେ ଯୌବନର ସ । ନାହିଁ କହିଲେ ଚଳେ ! ସନାତନ କ'ଣ କରିବ ଚିନ୍ତା କରିବାକୁ ଅବସର ନ ଦେଇ ଦୁଇଟା ନରରୂପୀ ରାକ୍ଷସ ଦୁଇ ଦିଗରେ ବିଜୁଳି ବେଗରେ ଛୁଟି ଚାଲିଗଲେ। କିଏ ସେମାନେ ଚିହ୍ନିବା ଜାଣିବା ଆଦୌ ସମ୍ଭବ ନ ଥିଲା ! ସନାତନ ଦଉଡ଼ି ଯାଉ ଯାଉ ଭୁସ୍ କରି କଚାଡ଼ି ହୋଇ ପଡ଼ିଲା ତଳେ। ହାଏରେ ଦୁର୍ଭାଗ୍ୟ ! ଝିଅଟିର ଲୁଗା କେଉଁଠି ପଡ଼ିଛି, ତା'ର ଠିକ୍ ଠିକଣା ନାହିଁ। ଏତିକିବେଳକୁ ଜହ୍ନଟା ବି ବେଶ୍ ପରିଷ୍କାର ହୋଇ ପଡ଼ିଗଲା ତା'ର ମୁକ୍ତ ଦେହ ଉପରେ ! ବାଧ ହୋଇ ନିଜ ଅଣ୍ଟାରୁ ନାଲି ଗାମୁଛାଟି ଖୋଲିଦେଇ ସେ ଝିଅଟି ଉପରେ ପକାଇ ଦେଲା ଏବଂ ଆସ୍ତେ ହାତ ଧରି ତାକୁ ଠିଆ କରାଇ କୁଦ ଉପରକୁ ଉଠିଆସି ଅପେକ୍ଷା କଲା। କୌଣସିମତେ ଝିଅଟି ଫୁଙ୍ଗୁଳା ଦେହଟି ଢାକି ଦେଇ କୁଣ୍ଠେଇ କୁଣ୍ଠେଇ ଆସିଲା। କ'ଣ ପଚାରିବ ହୋଇ ସେ ପଚାରି ପାରିଲା ନାହିଁ। ଜାଣେ ସେ ଝିଅଟି ଏଇ କୁଦ ଉପରେ କୋଉଠି ହେଲେ ରହୁଛି, ଆପଣା ବାଟ ସେ ଠିକ୍ ବାଛି ନେଇ ପହଞ୍ଚିଯିବ... ତା'ର ଇତିବୃତ୍ତି ପଚାରି ଲାଭ କ'ଣ ? ନାକ ସୁଁ ସୁଁ କରି ଝିଅଟି କିନ୍ତୁ କୋହ ଚାପି କହିଲା –

'ସେମାନେ ରୁଟି ଆଉ ଚାଉଳ ଦେବେ ବୋଲି କହିଲାରୁ ମତେ ମା' ତାଙ୍କ ସଙ୍ଗରେ ଯିବାକୁ କହିଲା... ସେମାନେ, ସେମାନେ ମତେ...।'

ସନାତନ ପଛକୁ ବୁଲିପଡ଼ି କହିଲା – 'ଥାଉ, ପାଟି କରନା! କିଏ ଶୁଣିବ ଯଦି କଥାଟା ଭାରି ଖରାପ୍ ହେବ।'

'ସେମାନେ ଆମ ଗାଁ ଲୋକ! ପାଣିରେ ପହଁରି ସେମାନେ ଚାରି ପାକିଟି ଆଣିଛନ୍ତି ବୋଲି କହିଲାରୁ ମୁଁ ଯାଇଥିଲି! ତିନି ଦିନ ହେଲାଣି ଆମେ କେହି କିଛି ଖାଇନୁ। ବାପା ସଞ୍ଜରେ ମରିଗଲା, ସେଇମାନେ ତ ନେଇ ନଈରେ ଭସେଇ ଦେଲେ...।'

ପୁଣି ସେଇ ଚିଁ ଚିଁ କାନ୍ଦ। ସନାତନର କିଛି କାହାଣୀ ଶୁଣିବାକୁ ଧୈର୍ଯ୍ୟ ନ ଥିଲା। ଝିଅଟି କାନ୍ଦି କାନ୍ଦି ବସିପଡ଼ିଲା ବାଲି ଉପରେ। ନୀରବରେ ସନାତନ ଆଗେଇ ଗଲା। ଅଥଚ କୁଆଡ଼େ ସେ ଯାଉଛି ନିଜେ ତ ଜାଣେ ନାହିଁ, ଏ କୁଦରେ ତା'ର ନିର୍ଦ୍ଦିଷ୍ଟ ସ୍ଥାନ କେଉଁଟା ଯେ ସେ ଅଟକି ଯିବ!

ସନାତନ ଆଉ ପଛକୁ ନ ଚାହିଁ ବାଁ ପଟକୁ ବାଙ୍କିଯାଇ ଝଙ୍କେଇ ଥିବା ବୁଦା ମୂଳଟାରେ ଲୁଚିଗଲା ପରି ବସିପଡ଼ିଲା। ଯାଉ ଯୁଆଡ଼େ ଯିବ ଝିଅଟା ଯାଉ, ତା'ର କି ଯାଏ ଆସେ? ବସି ପଡ଼ିଛି କି ନାହିଁ ପଛଆଡୁ କିଏ ଖୁବ୍ କ୍ଷୀଣ କଣ୍ଠରେ କହିଲା – 'ହେ, ସେଠି ବସ ନାହିଁ। ଜାତିଆ ସାପ ସେଠି ଅଛନ୍ତି, ବାସନା ହଉଛି ଜାଣିପାରୁନା ପଳା, ପଳା।'

ସନାତନ ଉଠିପଡ଼ି ପଛକୁ ଚାହିଁଲା। ଅଳ୍ପ ଦୂରରେ ବୋଧେ ବୁଢ଼ାଟିଏ ଶୋଇଛି କି କ'ଣ? କଣ୍ଠର ଆୱାଜ ଏମିତି ବିକୃତ ଶୁଭୁଥିଲା ଯେ ବୁଢ଼ା କି ବୁଢ଼ୀ କିଛି ବୁଝିବା ମୁସ୍କିଲ! ଆଖି ଦି'ଟା କିନ୍ତୁ ଧପ୍ ଧପ୍ କରୁଥିଲା ତା' ଆଡ଼କୁ ଚାହିଁ। ସନାତନର ନିଜ ବାପା କଥା ମନେ ପଡ଼ିଗଲା, ମନେ ପଡ଼ିଗଲା ଅଶୀ ବର୍ଷର ବୁଢ଼ୀମା'କୁ ନେଇ ଗଲାବେଳେ ପାଣିରୁ ମା'ର ଦେହ କେମିତି ସୁଅରେ ତା'ଠାରୁ ଅଲଗା ହୋଇଯିବାର ଅନୁଭୂତି। କ'ଣ କହିବ ହୋଇ ସେ ପାଖକୁ ଗଲାକ୍ଷଣି ଲୋକଟି ଚିର୍‌ଚିରେଇ ଉଠି କହିଲା – 'ହେ, ଛୁଁ ନା ମତେ। ଜୀବ ଯିବାବେଳେ ଆଉ କାୟା ଅପବିତ୍ର କରିବି ନାହିଁ।'

ସନାତନ ହସିଦେଇ କହିଲା – 'ଆଉ ଏ ବେଳରେ ଜାତି କ'ଣ ଖୋଜୁଛ ମଉସା। ଏବେ ତ ସଭିଏଁ ସମାନ। ମତେ କହିଲ ବୁଦା ମୂଳରୁ ଘୁଞ୍ଚି ଯିବାକୁ ଆଉ ତମେ କାହିଁକି ଏହିଠାରେ ଶୋଇଛ?'

ବୁଢ଼ା କାଶି ଉଠିଲା। ପବନରେ ଥରଥର ହୋଇ କମ୍ପୁଆ କଣ୍ଠଟା ଭାସିଗଲା

ଦୂରକୁ, ଦୂରକୁ। ବିରକ୍ତିଆ ହୋଇ ଜବାବ୍ ଦେଲା – 'ଜାଣିପାରୁନୁ ? ଶୋଇଛି ଯମକୁ ଅପେକ୍ଷା କରି। ସମସ୍ତଙ୍କ ଘୋଷାରି ନେଲା ସବାଖାଇ, ହେଲେ ମତେ ପାସୋରି ଗଲା...। ଦି' ଦିନ ହେଲା ଏଇଠି ପଡ଼ିଛି, ଟୋପାଏ ପାଣି ବି ପାଟିକୁ ଯାଇନି। ଆଉ ମୋର ବୟସ ଆସୁଛି ଯେ ମୁଁ ଉଠି ଅଷ୍ଟାଭିଡ଼ି ଘର କରିବି, ପୁଅ ଝିଅ ଜନମ କରିବି, ଜମି ବେଉଷଣ କରିବି, ସରକାରଙ୍କଠାରୁ ଋଣ ନେବି... ଗୋଟାଏ ଖାଇବା ପାକିଟି ଆଣିବାକୁ ମୋ ଦେହରେ ଟିକେ ବଳ ନାହିଁ। ମୁଁ କାହିଁକି ନ ମରି ପଡ଼ିଛି ପୁଅ ମତେ କହିବୁ ?'

ସନାତନ ଉତ୍ତର ଦେଲାନି। ସେଇ ପ୍ରଶ୍ନ ମଧ୍ୟ ସେ ବୁଢ଼ାକୁ କରି ପାରିଥାନ୍ତା, ହେଲେ ସେ ପ୍ରଶ୍ନର ଉତ୍ତର ଜାଣିଥିଲେ ବି ସେ ବର୍ତ୍ତମାନ କହିବନି। ଚାରିଆଡ଼େ କିପରି ଗୋଟାଏ ହାହାକାର ଭରି ରହିଛି ଯେଉଁଥିରେ କି କୌଣସି ଶବ୍ଦ ଉଚ୍ଚାରଣ କରି ଲାଭ ନାହିଁ। ଶବ୍ଦମାନଙ୍କର ମଧ୍ୟ ଯଥାର୍ଥ ଅର୍ଥ ନାହିଁ।

ବୁଢ଼ା ବୋଧେ ଆଖି ବୁଜି ଶୋଇଲାଣି। ଶୋଉ, ସେଇ ଭଲ। ବୁଢା ମୂଳକୁ ଥରେ ଅନାଇଁ ସନାତନ ଆଗେଇ ଗଲା। ପବନର ସାମାନ୍ୟ ବେଗ ବଢ଼ିଛି, ଆକାଶରେ ପୂର୍ବରୁ ଥିବା ଜହ୍ନ କଳାଘୁମର ମେଘ ତଳେ ଲୁଚି ଗଲାଣି। କିଛି ଦେଖି ହେଉନି, ଜାଣିକି ବୁଝି ହେଉନି। କାଲୁଆଦେହକୁ ଘୋଡ଼ାଇ ଦେବାକୁ ନିଜର ଦୁଇଟି ହାତ ବ୍ୟତୀତ ଅନ୍ୟ କିଛି ନାହିଁ। ଏଇନେ ବର୍ଷିଯିବ ପ୍ରଚଣ୍ଡ ବେଗରେ ବର୍ଷା, ଘୁମେଇ ହାଲିଆ ହୋଇପଡ଼ିଥିବା ଲୋକଗୁଡ଼ାକ ଉଠି ପଡ଼ିବେ। ହେଲେ ଯିବେ କିଏ କୁଆଡ଼େ ? ଚାରିପଟରେ ପ୍ରଚଣ୍ଡ ବେଗରେ ନଦୀର ସ୍ରୋତ ବହିଯାଉଛି, ଗରଳ ଭଳି ତା'ର ଲମ୍ଫ ଦେଉଥିବା ଫେଣକୁ ଚାହିଁ ଦେବାକୁ ବି ତାକତ ପାଉ ନାହିଁ। କେବଳ ସୁ ସୁ ଗର୍ଜନରେ କାନ ଅତଡ଼ା ପଡ଼ିଯାଉଛି।

କିଏ ଗୋଟାଏ ଭୂତ ପରି ଧାଇଁଆସି ତାକୁ ପଛପଟରୁ ଜାବୁଡ଼ି ଧରି ଖନ ଖନ କଣ୍ଠରେ କହିଲା – 'ମହମବତି ଅଛି ବାବୁ! ଥିଲେ ବକଟେ ଦିଅ, ପିଲାଟା ଜନମ ହୋଇ ତଳେ ପଡ଼ିଗଲାଣି, କାନ୍ଦୁ ନାହିଁ କି ଉଁ, ଚୁଁ ତ ହଉ ନାହିଁ! ଏଣେ ମା'ର ହୋସ ନାହିଁ, ମୁଁ, ମୁଁ, କ'ଣ କରିବି...।'

ସନାତନ ଲୋକଟାର ହାତ ଧରି ପକାଇ କହିଲା – 'ଚାଲ ଚାଲ, ଆଗ ସେଠିକି ଚାଲ। ମହମବତି କେଉଁଠୁ ମିଳିବ ?' ସନାତନ ଲୋକଟାର ହାତ ଧରି ଏକଦମ୍ ଦଉଡ଼େଇ ନେଇଥିଲା ଲୋକଟାକୁ।

ସନାତନ ହାତମାରି ଦେଖିଲା ସ୍ତ୍ରୀ ଲୋକଟିର ନାଡ଼ି ଚାଲୁଛି। କାନମୁଣ୍ଡା ଫୁଙ୍କି ପାଣି ଛାଟି ଦେଲେ... ଭାବୁ ଭାବୁ ହିଁ ସ୍ତ୍ରୀଲୋକଟି ଆଖି ମେଲି ମନକୁ ଚାହିଁଦେଲା!

ଓଃ ! ପୁରୁଷ ଲୋକଟି ଏପଟ ସେପଟ ହୋଇ କ'ଣ ଖୋଜୁଥିଲା ଯେମିତି ! ହଠାତ୍ ଆକାଶ କମ୍ପେଇ ଘଡ଼ଘଡ଼ିଟେ ମାରି ଦେଲା । ବିଜୁଳି ଆଲୁଅରେ ଚମକି ଉଠିଲା ସମଗ୍ର ପୃଥିବୀ ! ସନାତନ ଦେଖିଲା ଲାଲ ରକ୍ତରେ କୁଡୁବୁଡୁ ହୋଇ ସ୍ତ୍ରୀଲୋକଟି ପଡ଼ିଛି – ତା'ର ଚତୁର୍ଦ୍ଦିଗରେ କଅଁଳା ପିଲା ତ ଦୂରର କଥା ଦୂବଘାସଟିଏ ବି ନାହିଁ ! ସେ ପୁରୁଷ ଲୋକଟା ବି କ'ଣ ଖୋଜିଲା ପରି ହୋଇ ଦଉଡ଼ିଗଲା ତଳ ଆଡ଼କୁ । ବର୍ଷା ଏତିକିବେଳେ ଆରମ୍ଭ ହୋଇଗଲା ! ମା'ଟିକୁ ଜଗିବ କି ଲୋକଟିର ପଛେ ପଛେ ଯିବ ଭାବି ପାରିଲାନି ସନାତନ ! ସଦ୍ୟ ଜନ୍ମ କରି ଭଲଭାବରେ ଚେତା ନ ପାଇଥିବା ସ୍ତ୍ରୀଲୋକ ଦେହରେ କ'ଣ ବା ଅଛି ତା' ପାଖରେ ଯେ ସେ ଘୋଡ଼େଇ ଦେବ ! ଏଣେ ତେଣେ ଆଖି ଯେତେ ଦୂରକୁ ପାଇଲା କୋଉଠି କିଛି ନାହିଁ ! ଶେଷରେ ଝୁମ୍ପୁଡ଼ିଆ ବୁଦାରୁ ଦି' ଗୋଛା ଆଣି ସେ ସ୍ତ୍ରୀଲୋକଟିର ଦେହ ମୁଣ୍ଡ ଘୋଡ଼େଇ ଦେଲା ! ପୁଣି ଆଉ ଥରେ ବିଜୁଳି ମାରିଲା, ଆଉ ସେଇ ଆଲୁଅରେ ଦେଖିଲା ତଳଆଡୁ ଏକଦମ୍ ବୁଢ଼ାଲୋକଟିଏ ଆଣ୍ଟୁ ଧରି ଧରି ଉପରକୁ ଆସୁଛି । ସନାତନ ତଳକୁ ଧାଇଁଯାଇ ପଚାରିଲା–

'କ'ଣ ପିଲା ମିଳିଲା ?'

ବୁଢ଼ାଟି ତାକୁ କୁଣ୍ଢେଇ ପକାଇ ଭୋ ଭୋ ରଡ଼ି କରି କାନ୍ଦି ଉଠିଲା । ଝପ୍ ଝପ୍ ବର୍ଷାରେ ସେ ଲୁହର ସ୍ରୋତ ସନାତନର ଛାତି ଭିଜାଇ ଗୋଡ଼ତଳ ମାଟିକୁ ଧସେଇ ଦେଲା ଯେମିତି ! କି ଭାଷା କହି ସେ ବୁଢ଼ାକୁ ବୁଝାଇବ ଜାଣିପାରିଲାନି । ଆଖି ଆଗରେ ଭାସିଗଲା ତା' ନିଜର ଜୁଲୁଜୁଲୁ କରି ଜାନୀ କୋଳରେ ଚାହିଁଥିବା ଛ' ମାସର ପୁଅଟିର ମୁହଁ ! କିନ୍ତୁ ଏଠି ତ ଆଉ ବଢ଼ି ଆସି ଭସେଇ ନେଇନି ପିଲାଟିକୁ, ବୁଢ଼ାର ମୁଣ୍ଡଟିକୁ ଗଭୀର ଆବେଗରେ ଆଉଁସି ଦେଇ ସେ କେବଳ ନୀରବରେ ତା'ର କୋହ କମିବାକୁ ଅପେକ୍ଷା କରି ରହିଲା ! ଦଣ୍ଡକ ପରେ ବୁଢ଼ା କହିଲା –

'ଯାଉ ସେ, ମରିଗଲା କି ଜୀଇଁଥିଲା ଯିଏ ଜୀବନ ଦେଇଛି ସେ ଜାଣେ, ହେଲେ ପୁଅ ବିଲୁଆଟାଏ ତାକୁ ଏମିତି ରଡ଼ପଡ଼ କରି ଚୋବେଇ ଖାଇଯିବ ଆଉ ମୋ ଆଖି ଥାଉ ଥାଉ ମୁଁ ଦେଖିବି ଏକଥା ମୁଁ କେବେ ଭାବି ନ ଥିଲି । ତା' ପାଟିରୁ ଯେମିତି ଓଟାରି ଆଣିଛି... ଦେଖ ପୁଅ, ମୋ ହାତଟା କେମିତି କାମୁଡ଼ି ଦେଇଛି ।'

ସନାତନ ନା ସେ ହାତକୁ ଚାହିଁପାରିଲା, ନା ବୁଢ଼ାର କାହାଣୀ ସମ୍ପୂର୍ଣ୍ଣ ଶୁଣିପାରିଲା । ବୁଢ଼ା ଦେହରୁ ଛିଟିକି ଯାଇ ସେ ତଳେ ଭୁସ୍ କରି କଚାଡ଼ି ହୋଇ ପଡ଼ିଲା । ଯେମିତି ଏକ ନାରକୀୟ ବୀଭତ୍ସତାରେ ତା'ର ଦେହ, ମନ, ଆଖି ସବୁ ଅନ୍ଧ ହୋଇଯାଇଥିଲେ । ତିନିଦିନର ଉପବାସର କ୍ଳାନ୍ତି ଯେପରି ତା' ଦେହକୁ ଭରାଦେଇ

ଛିଡ଼ା କରେଇବାକୁ ଅକ୍ଷମ। କେଜାଣି ମା'ଟି ବଞ୍ଚିଛି କି ନାହିଁ। ବୁଢ଼ାଟି ତା' ପାଖରେ ବସି ମୁଣ୍ଡଟିକୁ କୋଳକୁ ଉଠେଇ ନେଇ କହିଲା –

'ଆହା! ଭେଣ୍ଡାପିଲାଗୁଡ଼ାକ ମେଣ୍ଢା ହୋଇଗଲେଣି ଦି' ଦିନରେ! କ'ଣ ପିଠିକୁ କାଟିଲା ପୁଅ? ମୁଣ୍ଡଟା ବାଡ଼େଇ ହୋଇଗଲା କେଡ଼େ ଜୋରରେ... ମୋ ପୁଅ ବି ତୋରି ବୟସର। କୁଆଡ଼େ ଗଲା କେଜାଣି? ବୋହୂଟା ପୋଡ଼ା କପାଳୀ... ହେ ପୁଅ! ତତେ ତୋ ବାପ ରାଣ, ମା' ରାଣ, ତୁ କେବେହେଲେ ମୋ ବୋହୂକୁ ପିଲାକଥା କହିବୁନି। କହିବୁ... କହିବୁ ମରିକରି ଜନମ ହୋଇଥିଲା। ଆମେ ନଈରେ ଭସେଇ ଦେଲୁ। ତାକୁ ଏବେ ସତ କହିବୁନିଟି, ଜୀବନ ହାରିଦେବ! ଯଦି ପୁଅ ମୋର ବଞ୍ଚି ଜୀଇଁ କେଉଁଠି ଥାଏ, ତା' ହେଲେ ଆରବରଷକୁ ମୋ କୁଳ ରହିବ। ନଇଲେ ପୁଅ କୁଳ ବୁଡ଼ିଲା ଜାଣେ। ତୁ ଶୋଇଥା କି, ମୁଁ ଟିକେ ବୋହୂଟାକୁ ଦେଖି ଆସେ... ପୁଆତିଟା କାଲ ମାରି ଯିବଣି!'

ବୁଢ଼ା ତା' ମୁଣ୍ଡଟି ତଳେ ଥୋଇଦେଇ ଚାଲିଗଲା। ନିଜ ତଣ୍ଟି ଶୁଖି ଅଠା ହୋଇଯାଉଥିଲା। କ'ଣ କହିବ, କହିବ ଭାବୁଭାବୁ ମନହେଲା ଯେମିତି ଆଖି ଦୁଇଟା ବନ୍ଦ ହୋଇଯାଇଛି। ଆଉ ତା' ସାଙ୍ଗକୁ ଶୁଖିଲା ଓଠ ପୁଡ଼ା ମଧ୍ୟ! ଉପରୁ ଉପରୁ ଝରିପଡୁଥିବା ବର୍ଷା ଦେହ ଉପରେ ବିଛାଡ଼ି ହୋଇ ପଡୁଥିଲା। ଭାରି ଭାରି ଦେହଟାକୁ ନେଇ କୁଆଡ଼େ ସେ ଯିବ? କେଉଁଠିକି ବା ଯିବ? ଆଉ କାହିଁକି? ପଡୁ ବର୍ଷା, ଭିଜି ଯାଉ ତା'ର ଦେହ ମନ ସବୁକିଛି। କୋଉ ବରଡ଼ା ପତର ତଳକୁ କି ଝୁମ୍ପୁଡ଼ି ବୁଦା ଉହାଡ଼କୁ କି କେଉଁଠି କିଏ ଛିଣ୍ଡା ମଇଳା ଲୁଗା କୁଟାକାଠି ଉପରେ ଟାଙ୍ଗିଦେଇ ନୂଆ କରି କରିଥିବା ଘରକୁ ସେ ଖୋଜି ଯିବ ନାହିଁ, ବଞ୍ଚିବା ପାଇଁ ଆଉ ଆଶ୍ରୟ!

ତା'ପରେ କ'ଣ ଘଟିଗଲା ସନାତନ କିଛି ଜାଣିଲା ନାହିଁ। ଖାଲି ରହିରହି ଶୁଭୁଥିଲା କୋଉଠୁ, ଗୁମୁରି ଗୁମୁରି କାନ୍ଦଣା, ଚୁପ୍‌ଚାପ୍ କଥା ହେବାର ଶବ୍ଦ। ସେହିପରି ଅବସ୍ଥାରେ ଅଳ୍ପ ସମୟ ପରେ ବର୍ଷା ବନ୍ଦ ହୋଇଯାଇଥିଲା, ହାଲିଆ ହେଲା ପରି ମେଘ ଭିତରୁ ଜହ୍ନ ଧୂସରିଆ ହୋଇ ଉଠିଆସିଥିଲା। ତା'ରି ଭିତରେ ନିଦ ଲାଗି ଯାଇଥିଲା ଯେମିତି ସନାତନକୁ...।

ସକାଳର ନରମ ସୂର୍ଯ୍ୟ କିରଣ ଆଖି ଉପରେ ପଡ଼ିଲାକ୍ଷଣି ସେ ଉଠି ବସିଲା। ଥଣ୍ଡାଟାରେ ଦେହ ହାତ ସବୁ ଦରଜ। ଚାରିଆଡ଼କୁ ଅନେଇ ଚାହିଁ ସେ ଆଶ୍ଚର୍ଯ୍ୟ ହେଲା! କିପରି ଗୋଟାଏ ବ୍ୟସ୍ତତା ଚତୁର୍ଦ୍ଦିଗରେ, ସମସ୍ତେ ଲୁଗାପଟା ଜାକି, ଛୁଆପିଲାଙ୍କୁ କୋଳରେ କାଖେଇ ଧାଇଁଛନ୍ତି ତଳକୁ। ଖାଲି ଆଗେଇ ଯିବାର ପ୍ରତିଯୋଗିତା ଚାଲିଛି ଲୋକଙ୍କ ଭିତରେ!

ସନାତନ ଛିଡ଼ା ହେଲା। ଆରେ ବୁଢ଼ାଲୋକଟି କୁଆଡ଼େ ଗଲା? ଆଉ ବୋହୂଟି? ତାକୁ ତ ତାଳପତ୍ର ଘରେଇ ଦେଇଥିଲା ସେ। ହେଇ ତ ସେମିତି ଅଳ୍ପ ଦୂରରେ ସ୍ତ୍ରୀଲୋକଟି ଉପରେ ତାଳପତ୍ର ପଡ଼ିଛି, ଆଉ ସେ ଶୋଇଛି। ମୁହଁଟିର କପାଳ ଦିଶୁଛି ଏବଂ ପାଦରେ ଥିବ ଝୁଣ୍ଟିଆ ଦି'ଟା ଜଣେଇ ଦେଉଛି ସ୍ତ୍ରୀଲୋକଟି ବୋଲି। ମାତ୍ର ବୁଢ଼ା କାହିଁ? ସନାତନ ପାଖକୁ ଗଲା, ନଇଁପଡ଼ି ସ୍ତ୍ରୀଲୋକଟିକୁ ହଲାଇ ଦେଲା, ହାତ ଉଠାଇ ନାଡ଼ି ଦେଖିଲା। ନା, ନାହିଁ! ବାଁ ପଟ ଗଡ଼ାଣିଆ ଦେଇ ବହିଯାଇଛି ରକ୍ତର ସୁଅଟିଏ। ବର୍ଷା ପାଣି ପଡ଼ି କିଛିଟା ଫିକା ଦିଶୁଛି। ଆହା! ବୁଢ଼ା ବୋଧେ ବୋହୂର ମୃତ୍ୟୁ ଜାଣିପାରି କୁଆଡ଼େ ପଳେଇଛି, କି ଜୀବନ ହାରି ଦେଇଛି। କେମିତି ବିଚଳିତ ହୋଇପଡ଼ିଲା ସନାତନ। କ'ଣ କରିବ ବୁଝି ନ ପାରି ଲୋକ ଯାଉଥିବା ଦିଗକୁ ସେ ଧାଇଁଲା। ବନ୍ଧ ସେପଟକୁ ଡଙ୍ଗା ଲାଗିଛି, କେତେଗୁଡ଼ିଏ ଯୁବକ ଲୋକମାନଙ୍କୁ ନେଇ ସେଥିରେ ଉଠଉଛନ୍ତି। ସନାତନ ଦେଖିଲା ବୁଢ଼ାଟି ଆଖି ପୋଛିପୋଛି ଜଣେ ଯୁବକ କାନ୍ଧରେ ବସି ଡଙ୍ଗା ଆଡ଼କୁ ଯାଉଛି...।

ସନାତନ ଫେରିଆସିଲା। ପ୍ରାୟ ଲଞ୍ଚ୍ ଆଉ ଡଙ୍ଗାରେ କୁଦ ଉପରୁ ସମସ୍ତେ ଚାଲିଗଲେଣି! ଏମିତିକି ତା'ର ନାଲି ଗାମୁଛା ଘୋଡ଼େଇ ହୋଇଥିବା ଝିଅଟି ଡଙ୍ଗା ଉପରେ କୁଙ୍କୁରି ହୋଇ ବସିଛି! ତେବେ କ'ଣ ଏହା ରହିଯିବ ସନାତନ ଏଠି?

ସେ କୁଦ ଉପର ସାରା ଘୂରିବାକୁ ଲାଗିଲା। କେହି କୁଆଡ଼େ ନାହିଁ। ହଠାତ୍ ଆଖି ପଡ଼ିଲା ସେଇ ବୁଦା ମୂଳକୁ ଯେଉଁଠି ବୁଢ଼ାଟିଏ ସାପକୁ ଅପେକ୍ଷା କରି ଶୋଇଥିଲା! ନା! ସେ ବି ନାହିଁ...! କିପରି ଗୋଟାଏ ସ୍ୱସ୍ତିର ଦୀର୍ଘଶ୍ୱାସ ବାହାରି ଆସୁ ଆସୁ ଅଟକିଗଲା ତା'ର! ଯିଏ ଏଠୁ ଚାଲିଗଲା କେତେଦିନ ତା'ର ଆଉ ମୁକ୍ତି? ଏ ବର୍ଷ, ଆର ବର୍ଷ ଆଉ ଆଗାମୀ ବର୍ଷଗୁଡ଼ିକ ପାଇଁ କ'ଣ ସାନ୍ତ୍ୱନା ଅଛି?

ସନାତନ ଘୂରି ଘୂରି ଆସିଲା ପୁଣି ମରି ପଡ଼ିଥିବା ବୋହୂଟି ପାଖକୁ। ତାଳପତ୍ର ଫୋପାଡ଼ି ଦେଇ ସେ ତାକୁ ଏକ ନିଃଶ୍ୱାସରେ କାନ୍ଧ ଉପରକୁ ଉଠେଇନେଲା ଆଉ ଧାଇଁଲା ନଈକୂଳକୁ। ନ ହେଲେ ବିଲୁଆ ଶାଗୁଣା ଏଇଲେ ତାକୁ ଘେରି ଖାଇଯିବେ ଯେ!

ଅତଳ ଜଳରେ ଭସେଇ ଦେଲା ସନାତନ ଶବଟିକୁ। ଗୋଡ଼ ଦୁଇଟି ଉପରକୁ ଉଠିଯାଇ ଦିଶୁଥିଲା ତା' ଝୁଣ୍ଟିଆ। ଏମିତି ହୁଏତ ଜାନୀ, ମରିଯାଇଥିବ। ଆଖିକୁ ଆଉ ଲୁହ ଆସୁ ନାହିଁ। ମା' ଓ ପୁଅ ମରିଗଲାଦିନୁ ସେ କେବେ କାନ୍ଦି ନାହିଁ।

ମୁହଁ ତଳକୁ ପୋତି ସେ କ'ଣ ଗୋଟାଏ ଦେଖି ଚମକି ପଡ଼ିଲା। ଓଃ! କଅଁଳା ପିଲାର ହାତପାପୁଲିଟିଏ ନଈ ପଟୁ ଉପରେ ପଡ଼ିଛି। ପାପୁଲିଟି ଉଠେଇ ନେଇ

ତା' ଉପରେ ଚୁମା ଦେଇ ସନାତନ ଏଥର ଭୋ ଭୋ କାନ୍ଦି ଉଠିଲା। ମାତ୍ର ତା'ର କାନ୍ଦଣା ସମୁଦ୍ର ଗର୍ଜନ କରି ନଇ ସୁଅର ଗର୍ଜନରେ ଲୀନ ହୋଇଯାଇଥିଲା କେବଳ! ସେ ଜାଣେନାହିଁ, ଏମିତି, ଏମିତି ନଦୀ ଅସୁମାରି ପାପୁଲି ନେଇ କୋଉ ଯୁଗରୁ ଯେ ଫୁଲି ଫୁଲି ଧାଇଁଛି ଆଉ ସେ ବୁଝିନାହିଁ ଯେ ନଦୀର ସେଥିରେ କିଛି ଯାଏ ଆସେ ନାହିଁ। କେଉଁ ଆବହମାନ କାଳରୁ ଏମିତି ସ୍ପର୍ଶିତ ଭଙ୍ଗୀରେ ମଣିଷକୁ ଉପହାସ କରି ସେ ଧାଇଁଛି ଆଉ ସନାତନ ପରି ଅସଂଖ୍ୟ ଅସୁମାରି ବ୍ୟକ୍ତି ପାପୁଲିରେ ଲୁହ ପୋଛିବାକୁ ବି ଅବସର ପାଇ ନାହାଁନ୍ତି।

ସନାତନ କଅଁଳା, ପିଲାର ଛୋଟ ପାପୁଲିଟି ହାତରେ ଧରି କାନ୍ଦୁଥିଲା ଯେ କାନ୍ଦୁଥିଲା... ! !

ଚରିତ୍ର ହସୁଛି

ବାସୁଦେବ ଥରେ କ'ଣ ଗୋଟାଏ ଭାବୁ ଭାବୁ ଅନ୍ୟମନସ୍କ ହୋଇ ନିଜ ଷ୍ଟେସନ ଛାଡ଼ି ଆଗ ଷ୍ଟେସନ ପର୍ଯ୍ୟନ୍ତ ଚାଲିଯାଇଥିଲା। ସେଥର ଷ୍ଟେସନରେ ଓହ୍ଲାଇ ସେ ମନକୁ ମନ ଥୋଡ଼ାଏ ହସିଥିଲା। ପ୍ଲାଟଫର୍ମରୁ ଚା' ସଙ୍ଗରେ ଦି' ଖଣ୍ଡ କେକ୍ ମଧ୍ୟ କିଣି ଖାଇଥିଲା। ଦୁଇ ଘଣ୍ଟା ଅପେକ୍ଷା ପରେ ସେ ନିଜ ଷ୍ଟେସନକୁ ଅନ୍ୟ ଏକ ଟ୍ରେନ୍ ଧରି ଆସିଥିଲା ଏବଂ ଘରେ ପହଞ୍ଚିବା ବେଳକୁ ରାତି ଅନେକ ହୋଇଯାଇଥିଲେ ବି ତାକୁ କେହି କିଛି ପଚାରି ନ ଥିଲେ କିମ୍ବା ସେ କୌଣସି ଉତ୍ତର ଦେଇ ନ ଥିଲା।

ଅଫିସରେ ଟାଇପ୍ କରି କରି କ୍ଳାନ୍ତ। ତା' ପରେ ସେଠାରୁ ଫେରି ଟିଉସନ୍ ସାରି ଘରକୁ କିଛି ଟଙ୍କା ଆଣୁଥିବା ପୁରୁଷ ପୁଅକୁ କାହାର ତାକତ ଅଛି କିଛି ପଚାରିବାକୁ। ଏଣୁ ପୁଣି ରାତିରେ ବସି ସାନ ସାନ ଭାଇ ଭଉଣୀଙ୍କ ପାଠ ପଢ଼େଇବ, ଦରକାର ପଡ଼ିଲେ ବଜାର ଯିବ, ମଝି ରାତିରେ ବସି ପ୍ରାଇଭେଟ୍‌ଲି ଏମ୍.ଏ. ପରୀକ୍ଷା ଦେବ ବୋଲି ପଢ଼ାପଢ଼ି କରିବ... ଆହୁରି ଯେ ଛୋଟ ଛୋଟ କେତେ କାମ କରିବାକୁ ତାକୁ ହୁଏ, ତା'ର ଠିକଣା ନାହିଁ। ତା' ଭିତରେ ଯଦି ସେ କିଛି ଭୁଲିଗଲା, ଘରକୁ ଡେରିରେ ଫେରିଲା ଏବଂ କାହା ସଙ୍ଗେ କଥା ନ କହିଲା ତେବେ ତାକୁ କ'ଣ ବା ପ୍ରଶ୍ନ କରିବ ? ପ୍ରଶ୍ନ କେବଳ ସେହି ଲୋକ କରିପାରେ ଯାହାର ସମ୍ବଳ ଥାଏ କିମ୍ବା ଗୋଟିଏ ଛତା ତଳେ ରହିବାକୁ ଇଚ୍ଛା ନ ଥାଏ।

ଏଇଟା କି ଅଜବ ସାଇଟା ବି କେଜାଣି ? ପାଖ ପଡ଼ୋଶୀ ତାକୁ କିଛି ପଚାରନ୍ତି ନାହିଁ। ତା' ବିଷୟରେ ଚୁପ୍ ଚାପ୍ ହେବାର ବି କେବେ ଶୁଣିନି, ସାମ୍ନାସାମ୍ନି ହେଲେ ବୟସ୍କ ଲୋକଗୁଡ଼ାକ ବି ନ ଜାଣିଲା ପରି ଚାଲିଯାଆନ୍ତି। ଛୋଟ ପିଲାଗୁଡ଼ାକ ରାସ୍ତାରୁ ଘୁଞ୍ଚିଯାଇ କଣେଇ କଣେଇ ଚାହାଁନ୍ତି। ସତେ ଯେପରି ଘରେ ବାହାରେ ସେ ଗୋଟାଏ ଦେଖିବାର ବସ୍ତୁ। ବାସୁଦେବ ମୁଣ୍ଡ ଉଠେଇଦେଲେ ସାରା ସହରଟାରେ ଭୂମିକମ୍ପ ହେବ।

ବେଳେବେଳେ ଯେମିତି ସେ ମନକୁ ହସେ, ସେମିତି ହସୁଥିଲା ବାସୁଦେବ। ପ୍ରତିଦିନ ସକାଳ ସାଢ଼େ ଆଠରେ ଟ୍ରେନ୍ ଧରି ଅଫିସ୍ ଯିବା, ଅଫିସ୍ ପରେ କିଛି ବାଟ ଚାଲି ଦୁଇଟା ବାଲୁଙ୍ଗା ପିଲାଙ୍କୁ ପାଠ ପଢ଼େଇ ପୁଣି ସନ୍ଧ୍ୟା ଛ'ଟାରେ ଟ୍ରେନ୍ ଧରି ଘରକୁ ସାଇକେଲ ଚଢ଼ି ଫେରିବା ତ କିଛି ଗୋଟାଏ ସାଧାରଣ କଥା ନୁହେଁ। ସେ ଫେରିଆସିଲା ପରେ ଘରେ 'ଟୁଁ' ଶବ୍ଦଟିଏ ବି ନାହିଁ। ବାସୁଦେବ ଘରେ ଅଛି କି ମଶାଣିରେ ବସିଛି ବୁଝିପାରେନା। ଆଉ ବୁଝିପାରେନା ବୋଲି ତ ମନକୁ ମନ ହସେ, କଥା କହେ। କେତେବେଳେ ଚୁପ୍‌ଚାପ୍ ତ କେତେବେଳେ ଉଚ୍ଚ ସ୍ୱରରେ।

ଆକାଶ ସୂର୍ଯ୍ୟ ଚନ୍ଦ୍ର ତାରା ଆଉ ପୃଥିବୀ ଯେମିତି ଥିଲେ ସେମିତି ଅଛନ୍ତି। ହେଲେ ତା'ରି ମନରୁ ସବୁ କଳ୍ପନା ଉଭେଇ ଯାଇଛି। ଦୃଷ୍ଟିରୁ ରଙ୍ଗ ଛାଡ଼ିଯାଇଛି। ବାସୁଦେବ ଧୀରେ ଧୀରେ ବଦଳି ଯାଉଛି। ଯେତେ ସେ ମନମରା ହାଲିଆ ହେଉଛି, ସେତେ ବେଶି ତା' ପ୍ରତି ସମସ୍ତଙ୍କର ସମ୍ମାନଭାବ ବଢ଼ିଯାଇଛି ନା କ'ଣ? ତା'ର ଅବଶ୍ୟ; ହାତ, ଗୋଡ଼ ଓ ମୁଣ୍ଡ ଆଖିର ସଂଖ୍ୟା କି ଆକୃତି ବଢ଼ି ନାହିଁ କି ଛିଡ଼ି ନାହିଁ।

ଏମିତି ଯାଉ ଯାଉ, ଦିନେ ଷ୍ଟେସନରୁ ଫେରିଲାବେଳେ ସେ ଦେଖିଲା ପଞ୍ଚାଏ ଲୋକ ହରେ କୃଷ୍ଣ ହରେ ରାମ କହି ଉନ୍ମାଦ ଭଙ୍ଗୀରେ ଢୋଲ ମୃଦଙ୍ଗ ବଜେଇ ନାଚୁଛନ୍ତି। ଛାମୁଡ଼ିଆ ତଳେ ଆଉ ପଞ୍ଚାଏ ଲୋକ ବସି ଖିଆପିଆ କରୁଛନ୍ତି। ବାସୁଦେବ ଅନେକ ସମୟ ସେଠାରେ ଠିଆହେଲା। ଚାରିଆଡ଼କୁ ଚାହିଁଲା, ଗୀତ ସଂକୀର୍ତ୍ତନ ଶୁଣିଲା, ତା'ପରେ ଯେମିତି ଅନ୍ୟମନସ୍କ ହେଇ ଚାଲିଆସେ ସେମିତି ଚାଲିବାକୁ ଆରମ୍ଭ କରିଛି କି ନାହିଁ, କିଏ ଜଣେ ଆସି ତା' ହାତକୁ ଭିଡ଼ିନେଇ ଛାମୁଡ଼ିଆ ତଳେ ପତର ପକେଇ ଖାଇ ବସିଥିବା ଲୋକଙ୍କ ପାଖରେ ବସେଇଦେଲା ଆଉ ବଡ଼ ପାଟିରେ କହୁଥିଲା – "ଏଠୁ, କେହି ଅଖିଆ ଯାଆନ୍ତି ନାହିଁ। କୀର୍ତ୍ତନ ନ କଲେ ତମର ପାପ, ନ ଖାଇଗଲେ ଆମର ପାପ।"

ବାସୁଦେବ ମୁହଁ ପୋତି ଖାଇବାକୁ ଲାଗିଲା। ପାପ ପୁଣ୍ୟ ଧର୍ମ ଅଧର୍ମ ସେ ସଠିକ୍ ବୁଝିପାରେ ନାହିଁ। ଅନେକ ଘଟଣା ଓ କଥାଭାଷା ଭିତରୁ ଏ ସବୁ ଗୋଟିଏ, ଗୋଟିଏ। ତା' ପରଦିନ ଅଫିସ୍‌ରୁ ଫେରିଲାବେଳକୁ ସେଠାରେ ସଂକୀର୍ତ୍ତନ ଦଳ, ଛାମୁଡ଼ିଆ କେହି ନ ଥିଲେ। ଖାଁ ଖାଁ ନିର୍ଜନତା ଭେଦ କରି ପୁଣି ତା' ପଛ ପଟରେ କିଏ ଜଣେ ଆସି କାନ୍ଧ ଉପରେ ହାତ ରଖିଲା। ତଥାପି ବାସୁଦେବ ଚାହିଁଲାନି। ବ୍ୟକ୍ତି ଜଣକ ପଛରୁ କହିଲା – "ତମକୁ ବାବା ଡାକୁଛନ୍ତି।"

"ବାବା। ଗୁରୁ ଶ୍ରୀ ଶ୍ରୀ...।" କ'ଣ କହିଲା ଲୋକଟା କେଜାଣି, ମଟରଗାଡ଼ିର ଘନ ଘନ ହର୍ଣ୍ଣ ଶବ୍ଦରେ କାନ ବଧିର ହୋଇଗଲା।

ବାସୁଦେବ ଏଇ ସବୁ ଗୁରୁଫୁରୁ କି ଦୈବୀ ଘଟଣା ପ୍ରତି କେବେ ମନ ଦିଏ ନାହିଁ। ବହୁ ଲୋକଙ୍କଠାରୁ ଏପରି ନାନା କାହାଣୀ ଶୁଣିଛି, ପଢ଼ିଛି ଓ ସିନେମା ବି ଦେଖିଛି। କିନ୍ତୁ କେବେହେଲେ ତା'ର ମନରେ ସେ ସବୁ ରେଖାପାତ କରି ନାହିଁ। ସେଥିପାଇଁ ବୋଧେ କୌଣସି ଆଲୋଚନା କି ଖୁସି ଉପରେ ସେ ମାତିଯାଇପାରେନା, ଆଉ ମାତିପାରେନା ବୋଲି ତ ବୋଲି ତ...। ପଛପଟରେ ଲୋକଟି ଆଉ ପଚରା ଉଚରା ନ କରି ତା' ହାତ ଧରି ଟାଣିବାକୁ ଆରମ୍ଭ କଲା।

ସେମାନେ ଦୁଇ ଜଣ ଯାଇ ଆଜବେଷ୍ଟସ୍ ଘେରା ହୋଇଥିବା ଫାଟକ ପାଖରେ ପହଞ୍ଚି ଭିତରକୁ ଗଲେ। ସାମ୍ନାରେ ଛୋଟିଆ ଚାଳଘରଟିଏ। ବାହାରେ ମସ୍ତ ଏକ ତୁଳସୀ ଚଉରା। ସେତେବେଳକୁ ପ୍ରାୟ ଅନ୍ଧାର ଅନ୍ଧାର ହୋଇଆସୁଥିଲା। ଦି' ଚାରିଜଣ ଗେରୁଆ ଲୁଗା ପିନ୍ଧି, ରୁଦ୍ରାକ୍ଷ ମାଳା ଲମ୍ବାଇ ଅଣଓସାରିଆ ବାରଣ୍ଡାରେ ବସିଥିବା ବାବାଜି ଯେ ବାସୁଦେବର ଆଖିରେ ପଡ଼ି ନ ଥିଲେ, ଏମିତି ନୁହେଁ। ହେଇଥିବ କୋଉ ମଠ କି ଆଶ୍ରମ। ତେବେ ଏତେଦିନ ଏ ବାଟରେ ଯିବାଆସିବା କରି ମଧ୍ୟ ସେ କାହିଁକି ଏମାନଙ୍କୁ ଦେଖିପାରି ନ ଥିଲା। ଏମାନେ କ'ଣ ବାହାରୁ ଆସି ଏଠାରେ ଡେରା ପକାଇଛନ୍ତି ?

ଘର ଭିତରକୁ ପଶିଗଲାକ୍ଷଣି ଗୋଟାଏ ଉତ୍କଟ ଧୂପ ଝୁଣା ମିଶାମିଶି ସ୍ପିରିଟ ଗନ୍ଧରେ ବାସୁଦେବର ନିଃଶ୍ୱାସ ରୁନ୍ଧି ହୋଇଗଲା ପରି ମନେ ହେଲା। ହାତରେ ମାଳା ଧରି କିଏ ଜଣେ ଆଖିବୁଜି ଧ୍ୟାନମଗ୍ନ। ଆଉ ସେ ପଟକୁ ଥିବା ଦ୍ୱାର ଦେଇ ଅତି ସନ୍ତର୍ପଣରେ ଯୋଡ଼ିଏ ଅଳତାଲଗା ପାଦପଦ୍ମ ଅପସରିଗଲା ନିମିଷକରେ। ବଡ଼ ଅସ୍ୱସ୍ତି ଲାଗିଲେ ବି ଏଯାବତ୍ ମୌନ ରହିଥିବା ବାସୁଦେବ ମୌନ ରହିବାକୁ ଉଚିତ ମନେକଲା। କଥା କି ପ୍ରଶ୍ନ ପଚାରି ଲାଭ କ'ଣ ପାଇବ ଯେ ? ସେପରି କୁଅଭ୍ୟାସ ସେ ବହୁ ଦିନରୁ ଛାଡ଼ି ଦେଇଛି।

ଧ୍ୟାନସ୍ଥ ବାବା ଆଖି ଖୋଲି ଚାହିଁଲେ ଓ ଅଙ୍ଗୁଳି ନିର୍ଦ୍ଦେଶ କରି ବସିବାକୁ ଇଙ୍ଗିତ ଦେଲେ। ତାକୁ ସାଙ୍ଗରେ ଆଣିଥିବା ଲୋକଟି ଶଙ୍ଖ ପ୍ଲେଟ୍‌ରେ କିଛି ଫଳ ଆଣି ତା' ସମ୍ମୁଖରେ ରଖିଲା। ଆଉ ଗୋଟାଏ ଗ୍ଲାସ୍‌ରେ କିଛି ପାନୀୟ। ବାସୁଦେବ ଖଣ୍ଡେ କାକୁଡ଼ି ଚୋବେଇଛି କି ନାହିଁ ବାବା ଆଖିମେଲି ମୃଦୁ ମୃଦୁ ହସିଲେ। ସତେ ଯେପରି ବାସୁଦେବ କୋଉ ପୁରାଣ ବର୍ଣ୍ଣିତ ଭାଗ୍ୟ ପରାହତ ଏକ ଚରିତ୍ର ଆଉ ସ୍ୱୟଂ ନାରାୟଣ ତା' ସମ୍ମୁଖରେ ବସିରହି ବରାଭୟ ପ୍ରଦାନ କରୁଛନ୍ତି। ସେ ମୁହଁ ତଳକୁ ପୋତିଲାକ୍ଷଣି ବାବା କହିଲେ -

"ମୁଁ ତୁମର ମନର କଥା ଜାଣିପାରୁଛି। ଏ ସଂସାର ବଡ଼ ଜଟିଳ, ମାୟାବୀ।

ତୁମେ ବହୁତ ଘାଣ୍ଟି ହେଲଣି। ଏବେ ତୁମର ବିଶ୍ରାମ ଦରକାର, ଶାନ୍ତି ଦରକାର।"

ସେ ପ୍ରକୃତରେ ଘାଣ୍ଟିଚକଟି ପିଷ୍ଟ ହୋଇଛି କି ନାହିଁ ଜାଣେନି। କିନ୍ତୁ ତା'ର ମାୟା ଯେ କାହାପ୍ରତି ନାହିଁ ଏ କଥା ବୁଝିବାରେ ଅସୁବିଧା ନାହିଁ।"

"ତୁମେ ଯେତେବେଳେ କ୍ଲାନ୍ତ ହୋଇପଡ଼ିବ, ଏଠାକୁ ଆସିବ। ପ୍ରଶାନ୍ତିର ମାର୍ଗ ମୁଁ ତୁମକୁ ଦେଖେଇଦେବି। ତା'ଛଡ଼ା କୀର୍ତ୍ତନ କଲାବେଳେ ମନେହୁଏ ତୁମ ଦେହରେ ସ୍ୱୟଂ ନାରାୟଣ ଯେପରି ବିଜେ ହୋଇଛନ୍ତି। କି ସୁମଧୁର କଣ୍ଠ ତୁମର? କୋଉଠୁ ତୁମେ ଭଜନ କୀର୍ତ୍ତନ ଶିଖିଲ?"

ସତରେ ସେ କ'ଣ କାଲି ଭଜନ କୀର୍ତ୍ତନ କରିଥିଲା?

ବାସୁଦେବର ତଣ୍ଟିରେ ସେଇ ଅକୁହା ହସର ଲହରୀ କୁତୁକୁତୁ କରୁଛି। ସେ ପାଟିରେ ହାତ ଚାପି ମୁହଁ ତଳକୁ କଲା। ଅନ୍ତତଃ ସେତିକି କରିବାର କ୍ଷମତା ତା'ର ଅଛି। ନା, ନା ନାହିଁ- ଗ୍ଲାସ୍‌ଟା ଉଠେଇ ସେ ସରବତ ପିଇବା ଆରମ୍ଭ କରିଦେଲା ଆଖିବୁଜି। ଏତେ ମିଠା ସୁବାସିତ ସରବତ ସେ କେବେ ପିଇନି ବୋଧେ। ମୁଣ୍ଡଟା ବେଶ୍ ଥଣ୍ଡା ଲାଗୁଛି। ଖଣ୍ଡେ ନଡ଼ିଆ ଚୋବେଇ ସେ କାନ୍ଥକୁ ଏଥର ଆଉଜି ବସିଲା। ବାବା ତାକୁ ଚାହିଁ ଚାହିଁ ପୁଣି ଆଜି ଧ୍ୟାନସ୍ଥ ହେଲେ।

ନଡ଼ିଆ, କାକୁଡ଼ି, ସେଉ ଓ ନାଲିଗଜା ଗୋଟିଏ ପରେ ଗୋଟିଏ ଚୋବାଇ ଶେଷ କରିଦେଲା ବାସୁଦେବ। କିଏ ଜଣେ ଆଉ ଗୋଟାଏ ପ୍ଲେଟ୍ ଆଣି ତା' ସମ୍ମୁଖରେ ରଖିଲା। ପଛ ପଟରୁ ଗୋରା ତକ ତକ ସୁଠାମ ନାରୀର ପଦ୍ମପାଖୁଡ଼ା ପରି ପାପୁଲି ବି ଗ୍ଲାସ୍‌ଟିରେ ସରବତ ରଖିଦେଲା। ବାସୁଦେବ ଖାଉଥିଲା ଓ ପିଉଥିଲା.. ବା ଧ୍ୟାନମଗ୍ନ ଥିଲେ। ସେ ପାଖ ବାରଣ୍ଡାରେ ସେଇ ଗେରୁଆଲୁଗା ପିନ୍ଧା ଲୋକଗୁଡ଼ାକ ସିଗାରେଟ୍ ଟାଣୁଥିଲେ କି ଗଞ୍ଜେଇ ଖାଉଥିଲେ ବାସୁଦେବ ବୁଝିପାରୁ ନ ଥିଲା। ତାକୁ ବି ଭାରି ନିଦ ମାଡୁଥିଲା। ଅନେକ ଦିନ ପରେ ନିଜର ରୁଣୁ ଝୁଣୁ ନିନାଦ ସେ ଶୁଣିପାରୁଥିଲା। ମାତ୍ର ଅଫିସ ଫେରନ୍ତି ସେ ଯେ ଘରକୁ ନ ଫେରି ଏକ ଆଶ୍ରମରେ ଅଟକିଯାଇଛି ଏ କଥାଟା ସେ ବାରମ୍ବାର ମନରେ ଆଉଡ଼ଉ ଥିଲା। ସମସ୍ତ ନିସ୍ତବ୍ଧତା ଓ ଝିଙ୍କାରୀର ଝିଁ ଝିଁ ଶବ୍ଦ ପାଦରେ ମକଚି ଦେଇ ଝାଞ୍ଜ ମୃଦଙ୍ଗ ସହ 'ହରେ କୃଷ୍ଣ ହରେ ରାମ' ଶବ୍ଦ ଆସି ତା' କାନରେ ହଠାତ୍ ଢାଏ ଢାଏ ପିଟି ହୋଇଗଲା ଆଉ ସେ ଶବ୍ଦରେ ସେ ଆଖିବୁଜି ଦେଲା। କାରଣ ସେଇ ବିକଟାଳ ଦୃଷ୍ଟି ଦେଖିବାକୁ କି ଶବ୍ଦ ଶୁଣିବାକୁ ତା'ର ସତେଇଶ ବର୍ଷ ଜୀବନର ସମସ୍ତ ପୁଞ୍ଜି ଅତି କମ୍ ବୋଲି ଜାଣି ପାରିଥିଲା ନା କ'ଣ? ଅଚାନକ ନିଦରେ ମୂର୍ଖ ବାସୁଦେବ ଘୁଙ୍ଗୁଡ଼ି ମାରିବା ଆରମ୍ଭ କରିଦେଲା। ବାବା ବୋଧହୁଏ ଉଚ୍ଚ ସ୍ୱରରେ ତାକୁ କିଛି କହୁଥିଲେ ନା କ'ଣ? ମାତ୍ର ସେ କିଛି ଶୁଣିବାକୁ

ଆଉ ପ୍ରସ୍ତୁତ ନ ଥିଲା। ତଣ୍ଟି ପାଖରେ ତା'ର ସେଇ ଅକୁହା ହସର ସ୍ରୋତ ହାବୁଡୁବୁ ଖାଉଥିଲା।

ହସଟା ତା'ର ନିହାତି ଅନ୍ତରଙ୍ଗ ଥିଲାବେଳେ ଏବେ ସାର୍ବଜନୀନ ହେବାର ଭଙ୍ଗୀଟା ତାକୁ ସତରେ କାବା କରିଦେଇଛି।

କୋଉ ପଟରୁ ସୂର୍ଯ୍ୟ ଉଠିବେ ଉଠିବେ ହେଉଥିଲେ ବାସୁଦେବ ବୁଝିପାରୁ ନ ଥିଲା। ଫିକା ଫିକା ଆଲୁଅରେ ସେ ଦେଖୁଥିଲା ଗୁଡ଼ାଏ କନିଅର ମନ୍ଦାର ଫୁଲର ପାଖୁଡ଼ା ଏଣେ ତେଣେ ବିଛେଇ ପଡ଼ିଛି। ତା' ବେକରେ ଗୋଟାଏ କି ଦୁଇଟା ମାଳ ପଡ଼ିଛି, ଅଳ୍ପ ଅଳ୍ପ ସୌରଭ ସେଥିରୁ ଆସୁଛି। ଆଉ ଟିକିଏ ଦୂରରୁ କିଏ ଜଣେ ବସି ଢୋଳାଉଛି। ବାବା ଆଉ ସଂକୀର୍ତ୍ତନ ଦଳ ବୋଧେ ମୁଣ୍ଡୁଳି କାଟି ଢୋଲ ମୃଦଙ୍ଗ ଉପରେ ଢୋଳେଇ ପଡ଼ିଛନ୍ତି।

ବାସୁଦେବ ଉଠିବାକୁ ଚେଷ୍ଟା କଲା। ହେଲେ ଏ କ'ଣ। ତା' ଗୋଡ଼ ଦୁଇଟା ବନ୍ଧା ହୋଇଛି ଗୋଟାଏ ଶକ୍ତ ଦଉଡ଼ିରେ। ସେ ଉଠିବ କେମିତି ? ସେ କହୁଣିରେ ଭରାଦେଇ ଏଣିକି ତେଣିକି ଚାହିଁଲା। ସେ ପଟ ଅନ୍ଧାରୁଆ ଘର ଭିତରୁ ଅଳତାଲଗା ପାଦ ଦୁଇଟି ଲମ୍ବି ଆସିଛି ଏରୁଣ୍ଡିବନ୍ଧ ଆଡ଼କୁ, ଯେଉଁ ପାଦ ଦୁଇଟିକୁ ସେ କାଲି ରାତିରେ ମାତ୍ର ପଲକଟିଏ ପାଇଁ ଦେଖିଥିଲା। ସ୍ତ୍ରୀଲୋକଟି ଏମିତି ନିର୍ବିକାର ଭାବରେ ଶୋଇଛି କାହିଁକି ? ଆଉ ଟିକିଏ ଟେକି ହୋଇ ସେ ଚାହିଁଲା। ସୁନ୍ଦରୀ ମାତ୍ର ବୟସ୍କା ନାରୀଟିଏ। ଲମ୍ବ ହୋଇ ଶୋଇପଡ଼ିଛି ଗୋଡ଼ ଦୁଇଟି ତା' ଆଡ଼କୁ ଲମ୍ବାଇଦେଇ। ବାବା ଗଲେ କୁଆଡ଼େ ? ତାଙ୍କ ଆସନ ଶୂନ୍‌ଶାନ୍ ପଡ଼ିରହିଛି। ଗୋଡ଼ ଦୁଇଟା ବାସୁଦେବ କେବେହେଲେ ନିଜେ ବାନ୍ଧି ନାହିଁ। ଅନ୍ୟ କିଏ ବାନ୍ଧିଲାବେଳେ ମଧ୍ୟ ସେ ଜାଣିପାରି ନାହିଁ। ଏହା ପଛରେ କାହାର କ'ଣ ଉଦ୍ଦେଶ୍ୟ ରହିଛି ସେ କଥା ବୁଝିପାରିଲାନି ବାସୁଦେବ। ଗତକାଲି କେତେଟା ଖୁଚୁରା ପଇସା ବ୍ୟତୀତ ତା' ପକେଟରେ ଆଉ ତ କିଛି ନ ଥିଲା। ଏମାନେ କାହିଁକି କି ଉଦ୍ଦେଶ୍ୟରେ ତାକୁ ଧରିଆଣି ଆତିଥ୍ୟ ପ୍ରଦର୍ଶନ କରି ଶେଷକୁ ବନ୍ଦୀ କରିପକେଇଛନ୍ତି ? ଠିକ୍ ତ ମନେ ପଡୁଛି, ବାବାଙ୍କୁ ସେ କୌଣସି ପଦାର୍ଥ ମାଗି ନ ଥିଲା, ଏମିତିକି ଯଥାବିଧି ନମସ୍କାର କରିବାକୁ ମଧ୍ୟ ଭୁଲି ଯାଇଥିଲା।

ଏଥର କୌଣସି ଉପାୟ ନ ପାଇ ନିଜ ଆଙ୍ଗୁଠି ବଢ଼େଇ ଶୋଇଥିବା ସ୍ତ୍ରୀଲୋକଟିର ପାଦକୁ ସେ ସୁଲୁ ସୁଲୁ କରିଦେଲାକ୍ଷଣି ସେ ଉଠିବସିଲା। ତା' ମୁଣ୍ଡରୁ ଲୁଗା ଖସିଯାଇଛି। କପାଳରେ କଟାଦାଗ, ସର୍ବାଙ୍ଗରେ ଆଘାତ ଚିହ୍ନ। ସେ ଏଣିକି ତେଣିକି ଅନେଇଲା ଏବଂ ଆସ୍ତେ ଉଠିଆସି ବାସୁଦେବ ପାଖରେ ଛିଡ଼ା ହୋଇ କହିଲା –

"ତମେ ଯିବାକୁ ଚାହଁ? କହିବ ଯଦି ମୁଁ ଗଣ୍ଠି ଖୋଲିଦେବି।" ବାସୁଦେବ ହଠାତ୍ ଭାବୁଥିଲା ଅନେକ କିଛି ପ୍ରଶ୍ନକରି ସ୍ତ୍ରୀଲୋକଟିଠାରୁ ଏଠିକାର ସମସ୍ତ ଖବର ସଂଗ୍ରହ କରିବ। ମାତ୍ର ତା'ର ଆଖି ଦିଓଟିରେ ଏତେ ତାଗିଦା ଥିଲା ଯେ ସେ କିଛି ପଚାରି ପାରିଲାନି। ତା' ଗୋଡ଼ରୁ ଦଉଡ଼ିଟା କାଟି ଦେଉ ଦେଉ ସ୍ତ୍ରୀଲୋକଟି କହିଲା - "ତୁମେ ମୋ ପଛେ ପଛେ ଆସ। ବାରିପଟ ରାସ୍ତାଦେଇ ଚାଲିଯିବ। ଦାଣ୍ଡ ପଟରେ ହୁଏତ ଅସୁବିଧା ହୋଇପାରେ।"

ଏତିକିବେଳେ ବାସୁଦେବ ପଚାରିଲା - "ଆଚ୍ଛା, ମୁଁ କାହିଁକି ଏଠିକି ଆସିଥିଲି। ସାରା ରାତି ମତେ ବାନ୍ଧିକରି କାହିଁକି ରଖା ଯାଇଥିଲା?"

ସ୍ତ୍ରୀଲୋକଟି ଓଠ ଚାପି ଆଙ୍ଗୁଠି ଦେଖାଇ ଚୁପ୍ ରହିବାକୁ ଇଙ୍ଗିତ କରିଥିଲା। ଏବେବି ସୂର୍ଯ୍ୟ ଉଦୟ ହେବାକୁ ଅନେକ ଡେରି, କୁହୁଡ଼ିଭରା ସକାଳ। ମୁହଁକୁ ମୁହଁ ଦିଶୁନି। ପଛପଟ ତାଟିକବାଟ ଖୋଲୁ ଖୋଲୁ ସ୍ତ୍ରୀଲୋକଟି କହିଲା - "ତୁମର ରାଶି ଭଲ। ତୁମେ ଖୁବ୍ ଯଶ, ସମ୍ମାନ, ଐଶ୍ୱର୍ଯ୍ୟପ୍ରାପ୍ତ ହେବ। ଆଜିଠାରୁ ତୁମର ଭାଗ୍ୟ ଖୋଲିଗଲା।"

ବାସୁଦେବ ତା'ର ହାତ ଦୁଇଟା ଚାପିଧରି କଟ୍‌ମଟ୍ କରି ଚାହିଁଲାରୁ ସ୍ତ୍ରୀଲୋକଟି କହିଲା - "ଛାଡ଼ିବ ନା, ଡାକିବି। କାଲି ରାତିରେ ତୁମକୁ ବଳି ଦେବା ସମୟରେ ହିଁ ବାବା ଅସୁସ୍ଥ ହୋଇପଡ଼ିଲେ ... ତିରିଶ ହଜାର ଟଙ୍କା ନଷ୍ଟ ହେଲା। ଯାହା ପାଇଁ ତୁମେ ବଳି ପଡ଼ି ଦେବୀଙ୍କ କୃପା ସୃଷ୍ଟି କରିଥାନ୍ତ, ତା'ର ଘଣ୍ଟାକ ପୂର୍ବରୁ ଏକ ମଟର ଦୁର୍ଘଟଣାରେ ତାଙ୍କର ମୃତ୍ୟୁ ହେବାର ସମ୍ବାଦ ପହଞ୍ଚିଲା। ତଥାପି ତୁମକୁ ଦେବୀଙ୍କ ପାଖରେ ବଳି ଦିଆ ଯାଇଥିଲେ ହୁଏତ ସେ ପୁନର୍ଜନ୍ମ ପାଇଥାନ୍ତେ, ମାତ୍ର ଶବ ଏଠିକି ଅଣାଯିବା ପୂର୍ବରୁ ପୋଲିସ୍ ଶବକୁ ଜବତ କରିନେଲେ। ଯାହା ବା ଚେଷ୍ଟା କରାଯାଇଥାନ୍ତା ବାବା ଅସୁସ୍ଥ ହୋଇପଡ଼ିଲେ। ମୁଁ ତାଙ୍କୁ ... ତାଙ୍କୁ ...ନିଶା ଦେଇ ବେହୋସ କରିଦେଲି।"

ବାସୁଦେବ ସ୍ତ୍ରୀଲୋକଟିର ହାତ ମୁଠାକୁ ପୁଣି ଜୋର୍‌ରେ ଚାପି ଧରିଲା। ସେ ରାଗିଯାଇ କହିଲା - "ହେଇ, ସେମିତି ମର୍ଦ୍ଦପଣିଆ ବାହାର କରନା। ଗାଲ ଚିପିଦେଲେ ଦୁଧ ବାହାରିବ। ତୋ'ଠାରୁ ଆହୁରି ମୋଟା ସୋଟା ଦୁଇଟା ଭେଣ୍ଡା ପୁଅକୁ ମୋଡ଼ି ଦେବି ଏଇ ହାତରେ। ହେଲେ ଦେବୀ ଉଚ୍ଛିଷ୍ଟ ... ତୁ ଯା, ଯା ...। ତୋର ଭାଗ୍ୟ ଭଲ।"

ବାସୁଦେବ କ'ଣ କରିବ ବୁଝିପାରିଲାନି। ଓଠକୁ ମଧ୍ୟ କୌଣସି ଭାଷା ଜୁଟୁ ନ ଥିଲା। ସହରରେ ଏପରି ନାରକୀୟ ବ୍ୟଭିଚାର କ'ଣ ସମ୍ଭବ? କିଏ

ବା ଏଇ ସ୍ତ୍ରୀଲୋକ ? ତାକୁ ମାରିବା ବଞ୍ଚେଇବା ନେଇ ସେ ଏତେ ବ୍ୟସ୍ତ କାହିଁକି ?

ଏଥର ସ୍ତ୍ରୀଲୋକଟି ତାକୁ ଏକରକମ ତାଟିକବାଟ ସେପଟକୁ ପେଲିଦେଇ କହିଲା - "ଯା, ପଳା। ଅଇଁଠା ଚଟା। ତତେ ମୋକ୍ଷ ଯୋଗ ନାହିଁ। ବାର ଦୁଆର ଘୂରି ଘୂରି ଖାଇ ମରିବୁ। କାଲି ବଳି ପଡ଼ିଥିଲେ ତୋ ଘରେ ପଚାଶହଜାର ଟଙ୍କା ଆଜି ସକାଳୁ ଥୁଆ ହୋଇଥାଆନ୍ତା। ତୁ କେତେ ବରଷ ଲାଗିଲେ ପଚାଶ ହଜାର ରୋଜଗାର କରିବୁ ? ଏ ଦୁନିଆରେ କେତେ ବାଟ ପଡ଼ିଛି, ତୁ ଖାଲି ଗୋଟାଏ ବାଟରେ ଚାଲୁଛୁ... ଏଣିକି ଚାଲୁଥା, କେହି ତୋ ବିଷୟରେ ଆଉ ମୁଣ୍ଡ ଘୂରାଇବେନି। ଯା, ଯା ... ପଳା ଏଠୁ।"

ବାସୁଦେବ ଦେହରେ ପ୍ରଥମ ସୂର୍ଯ୍ୟ କିରଣ ଛିଟିକି ପଡୁ ପଡୁ ପୁନର୍ବାର ସେଇ ଅବାଞ୍ଛିତ ହସର ଲହଡ଼ି ଉଠିଆସିଲା ପେଟ ଭିତରୁ ଓଠ ଉପରକୁ। କାହାକୁ ତା'ର ଜୀବନ ଦେଇ ସେ ରକ୍ଷା କରିଥାନ୍ତା ? କିଏ ସେ ହତଭାଗ୍ୟ ?

ବାସୁଦେବ ସତକୁ ସତ ଏତେବେଳକୁ ଜୋରରେ ହସିବା ଆରମ୍ଭ କରିଦେଲା। ଏତେ ସ୍ୱପ୍ନ ସେ କେବେ ଦେଖି ନାହିଁ, କିମ୍ବା ଏତେ ବୋକା କେବେ ସେ ନିଜକୁ ଭାବି ନାହିଁ। ତଥାପି ବୋକା ହେବାରେ ବି ଗୋଟାଏ ଆନନ୍ଦ ଅଛି।

ସେଦିନ ଅଫିସ୍ ନ ଯାଇ ଘରେ ବାସୁଦେବ ଚୁପ୍‌ଚାପ୍ ଶୋଇରହିଲା। କାହିଁକି ଅଫିସ୍ ଯାଉନୁ ବୋଲି କେହି ଜଣେ ଆସି ତାକୁ କିଛି ପଚାରିଲେ ନାହିଁ। ଏମିତିକି ବାପା ବୋଉ। ଦେହ ଭଲ ନାହିଁ କହି ଶୋଇଥିବା ଲୋକକୁ କ'ଣ କେହି ଉଠାଇ ଖାଇବାକୁ ଦେଇଥାଏ ? ନ କହିଥିଲେ ବି ଶାଗୁ ଓ ପାଉଁରୁଟି ତା' ମୁଣ୍ଡପାଖ ଟେବୁଲ୍‌ରେ ରଖାହୋଇଥିଲା।

ସନ୍ଧ୍ୟାବେଳେ ରେଡ଼ିଓରୁ ଭାସିଆସିଲା ସ୍ୱର ସଙ୍ଗୀତ। ତା' ପଛକୁ ସମ୍ବାଦ। ମଟର ଦୁର୍ଘଟଣାରେ...। ଉଠିବସିଲା ବାସୁଦେବ। ଆରେ, ଆରେ କିଏ ମରିଗଲା ? ଯାହା ନାଁ ଶୁଣିଲା, ତା' କ'ଣ କେବେ ସମ୍ଭବ ?

ବାପା ଘର ଭିତରକୁ ଆସି କହିଲେ - "ବାସୁ ! ଶୁଣିଲୁ ତ ? ଲଳିତବାବୁ ଚାଲିଗଲେ। କୋଠାଟା ବନ୍ଧକରୁ ମୁକୁଳେଇବାପାଇଁ କୋଡ଼ିଏ ହଜାର ଟଙ୍କା ଦି' ଦିନ ତଳେ ପଠେଇଥିଲେ। ଆଉ ପଚାଶ ହଜାର ଆଜି ସନ୍ଧ୍ୟାରେ ଦେବେ ବୋଲି କହିଥିଲେ ..... ହେଲେ ଶତ୍ରୁ ଦଳ ତାଙ୍କ ପିଛା ଛାଡ଼ିଲେନି। ଜଙ୍ଗଲିଆ ରାସ୍ତାରେ ଟ୍ରକ୍‌ଟା ମକଚିଦେଇ ଚାଲିଗଲା। କେତେ ଦାନୀ, ଧାର୍ମିକ, ଦୟାବନ୍ତ ଲୋକଟା ଚାଲିଗଲା...।"

ବାପା ଲୁହ ପୋଛୁ ପୋଛୁ ମୁଣ୍ଡ ପିଟୁଥିଲେ କାନ୍ଥରେ। ସତେ ଯେପରି ଦୟାଦାନରେ ସେ ଭାରାକ୍ରାନ୍ତ। ଋଣୀ।

ବାପାଙ୍କୁ ବାସୁଦେବ ବଡ଼ପାଟିରେ କହିଦେବାକୁ ଚାହୁଁଥିଲା - ବାପା, ମୁଁ ଅଛି, ଅଛି। ମଦ୍ରାସ୍ଫୀତି ଯୁଗରେ ମୋର ଦାମ୍ ବଢ଼ିବ ପଛେ କମିବ ନାହିଁ। ତୁମେ ମିଛରେ ବ୍ୟସ୍ତ ହେଉଛ କାହିଁକି। ଏ ସଂସାର ବଡ଼ ଜଟିଳ, ବଡ଼ ମାୟାବୀ। ତୁମ ଯନ୍ତ୍ରଣା ମୁଁ ବୁଝିପାରୁଛି। ହେଲେ, ହେଲେ ବାପା ମତେ ଆଗରୁ କହିଥିଲେ ଭଲ ହୋଇଥାନ୍ତା... ମୋ ପାଖରେ ତୁମର ସଂକୋଚ କରିବାର କିଛି ନ ଥିଲା।

ମାତ୍ର ବାସୁଦେବ କିଛି କହିପାରିଲାନି। ଯେତେ ଚେଷ୍ଟା କଲେ ବି କେବଳ ହସ ଛଡ଼ା ଆଉ କିଛି ଶବ୍ଦ ସ୍ପଷ୍ଟ ହେଉ ନ ଥିଲା। ବେକଟାକୁ ଚିପି ଧରି ନିଜକୁ ଟିକିଏ କଷ୍ଟ ଦେବାକୁ ସେ ଯେତେ ଚେଷ୍ଟା କଲା, ସେତେ ସେତେ ତାକୁ ହସ ମାଡ଼ିଲା।

ସେ ଚଟ୍‌କରି ବୁଲିପଡ଼ିଲା କାନ୍ଥ ଆଡ଼କୁ। ଅନ୍ତତଃ କେହି ନ ଜାଣିଲେ ବି ସେ ଜାଣେ ଯେ କେବଳ ବୋକା ଲୋକମାନେ କୌଣସି କାରଣ ନ ଥାଇ ଏମିତି ହସନ୍ତି ନାହିଁ, ହସି ହସି ବେଦମ୍ ହୋଇଯାନ୍ତି। କାହାର କାହାର ମୃତ୍ୟୁ ବି ହୁଏ। ହାୟ। ତା'ର ସେ ଭାଗ୍ୟ କାହିଁ!

ତୃତୀୟ ପାଦ

ଚାରି ଦିନ ଲାଗି ଲାଗି ଜର ଝାଡ଼ା ପରେ ନଖି ବିଛଣା ଧରିଲା। ସକାଳେ ଔଷଧ, ପାଉଁରୁଟି ଆଣି ନଖିକୁ ଦେଇଥିଲା ବାବାଜୀ। ହେଲେ ପାଣି ଟୋପାଏ ବି ତା' ପାଟିରେ ଗଳିଲା ନାହିଁ। ସଞ୍ଜବେଳକୁ ନଖିର ନହନହକା ଦେହଟା ଆଉ କାହା ଡାକ ଶୁଣିଲା ନାହିଁ। ସବୁ ଶେଷ। ପାଞ୍ଚପାଞ୍ଚଟା ପିଲା ରାହା ଧରି ଗଡ଼ିଗଲେ। ଏମିତିକି ରାଢୁଆ ବାବାଜୀ ଆଖିରୁ ଦି' ଠୋପା ଲୁହ ଗଡ଼ିପଡ଼ିଲା। ଯେତେହେଲେ ହାତ ଧରି ବାହା ହୋଇଥିଲା ତ?

ଚାରିଟାଯାକ ଛୋଟ ପିଲା। ସବା ବଡ଼କୁ ଚଉଦ, ଆଉ ସବା ସାନକୁ ଦୁଇ। ସାଇର ପୁରୁଖା ବୁଢ଼ୀ ସେବ ଆଇ ନଖିକୁ ଅଣ୍ଡାଳି ପକାଇ ଚୁ ଚୁ କରି କହିଲା -

"ହଇରେ ବାଆଜୀ! ଆଉ ଗୋଟିଏ କଷି ପେଟରେ ଥିଲାପରି ଲାଗୁଛି। ଗର୍ଭିଣୀ ମାଇପିଟା ଯୁବା ବୟସରେ ଚାଲିଗଲା। ମୁଇଁ ବଇଛି ଏଇତା ଦେଖିବାକୁ!"

ସେବ ଆଇ ଅହିଅ ଶଙ୍ଖା ସିନ୍ଦୂର ପିନ୍ଧେଇଦେଲା ନଖିକୁ। ବାବାଜୀ ଆଉ ତା'ର ସାଙ୍ଗ-ସଙ୍ଗାତ ବାଉଁଶ ଦି'ଖଣ୍ଡରେ ଟେକି ନେଇଗଲେ। ସୁରିଆ ପାଖରେ କୋଉଦିନରୁ ନଖି ସାଇତି ରଖିଥିବା ପିତ୍ତଳ ହଣ୍ଡାଟା ବନ୍ଧା ପକାଇ କାଠ କିଣିବାକୁ ଟଙ୍କା ଆଣିଲା ବାବାଜୀ!

ରାସ୍ତା ଏପଟରେ ବାବାଜୀ ଘର ତ ରାସ୍ତା ସେପଟରେ ସୁରିଆର ଟାଇଲି ଘର। ଘରୁ ଗୋଟି ଗୋଟି ଜିନିଷ କେତେବେଳେ ନଖି ତ କେତେବେଳେ ବାବାଜୀ ବନ୍ଧା ପକେଇ ଟଙ୍କା ଆଣିଛନ୍ତି। କେବେ କେମିତି ମୁକୁଳେଇବାକୁ ଗଲେ ସୁରିଆ ସୁଧ ମୂଳ ଏମିତି କସି ମୋଟା ଅଙ୍କଟାଏ କହେ ଯେ ବାବାଜୀ ବୁଝି ନ ପାରି ଫେରିଆସେ। ଶେଷକୁ ଏଇ ପିତ୍ତଳ ହଣ୍ଡା ଥିଲା। ସେ ବି ଗଲା। ନଖିର ଶବଟା କାନ୍ଧ ଉପରେ ଭାରୀ ଭାରୀ ହୋଇ ଲଦି ହେଲା ପରି ଲାଗୁଛି। ବାରବାର ଆଗରୁ ମନା କରିଥିଲା ସିଏ ପିତ୍ତଳ ହଣ୍ଡାଟାକୁ ଘରଛଡ଼ା ନ କରିବାପାଇଁ। ସେକଥା ଆଉ

ସିଏ ମଲାପରେ ଜାଣିପାରିଛି କି ? ପୋଡ଼ା ନ ହେଲାଯାଏଁ ଆତ୍ମାଟା କୁଆଡ଼େ ଘୂରି ବୁଲୁଥାଏ ।

ମଶାଣି ପାଖରେ ପହଞ୍ଚିଲା ବେଳକୁ ନଈ ପାଣି ଉଛୁଳି ଚାରିଆଡ଼େ ଟଳମଳ । ମାଲଭାଇରୁ ଜଣେ କହିଲା –

"ଏଥିରେ ହବ କ'ଣ ? ଐରାବତ ହାତୀ ଉପରୁ ପାଣି ଢାଳୁଛି, ତଳେ ପାତାଳ ଫୁଟେଇ ଗଙ୍ଗା ମା' ଧାଇଁଆସୁଛି । ଦରସିଝା କଞ୍ଚା କରି ପକେଇ ଦବାଠୁ ଏଇ ନଈ ପାଣିରେ ଭସେଇଦବା ଚାଲ । କ'ଣ କହୁଛୁ ବାବାଜୀ ?"

ବାବାଜୀ ଆକାଶ ପୃଥିବୀ ଉଭୟକୁ ଚାହିଁ ନୀରବ ହେଲା । ବନସ୍ତ ଗୋଟାକ କାଠ ପୋଡ଼ିଲେ ବି ହେବନି । ଯୋଉ ବରଷା, ସେଥିରେ ଆଉ ଉପାୟ କ'ଣ ?

ନୀରବରେ ଛିଡ଼ା ହୋଇଥିବାର ଦେଖି କରୁଣି କହିଲା –

"ତୁ ଗୋଟାଏ କାମ କର । ଏଇଠୁ ନେଇ ମୁଠାଏ ମାଟି ମୁହଁ ଉପରେ ପକେଇ ଦେ । ସେ ପୂଜା ଉଜା କାମ ବଡ଼ଲୋକଙ୍କୁ ସାଜେ । ଜୀବ ଗଲାପରେ ବଡ଼ ସାନ ସବୁ ସମାନ । ଏ ଖାଲି ଗୋଟେ ଟଙ୍କାର ଖେଳ । ଧ' ନେ ଏ ମାଟି... ।"

ବାବାଜୀ କ'ଣ କରୁଥିଲା ନିଜେ ବି ଜାଣିପାରୁ ନ ଥିଲା । ଆଣ୍ଠୁଏ ପାଣିକି ଯାଇ ଶବଟାକୁ ଗଡ଼େଇଦେବାକ୍ଷଣି ଦେହ ଉପରେ ଘୋଡ଼ା ହୋଇଥିବା ଛିଣ୍ଡା ଚଦରଟା ଭାସିଉଠିଲା । ମାଲଭାଇ ଜଣେ ସେଇଟା ଘୋଷାଡ଼ି ଆଣି ଅଣ୍ଟାରେ ବାନ୍ଧି ଚୁପ୍‌ଚାପ୍ ବନ୍ଧ ମୁଣ୍ଡ ଆଡ଼କୁ ଚାଲିଲା ।

ବାବାଜୀ ଆଉ ପଛକୁ ନ ଚାହିଁ ଘରମୁହାଁ ଚାଲିବା ଆରମ୍ଭ କରିଦେଲା । ଚାରିଟା ଝିଅ ପରେ ଗୋଟାଏ ପୁଅ । ଦି'ବରଷର ପିଲାତ ଆଉ ମୁଖାଗ୍ନି ଦେବ ନାହିଁ । ବାଟରେ ମାଲଭାଇ ଅଡ଼ିବସିଲେ ପିଇବେ ଆଉ ଖାଇବେ । ଅଧା ଭିଜି ଚାପି ହୋଇ ଜରି କାଗଜରେ ଥିବା ପଚାଶ ଟଙ୍କାକୁ ସେମାନେ ଝାମ୍ପିନେଇ ଚାଲିଗଲେ । କରୁଣି ବାବାଜୀର ସମ୍ପର୍କରେ ଭାଇ ହେବ । ସେ ଚାଲି ଯାଉ ଯାଉ କହିଲା –

"ତୁ ମନ କଷ୍ଟ କରନା ବାବାଜୀ । ନୂଆଉ ପାଇଁ ତ କିଛି ଖର୍ଚ୍ଚ କରିବୁ । ନଇଲେ ତା' ଆତ୍ମା ଶାନ୍ତି ପାଇବନି । ଏସବୁ କାମ ଖୁସି ମନରେ କରିବା କଥା ।"

ବାବାଜୀ ସେମିତି ଗୋଟିଏ ଗୋଟିଏ ଚାଲି ମୂଷଳ ବର୍ଷାରେ ଘରକୁ ଫେରିଲା । କେଜାଣି ନଈର ଶବଟା ଭାସିଗଲା କି ନାହିଁ ? ତା' ମୁଣ୍ଡ ଦେହ ପୂରା ବୁଡ଼ିଲା କି ନାହିଁ । ଯଦି ସେ କୂଳକୁ ଭାସି ଆସି ଲାଗିଯାଏ, ତେବେ ତ ବିଲୁଆ, କୁକୁର ଘୋଷାଡ଼ି ନେବେ ତାକୁ । ସେବ ଆଈ ପେଟରେ ପିଲା ଅଛି ବୋଲି କହୁଛି, ହେଲେ ନଈ ତ ତାକୁ କେବେ କିଛି କହିନି ? ଯାଉ ଶଳା ମରୁ ।

ଘରେ ନ ପଶୁଣୁ ପିଲାଙ୍କ କାନ୍ଦଣା ଶୁଭିଲା। ସତେତ, ଏଗୁଡ଼ାଙ୍କ କଥା ତା'ର ମନରେ ନାହିଁ। ଘରେ କିଛି ଖାଇବାକୁ ନ ଥିବ, ଏମିତିକି ଚାଉଳ ମୁଠାଏ ଥିବ କି ନାହିଁ ସନ୍ଦେହ! ଚାରିଦିନ ହେଲା କାମକୁ ନଖି ଯାଇ ନ ଥିଲା, ବାବାଜୀ ବସି ବସି ଦଉଡ଼ି ବଳି ଖାଲି ପିକା ଟାଣୁଥିଲା।

ସେ ନିଜ ପିଣ୍ଡାରେ ଛିଡ଼ା ହୋଇ ସୁରିଆ ଘରକୁ ଅନେଇଲା। ସବୁଦିନ ପରି ତା'ର ଦାଣ୍ଡ କବାଟ କି ଝର୍କା ମେଲା ନାହିଁ। ତା' ପିଲାଏ ବାରଣ୍ଡାରେ ଦୌଡ଼ି ଦୌଡ଼ି ଖେଳୁ ବି ନାହାନ୍ତି। କୁଆଡ଼େ ଗଲେ କି ଆଉ?

ବଡ଼ ଝିଅ କୁନ୍ଦ ଆସି କହିଲା -

"ବାପା ଆଜି କ'ଣ ଖାଇବ, ଘରେ କିଛି ନାହିଁ। ଚୁଡ଼ା, ମୁଢ଼ି ଖାଇବାକୁ ଆଇ କହିଛି।"

ଝିଅର କାନ୍ଦୁରା ଆଖିକୁ ଚାହିଁ ବାବାଜୀ କିଛି କହିଲାନି। କୁନ୍ଦ ତା' ମା'ର ମୁହଁ ଯେମିତି ଛଡ଼େଇ ଆଣିଛି। ଗାମୁଛାରେ ଗୋଡ଼ ପୋଛୁ, ପୋଛୁ ସେ ବାଁରେଇ କହିଲା-

"ଥୟ ଧର ମା'! ସୁରିଆ ଘରୁ ଆଉ ଟିକେ ଗଲେ ଧାର ଆଣିବି। ଯା' ହେଲେ କିଛି ଗୋଟାଏ ବ୍ୟବସ୍ଥା ହବ।

କୁନ୍ଦ କହିଲା -

"ତମେ ସେଠିକି ଯା'ନା। ତାଙ୍କ ଘରେ ଗଙ୍ଗାଜଳ ଥିଲା, କାଲି ଟିକେ ବୋଉ ପାଟିରେ ଦେବାକୁ ମାଗିବାରୁ ସୁରମଉସା ମତେ ଭାରି କଟୁ କଥା କହିଲେ। ମାଉସୀ କହିଲେ ଆମ ମୁହଁ ଚାହିଁଲେ ଦାନା ମିଳିବନି। ଦେଖିଲନି ବୋଉ ମଲା ଖବର ଶୁଣିଲା ମାତ୍ରେ କବାଟ ଝର୍କା ଦେଇଦେଲେ। ସେତିକିବେଳୁ ବନ୍ଦ ଅଛି।"

ବାବାଜୀ କୁନ୍ଦ ମୁହଁକୁ ଚାହିଁ କାବା ହୋଇଗଲା। ନଖି ଯାଇ ସୁରିଆ ସ୍ତ୍ରୀ ଶୋଭାର କେତେ ସେବା କରିଥିବ। ଗୁହମୂତ ପୋଛିବାଠୁ ଆରମ୍ଭ କରି ରୋଷେଇବାସ ଲୁଗାକଚା ସବୁ। ମଦ ଖାଇ ସୁରିଆ ଶୋଭାକୁ ବାଡ଼େଇ ମାଇପିଟାଏ ନେଇ କଟକ ପଳେଇଲା। ଦି' ବରଷ ଘର ମାଡ଼ିଲାନି। ଅମାର ଘରେ ତାଲା, ସିନ୍ଦୁକରେ ତାଲା, ଆଉ ବନ୍ଧକି ରଖିଥିବା ଘରେ ତାଲା ପକେଇ ପଳେଇଲା। ଘରେ ଶୋଭା ଆଉ ତିନିଟା ପିଲା ଭୋକରେ ଆଉଟି ପାଉଟି ହୋଇ ମଲେ। ତେହିଁକି ଶୋଭାର ଅଣ୍ଟାରେ ମାଡ଼ ବାଜିଥାଏ ଯେ ସେ ବିଛଣାରୁ ଉଠିପାରୁ ନ ଥାଏ। ନଖି ପା ଘରେ କାମ କରି, ଝଳାବାରିରେ ଦି' ପାଇଟି କରି ଯାହା ଆଣୁଥିଲା ତାକୁହିଁ ନିଜ ଘରେ, ସୁର ଘରେ, ମୁଠେ ମୁଠେ ତୁଣ୍ଡରେ ଦେଇ ସଭିଙ୍କ ଜୀଆଇଁ ରଖିଥିଲା। ଏବେ ସୁରିଆ ଗୋଡ଼ ଗୋଦର ନ ହୁଏ, ନା ଘରକୁ ଆସେ। ଶୋଭା କେମିତି କୁନ୍ଦକୁ ଏମିତି କଥା କହିପାରିଲା?

ବାବାଜୀ ଆଣ୍ଠୁ ଭିତରେ ମୁଣ୍ଡ ଗୁଞ୍ଜି ନିଜକୁ ଧିକ୍କାରି ଲାଗିଲା । ଆଜିଯାଏ ଘର ପୋଷିବାର ଯୋଗ୍ୟତା ତା'ର ହେଲାନି । ସବୁବେଳେ ଶ୍ୱାସ ବେମାରି । ଟିକେ ଭାରୀ କାମ କଲେ ଧଇଁ ପେଲି ହୁଏ ।

ସେଥିପାଇଁ ନଖି ତାକୁ କିଛି କହେ ନାହିଁ । ବାରଧନ୍ଦା କରି ଘର ସମ୍ଭାଳି ଓଲଟି ବାବାଜୀ ପାଇଁ ଖଇନି ଟିକେ, ନାସ ଟିକିଏ ଯୋଗାଡ଼ କରି ଆଣେ । ସାଇରେ ଗାଁ ମାଇପେ କଳି କଲାପରି, ନଖି କେବେ କଳିଗୋଳ କରେ ନାହିଁ । ନଖିର ହାତୁଆ ମୁହଁଟା ଆଖି ଆଗରେ ନାଚି ଉଠିଲାକ୍ଷଣି କାନ୍ଦିଉଠିଲା ବାବାଜୀ କଇଁ କଇଁ ହୋଇ ।

ମୂଷଳ ଧାରାରେ ବର୍ଷା ଚାଲିଛି । କୁଆଡ଼କୁ ଯିବ କ'ଣ କରିବ ବୁଝିପାରିଲାନି ସେ । ପିଲାଗୁଡ଼ାକ ଶୋଇପଡ଼ିଲେଣି ନା କ'ଣ ?

ବାବାଜୀ ଘର ଭିତରକୁ ପଶିଲା । କୁନ୍ଦ ହାଣ୍ଡିରେ କ'ଣ ବସେଇ ଆଉଟିଲା ପରି କରୁଛି ଆଉ ଲୁଗା କାନିରେ ଲୁହ ପୋଛୁଛି ।

"କ'ଣ ବସେଇଛୁ କିଲୋ ।"

"କାଲି ବୋଉ ଖାଇବ ବୋଲି ଯେଉଁ ପାଉଁରୁଟିଟା ଆଣିଥିଲା, ତାକୁ ଛିଣ୍ଡେଇ ମୁଠାଏ ଖୁଦ ଥିଲା ମିଶେଇ ପାଣିରେ ଆଉଟି ଦେଲି । ଏ ଓଳି ଢଙ୍କିଏ ଢଙ୍କିଏ ଦେଇଦେବି ।"

ବାବାଜୀ କିଛି କହିଲାନି । କହିବାକୁ ସେମିତି ତ ସବୁବେଳେ ଦରକାର ହୁଏନି । ପୁଣି ଦାଣ୍ଡ ପିଣ୍ଡାକୁ ଆସି ସେ ସୁରିଆ ଘରକୁ ଚାହିଁଲା । ତା'ରି ଘରେ କଂସା, ଥାଳି, ନୋଟା, ଗିନା ଆଉ ଶେଷକୁ ପିତଳ ହଣ୍ଡାଟା ବି ପାଣି ମୂଲ୍ୟରେ ସେ ଦେଇଦେଇଛି । କିଛି ନ ହେଲେ ବି ପଡ଼ିଶା ତ । ଏଇ ଅବେଳାରେ କ'ଣ ସାହାଯ୍ୟ କରିବିନି ? କବାଟ ବନ୍ଦ ଥାଉ, ତଥାପି ସେ ଯାଇ ଡାକିବ ।

ବାବାଜୀ ରାସ୍ତା ଡେଇଁ ସୁରିଆ ଘର କବାଟ ବାଡ଼େଇଲା । କେତେ କଷ୍ଟରେ ସୁରିଆ କବାଟ ଖୋଲି ଟିକେ ଚାହିଁଦେଇ ଚିହିଁକିଉଠିଲା –

"ରାମ, ରାମ ! ହଇରେ ବାବାଜୀ, ତୋର ଆଜି ପିଣ୍ଡା ମାଡ଼ିବା କି ମୁହଁ ଦେଖେଇବା କଥା ନୁହେଁ । ଏ ବରଷାରେ ପିଣ୍ଡା ଧୋଇବ କିଏ ? ପଳା ଏଠୁ ... ।"

ବାବାଜୀ ଦୂରକୁ ଟିକେ ଘୁଞ୍ଚିଯାଇ କହିଲା – "ସୁରିଆଭାଇ ! ତୁ ଏ ବିପଦରେ ମତେ ଆଡ଼େଇ ଦେଏନା । ଛୁଆଙ୍କପାଇଁ ଖାଇବାକୁ ନାହିଁ, ତୁ ଚାଉଳ ଗଣ୍ଡେ ଦେଇଥା... ।"

"ହଇବେ କ'ଣ କହିଲୁ ? ଏଠି ମୋଫତ ପଡ଼ିଛି ? କେତେ ଟଙ୍କା, ଚାଉଳ, ଡାଲି ତୋ ମାଇପ ହାତଉଧାରି ନେଇ ମଲା, ତୁ ଜାଣିଛୁ ? ତାକୁ ଶୁଝିବ କିଏ ?"

ସୁରିଆ ମୁହଁରୁ କଥା ଛଡ଼େଇ ଶୋଭା ଆଢୁଆଳରେ ଥାଇ କହିଲା -

"ଛାଡ଼, ଛାଡ଼। ପକେଇଲା ଛେପ ଢୋକନ୍ତି ନାହିଁ। ତାଙ୍କୁ କହିଦିଅ, ଏ ପିଣ୍ଡା ମାଡ଼ିବେନି।"

ସୁରିଆ ଭିତରୁ ଛିଟକିଣୀଟା ଦେଇ କହିଲା - "ହେଇ ହେଇ ଘର ଢିଅଟା ପଡ଼ିଛି। ଟଙ୍କା ପଚାଶଟା ବି ହେବନି। ତିନି ବର୍ଷ ଧରି କୁଟା ପଡ଼ିନି ... ବାବୁଙ୍କ ଚାତୁରୀ ଦେଖ। ଯା, ପଳା ..."

ବାବାଜୀ ନିଜ ଘର ପିଣ୍ଡାକୁ ଅନେଇଲା। କୁନ୍ଦ ପଛରେ ଆଉ ଚାରିଟା ପିଲା ତାକୁ ଚାହିଁଛନ୍ତି। ବରଷା ଶବ୍ଦରେ ସେମାନେ ସୁରିଆର କଥା ଶୁଣି ନ ଥିବେ। ଆଉ ଅପେକ୍ଷା ନ କରି ସେ ଧାଇଁ ଆସିଲା ନିଜ ପିଣ୍ଡାକୁ। ତା'ର ଦୌଡ଼ି ଆସିବାରେ କି ଭୟର କାରଣ ଥିଲା କେଜାଣି ପିଲାଗୁଡ଼ା ଛିନ୍‌କାନିଆ ହୋଇ ଘର ଭିତରକୁ ପଶିଗଲେ।

ବାବାଜୀ ଘର ଚାଳକୁ ଅନେଇଲା। ସତେ ତ ସବୁଆଡ଼େ କଣା। ଭୂଇଁ ସନ୍ତସନ୍ତିଆ। ଏଣେ ଘରେ ନଖି ନାହିଁ। ଦମକା କୋହରେ ଛାତି ଭାଙ୍ଗିପଡୁଛି। ପିଲାଙ୍କୁ ବୁଝେଇବ କ'ଣ ବାବାଜୀ ଥକ୍କା ମାରି ବସିପଡ଼ିଲା, ବର୍ଷା ସେମିତି ଗରଜି ଚାଲିଥାଏ...।

କେଜାଣି କେତେ ସମୟ ସେ ବସି ରହିଲା। କୁନ୍ଦ ରସ ଗିନାରେ ମେଞ୍ଚାଏ ଜାଉପାଣି ଆଣି ତା' ଆଗରେ ଥୋଇ ଡାକିଲା। ମୁଣ୍ଡ ହଲେଇ ସେ ନାହିଁ କଲା।

କୁନ୍ଦ ତଳେ ବସିପଡ଼ି କହିଲା -

"ତମେ ଆଉ ସୁର ମଉସାଙ୍କ ଘରକୁ ଯାଅନି ବାପା। ଯା' ହେଲେ ହେବ। ବୋଉ ଯୋଉଠି କାମ କରୁଥିଲା, ମୁଁ ସେଠିକି ଯାଇଁ କାମ କରିବି। ତମେତ କାମକୁ ଗଲେ ବିଛଣା ଧରିବ। ବୋଉ ସବୁବେଳେ ବ୍ୟସ୍ତ ହେଉଥିଲା। କେତେ କଷ୍ଟ ସହିଲେ ବି ତମକୁ ସେ ବାହାରକୁ ପଠଉ ନ ଥିଲା।"

ବାବାଜୀ ତଥାପି କିଛି କହିପାରିଲାନି। କୋଉ କାମ ସେ ଠିକ୍ ବେଳାରେ କରିନି କି କୋଉ କଥା ସେ ଠିକ୍ ବେଳାରେ କହିପାରିନି। ଯେଉଁଠି କାମ କରିଛି ଦଣ୍ଡେ ସହିପାରେନି। କିଏ 'ତୁ' 'ତା' କରି କହିଲେ ସେ ସହିପାରେନି। ବାହାର କଳି ଘରକୁ ଆଣି ସମସ୍ତିଙ୍କ ମାରପିଟ୍ କରେ ବୋଲି ନଖି କଥା ବଢ଼େଇ ଦିଏନା। ଏବେ କେହି ତାକୁ ସାହା ହେବେନି, ନିଜ ବଳରେ ବାଟ ଚାଲିବାକୁ ଆଉ ତା'ର ତାକତ କାହିଁ? ତା' ବୋଲି ବଢ଼ିଲା ଝିଅଟା ପଦାକୁ ଗୋଡ଼ କାଢ଼ିବ ଆଉ ସେ ବାପ ହୋଇ ଚାହିଁ ବସିଥିବ।

କୁନ୍ଦ କେତେବେଳୁ ଚାଲିଗଲାଣି। ପିଲାଗୁଡ଼ାକ ବୋଉକୁ ମନେ ପକେଇ କି

ଭୋକଦାଉରେ କଇଁ କଇଁ ହୋଇ କାନ୍ଦୁଛନ୍ତି ବାବାଜୀ ବୁଝିପାରିଲାନି। ଜାଉ ତାଟିଆକୁ ନ ଅନେଇ ସେ ସିଧା ଯାଇ ଛିଣ୍ଡା ଦଉଡ଼ା ଖଟଟା ଉପରେ ଗଡ଼ିପଡ଼ିଲା। ଉପରୁ ପାଣି ପଡୁଛି ଟପର ଟପର...।

ସଞ୍ଜ କି ରାତି ଜାଣିବା ମୁସ୍କିଲ। ସେବ ଆଈର ପାଟି ଶୁଭୁଛି -

"ବାପକୁ ଡାକେ ଲୋ ଝିଅ ପିଲାଟା ଧକେଇଲାଣି, କୁଳକୁ ବିହନ ତ ଏଇ ଗୋଟିକ। କିଛି ବ୍ୟବସ୍ଥା ନ କଲେ ହବ କେମିତି ?"

କୁନ୍ଦ କାନ୍ଦି କାନ୍ଦି କହିଲା -

"ଆଈ, ବାପା କ'ଣ କରିବ ? ପାଖରେ ପଇସାଟିଏ ନାହିଁ। ସୁର ମଉସା ପାଖକୁ ଗଲା ଯେ ସେ ଅପମାନ ଦେଇ ଫେରେଇଦେଲା ... ଆମେ ସଭିଏଁ ମରିବୁ ପଛେ ଆଉ କୁଆଡ଼େ ଯିବୁନି।"

"ହେଇତିନି, ସଂସାରରେ ରହିଲେ କେତେ ଦୁଃଖ କଷ୍ଟ ସହିବାକୁ ହୁଏ। ଯା', ଯା', ସୁରିଆ ପଡ଼ିଶା ହୋଇରହିଛି, ଘରେ ଅମାରରେ ଧାନ, ବସ୍ତା ବସ୍ତା ଚାଉଳ ଡାଲି, ଦେବନି କାହିଁକି ? ତୋ ବାପା ଆଗରୁ କଳି ଭେଇଛି ... ତୁ ଥୟ ଧର, ମୁଁ ଯାଉଛି ମାଗିବି।"

"ଆଈ, ଆଈ, ଯାଆନା ଆଈ। ଆଈ...।"

ଫଟା ଘଡ଼ଘଡ଼ି ଶବ୍ଦରେ କୁନ୍ଦ ସ୍ୱର ଆଉ ଶୁଭିଲା ନାହିଁ। ପୁଅଟାର ଦେହ କିଛି ହେଲାକି ?

ଧଡ଼ପଡ଼ କରି ବାବାଜୀ ଉଠି ଆସି ଡାକ ପକେଇଲା କୁନ୍ଦକୁ। କୋଳରେ କାଖେଇ ପୁଅକୁ ନେଇ ଆସି ଛିଡ଼ା ହେଲା। 'କ'ଣ ହେଇଛି ପୁଅର ? ସେବ ଆଈ ପାଟି କାହିଁକି କରୁଛି ?' "ପୁଅକୁ ଭାରି ଜର। କଥା କହୁନି କି ଆଖି ଫିଟଉନି। ଟିକେ ବାଲି, ଶାଗୁ ହେଲେ ...।"

ବାବାଜୀ ଗାମୁଛାଟା ଅଣ୍ଟାରେ ଭିଡ଼ିଦେଇ କହିଲା -

"ରହ, ତୁ କାନ୍ଦନା। ମୁଁ ଯୋଉଠୁ ହେଲେ ଶାଗୁ, ଚାଉଳ ଆଣିବି। ଆଜି ମୋର ଦିନେ କି ଗାଁବାଲାଙ୍କର ଦିନେ ...ଅଁ ମୁଁ କ'ଣ ମୂଳ ଲାଗିନି ? ଜମିରେ ସଭିଙ୍କର ଧାନ ବୁଣିନି ? ମଲାଗଲାରେ ଶବ ଉଠେଇନି ? ଆଗ ସୁରିଆ ମୁଣ୍ଡକୁ ଛତୁ କରିବି, ତା'ପରେ ଯାଇ ଯୋଉ କଥା। ଦେ' ମୋ ଠେଙ୍ଗାଟା ଆଣିଲୁ ? ଆଉ ତୋ ବୋଉର ଅଫିମ କରାଟଟା ଆଣ...।"

କୁନ୍ଦ ବାପାକୁ ଚାହିଁ କାବା ହୋଇଗଲା। ଏଡ଼େ ଏଡ଼େ ନାଲି ଆଖି ଠିଆ କହରାବାଲ ସାଙ୍ଗକୁ ହାତ ହଲେଇବା ଭଙ୍ଗୀ ତାକୁ ବୋଉ କଥା ମନେ

ପକେଇଦେଲା। ବାପା କୁଆଡ଼େ ଆଗରୁ ଚୋରି କରୁଥିଲା, ସିନ୍ଧି କରି ଗଳା କାଟି ଦେଉଥିଲା, ଜଙ୍ଗଲ ଭିତରେ ଲୁଚି ରହୁଥିଲା। ଘରେ ଆଣି ମଝି ରାତିରେ ଚାଉଳ, ଡାଲି, ଲୁଗାପଟା, ଟଙ୍କା ଦେଇ ଚାଲିଯାଉଥିଲା। ଗାଁ ଲୋକେ ତାକୁ କିଛି କହନ୍ତିନି। ଖାଲି ତିଆରି ଯୋଗୁଁ ଏ ଗାଁରେ ଚୋରି କେବେ ହୋଇନି ... ପାଖ ଆଖ ପାଞ୍ଚଖଣ୍ଡ ଗାଁରେ ଦିନ ଥାଉ ଥାଉ ଡାଟିକବାଟ ପଡ଼ିଲେ ବି ଏ ଗାଁରେ ଦିନ ରାତି ସବୁ ସମାନ। ସୁରମଉସାର ଘରଟା କୁଆଡ଼େ ବାପାର ଘର ଥିଲା ... ପଛପଟକୁ ଲମ୍ବି ରହିଥିବା ପୋଖରୀ, ଆମ୍ବ, ପଣସତୋଟା ସବୁ ଥିଲା ବାପାର। ହେଲେ ଦିନେ ପୋଲିସ ଧରି ନେଇଗଲା ବାପାକୁ ... ସାତ ବରଷ ଜେଲ୍ ଠୁକିଦେଲା ତା' ପରଠୁ... ବୋଉ କାନ୍ଦି କାନ୍ଦି କ'ଣ ଯେ କହେ କୁନ୍ଦ ବୁଝିପାରେନା। ଖାଲି ଏତିକି ସେ ଜାଣି ସୁରମଉସା ଘରୁ ଧାରକରଜ କରି ବୋଉ ଘର ଚଳେଇଲା ଦି' ବରଷ। ଶେଷକୁ ଘରୁ ଦାମୀ ଦାମୀ ଖଟ ପଲଙ୍କ, ବାସନ, ପାଟଛତି ଏମିତିକି ପିତ୍ତଳ ପ୍ରତିମା ଆଣ୍ଠୁଆ ଗୋପାଳଙ୍କୁ ବୋଉ ପାଣି ମୂଲ୍ୟରେ ଦେଇଦେଲା। ଶେଷକୁ ସୁଧମୂଳ ମିଶି ଏତେ ହେଲା ଯେ ଦିନେ ବୋଉ ଆଉ ତିନୋଟି ଝିଅଙ୍କୁ ସୁରମଉସା ପୋଲିସ ଡାକି ଘରୁ ବାହାର କରିଦେଲା। ଶେଷକୁ ନିଜେ ରହୁଥିବା ଚାଳିଆ ଘରକୁ ପାଞ୍ଚ ଟଙ୍କା ଭଡ଼ାରେ ରହିବାକୁ ଦେଇ ବାବାଜୀର ଟାଇଲି ଘର, ବାରିବଗିଚା ସବୁ ମାଡ଼ି ବସିଲା। ସେଇଦିନୁ ସାତ ବର୍ଷ କାଳ ବୋଉ ବାରଦୁଆର କାମକରି ତାଙ୍କୁ ଏଡ଼େଟିରୁ ଏଡ଼େକରି ପାଳି ଆଣିଲା। ବୋଉ କହୁଥିଲା ବାପା ଜେଲରୁ ଫେରି କୁଆଡ଼େ ଦି' ଦିନ ବେହୋସ ହୋଇ ଘରେ ପଡ଼ିଲା। ସାଙ୍ଗରେ ଆଣିଥିଲା ଶ୍ୱାସବେମାରି, ଅଣ୍ଟାଧରା ସାଙ୍ଗକୁ ଚିଡ଼ଚିଡ଼ା ରୋଗ। ପାଞ୍ଚହାତିଆ ମରଦଟା କୁଟାଖିଏ ହୋଇ ଘରକୁ ଫେରିଥିଲା। ସେଦିନୁ ଦାଣ୍ଡପିଣ୍ଡାରେ ବସି ଖାଲି ଦଉଡ଼ି ବଳେ, ଗଞ୍ଜେଇ ଟାଣେ ... ମନକୁ ମନ ବିଡ୍ ବିଡ୍ ହୋଇ କଥା କହେ। ବିଲ କାମ କି ମାଟି କାମକୁ ଗଲେ ତା'ର ଅଣ୍ଟା ଧରେ, ଧଇଁ ପେଲେ, ଘରକୁ ଆସି ମାରଧର କରେ, ନଇଲେ ସବୁବେଳେ ଚୁପଚାପ୍ ଦାଣ୍ଡରେ ବସି ସୁର ମଉସାର ଟାଇଲି ଘରକୁ ଚାହିଁଥାଏ ...।

କୁନ୍ଦ ଅନେଇଛି, ବାବାଜୀ ମୁଣ୍ଡରେ ଠେକାଟା ବାନ୍ଧି ସାରିଲାଣି। ହାତରେ ସଙ୍ଗା ଉପରୁ ଟାଣିଆଣି ଠେଙ୍ଗାଟା ଘୂରାଉଛି, ହାଡୁଆ ହାତରେ ତା'ର କେତେ ଜୋର୍...।

ଏତିକିବେଳେ ସେବ ଆଈର ମରିଗଲିଲେ ଚିତ୍କାର ଶୁଣି କୁନ୍ଦ ଧାଇଁଗଲା ଦାଣ୍ଡପିଣ୍ଡାକୁ। ପଛେ ପଛେ ତା'ର ବାବାଜୀ, ଏ କ'ଣ? ବର୍ଷା କାଦୁଅରେ ବାଡ଼ିଟା ଧରି ବୁଢ଼ୀ ରାସ୍ତା ଉପରେ କଚାଡ଼ି ପଡ଼ିଛି, ଆଉ ସୁରମଉସା ଗୋଦରା ଗୋଡ଼ରେ ତାକୁ ଗୋଇଠା କଚାଡ଼ି ଚାଲିଛି। ଶୋଭାମାଉସୀ ଆଉ ପିଲାଏ କୁରୁ କୁରୁ ହସି

ଗଡ଼ିଯାଉଛନ୍ତି। ବାଉଳା ହୋଇ କୁନ୍ଦ ଦଉଡ଼ିଗଲାବେଳେ ବାବାଜୀ ତା'ର ବାହାଟା ଧରିପକେଇ କହିଲା–

"ତୁ ଦାଣ୍ଡକୁ ଯିବା ଦରକାର ନାହିଁ। ବାପ ମଲେ ଯିବୁ।"

ବାବାଜୀକୁ ଦେଖି ସୁରିଆ ପଛକୁ ବୁଲି ଘରଆଡ଼କୁ ମୁହାଁଇଲାକ୍ଷଣି ସେ ଡାକ ଛାଡ଼ିଲା –

"ସୁରିଆ।"

"କ'ଣ ବେ ଚୋର, ଖଣ୍ଟା। ଡାକୁଛୁ କାହିଁକି ?"

"ଉଠା, ଉଠା ବୁଢ଼ୀକୁ। ଟେକିକରି ଆଣ ... ନଇଲେ ଅନା ଏ ଛୁରୀକୁ।"

ସୁରମଉସା ଥମିଗଲା। ବାପା ଛୁରୀଟାଏ କୋଉଠି ରଖିଥିଲା କେଜାଣି ?

"ତୁ ମତେ ସେ ବାହାପିଆ ପଣ ଦେଖାନା ଚୋର। କାଲି ଯଦି ତତେ ଜେଲକୁ ନ ପଠେଇଛି...।"

"ସୁରିଆ, ଆବେ କ'ଣ କହିଲୁ ?"

କୁନ୍ଦ ଅନେଇଛି, ବାପା ଗୋଟାଏ ଝାମ୍ପ ଦେଇ ସୁରମଉସାକୁ ତଳେ ପକେଇ ତା' ଛାତି ଉପରେ ପାଦରଖି ଛିଡ଼ା ହୋଇଗଲା। ଶୋଭାମାଉସୀ ଆଉ ପିଲାଏ ଚିତ୍କାର କରି କ'ଣ କହୁଥିଲେ କିଛି ଶୁଭୁ ନ ଥିଲା। ସେବଆଈ ଘୁଷୁରି ଘୁଷୁରି ତାଙ୍କ ପିଣ୍ଡାକୁ ଉଠି ଆସୁଥିଲା ବିକଳରେ କାନ୍ଦି କାନ୍ଦି। କୁନ୍ଦ କାନ୍ଦି ପକେଇ କହିଲା –

"ଆଈ, ବାପାକୁ ମନା କର ... ବୋଉ ମରିଗଲା ଦିନ କିଛି ଗଣ୍ଡଗୋଳ ନ କରୁ।"

ମୂଷଳ ବର୍ଷା ଘଡ଼ଘଡ଼ି ଭିତରେ ବାପା ଆଉ ମଉସାଙ୍କ କଥା, ସେବ ଆଈର କାନ୍ଦଣା କିଛି ଶୁଭୁ ନ ଥାଏ। ଚାରିଆଡ଼େ ଖାଲି ଜମାଟ ଅନ୍ଧାର ଭିତରେ କୁନ୍ଦକୁ ଲାଗୁଥିଲା ବଳିକୁ ଯେମିତି ତୃତୀୟପାଦରେ ଠାକୁରେ ପାତାଳକୁ ଚାପି ଧରିଥିଲେ, ବାପା ସେମିତି ଦୁଇଗୋଡ଼ ଭିତରେ ଠେଙ୍ଗାଟାକୁ ଧରି ସୁର ମଉସାକୁ ଚାପି ଧରିଛି। ବୋଉ କହୁଥିଲା ବାପା ଦେହରେ ଗୋଟାଏ ଅସୁର ଲୁଚି ଶୋଇଛି। ଚାହିଁଲେ ପୃଥିବୀ ରହିବ, ନଇଲେ ନାହିଁ। ଲହୁ ଲୁହ ନିଗାଡ଼ି କେତେ କଷ୍ଟରେ ସେ ତାକୁ ବାଗକୁ ଆଣିଛି।

ଥରି ଥରି କୁନ୍ଦ ଘର ଭିତରକୁ ପଶିଯାଇ ତିନିଟା ଭଉଣୀ ଆଉ ଭାଇକୁ ଧରି ଭୋ ଭୋ କରି କାନ୍ଦି ପକେଇଲା। ଛୋଟ ଭାଇଟାର ଦେହରୁ ଜର ଓହ୍ଲେଇଗଲା ନା କ'ଣ ? ଝାଳ ବହୁଛି, ପାଣି ମାଗୁଛି ପିଇବାକୁ ଆଉ ଆଖି ଖୋଲି ଚାରିପଟେ ଚାହୁଁଛି। ସାନଭଉଣୀ ପାଣି ଆଣିଦେଲା। ଆର ଭଉଣୀଟା ବିଞ୍ଚି ପକଉଛି। କୋଉଠି ଯେମିତି

ବୋଉ ଛିଡ଼ା ହୋଇ କହୁଛି, ବାପକୁ ଚିଡ଼େଇ କିଛି କହିବୁନି, ଅସୁର ମାତିଲେ ଧରା ରଖିବନି ଲୋ ଝିଅ। ତା'ଠାରୁ ଖୁଦ ଆମର ଭଲ।

କୁନ୍ଦ କାନ୍ଥ ଦେହରେ ନେସି ହୋଇ ବସିଗଲାବେଳେ ଦେଖିଲା ଆଲୁଅ। କିଏ? ଶୋଭା ମାଉସୀ ଲଣ୍ଠନଟା ଧରି ଘରକୁ ପଶି ଛିଡ଼ା ହୋଇଛି, ତା' ପଛକୁ ତାଙ୍କର ପୁଅ ଦୁଇଟା ବସ୍ତାରେ କ'ଣ ଧରି ଆଇଛନ୍ତି। ମାଉସୀ ଲୁହପୋଛି କହିଲେ -

"ଏଇଠି ରହିଲା ଚାଉଳ, ଡାଲି, ତେଲ, ଲୁଣ। ବାଡ଼ିରୁ ଫେଣାଏ କଦଳୀ ଦେଇଛି। ଚୁଡ଼ା ପଠେଇ ଦଉଛି, ଯେତେହେଲେ ନଖି ମୋ ଜୀବନ ରଖିଥିଲା ବିପଦବେଳେ, ମୁଁ କ'ଣ ଭୁଲିଛି, ହେଲେ ତମ ମଉସା ତ ଅବାଗିଆ ନୋକ।"

ସେବଆଇ ମୁହଁଟାକୁ ମୋଡ଼ିଦେଇ ମୁହଁ ବୁଲେଇନେଲା। ମାଉସୀ ଓ ପୁଅ ଦୁଇଟା ତରତରରେ ଚାଲିଗଲେ। କୁନ୍ଦ ବୁଝିପାରିଲାନି କିଛି। ସେ ଆଉ ସ୍ୱର୍ଗରେ ଅଛି ନା କ'ଣ? କେତେ ସମୟ ହାଲିଆ ହୋଇ ଶୋଇପଡ଼ିଲା କି ସିଏ?

ପୁଅକୁ ମଶିଣାରେ ଗଡ଼େଇ ଦେଇ କୁନ୍ଦ ଉଠିଗଲା ଦାଣ୍ଡପଟକୁ। ବାପା ନାହିଁ? ସାମ୍ନା ଘର ବାରଣ୍ଡାରେ ସୁରିଆ ମଉସା ଧକେଇ ହୋଇ ବସିଛି ଆଉ ବାପା ଚକ୍ରୀ ପରି ହାତରେ ଠେଙ୍ଗାଟା ବୁଲେଇ ଚାଲିଛି, ମସିଆ ଲଣ୍ଠନଟାରେ କାହା ମୁହଁ ଦିଶୁନି। ଏତିକିବେଳେ ବଡ଼ ବଡ଼ ବସ୍ତା ଦୁଇଟା ଧରି ଦୁଇ ପୁଅ ଆଗ ଓ ପଛ ହୋଇ, ମାଉସୀ ସାଙ୍ଗରେ ପିତ୍ତଳ ହଣ୍ଡା, ନନ୍ଦିଆ ଧରି ତଳ ପାହାଚକୁ ଓହ୍ଲେଇ ଆସୁଥିଲେ।

ସେବଆଇ କେତେବେଳେ ପଛରେ ଆସି ଛିଡ଼ା ହୋଇଛି କେଜାଣି? କୁନ୍ଦକୁ ଶୁଣେଇଲା ପରି କହିଲା - "ହଅ, ଖରାରେ ଘରୁ ଜିନିଷ ନେଇଥିଲା, ଏବେ ବରଷାରେ ଫେରଉଛି। ନଖିଟା ଯାହା ଦେଖିପାରିଲା ନାହିଁଲୋ ... ଏ ସଂସାର, ଚିଜ ଦରବ କାହାର ସବୁଦିନ ହୋଇ ରହିନି କି ରହିବନି...।"

କୁନ୍ଦ କାନ୍ଦି ଉଠୁ ଉଠୁ ଶୋଭା ମାଉସୀ ତା'ର ହାତଟା ଧରି ପକାଇ କହିଲା -

"ମୋ ମାଆଟି ପରା! ବାପାକୁ ବୁଝାଇ ଘରକୁ ନେଇଆ। ମଉସା ଅସଜିଆ ମଣିଷ। ବେମାରି ପଡ଼ିଲେ ଆଉ ଉଠି ପାରିବନି। ରାଗ ବେଳାରେ ଛୁରୀଟା ଯଦି ତଣ୍ଟି ମୁଣ୍ଡରେ ବାଜିଯିବ ତେବେ ମୋ କପାଳ ଛିଣ୍ଡିବ ଲୋ ଝିଅ। ତୋ ବାପର ରାଗ ଉଠିଲେ ଧରା ରଖିବନି ସିଏ...।"

କୁନ୍ଦ କିଛି ନ କହି ଧୀରେ ଧୀରେ ପିଣ୍ଡା ତଳକୁ ଓହ୍ଲାଇଗଲା। ତା'ର ଦୁଇ ପଟରେ ଦୁଇ ହାତ ଧରି ସୁରମଉସାଙ୍କର ଦୁଇ ପୁଅ ଓ ପଛରେ ଆସୁଥିଲା ଶୋଭାମାଉସୀ।

ଆକାଶ ଭରି କଳାହାଣ୍ଡିଆ ମେଘ ସେମାନଙ୍କ ଉପରେ କୁଡ଼େଇ ହୋଇ ପଡୁଥିଲା!! ■

ବହ୍ନିବଳୟ

ନନ୍ଦିତା ଘର ଭିତରକୁ ଦୁମ୍ ଦୁମ୍ କରି ପଶିଗଲା। ଆଟାଚିଟା କଚାଡ଼ି ଦେଇ ସୋଫା ଉପରେ ଲଥ୍ କରି ବସିପଡ଼ିଲା। ଖାଲି ବସି ପଡ଼ିଲାନି, ଦୁଇ ହାତରେ ମୁଣ୍ଡକୁ ଚାପିଧରି ଖୁବ୍ ବଡ଼ ପାଟିରେ କହିଲା, 'ଓଃ'।

ତଥାପି କେହି ନାହାନ୍ତି ନା କ'ଣ ଘର ଭିତରେ, ଚୁଁ ଶବ୍ଦଟିଏ ବି ଶୁଭୁ ନାହିଁ! ଭାଇ ଭାଉଜ, ବାପା ବୋଉ ଆଉ ବନିତା କୁଆଡ଼େ ଗଲେ? ଅଧୈର୍ଯ୍ୟ ହୋଇ ସେ ଚିତ୍କାର କଲା –

"କ'ଣ ଘରେ କେହି ନାହଁ-ନା, ମୁଁ ଆସିଲାରୁ ସମସ୍ତେ ନିଦରେ ଶୋଇପଡ଼ିଲ?" ନସର ପସର ହୋଇ ବାପା ବହିଟାଏ ହାତରେ ଧରି ଘର ଭିତରକୁ ପଶିଆସି କହିଲେ-

"ଆରେ ନିନି ତୁ! ମୁଁ ଭାବୁଛି ବାବୁ ଅଫିସରୁ କିଏ ଆସି ବୋଧେ ବସିଲେ। ବାବୁ ଚାରିଦିନ ହେଲା ଯାଇଛି, ଟୁର୍‌ରୁ ଫେରିନି। ଏଣେ ମାୟା ବି ତା' ସାଙ୍ଗରେ ପିଲାଟିକୁ ନେଇଯାଇଛି।"

ବିରକ୍ତ ହେଲା ପରି ନନ୍ଦିତା କହିଲା – "ତମେ ବାପା ମୋ କଥା ମୋଟେ ବୁଝିପାରିଲ ନାହିଁ। ମୁଁ ପଚାରୁଛି ବୋଉ କାହିଁ।"

ତା' କଥାର ଜବାବ ଦେଲାଭଳି ବୋଉ ଆଉ କବିତା ଦାଣ୍ଡପଟ କବାଟ ଖୋଲି ଘର ଭିତରକୁ ଆସିଲେ। ହାତରେ ସେମାନଙ୍କର ଶାଢ଼ି ପ୍ୟାକେଟ୍ ଆଉ ପରିବା ବ୍ୟାଗ୍। ବୋଉ ଯେମିତି ନନ୍ଦିତାକୁ ଦେଖୁଛନ୍ତି ସେମିତି ଆକାଶରୁ ପଡ଼ିଲା ପରି କହିଲେ- "ଇଲୋ ନିନି ତୁ! ଆଲୋ ଖବର ନ ଦେଇ ତୁ କେମିତି ଆସିଲୁ? ପରେଶ ଆସିଛି ତ? ଆଉ ପୁଅ? ପୁଅ କାହିଁ ଲୋ?"

ନନ୍ଦିତା ବୋଉ ମୁହଁକୁ ଚାହିଁଲା, ପୁଣି ଥରେ ବାପାଙ୍କ ମୁହଁକୁ। ଏମାନେ

ତା'ହେଲେ କ'ଣ କିଛି ଖବର ପାଇ ନାହାନ୍ତି। ସେ ଭାଉଜଙ୍କ ପାଖକୁ ଚିଠି ଲେଖିଥିଲା ସବୁ ବର୍ଣ୍ଣନା କରି...। ମାତ୍ର ଭାଉଜ ତ ଚାରି ଦିନ ହେଲା ନାହାନ୍ତି।

"କିଲୋ! କିଛି କହୁନୁ ଯେ! କ'ଣ ହୋଇଛି? ମୁହଁ ଶୁଖେଇଛୁ କାହିଁକି?"

"ନାହିଁ ବୋଉ! ମୁଁ ଭାଉଜଙ୍କୁ ଲେଖିଥିଲି ତତେ କହିବାପାଇଁ। ଯାହା ଦେଖୁଛି ସେ କିଛି କହି ନାହାନ୍ତି...।"

କବିତା କହିଲା – "ଭାଉଜ ତ ତାଙ୍କ ଘରକୁ ଚାଲିଯିବେ ବୋଲି ଜିନିଷପତ୍ର ନେଇଯାଇଛନ୍ତି। ଟୁର୍‌ରୁ ଫେରିଲାବେଳେ ଭାଇ ତାଙ୍କୁ ସେଆଡ଼େ ଛାଡ଼ି ଆସିବେ। ବୋଉର ଆଜିକାଲି କିଛି ମନେ ରହୁନି।"

ବୋଉ ଖିଙ୍କାରିଉଠି କହିଲା – "ଥାଉ ଥାଉ! ଏବେ ନିନି ତୁ ଏକା ଆସିଛୁ ନା ପରେଶ ଆସିଛି? ବର୍ଷକର ଛୁଆଟା ପୁଣି କୋଉଠି ରହିଛି?" ବୋଉ ଶାଢ଼ି ଓ ପରିବାବ୍ୟାଗ୍ କବିତା ହାତକୁ ଦେଇ ଗୁମ୍ ମାରି ତଳେ ବସିପଡ଼ିଲା।

ବାପା ଧରିଥିବା ବହିଟିକୁ ଅନ୍ୟମନସ୍କ ଭାବରେ ଲେଉଟାଉଥିଲେ!

ସାରା ରାତି ଗୁଲୁଗୁଲି ଗରମରେ ରାତି ଅନିଦ୍ରା ହୋଇ ନନ୍ଦିତାକୁ ଭୀଷଣ କ୍ଳାନ୍ତି ଲାଗୁଥାଏ। ତା'ର ଇଚ୍ଛା ହେଉଥିଲା ସାୱାର ଖୋଲି ଘଣ୍ଟାଏ ଖଣ୍ଡେ ଗାଧୋଇବାକୁ। ହେଲେ ବୋଉର ଅସୁମାରି ପ୍ରଶ୍ନ ଯେମିତି ତାକୁ ବିଚଳିତ କରିଦେଉଛି। ବୋଉ କିଛି କହିବା ପୂର୍ବରୁ ନନ୍ଦିତା ଉଠିପଡ଼ି ଆଟାଚିଟା ଟେକି ନେଇ କହିଲା, "ତୁ ମତେ ବିରକ୍ତ କରନା ବୋଉ! ମୁଁ ଏକା ଆସିଛି, ସାଙ୍ଗରେ ବିରାଡ଼ିଛୁଆଟିଏ ବି ଆସିନି। ଆଉ କେହି ମଧ୍ୟ କେବେ ଏଠାକୁ ଆସିବେନି। ଏବେ ମୁଁ ଯାଇ ଗାଧୋଇ ଆସେ।"

"କ'ଣ କହିଲୁ? କେହି ଆସିବେନି? ତା'ମାନେ ତୁ ଘରୁ କଳିକଜିଆ କରି ଚାଲିଆସିଛୁ?"

ବାପା ବହିଟା ଟେବୁଲ୍ ଉପରେ ଥୋଇ କହିଲେ – "ତୁମେ ଏମିତି ବାଚାଳଙ୍କ ପରି ହେଉଛ କାହିଁକି? ପିଲା ବୟସ, ସେମିତି କଳି ହୋଇ କଳି ତୁଟେ। ତମେ ତ କେଜାଣି ଶହେ ଥର ରୁଷି କରି ବାପଘରକୁ ଯାଇଥିବ...।"

ନନ୍ଦିତା ଛିଡ଼ା ହୋଇ ଗମ୍ଭୀର କଣ୍ଠରେ କହିଲା, "ନାହିଁ ବାପା! କେହି ଏଠାକୁ ଆସିବେନି ମତେ ଡାକିବାକୁ, କି ମୁଁ ଆଉ ସେଠାକୁ ଫେରିଯିବି ନାହିଁ। ସବୁଦିନ ପାଇଁ ମୁଁ ଚାଲିଆସିଛି!"

ବାପାଙ୍କ ଆଖି ସହିତ ଆଖି ମିଳାଇ ପରିଷ୍କାର କଣ୍ଠରେ ନନ୍ଦିତା କହିଲା। ବାପା ଶୁଣୁ ଶୁଣୁ ଆଖି ତଳକୁ ନୁଆଁଇ ନେଲେ। ବୋଉ କିନ୍ତୁ କଇଁ କଇଁ ହୋଇ କାନ୍ଦିଉଠି କହିଲା –

"ତୁ ଶେଷକୁ ଏଇଆ କଲୁ? ହଇଲୋ ପୁଅର ମା' ହୋଇ, ଏଡ଼େ ଯୋଗ୍ୟ ଲୋକର ସ୍ତ୍ରୀ ହୋଇ, ତୁ କ'ଣ ନା ଘରଛାଡ଼ି ଚାଲି ଆସିଲୁ? ଯଦି କିଛି ହୋଇଛି ତେବେ ତୋ ବାପା ଯାଇ ମେଣ୍ଟାଇ ଦେଇଆସିବେ।"

"ନାହିଁ ବୋଉ! ଯୌତୁକ ନୁହେଁ କି ଅଭାବ ଅସୁବିଧା ନୁହେଁ। ସିଧା କଥା ଆମେ ଦୁଇଜଣ ଆଉ ଏକାଠି ରହିପାରିବୁନି।"

"ହେଲେ ସେ ଛୁଆଟା? ତା'ର କି ଦୋଷ?"

ନନ୍ଦିତା ଗର୍ଜି ଉଠି ପର୍ଦ୍ଦା ଆଡ଼େଇ ଯାଉ ଯାଉ କହିଲା - "ପିଲାଟାକୁ ମୁଁ ଗଲାବେଳେ ସାଙ୍ଗରେ ନେଇ ଯାଇ ନ ଥିଲି। ଏକା ଯାଇଥିଲି, ଏକା ଫେରିଆସିଛି।"

ବୋଉ କାନ୍ଦି ଉଠି କ'ଣ କହୁଥିଲା ସେଥିପ୍ରତି ଭ୍ରୂକ୍ଷେପ ନ କରି ନନ୍ଦିତା ବାଥ୍‌ରୁମ୍ ଚାଲିଗଲା।

ଖାଇ ବସିବାବେଳେ ବୋଉ ଆଉ ଆସିଲାନି। ବାପା ଯେମିତି କିଛି କହିବେ କହିବେ ହୋଇ କହିପାରୁ ନ ଥିଲେ। ଗମ୍ଭୀର ହୋଇ କବିତା ଅପାକୁ କେବଳ ନିରୀକ୍ଷଣ କରି ଦେଖୁଥାଏ। କେତେବେଳେ ବାପା କହିଲେ -

"କବିର ବାହାଘର ଆର ମାସ ଦଶ ତାରିଖରେ। କାଲି କଥା ସ୍ଥିର ହୋଇଗଲା। ଅମରକୁ ତୁ ତ ଜାଣିଚୁ। ଯା' ହେଉ ସେମାନଙ୍କର କିଛି ଡିମାଣ୍ଡ ନାହିଁ।"

ନନ୍ଦିତାର ବିଭାଘରବେଳେ ପ୍ରଚୁର କ୍ୟାସ ଡିମାଣ୍ଡ ଥିଲା। ବାପା ଗୋଟାଏ ଘର, ଦୁଇ ମାଣ ଜମି ବିକ୍ରିକରି କ୍ୟାସ୍ ଦେଇଥିଲେ। ନନ୍ଦିତାର ପ୍ରତିବାଦକୁ କେହି କର୍ଣ୍ଣପାତ କରି ନ ଥିଲେ। ଏବେ ତା'ର କୁଫଳ ଭୋଗ କରିବାକୁ ପଡ଼ିବ ନନ୍ଦିତାକୁ। କିଛି କହିବାକୁ ଭାବି ସେ କହିଲା - "ଭଲ।"

"ତୁ ଆସିଛୁ, ଠିକ୍ ଅଛି। ପରେଶକୁ ଭାବୁଛି ଆଜି ଭିତରେ ଚିଠି ଲେଖିଦେବି। ଏଇଟା ମୋର ଶେଷ କାମ।"

"କାହିଁକି ବାପା? ଥରେ ତ କହିଲି ସବୁଦିନ ପାଇଁ ସମ୍ପର୍କ ଛିଣ୍ଡାଇ ମୁଁ ଚାଲିଆସିଛି।"

"ମାନେ? ମାନେ ତୁ କ'ଣ କହିବାକୁ ଚାହୁଁ?"

"ଏତିକି ବୁଝିପାରୁନ? ତେବେ ଶୁଣ, ସାଧୁ ଭାଷାରେ ଆମର ଡାଇଭର୍ସ ହୋଇଯାଇଛି। ଆଉ କିଛି ଶୁଣିବାକୁ ଚାହଁ? କାରଣ ଘଟଣା ଶୁଣି ତୁମର ଲାଭ ନାହିଁ।"

"ତୁ ବାରଣ କରିପାରିଥାନ୍ତୁ! ହିନ୍ଦୁ ଧର୍ମରେ...।"

"ପତି ଦେବତା! ଏଇଆ କହୁଛ ତ? ହେଲାନି ବାପା, ଯଦି ସୈତାନ

ହୋଇଥାନ୍ତେ ତେବେ ବି ସମ୍ଭାଳି ନେଇଥାନ୍ତି। ମାତ୍ର ସେ ପଥର, ସେଥିରେ ମୁଣ୍ଡ ବାଡ଼େଇ ଫାଟିଗଲା ସିନା ପଥରର କିଛି ହେଲା ନାହିଁ।"

"ତେବେ ତୋର ପୁଅ।"

"ଛାଡ଼ିଆସିଲି ବାଧ୍ୟ ହୋଇ। ଏବେ ତୁମ ଉପରେ ନିର୍ଭର କରି ଚଳିବାକୁ ହେବ ମତେ, ସେଥିରେ ଇମୋସନାଲ୍ ହୋଇ ଛୁଆଟାକୁ କାହିଁକି ଆଣିଥାନ୍ତି ? ହିନ୍ଦୁ ଧର୍ମରେ ତ ଅଛି ବାପ ପିଲାର ଯତ୍ନ ନେବ।"

ବାପା ଥାଳି ଉପରୁ ହାତ ଉଠାଇ ଚାଲିଗଲାବେଳେ ଗମ୍ଭୀର କଣ୍ଠରେ କହିଲେ–

"ତୁ ଭଲ କରି ଚିନ୍ତା କରିବାର ଥିଲା। ମୋର ବୟସ ହୋଇଗଲାଣି। ମୁଁ ରିଟାୟାର୍ଡ। ପୁଅ ବୋହୂଙ୍କ ସଂସାରରେ ଆମେ କୁଣିଆ। କବିର ବାହାଘର ପରେ ଭାବିଥିଲି...।"

ବାପାଙ୍କ ହାତରୁ କାଚଗ୍ଲାସଟା ତଳେ ପଡ଼ି ଝଣ ଝଣ ହୋଇ ଭାଙ୍ଗିଗଲା। ବୋଉ ଘରୁ ପଦାକୁ ଦୌଡ଼ି ଆସି କହିଲା –

"କ'ଣ ହେଲା ? ଓଃ... କାଚ ପଶିଯିବ। ସବୁ ଅଶୁଭ ଲକ୍ଷଣ। ଦେଖ, ଏବେ କବିର ଶ୍ୱଶୁରଘର ପୁଣି ଅଡ଼ି ବସୁଛନ୍ତି କି ନାହିଁ ? ଯାହା ପାଇଁ ସର୍ବସ୍ୱାନ୍ତ ହେଇଥିଲ, ସେ ତ ଏବେ ଏଇ ଦଶା କଲା। ବାପର ମାନ ଅପମାନକୁ ଚାହିଁଲାନି। ଏକଥା ଶୁଣିଲେ ବାହାଘର କେମିତି ହେବ। ତୁଣ୍ଡବାଇଦ ସହସ୍ର କୋଶ। ମାସଟାଏ ବିତି ଯାଇଥିଲେ କ'ଣ ତୋର ବିଗିଡ଼ିଥାନ୍ତା ? ଶୁଣୁଛୁ ଭଉଣୀର ବାହାଘର ଠିକ୍ ହେବାକୁ ଯାଉଛି; ସେତିକିବେଳେ ସ୍ୱାମୀ ପୁଅ ଛାଡ଼ି ଚାଲିଆସିଲୁ ? ନା ତୁ ଶାନ୍ତିରେ ରହିବୁ ନା ଆମେ ?"

ନନ୍ଦିତା କିଛି ନ କହି ବୋଉକୁ ଚାହିଁଥିଲା। ଆଖିକୋଣରୁ ଲୁହ ପୋଛି କବିତା ଉଠିଗଲା ତା'ର ଶୋଇବା ଘରକୁ। ବାପା କେତେବେଳୁ ଅଧାଖିଆରୁ ଉଠି ଯାଇଥିଲେ।

ନନ୍ଦିତା ମୁହଁରେ ଆଙ୍ଗୁଠି ଚାପି ବୋଉକୁ ନୀରବ ରହିବାକୁ କହି ତା' ପାଖକୁ ଉଠିଗଲା। ଆସ୍ତେ ବୋଉର ଲୁହ ପୋଛି ଦେଇ କହିଲା –

"ତୁ ଏମିତି କନ୍ଦାକଟା କରି ମତେ ପାଗଳ କରି ଦେ'ନା ବୋଉ ! ବିଭାଘରର ତିନି ବର୍ଷ ପରେ ଘରକୁ ଫେରି ଦେଖିଲି ଏ ଘର ମୋର ହୋଇ ନାହିଁ। ଯାହାକୁ ଘର ବୋଲି ଭାବି ଯାଇଥିଲି, ମା' ହୋଇଥିଲି ସେ ବି ନର୍କ। କବିର ବାହାଘର ହେବ, କେହି ଜାଣିବେନି ମୋ କଥା। ମୁଁ ଆଜି ସନ୍ଧ୍ୟା ଟ୍ରେନ୍‌ରେ ଫେରିଯିବି ବୋଉ। ତୁ ବାପାଙ୍କୁ ବୁଝାଇ ଦେ।"

"ସତ କହୁଛୁ ?"

"ହଁ...।"

"ଘର କଲେ ସେମିତି ହୁଏ। ମୁଁ ବି ଜାଣେ ତୁ କ୍ଷଣକୋପୀଟା। ଯା'ହେଉ, ତୁ ପରେଶ ପାଖକୁ ଫେରିଯା। ମୁଁ ବାବୁ ଆସିଲେ ତତେ କବିର ବାହାଘର ପାଇଁ ନେଇ ଆସିବାକୁ କହିବି। ପରେଶକୁ କହିବୁ ... ମୋ ମା', ସୁନାଟି ପରା। ଅଝଟ ହେବୁ ନାହିଁ...।" ବୋଉ ଆଉ କେତେ କ'ଣ ଉପମାରେ ଅଭିନନ୍ଦିତ କରି ନନ୍ଦିତାକୁ ଆଉଁଶି ଲାଗିଥିଲା। ମାତ୍ର ନନ୍ଦିତାର ଏ କାନରେ ପଶି ସେ କାନରେ ବାହାରିଯାଉଥିଲା।

ସନ୍ଧ୍ୟାବେଳେ ଶାଢ଼ି ବଦଳାଇ ସେ ଯେତେବେଳେ ଟ୍ରେନ୍‌କୁ ଯିବାକୁ ପ୍ରସ୍ତୁତ ହେଉଥିଲା, ଦର୍ପଣ ଦେହରେ କବିତାର କାନ୍ଦୁରା ମୁହଁଟା ଝଟକି ଉଠିଲା।

"କିଲୋ! କାନ୍ଦୁଛୁ କାହିଁକି ? ନେ ଏ ହାରଟା ତୁ ପିନ୍ଧିଥା। ମୁଁ ଆସିଲାବେଳେ ତୋ ପାଇଁ କ'ଣ ଆଣିବି କହ ତ ?"

କବିତା ଲୁହପୋଛି କହିଲା - "ତୁ ସତ କହ ଅପା! ପରେଶଭାଇଙ୍କ ପାଖକୁ ତୁ ଯାଉଛୁ ତ ?" "ଆଉ କୁଆଡ଼େ ? ଭାବୁଛି ସନ୍ଦୀପ ପାଖକୁ ଯିବି ବୋଲି ? କାହାର ଦୟା ମୁଁ ଚାହେନି। ତା'ଛଡ଼ା ତୁ ତ ଜାଣୁ ସନ୍ଦୀପକୁ ମୁଁ ଘୃଣା କରେ, ଯାହାର ବ୍ୟକ୍ତିତ୍ୱ ପ୍ରତି ମୋର ଶ୍ରଦ୍ଧା ନାହିଁ, ସେଠାକୁ ଯିବି କାହିଁକି ?"

"ଅପା, ମୋ ପାଇଁ ତୁ ଚାଲିଯାଉଛୁ ?"

"ନା ଲୋ... ସେମିତି କହି ମତେ କଷ୍ଟ ଆଉ ଦେ'ନା।"

"ସତ କହ ଅପା...।"

ବଡ଼ ହାରଟାକୁ କବିତା ଦେହରେ ପିନ୍ଧେଇ ଦେଇ ନନ୍ଦିତା ହସି ହସି କହିଲା-

"ଦେଖ୍! ହାରଟା ତତେ କେଡ଼େ ସୁନ୍ଦର ମାନୁଛି। ବାହା ହେଲା ପୂର୍ବରୁ ଗହଣା ସବୁ ଝିଅଙ୍କୁ ଏତେ ସୁନ୍ଦର ମାନେ ଅଥଚ ବାହାହେଲା ପରେ। ନନ୍ଦିତା ସମୟରେ ବାପାଙ୍କ ଡାକ ଶୁଭିଲା -

"ନିନି, ନିନି! ଟ୍ରେନ୍ ସମୟ ହୋଇଗଲାଣି। ରିକ୍ସା ଆସିଲାଣି। ତୋ ବୋଉ କୁଆଡ଼େ ଗଲା କି ?"

ନନ୍ଦିତା କବିତାକୁ ପଛକରି ଆଟାଚିଧରି ବାହାରି ଆସି କହିଲା -

"ବୋଉ, ସଞ୍ଜ ଦେଉଛି ବାପା! ମୁଁ ତ ଆଉ ଆଠ ଦିନ ପରେ କବିର ବାହାଘର ପାଇଁ ଆସିବି। ଥାଉ, ତାକୁ ବ୍ୟସ୍ତ କରନା। ମୁଁ ଆସୁଛି ବାପା।"

କାହାକୁ ନ ଅନାଇ ସେ ଏକମୁହାଁ ରିକ୍ସା ଉପରେ ଯାଇ ବସିପଡ଼ିଲା।

ଅସ୍ତସୂର୍ଯ୍ୟର ରକ୍ତିମ ଆଭା ଛିଟିକି ପଡ଼ିଥିଲା ପଶ୍ଚିମ ଆକାଶରେ। ଦଳ ଦଳ ପକ୍ଷୀ ଉଡ଼ି ଯାଉଥିଲେ ମୁଣ୍ଡ ଉପରେ। ଅସୁମାରି ଲୋକଗହଳି ଭିତରେ ନନ୍ଦିତା ହଠାତ୍

କ୍ଲାନ୍ତ ହୋଇପଡ଼ିଲା ଅତି ଅସହାୟ ଭାବରେ। ରିକ୍ସା ଉପରେ ତା'ର ଦୁଇ ଆଖିପତା ଅଜସ୍ର ଚେଷ୍ଟା ସତ୍ତ୍ୱେ ବି ମୁଦି ହୋଇପଡ଼ିଲା। ଗଭୀର ଶୂନ୍ୟ ମଣ୍ଡଳରେ ତା'ର ହାଲ୍‌କାଦେହ ମନ ଅନ୍ଧକାର ଭିତରେ ଅଣନିଶ୍ୱାସୀ ହୋଇଯାଉଥିଲା...। ମନେ ହେଉଥିଲା ଯେମିତି ସେ କେବେ ନ ଥିଲା କି ଏବେ ନାହିଁ।

X X X X

ଶେଖର ପରେଶର ଖାପ୍‌ଛଡ଼ା କଥାରୁ ବିଶେଷ କିଛି ବୁଝି ନ ପାରିଲେ ବି ଜାଣିଲା ଯେ ବେଶ୍ ବଡ଼ ଧରଣର ଗଣ୍ଡଗୋଳ କରି ସେ ଚାଲିଆସିଛି। ସେ ଏଠିକି ଆସିବା ଖବର ନନ୍ଦିତା ଜାଣେ କି ନାହିଁ କେଜାଣି ? କିଛି ବେଶି ପଚାରିଲେ ଅସହିଷ୍ଣୁ ହୋଇ ଯାହା ନାହିଁ ତାହା ଗୁଡ଼ାଏ ବକିଯିବ। ତା'ପରେ ଶେଖରକୁ ନ କହି କୁଆଡ଼େ ଚାଲିଯିବ କି କୋଉ ହୋଟେଲରେ ଯାଇ ରହିଯିବ। ଏପରି ଅବସ୍ଥାରେ ବିଶେଷ ଯୁକ୍ତିତର୍କ କରି କଥା ବଢ଼େଇ ଲାଭ ନାହିଁ।

ପରେଶ ଘରସାରା ବୁଲି ସିଗାରେଟ୍ ଧୂଆଁ ଛାଡ଼ି ପ୍ରାୟ ଗାଲିଚାଟାକୁ ଗୁଳା ଓ ଟୁଙ୍କୁରାରେ ଭର୍ତ୍ତି କରିଦେଲାଣି। ଅଥଚ ସାମ୍ନାରେ ଆସେଟ୍ରେଟା ଥୁଆ ହୋଇଛି।

ଘର ଭିତରକୁ ପଦ୍ମା ପଶିଆସି ପଚାରିଲା –

"ତମେମାନେ କେତେବେଳେ ଖାଇବ ? ରାତି ଦଶଟା ବାଜିବ।"

ପରେଶ ଝର୍କା ପାଖକୁ ଯାଇ କହିଲା – "ମୁଁ ଖାଇବିନି ଶେଖର ! ତୁ ଯା, ଖାଇ ଶୋଇବୁ। ସକାଳେ ତୋର ଅଫିସ୍।"

ଶେଖର କିନ୍ତୁ ପଦ୍ମା ଉଦ୍ଦେଶ୍ୟରେ କହିଲା – "ତମେ ବରଂ ଗୋଟାଏ କାମ କର ପଦ୍ମା, ପୂଜାରୀ ହାତରେ ଉପରକୁ ଆମ ଖାଇବା ପଠେଇ ଦିଅ। ବହୁ ଦିନ ପରେ ଟିକେ ଗପସପ କରୁଛୁ। ତମେ କାମସାରି ଶୋଇପଡ଼।"

ପଦ୍ମା ବିରକ୍ତ ହେଲାପରି କହିଲା – "ହଉ, କିନ୍ତୁ ସଙ୍ଗେ ସଙ୍ଗେ ଖାଇନେବ। ଦେଖ ମୁଁ କହିଦେଉଛି, ଡ୍ରିଙ୍କ୍‌ସ ଯେମିତି ବେଶି ନ କର। ବାପା ଅଛନ୍ତି, ତା'ଛଡ଼ା ତୁମ ଭାଇ ସୁଧୀର ଅଛନ୍ତି। ମୁଁ ଯାଉଛି ...ହଁ ଆଚ୍ଛା ପରେଶବାବୁ, ଆପଣ ଆସିଲେ, ନନ୍ଦିତା କାହିଁ ? କେତେ ଦିନ ହେଲା ଦେଖା ହୋଇନି...।"

ପରେଶକୁ କହିବାକୁ ନ ଦେଇ ଶେଖର କହିଲା – "ଗୁଡ୍ ଗାର୍ଲ। ପରେଶ ଅଫିସିଆଲ କାମରେ ଆସିଛି। ମୋ ପରି ପରେଶ ଏତେ ସ୍ତ୍ରୀ ଭକ୍ତ ନୁହେଁ ଯେ...।"

"ଥାଉ ଥାଉ।" ପଦ୍ମା କିଛି ନ କହି ଚାଲିଗଲା। ଶେଖର ଆସ୍ତେ କହିଲା – "ଦେଖିଲ ତ। କେତେ କୌତୂହଳ ତା'ର ସେଥିରେ ! ପୁଣି ମତେ କଣ୍ଟ୍ରୋଲରେ ରଖିବା ସମ୍ଭବ ନୁହେଁ ଜାଣି ମଧ୍ୟ ତା'ର କଡ଼ା ପ୍ରେସ୍‌କ୍ରିପ୍‌ସନ୍।"

ପରେଶ ଉତ୍ତର ଦେଲାନି। ପୂଝାରୀ ରାତି ଖାଇବା ଓ ଦୁଇଟା ଫ୍ଲାସ୍କ୍ ଭର୍ତ୍ତି ପାଣି ନେଇ ଟେବୁଲ୍ ଉପରେ ରଖିଲା। ଶେଖର ନୀରବରେ ଚାଲିଯିବାପାଇଁ ତାକୁ ଇଙ୍ଗିତ କଲା।

ପରେଶ ପଚାରିଲା – "ତୋ ପାଖରେ ଅଛି ନା ମୁଁ କାଢ଼ିବି ?"

"ମାନେ ? ମାନେ ତୁ ଏଇ ଅବସ୍ଥାରେ ହୁଇସ୍କି ଆଣିବାକୁ ଭୁଲିନୁ ? ରିଏଲି...।"

"ଧେତ୍ ! ଗୋଟାଏ ବଟଲ୍ ସବୁବେଳେ ସୁଟ୍‌କେସ୍‌ରେ ରହିଥାଏ, ମାନେ ନୁହେଁ ଯେ ମୁଁ ଚବିଶ ଘଣ୍ଟା ପିଉଚି। ନନ୍ଦିତା ପରି ମତେ ଅଯଥା ଅଭିଯୁକ୍ତ କରନା।"

"ହେଲା, ତୋ କଥା ସତ ! ମାତ୍ର ଦାମ୍ପତ୍ୟ କଳହ ସମସ୍ତଙ୍କର ହୁଏ। କେହି ସେଇଥିପାଇଁ ଡିଭୋର୍ସ କରେନି।"

ପରେଶ ସିଗାରେଟ୍‌ରୁ ଧୂଆଁ ଛାଡ଼ି କହିଲା – "କଳହ ଭିନ୍ନ ଜିନିଷ, ଆଉ ସନ୍ଦେହ, ଅବିଶ୍ୱାସ ଓ ତହିଁରୁ ଘୃଣା ସୃଷ୍ଟି ଅନ୍ୟ ବ୍ୟାପାର। ସେ ମତେ ସନ୍ଦେହ କରୁଥିଲା, ମୁଁ ତାକୁ ଅବିଶ୍ୱାସ କରୁଥିଲି। ଧୀରେ ଧୀରେ ଉଭୟ ଉଭୟଙ୍କୁ ଘୃଣା କଲୁ। ତେଣୁ ଏକାଠି ରହିବା ସମ୍ଭବପର ହେଲାନି।"

"ତେବେ ସେ ପୁଅ... ପାଖାପାଖି ଆଠ ମାସ କି ବର୍ଷେ ହେବ।"

"ସେଇଟା ଆକ୍ସିଡେଣ୍ଟାଲ। ଭଗବାନ୍‌ଙ୍କର କେବଳ ନୁହେଁ, ମୋ ନିଜ ପ୍ରତି ନିଜର ଗୋଟାଏ ଉପହାସ। ସବୁ ଜାଣିବା ସତ୍ତ୍ୱେ ବି କିଛି ଭୁଲ ହୋଇଯାଏ।"

"ପୁଅ ନେଇ ତୋ ମନରେ କିଛି ଅବିଶ୍ୱାସ ରହିଛି କି ?" "ଥିଲେ ତୁ କ'ଣ କରିବୁ ? ଯିଏ ଜନ୍ମ କରିଛି ସିଏ ବୁଝିବ। ଅବଶ୍ୟ ମୋର ଉପାଧିରୁ ମୁଁ ତାକୁ ବଞ୍ଚିତ କରିବାର ନିର୍ଦ୍ଦିଷ୍ଟ କାରଣ କିଛି ନାହିଁ।"

ଶେଖର ବୋକାଙ୍କ ଭଳି ପରେଶକୁ ଚାହିଁଥିଲା। ସନ୍ଧ୍ୟାବେଳୁ ଅନବରତ ହୁଇସ୍କି ଉଦରସ୍ଥ କରି ବୋଧେ ତା'ର ମୁଣ୍ଡଟା ଠିକ୍ ନାହିଁ। କଥା ସେମିତି କିଛି ନାଇଁ, କ'ଣ ନା ମନ ମିଳିଲାନି, ପରସ୍ପରକୁ ଡିଭୋର୍ସ କରି ଚାଲିଆସିଲେ। ଅଥଚ ଅକସ୍ମାତ୍ ଦେହ ମନ ମିଳିଥିବାରୁ ସବୁଦିନପାଇଁ ଅର୍ବାଚୀନ ଅବାଞ୍ଛିତ ସନ୍ତାନଟିଏ ପୃଥିବୀକୁ ଚାଲିଆସିଛି, ବିଧାତାଙ୍କର କି କ୍ରୂର ଉପହାସ।

ପରେଶ ଆସ୍ତେ ଆସ୍ତେ କହିଲା –

"ପ୍ରତ୍ୟେକଟି କଥାରେ, ରୁଚିରେ ଆମର ମନ ଅମେଳ। ନିଜେ କିଛିଟା ରୋଜଗାର କରେ ବୋଲି ନନ୍ଦିତା ମୋର ସ୍ୱାମିତ୍ୱକୁ ପ୍ରାଧାନ୍ୟ ଦିଏ ନାହିଁ। ଏପରି ଭାବରେ ଏକାଠି ରହିବାଠାରୁ ଅଲଗା ରହିବା ଭଲ ନୁହେଁ କି ?"

"ନନ୍ଦିତା ରାଜି ହେଲା ନା, ତୁ ତାକୁ ବାଧ୍ୟ କଲୁ? କୋର୍ଟରେ ତ ବହୁଦିନ ଲାଗିବ।"

ପରେଶ ଗ୍ଲାସ୍‌ଟା ଗାଲିଚା ଉପରେ ଫୋପାଡ଼ି ଦେଇ କହିଲା -

"ଆମ ଭିତରେ କିଛି ବାଧକତା ନ ଥିଲା, ଅବଶ୍ୟ ମୁଁ ପ୍ରସ୍ତାବ ଦେଲି, ସେ ରାଜି ହୋଇଗଲା। କାଗଜପତ୍ର, ଏକାଉଣ୍ଟସ୍ ସବୁ କ୍ଲିଅର୍ ହୋଇଯାଇଛି।"

ଶେଖର ସେଇ ଶେଷ କଥାଟି ପଚାରିଦେଲା ଅତର୍କିତ ଭାବରେ -

"ଏବେ ତୁ କଅଣ କରିବୁ? ସେକେଣ୍ଡ ମ୍ୟାରେଜ୍ ତ? କିଏ ସେ ଭାଗ୍ୟବତୀ?"

"ରାସ୍କେଲ୍! ତୁ ଭାବିଛୁ ମତେ ସ୍ତ୍ରୀଲୋକ ମିଳିବେନି? ବରଂ ତୋର ଯଦି ମୋ ପାଇଁ କିଛି କରିବାକୁ ଇଚ୍ଛା ଥାଏ, ଯେତେଶୀଘ୍ର ପାରୁ ସେତେ ଶୀଘ୍ର ଗୋଟାଏ ଝିଅ ଠିକ୍ କର। ବାହାଘରଟା ସରିଗଲେ ଅନ୍ତତଃ ଝାମେଲାଟା ଛିଣ୍ଡିଯିବ। ନନ୍ଦିତା ବି ବୁଝିବ ପୁରୁଷ ଆଉ ସ୍ତ୍ରୀ ଭିତରେ ତଫାତ୍ କ'ଣ?"

ଶେଖର ଉତ୍ତର ଦେଲାନି। କେହି କାହାକୁ ଯୁକ୍ତି କରି, ଅଭିଜ୍ଞତାର ଦର୍ଶନ ବଖାଣି କିଛି ବୁଝାଇ ପାରିବ ନାହିଁ। ନନ୍ଦିତାର ବି ଅନ୍ତରଙ୍ଗ କେହି ଥାଇପାରେ ଯିଏ ହୁଏତ ସହାନୁଭୂତି ଦେଖାଇ ତାକୁ ଗ୍ରହଣ କରିପାରେ। ମାତ୍ର ନନ୍ଦିତା ସେପରି ଅସହାୟ ନୁହେଁ। ନାରୀ ପ୍ରଗତିର ଯୁଗରେ ନନ୍ଦିତା ସ୍ୱାଭିମାନୀ ହେବା ତ ସ୍ୱାଭାବିକ। ପରେଶ କିନ୍ତୁ ନିଜ ବ୍ୟତୀତ ଅନ୍ୟକୁ ସହ୍ୟ କରିବା କେବେ ଶିଖି ନାହିଁ।

କାନ୍ଥ ଘଣ୍ଟାରେ ଢଂ ଢଂ କରି ଦୁଇଟା ବାଜିଲାକ୍ଷଣି ପରେଶ କହିଲା -

"ଯାଃ! ମୋ ଯୋଗୁଁ ତୁ ବି ଖାଇ ପାରିଲୁନି।"

ତଳେ ଶେଖରର ପୁଅ ବିଲିବିଲେଇ କାନ୍ଦିଉଠିଲା କି କ'ଣ? କୁକୁରଟା ଭାଉ ଭାଉ ଭୁକି ଉଠିଲା।

ଶେଖର ଚମକିପଡ଼ି ପଚାରିଲା -

"ତେବେ ଶେଷରେ ନନ୍ଦିତା ପୁଅକୁ ନେଇ ଘର ଛାଡ଼ି ଚାଲିଗଲା ତ?"

"ନେଇଥିବ। ମା' ଯେତେବେଳେ ହୋଇଛି, ଛାଡ଼ିଯିବ କେମିତି? ରାତିରେ ନ ଶୋଇ ସେ ତା'ର ଲୁଗାପଟା ସଜାଡୁଥିଲା...। ବିଦାୟର ଉତ୍ସବ ଦେଖିବା ମୋର ସହ୍ୟ ହୁଏନି। ତା' ପୂର୍ବରୁ ମୁଁ ଚୁପ୍‌ଚାପ୍ ପାଚେରି ଡେଇଁ ଚାଲିଆସିଲି।"

"କାୱାର୍ଡ! ନିଜ ଘରୁ ପାଚେରି ଡେଇଁ ଆସିବା ଅର୍ଥ କ'ଣ?" "ଓଃ ବୁଝୁନୁ! ଆମର ତିନିଟା ଇଣ୍ଟରକନେକ୍ଟ ବେଡ୍ ରୁମ୍। ମଝି ରୁମ୍‌ରେ ପୁଅ ଶୋଇଥିଲା ନିଦରେ।"

"ଆଚ୍ଛା ହେଲା ଯେ। ମାତ୍ର ନନ୍ଦିତା ଯଦି ତୋପରି ଲୁଚି ଚାଲି ଯାଇଥିବ, ତେବେ ସେଇ ପୁଅ। ମାନେ ଘରେ କିଏ ଥିଲା ?"

"ଡୋଣ୍ଟ ବଦ୍‌ର ! ମା' ହୋଇ ତା'ର ପିଲାର ଦାୟିତ୍ୱ ବୁଝିବା କଥା। ନଚେତ୍... ମାନେ... ଓଃ।"

"ଆରେ କ'ଣ ହେଲା।" ଶେଖର ପରେଶ ପାଖକୁ ଆସି ହାତଟା ଧରି ଝୁଙ୍କାଇଦେଲା।

"ମୁଣ୍ଡଟା କ'ଣ ହୋଇଯାଉଛି।"

"ଠିକ୍ ଅଛି, ତୁ ଆଉ କଥା ନ କହି ଶୋଇପଡ଼।"

ମୁହଁ ଉପରେ ହାତ ଚାପି ପରେଶ ସୋଫା ଉପରେ ଶୋଇପଡ଼ିଲା। ଅବୁଝା ଆଖିରେ ବ୍ୟସ୍ତତା ନେଇ ଶେଖର ତାକୁ କିଛିକ୍ଷଣ ଚାହିଁ ଲାଇଟ୍ ଅଫ୍ କରିଦେଲା। ତା'ପରେ, ସେ ଧୀରେ ଧୀରେ ଯାଇ ଖଟ ଉପରେ ଗଡ଼ିପଡ଼ିଲା। ନିସ୍ତବ୍ଧ ଅନ୍ଧକାର ଭିତରେ ପରେଶର ମୃଦୁ ନିଃଶ୍ୱାସର ସ୍ୱର ଶୁଭୁଥିଲା। ଆଶ୍ଚର୍ଯ୍ୟ ଏଇ ଜୀବନ ଆଉ ତା'ର ଧାରା। ମଣିଷଠାରୁ ବେଶି ସ୍ୱାର୍ଥପର ଜନ୍ତୁ ପୃଥିବୀରେ ଆଉ କେହି ନାହିଁ। ନିଜ ଜୀବନ, ସୁଖ ବ୍ୟତୀତ କେତେ ଜଣ ବା ଅନ୍ୟର କଥା ଭାବନ୍ତି। ଗଭୀର ଅସ୍ୱସ୍ତିରେ ଆଖି ବୁଜୁ ବୁଜୁ ଚମକି ପଡ଼ିଲା ଶେଖର। ତେବେ, ତେବେ କ'ଣ ପିଲାଟିକୁ ଛାଡ଼ିଦେଇ ନିବୁଜ ଅନ୍ଧକାର ଘରେ ବାପ ମା' ଦୁଇ ଜଣ ନିଜର ଜିଦ୍, ଅହଙ୍କାର, ସ୍ୱାର୍ଥ ବଜାୟ ରଖି ଭିନ୍ନ ପଥରେ ଚାଲିଗଲେ। ତେବେ କ'ଣ ପିଲାଟି...

ସକାଳେ ନିଦରୁ ଉଠି ଶେଖର ଜାଣିଲା ରାତି ଚାରିଟାରେ କାହାକୁ କିଛି ନ କହି ପରେଶ ଚାଲିଯାଇଛି।

X X X X

"ସେଇ ପିଲାଟା ପ୍ରତି ତୋର ଏତେ ମମତା କାହିଁକି ଲୋ ! ଏଠିକି ଆଇଲା ପୂର୍ବରୁ ତାକୁ ସେଠି ଜନ୍ମ କରି ପାଲୁଥିଲୁ ନା କ'ଣ ?"

ରଘୁଆର ବାଡ଼ିଟା ଲକ୍ଷ୍ମୀ ପିଠିରେ ଗେବି ହୋଇଯାଉଛି। ଏଇଲେ କିଛି କହିଲେ ସେ ସମଳା ପଡ଼ିବନି। କି ମଦ ଖାଇଛି କେଜାଣି, ଗନ୍ଧରେ ଲକ୍ଷ୍ମୀ ପେଟରୁ ଅଇ ଉଠୁଛି। ପିଲାଟା ବି ଲକ୍ଷ୍ମୀ କୋଳରେ ବସି ଗୁଣ୍ଡାଏ ଭାତ ପାଟିରେ ପୂରାଇ ଚାହିଁଛି ବଲ ବଲ କରି।

"କିଲୋ ! କିଛି କହୁନୁ ଯେ ? ସେ ବାବୁ ତତେ କେତେ ଟଙ୍କା ଦେଇଥିଲା।"

ବାଁ ହାତରେ ବାଡ଼ିଟା ଟାଣି ଧରି ଲକ୍ଷ୍ମୀ କହିଲା ଗର ଗର ହୋଇ –

"କେତେଥର କହିଛି, ମତେ ସେମିତି କହିବନି, ବାପ, ମା' ଏକାଦିନକେ

ଏକା ଜୁଇରେ ପୋଡାହେଲେ, ବନ୍ଧୁବାନ୍ଧବ କେହି ନାହିଁ। ଜନମକାଳରୁ ଛୁଆଟାକୁ ବଢ଼େଇ ଆଣିଥିଲି। କେମିତି ଫୋପାଡ଼ି ଦେଇଆସିଥାନ୍ତି?" "ହେ, ମତେ ମିଛ କହନା। ସାଫ୍ ସାଫ୍ କହିବୁ ତ କ୍ଷମା କରିଦେବି। ରଘୁଆ କିଛି ଅପାରିବାର ନୁହେଁ, ଗୋଟାଏ କାହିଁକି ପାଞ୍ଚଟା ଛୁଆ ଯଦି ଜନମ କରିବୁ ତେବେ ବି ପୋଷିବି। ହେଲେ ମିଛ ମୋ ଦେହରେ ଯିବନି।"

ରଘୁଆ ପାଟିରେ ଛୁଆଟା କାନ୍ଦିଉଠିବା ଦେଖି ଲକ୍ଷ୍ମୀ ତାକୁ କୋଳେଇ ନେଇ କହିଲା -

"ବିଶୁ ମୋର ସୁନା ପୁଅ, କାନ୍ଦିବ ନାହିଁଟି। ବାପା ସେମିତି କହୁଛି ନା, ହସିଦେ, ହସିଦେ।"

ବିଶୁ ହସିଉଠିଲା। ରଘୁଆ ବିଡ଼ିଟାଏ ଟାଣି ଦଉଡ଼ିଆ ଖଟ ଉପରେ ବସି ଲକ୍ଷ୍ମୀ କେମିତି ବିଶୁକୁ ଆଦର କରି ଖୁଆଉଛି ଦେଖିଲା। ଲକ୍ଷ୍ମୀ ପୁଅକୁ ତଳେ ବସେଇ ଦେଇ ବାସନ ଉଠାଇ ନେଉ ନେଉ କହିଲା -

"କେଡ଼େ ବଡ଼ଲୋକର ପୁଅ। ମୁଁ ତାଙ୍କ ଘରେ ଅଇଁଠାକଣ୍ଟା ଗୋଟାଉଥିଲି, ପାଞ୍ଚ ପାଇଟି କରି ଘରକୁ ଟଙ୍କା ଆଣୁଥିଲି ବୋଲି ଭାଇଭାଉଜ ମୁହଁକୁ ଚାହୁଁଥିଲେ। ନଇଲେ ତ କୋଉକାଳୁ ଭୋକ ଉପାସରେ ମରିଥାନ୍ତି। କାଶିଆ କପିଳା ଭେଟ କାହୁଁ ହୋଇଥାନ୍ତା ନା ମୁଁ ତମଠୁ ଖୁଣ୍ଟା ଖାଇ ମରୁଥାନ୍ତି...।" ସତକୁ ସତ କାନ୍ଦି ପକାଇଲା ଲକ୍ଷ୍ମୀ।

ରଘୁଆ ଖଟ ଉପରୁ ତାକୁ ଚାହିଁ କହିଲା - "ଦୁନିଆରେ ଏତେ ଲୋକ ଥାଉ ଥାଉ ତୁ ଏ ପିଲାଟାକୁ କାହିଁକି ଆଣିଲୁ?"

"ହେଇତିନି, ଏଇ ଅଶାନ୍ତି ହେବ ବୋଲି ମୁଁ ତମକୁ ରେଳ ଷ୍ଟେସନରେ ମନା କରିଦେଇଥିଲି। ତମେ ତ କହିଲ ମତେ ବାହା ହେବ, ନଇଲେ ଜୀବନ ହାରିଦେବ। ମୁଁ ତ କହିଲି ବାହା ହେବ ନାହିଁ। ତମେ କହିଲ ଜୀବନ ହାରିଦେବ। ଶେଷକୁ ମୁଁ କହିଲି ପିଲାକୁ ସାଥିରେ ଘରକୁ ନ ନେଲେ ଜୀବନ ହାରିଦେବି। ଏବେ ଫେରି ମତେ ସନ୍ଦୁଲୁଛ କାହିଁକି? କ'ଣ ବେଶି ମରଦପଣିଆ ଦେଖଉଛ? କୋଉ ହାତଧରି ବାହା ହୋଇଛ ଯେ...।" "ଚୋପ୍ ବେ! ସାଇରେ ଲୋକେ ବାରକଥା କହୁଛନ୍ତି। ସେ ପିଲାର ବାପ ମା' ଛାଡ଼ପତ୍ର ଦେଇ କୁଆଡ଼େ ପଳାଇଲେ ଖାସ୍ ଏଇ ପିଲା ପାଇଁ। ତୁ ମରିଗଲେ ବୋଲି କାହିଁକି ମିଛ କହୁଛୁ?"

"ମ, ମୁଁ ଯାହା ଶୁଣିଲି ନା। ସକାଳେ କାମକୁ ଯାଇ ଦେଖିଲି ଘରଦ୍ୱାର ସବୁ ମେଲା। ଟେବୁଲ ଉପରେ ବାବୁ ମା' ସଭିଏଁ ଚିଠି ଲେଖି ରଖି ଯାଇଛନ୍ତି। ଦିନେ

ଗଲା ଦି'ଦିନ ଗଲା ଆହା... ହା। ଛୁଆଟା ରଡୁଥାଏ। ପଡ଼ିଶାଘରୁ କ୍ଷୀର ମୁନ୍ଦାଏ ଆଣି ଦେଲି, ରାହା ବନ୍ଦ ହେଲାନି, ମୂର୍ଚ୍ଛା ହୋଇଗଲା। ସେଇଠୁ ଧାଇଁ ଧାଇଁ ଗଲି ଡାକ୍ତରଖାନା। ଯେମିତି ଚେତା ଫେରିଲା, ମା' ବୋଲି ତ ମତେ ଜାବୁଡ଼ିଧରିଲା ଯେ ଆଉ ଛାଡ଼ିଲାନି।"

ରଘୁଆ କଅଁଳିଆ ସ୍ୱରରେ ପଚାରିଲା - "ଆଲୋ ଟଙ୍କାପଇସା କି ଗହଣା-ଗାଣ୍ଠି ଛୁଆ ଶେଯତଳେ ରଖି ଯାଇ ନ ଥିଲେ ?"

"ଛିଃ, ଛିଃ ! ମୁଁ ଗଲାବେଳକୁ ପରା ଛୁଆ ହଗି ମୂତି ଆଣ୍ଡିଏ। କାଉ ପଞ୍ଝାଏ ଘର ଭିତରେ ରାଉରାଉ ହଉଥାନ୍ତି। ଦେଖଣାହାରି ଜମିଲା ପୂର୍ବରୁ ମୁଁ ତ ଛୁଆକୁ ନେଇ ଚାଲିଆସିଲି। ସଞ୍ଜକୁ ପୋଲିସ୍ ଆସି ଘରେ ତାଲା ଠୁଙ୍କି ଦେଲା। ମତେ ଖୋଜିବାକୁ ବେଳ କାହିଁ ?"

ରଘୁଆ କିଛି ଜବାବ ଦେଲାନି।

ଟିକିଏ ରହି ଲକ୍ଷ୍ମୀ କହିଲା - "ତେମେ କହୁନା। ସେମିତି ଅବସ୍ଥାରେ ଛୁଆଟାକୁ ଦେଖିଥିଲେ ତେମେ କ'ଣ ପକେଇ ଦେଇ ଆସିଥାନ୍ତ ? ଠାକୁର ଅଛନ୍ତି, ଯାହା ହେବାର ହେବ।"

ରଘୁଆ ତଥାପି କିଛି କହିଲାନି। ଘର ଓରାକୁ ସେ ଚାହିଁଥାଏ। ଲକ୍ଷ୍ମୀ ଭାବିଲା ନିଶା ଉତୁରିଗଲେ ବଳେ ବୁଝିବନି ଯେ !

ଏତିକିବେଳେ ବିଶୁ ମା' ମା' ଡାକି ଆସି କୋଳରେ ପଶିଲାକ୍ଷଣି ଲକ୍ଷ୍ମୀ ତାକୁ ପେଲିଦେଇ କହିଲା, "ନିଆଁନଗା ମରୁନୁ। ମୋ ଜୀବନଟାକୁ ଖାଇଲୁ ଶେଷକୁ। ବୋପା, ମା' ତ ଗଲେ, ତୁ ନ ଯାଇଁ ରହିଲୁ କିଆଁ ?"

ଠାଏ ଠାଏ ଦୁଇଟା ଚଟକଣି ଗାଲରେ କଷିଦେଲା ଲକ୍ଷ୍ମୀ। ବିଶୁ ରାହାଧରି କାନ୍ଦି ଉଠିଲାକ୍ଷଣି ରଘୁଆ ଖଟରୁ ଉଠିପଡ଼ି ବିଶୁକୁ ଟେକିନେଇ ଚୁମାଦେଇ କହିଲା - "ତୋ ମା' ନିଆଁରେ ପଡ଼ି ମରୁରେ ବିଶୁ ! ମୁଁ ତତେ କାଲି ଆଉ ଗୋଟିଏ ନୂଆ ମା' ଆଣିଦେବି। ଦେଖିବୁ କେମିତି ସେ ତତେ ଗେଲ କରିବ, ଚକୋଲେଟ୍ ଦେବ, କଦଳୀ ଦେବ... ତତେ !"

ଲକ୍ଷ୍ମୀ ଗର୍ଜିଉଠି କହିଲା - "ଆଜି ମୁଁ ତାକୁ ନେଇ ନଈରେ ଫୋପାଡ଼ିଦେବି, ନଇଲେ ରେଳଧାରଣାରେ ଶୁଆଇଦେବି, ନଇଲେ ପନିକିରେ ଦିଗଡ଼ କରି କାଟିଦେବି। ଆଉ ସହି ପାରିବିନି।" କହୁ କହୁ ମୁହଁରେ ଲୁଗା ଚାପି କାନ୍ଦିଉଠିଲା।

ରଘୁଆ ତଳେ ବସିପଡ଼ି ଲକ୍ଷ୍ମୀକୁ ବାଁ ହାତରେ କୋଳେଇ ନେଇ କହିଲା -

"କନିଆଁ ଝିଅପରି ଭେଁ ଭେଁ କାନ୍ଦୁଛୁ କ'ଣ ଲୋ ? ଲୋକ ହସିବେ। ଏଣେ ପୁଅ ଛାନିଆ ହୋଇ ଅଧା ମରିଗଲାଣି, ଅନେଇଲୁ, ଅନା ମତେ।"

ଲକ୍ଷ୍ମୀର ମୁଦିଲା ଆଖି ଉପରେ ନିଜର ଓଠ ଛୁଆଁଇ ରଘୁଆ ଆସ୍ତେ କରି କହିଲା, "ବିଶୁକୁ ତା' ମା' ଛାଡ଼ିଗଲା ବୋଲି ତୁ ଯେମିତି ତାକୁ ଛାଡ଼ି ନ ଯାଉ। ମୁଁ ସିନା ପରଲୋକ ଯେ ମତେ ଛାଡ଼ିଯିବୁ...।"

ଲକ୍ଷ୍ମୀ କିର୍ କିର୍ ହସି କହିଲା, "ମା'ଲୋ, ବିଶୁକୁ ଅନା। ଏ ଦିନୁ କେମିତି ଛେଉକା ହୋଇ ଆମକୁ ଚାହିଁ ହସୁଛି। ଛତରା ଟୋକା। ଯା ଶୋଇବୁ।"

X X X X

ପନ୍ଦର ବର୍ଷ ପରେ...

ଖଣ୍ଡିଆ ପୋଲ ଉପରେ ବସି ବିଡ଼ି ଟାଣୁଥିଲା ବିଶୁ। ସାଇକେଲ୍‌ରେ ସାଇଟୋକାରୁ ଜଣେ ଆସି ତାକୁ ହାତଠାରି ଡାକିଲା। ସେ ଉଠିପଡ଼ି ତା' ପାଖକୁ ଗଲା। ଆରେ ଏ ତ ଘନ। ନିଶ୍ଚୟ କିଛି ଆଣିଥିବ ତା' ପାଇଁ। ପକେଟ୍‌ରୁ ଛୋଟ ବୋତଲଟାଏ ବାହାରକରି ଦି ଢୋକ ପିଇ ବଢ଼େଇଦେଲା ବିଶୁ ହାତକୁ। ବିଶୁ ଏଣିକି ତେଣିକି ଚାହିଁ ବୋତଲରେ ମୁହଁ ଲଗେଇଲା।

"ହ୍ୟାପ। କାହାକୁ ଡରୁଛୁ ବେ ? ହକ୍ କମେଇ କରି ଆଣିଛି। ପିକ୍ ପକେଟ୍। ଆଉରି ମାଲ ଅଛି, ଡରନା ! ଦି'ଦିନ ଆରାମରେ ଚଳି ହେବ।"

"ହେ, ମା' ଜାଣିଲେ ମୋ ମୁଣ୍ଡ କାଟି ପକେଇବ !" ବିଶୁ ଭୟାଳୁ କଣ୍ଠରେ ଉତ୍ତର ଦେଲା।

"ଚୋପ୍, କିଏ ବେ ତୋର ମା'। ଲକ୍ଷ୍ମୀବାଈ ତୋର ମା।' ସେ ପିଏନି ? ରାତିହେଲେ ଚାରିଟା ବୋତଲ ପରା ଏକା ନିଃଶ୍ୱାସରେ ଠୁଙ୍କି ଦେବ। ଏବେ ସିନା ତୁ ବଡ଼ ହେଲାରୁ ସେ ବାହାରେ ଯାଇଁ ପସରା ମେଲୁଛି। ହେଲେ ଆଗରୁ ସେ ଘରେ ବସୁଥିଲା। ଗହଳିରେ ଘର କମ୍ପୁଥିଲା। ବାଈ ଢେର ରୋଜଗାର କରିଛି, ସବୁ ମାଟିତଳେ ପୋତିଛି। ମୋ ମା' କହୁଥିଲା।"

ବିଶୁ ଘନର ବାଁ ହାତଟାକୁ ରଗଡ଼ି ଧରି କହିଲା – "ଘନ ! ବେଶି ବକ୍ ବକ୍ କଲେ ହାତଟା ଛିଣ୍ଡେଇ ଫୋପାଡ଼ି ଦେବି। ମୋ ମା' ନାଁରେ ଯଦି କେବେ କିଛି କହିଛୁ ଦେଖିବୁ ମତେ।"

ସାଇକଲଟା ଆଗକୁ ଟାଣିନେଇ ଯାଉ ଯାଉ ବଡ଼ ପାଟିରେ କହିଲା – "ଶାଲା ! ବଢ଼ି ବଢ଼ି କଥା କହୁଛି। ଆବେ ସେ ତୋର ମା' ? ରାସ୍ତା କଡ଼ରେ କୋଉ ବାଈ

ତତେ ପକେଇ ଦେଇ ଯାଇଥିଲା ଲକ୍ଷ୍ମୀ ବାଈ ଗୋଟେଇ ଆଣିଛି। କିଏ ବେ ତୋର ମା'? ଥୁ ଥୁ ତୋ' ମୁହଁ ଚାହିଁବି ନାହିଁ ନିମକହାରାମ୍, କୁତ୍ତା।"

ବିଶୁ ଚାହିଁଛି ଘନ ତା' ଉପରେ ଛେପ ପକେଇ ଚାଲିଗଲା। ମୁଣ୍ଡଟା ଭିତରେ ଯେମିତି ଗୁଡ଼ାଏ ବିଛା ଏକ ସଙ୍ଗରେ ପଶି କାମୁଡ଼ି ଧରିଲେ ତାକୁ। ସେ ଟଳି ଟଳି ଆସି ପୋଲ ଉପରେ ବସିପଡ଼ିଲାକ୍ଷଣି ଦଦରା କଣ୍ଠରେ ଦୂରରୁ ଶୁଭିଲା –

"ବିଶୁ! ଆରେ ବିଶୁଆ! କୁଆଡ଼େ ଅଛୁ, ବେଇଗି ଆ।"

ବିଶୁ ଜବାବ ଦେଲାନି। ତା' ମା' କ'ଣ ଲକ୍ଷ୍ମୀବାଈ? ନା ଆଉ କିଏ? ବାପା ବୋଲି ଯାହାକୁ ପିଲାଦିନେ ଜାଣିଥିଲା, ସେଇ ରଘୁଆ ପାଞ୍ଚ ବର୍ଷ ହେଲା ମରିଗଲାଣି। ମା' କୋଉଠୁ କ'ଣ ରୋଜଗାର କରି ଆଣି ଘର ଚଳାଏ, ସେ ବିଷୟରେ ଦିନେ ବି ସେ ଭାବିନି। କେତେ କଷ୍ଟ କରି ସ୍କୁଲରେ ତାକୁ ପାଠ ବି ପଢ଼ାଉଛି। ଜାମା ପ୍ୟାଣ୍ଟ୍ ବହି କିଛି ଅଭାବ ନାହିଁ। ତଥାପି ସାଇସାରାର ପିଲା ତାକୁ ସାଙ୍ଗ କରନ୍ତି ନାହିଁ। କେମିତି ସନ୍ଦେହ ଆଖିରେ ଚାହାଁନ୍ତି, କାହିଁକି? କଥା କଥାକେ ଲକ୍ଷ୍ମୀବାଈ କହି ମା' ନାଁରେ ବାଜେ ଆକ୍ଷେପ କରନ୍ତି। ଅଥଚ ସାହସ କରି ବିଶୁ ଦିନେ ବି ତା' ମା'କୁ ପଚାରିନି। ଆଜିକାଲି ମା'ର ଦେହ ବି ଭଲ ରହୁନି, ଆଜି ରନ୍ଧା ହେଲେ କାଲିକୁ ନାହିଁ। ସବୁବେଳେ ଜର ବୋଲି କହୁଛି। ମୁହଁ ହାତ ଫୁଲିଛି ଗୋଡ଼ରେ କ'ଣ ଘା' ପରି ବି ବାହାରିଛି...।

ଢୋଳେଇ ପଡ଼ିଲାପରି ବିଶୁକୁ ମନେ ହେଉଥିଲା। କାହିଁକି ସେ ଘନଠାରୁ ପିଇଲା କେଜାଣି? ହଠାତ୍ କିଏ ଆସି ତା'ର କାନଟାକୁ ରଗଡ଼ି ଧରି ପକାଇଲାକ୍ଷଣି ସେ ଚମକି ଦେଖିଲା ମା' ଛିଡ଼ା ହୋଇଛି। ସେ ମୁଣ୍ଡ ପୋତିଦେଲା। ଲକ୍ଷ୍ମୀ ଗର୍ଜନ କରି କହିଲା – "ତତେ ଏତେ ଡାକୁଛି, ଜବାବ ଦେଉନୁ କିଆଁ ରେ। ଦେଖେ, ଅନେଇଲୁ ମତେ, ଆଁ, ତୁ ଶେଷକୁ ଏଇଆ କଲୁ। କୋଉଠୁ ଆଣିଲୁ ପଇସା କହ।"

ବିଶୁ ଉତ୍ତର ଦେଲାନି। ଲକ୍ଷ୍ମୀ କେଜାଣି କେତେ ବିଧା, ଗୋଇଠା ଚାପୁଡ଼ା ତାକୁ ମାରିଲା ଗଣି ହେବନି। ତଥାପି ବିଶୁ ଉଁ ଚୁଁ ନ ହେବାରୁ ଲକ୍ଷ୍ମୀ ଭୋ ଭୋ କାନ୍ଦିଉଠିଲା। ବିଶୁ କିନ୍ତୁ ମୁଣ୍ଡ ପୋତି ବସିରହିଲା।

"ଆରେ ତୋର କ'ଣ ହୋଇଛି ବିଶୁ? କଥା କହୁନୁ କାହିଁକି? ଆରେ ଛତରା! ମଦ କିଆଁ ପିଇଲୁ? ବୋପା ପିଇ ପିଇ ମଲା। ତତେ ଏତେ କଷ୍ଟରେ ବଢ଼େଇଥିଲି।"

ଲକ୍ଷ୍ମୀକୁ ଠେଲି ଦେଇ ବିଶୁ କହିଲା – "ଯା, ଯା, ମତେ ଆଉ ଭୁଲାନା। କହ ମୋର ବାପ ମା' କିଏ? କାହିଁକି ତୁ ମତେ ନେଇଆସିଲୁ? ସତ କହ?"

ଲକ୍ଷ୍ମୀ ଉପରେ ଯେମିତି ବୋମା ପଡ଼ିଲା। ପାଟି ଆଁ କରି ସେ ଅନେଇ ଥାଏ। ଷୋଳ ବରଷ ପରେ ସେ ଆଜି ଶୁଣୁଛି କ'ଣ? ଟୋକାଟା ମୁଣ୍ଡରେ ବିଷ କିଏ ପୂରେଇଲା! ରଘୁଆ ନାହିଁ ଯେ ଆଜି ତାକୁ ବିପଦରେ ବୁଦ୍ଧି ଦେବ। ସାଇସାରା ତ ସଭିଏଁ ତାକୁ ନିଆରା କରି ରଖିଛନ୍ତି। ନିଆଁଗିଲା ବେମାରି ଧଇଲା ଦିନୁ ଛୁଆଟିକୁ ଭଲ ମନ୍ଦ ଖାଇବାକୁ ଦେଇପାରୁନି। ସେଇଥିପାଇଁ ତା' ମୁଣ୍ଡରେ ଭୂତ ଚଢ଼ିଛି। ହାଇରେ...

ଲକ୍ଷ୍ମୀ ମୁଣ୍ଡରେ ହାତ ଦେଇ ତଳେ ବସିପଡ଼ିଲା। ଏଡ଼େ ଟିକେ ଛୁଆକୁ ସେ କାଖେଇ ନେଇ ଆସିଥିଲା। ଏମିତିକି କନ୍ଥା କି କନା ବକଟେ ବି ଆଣି ନ ଥିଲା। ରଘୁଆ ସେଇ ସାଇରେ ଘର କରି ତା' ସହିତ ରହିଲା; ହେଲେ ବାହା ହେଲାନି କି ଲକ୍ଷ୍ମୀ ବି ଜିଦ୍ କଲା ନାହିଁ! କି ଲାଭ ମିଳିବ ଏ ମନରଖା ହାତଗଣ୍ଠିରୁ। କାହିଁ କାହିଁ ପଢୁଆବାବୁ ଘର ତ ବାଣରୋଶଣି ଯାନିଯଉତୁକ ନେଇ ଆଜି ବାହାହୋଇ କାଲିକି ଛଡ଼ାଛଡ଼ି ହୋଇଯାଉଛନ୍ତି। ଜନମକଲା ପିଲାକୁ ବାଟରେ ଫୋପାଡ଼ି ଦେଉଛନ୍ତି। ଲକ୍ଷ୍ମୀ କାହିଁକି ବା, କୋଉ ଗୁଣ ସମ୍ପତ୍ତିକୁ ମୁଠାରେ ଧରିଥିଲା ଯେ ବାହାହୋଇ ବେକରେ ଚାରିଟା ପାଞ୍ଚଟା ଛୁଆ ମାଳି କରିଥାନ୍ତା। ନିଜ ବାପ ମା' ତ ଛଅଟା ପିଲା ଜନମ କରି ଦିନେ ତାଙ୍କ ଦୁଃଖ ସୁଖରେ ମୁଣ୍ଡ ଘୂରେଇ ନାହାନ୍ତି, ଆଉ କାହିଁକି ପୁଣି ସେ ଧରମକୁ ଆଖିଠାର ମାରିଥାନ୍ତା।

ବିଶୁ ହଠାତ୍ କର୍କଶ କଣ୍ଠରେ ପଚାରିଲା - "ତୁ ମୋ ମା'। ମତେ ଜନ୍ମ କରିଛୁ କି ଗୋଟେଇ ଆଣିଛୁ ସତ କହ। ନଇଲେ ତତେ ମାରିବି। ମୁଁ ମରିବି ଛୁରୀ ଭୁସି ହୋଇ। ଅନା ଏ ଛୁରୀକୁ।"

ବିଶୁ ହାତରେ ଚକ୍ ଚକ୍ କରୁଚି ଛୁରୀଟା, ଲକ୍ଷ୍ମୀକୁ ପୁଣି ବିଶୁ ଛୁରୀ ଦେଖଉଛି। ସେ ମା' କି ନାହିଁ ଜନମ କରିଛି କି ନାହିଁ ପରିଚୟ ମାଗୁଛି ଅଲକ୍ଷଣା ଟୋକାଟା। ହେ ଭଗବାନ୍! ଲକ୍ଷ୍ମୀକୁ ତୁମେ ଲୋକହସା କରି କେତେ ଅପମାନ ଦେଇଛ, ହେଲେ ଡରେଇ ପାରିବନି। କେତେ ଛୁରୀ, କେତେ ତରବାରି ଆଉ ଦରବାରିଆ ହାଡୁଆ ମରଦଙ୍କୁ ଏଇ ହାତରେ ସେ ସାବାଡ଼ କରିଛି। ହେଲେ ବିଶୁଟା ଯେ ତା'ର ପୁଅ। ତା'ରି ପାଖରେ ସେ ହାରିଯାଉଛି କାହିଁକି। ଛୁରୀଟାକୁ ସେ ଛଡ଼େଇ ପାରୁନି କାହିଁକି। ବେକ ପାଖରେ ତା'ର ଛୁରୀଟା ଘଷି ହେଉଛି ଆଉ ଟୋକାଟାର ଆଖି ଦୁଇଟା ନାଗସାପ ପରି ଚକ୍ ଚକ୍ କରୁଛି। ଡରଉଛି। ରକ୍ତର ଦୋଷ। ତା'ରି ବାପ ଦିନକୁ ଦଶ ଥର ତା' ମା'କୁ ଡରଉଥିଲା। କବାଟ କିଳି ବାଡ଼ଉଥିଲା। ମା' ବି ଟିକେ ନରମି ଯାଉ ନ ଥିଲା। ବେଶ୍ କଡ଼ା କଡ଼ା କଥା କହି ଝଗଡ଼ା କରୁଥିଲା। ଶେଷକୁ ପଳେଇଲା। ଏକାଦିନକେ

ବାପ ମା' ଛୁଆଟାକୁ ଭୂଇଁରେ ଗଡ଼େଇ ଗଲେ ଯେ ଗଲେ ଆଉ ଫେରିଲେନି। ତାଙ୍କରି ମଞ୍ଜି କ'ଣ ଭେଣ୍ଟି ନ ହୋଇ ସୁନା ହେବ।

ବିଶୁ ପୁଣି ଥରେ ଗର୍ଜି ଉଠି କହିଲା - "ସତ କହିବୁ ନା ମରିବୁ।"

"ମାରିବୁ ତ, ଘରେ ମାର। ବାଟରେ ମଲେ ଲୋକେ ତତେ ନିନ୍ଦା କରିବେ। ଘରକୁ ଚାଲ ସବୁ କହିବି। ମୁଁ କିଆଁ ତତେ ନୁଚେଇବି। ତୁ କି ମତେ ପୋଷିବୁ ?"

ବିଶୁ ଲକ୍ଷ୍ମୀକୁ ଏକଦମ ଘୋଷାଡ଼ି ଘୋଷାଡ଼ି ନେଇ ଘରକୁ ଗଲା। ମିଞ୍ଜି ମିଞ୍ଜି ଜଳୁଥିଲା ଡିବିରିଟା। ଚାବି ନେଛାଏ ଫୋପାଡ଼ି ଦେଇ ଲକ୍ଷ୍ମୀ କହିଲା - "ନେ ଏ ଚାବି। ସେ ଟିଣ ସୁଟ୍‌କେଶ୍ ଖୋଲି ତୋ' ବାପ ମା' ଫଟୋ ବାହାରକର। ପଛଆଡ଼େ ରଘୁଆ ତାଙ୍କ ନାଁ ଗାଁ ଟିପି ରଖିଛି। କାଳେ ମୁଁ ଭୁଲିଯିବି - ଯା ଏବେ ତାଙ୍କରି ପାଖରେ ରହିବୁ। ମା' ତ ମରିଛି, ବୋପା ତୋର ବାହାହୋଇ ଦି'ଟା ପୁଅ ଝିଅ, ନୂଆ ମାଇପ ଧରି କେମିତି ସୁଖରେ କାଳ କାଟୁଛି ଦେଖି ଆସିବୁ ଯା !"

ଶପଟାକୁ ଟାଣିଆଣି ହାଲିଆ ହୋଇ ଲକ୍ଷ୍ମୀ ଗଡ଼ି ପଡ଼ିଲା। ଏତେ ହାଲିଆ କେବେ ସେ ହୋଇ ନ ଥିଲା। ଟୋକାଟା ଧଡ଼୍‌ଧାଡ଼୍ କରି ବାକ୍ସଟା ଘାଣ୍ଟିବା ଆରମ୍ଭ କଲାଣି। ଯାହା ଯାହା ସାଇତିଛି ତା'ରି ପାଇଁ, ଲକ୍ଷ୍ମୀ ମରିଗଲେ ନେଇଥାନ୍ତା, ଜୀଇଁ ଥାଉ ଥାଉ ନେଲେ କ'ଣ ଲକ୍ଷ୍ମୀବାଈ ପରୁଆ କରୁଛି। ଗଭୀର କ୍ଳାନ୍ତିରେ ଲକ୍ଷ୍ମୀର ଆଖି ମୁଦି ହୋଇଆସିଲା! ଜର ଉପାସ, ତହିଁରେ ପୁଅର କଟୁକଥା କେତେ ସହିବ। ଟୋକାଟା ବି ଦିନସାରା ଖାଇନି। ଯଦୁ ଦୋକାନରେ ଭୋକ କଲେ ଖାଇବ, ଧାର ତ ଖାତାରେ ଲେଖା ହୋଇଛି। ନିଦରେ, ଖୁବ୍ ନିଦରେ ଏଥର ଲକ୍ଷ୍ମୀ ଶୋଇପଡ଼ିଲା।

କେଜାଣି କେତେ ସମୟ ହେଲାଣି। କବାଟରେ କିଏ ଚାରି ପାଞ୍ଚ ଜଣ ଧକ୍କାମାରି ତାକୁ ନାଁ ଧରି ଡାକୁଛନ୍ତି। ସାପଖିଆଙ୍କର ରାତିରେ ଘରେ ରହିବାକୁ ଟିକେ ବି ମନ ନାହିଁ। ମରନ୍ତୁ, ଡାକି ଡାକି ସେ ଉଠିବ ନାହିଁ।

ଯଦୁର ପାଟି ଶୁଭୁଛି ନା କ'ଣ ?

'ଏ ଲକ୍ଷ୍ମୀବାଈ ! କବାଟ ଖୋଲ। ଆଲୋ ତୋ ପୁଅକୁ ପୁଲିସ ଧରି ନେଲାଣି। ଦିନ ଆସି ଦିପହର ହେଲାଣି, ତୁ ମଲୁଣି ନା କ'ଣ ?'

ଲକ୍ଷ୍ମୀ ଧଡ଼ପଡ଼ ହୋଇ ଉଠି ବସି କବାଟ ଖୋଲିଦେଲା ସତେ ତ ଦିନ ଆସି ଅଧା ହେଲାଣି !

ଯଦୁ ଦମ୍ ମାରି କହିଲା - 'ତୋ ପୁଅର କୀର୍ତ୍ତି ଦେଖ। ବୋମା ଦି'ଟା ନେଇ ଘନିଆ ସଙ୍ଗରେ ମଧୁପୁର ପରେଶବାବୁ ଶୋଇଲା ଘରେ ପକେଇଦେଲା। ହେଲେ

ଧାଇଁ ପଳେଇ ଆସିଥାନ୍ତା। ନାହିଁ, ମଜା ଦେଖୁ ଦେଖୁ ନିଜ ଆଖି ମୁହଁ ପୋଡ଼ି ବେହୋସ ହୋଇଗଲା।'

'ଆଉ ସେ ବାବୁ?'

'ବାବୁ ଆଉ ତା' ସ୍ତ୍ରୀ ସେଇଠି ଜଳି ପାଉଁଶ। ଘନିଆ ଦଉଡ଼ି ଆସୁ ଆସୁ ବାବୁର ଦରୱାନ ତାକୁ ଧରିଛି। ଆଉ ତୋ ପୁଅକୁ ପୋଲିସ୍ ଡାକ୍ତରଖାନା ପଠେଇଛି। ତୁ ବେଇଗି ଯା। ଆମ ସତୁରା ଆଖିରେ ଦେଖି ଆଇଛି ପରା। ହଇଲୋ, ବୋମା ସେ କୋଉଠୁ ଆଣିଲା? ଏତେ ମଉନାମୁହାଁ ଟୋକାଟା। ସେଥିରେ ପୁଲିସକୁ ତୋ' ନାଁ ମା' ବୋଲି ଲେଖି ଦେଇଛି। ତୁ ପଳା କୁଆଡ଼େ। ନଇଲେ ତତେ ବି ଧରିବ।'

ଲକ୍ଷ୍ମୀ ଅଣ୍ଟାରେ ଲୁଗାଟା ଭିଡ଼ି ଦେଇ କହିଲା - "ଆଁ! ଏ କି ପୁଲିସ ମତେ ଦେଖାଉଛୁ ଯଦୁ। ଅବି ମୁଁ ଦେଖୁଛି ସେ କେମିତି ମୋ ପୁଅକୁ ନେବ। ମୋ ପିଲା ମାଛିକୁ ମ କହେନି। ସେ ଘନିଆର ସବୁ ଫିସାଦି ଚାଲ, ଚାଲ ଯଦୁ, ମୋ ଆଖି ତା' ଆଖିରେ ନଗେଇ ମୁଁ ତା' ଆଖି ଫେରେଇ ଆଣିବି। ମୁଁ ନିଆଁନାଗୀ କାହିଁକି ଶୋଇପଡ଼ିଲି ଯେ...।" ସାଇ ଗୋଟାକର ଲୋକେ ଲକ୍ଷ୍ମୀର ଉଡ଼ନ୍ତା ପାଦକୁ ଚାହିଁ କାବା ହୋଇଯାଉଥିଲେ ବେଳକୁ ବେଳ।

■

ଅଶ୍ରୁ ଅନଳ

ସାରା ସହରଟାକୁ ମଣ୍ଟିପକେଇବା ଲୋକ ସିଏ। ବିଜୁଳିବେଗରେ ଏ ଛକରୁ ସେ ଛକ, ପୁଣି ଏ ସାଇରୁ ସେ ସାଇ ଖେଦି ଆସିବ ବୋଲି କିଏ ନ ଜାଣେ! ଯେମିତି ହେଉ ଯେତେବେଳେ ହେଉ ସେ ଦାଣ୍ଡକବାଟ ଝଣଝଣ କରି ଡାକ ପକେଇବ ଆଉ କହିବ କଦଳୀ ନିଅ, ଭଣ୍ଡା ନିଅ, ଆମ୍ବ ନିଅ, ପଣସ ନିଅ। ନଇଲେ କହିବ ସାରୁ କଖାରୁ ନିଅଗୋ, ଶୁଖୁଆ ଦେଇ ରାନ୍ଧି ଖାଇବ। କେବେ କେମିତି ପୋଇଡଙ୍କ କି କଖାରୁଡଙ୍କ ଆଣେ। ତା' ହାତ କଅଁଳିଆ ଡଙ୍କ ମୋଡ଼ିବାକୁ ମୋଟରୁ ଯାଏନି ବୋଲି କହି ଆଖି ପୋଛିପକାଏ। କିଏ ଡାକେ କେତକୀ ତ କିଏ ଡାକେ କେତି, ପୁଣି କିଏ ଡାକେ ନାନୀ ତ ଆଉ କିଏ ଅପା। ସେଥିରେ ତା'ର କିଛି ଯାଏ ଆସେନି। ମୁଣ୍ଡରେ ଟୋକେଇ ଅଛି ତ ସାରା ପୃଥିବୀଟା ଅଛି। ପାଦ ଦି'ଟା ଚାଲୁଛି, ଗୋଡ଼ ହାତ ଚଳିଲା ପରି ଅଛି। ଜୀବନ ଥିବା ଯାଏ ହାତ ଗୋଡ଼ ଚାଲୁଥାଉ ବୋଲି ସେ ଠାକୁରଙ୍କୁ ବର ମାଗେ। ତା' ଛଡ଼ା ତା'ର ଆଉ ଲୋଡ଼ା କ'ଣ?

ହେଲେ ଏ କି ଯୁଗ ହେଲା? ବୟସ ଥିଲାବେଳେ ତାକୁ ମୁଁ କରି ପଦେ କେହି କହି ନାହିଁ, ମୁହଁ ଟେକି ଚାହିଁନି କି ଥଟ୍ଟା ନକଲ ହେବାକୁ ସାହସ କରିନି। ପୁଅ ଦୁଇଟା, ଝିଅ ଦୁଇଟା କୋଳରେ ନେଇ କେତକୀର ସ୍ୱାମୀ ମୂଳରୁ ଫେରି ଜରରେ ଆଖି ବୁଜି ଶୋଇଲା ଯେ ଶୋଇଲା। ହେଲେ କେତକୀ ଦବିଗଲା ନାହିଁ। ଛୁଆଙ୍କୁ ତ ବଞ୍ଚେଇବାକୁ ହେବ!

ଗରିବ ଘରେ ବିଧବା ସ୍ତ୍ରୀଲୋକକୁ ସ୍ୱାମୀପାଇଁ ବାହୁନିବାକୁ ବି ତର ନ ଥାଏ। ସେ କ'ଣ ଦେଖି ନାହିଁ ଶିବବାବୁ ମରିଗଲେ ଯେ ତାଙ୍କ ସ୍ତ୍ରୀକୁ ବୁଝେଇଶୁଝେଇ ଶାନ୍ତ କରିବାକୁ ରୋଜ ପଚାଶ ଶହେ ଲୋକ ଯାଉଥାନ୍ତି ଚା' ସରବତ୍ ପିଇ ଫେରୁଥାନ୍ତି। ଶିବବାବୁ ଆଛା ଲୋକ ଥିଲେ। ବୟସ ବି

ହୋଇଥିଲା। ଛୁଆପିଲାଙ୍କୁ ଥଇଥାନ କରିଯାଇଛନ୍ତି। ଭାରିଯା ସେଇ ଗୁଣ ସୁମରି ବତାସରେ ଗଛ ପଡ଼ିଲା ପରି ତଳେ ଗଡୁଥାଏ। କେତକୀର ଏଡ଼େ ଭାଗ୍ୟ କାହିଁ ? ଗେରସ୍ତପାଇଁ ମନବୋଧ କରି କାନ୍ଦିବାକୁ ତାକୁ ତର ମିଳିଲାନି। ହଉ, ନ ମିଳୁ। ତା'ରି ଛୁଆଙ୍କୁ ଭଲରେ ରଖିବାପାଇଁ ସେ ତ ଲୁହ କୋହକୁ ଚାପି ରଖୁଛି। ଝିଅମାନେ ବାହାହୋଇଯିବେ। ପୁଅ ଦୁଇଟା ବଡ଼ ହାକିମ ହେବେ। ସେଦିନ କେତକୀ ମହାଦେବ ବେଢ଼ାକୁ ଯାଇ ବେଲପତ୍ର ଚଢ଼େଇ ଚଟାଣରେ ଗଡ଼ି ଗଡ଼ି ଏମିତି କାନ୍ଦ କାନ୍ଦିବ ଯେ ସାତ ସମୁଦ୍ର ତେର ନଈରେ ବଢ଼ି ଆସିବ। ଆକାଶରେ ମେଘ ଗୁମୁରି ଉଠିବ ଆଉ ପୃଥିବୀ ଫାଟି ଦି'ଖଣ୍ଡ ହେବ। ସେଦିନ ତା'ର ଶେଷ କଥା ସେ କହିବ; ମାତ୍ର ଏବେ ଫୁଲେଇ ହୋଇ ରୋଜ ରୋଜ ପାଛିଆଏ ଫୁଲଧରି ଶିବବାବୁ ଭାରିଯା ପରି ଦି'ଘଡ଼ି ମନ୍ଦିରରେ ସେ ବାହୁନି ପାରିବନି। ଠାକୁରଙ୍କର ସବୁଦିନ ତ ତା'ର ଦିନେ, ଖାଲି ଦିନେ। ଏବେ ସେ ଲଢୁଛି ଯେମନ୍ତେ ତା'ର ଅଣ୍ଟା ଭିଡ଼ି ଲଢ଼ିବା କଥା। ଠାକୁର ନିଦରେ ଶୋଇ ମୁରୁକି ହସୁଛି, ହସିବା କଥା। କେତକୀ କିନ୍ତୁ ଦବିବ ନାହିଁ ଜୀବ ଥିଲାଯାଏଁ।

କଞ୍ଚା କଦଳୀ ଫେଣାଟା ଧରି ପରୀଭାଉଜ ଗଣୁଥିଲେ ଗୋଟି ଗୋଟି କରି। କେତକୀ କହିଲା - "ହଇ ଭାଉଜ, କେତେ ଡେରି କରୁଚ ଗୋ ! ଭାରି ଗୁଳୁଗୁଳି ପଡ଼ିଛି, ତଣ୍ଟି ଶୁଖିଯାଉଛି। ବେଇଗି ଦିଅ, ଯିବି।"

ପରୀଭାଉଜଙ୍କୁ ବୟସ ପଚାଶ ଉପରେ। ସ୍ୱାମୀ ପୁଅ ଝିଅ ବୋହୂରେ ସଂସାର ଗହ ଗହ ଡାକୁଛି।

ଅଫିସ୍ ପିଅନ ବଜାର ସଉଦା କରେ; ହେଲେ କେତକୀଠାରୁ କିଛି ନା କିଛି କିଣା ହୋଇ ଘରେ ରହିବ। ସବୁଦିନ ପରି ପରୀଭାଉଜ କହିଲେ - "କେତି, ଟିକେ ବସୁନା, ଏମିତି ତରତର କିଆଁ ? ଆଜି ତ ଖାଲି କଞ୍ଚାକଦଳୀ - କିଏ ଏମିତି କିଣିବ ଯେ !"

"ବସିବାକୁ ବେଳ ନାହିଁ ଲୋ ମା'। ରମୁବାବୁ ଝିଅ ପରା ଫେଣାଏ କଦଳୀ ନେବ ବୋଲି କାଲିଠୁ କହିଛି। କ'ଣ ଗୋଟେ ବହିରୁ ପଢ଼ିଛି ଯେ, ସେଥିରୁ ତିଆରି କରିବ। ମୁଁ ଯାଏ ଲୋ ମା' ?"

ପରୀଭାଉଜ ମୁହଁ ବଙ୍କେଇ କହିଲେ - "ହଅ, କ'ଣ ତାଙ୍କର ରନ୍ଧାଯାଏ ଯେ ଏତେ ଢମ ! ସେ ଟୋକୀଖଣ୍ଡକ କି ଫୁଲେଇ ! ପଞ୍ଚାଏ ଟୋକା ଧରି ଘରେ ନାଟ ନଗେଇଛି। ବୋପା ମା'ଙ୍କର ତ ଆକଟ ନାହିଁ ... ମୋ ଝିଅ ହେଇଥିଲେ ଦି ଫାଳ କରି ଚିରିଦିଅନ୍ତିଣି।"

"କିଆଁ ମ, ମୋତିଟା ତ ଭାରି ଗୁଣର ଝିଅ ! ତା' ଜନମକାଳରୁ ମୁଁ ତାକୁ ଦେଖି ଆଉଚି ପରା !"

"ଏଁ, ଏନ୍ତୁଡ଼ି ଧଇଲା ପରି ତ କଥା କହୁଚୁ ! କିଲୋ, ହାଟୁଆ ବାଟୁଆ ମାଇପିଟା ତୁ, ତୁ କି ବୁଝିବୁ ଘରୁଆ ଘର କଥା ! ହଉ ତୁ ଯା, କାଲିକି ପଇସା ନବୁ !"

"ନାଇଁ ଭାଉଜ ! ଘରେ ତେଲ ଟୋପାଏ ନାହିଁ ରାନ୍ଧିବାକୁ କି ଝୁଅ ଦୁଇଟାଙ୍କ ମୁଣ୍ଡରେ ନଗେଇବାକୁ। ବାକି ରଖିଲେ ଚଳିବନି - କାଲିକି ପଛେ ରଖିବ।"

ପରୀଭାଉଜ ଗରଗର ହୋଇ କାନିଗଣ୍ଠିରୁ ଟଙ୍କା କାଢ଼ି ପକେଇଦେଇ କହିଲେ, "ହଉ ଯା', ରମୁବାବୁ ଘରେ କଦଳୀ ଚପ୍, ଭଜା ଆଉ ସାକର ଖାଇ କରି ଯିବୁ। ଟୋକୀଟା ମର୍ଦ୍ଦଙ୍କୁ ବାଇଆ କରିଛି, ମାଇପେ ବି ଜାଲରେ ପଡ଼ିଲେଣି। ହେଲେ ମତେ ଟଳେଇ ପାରିବନି ସିଏ।"

ଦୁମ୍ ଦୁମ୍ ପାଦ ପକେଇ ସେ ଚାଲିଗଲେ ଭିତରକୁ। କଦଳୀ ଫେଣାଟା ତଳେ ପଡ଼ିଥାଏ। ସତେକି କେତକୀକୁ ସାହାଯ୍ୟ କରିବାକୁ ସେ ଜିନିଷଟା କିଣିଥିଲେ, ନଇଲେ ଏସବୁ ତାଙ୍କର କିଏ ଖାଏ ?

ହଅବା, କେତକୀ କେତେ ଢମ ଦେଖିଛି। ପରୀଭାଉଜ ପା ବର୍ଷ ତଳେ ଖଡ଼ା ଦି' ଗୋଛା, କଖାରୁଟାଏ ରଖିଲେ ଚାରି ଦିନରେ ପଇସା ଦିଏ। ଏସବୁ ଗେରସ୍ତ ଠିକାଦାର ହୋଇ କଞ୍ଚା ପଇସା ଆଣୁଛି ତ ଫୋପାଡ଼ିକରି କଥା କହିବନି କାହିଁକି ?

କେତକୀ ଉଦୁଉଦିଆ ଦି'ପହର ଖରାଟାରେ ଖାଲି ପାଦରେ ଚାଲୁଥାଏ। ଏ ବର୍ଷ ନାହିଁ ନ ଥିବା ଖରା। କନା ଖଣ୍ଡିକରେ ପୋଦିନାପତ୍ର କଞ୍ଚାଲଙ୍କା ପାଣି କୁମ୍ଭ ଉପରେ ଭସେଇ ବୁଢ଼ା ଲୋକଟିଏ ଛକ ଉପରେ ଗରିବଗୁରୁବାଙ୍କୁ ପାଣି ଦିଏ। କିଏ କାଳେ ଜାତି ଗୋତ୍ର ବାରିବ, ସେଥିପାଇଁ ପଇତାଟିଏ କାନ୍ଧରେ ପକାଇ, ମୁଣ୍ଡରେ ଚନ୍ଦନ ଗାର ଟାଣି ଗାମୁଛା ଧରି ବିଞ୍ଚିହେଉଥାଏ। ସେଇଠି ବୋଝଟାକୁ ଉତାରି କେତକୀ ପୋଦିନା ପାଣିରୁ ଲୋଟାଏ ହେବ ପିଇଲା। ସକାଳୁ ଆଜି କାହା ମୁହଁ ଚାହିଁଥିଲା କେଜାଣି ?

ବୁଢ଼ା କହିଲା, "ଆଜି ଏଠି ପାଣି ପିଇଲୁ ଯେ ? କ'ଣ ଠିକାଦାର ଘରେ ପିଇଲୁନି ?" - "ହଅ, ଆମର ତ ଏଇଠି ପିଇବା କଥା। ଆଗ ତାଙ୍କ ଘରଟା ପଡ଼େ ବୋଲି ସିନା !"

"ଦି'ଟା ପୋଦିନା ଆଉ ଲଙ୍କା ନେଇ ଯା' ଝିଅ, ଘରେ ଚଟଣି ବାଟି ଖାଇବୁ।"

ବୁଢ଼ା ହାତରୁ ପୋଦିନାପତ୍ର ଓ କଞ୍ଚାଲଙ୍କା ନେଇ କେତକୀ ଓଦା କନାରେ ଗୁଡ଼େଇ ରଖି ଉଠିଲାବେଳେ ବୁଢ଼ା କହିଲା - "ତୁ ଗଳିରାସ୍ତାରେ ଛାଇ ଛାଇ ଦେଖି

ଯାଉନୁ ଝିଅ, ପିଚୁ ତରଳୁଛି, ତେହିଁକି ରାସ୍ତାଘାଟ କ'ଣ ଆଉ ଭଲ ଅଛି ? କେତେବେଳେ କୋଉ କଥା ? ଯେତେ ବୟସ ହଉ ମାଇପି ନୋକ ତ !" ବୁଢ଼ା କ'ଣ କହି ଆସୁ ଆସୁ ଅଟକିଗଲା। ଦୁଇଟା ରିକ୍ସାବାଲା ନଇଁପଡ଼ି ହାତ ଦେଖେଇ ପାଣି ମାଗିଲେ।

କେତକୀ ବୋଝ ମୁଣ୍ଡେଇ ଆଗକୁ ଚାଲିଲା। ସବୁଦିନେ ତ ଏଇବାଟେ ଯାଏ। ଆଉ ଦି' ଦଣ୍ଡ ଚାଲିଲେ ରମୁବାବୁଙ୍କ ଘର ଆସିବ। ମୋତି ପାଖରେ କଦଳୀଯାକ କୁଢ଼େଇ ଦେଇ ସେ ଦୌଡ଼ି ଦୌଡ଼ି ଘରକୁ ଯିବ। ବାଟରୁ ସୋରିଷତେଲ ଆଉ ନଡ଼ିଆତେଲ ନେଇଯିବ। ପୁଅମାନେ କାହିଁକି ଖରାକୁ ଆସିବେ ? ବଡ଼ ପୁଅଟା ମାଟ୍ରିକ୍ ପରୀକ୍ଷା ପାଇଁ ପଢ଼ି ପଢ଼ି କୁଟା ଖଣ୍ଡେ ହେଇଛି। ହଉ, ବାପ ନ ଥିଲା ପୁଅ ମୋଟାସୋଟା ହେଲେ ଦଇବ ସହିବ ନାହିଁ। ଏତିକିବେଳେ ପଛପଟେ ବିରୁଡ଼ି କାମୁଡ଼ି ଦେଲା ନା କ'ଣ। ରଗଡ଼ି ପୋଡ଼ିଉଠିଲା ଯେ ...

କେତକୀ ବୁଲିପଡ଼ି ଚାହିଁଲା। ସରୁ ସରୁ ଧଳା ଗୋଡ଼ି ମେଞ୍ଚାଏ ଝପଝାପ କୁଢ଼େଇ ପଡ଼ିଲା ଗୋଡ଼ପାଖରେ। କିଏରେ ଛତରା ବାଟୁଳି ମାରୁଛି ଖରାବେଳଟାରେ ? ସେ ଏଣିକି ତେଣିକି ଚାହିଁଲା - କେହି କୁଆଡ଼େ ନାହିଁ...। ଖୁଁ ଖୁଁ କାଶ ଶୁଭିଲା। ଏଁ... କିଏ ଲୋ ମା ! ଦେବୀ ମେଲାରେ ଆଠ ଦଶଟା ଭେଣ୍ଡା ଟୋକା ନାଟ କଲାପରି କାନ୍ଧରେ ହାତ ପକେଇ ତାକୁ ଚାହିଁଛନ୍ତି। ସେଥିରୁ ଦି' ହାତ ଆଗକୁ ଆସି ଟୋକାଟାଏ ବାଟୁଳିଖଡ଼ା ଧରି ଛିଡ଼ାହୋଇଛି। ଇଏ କି ଲୀଳା ! ଏମିତି ତ ଆଗେ ଦେବୀ ମେଲାରେ କେହି ନାଚୁ ନ ଥିଲେ; ଏଗୁଡ଼ା କୋଉଠୁ ଆଇଲେ କେଜାଣି ? କେତକୀ ରାଗରେ ତମ ତମ ହୋଇ ଆଗକୁ ପାଦ ବଢ଼େଇଲା - ଏକ୍ଷଣି ଏଗୁଡ଼ାଙ୍କ ସାଙ୍ଗେ ନାଚିବାକୁ ବେଳ ନାହିଁ। ପାଦ ଉଠେଇଛି କି ନାହିଁ ଧାଏଁ କରି ଗୋଡ଼ିଟାଏ ଗୋଇଠିରେ ବାଜିଲା। କେତକୀ ସେଇଠି ବସିପଡ଼ିଲାକ୍ଷଣି ଟୋକାଗୁଡ଼ାକ ନାଟ ପିଲା ପରି ଖେଁ ଖେଁ ହୋଇ ହସିଉଠି କହିଲେ - "ହେ ତତେ ଶୁଭୁନି କି ? କ'ଣ ରାଣୀ ପରି ଧାଇଁପଳଉଛୁ ?"

ଗଣ୍ଠିଟାକୁ ଆଉଁସୁ ଆଉଁସୁ କେତକୀ କହିଲା - "ମତେ ଚିହ୍ନିବୁଟି ? ମୋ ନାଆଁ କେତକୀ।"

- "ତୁମ କାରବାର ଏତିକି।"

- "ଟାପରା ହେବାକୁ ଲୋକ ମିଳୁ ନାହାନ୍ତି ତମକୁ।"

- "କେତେ ଟଙ୍କା ରୋଜଗାର କରୁଛୁ ଦିନକୁ ? ପଚାଶ ଟଙ୍କାରୁ କମ୍ ନୁହେଁ। ସାରା ସହରଟା ଖେଦିଯାଉଛୁ। ବାହାରକର ଟଙ୍କା !"

- "କାହିଁକି ? ମୁଁ ତୁମର ଖାଏ ନା ଧାରେ ? ତୁ କିଏରେ ?"

ସେ ପଞ୍ଚାଙ୍କ ଭିତରୁ ଷଣ୍ଢାଳିଆ ମର୍ଦ୍ଦ ଟୋକାଟା ଆଗକୁ ଉହୁଁକିପଡ଼ି କହିଲା, "ହେ ମାଇକିନା ! କାହା ସାଙ୍ଗରେ କଥା କହୁଛୁ ଜାଣୁ ?"

ବୋଝଟା ମୁଣ୍ଡକୁ ନେଉ ନେଉ କେତକୀ କହିଲା – "ତୁ କିଏବେ ମତେ ଅଟକେଇବୁ ? ତତେ ମୁଁ ଚିହ୍ନିବି କାହିଁକି ? ମୁଁ ତ ନାଟସାହେବକୁ ଡରିଲା ନୋକ ନୁହଁ ... ହାଁରେ ଅଲପେଇସା, ମା ଭଉଣୀ ଘରେ ନାହାନ୍ତି କିରେ ?"

"ସେ' ବୋଲି ବନ୍ଦ କରି ଅଣ୍ଟାରୁ ଟଙ୍କା କାଢ଼ି ତଳେ ପକା । ଅତି କମ୍‌ରେ ପାଞ୍ଚ ଟଙ୍କା ମେଲାରେ ରଖିଦେଇ ଯିବୁ ତ ବୋଝ ଉଠେଇ ଏ ବାଟେ ଯିବୁ, ନଇଲେ ସବୁ ଟଙ୍କା ଉଠେଇନେବୁ । ଘରୁ ପଦାକୁ ବାହାରିପାରିବୁନି ।"

– "ଏଁ, ତୁ କିଏରେ ଛତରା ଗାତପଶା ! ମୁଁ ତତେ କିଆଁ ଟଙ୍କା ଦେବି ? ଏକୁଟିଆ ମାଇପି ନୋକ ଦେଖି ଧମକଉଛୁ । ସେଇ ଦେବୀ ମେଲାରୁ ଦୁର୍ଗା ବାହାରି ତମ ବେକ ଯଦି ନ ମୋଡ଼ିଛି, ମୋ ନାଆଁରେ କୁତା ପାଳିବୁ ।"

କେତକୀ ରାଗରେ କମ୍ପି ଉଠୁଥାଏ । ଟୋକେଇଟା ମୁଣ୍ଡ ଉପରୁ ଦଶ ଥର ଖସିପଡୁଥାଏ । କରେ ଏବେ କ'ଣ ? ପାଣିବାଲା ବୁଢ଼ାଟା ଭଲା କଥାଟା ବୁଝେଇ କହିଥାନ୍ତା... ପଞ୍ଚାଏ ଟୋକା ତା' ଚାରିପଟେ ଚକା ଚକା ଭଉଁରୀ ଖେଳି ଘୂରୁଛନ୍ତି । ରାସ୍ତାରେ କାଉ-କୋଇଲିଟିଏ ନାହିଁ । ଘରଗୁଡ଼ାକର ତାଟି, କବାଟ, ଝର୍କା ସବୁ ବନ୍ଦ । କେତକୀର ବୁଦ୍ଧି ହଜିଗଲା । ସେ ତଳେ ବସିପଡ଼ି କହିଲା, "ମୁଁ କାହିଁକି ତମକୁ ଟଙ୍କା ଦେବି ?"

"ତୁ ଏ ରାସ୍ତାରେ ଯାଉଛୁ ବୋଲି ମନେ ନାହିଁକି ?"

– "ରାସ୍ତାଟି ତୋ ବୋପାର ?'

– "ନାଇଁ, ବୋପା ତ ମଦ ଠୁଙ୍କି ଦେଇ ଘରେ ଗଡୁଛି । ରାସ୍ତା ମୋର, ମାନେ ଆମ ସମସ୍ତଙ୍କର । ତୁ ଏ ରାସ୍ତାରେ ଯାଇ ବେଶ୍ ପଇସା କମଉଛୁ – ଦବୁନି କାହିଁକି ?"

କି ଉତ୍ତର ଦେବ କେତକୀ; ଆଜିକାଲିକା ଟୋକାଙ୍କୁ ଆଉ କେହି ପାରିବନି । ବିଚ୍ ରାସ୍ତା ଉପରେ ବେଜିତ୍ କରିବେ । ପାଖରେ କଦଳୀବିକା ଟଙ୍କା ପାଞ୍ଚଟା ପଡ଼ିଛି । ବୁଦ୍ଧି ପାଞ୍ଚି କହିଲା, "ହଉ ରାମବାବୁ ଘରେ କଦଳୀ ଦେଇ ଟଙ୍କା ଆଣିବି, ତମକୁ ଦେଇଯିବି । ତୋ ରାସ୍ତାରେ ଚାଲୁଛି ବୋଲି ଆଜି ଜାଣିଲି... ।"

"ହେ, ତୁ ଯୋଉ ରାସ୍ତାରେ ଚାଲ୍ ପରୁଆ ନାହିଁ । ସବୁଠେଇଁ ଆମ କ୍ଲବ୍ ପିଲା ଅଛନ୍ତି । ଦେବୁ ତ ଆଗକୁ ଯିବୁ, ନଇଲେ ଘରେ ଦି'ଟା ଝିଅଙ୍କୁ କୋଳରେ ଧରି ବସିଥିବୁ ମାଇକିନା ।"

କେତକୀ କାନ ଉଠିଲାଦିନୁ ଏମିତି କଦର୍ଯ୍ୟ ଗାଳି କି କଥା ଶୁଣିନି । ଏ ଟୋକାଗୁରାଙ୍କର ଗାଲ ଚିପିଦେଲେ ଦୁଧ ବାହାରିବ, ଏ ପୁଣି ବାଲିଙ୍ଗି କାଢୁଛନ୍ତି ସାତ

କାହାଣ ପାଞ୍ଚ ପଣ। କି ଯୁଗ ନ ହେଲା ସତେ! ନିଜ ଛୁଆଙ୍କୁ ଡରି ମା' ବାପ ବାଟ ଚାଲିଲେ। ବିଚ୍ ରାସ୍ତା ଉପରେ ସରକାର ଆଉ ପୋଲିସ୍ ଟୋକାଙ୍କୁ ଡରିମରି ରହିଲେ। କାହାକୁ ସେ କହିବ?

ରାଗ ଅପମାନରେ ଜଳିଯାଇ କେତକୀ ଅଣ୍ଟାରୁ ପାଞ୍ଚଟଙ୍କା ବାହାର କରି ଟୋକାଙ୍କ ମୁହଁକୁ ଫୋପାଡ଼ିଦେଇ କହିଲା, "ବେସାହାରା ମାଇପିଟାର ଟଙ୍କା ଖାଇବ ନାହିଁ ଯେ, ବିଷ୍ଠା ଖାଇବରେ ଯୋଗିନୀଖିଆଏ! ଭୋଗିବ ଯେତେବେଳେ କେହି ପିଠିରେ ପଡ଼ିବେ ନାହିଁ...।"

ଟୋକାଗୁଡ଼ାକ ପଛପଟେ ଖେଁ ଖେଁ ହୋଇ ହସୁଥିଲେ ତା' କଥା ଶୁଣି ଯେମିତି ଗାଳି ନୁହେଁ, ଚନ୍ଦନ ଛିଟା। ଭାରି ଅପମାନରେ ଜଳିଯାଉଥିଲା କେତକୀ। ମୁହୂର୍ତ୍ତେ ଆଉ ଅପେକ୍ଷା କଲେ କେଜାଣି ଟୋକାଏ ତା' ଲୁଗାପଟା ଛଡ଼େଇ ନେଇଯିବେ ନା କ'ଣ। ସେ ଦୌଡ଼ିଲା ପରି ଧାଇଁଗଲା ଆଗକୁ। ରାସ୍ତା ଛକରେ ରମୁବାବୁଙ୍କର ଘର। ମୋତି ତାକୁ ଅପେକ୍ଷା କରି ଚାହିଁ ବସିଥିବ। ତେଣେ ତା' ଫେରନ୍ତି ବାଟକୁ ଘରେ ଚାହିଁ ରହିଥିବେ ପିଲାଏ। ସଅଳ ଫେରି ତାଙ୍କ ସାଥିରେ ପଖାଳ ଖାଇବା ପାଇଁ କହିଆସିଛି ବୋଲି ନିଜକୁ ଧିକ୍କାରିହେଲା କେତକୀ।

ରମୁବାବୁଙ୍କ ବାରଣ୍ଡା ଉପରକୁ ଉଠି ଯାଉ ଯାଉ ମୋତି କବାଟ ଖୋଲିଦେଇ ପଚାରିଲା, "ମାଉସୀ! ଦେହ ଭଲ ନାହିଁ କି? ଏମିତି କାହିଁକି ଦିଶୁଚ? ଶୋଷ ହେଉଛି? ପାଣି ଦେବି? ନା ତୋରାଣି ମୁନ୍ଦେ ଆଣିବି କି? ଭାରି ହାଲିଆ ଦିଶୁଚ। ଏଡ଼େ ବଡ଼ ଖରାଦିନେ ଖାଲି ପାଦରେ ଧାଉଁଚ। କେତେ କରି କହିଲି ଚପଲ ହଳେ କିଣ, ନ ହେଲା ଏବେ ମୋ ଚପଲ ତ ତୁମ ପାଦକୁ ହେବ, ସେଥିରୁ ହଳେ ନେଇ ଯା...।" କେତକୀ ଖୁଣ୍ଟକୁ ଆଉଜି କହିଲା - "ନାହିଁ ଲୋ ମା', ସେ କଥା କହନି କି ଆଉ ଶରଧା ଡୋରିରେ ମତେ ବାନ୍ଧି ଧରନି। ମୋ ବେଳକାଳ ସଇଲା... ବଜ୍ର ପଡ଼ିଲା ଗରିବ ମାଇପିଟା ଉପରେ। ନଇଲେ କି...।"

"କ'ଣ ହେଇଛି ମାଉସୀ? ଏମିତି କାହିଁକି କହୁଚ? ଘରେ ପିଲାମାନେ ଭଲ ଅଛନ୍ତି ତ?"

"ସବୁ ଭଲ ଲୋ ଝିଅ - ହେଲେ କପାଳ ମନ୍ଦ। ଜନମ କାଳରୁ କାହା ପାଖରେ ମୁଣ୍ଡ ନୁଆଁଇନି, ଏମିତିକି ଠାକୁର ସାଙ୍ଗରେ ଲଢ଼ିଛି। ଆଉ ପାରିଲନି ଏଇ ଟୋକାଙ୍କୁ। ଭଲା କାହା ପାଖରୁ ହାତ ପାତି ଆଣିଥାନ୍ତି କି ବୋପା ନଇଲେ ଗେରସ୍ତର ଟଙ୍କା ଖର୍ଚ୍ଚ କରୁଥାନ୍ତି, ମୁଁ ମୁଣ୍ଡ ନୁଆଁଇଲେ ଶୋଭା ଦିଶନ୍ତା। ନିଜ ଗତର ଖଟେଇ ଟଙ୍କା ଦଶଟା ଆଣୁଛି କି ନାହିଁ ସେଥିରୁ ପାଞ୍ଚଟଙ୍କା ଗଣିଦେବି ତ ବଞ୍ଚିବି କେମିତି?"

"ସେ ଦେବୀ ମେଳାର ଟୋକାମାନେ ତମକୁ କ'ଣ ମାଗିଲେ କି ?"

"ଆଉ କିଏ ? ଭଲ କାମକୁ ହେଲେ ମାଗିଥାନ୍ତେ ! ମଦ ପିଇ ଉଡ଼େଇବେ ଅଳପେଇସେ । ତାଙ୍କ ବଡ଼ଁଶ ବୁଡୁ ।"

ଗମ୍ଭୀର ସ୍ୱରରେ ମୋତି ପଚାରିଲା, "ତମେ ଟଙ୍କା ଦେଇସାରିଛ ନା ଦବ ? ମୁଁ ପୋଲିସ୍‌କୁ ଖବର କରିବି । ଏମାନେ ତା'ହେଲେ ସାଧାରଣ ଲୋକଙ୍କୁ ବଞ୍ଚିବାକୁ ଦେବେନି ଦେଖୁଚି । ଆଠ ଦିନ ହେଲା ଜୁଲମକରି ଟଙ୍କା ନେଉଛନ୍ତି କ୍ଲବ୍ ନାଆଁରେ । ବଡ଼ ଲୋକଙ୍କଠୁ ନେଲେ ମୁଁ ପାଟି ଫିଟେଇନି । ତା' ବୋଲି ରିକ୍ସାବାଲା, ପରିବାବିକାଳି, କ୍ଷୀରବାଲା ଆଉ ଭିକାରିଙ୍କଠୁ ଜବରଦସ୍ତ ଟଙ୍କା ନେଲେ ସେମାନେ ବଞ୍ଚିବେ କେମିତି ?"

କେତକୀ କହିଲା, "ତୁ ଝିଅ କଦଳୀ ନେଇ ମତେ ଟଙ୍କା ଦେ, ମୁଁ ଘରକୁ ଯାଏ । ତୁ ବା କ'ଣ କରିବୁ ? ତତେ କହିବା ଯାହା କାଲ ଆଗରେ ମୂଳା ଚୋବେଇବା ସେଇଆ । ତୁ ତ ମାଇପି ଝୁଅଟା, ଆଙ୍ଗୁଠି ଟେକିଲେ ଭୂଇଁରେ ପଡ଼ିବୁ । ଏଇ ସାଇରେ ଚଳୁଛୁ, ହୁସିଆରିରେ ରହିବୁ ।"

– "କ'ଣ କହିଲେ ମାଉସୀ, ମୁଁ କିଛି କହିବିନି ? ତମକୁ ସେମାନେ ବାଟରେ ଏତେ ହୀନସ୍ତା କଲେ, କାଲି ମତେ କରିବେ, ପରଦିନ ଆଉ କୋଉ ଝିଅ ବୋହୂଙ୍କୁ କରିବେ । କ'ଣ ପାଲା ଚାଲିଛି ? ଦେଶ କୁଆଡ଼େ ଯାଉଛି ? ତୁଛାକୁ ଏତେ ଆଇନ୍‌କାନୁନ୍ ଗଢ଼ା ହୋଇଛି ?"

କେତକୀ ଟଙ୍କା ପାଞ୍ଚଟା କାନିରେ ବାନ୍ଧୁ ବାନ୍ଧୁ କହିଲା, "ତୁ ଘର ଭିତରକୁ ଯା' । ସେ ନିଆଁପାଉଁଶ ଦେଶ ଯୁଆଡ଼େ ଯିବ ଯାଉ । କୋଉଦିନ ତା'ର ଜ୍ଞାନ ଫେରିବ କେଜାଣି ?"

– "ରୁହ ମାଉସୀ ! ଟିକେ କ'ଣ ଖାଇକରି ଯିବ । ଭାରି ଖରା ହେଉଛି ... କାଲିକୁ ଫ୍ରିଜ୍‌ରେ ତୁମ ପାଇଁ କଦଳୀ ଚପ୍ ରଖିଥିବି... ।"

– "ନାହିଁ ଲୋ ମା' ! ଛୁଆଏ ଚାହିଁ ବସିଥିବେ, ମୁଁ ଯାଉଛି । ହେଇତି ସେ ଟୋକାଙ୍କ ସାଥିରେ ନାଗିବୁ ନାହିଁ । ତାଙ୍କର ମୁଣ୍ଡ ଠିକ୍ ନାହିଁ... । ତୋ ମା' କେବେ ବାପଘରୁ ଫେରିବ କିଲୋ ?"

– "କାହିଁକି ? ପଅରଦିନ ଆସିବ । କେବେ ତ ଯାଏନା – ଏବେ ଅଜାଙ୍କ ଦେହ ଭଲ ନାହିଁ ବୋଲି ଯାଇଛି । ତମେ ଡରୁଛ କି ମାଉସୀ ? ସେ ଛତରା ଟୋକାଏ ମୋର କ'ଣ କରିବେ ?"

କେତକୀ ସେତେବେଳକୁ ଟୋକେଇଟା ମୁଣ୍ଡରେ ଥୋଇ ଛକ ଟପିଗଲାଣି ।

କିଏ ଆଜି କାଲି କଥା ମାନୁଛି ଯେ ସେ କହିବ? ହେଲେ ମୋତି ଝୁଅଟା ଭାରି ଗୁଣର। ରୂପ ଯେମିତି, ବୁଦ୍ଧି ସେମିତି। ସେଥିପାଇଁ ପରୀଭାଉଜ ତାକୁ ଦେଖିପାରେ ନାହିଁ। ଦଉଡ଼ ଖେଳରେ ଫାଷ୍ଟ ହୋଇ ଦିଲ୍ଲୀ କଲିକତାରୁ କେତେ ପଦକ ଆଣିଛି। ଠାକୁରେ ତାକୁ ସବୁ ସୁଖ ଦିଅନ୍ତୁ - ପରମାୟୁ ଦିଅନ୍ତୁ।

ସୂର୍ଯ୍ୟ ସେ ପଟକୁ ନଇଁଯିବାକୁ ବସିଲେଣି। ପିଲାଗୁଡ଼ାକ ଘରେ ଚାହିଁ ବସିଥିବେ ପଖାଳ କଂସାକୁ। ସେ କହିଆସିଥିଲା ସୋରିଷତେଲ ଆଉ ଶୁଖୁଆ ନେଇ ଘରକୁ ଫେରିବ। କନା ଖଣ୍ଡିକରେ ବନ୍ଧା ଥିବା ପୋଦିନାପତ୍ର କଞ୍ଚାଲଙ୍କା ଶୁକୁଟିଗଲାଣି। ମନଟା କ୍ରୋଧରେ ଫାଟିପଡୁଛି। କାହାକୁ କହିବ? ଗେରସ୍ତ ଥିଲେ କହିଥାନ୍ତା। ସେ ବା ଏକା ଏକା କ'ଣ ଯୁଝିପାରିଥାନ୍ତା? ଆହା ବିଚରା। ଆଗରୁ ପୃଥ୍ୱୀ ଛାଡ଼ି ଚାଲିଯାଇଛି, ଭଲ କରିଛି। ଭାରି ବଡ଼ବଡ଼ିଆ ମଣିଷଟାଏ। ଏଡ଼େ ଦୁଃଖ ସହିପାରି ନ ଥାନ୍ତା। କେତକୀ ତରତର କରି ଗଳି ମୋଡ଼ ଦେଇ ଘରଆଡ଼କୁ ମୁହାଁଇଲା।

X X X X

ତା'ପରଦିନ ସକାଳୁ ସକାଳୁ ଉଠି ସାହୁଘର ପୋଖରୀରେ ଗାଧୋଇ ଫେରିଲା କେତକୀ। ଆଜି ଖଡ଼ା କଖାରୁ ଭଣ୍ଡା ବିକିବାକୁ ସାହୁଆଣୀ ବେତାରେ ଆଣି ଥୋଇଦେଇଯାଇଛି। ଲାଭ ପଇସାରୁ ଅଧେ ସେ ନିଏ। କିନ୍ତୁ କେତକୀର ପାଦ ଘରୁ ବାହାରକୁ ପଡୁ ନ ଥାଏ। ନ ଗଲେ ପେଟ ପୋଷିବ କେମିତି? କାଲି ସଞ୍ଜବୁଡ଼େ ଠିକା କାମକୁ ସେ ଯାଇନି। ଝିଅଟା ମାରଓ୍ୱାଡ଼ି ଘରେ କାମକରି ଖାଉଚି। ଟଙ୍କା ପଚାଶଟା ମାସକୁ ଆଣେ। ସାନଝିଅଟା ସାହୁଘରେ ବୋଲହାକ କରି ଗଣ୍ଡେ ଖାଏ ଦି'ବେଳା। ସାନ ପୁଅଟା ପଢ଼ିଲା ନାହିଁ। କାଗଜ ବିକେ, ଠୁଙ୍ଗା କରେ, ରାତିରେ ସାହୁ ଦୋକାନରେ ଚାଉଳ ଡାଲି ବିକି ତା'ର ଦି'ବେଳା ଖାଇବା ଖର୍ଚ୍ଚ ଉଠାଏ। ବଡ଼ପୁଅଟା ମାଟ୍ରିକ୍ ପରୀକ୍ଷା ଦେଇଛି। ଯଦି ମଣିଷ ହୁଏ, ତେବେ ନାଆଁ ରଖିବ। ତା' ପାରିଲାଯାଏ କେତକୀକୁ ଧାଇଁବାକୁ ପଡ଼ିବ। ତା' ପଛକୁ ଝିଅ ଦୁଇଟାଙ୍କର ବାହାଘର ଅଛି।

ବୋଝ ମୁଣ୍ଡେଇ କେତକୀ ରାସ୍ତା ଉପରକୁ ଗଲା। ମୋତି ଘରକୁ ସେ ଯିବ, ଦେଖି କ'ଣ କରୁଛନ୍ତି ସେ ଟୋକାଏ। ଆଜି ଯଦି କଳି କରନ୍ତି, ତେବେ ଥାନାରେ ଯାଇ ରିପୋର୍ଟ କରିବ। ସେଇ ସାଇରେ ତା'ର ଦଶବର୍ଷର ନାଗୁଆ ବେପାର। ଟୋକାଙ୍କୁ ଡରି ସେ କ'ଣ ଯିବ ନାହିଁ? ଯିବ ଯାହା ଗୋଟେ ଉପାୟ କରିବନା!

କୁଆଡ଼କୁ ନ ଚାହିଁ ସେ ପରୀଭାଉଜ ଘର ପାଖାପାଖି ପହଞ୍ଚିଗଲା। ସେଠିକି ଯିବାକୁ ତା'ର ମନ ନାହିଁ। ଘରଟା ଟପିଯିବାକୁ ବସିଛି ତ ପରୀଭାଉଜର ଡାକ ଶୁଭିଲା, "କେତୀ, ହେ କେତୀ, କେତକୀ? ଏଆଡ଼େ ଶୁଣିଯା..."

ନ ଶୁଣିଲା ପରି ସେ ଡେଇଁ ଡେଇଁ ଚାଲିଗଲା। ଚାରିଛକି ରାସ୍ତାର କୋଣକୁ ବୁଢ଼ା ପାଣିବାଲା ବସିଛି। ତାକୁ ଦେଖି ଡାକ ପକେଇଲା, "ଝିଅ ସେ ଆଡ଼େ ଯାଆନା ଭାରି ଗଣ୍ଡଗୋଳ ... ପୁଲିସ୍ ଭର୍ତ୍ତି ହେଇଛନ୍ତି।"

କେତକୀର ମନ କେଜାଣି କାହିଁକି ଖୁସି ହୋଇଗଲା। ସେ ତ ସେଇଆ ଚାହୁଁଥିଲା। ଛତରା ଟୋକାଙ୍କ ମଜା ନ ଦେଖି ସେ ଛାଡ଼ିବନି।

- "ନାହିଁ ମଉସା! ମୋତି ଝିଅ କହିଥିଲା ଭଣ୍ଡା ନବ ବୋଲି। ଖାଲି ଦେବି ଆଉ ଆସିବି।"

- "ମୋତି? ରାହାସବାବୁଙ୍କ ଝିଅଟି?"

- "ହଁ ... ମା' ନାହିଁ ମତେ ଅନେଇଥବ ପରା।"

ବୁଢ଼ା କହିଲା, "ଆଲୋ, କଥାରେ ନାହିଁ - ଯେଉଁ ଫୁଲ ଲାଗି ଲାଗିଛି କଳି ସେଇ ଫୁଲ ବିକୁଚି ମାଳୀ। ମୋତି ପରା ଆଉ ଜୀବନରେ ନାହିଁ। ସକାଳୁ ତାଙ୍କ ବାଡ଼ିବଗିଚାରେ ନଙ୍ଗଳା ମୁକୁଳା ହେଇ ମରିପଡ଼ିଚି। କଥା କ'ଣ ନୁଚିବ? ସେଇ ଟୋକାଏ ସବୁ ନାଟର ଗୋବର୍ଦ୍ଧନ... ହାଁ ହାଁ ଝୁଅ ସମ୍ଭାଳି ହୁଅ।" କେତକୀ ମୁଣ୍ଡ ଘୂରେଇ ତଳେ ପଡ଼ି ଯାଉ ଯାଉ ଅଟକିଗଲା। କ'ଣ ସେ ନ ଶୁଣୁଛି! ସେଇ ଟୋକାଙ୍କ ପାଖକୁ ମୋତି ଗଲା କାହିଁକି? ପାଣିକୁଣ୍ଡ ପାଖରେ ଥକା ମାରି ସେ ବସିପଡ଼ିଲା।

- "ମୁଁ ସେଇଆ ଶୁଣିଲି, ତତେ କହିଲି। ମୋ ନାଆଁ କୋଉଠି କହିବୁନି। ସେ ଟୋକାଏ ମତେ ଆଉ ଜୀବନରେ ରଖିବେନି।"

କେତକୀ ଢକ ଢକ କରି ଦି' ଆଞ୍ଜୁଳା ପାଣି ପିଇନେଲା। ଉଠୁ ଉଠୁ କହିଲା, "ମୋତିର ବାପ ନ ଥିଲା କି?"

- "ଥିଲା, ସେ କ'ଣ କରିବ? ମୋତି ତ କଥା ମାନିବନି। ସବୁଥିରେ ପାଟିତୁଣ୍ଡ କରି ରାସ୍ତାକୁ ବାହାରିପଡ଼ିବ। ତେହିଁକି ସଭାସମିତି କରିବ ଘରେ ପଶି ଝିଅ-ବୋହୂଙ୍କୁ ଉତାଳା କରିବ। କାଲି ସଞ୍ଜବୁଢ଼େ, ତା' ମୁଣ୍ଡକୁ ପୋକ ଉଠିଲା - ଦଳେ ଝିଅବୋହୂଙ୍କୁ ନେଇ ଦେବୀ ମେଳାରେ ଗର୍ଜନ କଲା। ପୋଲିସ ଥାନାରୁ ଆସି ଟୋକାଙ୍କୁ ବାନ୍ଧିନେଲେ। ଆମେ ଭାବିଲୁ ସବୁ ଶାନ୍ତ ପଡ଼ିଗଲା। ହେଲେ ସକାଳୁ ଦେଖ କାଣ୍ଡ। ଆହା! କି ନାରଖାର ହୋଇଛି ଦେହ! ଝୁଣି ଝୁଣି ତା'ର ରକତ ଖାଇଦେଇଛନ୍ତି ଟୋକାଗୁଡ଼ାକ ଲୋ ଝୁଅ।"

- "ମଉସା! ସେ ଟୋକାଏ ପରା ଥାନାକୁ ଯାଇଥିଲେ? ପର ପୁଅକୁ ଦୋଷ କାହିଁକି ଦେଉଛ? ବାଡ଼ିବଗିଚାରେ ସାପ କି ଜନ୍ତୁଜୁନ୍ତା କାମୁଡ଼ିଥିବ।"

- "ସେ ଥାନାକୁ ଯିବା ଖାଲି ନାଆଁକୁନା। ହେଇ ଏ ବାଟେ ଯିବେ, ସେ

ବାଟେ ଫେରିବେ। ସେମାନେ ଥାନାରେ ରହିବେ ତ ଚନ୍ଦ୍ର ସୂର୍ଯ୍ୟ ଉଇଁବେ କେମିତି ? ସାରା ସହରଟା ଅନ୍ଧାର ହୋଇଯିବ ଲୋ ଝିଅ ! ତାଙ୍କ କଥାରେ ରାଇଜ ଚଳୁଛି, କିଏ ତାଙ୍କୁ ଅଟକେଇବ ?"

କେତକୀ ଅନ୍ୟମନସ୍କ ହୋଇଯାଇଥିଲା। କାଲି ଖରାବେଳର କଥା ଆଖି ଆଗରେ ନାଚିଯାଉଥିଲା। କେଡ଼େ ରାକ୍ଷସିଆ ଟୋକାଗୁଡ଼ାକ ସତେ ! ସେ ଅଲକ୍ଷଣୀ ମୋତି ଆଗରେ ବଖାଣୁଥିଲା କାହିଁକି ? ଆତ୍ମଗ୍ଲାନିରେ ତା' ଛାତି ଭିତରଟା ଜଳି ଆଖିରୁ ନିଆଁ ବରଷିଲା।

ବୁଢ଼ା କହିଲା, "ଆଜି ପରିବା ନେଇ ଘରକୁ ପଳା।"

- "ନାଇଁ ମଉସା ! ଟୋକେଇ ଏଇଠି ଥାଉ, ମୁଁ ଝିଅଟାକୁ ଟିକେ ଆଖି ପକେଇଆସେ। ନଇଲେ ଅଧର୍ମ ହେବ। କେତେ ପଢୁଆ ସୁନ୍ଦରିଆ ଝିଅଟା। ବାପର କେତେ ଧନ, ତଥାପି ଗରବ ନ ଥିଲା...।"

ବୁଢ଼ା ଆଖି ପୋଛୁ ପୋଛୁ କହିଲା, "ଆଗରୁ ଆସିଲୁନି ? ତାକୁ ପରା ପୋଲିସ ଗାଡ଼ି ବଡ଼ ଡାକ୍ତରଖାନା ନେଇଗଲାଣି। ସେଠି ଶବ କଟା ହୋଇ ରିପୋର୍ଟ ଆସିଲେ ଦାହ ହେବ। ତୁ ମାଇପିଟା କ'ଣ କରିବୁ ? ଯା', ଘରକୁ ଯା'...। ଏବେ ରାସ୍ତାରେ ପୋଲିସ ଆଉ ଟୋକାଙ୍କର ମେଳା ଚାଲିଛି। କେତେବେଳେ କୋଉ କଥା। ତୋ'ର ତ ଝିଅ ଅଛନ୍ତି ଘରେ।" କେତକୀର ଛାତି ଧଡ଼ପଡ଼ କରିଉଠିଲା। ହଁ, ନିଜର ଜନମ କଲା ଝିଅ ଅଛନ୍ତି। ହେଲେ ମୋତି ତା'ଠୁଁ ବଳି ! ତା'ପରି ଝିଅ ଭାଗ୍ୟରେ ଥିଲେ ମିଳେ। ସେ ଯଦି ଚାଲି ଗଲା ତା'ପରି ଅରକ୍ଷିତିଆଣୀଟା ପାଇଁ, ତେବେ ସେ କ'ଣ ତା'ର ମୁକାବିଲା କରିପାରିବନି ? ଏଡ଼େ ଧାରୁଆ ହୋଇ ସେ ଜୀବନ ରଖିବ ? ଧିକ୍ ତା' ଜୀବନ। ଗେରସ୍ତ ମଲାଦିନୁ ଏକା ଏକା ଚାଲିଛି, ତା'ର ପିଲାଏ ତ ବାଟ ଚାଲି ଶିଖିଲେଣି ଆଉ ଚିନ୍ତା କ'ଣ ?

ବୁଢ଼ା କଥା ମାନିଲା ପରି କେତକୀ ଟୋକେଇ ଧରି ଫେରନ୍ତି ପଥରେ ମୁହାଁଇଲା। ପରୀଭାଉଜ ଘରକୁ ଚାହିଁଲା ନାହିଁ। ହିଂସକୁଡ଼ୀଟା ମୋତି ନାଆଁରେ ବାର ଅବିଗୁଣ ଗାଇବ। କି କଥା ନ ହେଲା ସତେ ! କେତକୀ ପାଇଁ ଝିଅଟା ଜୀବନ ଦେଲା ? ଆଉ ସେ ବଞ୍ଚିବ କାହିଁକି ? ପିଲାଏ ହାକିମ ହୁକୁମ ହେଲେ ମହାଦେବ ବେଢ଼ାରେ ସେ ନ କାନ୍ଦିବା କାନ୍ଦ କାନ୍ଦିଥାନ୍ତା। ପୃଥୀ ଲେଉଟାଇଦେଇଥାନ୍ତା। ସେତିକି ଭାଗ ତାକୁ ସହିଲା ନାହିଁ...। ତେବେ ବି ସେ ଲଢ଼ିବ। ଠାକୁର ଗୋଟେ ପଟେ ତ ସେ ଗୋଟେ ପଟ। ଏଥର ସେ ଦୌଡ଼ି ଦୌଡ଼ି ଚାଲିଲା। ମୁଣ୍ଡର ପାଛିଆଟା ପଡୁ ପଡୁ ରହିଯାଉଥାଏ...।

ଏକା ନିଃଶ୍ୱାସକେ ସେ ଘରେ ପଶି କବାଟ ଦେଲା। କୋଉ ଅମଳରୁ ସାଇତି ରଖିଥିବା ପେଡ଼ିପୁଟୁଳା ଅଣ୍ଡାଳି ଟଙ୍କା ବାହାର କଲା। ଗେରସ୍ତ ମଲାଦିନୁ କାନଫୁଲ ହଳକ କାଢ଼ି ରଖିଦେଇଥିଲା। ମସିଆ ଧରିଛି, ତଥାପି ସଫା କଲେ କାମ ଦେବ। ଝିଅ ବାହାଘରେ ବଦଳେଇ ନୂଆ କରିଥାନ୍ତା, ଏବେ ସାତ ବାହାଘର କାମ ବଳେଇ ପଡୁଛି ଯେ। ଅନ୍ଧାରିଆ ଘରେ ନିଜ ଭିତରେ ନିଜେ କୁହୁଳି କୁହୁଳି ଜଳୁଥାଏ କେତକୀ।

ସଞ୍ଜବେଳକୁ ବଡ଼ପୁଅକୁ ଡାକି କହିଲା - "ତାଟି କବାଟ ଭଲ କରି ଦେଇ ଶୋଇବୁ। ମୁଁ ଫେରଫେରୁ ରାତି ହେବ। ମାରୱାଡ଼ି ଘରେ ଆଜି ପରବ। ଝୁଅଟା ଏକା ପାରିବନି ବୁଝିଲୁ? ମୁଁ ଯାଉଛି, ଟିକିଏ ହାତ ନଗେଇବି।" ପୁଅ କବାଟ ଭିତରପଟୁ ବନ୍ଦ କଲା। ସଞ୍ଜ ମାଡ଼ିଆସିଲାଣି। ଅନ୍ଧାର ପକ୍ଷ। କେତକୀ ଟୋକେଇଟାରେ ଟିଣଟାଏ, କଟୁରୀଟାଏ, ପନିକିଟାଏ, ଆଉ ଦାଆଟାଏ, ରଖି ଚାଲିଥାଏ। ବହୁଦିନୁ ଛାଡ଼ିଦେଇଥିବା ଅଫିମରୁ ଟିକିଏ କଳରେ ସେ ଜାକିଦେଲା। ଦେହଟା ଭାରି ଅସକତିଆ ନାଗୁଛି - ତାକତ ନ ହେଲେ କାମ ହେବ କେମିତି! ଯାଉ ଯାଉ ମହାଦେବ ମନ୍ଦିର ଆସିଲାରୁ ସେ ଅଟକିଗଲା। ମୁଣ୍ଡିଆଟିଏ ବାହାରେ ପକେଇ କେତକୀ କହିଲା, "ତୁ ରକ୍ଷାପାଇଲୁ ଠାକୁର। କାନ୍ଦି କାନ୍ଦି ତୋର ବେଢ଼ା ଦୋହଲି ତୁ ପାଣିରେ ଭାସିଲା ଆଗରୁ ମୁଁ ନିଆଁରେ ଜଳିଯାଉଛି। ତୁ ଆଉ କିଛିଦିନ ଶାନ୍ତିରେ ରହ, ମୁଁ ଚାଲିଲି...।"

ତା'ପରେ ସେ ଅନ୍ଧାର ଅନ୍ଧାର ଗଳି ଦେଇ ରାତିର ଅନ୍ଧାର ସାଙ୍ଗରେ ମିଶିଗଲା। ତା'ର କଳା ଦେହ, ମସିଆ କଳା ଲୁଗା, ଟୋକେଇ ସବୁ ରାତି ସାଙ୍ଗରେ ମିଶି ଏକାକାର ହୋଇଗଲେ।

ତା'ପରଦିନ ଭୋର ଚାରିଟାରୁ ଦେବୀ ମେଲାରେ ହାଟବଜାର ବସିଗଲା। ଦେବୀମେଲାଟା ହୁ-ହୁ ଜଳୁଛି। ବାହାରପଟେ ଦିଆଯାଇଥିବା କବାଟଟା ଅଧା ଜଳି ଆଁ କରି ଖତେଇ ହଉଛି। ଉଚ୍ଚ ପିଣ୍ଡା ତଳକୁ ଦି'ଖଣ୍ଡ ପଥର ଲମ୍ବ ହୋଇ ପଡ଼ିଛି। ତା'ରି ଉପରେ କେତକୀ ବସି ପିକା ଟାଣୁଛି। ସାମ୍ନାରେ ତା'ର ବିଡ଼ି ଦି'କଠା, ଦିଆସିଲିଟାଏ ଆଉ ପେଟ୍ରୋଲ ଟିଣଟା ଶୂନ୍ୟ ହୋଇ ପଡ଼ିଛି, ଦାଆରେ, କଟୁରିରେ, ପନିକିରେ ରକତ ସାଲୁବାଲୁ ହୋଇ ଲାଗିଛି। ତା'ର ହୋସ୍ ନାହିଁ ଯେମିତି। କିଏ ଦି'ଜଣ ତାକୁ ଜବରଦସ୍ତ ଉଠେଇ ନେଇଗଲେ ଗୋଟେ ଗାଡ଼ି ପାଖକୁ।

ଲୋକ ଧସ୍ତାଧସ୍ତି ବଢ଼ିଚାଲିଛି। ପୁଲିସ ଭର୍ତ୍ତି ହୋଇଗଲେଣି। ନିଆଁଲିଭାଳି ଦଳ ଆସି ପାଣି ଛାଟୁଛନ୍ତି। କେତକୀ ଆଉ ସପନ ଦେଖୁନି ତ? କିଛି ମନେପଡୁନି ତା'ର...

ଦି'ଜଣ ଲୋକ ନିଆଁ ଭିତରେ ପଶି ଦି'ଟା ଭେଣ୍ଡାଙ୍କୁ ଦରସିଝା ଉଠେଇ ଆଣିଲେ। କିଏ ଜଣେ କହିଲା, "ମଦ ପିଇ ସିଗାରେଟ୍ ଖାଉ ଖାଉ ନିଆଁ ଲାଗିଛି ନା

କ'ଣ, ଜାଣିପାରି ନାହାନ୍ତି। ଆହା! ପାଞ୍ଚପାଞ୍ଚଟା ଭେଣ୍ଡା ଟୋକା ଶେଷକୁ ନିଜ ନିଜ ଭିତରେ ହଣାହଣି ହେଇ ନିଆଁରେ ପୋଡ଼ିମଲେ। ଆଉ ଜଣେ ବାହାରିପଡ଼ି କହିଲା - "ଆପଣା କଲା କର୍ମମାନ, ଆଗୁ ହୋଇବ ସାବଧାନ।"

ଚାରିଆଡ଼େ ହାଏ ହାଏ ଚୁ-ଚୁ ଶବ୍ଦରେ କେତକୀର ଅଫିମ ନିଶା କଟିଗଲା। କେହି କେମିତି ବୁଝିପାରୁ ନାହାନ୍ତି ଯେ! ହେ ଭଗବାନ୍! ତା'ର ଟୋକେଇ, ଟିଣ, ଦାଆ, କଟୁରି, ପନିକି ସେଠି ପଡ଼ିଛି...। ସେ ଗାଡ଼ିରେ ବସୁ ବସୁ ଉଠିପଡ଼ିଲାକ୍ଷଣି କନେଷ୍ଟବଲଟାଏ ତାକୁ ହାତକଡ଼ି ପକେଇ ଦେଇ କହିଲା, "ଯାଉଛୁ କୁଆଡ଼େ? ବଦ୍‌ମାସ ମାଇକିନା! ଭେଣ୍ଡା ଟୋକାଗୁଡ଼ାଙ୍କୁ ତୁ ଚୋବେଇ ଖାଇଲୁ, ଯାଉଚୁ କୁଆଡ଼େ?"

ସତେ ତ କେତକୀର ମନେପଡ଼ିଲା, ଟୋକାଗୁଡ଼ାକ ମଦ ପିଇ ପିଇ ହାଲିଆ ହୋଇ ଶୋଇପଡ଼ିଲା କ୍ଷଣି ସେ ପେଟ୍ରୋଲ ଟିଣଟା ଢାଳିଦେଇ ବାହାର ପଟୁ ଛିଟକିଣି ଦେଇ ଦିଆସିଲିଟା ମାରି ଭିତରକୁ ଗଳେଇଦେଲା। ନିଆଁ ଲାଗିଛି କି ନାହିଁ ବାହାରପଟୁ ଟୋକାଟାଏ କାହୁଁ ଥିଲା କେଜାଣି ଧାଇଁଆସି କିଳିଣୀ ଖୋଲିବାକୁ ଯାଉଛି ତ କଟୁରିରେ ପାହାରେ ପକେଇଲା କେତକୀ। ମୁଣ୍ଡଟା ତଳକୁ ଗଡ଼ି ଗଡ଼ି ପଥର ଦେହରେ ଅଟକିଗଲା। ସେଇ ପଥର ଉପରେ ବସି ମୁଣ୍ଡଟାଏ ମାଉଁସ ପରି କାଟି ନାଟି ସେ ଟୁକୁରା କରି ଥୋଇଛି। ହଁ, ସେଇ ଟୋକାଟା ମ!

ଲୋକଗୁଡ଼ା ତାକୁ ଘେରିଯାଇ ଦେଖୁଛନ୍ତି। ପୋଲିସ ମାରପିଟି ଆରମ୍ଭ କରିଦେଲାଣି। ଗାଡ଼ିମଟର ଭର୍ତ୍ତି। ଏତିକିବେଳେ ପାଟିଶୁଭିଲା, "ରୁହ, ରୁହ, ଝିଅକୁ ମୁନ୍ଦେ ପାଣିଦିଏ - ପରେ ତାକୁ ନେବ। ତଣ୍ଟିଟା ତା'ର ଶୁଖିଯାଉଥିବ ପରା..."

ସମସ୍ତେ ଚମକିପଡ଼ି ଚାହିଁଲେ। ଛକ ଉପରେ ବସି ଜଳଛତ୍ର ଖୋଲିଥିବା ବୁଢ଼ାଟି ପାଣି ଲୋଟାଏ ଧରି ଧାଇଁ ଆସୁ ଆସୁ ଅଟକିଗଲା। ପୁଲିସ୍‌ଟାଏ ତା'ର ହାତକୁ ଧରିପକେଇ କହିଲା, "ସେଥିରେ କି ପାଣି ଅଛି? ବିଷ ଫିଷ ନାହିଁ ତ?"

"ଏଁ ବିଷ? କି କଥା କହୁଛି ବାବୁ? ଏମନ୍ତ ଝୁଅଟାକୁ ମୁଁ ବିଷ ଦେବି? ଛାଡ଼, ମତେ ଛାଡ଼।"

ବୁଢ଼ା ତେଢ଼େଇ କରି ପଶିଯାଇ ପୋଲିସଭ୍ୟାନ୍ ପାଖରେ ଛିଡ଼ା ହେଲା। କେତକୀ ଏଣିକି ତେଣିକି ଚାହିଁ ତଳକୁ ଓହ୍ଲାଇ ହାତ ପାପୁଲି ବଢ଼େଇଦେଲାକ୍ଷଣି ବୁଢ଼ାଟି ଲୋଟାରୁ ଧୀରେ ଧୀରେ ପାଣି ଢାଳି ଚାଲିଲା...। ପାଣି ଆଞ୍ଜୁଳାକ ଉପରେ କେତକୀର ଲୁହ ସହିତ ବୁଢ଼ା ଲୋକଟିର ଲୁହ ମିଶି ଏକାକାର ହୋଇଯାଉଥାଏ। ଟୋପା ଟୋପା ପାଣି ଆଙ୍ଗୁଠି ସନ୍ଧି ଦେଇ ଝରିପଡୁଥାଏ ମାଟି ଉପରେ।

ପୃଥିବୀ ଅନେକଥର ବିଦୀର୍ଣ୍ଣ ହୋଇଛି, ରକ୍ତାକ୍ତ ହୋଇଛି, ହୋଇଛି ପୁଣି ଲବଣାକ୍ତ ଅଶ୍ରୁସିକ୍ତ। କିଏ ତା'ର ଖବର ରଖେ ନିତି ପ୍ରତିଦିନ!

ଶେଷ ପାଣି ମୁନ୍ଦାକ ଗାମୁଛାରେ ପକେଇଦେଇ ବୁଢ଼ାଟି ଏଥର କେତକୀର ମୁହଁକୁ ପୋଛିପକେଇଲା। ଆଉ ଚାହିଁଲା ନାହିଁ, ମୁହଁ ବୁଲାଇନେଇ ସେ ଫେରିଗଲା ପଛକୁ।

ସମ୍ମୋହିତ ହେଲାପରି କେତକୀ ଉଠିଗଲା ଭ୍ୟାନ୍ ଉପରକୁ। ସବୁଦିନ ପରି ସୂର୍ଯ୍ୟ ସେଦିନ ବି ଆକାଶରେ ଥିଲେ, ମହାଦେବ ମନ୍ଦିରର ତ୍ରିଶୂଳ ଦିଶୁଥିଲା। ମାତ୍ର କେତକୀ ଡହ ଡହ ଖରାତାତିରେ ଫୁଟୁଥିବା ମାଟିକୁ ଚାହିଁଥିଲା। ଆଖିରେ ଅଶ୍ରୁ ବଦଳରେ ଥିଲା ଅନଳ।

■

ଅଭିନେତ୍ରୀ

ରିହର୍ସାଲରୁ ଫେରି ମନୀଷା ଗୋଡ଼ ହାତ ଧୋଇବା ସମୟରେ ମୁର୍କି ମୁର୍କି ହସୁଥିଲା। ଅଜବ ନାଟକରେ ତାକୁ ଅଭିନୟ କରିବାକୁ ହେଉଛି। ହୀରୋ ତାକୁ ଯେତିକି ଭଲପାଉଛି, ଭିଲିୟାନ ମଧ୍ୟ ସେତିକି। କେବଳ ଅଭିନୟ ସମୟରେ ନୁହେଁ, ଅନ୍ୟ ନିରୋଳା ମୁହୂର୍ତ୍ତରେ, କଥାବାର୍ତ୍ତା ଭାବଭଙ୍ଗୀରେ ଉଭୟ ସମାନ। ସତେ କି ଗୋଟିଏ ଛାଏଁ ନିଜର, ଦଣ୍ଡେ ପାଖରୁ ଅନ୍ତର ହେଲେ ଜୀବନ ଛାଡ଼ି ଦେବେ। ଅବଶ୍ୟ ମୁହଁରେ ଏ କଥା କେହି କହେନି, କହିବାର ସାହସ ମଧ୍ୟ ନାହିଁ। ନିଜ ପରିସର ଭିତରୁ ମୁକୁଳି ଆସିବାର ଜୁ' ନାହିଁ।

ଗୋଡ଼କୁ ଚଟାଣରେ ଘଷୁ ଘଷୁ ସେ ଆହୁରି ଜୋର୍‌ରେ ହସିଲା। କେଜାଣି କେତେ ନାଟକରେ ସେ ଗତ ପାଞ୍ଚବର୍ଷ ଧରି ଅଭିନୟ କଲାଣି ତା'ର ଠିକ୍‌ଠିକଣା ନାହିଁ। ଅବଶ୍ୟ ସବୁ ନାଟକରେ ଯେ ସେ ପ୍ରଶଂସିତ ହୋଇଛି, ଦର୍ଶକଙ୍କ କରତାଳି ପାଇଛି ତା' ନୁହେଁ। କିନ୍ତୁ ନିନ୍ଦିତ ହୋଇ ନାହିଁ। ଭଲମନ୍ଦଠୁ ଊର୍ଦ୍ଧ୍ୱରେ ରହି ସେ କେବଳ ଟଙ୍କା ରୋଜଗାର ପ୍ରତି ଦୃଷ୍ଟି ଦେଇଛି। ସେଇଟି ଆପାତତଃ ସନ୍ତୋଷଜନକ ନ ହେଲେ ବି ସମୟ କଟେଇବାପାଇଁ ଠିକ୍ ବାହାନା। ତା'ଛଡ଼ା ଘରେ କିଛିଟା ବି ସାହାଯ୍ୟ ହେବ ଏବଂ ତାକୁ କେହି କହିପାରିବେ ନାହିଁ ଯେ କାଳି ଅସୁନ୍ଦରୀ ଝିଅ ବାହା ହୋଇପାରିଲାନି ବୋଲି, ବାପ ଭାଇ ଉପରେ ନଦି ହୋଇବସିଛି। ବାପା ଡାଲି ଚାଉଳ ଦୋକାନରେ ହିସାବ କରି କେତେଟା ଟଙ୍କା ଆଣିବେ, ବଡ଼ଭାଇ ମଟର ମେକାନିକ୍ କାମ କରି ଯେତିକି ଆଣେ ସେତିକି ଉଡ଼େଇ ଦିଏ ମଦଭାଟିରେ, ସାନଭାଇଟା ସାଇବୁଲି ମାତବରି କରେ, ବାହାର କଳି ଆଣି ଘରେ ପୂରାଏ। ବଡ଼ଭଉଣୀ ବଣିଅପା ବାହାହୋଇ ଶାଶୂ ଘରେ। ସାନ ଭଉଣୀ କଣିର ଗୋଡ଼ ପୋଲିଓ। ଛୋଟେଇ ଛୋଟେଇ ବୋଉ ସାଙ୍ଗରେ ଘଣ୍ଟେ କାମ କଲେ ପାଞ୍ଚ ଘଣ୍ଟା ଶୁଏ। ବୟସ ନ ହେଲେ

ବି ବୋଉର ସାଙ୍ଗରେ ଅଣ୍ଟା ନଇଁଗଲାଣି, ବାଳ ପାଚି ଶୁଖିଲା ଝୋଟ, ଗାଲ ଖଙ୍କାଳି ସତୁରି ବର୍ଷ ବୁଢ଼ୀ ପରି ଦିଶେ। ଘରେ ସେ ହସିଲେ କେତେ, କାନ୍ଦିଲେ କେତେ, କୋଉଥିରେ କାହାର ଦୃଷ୍ଟି ଆକର୍ଷଣ କିଛି ନାହିଁ। ଗୋଡ଼ ଧୋଇ ଧୋଇ ବଡ଼ ବାଲ୍‌ଟିକ ପାଣି ସେ ପାଦ ଉପରେ ଢାଳିଦେଲାକ୍ଷଣି ବୋଉ ପାଟି କରି କହିଲା -

"କିଲୋ! ମଗେ ପାଣିରେ କାମ ବଢ଼ିଥାନ୍ତା, ତୁ ବାଲ୍‌ଟିଏ ଢାଳି ଦେଲୁ? କଳମୂଳରୁ ଲାଇନ୍ ଦେଇ ପାଣି ଆଣିଲାବେଳକୁ ମୋ ଅଣ୍ଟା ଭାଙ୍ଗିଯାଉଛି! ହେ ମଣି! ତତେ ଶୁଭୁଛି ନା ନାହିଁ ବା?"

ମନୀଷା ଚିର୍‌ଚିରେଇ କହିଲା - "ହଜାର ଥର କହିଛି ମତେ ମଣି ଡାକିବୁ ନାହିଁ! ମଣି ନାମଟାକୁ ପାସୋରି ଦେବୁ! ଅତି ବେଶି ହେଲେ ମନି ଡାକିପାରୁ। କୋଉଦିନୁ ନାମଟାକୁ ମଣିରୁ ମାଣିକ, ମାଣିକରୁ ମାନିନୀ ପୁଣି ମାନିନୀରୁ ଏବେ ମନୀଷା ହୋଇଯାଇଛି ବୋଲି ତୁ କ'ଣ ମନେ ରଖିପାରୁନୁ!"

ପରିବା କାଟୁ କାଟୁ ବୋଉ କହିଲା -

"ହଅବା, ଏଡ଼େ ଏଡ଼େ କଡ଼ା ନାଆଁ ମୋର ମନେ ରହିବନି। 'ମଣି' ନାଆଁଟା ଖରାପ ବୋଲି ତ ମୁଁ ଭାବୁ ନାହିଁ!" "ତୋ ଭାବିବା ନ ଭାବିବାରେ ଜଗତ ଚାଲିବ ନାହିଁ! 'ମନି' ଡାକୁନୁ, ତା'ହେଲେ ପୁରାଣ କିଛି ଅଶୁଦ୍ଧ ହୋଇଯିବନି!"

ବାରଣ୍ଡା ଉପରକୁ ଉଠିଆସିଲା ମନୀଷା। ସାମ୍ନାରେ ସାନଭାଇ ଦାନ୍ତ ନିକୁଟି ହସୁଛି। କ'ଣ ଗୋଟେ କହିବ ହେଲେ କହିପାରୁନି। ତାକୁ ମନୀଷା କଟମଟ ଚାହିଁ ପଚାରିଲା -

"କିରେ କ'ଣ ପତୁ? ରାତିରେ ଘଣ୍ଟେ ବସି ବହି ପଢ଼ିଲେ ହୁଅନ୍ତା ନାହିଁ? ବୋଉକୁ ସଞ୍ଜବେଳେ ଦାଣ୍ଡରୁ ବାଲ୍‌ଟିଏ ପାଣି ଆଣି ଦେବାକୁ ବି ତୁ ସକ୍ଷମ ନୋହୁଁ?" ପ୍ୟାଣ୍ଟରୁ ବେଲ୍‌ଟ ଖୋଲୁ ଖୋଲୁ ପତୁ କହିଲା।

"ତୁ ରିହେରସାଲକୁ ଯିବାବେଳକୁ ତ ପାଣି ଆସୁଛି। ବାଲ୍‌ଟିଏ ପାଣି ରଖି ଚାଲିଯାଉନୁ? କଳମୂଳରେ ତ ସବୁ ସ୍ତ୍ରୀଲୋକ ପାଣି ନେଉଛନ୍ତି, କୋଉ ପୁଅ ପିଲା ସେଠିକି ଯାଆନ୍ତି ନି।"

"କ'ଣ କହିଲୁ? ହଇରେ ମେଞ୍ଚଡ଼ ଟୋକାଟା ତୁ। ଇସ୍କୁଲ ଗଲୁନି, ପାଠ ପଢ଼ିଲୁନି କି ଅନ୍ୟ କିଛି କାମଧନ୍ଦା ଶିଖିଲୁନି, ଖାଲି ବିଡ଼ି ଖାଇ ବୁଲୁଛୁ! ବୋଉକୁ ଟିକେ ସାହାଯ୍ୟ କରନ୍ତୁନି, ଓଲଟି କହିଲେ ତମ୍ପ ସାପ ପରି ଫଁ ଫଁ ହଉଛୁ?"

ମନୀଷା ତମ ତମ ହୋଇ ଘର ଭିତରକୁ ପଶିଯାଇ ଦଉଡ଼ିଆ ଖଟଟା ଉପରେ ଲମ୍ବ ହୋଇ ପଡ଼ିଗଲାବେଳେ ପତୁ କହିଲା -

"ଘରକୁ ଯେତେବେଳେ ତୁ ଟଙ୍କା ଦେଉଛୁ, ସେତେବେଳେ ତତେ ଅଣ୍ଡିରିପୁଅ ଭାବି ମୁଁ କିଛି କହୁନି। ନ ହେଲେ ଦେଖିଥାନ୍ତୁ...।"

ପତୁ ଦାନ୍ତ ରଗଡ଼ି ଦ୍ୱାରବନ୍ଧ ପାଖରେ ଚାହିଁଛି ତାକୁ। ଅଠର ପୂରି ଏବେ ଉଣେଇଶ ଚାଲିଲା। କାଲିର ଛୋଟ ପିଲା ଯେ ପଚିଶ ପଇସାପାଇଁ ତା' ପଛେ ପଛେ ଧାଉଁଥିଲା, କେତେବେଳେ ବଡ଼ ମଣିଷଟାଏ ହୋଇଯାଇଛି। ନାକ ତଳେ ନିଶ, ମୁହଁରେ ଛୋଟ ଦାଢ଼ି, ହାତରେ ଷ୍ଟିଲର କଡ଼ା ପଟେ, ବେକରେ କଳାଫିତାରେ ବନ୍ଧା ହୋଇଛି ଡେଉଁରିଆଟାଏ। ଆଜିକାଲିର ହାଲ ଫେସନ।

ମନୀଷା କିଛି ଜବାବ ନ ଦେଇ କାନ୍ଥ ଆଡ଼କୁ କର ଲେଉଟାଇ ଶୋଇଲା। କେମିତି ଗୋଟାଏ ଭୟ ଭୟ ଭାବ ତାକୁ ଗ୍ରାସ କରିଗଲା। ନିଜ ସାନଭାଇମାନେ ଆଜିକାଲି ତାକୁ ଗାରଡ଼େଇ ଚାହିଁଲେ କି ଏଣୁ ତେଣୁ ତେର୍ଚ୍ଛା କଥା କହିଲେ କେମିତି ଗୋଟାଏ ଭୟଲାଗେ। ବୋଉ ତାକୁ ଆକଟି କହେ, ବାପା ଶୁଣି ନ ଶୁଣି ଚାଲିଯାଆନ୍ତି। ଘର ଭିତରେ ତାକୁ ଏକୁଟିଆ ଲାଗେ।

ମଝି ରାତିରେ ନିଦରେ ସମସ୍ତେ ଶୋଇପଡ଼ିଲେ ମନୀଷା ଉଠିବସେ। ଆସ୍ତେ ଝର୍କା ଖୋଲି ଚାହେଁ। ଆକାଶର ତାରା ଝିରିଝିରି ପବନରେ ଦୋହଲୁଥିବା ଗଛ ଆଉ ଅଜଣା ପକ୍ଷୀର ଡେଣାକୁ ଚାହିଁ କେମିତି ବିଷଣ୍ଣ ହୋଇଉଠେ ମନଟା ତା'ର। ତା'ପରେ ସେ ଆସ୍ତେ ଲାଇଟ୍‌ଜାଳି ନିଜ ମୁହଁକୁ ଆଖିକୁ ଚାହେଁ, ନିଜ ଦେହର ବର୍ଣ୍ଣକୁ ନିରେଖି ଦେଖେ। ଆଖି ମୁହଁ ଓଠ ସବୁ ଭଲ, ମାନେ ସୁନ୍ଦର। କେବଳ ବର୍ଣ୍ଣଟା କଳା। ତା' ବୋଲି... ତା' ବୋଲି କ'ଣ? ଧେତ୍, ସେ ତ ବର୍ଷ ପାଇଁ କୋଉଠି ଅଟକି ଯାଉ ନାହିଁ? ପ୍ରଥମେ ଯେତେବେଳେ ସେ ସପ୍ତମ ଶ୍ରେଣୀରେ ନାଟକରେ ମିଶିଲା, ସ୍କୁଲର ଦିଦିମାନେ କୃଷ୍ଣଲୀଳାରେ ତାକୁ ଗୋପୀ ବିଶାଖା ରୋଲ୍‌କରିବାକୁ ଦେଇଥିଲେ। ଯିଏ ରାଧା ହୋଇଥିଲା ସେ ବି କଳା ଥିଲା ଦେଖିବାକୁ, ହେଲେ ତା'ର ବାପା ଅଫିସର ଥିଲେ। ଦିଦିମାନେ ମଝିରେ ମଝିରେ ଯାଇ ତାଙ୍କ ଘରେ ଖାଉଥିଲେ, ତାଙ୍କ ଗାଡ଼ିରେ ବସି ବର୍ଷାଦିନେ ଘରକୁ ଫେରୁଥିଲେ। ବିଶାଖା ରୋଲ୍‌ରେ ତା'ର ପାରଦର୍ଶିତା ଦେଖେଇବାପାଇଁ କିଛି ନ ଥିଲା। ମନ ମରି ଯାଇଥିଲା। ସେତିକିବେଳୁ କେମିତି ସେ ହୀରୋଇନ ହେବ ଏକମାତ୍ର ତା'ର ଚିନ୍ତା ଥିଲା।

ମାଇନର ପରେ ଆଉ ସେ ପଢ଼ିପାରିଲା ନାହିଁ। ବୋଉ ବେମାର ପଡ଼ିଲା। ବାପାଙ୍କ ରୋଜଗାର ସବୁଦିନେ ଗୋଟିଗଣତି। ବଣିଅପାର ବାହାଘରକୁ ଧାର କରିଥିବା ଟଙ୍କା ନ ସୁଝି ପାରିବାରୁ ଚାଳଘର ଓ ଡିହ ଖଣ୍ଡେକ ବିକି ଦେଇ ଅନ୍ୟ ଏକ ସାହିକୁ ଚାଲିଆସିଲେ ବାପା। ଦୁଇ ବଖରା ଭଡ଼ାଘର, ବାରଣ୍ଡା ଦି' ହାତ ଆଉ

ରୋଷେଇପାଇଁ ଚାଖଣ୍ଡେ ଜାଗା ମାତ୍ର। ସାହି କଳରୁ ପାଣି ଆଣିବାକୁ ହୁଏ। ଇଲେକ୍‌ଟ୍ରିକ୍ ଆଣିବାକୁ ଘରବାଲା ମନା କରିଦେଲା। ଭାଇ ଦି'ଟା ପିଲାଦିନୁ ଗଜମୂର୍ଖ। ଏଣେ ସାନ ଭଉଣୀ କଣିଟା ବି ଦି'ଦିନ ଜ୍ୱରରେ ପୋଲିଓ ରୋଗରେ ଆଣ୍ଠୁଧରି ଚାଲିଲା। ଚିକିତ୍ସା କରିବାକୁ ତାକତ ନ ଥିଲା। ମଣି ପଢ଼ିଥାନ୍ତା କେମିତି ? ବାହା ବି ହୋଇଥାନ୍ତା କେମିତି ?

ହଠାତ୍ ଦିନେ ସାଇଟୋକା ହନୁ ଯେ ଗୋଟେ ସାଇକେଲ ଦୋକାନରେ ସବୁଦିନ ଫୁଟା ଟାୟାରରେ ପମ୍ପ ଦେଉଥାଏ, ପ୍ୟାଚ ପକଉଥାଏ, ସେ କହିଲା –

"ଆଲୋ ହେ ମଣି! ତୁଚ୍ଛାଟାକୁ ଘରେ ବସି କ'ଣ କରୁଛୁ? ଆମ ଯାତରା ପାର୍ଟିରେ ମିଶୁନୁ! ଟଙ୍କା ମିଳିବ ଲୋ ଟଙ୍କା! ଖାଲି ମାଗଣା ନୁହେଁ!"

ମଣି ଆବାକାବା ହୋଇ କହିଲା –

"ବାପା ରାଜି ହେଲେ ଯିବି। କେତେ ଟଙ୍କା ଦେବୁ?"

ଯେତେଟା ପାର୍ଟ କରିବୁ ସେତେ ପଚାଶ ଟଙ୍କା ନବୁ! ଗୁରୁ କହୁଥିଲା ଯଦି ଭଲ ପାର୍ଟ କରିବୁ ତେବେ ଟଙ୍କା ବଢ଼େଇ ଦେବ ଦି' ମାସ ପରେ! ହେଇ ସଞ୍ଜରେ ଦେବୀମେଲାକୁ ଘଡ଼ିଏ ଆସିବୁ ଖାଲି। ତୁ ତ ପଢ଼ିଛୁ, ତତେ ସହଜ ହେବ ମନେ ରଖିବାକୁ!"

"ସେଠି ମତେ ହଇରାଣ କରିବେ? ସାଇଟୋକା ମଦ ଗଞ୍ଜେଇ ନିଶା କରନ୍ତି। ମୁଁ ତ ଝିଅ ପିଲା...!"

"ଚୋପ୍! କେତେ ଫୁଲେଇ ହଉଛୁ! ହନୁଭାଇ ଥାଉ ଥାଉ ତୋ' ଦେହରେ କେହି ହାତ ଦେବେନି କି ଥଟ୍ଟା ତାମସା ହେବେନି। ତୋ' ବା'କୁ ମୁଁ ରାଜି କରେଇବି, ତୁ ଖାଲି 'ହଁ' କଲେ ହେଲା!"

ପାଣି ବାଲ୍‌ଟିକ ଟେକି ନେଉ ନେଉ ମଣି କହିଲା –

"ହନୁଭାଇ! ଘରେ ବସି ମୋତେ କାନ୍ଦ ଲାଗୁଛି। ମୋ ସାଙ୍ଗମାନେ ମାଟ୍ରିକ୍ ଦେବେ, ଆରବର୍ଷକୁ କଲେଜ ଯିବେ...।"

"ହଉ ଦେଖିବା, ଗୁରୁକୁ କହିବି ତୋ' ପଢ଼ା ଖବର ଟିକେ ନବ। ମାନେ କୋଉ ଗୋଟେ ଇସ୍କୁଲ୍‌ରେ ନାମ ଲେଖେଇ ଦେବ। ଦିନରେ ଇସ୍କୁଲ ଯିବୁ, ସେଠୁ ଫେରି ତୋ ବୋଉକୁ ଟିକେ କାମରେ ସାହାଯ୍ୟକରି ମୁହଁ ସଂଜରେ ଦେବୀମେଲାକୁ ଚାଲିଆସିବୁ। ଗଲାବେଳେ ମୁଁ ନେଇ ଘରେ ଛାଡ଼ି ଦେବି!"

ହନୁ ଆଉ କିଛି ନ କହି ଡଗ ଡଗ ସାଇକେଲ୍ ଘୂରେଇ ଚାଲିଗଲା ହନୁମନ୍ତ ପରି। ମନରେ ଢଙ୍ଗ ଡାଙ୍ଗରେ ବି ହନୁମନ୍ତ। କୋଉ କଥାକୁ ପରୁଆ ନାହିଁ।

ବାପ ସତକୁ ସତ ରାଜି ହୋଇଗଲେ ହନୁଭାଇ କଥାରେ। ପଚାଶଟା ଟଙ୍କା କିଛି କମ୍ ନୁହେଁ ଘର ପାଇଁ।

ମଣି ଯେଉଁଦିନ ହୀରୋଇନ୍ ହୋଇ ଆକ୍‌ଟିଂ କଲା, ସେଦିନ ଗୁରୁ କହିଲା -

"ହନୁ! ମଣି ନାମଟାକୁ ବଦଳେଇବାକୁ ହବ। ବଡ଼ ମଫସଲିଆ ଲାଗୁଛି। ଲୋକେ ନାକ ଟେକିବେ।"

ହନୁ ମୁଣ୍ଡରେ କିଛି ପଶିଲା ନାହିଁ। ସେ ଏଣେ ତେଣେ ଚାହିଁ ଅପେକ୍ଷା କଲା ଅନ୍ୟମାନେ କିଛି କହୁଛନ୍ତି କି ନାହିଁ। ସମସ୍ତେ ତାକୁ ଅନେଇଲାରୁ ସେ ନରଭସ୍ ହୋଇ କହିଲା -

"ହେଲା ଏବେ, 'ମାଣିକ' ଦେଇ ଦିଅ !"

ସମସ୍ତେ ଏକ ସଙ୍ଗରେ ତାଳି ମାରିଲେ। ମାଣିକ ନାମରେ ଅଭିନୟ କରି ସେ ବହୁତ ପ୍ରଶଂସାପତ୍ର ପାଇଥିଲା। ସାଇରେ ଗଣେଶ, ଦେବୀ, ସରସ୍ୱତୀ ଆଉ ଜାଗର ପୂଜାରେ ଡ୍ରାମା ହେବ। ସେତେବେଳେ ଲୋକଙ୍କ ହାତରେ ପଇସା, ମିଂଜାସ ଖୁସ୍ ଥାଏ। ଡ୍ରାମା ବେଳେ କେହି ଉଲ୍ଲସିତ ବିଳାସୀ ଦର୍ଶକ ଟଙ୍କା ଦି'ଟଙ୍କା ଦଶଟଙ୍କା ପର୍ଯ୍ୟନ୍ତ ବି ଖୁସିରେ ମାଣିକ ହାତରେ ଗୁଞ୍ଜି ଦିଅନ୍ତି। ସେଥିରୁ ଅଧେ ସେ ଗୁରୁ କି ହନୁ ଜିମା ଦେଇ କହେ ସମସ୍ତଙ୍କପାଇଁ ମିଠା ଆଣିବାକୁ। କ୍ରମଶଃ ପୁରସ୍କାର ମାତ୍ରା ବଢ଼ିଲା ଓ ଏକ ସାହିରୁ ଅନ୍ୟ ସାହି ଏବଂ ଅନ୍ୟ ସହରକୁ ଯାଇ ମାଣିକକୁ ଡ୍ରାମା ବା ଥିଏଟର ବା ଅପେରା କରିବାକୁ ହେଲା। କେତେ ନୂଆଲୋକ ଆସିଛନ୍ତି, କେତେ ପୁରୁଣା ଲୋକ ଗଲେଣି। ହେଲେ ମଣି ଓରଫ ମାଣିକ ସେମିତି ରହିଛି। ପାର୍ଟିରେ ତା'ର ଆଦର ଖାତିର ବଢ଼ିବା ସଙ୍ଗେ ସଙ୍ଗେ ପାରିଶ୍ରମିକ ବି ବଢ଼ିଚାଲିଛି। କୌଣସିମତେ ମ୍ୟାଟ୍ରିକ୍‌ଟା ବି ସେ ପାସ୍ କରିଗଲା।

ଯାତ୍ରା ପାର୍ଟିର ପ୍ରଶସ୍ତି ଯୋଗୁଁ ଅନ୍ୟ ସହର କେବଳ ନୁହଁ, ଗାଁ ଗଣ୍ଡାକୁ ଯିବାକୁ ହେଲା। ଆଜିକାଲି ଯାତ୍ରାର ଆଦର ସବୁଠାରେ - ଏମିତିକି ଥରେ ଅଧେ ରେଡ଼ିଓ ଓ ଟେଲିଭିଜନରେ ମଧ୍ୟ ସେ ଅଭିନୟ କରି ବହୁ ପ୍ରଶଂସାପୂର୍ଣ୍ଣ ଚିଠି ପାଇବାରୁ ବାପା ବୋଉ ମଧ୍ୟ ସଂକୋଚ ପରିତ୍ୟାଗ କରି ତା' ପାଇଁ ଗର୍ବ ଅନୁଭବ କଲେ।

ଫୁଲଟିଏ ହୋଇ କଢ଼ରୁ ଫୁଟିଲାବେଳେ ବାସ୍ନାରେ ଚଉଦିଗ ମହକିଉଠିଲା। ସେଇ ଫୁଲ ପାଖକୁ ଧାଇଁ ଆସିବାକୁ ସବୁରି ମନ ହେବ, ସମସ୍ତଙ୍କର ଆଙ୍ଗୁଠି ଲମ୍ୱିଯିବ ତାକୁ ଟିକିଏ ଛୁଇଁଦେବାପାଇଁ, ନାସିକା ଉତ୍‌ଫୁଲ୍ଲିତ ହେବ ଟିକିଏ ଆଘ୍ରାଣ କରିବାପାଇଁ, ବେଳା ଅବେଳାରେ ମନ ଧାଇଁଯିବ ସେଇ ଫୁଲ ଧରିଥିବା ଦେହର ଛାଇ ତଳକୁ। ମାଣିକ ଏମିତି ସେମିତି ଫୁଲଗଛ ନ ଥିଲା - ସେ ସେଇ ଗଛ ଯା'କୁ

ହାତ ବଢ଼ାଇଲେ ସେ ଦି' ହାତ ଉଞ୍ଚା ହୋଇଯାଏ, ଯାହାର ବାସ୍ନାକୁ ଆଘ୍ରାଣ କରିବାକୁ ଚାହିଁଲେ ସେ ଅନ୍ୟ ଅଜଣା ସହରର ପବନରେ ନିଜର ବାସ୍ନାକୁ ଛିଞ୍ଚିଦିଏ। ନିଜ ସାହି ଦେବୀମେଲାରେ ଯାତ୍ରା ରିହର୍ସାଲ ହେଲାବେଳେ ଆଜିକାଲି ଦେଖଣାହାରିଙ୍କୁ ବସେଇ ଦିଆଯାଏ ନାହିଁ। ଆଗ୍ରହ କମିଯିବ, ତା'ଛଡ଼ା ଲୋକଙ୍କ ମୁହଁରେ କେହି ବାଡ଼ବତା ଦେଇପାରିବନି। ଯେତେ ଆଇନକାନୁନ, କୋର୍ଟ କଚେରି, ପଞ୍ଚାୟତ, ସାଇ ବିଚାର ଥାଉନା କାହିଁକି ସବୁକୁ ଟପି ସବୁ ଯୁଗରେ ଲୋକମାନେ ଅବାଗିଆ ଆଉ ଅମାନିଆ।

ଅନ୍ୟ ଏକ ସହରରେ ଯାତ୍ରା କଲାବେଳେ ଗୁରୁ ପୁଣି ବାମ ହାତରେ ନିଶ ଓ ଈଷତ୍ ଧଳା ପଡ଼ି ଆସିଥିବା ଦାଢ଼ିକୁ ଡାହାଣ ହାତରେ ସାଉଁଳି ଡାକ ଛାଡ଼ିଲେ ହନୁକୁ। ହନୁର ବୋଲହାକ, ଯୋଗାଯୋଗ କାମ। ଆଜିକାଲି ପ୍ରଚାର ଦାୟିତ୍ୱରେ ସେ ଅଛି। ଗୁରୁ ଗମ୍ଭୀର ହୋଇ କହିଲା –

"ଏଠି ସେ ମାଣିକ ନାମ ହେବନି। ଆଉ ଗୋଟିଏ କିଛି ବାଛ। ବୁଲେଟିନ୍‌ରେ ସେଇ ନାମ ଦେବି।"

"ଆଉ କ'ଣ ? ଓଡ଼ିଆ ଝିଅର ଓଡ଼ିଆ ନାଁ ଭଲହେବ ଗୁରୁ !"

"ଚୁଉପ୍ ! ତୁ କିଛି ବୁଝିନୁ। କିଟୁକୁ ଡାକ। ସେଇଟା ସବୁବେଳେ ହିନ୍ଦୀ ବହି ପଢ଼େ।"

କିଟୁ ଆସି ସବୁ ଶୁଣି କହିଲା –

"ଗୁରୁ ! ନାଁଟା ଏବେ 'ମାନିନୀ' ଦିଅ। ଭଲ ଚାଲୁଛି, ସମସ୍ତେ ବୁଝିପାରିବେ।"

ସମସ୍ତେ ତାଳି ଦେଇ ସମର୍ଥନ କଲେ। ସାରା ସହରରେ 'ମାନିନୀ' ନାମଟା ଖେଳି ବୁଲିଲା କାନେ କାନେ ଅଜଣା ଏକ ସୁର ବଜାଇ। ଯାତ୍ରା, ସେ ପ୍ରବଳ ଭିଡ଼, ଟିକେଟ୍ ବ୍ଲାକ୍, ସେ ବି ମିଳିଲା ନାହିଁ। ମାନିନୀର ଜୟ ଜୟକାରରେ ଗଗନ ପବନ ମୁଖରିତ ହେଲା। ମେକ୍‌ଅପ୍ ଦେଲାବେଳେ ତା'ର ଚିବୁକରେ ଏକ କଳାଜାଇ ତୁଳୀରେ ଆଙ୍କି ଦେଉ ଦେଉ ଖଣ୍ଟୁଦା' କହିଥିଲା –

"ତୁ ବାହା ହୋଇଥିଲେ, ବୁଝିଲୁ ମନି ! ତୋ' ବର ତତେ ଏରୁଣ୍ଡି ବନ୍ଧ ଟପେଇ ଦେଇ ନ ଥାନ୍ତା। ବର୍ଣ୍ଣ ସିନା ଟିକେ ମଇଳା, ହେଲେ ଏବେ ରଙ୍ଗ ଲଗେଇ ମିହିଦାନା ହେଲାଣି। ଆଖି ନାକରେ କେତେ କଲିଜା କାଟୁଛୁ, ତୁ ସେ କଥା ଜାଣିଛୁ ତ ?"

ମଣି ଖଣ୍ଟୁଦା'କୁ ପେଲିଦେଇ ଉଠି ପଡ଼ିଲା। କୃତ୍ରିମ କୋପ ପ୍ରକାଶ କରି କହିଲା –

"ଯା' ଛତରା! ନିଜ ସ୍ତ୍ରୀକୁ ରସରସିଆ କଥା କହିବୁ! ମୁଁ ତୋର ଭଉଣୀ ବୋଲି ଜାଣିନୁ କି?"

ଖଣ୍ଡୁଦା' ମୁହଁ ଶୁଖେଇ କହିଲା -

"ଟିକେ ଥଟ୍ଟା ମଜା କଲି ବୋଲି ରାଗିଗଲୁ କି? ମୋ ସ୍ତ୍ରୀ ତ ମୋ ମୁହଁ ଚାହିଁଲାନି ଏ ଯାତରା ଦଳରେ କାମ କଲି ବୋଲି! ତା' ବାପଘର ଗାଁର ଟୋକାଟାଏ ଘରକୁ ଯିବାଆସିବା କରୁଥିଲା। ତା'ରି ସାଙ୍ଗରେ ପଳେଇଲା ବୋଧେ... !"

ଖଣ୍ଡୁଦା' ଲମ୍ବା ଦୀର୍ଘଶ୍ୱାସ ଛାଡ଼ିଲେ ଏମିତି ଯେ ମଣି ବିଚଳିତ ହୋଇପଡ଼ିଲା। ତା'ର ହାର୍ଟ ବେମାରି ଅଛି ସେ ଜାଣେ!

ମଣି ଯାଇ ନିଜ ପଣତକାନିରେ ଖଣ୍ଡୁର ଝାଳ ପୋଛି କହିଲା -

"ଖଣ୍ଡୁଦା', ରାଗିଲୁ କି? ଭଉଣୀ କଥାରେ ଭାଇ ଏମିତି ରାଗିଗଲେ ଚଳିବ?"

ଖଣ୍ଡୁ ମୁର୍କି ହସିଦେଲା। ଏତିକିବେଳେ ଘଣ୍ଟା ପଡ଼ିଲା - ଯାତ୍ରାର ଆରମ୍ଭର ଶେଷ ଘଣ୍ଟା। ମାନିନୀ ସେଦିନ ହୀରୋଇନ। ଥାଟପଟାଳି ଭାଙ୍ଗୁଛି ଦର୍ଶକ। ଟିକେଟ୍ ବ୍ଲାକ୍‌ରେ ବିକ୍ରି ହେଉଥିଲା। ମାନିନୀ ଅଭିନୟରେ ପ୍ରଚୁର ଟଙ୍କା ଅର୍ଜନ ହେଇଥିବାରୁ ସେ ରାତିରେ ମଦ ମାଂସ ଖାଇ ଯାତ୍ରାଦଳର ସବୁ ଲୋକ ବିଭୋର ହୋଇପଡ଼ିଥିଲେ। ହନୁ ଭାଇ ଛାତିରେ ହାତ ବାଡ଼େଇ କହିଥିଲା -

"ଗୁରୁ! ଏଥର ଗୋଟେ ସିନେମା କର। ବଳ ବୟସ ଖସିଲା। ଆଉ କେତେ ଘୂରିବା? ମନିଟା କିସ୍ତିମାତ୍ କରିବ। ଦେଖିଲନି, ଆଜି କେତେ ଫଟୋ ଉଠିଲା!"

"ଚୁପ୍! ଯା', ଶୋଇବୁ! ମନି ଭିତରୁ କବାଟ ବନ୍ଦ କରି ଶୋଇଛି କି ନାହିଁ ଦେଖିଆ। କେତେବେଳେ କୋଉକଥା!"

ଖଣ୍ଡୁଦା' କହିଲା, "ଆଚ୍ଛା ଗୁରୁ! ମୋର ଟେଲିଭିଜନ କେନ୍ଦ୍ରରେ ସଙ୍ଗାତ କାମ କରୁଛି। ତାକୁ କହିବି ମାନିକୁ ଗୋଟିଏ ଡ୍ରାମାରେ ପ୍ରୋଗ୍ରାମ ଦେବ!"

"କହ ତାକୁ ଆମ ପାର୍ଟିକୁ ଗୋଟେ ପ୍ରୋଗ୍ରାମ ଦେଉ। ଯାହା ଲାଗୁ ସେଇ ଛବିରୁ ଜାଣି ହେବ। ଯା', ଶୋଇବୁ!"

ଗୁରୁ ଅତ୍ୟଧିକ ମଦ ପିଇଥିବାରୁ ଢୁଳଉଥିଲା। ବେଶି କହିଲେ ଚିଡ଼ିବ।

ଖଣ୍ଡୁ କଳେବଳେକୌଶଳେ ଲାଗି ପଡ଼ି ଟି.ଭି.ରେ ଗୋଟେ ପ୍ରୋଗ୍ରାମ ଯୋଗାଡ଼ କଲା। ନାମ ତାଲିକା ଦେଲାବେଳେ ହନୁ ଯୋଡ଼ହସ୍ତ ହୋଇ କହିଲା -

"ଗୁରୁ! ମନିର ନାଁଟା ବଦଳେଇ ଦିଅ। ଲୋକେ ଜାଣିବେ ଆମ ପାର୍ଟିରେ ସ୍ତ୍ରୀଲୋକ କାହିଁରେ କେତେ ଅଛନ୍ତି!"

ଗୁରୁ ତାଲିକାଟା ଯାଞ୍ଚ କରୁ କରୁ କହିଲା -

"ହୁଁ! ନାଁଟା ବାଛ! ପଚାରି ଆସ ସମସ୍ତଙ୍କୁ!"

ଖଣ୍ଟୁ କହିଲା –

"ମାନିନୀରୁ 'ମାନମୟୀ' ଦେଲେ ଭଲ ହେବ!"

"ଧୁତ୍! ଅତି ଭେସେଡ଼ା ନାଁ।"

ହନୁ ଡ୍ରେସ୍‌ଗୁଡ଼ାକ ଇସ୍ତ୍ରୀ କରୁ କରୁ କହିଲା –

"ନାହିଁ ନାହିଁ, ନାଁଟା ମୁଁ ବାଛି ରଖିଛି। ମୁଁ ଯୋଉ ସାଇକେଲ କମ୍ପାନୀରେ କାମ କରୁଥିଲି ତା' ମାଲିକ ଝିଅର ନାଁ ଥିଲା ମଇଁଷା! ବଢ଼ିଆ ନାଁ!"

କିଟୁଟା ଟିକେ ପଢ଼ାଶୁଣା ପିଲା। କିଛି ନ ହେଲେ ହିନ୍ଦୀ ସିନେମା ଦେଖେ, ହିନ୍ଦୀ ବହି ପଢ଼େ। ଭଲ ନାଁ ଦେଖିଲେ ନୋଟ୍ ଖାତାରେ ଟିପି ରଖେ। ସେ ପେଟ ଚିପି ହସି ହସି ବେଦମ ହୋଇ କହିଲା –

"ଗୁରୁ! ହନୁଭାଇ ସତରେ ହନୁମାନ! ମଇଁଷା ନୁହେଁରେ, ତା' ନାଁ ହେଉଛି ମନୀଷା। ମୁଁ ତାକୁ ଦେଖିନି? ଝଙ୍କାଏ ବାଳ ମୁହଁରେ ଏପଟ ସେପଟ ଝାଁକିଦେଇ ମଟରଗାଡ଼ି ଚଲେଇ କଲେଜ ଯାଏ ପରା!"

ହନୁ ଲାଜେଇଗଲା।

ମାନିନୀର ନାମଟା ଶେଷକୁ ମନୀଷା ହେଲା। ଟେଲିଭିଜନ ପ୍ରୋଗ୍ରାମ ଦେଖି ସମସ୍ତେ ତାକୁ ପ୍ରଶଂସା କଲେ। ସେ ମନେ ମନେ ବେଶି ଖୁସି ହେଲା ଯେ ସେ ରଙ୍ଗିନ ପର୍ଦ୍ଦାରେ ଝକ୍ ଝକ୍ ଗୋରା ଦିଶୁଛି। ଖଣ୍ଟୁଦା' ଠିକ୍ କହୁଥିଲା, ନାକ ଆଖି ଛୁରୀପରି ତୀକ୍ଷ୍ଣ! ବହୁଦିନ ପରେ ଏକ ଗଭୀର ତୃପ୍ତି ତା' ମନରେ ଆସିଥିଲା। ତା' ପରଠାରୁ ବହୁ ଯାତ୍ରାରେ ସେ ଅଭିନୟ କରିଛି। ବେଳେବେଳେ ଟେଲିଭିଜନ ପ୍ରୋଗ୍ରାମ କରିଛି। ରୁଟିନ୍ ପରି ସବୁ କାମ କରେ, ପଦ୍ମ ପତ୍ରରେ ପାଣି ପଡ଼ିଲେ ବି ଗଡ଼ିଯାଏ।

ଏଥରର ଘଟଣା କିନ୍ତୁ ଭିନ୍ନ। କୋଉ ଗୋଟେ ସିନେମା ବହିରୁ କପି କରି କିଟୁ ଡ୍ରାମାଟା ଲେଖିଛନ୍ତି। ସବୁଥର ହିରୋ ହଉଥିବା ମିଟୁ ଭାଇଙ୍କୁ ହାଡ଼ଫୁଟି ହୋଇଥିବାରୁ ଅନ୍ୟ ଏକ ପାର୍ଟିରୁ ଭଡ଼ାଟିଆ ହିରୋ ଆସିଛନ୍ତି...!

ମନି ପଛ କଥା ଭାବୁ ଭାବୁ କେତେ ସମୟ ବିତି ଯାଇଛି ଠିକ୍ ନାହିଁ। ମଝିରେ ତାକୁ ନିଦ ହୋଇଥିଲା ନା କ'ଣ। ସେ ଆସ୍ତେ କର ଲେଉଟାଇଲା। ଗୋଟାଛାଏଁ ଦେହ ଝାଳରେ ସରସର।

ରାତି ଅନେକ ହୋଇଛି କି ସଞ୍ଜ ହୋଇଛି ସେ ଜାଣିପାରିଲାନି। ଲାଇଟ୍ ନାହିଁ ଘରେ। ତିନି ଦିନ ହେଲା କିରାସିନି ନାହିଁ, ସେ ଟଙ୍କା ଦେଲେ ବି ନିତୁ ଭାଇ କି ପତୁ ଆଣୁ ନାହାନ୍ତି। ନ ଆସୁ, ତା'ର କି ଯାଏ ଆସେ? ସେ କି ଲେଖି ଦେଇଛି ବୁଢ଼ୀ

ହେଲାଯାଏ ବାପଘରେ ବସି ସବୁ କାମ କରୁଥିବ। ଦୂରରେ ଜଳୁଥିବା ରାସ୍ତାର ଲାଇଟ୍ ଖୁଣ୍ଟକୁ ସେ ଚାହିଁଲା। ସେଥିରୁ ଝର୍କାର କଣଦେଇ ଛିଟାଏ ପଡ଼ିଛି ଘରେ। ଆଖି ମଳି ମଳି ମନୀଷା ଉଠିଲା। ଖଣ୍ଡିଆ ହାତଭଙ୍ଗା କାଠ ଚେୟାରଟା ଉପରେ ଅନେକଥର ପରି ଏଥର ମଧ୍ୟ ଦି'ଟା ରସ ଟିଫିନ୍ ବାଟିରେ ତା'ର ଖାଇବା ଥୁଆ ହୋଇଛି ! ଭଲ ଷ୍ଟିଲ୍ ଓ ପ୍ଲାଷ୍ଟିକ୍ ବାଟି ସେ ଯେତେ ଆଣିଲା କିଛି ତା' ବାଣ୍ଟରେ ପଡ଼ିଲା ନାହିଁ। ଟିକିଏ ଦୂରରେ ମଲା ସାପ ପରି କଣି ଶୋଇଛି ଅଚେତ ନିଦରେ।

ରିହର୍ସାଲବେଳେ ସେ ଟିକେ କ'ଣ ଖାଇଥିଲା, ଏବେ ଆଉ ନ ଖାଇଲେ ବି ଚଳିବ। ଘରେ ସବୁ ରାତିରେ ରୁଟି ଡାଲଣା ! କିଛି ଭଲମନ୍ଦ ତା' ଭାଗ୍ୟରେ ଯେତେ ଆଣିଲେ ବି ଜୁଟେ ନାହିଁ।

ସେ ଉଠି ଛିଡ଼ା ହେଲା। ବ୍ୟାଗରୁ ତା'ର ପାର୍ଟଟା କାଢ଼ି ପୁଣି ଥୋଇଦେଲା। ଲାଇଟ୍ ନାହିଁ। କ'ଣ କରିବ ! ସବୁଦିନ ପରି ସେ ଝର୍କା ପାଖରେ ଛିଡ଼ା ହେଲା।

ଅତୀତ ତ ଗଲାଣି। ହାରିଯାଇଥିବା ସମୟ ଆଉ ଫେରିବ ନାହିଁ। ବର୍ତ୍ତମାନ ବି ବଡ଼ ଜଟିଳ ଅବସ୍ଥା। କୋଉଠୁ କିଟୁଟା ଏମିତି ଡ୍ରାମାଟାଏ ଲେଖେଇ ଆଣିଲା ଠାକୁରେ ଜାଣନ୍ତି; ଭଡ଼ାରେ ହୀରୋ, ଭଡ଼ାରେ ଭିଲିୟାନ୍। ଉଭୟ ଦେଖିବାକୁ ସୁନ୍ଦର, ଡଉଲ ଡାଉଲ ଗୌର ଗୋପାଳ। ହୀରୋ ଅଭିନୟ କଲାବେଳେ କହିବ -

"ଡାର୍ଲିଂ ! ତମକୁ ଛାଡ଼ି ମିନିଟିଏ ମୁଁ ବଞ୍ଚିପାରିବିନି !" ହାତରେ ଆସ୍ତେ ଚାପ ଦେଲାବେଳେ ଚିମୁଟି ଦେବ।

ନିରୋଳାରେ ମୁହଁ ଭାରୀ କରି ଭିଲିୟାନ୍ ତାକୁ କହିବ -

"ସତରେ ଡାର୍ଲିଂ ! ଡ୍ରାମା କଥା ଛାଡ଼। ତମକୁ ଦେଖିଲା ଦିନୁ ମୁଁ ମିନିଟିକ ପାଇଁ ମଧ୍ୟ ଆଜି ଶୋଇପାରୁନି। କେତେ ରାତି ଅନିଦ୍ରା ରହିବି ?"

ଭିଲିୟାନ୍‌ର ଆବେଗଭରା ଫିସ ଫିସ କଣ୍ଠସ୍ୱର। କାଳେ କିଏ ଶୁଣିନେବ, ବେଶି ଡର ହନୁକୁ। ଗୋଡ଼ ଚିରି ବରଗଛରେ ଟାଙ୍ଗି ଦେବ। ଭଡ଼ା ନେଇ ଆଡ୍‌ଭାନ୍ସ ଦେଲାବେଳେ ଗୁରୁ କହିଥିଲା ଯେ ତା' ଯାତ୍ରା ପାର୍ଟିରେ ମାଇକିନା ପାଲା ନାହିଁ, ମନିକୁ କେହି ଆଡ଼ ଆଖିରେ ଚାହିଁଲେ ଛୁରାରେ ଆଖି ଦୁଇଟା ତାଡ଼ି ସମୁଦ୍ରକୁ ଫିଙ୍ଗିଦେବ। କ୍ଳାନ୍ତି ମେଣ୍ଟେଇବାକୁ ହେଲେ ଦେଶୀ ମଦବୋତଲ ସେ ଗୋଟାଏ ଦେଇପାରେ, ଅତି ବେଶି ହେଲେ ରାତିରେ କୋଉ ବେଶ୍ୟାପଡ଼ାକୁ ଯିବାକୁ ଟଙ୍କା ପାଞ୍ଚଟା ଦେଇପାରେ ହେଲେ ପାର୍ଟି ଭିତରେ ମନି ସବୁରି ମାଆ ଭଉଣୀ।

ଗୁରୁ କାହିଁକି ଏମିତି କହେ ? ଦୀର୍ଘ ବର୍ଷ କାମ କରିଛି ମନି। ଗୁରୁକୁ କେବେ ବେସୁରା ବେତାଳ ହବାର ଦେଖିନି। ତା'ର ଏକମାତ୍ର ଲକ୍ଷ୍ୟ କେମିତି ତା'ର ଯାତ୍ରା ପାର୍ଟି

ପୃଥିବୀ ପ୍ରସିଦ୍ଧ ହେବ। ହାଡୁଆ ପତଳା ଚେହେରା। ଏବେ ନିଶ ଦାଢ଼ି ଓ ମୁଣ୍ଡବାଳ ସବୁ ପାଚିଲା ଝୋଟ। ହନୁଭାଇ କହୁଥିଲା ଗୁରୁର ହାର୍ଟ ବେମାରି ବାହାରିଛି। ମଦ ଖାଇବାକୁ, ସିଗାରେଟ୍ ଟାଣିବାକୁ ଡାକ୍ତର ମନା କରିଛି। କିନ୍ତୁ ସେ ମନା ମାନୁ ନାହିଁ ... ଘରେ ବାପ ମା' ସ୍ତ୍ରୀ ପିଲା ବୋଲି କେହି ନାହାନ୍ତି। କେବେ କେହି ସେ ବିଷୟରେ ପ୍ରଶ୍ନ ଉଠାଇଲେ ଗୁରୁ ବିରକ୍ତ ହୁଏ। ସବୁବେଳେ କହେ ଯାତ୍ରା ପାର୍ଟି ତା'ର ଘର ଆଉ ସଭିଏଁ ତା'ର ବାପ ମା' ପୁଅ ଝିଅ। ଗୁରୁକୁ ତେଣୁ ଭରସି କେହି କିଛି କହନ୍ତି ନାହିଁ!

ଗୁରୁ ଭଡ଼ାଟିଆ ହିରୋ ଓ ଭିଲିୟାନ୍‌ଙ୍କୁ ଗୋଡ଼େ ଗୋଡ଼େ ଜଗିବାପାଇଁ ହନୁକୁ କହିଛି। ତଥାପି ତା'ରି ଭିତରେ ଫାଙ୍କ ମିଳିଲେ...!

ମନିକୁ ହସ ମାଡ଼ିଲା। କାଲି ରିହର୍ସାଲ ସମୟରେ ହୀରୋ କହିଥିଲା –

"ମନୀଷା ନାଁ ମାନେ କ'ଣ ବୁଝିଛୁ? ତୁ ସେଇ ମଣିଦେଈଟି? ମୋ ସାନ ଭଉଣୀକୁ ଚିହ୍ନି ନାହୁଁ? କନକ ଓ ତୁ ଏକା ସାଥିରେ ପଢୁ ନ ଥିଲ? ସେ ଦିନୁ ତତେ ଦେଖିଲେ ମନଟା ଛଟପଟ ହୁଏ। କେତେ ଭଲ ପାଏ ତୁ ଜାଣିଛୁ?"

ମନୀଷା ଏଣେ ତେଣେ ଚାହିଁ କହିଲା –

"ସେମିତି କଥା କହିବୁନିଟି? ଗୁରୁ ତତେ ଦି'ଗଡ଼ କରିଦେବ!"

"ସେ ତୋ'ର କିଏ?"

"ମୋ ବାପ ଭାଇ ସବୁ।"

"ହଇଲୋ, ତୋର ସେ କି ଭାଇ କି ବାପା? ଧରମ ବାପ ଭାଇ କରି ଏଯାଏ ଅଭିଆଡ଼ୀ ହୋଇରହିଛୁ? ବୟସ ଗଡ଼ିଗଲାଣି। ଏବେଠୁ ଉପାୟ ପାଞ୍ଚ। ଭଲ ଦଶା ଅଛି ତ...! ନଇଲେ ଦ୍ରୌପଦୀକୁ ବଳିଯିବୁ।"

ହନୁଭାଇ ଆସି ପହଞ୍ଚିଗଲା ଓ କଟମଟ କରି ଚାହିଁ କହିଲା –

"ଟିକେ ଚା' ପିଇବାକୁ ଏତେ ସମୟ ଲାଗୁଛି? କ'ଣ ଫୁସ୍ ଫାସ୍ ହେଉଛୁ। ଶୀଘ୍ର ଚାଲ, ଗୁରୁ ରାଗିବ!"

ମୁହଁ ଫଣ ଫଣ କରି ହୀରୋ ଚାଲିଗଲା। ସତେ ଯେମିତି ଭଡ଼ାରେ ଆସିଛି ବୋଲି ତା' ନିଜର ଭଲମନ୍ଦ ସବୁ ଭଡ଼ାରେ ଲାଗିଛି। କିନ୍ତୁ ହନୁକୁ ଚାହିଁ ସେ କିଛି କହିପାରିବନି। ସହରର ରାସ୍ତା ଘାଟ ଚା' ଦୋକାନ ସବୁ ଛକରେ ତା'ର ରାଜୁତି।

ମନି ହୀରୋ ଚାଲିଗଲା ପରେ କହିଲା –

"ବଡ଼ ଗପୁଡ଼ି ଲୋକଟା।"

"ହେ, ତୁ ସେ ଛତରା ସାଥିରେ ଗପିବୁନି। ଆମ ପିଲାଟା ବାଧିକା ପଡ଼ିଲା ବୋଲି ଯା...!"

ତା'ପରେ ରିହର୍ସାଲ ଚାଲିଲା। ଦୃଶ୍ୟ ଥିଲା ହୀରୋଇନ୍ ନିଛାଟିଆ ରାସ୍ତାରେ ଖରାବେଳେ ଆସୁଥିବ, ଆଉ ତାକୁ ଦେଖି ଭିଲିୟାନ୍ ବାଟ ଓଗାଳିବ। ଟଣାଓଟରା କରିବ ଆଉ ସେତିକିବେଳେ ହୀରୋ ଆସି ପହଞ୍ଚି ଜୁଡ଼ୋରେ ଭିଲିୟାନ୍‌କୁ ସାବାଡ଼ କରିଦେବ। ଯେତେବେଳେ ଭିଲିୟାନ୍ ମୂର୍ଚ୍ଛା ଯାଇଛି ବୋଲି ଅଭିନୟ କରୁଥିବ, ସେତେବେଳେ ହୀରୋ ହୀରୋଇନ୍ ହାତ ଧରାଧରି ହୋଇ ଗୀତ ଗାଇବେ। ହିଟ୍ ଗୀତଟାଏ ବି ହିନ୍ଦୀ ସିନେମାରୁ ବଛା ହୋଇଥାଏ।

ରିହର୍ସାଲ ଆରମ୍ଭ ହେଲା। ଭିଲିୟାନ୍ ମୁହଁରେ କିନ୍ତୁ ପ୍ରେମିକ ଭାବ। ସେ ଟଣାଓଟରା କରିବ କ'ଣ ହୀରୋଇନକୁ ଚାହିଁ ଭାବବିହ୍ୱଳ ହୋଇଉଠୁଥାଏ! ଗୁରୁ ଯେତେ ବାଡ଼ି ଠକ୍ ଠକ୍ କରି ଡାଏଲଗ୍‌ସ କହୁଥାଏ ସେ ତାକୁ ମୋଟେ ଶୁଣୁ ନ ଥାଏ। ମନିର ହାତକୁ ଆଉଁସି ନେଇ ସେ କହିଲା -

"ହାଏ! ଏ ହାତ କେତେ ନରମ! ଏ ପୃଥିବୀରେ କାହାର ଭାଗ୍ୟ ଅଛି ଯାକୁ ଧରିବ! ହାଏ...।"

ମନିର ହାତ ପାପୁଲିରେ ଚୁମାଟାଏ ଆଙ୍କି ଦେଇ ସେ ତାକୁ ଗଭୀର ଆବେଗରେ ଟାଣିଧରିଲା ନିଜ ଛାତିରେ।

ସମସ୍ତେ ଆବାକାବା ହୋଇଗଲେ। ଏମିତି ତ ରୋଲ୍ ନ ଥିଲା। ଡାଏଲଗ୍‌ସ ବି। କମେଣ୍ଟ ମାରି ଟଣାଓଟରା କରିବାକୁ ହେବ ଶାଢ଼ି, ଖୁବ୍ ସାବଧାନରେ, ଯେମିତି ହିରୋଇନ୍ ଚିତ୍କାର କରିବ କିନ୍ତୁ ଏଠାରେ ବିପରୀତ ହେଲା, ମନି ବି ଭିଲିୟାନର ଛାତିରେ ଆଉଜି ପଡ଼ିଲା।

ହନୁ ଧାଇଁ ଆସି ଭିଲିୟାନ୍‌କୁ ଟାଣି ଠେଲିଦେଲା ଦୂରକୁ। ଗୁରୁ ଅଣ୍ଟାରେ ହାତ ଦେଇ କହିଲା -

"ଏଇଟା ଅଭିନୟ କରିବାକୁ ଆସିଛି ନା ଗୁପ୍ତଚର ହୋଇଆସିଛି? ହନୁ ଆ, ଏଇ ଜନ୍ତୁଟାକୁ ନେଇଯା ବାହାରକୁ। ତା' ମୁହଁ ମୁଁ ଦେଖିବାକୁ ଚାହେନି!"

ଗୁରୁ ପାଞ୍ଚଟା ଟଙ୍କା ଫୋପାଡ଼ିଦେଲା ଭିଲିୟାନ୍‌ର ମୁହଁକୁ। କେହି କିଛି ଜାଣିଲା ପୂର୍ବରୁ ହନୁ ତାକୁ ଟେକି ନେଇ ଦେବୀମେଲା ପାରି କରିଦେଲା। ଥତମତ ହୋଇ ମନି ଗୁରୁକୁ ଚାହିଁ କହିଲା -

"ମୁଁ ଏମାନଙ୍କ ସାଥିରେ ଡ୍ରାମା କରିପାରିବିନି। କେତେବେଳେ କ'ଣ କହୁଛନ୍ତି ବୁଝିପାରୁନି!"

ଖଣ୍ଡୁଦା' ତାକୁ ମୁହଁରେ ଆଙ୍ଗୁଠି ଚାପି ନିର୍ଦ୍ଦେଶ କଲା ଚୁପ୍ ରହିବାପାଇଁ! ଟିକକ ପରେ ହନୁଭାଇ କହିଲା -

"ଆଜି ଏତିକି ଥାଉ। କାଲି ଯାହା ହେବ। ମନି, ତୁ ଘରକୁ ଚାଲି ଯା ! ସଞ୍ଜ ହୋଇନି ... ମୋର ଏଣେ ଗୁଡ଼େ କାମ ଅଛି।"

ଖଣ୍ଟୁ ଗୁରୁକୁ ଚାହିଁ କହିଲା -

"ମୁଁ ଯାଉଛି, ଅନ୍ୟ କୋଉଠୁ କିଛି ଯଦି ସୁବିଧା ହୁଏ, ଅଧିକା ଚାର୍ଜ ଦେଇ ପଛେ ଆଣିବା... !"

"ନା, ମୋର କଥା ମାନେ କଥା ! ସେଇ ଲୋକ କରିବ। କାଲିକି ଠିକ୍ ଲାଇନ୍‌କୁ ଆସିଯିବ। ଶହେ ଟଙ୍କା ଆଡ୍‌ଭାନ୍‌ସ ନେଇଛି। ପକେଇଲା ଛେପ ମୁଁ ଢୋକିନି। ତା'ଛଡ଼ା ଆମ ପାର୍ଟିକୁ ବଦନାମ କରିବାକୁ ଦେବିନି !"

ମନି ଯାଉ ଯାଉ ଅଟକିଲା। ଗୁରୁ ତାକୁ ଚାହିଁ ହସି ହସି କହିଲା - "ଏମିତି ହୁଏ, ଡରିଲୁ କି ? କାଲିକି ସବୁ ଠିକ୍ ହେଇଯିବ। ଡାଏଲଗ୍‌ସ ଆଉ ପାର୍ଟ ସବୁ ଚେଞ୍ଜ୍ କରିବି ରାତିରେ। କିଟୁ କୁଆଡ଼େ ଗଲା ?"

"ସିନେମା ଯାଇଛି !"

ଘୋ' ଘୋ' ଭିତରେ କେହି ଜଣେ ଉତ୍ତର ଦେଲା। ସେତେବେଳକୁ ମନି ଆସି ରାସ୍ତା ଉପରେ।

ମୁହଁ ସଞ୍ଜ। ପଶ୍ଚିମ ଦିଗରେ ଅବିର ପରି ଲାଲ ରଙ୍ଗର ଆଭା ଏବେବି ଝଟକି ରହିଛି। ନିଜ ହାତ ପାପୁଲିକି ଚାହିଁଲା ସେ। ଦେହ ମନରେ ଏକ ଅଦ୍ଭୁତ ରୋମାଞ୍ଚ ସୃଷ୍ଟି ହେଲା ତା'ର। ଏତେଦିନ ଡ୍ରାମା କରିଛି କେବେ ଏପରି ଅନୁଭୂତି ହୋଇନି। କେହି ଯେ ତାକୁ ପ୍ରେମ କରିପାରେ, ପୁଣି ଅଭିନୟ କରୁ କରୁ ନିଜ ଡାଏଲଗ୍‌ସ ଆପଣ ଭୁଲିଯାଇପାରେ ତା'ର କଳ୍ପନାରେ ନ ଥିଲା।

ସବୁଠୁ ମଜାର କଥା ହୀରୋ ଯେମିତି କଥା କହୁଛି, ଭିଲିୟାନ୍ ବି ସେମିତି। ସତରେ ଭିଲିୟାନ୍ ମଧ୍ୟ ସେତିକି ବ୍ୟାକୁଳତା ପ୍ରକାଶ କରୁଛି।

ପୁରୁଷ ଓଠର ଚୁମ୍ବନ ପ୍ରଥମଥର ପାଇଁ ତା'ର ହାତ ପାପୁଲିରେ। ମନେ ହେଉଛି ଭିଲିୟାନ୍ ଯେମିତି ଶାପଗ୍ରସ୍ତ ଦେବତା ପରି ତା'ର ଶରଣାପନ୍ନ। ତାକୁ ନ ପାଇଲେ ସେ ଜୀବନ ଧରି ରହିପାରିବନି। ହୀରୋ ଦେଖିବାକୁ ସୁଠାମ ସୁନ୍ଦର। ତା' ସାଙ୍ଗରେ ଭାବ ଦୋସ୍ତି କଲେ ଖୁସି ହେବ, କିନ୍ତୁ ଭିଲିୟାନ୍‌ଟା ଦେଖିବାକୁ ରୁକ୍ଷ ହେଲେ ବି ହୃଦୟଟା ତା'ର ମନିପାଇଁ ବ୍ୟାକୁଳ ଆକୁଳ। ତାକୁ ଦେଖିଲାକ୍ଷଣି ଡାୟଲଗ୍‌ସ ଭୁଲିଯାଉଛି। ଦୁଇ ଦିନ କ୍ରମାଗତ ତା'ର ଭାବାବେଗ ଦେଖିଆସିଛି ମନି, ଭାବିଥିଲା ଅନ୍ୟମାନେ କେହି ମାର୍କ କରି ନାହାନ୍ତି। କିନ୍ତୁ ଆଜି ତା'ର ସ୍ୱପ୍ନର ସଂସାର ଧୂଳିସାତ୍ ହୋଇଗଲା। କାହିଁକି ଭିଲିୟାନ୍ ତାକୁ ଟାଣି ନେଲାବେଳେ ସେ ଲୋଟଣିପାରା ପରି

ଢଳିପଡ଼ିଲା ! ତା'ର ଦୁର୍ବଳତା ହୀରୋ, ଗୁରୁ, ଖଣ୍ଡୁଦା' ଏବଂ ଅନ୍ୟମାନେ ଜାଣିପାରିଲେ ବୋଧେ, ହନୁଭାଇ ଦେଖି ନ ଦେଖିଲା ପରି ଥିଲା କି କ'ଣ ?

ତଥାପି ଘରକୁ ଫେରିଲାବେଳେ ମାଈ ସଙ୍ଗରେ ତାକୁ କେମିତି କେମିତି ଉଚ୍ଚାଟ ଲାଗୁଥିଲା । ହୀରୋ ଓ ଭିଲିୟାନ୍‌ଙ୍କ କଥା ଆଜି ଯେ ନୂଆ ଶୁଣୁଛି ସେ କଥା ନୁହେଁ । ଘରକୁ ଫେରିଲେ ସେସବୁ ଭୁଲିଯାଏ, କେବେ ଖାଏ, କେତେ ସେମିତି ଶୋଇଯାଏ, ଘରର ଅଭାବ ଅସୁବିଧା ଅଭିଯୋଗ ତାକୁ ଅସାଡ଼ ନିର୍ଜୀବ କରିଦିଏ । ବାପାର ଗୁମ୍‌ସୁମ୍ ଥକିଲା ଚେହେରା, ମା'ର ଶୁଖିଲା ମୁହଁ, ବଡ଼ ଭାଇର ମଦଖାଇ ଅଶ୍ଳୀଳ ଭାଷା, ପତୁର ରାଗ ଫଣ ଫଣ ଟାଆଁସା ଜିଘାସିଆ ଚାହାଣି, କଣିର କୁଁ କୁଁ କାନ୍ଦ ଭିତରେ ମନି ଅଣନିଃଶ୍ୱାସୀ ହୋଇଯାଏ । କେବେ ନିଜ ବିଷୟରେ ମୁଣ୍ଡ ଖେଳେଇବାକୁ ସମୟ କାହିଁ ?

କେମିତି ବଡ଼ ଏକୁଟିଆ ମନେ ହେଲା ତାକୁ । ସତେ ଯେପରି ତା'ର କେହି ନ ଥିଲା କି ନାହିଁ... !

ହଠାତ୍ ବୁଦା ପାଖରେ କ'ଣ ଖସ ଖସ ଶୁଭିଲା । ବାଉଁଶ ଦି'ଖଣ୍ଡ ଧଡ଼ା ହୋଇଛି । ଚାରି ପାଖରେ ଘାସଅରମା, ସିଜୁ ଅରଖବୁଦା ; କଣ୍ଟା ଝଣ୍ଟା ବେଳେବେଳେ ଉଞ୍ଚର ହେବ । ଥରେ ସାପଟାଏ ବି ବାହାରିଥିଲା ...

ମନିର ଛାତି ଧଡ଼ପଡ଼ ହେଲା । ଭାଇର ସାଙ୍ଗରୁ କେହି ଆଉ ମଦ ଖାଇ ଅତଡ଼ା ମାଡ଼ି ଆସୁ ନାହାନ୍ତି ତ, ତା' ପାଟି ଖନି ମାରିଗଲା । ଅନ୍ଧାର ଭିତରେ ଚେନାଏ ଜହ୍ନ ଆଲୁଅରେ ମଣିଷ ମୁହଁଟା ଝଟକି ଉଠିଲା । ହାତରେ ଛୋଟ ଟର୍ଚ୍ଚଟିଏ ଧରି ଆଗେଇ ଆସୁଛି ଝର୍କା ଆଡ଼କୁ ବୁଦାମୂଳରୁ ଭିଲିୟାନ୍ ! କ'ଣ କରିବ ମନି ବୁଝି ପାରିଲାନି ... କାହାକୁ ଡାକିବାପାଇଁ ପାଟି ଖନି ମାରିଗଲା ତାର ! ନିଶ୍ଚିତ ମୃତ୍ୟୁକୁ ସାମ୍ନା କରୁଛି ଜାଣି ସେ ପଥର ପରି ରେଲିଂ ଧରି ଛିଡ଼ା ହେଲା । କେହି ଯଦି ଦେଖିଦିଏ ମୁଣ୍ଡରୁ ଗଣ୍ଡି ଦି'ଖଣ୍ଡ ହୋଇଯିବ । କଣିଟା ଘୁଙ୍ଗୁଡ଼ି ମାରି ଶୋଇଛି ।

ଭିଲିୟାନ୍ ଏଥର ସତ ଭିଲିୟାନ୍ ପରି ଝର୍କା ରେଲିଂ ଦେହରେ ଚାପି ହୋଇଥିବା ମନିର ହାତଟାକୁ ମୁଠାଇ ଧରି ଆସ୍ତେ କହିଲା -

"ପାଟି କରନା ... ମୁଁ ... ମୁଁ ଆସିଛି । ଡରନା ମନି !"

ଥର ଥର କମ୍ପୁଥିଲା ମନିର ଦେହ । ସେ ତଳେ ପଡ଼ିଗଲାପରି ଢଳୁଥିଲା ।

"ମନି !" - ଫୁସ୍ ଫୁସ୍ କରି ଡାକିଲା ଭିଲିୟାନ୍ । "କିଛି କହୁନୁ କାହିଁକି ? ଥରୁଛୁ କିଆଁ ? ମୁଁ ଅଛି, ଡରନା !" ମନି ହାତ ପାପୁଲି ଖସେଇବାର ବ୍ୟର୍ଥ ଚେଷ୍ଟା କଲା । କ'ଣ ଗୋଟେ କହିବ ହୋଇ କହି ପାରିଲାନି !

ଭିଲିୟାନ୍ ଆସ୍ତେ କହିଲା, "ରାତି ଅଧ ହେଲାଣି। କେତେବେଳୁ ମୁଁ ଏଠି ଘୂରୁଛି। ଶେଷକୁ ଥକି ବୁଦାମୂଳେ ବସିଲି ଯେ ମଶା ଡାଆଁସ କାମୁଡ଼ି ଲହୁଲୁହାଣ କଲେଣି, ତୋ ଆଖିରେ ବି ନିଦ ନାହିଁ!"

ମନି ଶକ୍ତି ସଂଚୟ କରି କହିଲା - "କାହିଁକି ଆସିଛୁ? ହନୁଭାଇ ଯଦି ଦେଖେ ଜୀବନରେ ତତେ ମାରିଦେବ। ଗୁରୁ କେମିତି ଜାଣୁ ତ?"

ଭିଲିୟାନ୍ କହିଲା - "ହନୁଭାଇ ଗଞ୍ଜେଇ ଟାଣି ନିର୍ଧୂମ ନିଦରେ ଶୋଇଛି। ଖଣ୍ଟୁ ଆଉ ଗୁରୁ ବସିକରି ମେଲାଘରେ ମଦ ପିଇ ମାତାଲ୍। ଟିକେ ବି ଉଠି ପାରିବେନି। ଚାଲ ଆମେ ପଳେଇବା।"

"କୁଆଡ଼େ?"

"ସହର ଛାଡ଼ି ଯୁଆଡ଼େ ଆଖି ପାଇବ ଚାଲିଯିବା। ତୁ କେତେଦିନ ଏମିତି ରହିବୁ? ମୁଁ ଦେହ ଧରି ତତେ ଛାଡ଼ି ରହିପାରିବିନି ମନି! ତୋ ମନ ଥିଲେ ବି ତୁ ଡରି ମରି ରହିଛୁ। ଚାଲ ...!" ମନିର ମନ ଆର୍ଦ୍ର ହୋଇଗଲା। ବାପ ମା' ଭାଇ ଭଉଣୀ ସବୁ ବିଷ ପିତା ଲାଗିଲା। ଏମିତିକି ଦଶ ବର୍ଷ ଧରି ଯାତ୍ରା ପାର୍ଟି ମଧ୍ୟ ତାକୁ ଜାଣିପାରିଲାନି। ଇଚ୍ଛା ହେଲା ଭିଲିୟାନ୍‌ର ହାତଧରି ସେ ଚାଲିଯାଆନ୍ତା ଦୂରକୁ, କୋଉ ଅଜଣା ଦେଶକୁ ଯେଉଁଠି ଗୋଟିଏ ବି ଚିହ୍ନା ଲୋକ ନ ଥିବେ। ହେଲେ ...।

"କ'ଣ ଏତେ ଭାବୁଛୁ? ବେଳ ନାହିଁ ... ରାତିରେ ଟ୍ରେନ୍ ଅଛି, ଆମେ ପଳେଇବା।"

"କୁଆଡ଼େ କହୁନୁ? ହନୁଭାଇ ଜାଣିପାରିବନି?"

"ନାହିଁ ... ସେ ନିଦରେ ଅଚେତ। ଏତେ ରାତିରେ କାହାର କି ଧାଁ ପଡ଼ିଛି ଲୋ।"

"ଆଉ ... ଆଉ ତୋ' ସ୍ତ୍ରୀ ପୁଅ ଝିଅ କ'ଣ କରିବେ? ତା' ନିଃଶ୍ୱାସରେ ଆମେ ଜଳିଯିବାରେ?" ଭିଲିୟାନ୍ ମନିର ହାତକୁ ଜାପୁଟି ଧରି କହିଲା -

"ଏଇ କାଠ ରେଲିଂ ଭାଙ୍ଗି ଦେଉଛି। ଏଇବାଟେ ତୁ ବାହାରିଆ। କଥା ବଢ଼ାନା। ନ ଆସିବୁ ଯଦି ଟେକି ନେଇଯିବି ତତେ।" ମନି ଟିକେ ଦବିଗଲା। ଭିଲିୟାନ୍ ଏବେ ପ୍ରକୃତରେ ଭିଲିୟାନ୍ ପରି ଅଭିନୟ କରି କଥା କହୁଛି। ଜୋର କରୁଛି। ତା' ହାତ ପାଇଲାଯାଏ ମାନିର ମୁଣ୍ଡ ହାତ ଦେହ ଉପରେ ସେ ହାତ ବୁଲେଇ ଆଣୁନି କେବଳ, ତାକୁ ମନ୍ତ୍ର ତନ୍ତ୍ର କଲାପରି ଅବଶ କରିଦେଉଛି।

କ'ଣ କରିବ ମନି ବୁଝିପାରିଲାନି। ଅପ୍ରତ୍ୟାଶିତ ଏଇ ମୁହୂର୍ତ୍ତଟି ଜୀବନରେ କେବେ ଆସିବ ତ ଭାବି ନ ଥିଲା।

"ମନି ! ବେଳ ହୋଇଯାଉଛି, ଚାଲିଆ...।"

ରଟ୍ କରି ପୁରୁଣା କାଠବାଡ଼ ଦି'ଖଣ୍ଡ ଭଙ୍ଗା ଝର୍କାରୁ ଉଠେଇଦେଲା ଭିଲିୟାନ୍। ତା' ପଛ ଆଉ ଦି'ଖଣ୍ଡ। ଆଉ ଦି'ଖଣ୍ଡ। କାହିଁ କେହି ତ ଉଠି ପଡ଼ିଲେନି ଘରେ। ସମସ୍ତଙ୍କୁ ଅଚିନ୍ତା ନିଦ ଲାଗିଛି। ମନିର ହାତ ପାପୁଲିଟା ଚିପି ହୋଇଯାଉଛି। ଭିଲିୟାନ୍ ସାଥିରେ ଯିବ ବୋଲି ସେ ତ ପ୍ରସ୍ତୁତ ନ ଥିଲା। ତହିଁରେ ପୁଣି ଘରେ ତା'ର ସ୍ତ୍ରୀ, ପୁଅ...।

"ମନି !"

"ମତେ ଡର ମାଡୁଛି। ମୁଁ ପାରିବିନି। ତୋ' ସାଙ୍ଗରେ ଚାଲିଗଲେ ମୋ ଜାତି ଯିବ, ପେଟ ପୂରିବନି। ତେହିଁକି ତୋ ଘର ବଅଁଶ ଆଉ ସେ ମାଇପିଟାର ନିଃଶ୍ୱାସ ମତେ ଜାଳିପୋଡ଼ି ଖାଇବ। ମୁଁ ଚାରି ପାଞ୍ଜିରୁ ଯିବି।"

ଭିଲିୟାନ୍ ଏଥର କଟମଟ କରି ଚାହିଁ କହିଲା –

"ବେଶି ଫୁଲେଇ ହଉଛୁ ମନି ! ମୋ ସ୍ତ୍ରୀ କଥା ତତେ ଧାଁ ପଡ଼ିଛି କାହିଁକି ? ସେ ତ ଗାଁରେ ଅଛି। ମୁଁ ତାକୁ ଟଙ୍କା ଦେଲେ ସେ ଘର ଧନ୍ଦା କରି ସୁଖରେ ରହିବ। ମୋ ମନ ସେ ବୁଝେ ନାହିଁ, ତାକୁ ମୁଁ କି ଛାଡ଼ପତ୍ର ଦେଉଛି ଯେ ସେ କଳିଗୋଳ କରିବ ?"

ମନି ଏଥର ପ୍ରକୃତିସ୍ଥ ହେଲା। ତା' ଦେହରୁ ଗମଗମ ଝାଳ ଅସରାଏ ବହିଗଲା। ଦେହ ଥରିବା ବନ୍ଦ ହୋଇଗଲା। ସେ ରୁକ୍ଷ କଣ୍ଠରେ ପଚାରିଲା –

"ତାକୁ ଛାଡ଼ପତ୍ର ଦେବୁନି, ମତେ ନେଇ କ'ଣ ରଖିବୁ ? କେଇଟା ମାଇପ ସମ୍ଭାଳିବାକୁ ତୋର ସଖ୍ୟ ଅଛି ମତେ କହ ? ସହର ଛାଡ଼ି ଗଲେ ଆଉ ରହିବା କୋଉଠି, ଖାଇବା କ'ଣ ?"

"କାହିଁକି କଲିକତା ଚାଲିଯିବା। ସେଠି ମୋର ମାଉସୀପୁଅ ଭାଇ ସାବୁନ୍ କାରଖାନାରେ କାମ କରୁଛି। ତା'ର ଚାରି ବଖରା ଘର। ମୁଁ ସେଠି କାମଟାଏ ଖୋଜି ନେବିନି ? ନ ହେଲେ କହିବୁ ଯଦି ସିଧା ବମ୍ବେଇ ପଳେଇବା, ସେଠି ସିନେମାରେ ପଶିଯିବା। ଦେଖିବୁ, ତୁ ରାଣୀ ପରି ରହିବୁ !"

ମନି କ'ଣ ଗୋଟେ କହି ଆସୁ ଆସୁ ଅଟକିଗଲା। ଝାପ୍‌ସା ଜହ୍ନ ଆଲୁଅରେ ସେ ଦେଖିପାରିଲା ହୀରୋ ଓ ହନୁଭାଇ ଦି'ଟା ଠେଙ୍ଗା ଧରି ଭିଲିୟାନ୍ ଆଡ଼କୁ ଛପି ଛପି ଆସୁଛନ୍ତି। ଆଖି ପିଛୁଳାକେ ହୀରୋ ଭିଲିୟାନ୍‌କୁ ମାଡ଼ି ବସିଲା ଆଉ ହନୁଭାଇ ଦି'ଟା ଜବର ଭୁସି ମାରିଲା ପେଟକୁ। ମନି ଆଁ କରି ଚିତ୍କାର କରି ଆସୁ ଆସୁ ହନୁଭାଇ ତା' ପାଟିଟାକୁ ବାମ ହାତରେ ଚାପି ଧରି କହିଲା –

"ଯା', ଚୁପ୍‌ଚାପ୍ ଶୋଇପଡ଼ ! ସକାଳ ହେଲେ ସମସ୍ତେ ଜାଣିବେ ଚୋରଟାଏ ଝର୍କା ଭାଙ୍ଗି ଘରେ ପଶୁଥିଲା ଆଉ ତୋ ପାଟି ଶୁଣି ଧାଇଁ ପଳେଇଲା । କଥା ଯେମିତି ଦି' କାନ ନ ହୁଏ । ଗୁରୁ ଶୁଣିଲେ ଦି'ଗଡ଼ କରି ହାଣି ଦେବ ।"

ମନିର ଦିହ ଗୋଟାସାରା ଥରି ଉଠୁଥିଲା । ଭଙ୍ଗା ଝର୍କାରେ ଉହୁଁକି ପଡ଼ିଥିବା ଅଧା ଦେହକୁ ଟେକି ଛିଡ଼ା ହେବାର ଶକ୍ତି ତା'ର କୁଆଡ଼େ ଉଭାନ୍ ହୋଇଯାଇଥିଲା । ଏତେ ଧସ୍ତାଧସ୍ତିରେ କଣିଟା କାଠଗଡ଼ ପରି ଶୋଇଛି ।

ବହୁ କଷ୍ଟରେ ସଳଖି ଛିଡ଼ା ହେଲା ବେଳକୁ ସେ ଦେଖିଲା ହନୁଭାଇ ଓ ହୀରୋ ଭିଲିୟାନ୍‌ର ଅସାଡ଼ ଦେହକୁ ଟେକି ନେଇ ଚୁପ୍‌ଚାପ୍ ଚାଲି ଯାଉଛନ୍ତି ବୁଦା କଡ଼େ କଡ଼େ ।

ମନି ଥରି ଥରି ଖଟ ଉପରକୁ ଯାଉ ଯାଉ ତଳେ କଚାଡ଼ି ହୋଇପଡ଼ିଲା ! ଅନେକ ନାଟକରେ ଅଭିନୟ କରି କଚାଡ଼ି ପଡ଼ିଛି ମଞ୍ଚ ଉପରେ, ଦର୍ଶକଙ୍କ କରତାଳିରେ କାନ ତାବ୍‌ଦା ହୋଇଯାଇଛି ।

ଜୀବନର ନିଛକ ନାଟକ ଅଭିନୟ କରି ସେ ତଳେ କଚାଡ଼ି ହୋଇପଡ଼ିଲା । ନିଜେ ନିଜର ଅଭିନୟରେ ମୁଗ୍ଧ-ଚକିତ ହୋଇ ସେ ପଥର ପାଲଟିଗଲା । ହଁ, ପଥର ନ ହେଲେ ଶବ୍ଦଟିଏ ଓଠରୁ ଫୁଟନ୍ତା ନାହିଁ କାହିଁକି ? ଠୋପେ ଲୁହ ଆଖିରୁ ନିଗଡ଼ନ୍ତା ନାହିଁ କାହିଁକି ? କାହିଁକି ?

କିଛି ସମୟ ପରେ ସେ ଟେକି ହୋଇ ଖଟକୁ ଆଉଜି ବସିଲା । କେତେ ରାତି କେଜାଣି ? ଏତେ ଘଟଣା ଘଟିଗଲେ ବି କେହି ଜଣେ ହେଲେ ଉଠି ନାହାନ୍ତି । ସମସ୍ତେ ଅଚିନ୍ତା ନିଦରେ ଶୋଇଛନ୍ତି... ମନି ଖାଇଲେ କେତେ, ଶୋଇଲେ କେତେ ବା କୁଆଡ଼େ ଗଲେ ନ ଗଲେ କେତେ... । କାହାର କିଛି ଯାଏ ଆସେନା । ତଥାପି ମନି ବଞ୍ଚିଛି । ଘରଛାଡ଼ି, ତା'ର ଯାତ୍ରାପାର୍ଟି ଛାଡ଼ି, ନିଜ ସହର ଛାଡ଼ି ସେ କୁଆଡ଼େ ଯାଇନି । ସେଥିପାଇଁ ... ହଁ ସେଥିପାଇଁ ତାକୁ ସକାଳକୁ ସାମ୍ନା କରିବାକୁ ହେଲେ କିଛିଟା ଡାଏଲଗ୍‌ସ ତିଆରି କରି ମୁଖସ୍ଥ କରିବାକୁ ହେବ । କିନ୍ତୁ, ଗୁରୁ କି କୋଉ ହିନ୍ଦୀ ସିନେମା ସାହାଯ୍ୟ କରି ପାରିବେନି ତାକୁ ଏଇ ନାଟକରେ ।

ରାତ୍ରିର ସ୍ୱପ୍ନ ଅବା ସତ୍ୟ ସହିତ ସକାଳର ସମ୍ପର୍କ ନିହାତି ଖାପଛଡ଼ା ଆଉ ବେସୁରା । ସାଧାରଣ ଘଟଣାକୁ ବ୍ୟତିକ୍ରମ ବୋଲି ଅଭିନୟ କରି ଯଦି ସେ ସମସ୍ତଙ୍କୁ ଅଭିଭୂତ କରିପାରିବ, ତେବେ ହିଁ ତା'ର ଅଭିନେତ୍ରୀ ଜୀବନ ସାର୍ଥକ ହେବ । କେବଳ ମନୀଷାର ନୁହେଁ ମନୀଷା ପରି ଅନେକ ଜୀବନର ନିଗୂଢ଼ ବ୍ୟତିକ୍ରମକୁ ସେ ସହ୍ୟ କରିନେବ । ସେଥିପାଇଁ ତ ସେ ମନୀଷା... ! ! ■

ଏକାକୀ ପରାଶର

ପରାଶର ଯେତେବେଳେ ପରେଶ ନାମରେ ଅଭିହିତ ଥିଲା, ସେତେବେଳେ ସେ ଛୋଟ ଛୋଟ କବିତା ଲେଖିଥିଲା। ଥରେ ଅଧେ ଗଳ୍ପ ଲେଖିଥିବ। ରଚନା ଓ ପ୍ରବନ୍ଧ ପ୍ରତିଯୋଗିତାରେ ସେ ଗୁଡ଼ାଏ ମାନପତ୍ର ଓ କପ୍ ପାଇଥିଲା। ଶିକ୍ଷକମାନେ ତାକୁ ଆଦର କରୁଥିଲେ, ସମ୍ମାନ ଜଣଉଥିଲେ ବିଶ୍ୱବିଦ୍ୟାଳୟ ସର୍ବୋଚ୍ଚ ଉପାଧି ପାଇଲା ପର୍ଯ୍ୟନ୍ତ। ଏବେ ମଧ୍ୟ ତାକୁ ପରାଶରରେ ରୂପାନ୍ତର ଦେଖି ସେମାନେ ଶ୍ରଦ୍ଧା କରନ୍ତି, କିନ୍ତୁ ସେଥିରେ ବରାବର କିନ୍ତୁଟିଏ ଲୁଚି ରହିଥାଏ।

ଅସ୍ୱଚ୍ଛଳ ପରିବାରରେ ପରାଶର କେତେଦିନ ଆଉ ପରେଶ ରହିପାରିଥାନ୍ତା ? ସମସ୍ତ ଯୋଗ୍ୟତା ସତ୍ତ୍ୱେ ଯେତେବେଳେ ସେ କିରାଣି ଚାକିରିଟିଏ ପାଇଲା, ସେତେବେଳେ ବୋଧହୁଏ ତା' ଭିତରେ ଚେଇଁ ଶୋଇଥିବା ପରାଶରର ଜନ୍ମ ହୋଇଥିଲା। ଜନ୍ମ ହେଲାକ୍ଷଣି ପରାଶର କାନ୍ଦିଥିଲା, ହସିଥିଲା, ବିଦ୍ରୋହ କରି ବଞ୍ଚିବାର ଶପଥ ନେଇ ପୁଣି ଥକ୍କା ହୋଇ କିଛି ସମୟ ଶୋଇପଡ଼ିଥିଲା। ଯେତେବେଳେ ତା'ର ସମ୍ପୂର୍ଣ୍ଣ ଜ୍ଞାନ ହେଲା, ସେ ଜାଣିଲା ଯେ ପରେଶ ଭଳି ସେ ବଞ୍ଚି ପାରିବନି। ସେପରି ଜୀଇଁବାରେ ଲାଭ ନାହିଁ କି କ୍ଷତି ନାହିଁ, କାରଣ ବଂଶରକ୍ଷା ଓ ଉତ୍ତରାଧିକାର ବିଷୟରେ ସେ ଚିନ୍ତା କରିବାକୁ ଘୃଣା କରୁଥିଲା। ତା'ର ଛୋଟ ଜୀବନଟିକୁ ଓ ଯେଉଁମାନେ ସେ ଛୋଟ ଜୀବନର ସ୍ରଷ୍ଟା ସେମାନଙ୍କୁ ନେଇ ସେ ଏତେ ଜଞ୍ଜାଳଗ୍ରସ୍ତ ବିବ୍ରତ ହୋଇପଡ଼ିଥିଲା ଯେ ଭବିଷ୍ୟତ ଚିନ୍ତା ତା' ମନରେ ଆଦୌ ନ ଥିଲା।

ମନଟା ବି କ'ଣ ସ୍ୱଚ୍ଛ ଥିଲା ? କେତେ ଅଙ୍ଗୀକାର ଓ ସ୍ୱପ୍ନରେ ଆଚ୍ଛାଦିତ ଦର୍ପଣରେ କେବଳ ଦିଶୁଥିଲା ରକ୍ତ ଆଉ ରକ୍ତ। ବେଳେ ବେଳେ ଝଲକାଏ ଶୀତଳ ପବନ ବହିଲେ ରକ୍ତ ତଳେ ଜମାଟବନ୍ଧା ଲୁହର ପାରଦରେ ତା'ର ଆଖି ଝଲସି ଯାଉଥିଲା। ନିଜର ସେତିକି ସମ୍ପତ୍ତିରେ ସନ୍ତୁଷ୍ଟ ରହିପାରିଲାନି ପରେଶ। ଧୀରେ ଧୀରେ

ସେ ପରାଶର ହୋଇଗଲା ଓ ତା' ସହିତ ତା'ର କବିତା ଲେଖା, ଗଳ୍ପ ପାଇଁ ଚରିତ୍ର ଅନ୍ୱେଷଣ ଉଭେଇଗଲା।

ବର୍ତ୍ତମାନ ସେ ପରାଶର, ଯେକୌଣସି ମଣିଷ ପରି ମଣିଷଟିଏ। ମାତ୍ର ନିଜକୁ ସେ ସ୍ୱତନ୍ତ୍ର ମନେ କରେ ଏବଂ ସେତିକି ହିଁ ତା'ର ଗର୍ବ। ହୁଏତ କ୍ଷତିର ଖସଡ଼ାରେ ତା'ର ରେକର୍ଡ ସୃଷ୍ଟି କରିବା ଇଚ୍ଛା ନ ଥାଇପାରେ, ମାତ୍ର ତାହାହିଁ ତା'ର ଏକମାତ୍ର ପନ୍ଥା ଥିଲା ଏବଂ ସେଥିରେ କିଛି ବଞ୍ଚିଛି ବୋଲି ସେ ଅନୁଭବ କରୁଥିଲା।

କିରାଣି ଚାକିରି ଛାଡ଼ିଦେଇ କେତେବେଳେ ସେ ସାମ୍ବାଦିକଟିଏ ହୋଇଗଲା ଓ କେମିତି ହେଲା ଭାବିଦେଲେ ତାକୁ ଆଶ୍ଚର୍ଯ୍ୟ ଲାଗେ। ବାପା ବୋଉ କାନ୍ଦିଥିଲେ, ସାନ ଭାଇ ଭଉଣୀ ମୁହଁ ଶୁଖେଇ ଛିଡ଼ା ହୋଇଥିଲା। ସମସ୍ତଙ୍କୁ ପ୍ରତିଶ୍ରୁତି ଦେଇ ପରେଶ ଅବଶେଷରେ ପରାଶର ହୋଇ ରାଜରାସ୍ତାକୁ ଡେଇଁପଡ଼ିଥିଲା।

ଡେଇଁଲା ପୂର୍ବର ଆନନ୍ଦ ଡେଇଁଲା ପରେ ନ ଥାଏ। ଏକଥା ଅନୁଭବ ନ ଥିଲେ ବି ପରାଶର ଜାଣିଥିଲା। ଏବେ ତାହା ମର୍ମେ ମର୍ମେ ଅନୁଭବ କରୁଛି।

ଡେଇଁବାର ଗୋଟାଏ ସୀମା ଥାଏ। ଥରେ ସେ ସୀମା ଉଲ୍ଲଘଂନ କଲାପରେ ଆଉ ବା ଜୀବନରେ କ'ଣ ଚମକ ଥାଏ ?

ପରାଶର ନଈବଢ଼ି ଓ ରିଲିଫ୍ ଉପରେ ଏକ ପ୍ରତ୍ୟକ୍ଷ ବିବରଣୀ ଲେଖୁ ଲେଖୁ ଅଧାରେ ଅଟକିଗଲା। ଏମିତି ତ ଗତବର୍ଷ ବସ୍ତି ଉଚ୍ଛେଦ, ତା' ପୂର୍ବବର୍ଷ ଘରପୋଡ଼ି ଉପରେ ରିପୋର୍ଟସ୍ ଦେଇ ସେ ଦେଶରେ ଚାଞ୍ଚଲ୍ୟ ସୃଷ୍ଟି କରିଥିଲା, ମାତ୍ର ଫଳ କ'ଣ ହେଲା ? ଦୁଇ ଥର ଯାକ ମନ୍ତ୍ରୀ ଓ ଅଫିସରମାନେ ତାକୁ ଡକାଇ ଭର୍ତ୍ସନା କଲେ। କେହି କେହି ସାମ୍ନା ଚେୟାରରେ ବସାଇ ତାକୁ ଚା' ପରଷିଲେ। ଅନ୍ୟ କେହି ବିଅର ପିଇବାକୁ ଡାକିଲେ ତ, କେହି ଡିନରପାଇଁ ନିମନ୍ତ୍ରଣ କଲେ। ଅବଶ୍ୟ ପରାଶର ସେ ନିମନ୍ତ୍ରଣ ରକ୍ଷା କରି ନାହିଁ। ଭୋକ ଉପାସରେ ଛଟପଟ ହୋଇ ସେ ଦିନରାତି କଟାଇଛି। ସମ୍ପାଦକମାନେ କମ୍ ଭୀରୁ ନୁହନ୍ତି। ଆର୍ଟିକଲ ନେଲାବେଳେ ଭୂରି ଭୂରି ପ୍ରଶଂସା କରନ୍ତି, ପତ୍ରିକାର କାଟ୍‌ତି ହେଲେ ପାଖରେ ବସାଇ ଖୁସି ଗପ କରନ୍ତି; ମାତ୍ର ପଇସାଟିଏ ଅଧିକା ଦିଅନ୍ତି ନାହିଁ। କୌଣସି ଉତ୍ସବରେ ସେମାନେ ସଭାପତିତ୍ୱ କଲାବେଳେ ପରାଶରକୁ ନିର୍ଦ୍ଦେଶ ଦିଅନ୍ତି ତା'ର ବିବରଣୀ ଲେଖିବାକୁ। ପରାଶର ମିଟିଂରେ ଉପସ୍ଥିତ ହେଉ ବା ନ ହେଉ, ସେ ତା'ର ବୁଦ୍ଧି ଖଟେଇ ଫର୍ମୁଲା ବିନିଯୋଗ କରି ଯେଉଁ ବିବରଣୀ ପ୍ରସ୍ତୁତ କରେ, ତା'ର ବିକଳ୍ପ ବନ୍ଦୋବସ୍ତ କୌଣସି ମୂଲ୍ୟ ଦେଇ ସେମାନେ କରିପାରିବେନି।

ଏସବୁ ସତ୍ତ୍ୱେ ପରାଶର ଆଜିକାଲି କବିତା କି ଗଳ୍ପ ଲେଖିପାରେ ନାହିଁ।

ଏମିତି ନୁହେଁ ଯେ ସେ ଚେଷ୍ଟା କରି ନାହିଁ। ବିନିଦ୍ର ରଜନୀ କାଟି ନାହିଁ କି ପୃଷ୍ଠା ପୃଷ୍ଠା କାଗଜ ଚିରି ନାହିଁ। କିନ୍ତୁ କବିତା ଗଳ୍ପ ପଥ ଭୁଲି ଅନ୍ୟଦିନରେ ଚାଲିଯାଇଛନ୍ତି। ସେମାନଙ୍କୁ ଫେରେଇ ଆଣିବାରେ ସାହସ କି କ୍ଷମତା ତା'ର ନାହିଁ! କାହିଁକି ?

X X X

ଫୋନ୍ କ୍ରିଂ କ୍ରିଂ ଶବ୍ଦ କରିଉଠିଲା। ସମ୍ପାଦକମାନେ କିମ୍ବା କେହି ମନ୍ତ୍ରୀ କି ଅନୁଷ୍ଠାନ ସଂଘ ତାକୁ ନିମନ୍ତ୍ରଣ କରୁଛନ୍ତି। ପରାଶର କ୍ଳାନ୍ତ ହୋଇ ଫୋନ୍ ଉଠାଇ ଚକିତ ସ୍ତମ୍ଭିତ ହେଲା। ଜନୈକ ପତ୍ରିକା ସମ୍ପାଦକଙ୍କର ତାଗିଦ୍। ଦିନ ଦ୍ୱିପ୍ରହରରେ ରାଜରାସ୍ତା ଉପରେ କେତେଜଣ ଉଦ୍ଧତ ଅସାମାଜିକ ଯୁବକ ଏକ ଅଳ୍ପବୟସ୍କା ଯୁବତୀର ବସ୍ତ୍ରହରଣ କରି ସମ୍ପୂର୍ଣ୍ଣ ଉଲଗ୍ନ ଅବସ୍ଥାରେ ଛାଡ଼ି ଚାଲିଗଲେ। ପୋଲିସ୍ ଏଯାଏ ସେମାନଙ୍କର ପତ୍ତା ପାଇ ନାହିଁ। ଏ ଘଟଣା ଉପରେ ଏକ ଚମକପ୍ରଦ ବିବରଣୀ ଦେଇ ସେ ଦେଶରେ ଚହଳ ସୃଷ୍ଟି କରିବା ସଙ୍ଗେ ସଙ୍ଗେ ପତ୍ରିକାର ପ୍ରସାର ମଧ୍ୟ କରିବାକୁ ଚାହାନ୍ତି।

ପରାଶର ଫୋନ୍ ଥୋଇଦେଇ ଗୋଟିଛାଏଁ ଝାଳେଇଗଲା। ଏପରି ଜୁଲମ ଯଦି ଦେଶରେ ଚାଲେ, ତେବେ କିଏ ଭଲା ସୁସ୍ଥଭାବରେ ବଞ୍ଚିପାରିବ ? ଘଟଣା ଶୁଣୁ ଶୁଣୁ ନିଜ ଭଉଣୀର, ମା'ର ଛବି ଆଖି ଆଗରେ ନାଚିଯାଉଛି। ଦେହମୁଣ୍ଡ ଥରିଉଠୁଛି। ଦି'ଦିନ ହେଲା ଜ୍ୱର ତାକୁ। ତେଣୁ ଛୁଟି ନେଇ ଘରକୁ ଦିନେ ରେଷ୍ଟ ପାଇଁ ଯିବ ବୋଲି ସେ ଭାବିଥିଲା ଯେ...।

ପୁଣି ଫୋନ୍ କ୍ରିଂ କ୍ରିଂ କରିଉଠିଲା।

"ହ୍ୟାଲୋ।"

"ମୁଁ ... ମୁଁ ମାନେ ବୁଝି ପାରୁଥିବ ପରାଶର।"

ଅଜାଣତରେ ଅଲକ୍ଷିତରେ ପାଟିରୁ ବାହାରିଗଲା ତା'ର "ଇଏସ୍ ସାର୍!"

"ତୁମେ ଚିନି, ତେଲର ଚୋରା କାରବାର ଉପରେ ଯେଉଁ ରିପୋର୍ଟ ଦେଇଛ, ଖୁବ୍ ଚମତ୍କାର ହୋଇଛି।"

"ଥ୍ୟାଙ୍କ ଇଉ ସାର୍!"

"ସଟ୍ ଅପ୍! ଦେଶର ଅର୍ଥନୀତି ସମ୍ବନ୍ଧରେ ତମକୁ କିଛି ଜଣାଅଛି। ଫଣ୍ଡାମେଣ୍ଟାଲସ୍ ନ ଜାଣି ତୁମେ ସାମ୍ବାଦିକ ହୋଇ ବାହାଦୁରି କାଢୁଛ ? ଏପରି ରିପୋର୍ଟର ପୁନରାବୃତ୍ତି ହେଲେ... ବୁଝିଲ, ବୁଝିପାରୁଛ ତ...।"

"କ'ଣ ସାର୍ ? ମୁଁ କିଛି ଜାଣି...।"

ସେପଟରୁ ଫୋନ୍ ଥୋଇବାର ଶବ୍ଦ ହେଲା। ରୀତିମତ ଧମକ୍। ଦେବେନି

କାହିଁକି ? ଯେତେବେଳେ ଅନ୍ୟ ସମସ୍ତେ ମୁଣ୍ଡ ନୁଆଁଇ ସ୍ତୁତିଗାନ କଲେ, ପରାଶର ତ ମୁଣ୍ଡ ନୋଇଁଲା ନାହିଁ, ଆକାଶଛୁଆଁ ଦରଦାମ୍, କଣ୍ଟ୍ରୋଲ ଜିନିଷ ଠିକ୍ ସମୟରେ ମିଳୁନି। ତା'ର କ୍ୱାଲିଟି ବାହୁନିଲେ ସାରା ଦେଶର କାଗଜ ଅଣ୍ଟିବ ନାହିଁ। ପରାଶରର ଭୁଲ୍ କୋଉଠି ହେଲା ?

ଗାଲ ଦୁଇଟାରେ ଯେମିତି ଥାପଡ଼ ମାରିଲା ଭଳି କଥାଗୁଡ଼ାକ ପଛକୁ ଝାଇଁ ଝାଇଁ ଶୁଭୁଥିଲା। ତେବେ କ'ଣ ସେ ଡରିଯିବ ? କିରାଣି ଚାକିରିର ନିରାପତ୍ତା ଛାଡ଼ି ରାସ୍ତାକୁ ଡେଇଁପଡ଼ିଲାବେଳେ ଏକଥା ଯେ ତାକୁ ଜଣାଥିଲା। ତଥାପି କିପରି ଏକ ଅସ୍ୱସ୍ତିରେ ସେ କଲମ ଥୋଇ ଗାଲରେ ହାତଦେଇ ବସିଲା। ପୃଥିବୀକୁ ଏକ ଲମ୍ଫରେ ଡେଇଁପଡ଼ିବାର ସ୍ୱପ୍ନ ଅଧାରେ ରହିଗଲା। ସେ କିଏ ଯେ ପୃଥିବୀର ସବୁ କଥାକୁ କଲମ ମୁନରେ ଆଉ କଥାରେ ସଜାଡ଼ିଦେବ ? ଏପରି ଏକ ଅଦ୍ଭୁତ ଧାରଣା ସେ ମନ ଭିତରେ ପୋଷି ରଖିଥିଲା କିପରି ? ପରାଶରର ଇଚ୍ଛା ହେଲା ଦର୍ପଣ ସାମ୍ନାରେ ଛିଡ଼ାହୋଇ ସେ ନିଜ ଦୁଇଗାଲରେ ଢାଏ ଢାଏ ଦୁଇଟା ଚାପୁଡ଼ା କଷିଦେଇ ଦେଖିବ କେମିତି ଦିଶୁଛି ତା'ର ମୁହଁଟା ! କୋଉ ପିଲାଦିନେ ମାଡ଼ଖାଇ କାନ୍ଦିଥିବା ଭେଁ ଭେଁ ସ୍ୱରଟା ଛେଳି ପରି ତା' ଛାତି ଭିତରେ ହାବୁକା ମାରୁଛି। ମାତ୍ର ସେ ବି ଏତେ ସହଜ ବ୍ୟାପାର ନୁହେଁ। କେବଳ ଆଜି ନୁହେଁ, ଅନେକଥର ଏମିତି ଚେଷ୍ଟାକରି ସେ ବିଫଳ ହୋଇଛି। ବରଫ ଶୀତଳ ଜମାଟ ବାନ୍ଧିଥିବା ସ୍ୱରର ତନ୍ତ୍ରୀକୁ ମୁଖରିତ କରିବାପାଇଁ ଏତିକି ଉତ୍ତାପ ଯଥେଷ୍ଟ ନୁହେଁ ବୋଲି କେତେଥରରେ ସେ ବୁଝିବ ?

ପରାଶର ପ୍ୟାଣ୍ଟ ପକେଟ୍‌ରୁ ସିଗାରେଟ୍ ବାହାର କରି ଓଠରେ ଚାପି ଧରିଲା। ଲାଇଟର୍‌ଟା ଦୀର୍ଘଦିନ ହେଲା ହଜିଯାଇଛି ଯେଉଁଟା ସେ କିରାଣି ପଇସାରେ କରିଥିଲା। ଦିଆସିଲି କୋଉଠି ରହିଯାଏ, ଖୋଜିଲେ ମିଳେନା। ତା'ଛଡ଼ା ପ୍ୟାଣ୍ଟ ପକେଟରୁ ଦିଆସିଲିଟା କାଢ଼ି ରଖିବା ମୀରାର ଏକ ଅଭ୍ୟାସରେ ପରିଣତ ହେଲାଣି। ସେ ଭାବୁଛି ଦିଆସିଲିଟା ନ ଥିଲେ ପରାଶର ସିଗାରେଟ୍, ବିଡ଼ି ଖାଇପାରିବନି, ନ ଖାଇଲେ ତା' ଦେହ ଭଲ ରହିବ ଇତ୍ୟାଦି... ଇତ୍ୟାଦି ! କି ଅଦ୍ଭୁତ ଆଇଡିଆ ନେଇ ମୀରାର ଜନ୍ମ କେଜାଣି ସିଗାରେଟ୍ ମୁହଁରୁ ଛଡ଼ାଇ ନେବ, ଖାଇବାକୁ ଦେଲେ ଭାତ ମିଠା ଆଳୁ ପ୍ରଭୃତି ପ୍ଲେଟ୍‌ରୁ ଉଠେଇନେବ, ପଛେ ପଛେ ବକର ବକର କରି ତାକୁ ନୟାନ୍ତ କରିଦେବ। ଦେଖାହେଲାକ୍ଷଣି ଏକାଥରକେ ଦଶ ବାରଟା ପ୍ରଶ୍ନ କରିଦେବ ଯାହାର କୌଣସି ନିର୍ଦ୍ଦିଷ୍ଟ ଉତ୍ତର ପରାଶର ପାଖରେ ନ ଥାଏ। ଏମିତି ଅଦ୍ଭୁତ ଝିଅଟା ଯେ ମନ ନ ପାଇଲେ ଦିନ ଦିନ ଦେଖାଦିଏନି କି କଥା କହେନି। ଚେୟାରରେ ଚୁପ୍‌ଚାପ୍ ବସିଥିବ ଯେ ବସିଥିବ...। ପରାଶର ବିରକ୍ତ ହେଲା ଏବଂ ସିଗାରେଟ୍‌ଟା ପାଦରେ

ଦଳିଦେଲା। ଘରସାରା ଟୁକୁରା ଅଳିଆ କାଗଜ, ସିଗାରେଟ୍ ବିଡ଼ିଖଣ୍ଡ ଭରି ହୋଇଛି। ଦି'ଦିନ ହେଲା ଭାବୁଛି ଘରଟା ଓଳାଇଦେବ, ହେଲେ ଭୁଲିଯାଇଛି। ଯେମିତି ଦିନ ଦିନ ପ୍ରତିଦିନ ଭୁଲିଯିବା ହିଁ ଏକମାତ୍ର ତା'ର କାମ!

ଫୋନ୍ ପୁଣି ଶବ୍ଦକରି ବାଜିଉଠିଲା। ଏଥର କିଏ କେଜାଣି? ଫୋନ୍‌ଟା ଧରିବା ଶବ୍ଦ ଆପଣାଛାଏଁ ବନ୍ଦ ହୋଇଗଲା। ଭଲ ହୋଇଛି।

ପରାଶର ଅନ୍ୟମନସ୍କ ଭାବରେ ଖଟ ଉପରେ ଗଡ଼ିପଡ଼ିଲା। କାହା ଉପରେ କ'ଣ ରିପୋର୍ଟ ଦେବ, କୋଉଠି ସଂଶୋଧନ କରିବ ଏବଂ କୋଉ ବ୍ୟକ୍ତି ପାଖରେ ସାଲିଶ କରି ନିଜକୁ ମଣିଷ ପରି ବଞ୍ଚେଇ ରଖିବ ସେ କଥା ଚିନ୍ତା କରିବାକୁ ସମୟ ଆଉ ନାହିଁ। ସେ ଯଦି ସମସ୍ତଙ୍କୁ ସୁହାଇଲା ଭଳି ରିପୋର୍ଟଗୁଡ଼ାକ ଲେଖିପାରନ୍ତା। କିନ୍ତୁ ଏଇ ନିରୀହ ଶାନ୍ତ ଶକ୍ତିହୀନ ଜନତା ଯେଉଁମାନେ ତା'ର ଲେଖା ପଢ଼ନ୍ତି ନାହିଁ, ପଢ଼ିବାକୁ ବେଳ ନାହିଁ କି ଆଗ୍ରହ ନାହିଁ। ସେମାନଙ୍କ ଦେବାଳିଆ ମୁହଁକୁ ଚାହିଁ ସେ ନିଜକୁ କ'ଣ ଉତ୍ତର ଦେବ? ଧୁତ୍! ଏଇ ନିଜର ନିଜତ୍ୱଟାକୁ ଆଗେ ବିଦାକରି ନ ଦେଲେ ସେ ବଞ୍ଚିପାରିବନି।

ଥରେ ନିଜକୁ ଘରେ ରଖିଦେଇ ସେ ଜନୈକ ସ୍ୱାଧୀନତା ସଂଗ୍ରାମୀଙ୍କ ଜନ୍ମଉତ୍ସବ ପାଳନ ନିମିତ୍ତ ଆୟୋଜିତ ସଭାର ରିପୋର୍ଟ କରିବାକୁ ଯାଇଥିଲା। ପରାଶର ଜାଣିଥିଲା ଲୋକଟା ନମ୍ବର ଓ୍ୱାନ୍ ଧପ୍ପାବାଜ୍। ମାତ୍ର ସାତ ଦିନ ଅନ୍ୟ ଏକ ଗଣ୍ଡଗୋଳରେ ଲିପ୍ତରହି ସଂଗ୍ରାମୀଙ୍କ ସହ ଜେଲରେ ଥିଲା ବୋଲି ଏବେ ଘରେ ବସି ଆରାମରେ ଭତ୍ତା ପାଉଛି। ପୁଅମାନେ ବ୍ୟବସାୟୀ, ଜଣେ ତା' ଭିତରୁ ଚୋରାମାଲ କାରବାରରେ ଲିପ୍ତ। ମାତ୍ର ଭୋଟବେଳେ ଲକ୍ଷ ଲକ୍ଷ ଟଙ୍କା ସେ ସରକାରଙ୍କୁ ଗଣି ଦେଇଥାନ୍ତି। ତେଣୁ ସରକାରୀ ବେସରକାରୀ ସବୁ ଅନୁଷ୍ଠାନ ଦ୍ୱାରା ଜୟ ଜୟକାରରେ ନିନାଦିତ ହେଉଥିଲା ତାଙ୍କର ଜନ୍ମ ଜୟନ୍ତୀ। ପରାଶର ଭଲ ରିପୋର୍ଟିଂ କରିଥିଲା ବହୁ କଷ୍ଟରେ। ତିକ୍ତ ଶବ୍ଦ ସବୁକୁ ବାଦ୍ ଦେଇଥିଲା। ମୁହଁ ଲୁଚାଇ ଦୁଇଦିନ ସେ ପଦାକୁ ଯାଇ ନ ଥିଲା। କିନ୍ତୁ ତୃତୀୟ ଦିନ ସନ୍ଧ୍ୟାବେଳେ ନିଜେ ସ୍ୱାଧୀନତା ସଂଗ୍ରାମୀ ତାଙ୍କ ଗାଡ଼ି ନେଇ ଆସିଲେ ତା' ପାଖକୁ ଏବଂ ଦୁଇ ହାତ ଧରି ଭିଡ଼ି ନେଇଗଲେ ଏକ ପଞ୍ଚତାରକା ହୋଟେଲକୁ। ଖୁସିରେ ସେ ଗଦ୍ ଗଦ୍ ହେଲାବେଳେ ପରାଶର ରକ୍ତାକ୍ତ ଯନ୍ତ୍ରଣାରେ ଭାଙ୍ଗି ପଡୁଥିଲା। ତା'ର ତଣ୍ଟିଦେଇ କୌଣସି ଖାଦ୍ୟ ପ୍ରବେଶ କରିପାରୁ ନ ଥିଲା। ଅସୁସ୍ଥତାର ଦ୍ୱାହି ଦେଇ ସେ ପାନୀୟ ଛୁଇଁ ନ ଥିଲା। ତାକୁ ଲାଗୁଥିଲା ସାରା ହୋଟେଲ୍‌ର କାନ୍ଥବାଡ଼, ବୟ, ଦରଓ୍ୱାନ୍, ଲାଇଟ୍ ଭିତର ଦେଇ ଏକ ଚପା ଚପା ମେଘ ଭର୍ତ୍ତି ମୁହଁ ତାକୁ ନୀରବରେ ପ୍ରଶ୍ନ କରୁଛି। ତାଚ୍ଛଲ୍ୟର ହସ ବେଳେ ବେଳେ ସେଇ ବୋକାଳିଆ

ମୁହଁରେ ବଜ୍ରପରି ତା' ଛାତିରେ ଆସି ବାଜୁଛି। ସେ ଆଖି ବୁଜି କୌଣସିମତେ କିଛିଟା ଖାଦ୍ୟ ଉଦରସ୍ଥ କଲାପରେ ଅଚାନକ ତାକୁ ବାନ୍ତି ମାଡ଼ିଲା। ବାଥ୍‌ରୁମ୍ ଭିତରେ ପଶିଯାଇ ସେ ବେସିନ୍‌ରେ ବାନ୍ତି କଲାବେଳେ ଦର୍ପଣରେ ତା'ର ପ୍ରତିବିମ୍ବ ଦେଖି ଚମକି ପଡ଼ିଥିଲା। ସେଇ ନିରୀହ ବୋକାଳିଆ ମୁହଁଟା ଯେ ତା'ର ଚତୁର ବୁଦ୍ଧିମାନ୍ ମୁହଁ ଉପରେ କେତେବେଳେ ଆସି ଚେକା ପକାଇ ବସିଯାଇଛି। ବାଥ୍‌ରୁମ୍‌ରୁ ଫେରି ସେ ଆଉ ଡାଇନିଂ ହଲ୍‌କୁ ଯାଇ ନ ଥିଲା। ଅଣନିଃଶ୍ୱାସୀ ହୋଇ ରାସ୍ତାକୁ ସେ ଧାଇଁଗଲାବେଳେ ଆସିଥିବା ଗାଡ଼ିର ଡ୍ରାଇଭର ତା'ର ପଥ ଓଗାଳି ଛିଡ଼ାହୋଇ ପଚାରିଥିଲା –

"ସାହେବ ଆସି ନାହାନ୍ତି। ଆପଣ ଏମିତି ବ୍ୟସ୍ତ ହୋଇ ଆସିଲେ ଯେ କ'ଣ ଗାଡ଼ିରେ ଛାଡ଼ି ଆସିବି ?"

"ନା ନା ! ମୁଁ ଏଇ ଦି' ମିନିଟ୍ ରାସ୍ତା ମାତ୍ର ଯିବି। ଜଣେ ଲୋକକୁ ଗୋଟେ ଜରୁରୀ ଖବର ଦେବାର ଅଛି। ତୁମେ ଡାଇନିଂ ହଲ୍ ଯାଇ ସାହେବଙ୍କୁ ଖବର ଦେଇଦେବ। ମୁଁ ଚାଲିଲି...।"

ପରାଶର ଡ୍ରାଇଭରକୁ ପେଲିଦେଇ ରାତିର ଅନ୍ଧକାର ଭିତରେ ହଜି ଯାଇଥିଲା। ଅନେକ ସମୟ ପରେ ତା'ର ସମ୍ବିତ୍ ଫେରିଲାବେଳକୁ ନିଜକୁ ସେ ଆବିଷ୍କାର କରିଥିଲା ନିଜ ଘର ବାରଣ୍ଡାରେ। ଗଲାବେଳେ କବାଟର ତାଲା ବନ୍ଦକରି ଯାଇଥିଲା ଅବଶ୍ୟ। ମାତ୍ର ଖୋଲିବା କଥା ସେ ଭୁଲି ଯାଇଥିଲା

X X X

ଏବେ ବନ୍ଦ ଘରେ ଏକାକୀ ପରାଶର ନିଜ ଖଟ ଉପରେ ଶୋଇଛି ଓ ଦୃଶ୍ୟ ଦେଖୁଛି। ଏବେ କେହି ତା' ପାଖରେ ନାହିଁ, ଏମିତିକି ନିଜେ ମଧ୍ୟ ନାହିଁ। ଫାଙ୍କା ଏକଦମ୍ ଫାଙ୍କା ଶୂନ୍‌ଶାନ୍ ନିଜେ ଓ ତା'ର ପୃଥିବୀ। ବିଗତ ଦିନମାନଙ୍କର କୌଣସି କୌଣସି କଥା ମନେପଡୁନି। ଯଦିଓ ଅଜସ୍ର କଥା ମନେ ପଡ଼ିବା ଦରକାର। ଏବେ ଅନେକ କିଛି ଭାବିବାର ବିଷୟ ଅଛି, ଅଥଚ କିଛି ଭାବି ହେଉନି। ଏବେ ଅନେକ ବାଟ ଅଛି ଚାଲିଯିବାକୁ, ମାତ୍ର କୌଣସି ବାଟ ଦିଶୁନି। ଅନେକ କଥା କହିଯିବାକୁ ଅଛି, ମାତ୍ର ଗୋଟିଏ କଥା ମଧ୍ୟ କହିଆସୁନି। ବହୁ ବହୁ ଲୋକଙ୍କୁ ଭେଟିବାର ଅଛି, କାହାକୁ ଭେଟିବ ସର୍ବପ୍ରଥମେ ସେ ଜାଣିପାରୁନି। କାହିଁକି ? ଏତେ ଜାଣିବା ଶୁଣିବା ବୁଦ୍ଧିମାନ୍ ଚତୁର ପରାଶର ନିଜ ପାଖରେ ଏମିତି ଚୁପ୍ କାହିଁକି ?

ହଠାତ୍ ବାହାରେ ପ୍ରଚଣ୍ଡ ଶବ୍ଦକରି ଘଡ଼ଘଡ଼ିଟିଏ ମାରିଲା ଓ ସଙ୍ଗେ ସଙ୍ଗେ ଲାଇଟ୍ ଚାଲିଗଲା।

ଅନ୍ଧାର ! ଚତୁର୍ଦ୍ଦିଗରେ ଅନ୍ଧାର ! ଏବଂ ସେଇ ଅନ୍ଧାର ଭିତରେ ବନ୍ଦ ଘରେ ଏକାକୀ ପରାଶର । କୋଉ ଆଦିମକାଳରୁ ... ସତ୍ୟବାଦୀ ପାଖରେ ଥିଲାବେଳେ ନିର୍ଜନତା ଏବଂ ମୀରାର ଅନୁପସ୍ଥିତିରେ ନିସ୍ତବ୍ଧତା... ବୃନ୍ତର ଦୁଇଟି ପୁଷ୍ପ ।

ପରାଶର କିନ୍ତୁ ଏକକ, ଚିରନ୍ତନ ଏକକ । ବନ୍ଦ ଘରେ ପରାଶର ସର୍ବଦା ତନ୍ଦ୍ରାଛନ୍ନ । ଅଥଚ ସୃଷ୍ଟି, ବଂଶରକ୍ଷା ନିୟମ ପାଳନ, ଶାସନ, ଶୟନ, ଆରୋହଣ ଓ ଅପହରଣ ସବୁକିଛି ଯଥାରୀତି ଗତିଶୀଳ ଅଛି ତଥାପି । ପରାଶର ! ହାଃ ପରାଶର ! କ'ଣ ସେ କରି ନ ପାରେ ଏକା ଏକା ! ଅଥଚ କ'ଣ ସେ କରୁଛି ଯେ... !

■

ପାଟଦେଈ

ପାଟଦେଈ ଘର ଛାଡ଼ି ରାତି ଅଧରେ କୁଆଡ଼େ ଚାଲିଗଲା ଯେ ଗଲା, କେହି ଜାଣିଲେ ନାହିଁ। ଦୋଳ ପୁନେଇଁ ରାତି, ତୋରା ହେଇ ଜହ୍ନ ପଡ଼ିଥିଲା ସାଇସାରା। ମେଲଣ ପଡ଼ିଆରେ ଝାଞ୍ଜ ମୃଦଙ୍ଗ ବଜେଇ ଠାକୁରମାନେ ଘରକୁ ଘର ବୁଲି ଭୋଗ ଖାଇ ଆସି ଠୁଳ ହେଉଥିଲେ। ଚାରିଆଡ଼େ ଗହଳି ଲାଗି ରହିଥିଲା। ଛୋଟ ଛୁଆଗୁଡ଼ାକ ଟିକିଏ ଶୋଇ ପୁଣି ଟିକିଏ ଦାଣ୍ଡ ମୁଣ୍ଡ ଘୂରି ଆସୁଥିଲେ। ମେଞ୍ଚା ମେଞ୍ଚା ଅବିର ଧରି ଲୁଚାଚୋରାରେ ଯିଏ ଯାହାକୁ ପାଇଲା ସେ ତାକୁ ବୋଳି ଚାଲିଥଲା। ହୋଲି ଦିନର ମଜା ଆଉ ତା'ପୂର୍ବଦିନର ମଜା ତ ସମାନ ନୁହେଁ। ବର୍ଷକରେ ଥରେ ସେ ଉତ୍ସବ, ଧରିବାକୁ ଚାହିଁଲେ ଧରି ହୁଏନା, କେତେବେଳେ ଆସି କେତେବେଳେ ଆଖିପିଛୁଳାକେ ଚାଲିଯାଏ। ନ ଧରିବାକୁ ଚାହିଁଲେ ବି ସବୁ ଯେମିତି ନିଜ ଉପରେ ମନକୁ ମନ କୁଢ଼େଇ ହୋଇଯାଏ, ବର୍ଷସାରା ଧୂଳି ମଇଳା ଦେହରେ ମନରେ କୁଢ଼େଇ ହୋଇ ରହେ। କେହି ଦେଖେ ନାହିଁ କି ଦେଖେଇ ହୁଏ ନାହିଁ। ସେମିତି ବୋଧେ ପାଟଦେଈ ଉପରେ ହସୁଥିଲା, ଭିତରେ ତା'ର ଭୂତପରି ଗୁଡ଼ାଏ ଚିନ୍ତାଦକ ବର୍ଷ ବର୍ଷ ଧରି ମାଡ଼ି ରହିଥିଲା। ଏମିତି ଦିନ ପରି ଜହ୍ନ ରାତିରେ, ଗହଳି ଚହଳି ଲାଗି ରହିଥିଲା ବେଳେ ପାଟଦେଈ ଠାକୁରଙ୍କୁ ଭୋଗ ଖୁଆଇ ମେଲଣ ଦାଣ୍ଡକୁ ଯାତ୍ରା ଦେଖିବ ବୋଲି ଚାଲିଆସିଲା ଘରୁ। ସନ୍ଧ୍ୟାବେଳେ ସଜନା ଶାଗଭଜା ଆଉ ପଖାଳ ବେଲାଏ ସେ ଖାଇଥିଲା। ପେଟ ଭଲ ଲାଗୁନି କହି ସପଟା ପକେଇ ରୋଷେଇ ବାରଣ୍ଡାରେ ଗଡ଼େଇ ତଡ଼େଇ ହେଉଥିଲା। ବାପା ଠାକୁର କାନ୍ଧେଇ କୋଉ ଦୂର ଗାଁକୁ ସକାଳୁ ଚାଲି ଯାଇଥିଲା। ଘରେ କାଉ କୋଇଲି ବକଟେ ନାହିଁ ଯେ କାହା ସାଙ୍ଗରେ ପଦେ କଥା କହିବ। ପଡ଼ିଶାଘରର ମଣିଭାଉଜ ତାସ୍ ଖେଳିବାକୁ ଡାକି ଆସିଥିଲା, ହେଲେ ଦେହ ଭଲ ନାହିଁ କହି ଘାଲେଇ ପଡ଼ିଥିଲା ପାଟଦେଈ। ମଣିଭାଉଜ ଓ ଅନ୍ୟମାନେ

ଫେରିଯାଇଥିଲେ। ବାରି କବାଟ ଆଉଜେଇ ନେଉ ନେଉ ଖିଲି ଖିଲି ହସି କିଏ ଜଣେ କହିଥିଲା - "ଭଲ ଲାଗୁନି। ତୁଚ୍ଛାକୁ ଏତେ...।" ତା'ପରେ ସମସ୍ତେ ଠୋ' ଠୋ' କରି ହସି ଉଠିଥିଲେ। ଚଗଲା ପବନରେ ସେ ହସ ଉଡ଼ି ଯାଇଥିଲା କୋଉ ଦିଗକୁ କେଜାଣି। ମାତ୍ର ପାଟଦେଈ ସେମିତି ଚିତ୍‌ହୋଇ ଶୋଇ ଜହ୍ନକୁ ବକ୍ ବକ୍ କରି ଅନେଇଥିଲା। ବାହାରେ ଜମିଥିବା ଗହଳି, ଆନନ୍ଦ ମଉଛବ ଯେମିତି ତାକୁ ଧରି ମଧ୍ୟ ଧରିପାରୁ ନ ଥିଲା। ସେ ସେଦିନ କୋଉ ଜଗତରେ ଥିଲା ଓ କ'ଣ ଭାବୁଥିଲା, ତା'ଛଡ଼ା ଅନ୍ୟ କାହାର ଖବର ନେବାରେ କିଛି ଦରକାର ନ ଥିଲା।

ସାଇସାରା ଭଜନ କୀର୍ତ୍ତନ ଝାଞ୍ଜ ମୃଦଙ୍ଗରେ ଭାଙ୍ଗି ପଡୁଥିଲା। ଅବିର ବୋଳି ହୋଇ ଲୋକେ ଗହଳି କରୁଥିଲେ। ସେତିକିବେଳେ ମଝିରାତିର ବିଲୁଆ, କୁକୁର, ଭୂତ, ଡାଆଣୀ କାହାକୁ ନ ଡରି ପାଟଦେଈ ଘର ଦୁଆରେ ଶିକୁଳି ଦେଇ ଯାତ୍ରା ଦେଖିବାକୁ ଚାଲିଗଲା। ରାତିସାରା ଶିକୁଳି ଖୋଲି ଘରକୁ ଆଉ କେହି ଆସିନି କି ପାଟଦେଈ କୁଆଡ଼େ ଗଲା ବୋଲି କେହି ମୁଣ୍ଡ ଖେଳାଇନି।

ରାତିସାରା ମଉଛବ। ସକାଳେ, ଦି'ପହରେ ହୋରି ଖେଳ ପରେ ଯେ ଯୁଆଡ଼େ ବେଳ ଗଡ଼ାଣି ଘର ଭିତରେ ଗଡ଼ି ପଡ଼ିଲେ। କାହାର ବେଳ ଅଛି କୁଆଡ଼େ ଯିବାକୁ; କିଏ ଗଲା, ମଲା, ହଜିଲା, ଖାଇଲା କି ଉପାସ ଶୋଇଲା କିଏ ଯାଉଛି ବୁଝିବାକୁ! ତେହିଁକି ସେ ରାତିରେ ଥିଲା ଦି'ସାଇ ଭିତରେ ପାଲା ଲଢ଼େଇ। ଏତେବେଳେ ପାଟଦେଈର ଖବର ନେଉଛି କିଏ! ସେ ରାତି ବିତେଇ ତା'ପରଦିନ ଦ୍ୱିପ୍ରହରେ ଯେତେବେଳେ ଧକେଇ ଧକେଇ ଜଗୁ ବେହେରା ଘରକୁ ଫେରି ଦୁଆର ମୁହଁରେ ଶିକୁଳି ଦେଖିଲା, ରାଗି ପଞ୍ଚମରେ ଉଠିଲା। ଆଖପାଖ ଘରକୁ ଶୁଣେଇଲା ପରି ପାଟ ନାଁ ଧରି ଡାକ ପକେଇଲା। ହେଲେ ତା'ରି କଣ୍ଠ ତା'ରି ଛାତି ଭିତରେ ଫେରିଆସି ଢାଏ ଢାଏ ବାଡ଼େଇ ହୋଇଗଲା। ଘଡ଼ିଏ ଥକ୍କା ମାରି ସେ ଉଠିପଡ଼ିଲା ଆଉ ଗର୍ଜି ଗର୍ଜି ସବୁରି ଘରେ ଯାଇଁ ଖୋଜି ବୁଲିଲା ପାଟକୁ।

ଗର୍ଜିବ ନାହିଁ? ଜମି ପାଞ୍ଚଗୁଣ୍ଠ ବିକିଦେଇ ପାଟକୁ ସେ ବାହା ଦେଇଥିଲା। ରଜାଘର ପୁଅ ପରି ଦେଖିବାକୁ ଜୋଇଁ, ଜମି ଘରଡିହ ମିଶି ଦି'ମାଣରୁ ଅଧିକ, ବନ୍ଧକି ସୁନା ଘରେ ଥିଲା କାହିଁରେ କ'ଣ। ହେଲେ ଝିଅ ମାସ ଦି'ଟା ବି ଶାଶୂଘର କଲା ନାହିଁ। କ'ଣ ତା'ର ହେଲା ସେଇ ଜାଣେ। ଚିନ୍ତାରେ କଳାକାଠ ପଡ଼ିଗଲା ଯେମିତି ମାସ ଗୋଟାକରେ। କେହି ପଚାରିଲେ କିଛି କହେ ନାହିଁ, ଡବ ଡବ କରି ଅନେଇ ରହେ। ସତେ ଯେମିତି ନୂଆ କରି ମଣିଷଟିଏ ସେ ଦେଖୁଛି, ଦେଖୁ ନାହିଁ ତ ଚିହ୍ନିବାକୁ ଚେଷ୍ଟା କରୁଛି। ଜଗୁ ଭାବିଥିଲା, ଗେହ୍ଲାରେ ଝିଅକୁ ବଢ଼େଇଥିଲା, ଟିକେ ଦୁଃଖ

ଅସୁବିଧା ସହି ନ ପାରି ଝିଅ ସେମିତି ହାଉଳି ଖାଇଯାଉଛି ମା’, ଭାଇ ନାହାନ୍ତି ଯେ ପେଟରୁ ଝିଅର ଦୁଃଖକୁ ଓଟାରି ଆଣିବେ, ବାପ ହୋଇ ସେ ଅଧିକ ଆଉ କ’ଣ କହିବ ? କୋଉ ରଜା ଜମିଦାର ଜଗୁ ବେହେରା ହୋଇଛି ଯେ ସମୁଦୀ ସମୁଦୁଣୀଙ୍କି ଦି’ପଦ କଡ଼ା କଥା କହି ହାଙ୍କିଦେବ। ହେଲେ ଜଗୁର ମନଟା ସବୁ କାମ ଭିତରେ ପାଟ ପାଇଁ ଅନବରତ ଛଟପଟ ହେଉଥିଲା।

କିଛି ଶୁଣା ନାହିଁ, ଜଣା ନାହିଁ, ଦିନେ ରାତି ଅଧରେ କବାଟର କଡ଼ା ଝଣ୍ ଝଣ୍ କରି ବାଜି ଉଠିଥିଲା। ଟୁପୁରୁ ଟୁପୁରୁ ମେଘ ବର୍ଷୁଥିଲା, ଆକାଶରେ କଳାହାଣ୍ଡିଆ ମେଘ ଚାରିକାତ ଲମ୍ବେଇ ଶୋଇ ରହିଥିଲା। ବେଙ୍ଗଗୁଡ଼ାକ ପୋଖରୀ ହୁଡ଼ାରେ କେଁ କଟର ରଡ଼ି ଛାଡୁଥିଲେ। ଶୀତୁଳିଆ ଲାଗିବାରୁ ଗୋଡ଼ଠାରୁ ମୁଣ୍ଡଯାଏଁ ଘୋଡ଼ିହୋଇ ଜଗୁ ଶୋଇଥିଲା। ଖଡ୍ ଖଡ୍ ଶବ୍ଦରେ ସେ ଉଠିପଡ଼ିଲା। କିଏ ବୋଲି ଦି’ଥର ପ୍ରଶ୍ନ କଲା। କାହାର ଜବାବ ନାହିଁ। ଭୂତ ଡାକୁଛି ବୋଲି ମନରେ ଭାବି ସେ କର ଲେଉଟାଇ ଶୋଇଥିଲା। ପୁଣି ଟିକକ ପରେ ସେମିତି କଡ଼ା ଝଣ୍ ଝଣ୍ ହୋଇ ବାଜି ଉଠିଥିଲା। ଜଗୁ ବିରକ୍ତ ହେଲା, ଠାକୁରଙ୍କ ଧଣ୍ଡା ଧରି କବାଟ ଖୋଲିଦେଇ ଅନ୍ଧାର ଭିତରେ ସେ ଚମକି ପଡ଼ିଲା। ଯେତେହେଲେ ବି ରକ୍ତର ଡାକ। ନିଜ ଝିଅକୁ ଅନ୍ଧାର ଭିତରେ ଚିହ୍ନିନବାକୁ ତାକୁ ଟିକେ ବି କଷ୍ଟ ହେଲାନି। ଅଥଚ ଅବାକ୍ ବିସ୍ମୟରେ ତା’ ପାଟିରୁ କ୍ଷୀଣ କଣ୍ଠରେ ଡାକ ଶୁଭିଲା – “ପାଟ ! ପାଟ ତୁ ...।”

ପାଟ କିଛି ନ କହି ବାପାକୁ ଆଡ଼େଇ ଘର ଭିତରକୁ ପଶିଆସିଲା ଏବଂ ଘରର ହୁଡ୍କା ଦେଇଦେଲା। ଜଗୁ ବ୍ୟସ୍ତ ହୋଇ ପଚାରିଲା –

“କିଲୋ ! ରାତି ଅଧରେ ଚାଲିଆସିଲୁ ଯେ ? କ’ଣ ଜ୍ୱାଇଁ ସାଙ୍ଗରେ କଳି କରି ଲୁଚି ପଳେଇ ଆସିଛୁ ?”

ପାଟ ମୁହଁ ପୋତି କାନ୍ଥକୁ ଆଉଜି ଛିଡ଼ା ହୋଇଥାଏ। ତା’ ମୁହଁ ଭଲକରି ଦେଖି ହଉ ନ ଥାଏ। କେମିତି ଯେମିତି ଜଗୁ ବେହେରା ହାଲିଆ ହୋଇ ତଳେ ବସିପଡ଼ିଲା। ପାଟ କିଛି ନ କହି ଘର ଭିତରକୁ ମୁହାଁଇବାକ୍ଷଣି ଜଗୁ କରୁଣ କଣ୍ଠରେ ପଚାରିଲା –

“କିଲୋ ପାଟ ! କ’ଣ ହୋଇଛି କିଛି କହୁନୁ ଯେ ! ବୁଢ଼ାବୁଢ଼ୀ ମାରଧର କଲେ ? ତୋ ଦେହ ଭଲ ଅଛିଟି ?”

ପାଟ ଜବାବ ନ ଦେଇ ଚାଲିଗଲା। ଜଗୁ ଭାବିଲା ବୋଧେ ଟିକିଏ ଗୋଳମାଳିଆ ହୋଇଯାଇଛି ପରିସ୍ଥିତିଟା ! ବଳେ ଜଣାପଡ଼ିବ ନାହିଁ ଯେ, କାହିଁକି ପଚାରି ହେବ ରାତି ଅଧରେ ! ଝିଅଟା ଖାଇଛି କି ନାହିଁ କେଜାଣି। ସବୁଦିନେ

ଏକବାଗିଆ ସେ। ମନ ସମ୍ଭାଳି ନ ହେବାରୁ ଜଗୁ ଉଠିଯାଇ ଝିଅକୁ ରୋଷଘର ବାରଣ୍ଡାରେ ବସିଥିବା ଦେଖି ପଚାରିଲା - "କିଲୋ! କ'ଣ ଖାଇବୁ କି? ହାଣ୍ଡିରେ ପଖାଳ ଥିବ -।" ପାଟ ଆଣ୍ଠୁ ଭିତରୁ ମୁହଁ ଲୁଚେଇ କାନ୍ଦି ଉଠିଲା। ଏମିତି କାନ୍ଦ ଯେ ନାହିଁ ନ ଥିବାର, ବାପଘରୁ ଗୋଡ଼ କାଢ଼ି ଯିବା ଦିନ ବି କାନ୍ଦି ନ ଥିଲା। ନିଜ ଗାମୁଛାରେ ଝିଅର ଆଖି ଲୁହ ପୋଛିଦେଇ ଜଗୁ ନୀରବ ହୋଇ ଯାଇଥିଲା। ବୁଝିପାରିଥିଲା କୋଉ କାରଣରୁ ଝିଅକୁ କଷ୍ଟ ହେବାରୁ ସେ ସହି ନ ପାରି ପଳେଇ ଆସିଛି। ବଳେ ଜଣାପଡ଼ି ଯିବନି କି? ହଅ କଞ୍ଚା ମନ, ଘର ଧରିନି। ସକାଳ ପାହିଲେ ଜ୍ୱାଇଁ କି ସମୁଦୀ ଯିଏ ହେଲେ ଆସି ପହଞ୍ଚିଯିବେ। ଜଗୁ ବେହେରା କିନ୍ତୁ ଦି'ପଦ ନ ଶୁଣେଇ ଛାଡ଼ିବନି ମୋଟେ। କିନ୍ତୁ ତା' ହେଲା ନାହିଁ। ମାସ ମାସ ଧରି ବର୍ଷେ ବିତିଗଲେ ବି ପାଟର ଶାଶୂଘରୁ କେହି ଖବର ନେବାକୁ ଆସିଲେନି କି ଦିନରାତି ଚେଷ୍ଟା ଚଳେଇ ଜଗୁ ବୁଝିପାରିଲା ନାହିଁ, ପାଟ କ'ଣ ପାଇଁ ରାତି ଅଧରେ ଶାଶୂଘର ଛାଡ଼ି ପଳେଇ ଆସିଲା। ପଚାରି ଦେଲେ ସେ ଖାଲି ଉବଡବ କରି ଅନେଇ ରହେ। ଅକାତକାତ ଲୁହରେ ତା'ର ଆଖି ଉବୁଟୁବୁ ହୁଏ, ଓଠ ଦି'ପୁଡ଼ା ଥରି ଉଠେ, ହେଲେ ପଦୁଟିଏ କଥା ବାହାରେ ନାହିଁ। ସାଇବାଲା ଯିଏ ଯେତେ ପଚାରିଲେ ଜଗୁ ଚୁପ୍ ରହେ, ଅତିବେଶି ହେଲେ କହେ ଜ୍ୱାଇଁ ମାନ୍ଦ୍ରାଜ ଯାଇଛି, ସେଠି ଚାକିରି ହେଲେ ଝିଅକୁ ଆସି ନେବ। ମାତ୍ର ଶାଶୂ ଶ୍ୱଶୁର ଜ୍ୱାଇଁ, କାହାର ଚିଠି ଖଣ୍ଡିଏ ନ ଥିଲା କି ଲୋକଟିଏ ଖବର ନେଇ ଆସି ନ ଥିଲା। କ'ଣ ଭାବି କେଜାଣି ଜଗୁ ବେହେରା ବି ପାଟର ଶାଶୂଘରକୁ ଯାଇ ଖବର ନେବାକୁ ଚେଷ୍ଟା କରି ନ ଥିଲା। ମୂଲ ଲାଗି ବୁଢ଼ା ବୟସରେ ଯାହା ଆଣୁଥିଲା, ସେଥିରେ ଓଳିଏ ଉପାସ ରହି କୌଣସିମତେ ବଞ୍ଚି ଯାଉଥିଲେ। ମୁହଁରେ ବାପକୁ ଏତେ ବୁଢ଼ା ବୟସରେ କଷ୍ଟ ଦେଉଛି ବୋଲି ପାଟ ଥରୁଟିଏ ବି କହି ନାହିଁ। ରାଗିବ କ'ଣ ଜଗୁ? ଅଭିମାନ କଲେ ବି ପାଟ ମୁହଁକୁ ଚାହିଁ ସେ କିଛି କହିପାରେ ନାହିଁ। କାଳେ ଆତ୍ମହତ୍ୟା କରିଦେବ, କାଳେ ଲୁଚି ଅନ୍ୟ କୁଆଡ଼େ ପଳେଇବ! ଜଗୁର ତ କୋଉ କୁଳରେ କିଛି ନାହିଁ। ଯେତେ ଅବିଗୁଣର, ଯେତେ ଅମାନିଆ ହେଲେ ବି ତାକୁଇ ନେଇ ବଞ୍ଚିବାକୁ ହେବ... ତା'ରି ପାଇଁ ଶୁଣିବାକୁ ହେବ ନିନ୍ଦା, ପ୍ରଶଂସା, ସବୁକିଛି। ସେଇଥିପାଇଁ ଚବିଶ ଘଣ୍ଟା ବକର ବକର ହେଉଥିବା ଜଗୁ ବେହେରାର ପାଟିରେ ତାଲା ପଡ଼ିଯାଇଥିଲା। ପାଟ ଆସିଲା ପରେ ସାଇଲୋକେ କେତେ ଛି'ଛାକର କଲେ, କିଏ କହିଲା ଶାଶୂ ଶ୍ୱଶୁରଙ୍କ ସଙ୍ଗେ କଳି କଲାରୁ ଘରୁ ତଷ୍ଟିଆ ମାରି ବିଦା କରିଦେଲେ, କିଏ କହିଲା ଜୋଇଁର ମନ ମାନିଲା ନାହିଁ ବୋଲି ତଡ଼ିଦେଲା, ଆଉ କିଏ କହିଲା ସାଇଲୋକଙ୍କ ସଙ୍ଗରେ ରଙ୍ଗ ରସରେ

ମାତିଲାରୁ ରାତି ଅଧରେ ନିଆଁଖୁଣ୍ଟା ମାଡ଼ିଦେଇ ଘରୁ ବିଦା କରିଦେଲେ। କାହାକୁ କିଛି ଉତ୍ତର ନ ଦେଇ ଜଗୁ ପାଟ ମୁହଁକୁ ଚାହେଁ, ଭାବେ ପଚାରିବ, ଗାଳି ଦେବ, ନ ହେଲେ ଜବରଦସ୍ତ ନେଇ ଶାଶୂଘରେ ଛାଡ଼ିଦେଇ ଆସିବ। ମାତ୍ର ତା'ର କାନ୍ଦୁରା ବିକଳ ଆଖିକୁ ଚାହିଁ ଜଗୁ ପୁଣି ଅଟକିଯାଏ। କାଉ ଡାକିଲାକ୍ଷଣି ଉଠି ମୂଲ ଲାଗିବାକୁ ଯାଏ, ସଞ୍ଜବୁଡ଼େ ମୁଣ୍ଡିଆ ମାରେ କିଛି ଗୋଟାଏ କିନାରା କରିବାକୁ। ସେତ ସବୁଦିନେ ଆଉ ଝିଅକୁ ଜଗି ବଞ୍ଚି ରହିପାରିବ ନାହିଁ।

ଜଗୁ ଆଉ ସ୍ଥିର ରହି ପାରିଲାନି। ଦୁଇଦିନର କ୍ଳାନ୍ତିରେ ଭୋକ ଉପାସରେ ଦେହଟା ଝୋଲା ମାରିଗଲା ଭଳି ଲାଗୁଛି। ଝିଅଟା ସିନା କବାଟ ଖୋଲି ତୋରାଣି କଂସାଏ ଧରି ଛିଡ଼ା ହୋଇଥାନ୍ତା ବାପର ଫେରିଲା ବାଟକୁ ଚାହିଁ। ନାହିଁ, ଯାଇଁ କନିଆ ଝିଅପରି ସାଇରେ ତାସ୍ ଖେଳୁଛି କି ହେଁ ହେଁ ଫେଁ ଫେଁ ହେଉଛି। କେତେ ସହିବ ଜଗୁ ବେହେରା ଆଉ ? ମଶାଣିକୁ ଶବ ହୋଇ ବୁହା ହେଲାଯାଏ ସେ ଖାଲି ଖଟୁଥିବ, ସବୁରି ମନ ଜଗି ଚଳୁଥିବ। ତା' କଥା ବୁଝିବାକୁ କେହି ବି ଆଗେଇ ଆସିବେନି ?

ଜଗୁ ବେହେରା ଚିଲାଇ କରି ଡାକ ପକାଇଲା "ପାଟ ! ପାଟଲୋ ! କୋଉଠି ଅଛୁ। ଅଇଲୁ ଶୀଘ୍ର ... ପାଟ, ପାଟଲୋ !!" କୋଉଠି କିଛି ଜବାବ ନ ଥିଲା। ଘର ଘର ବୁଲି ଗାଁଟା ସାରା ବେଳବୁଡ଼ାଣି ଜଗୁ ବେହେରା ନିଜ ଘରକୁ ଫେରିଆସି ଚାହିଁଲା। ଶିକୁଳି ସେମିତି ଲଗା ହୋଇଛି। ଦଦରା କବାଟ ଦୁଇଟା ପରସ୍ପରକୁ ଯାବ ପକେଇ କାମୁଡ଼ି ଧରି ଯେମିତି ଖଡେଇ ହେଉଛନ୍ତି। ସୂର୍ଯ୍ୟ ଅସ୍ତ ହୋଇ ଡିହ ଉପରେ ଅନ୍ଧାର ଚାରିଦିଗକୁ ଲମ୍ବି ଯାଇଥିଲା ...।

ଜଗୁ ବେହେରା ସେମିତି ଦାଣ୍ଡ ବାରଣ୍ଡାରେ ବସି ରହି କାନ୍ଥ ଦେହରେ ଢୋଳେଇ ପଡ଼ିଥିଲା। ଢୋଳେଇ ଢୋଳେଇ ରାତି ପାହି ଯିବାକ୍ଷଣି କାଉ କୁମ୍ଭାଟୁଆ ଡାକରେ ଉଠିପଡ଼ି କବାଟ ଉପର ଶିକୁଳିକୁ ସେ ଚାହିଁଥିଲା। ସେମିତି ବନ୍ଦ ଥିଲା ...।

ଗାଁ ଲୋକେ କହନ୍ତି, ଦେଖଣାହାରିଏ କହନ୍ତି, ଜଗୁ ବେହେରା ସେଇ ଯେ ସେମିତି କାନ୍ଥରେ ବସି ଢୋଳେଇବା ଆରମ୍ଭ କରି ଦେଇଥିଲା, ତା'ର ଆଉ ଜ୍ଞାନ ଫେରିଲା ନାହିଁ। ବୟସ୍କ ଗୁରୁଜନ ଲୋକେ ଆସି ବୁଝେଇଲେ ସେ ବଡ଼ ବଡ଼ ଆଖି କରି ଚାହେଁ, ପଖାଳ ତୋରାଣୀ ଧରି କୋଉ ଝିଅବୋହୂ ସାମ୍ନାରେ ଆସି ଠିଆ ହେଲେ ଓଠ ପୁଡ଼ା ଥରି ଉଠେ, ଆଖିରୁ ଝର ଝର ଲୁହ ବୋହିଯାଏ, ମାତ୍ର ଶବ୍ଦ କିଛି ବାହାରେ ନାହିଁ। ସମସ୍ତେ କୁହାକୁହି ହେଲେ ଝିଅଟା ଅଘରୀ ଦୋଚାରୁଣୀ ହେଲାରୁ ବାପର ତୋଟି ପଡ଼ିଗଲା, ମୂକ ବଧିର ହୋଇଗଲା। ସତକୁ ସତ ସେମିତି ବୋକା ହୋଇ

ଜଗୁ ବେହେରା ଭୋକ ଉପାସରେ ଦଶ ଦିନ ପରେ ସବୁଦିନ ପାଇଁ ଢୋଳେଇ ପଡ଼ିଗଲା। ସକାଳୁ ସାଇସାରା ଲୋକ ଡାକି ଡାକି ଥକିଗଲେ ବି ସେ ଜବାବ ଦେଲାନି। ଅଥଚ ତା'ର ଆଖି ଦୁଇଟା ବନ୍ଦ କବାଟର ଶିକୁଳି ଉପରେ ସ୍ଥିର ହୋଇ ଲାଖି ରହିଥିଲା। ମୁହଁ ଉପରେ ଗୁଡ଼ାଏ ମାଛି ଭଣ ଭଣ ହୋଇ ଘୂରି ବୁଲୁଥିଲେ।

ପାଟଦେଈ ଘର ଛାଡ଼ି ଯିବାର ତିନି ବର୍ଷ ବିତିଗଲାଣି, ଆଉ ଜଗୁ ବେହେରା ସଂସାର ଛାଡ଼ି ଯିବାର ବି ତିନିବର୍ଷ ଗଲାଣି। ସେଦିନୁ ମେଲଣ ତୋଟାରେ ତିନିଥର ମେଲଣ ସରିଲାଣି, ଆମ୍ବ କଷି ପାଚିଯାଇ ଝଡ଼ି ପଡ଼ିଲାଣି, ନଈର ଢେଉ ଏ କୂଳ ସେ କୂଳ କଚାଡ଼ି ହୋଇ ସମୁଦ୍ର ମୁହାଁଣି ଧରିଲାଣି। ପାଟର ମଣିଭାଉଜ ପୁଅଟିଏ କୋଳରେ ଧରି ବିଧବା ହେଲାଣି, ସାଙ୍ଗସାଥୀ କେତେ ଏ କୂଳ ସେ କୂଳ ହୋଇ ଖେଳେଇ ହୋଇଗଲେଣି। ହେଲେ ପାଟଦେଈକୁ ଫେରିବାର କେହି ଦେଖିନି, କାହିଁକି ଘର ଛାଡ଼ି ଗଲା ବୋଲି କେହି ଦିନେ ଭାବିନି, ପାଟଦେଈର ସ୍ୱାମୀ କୁଆଡ଼େ ଗଲା, କାହାକୁ ବାହା ହେଲା, ତା'ର ଚିନ୍ତା ମଧ୍ୟ କେହି କରିନି। ଅଥଚ ସବୁଦିନ ସୂର୍ଯ୍ୟ ଉଇଁଥିଲା, ସବୁ ଋତୁ ତାଙ୍କର ଲୀଳାଖେଳା ଯଥାରୀତି ସାରିଥିଲେ। ପାଟଦେଈ ସବୁରି ମନରେ ଅକୁହା ଅପୁଛା, ଅଲୋଡ଼ା ପ୍ରଶ୍ନବାଚୀଟିଏ ହୋଇ ରହିଗଲା। ତା' ପାଇଁ ଉତ୍ତର ଦେବାକୁ ସେ ନିଜେ ସମର୍ଥ ନ ଥିଲା କି ସଂସାର ଭିତରେ କେହି ସମର୍ଥ ନ ଥିଲେ। ସେଦିନୁ ମଧ ଜଗୁ ବେହେରା ଘରର ଶିକୁଳି ସେମିତି ବନ୍ଦ ଥିଲା। ଦେଢ଼ ବଖରିଆ ଘର। ଭିତରେ ଛିଣ୍ଡା ଚଦର, ଶପ ମସିଣା ପଡ଼ିଥିଲା ଓ ମେଳା ପଡ଼ିଥିଲା ଟିଣ ସୁଟକେଶଟା କେବଳ। ସାଇସାରା ଲୋକେ ସେ ଦୃଶ୍ୟ ଦେଖୁଥିଲେ। କାହାର ସେ ଟିକରେ ଲୋଭ ନ ଥିଲା। କିଏ ବା ସେ ଅପଯଶିଆ ଦରବରେ ହାତ ଦେବାକୁ ଯାଇଥାନ୍ତା। ରାତିରେ ଭୂତପ୍ରେତକୁ ଡର କାହାର ନ ଥାଏ ଯେ, ଦୁର୍ଭାଗ୍ୟକୁ ଗାଁର ଶେଷ ମୁଣ୍ଡକୁ ଘରଟା ଥିଲା ଜଗୁ ବେହେରାର। ଦାଣ୍ଡ ଦ୍ୱାର ମୁହଁରେ ଫୁଟୁଥିବା ଟଗରଟ ଗଛର ଫୁଲ ବି ସେଦିନୁ ଫୁଟୁ ନ ଥିଲା ଯେ କିଏ ହେଲେ ଆକର୍ଷି ଯାଇ ଦି'ଟା ତୋଳି ଆଣିଥାନ୍ତା। ଆଉ ସେଇ ବାହାନାରେ ଶିକୁଳିଟା ଖୋଲିଦେଇ ପାଟ ଦେହର ଜିନିଷପତ୍ର ତନଖି ନେଇଥାନ୍ତା। ଏକଣା ହୋଇ ଘରଟା ଦିନେ ଭୂତଖାନା ପରି ଆଖି ଦିଶିଲା। ସେପଟ ରାସ୍ତା ଦେଇ ଗଲା ଲୋକ ମାଈ ଅନ୍ଧାରରେ ପାଟଦେଈର ଧୋବ ସରସର ଦେହକୁ ଦେଖିଲେ, ନ ହେଲେ ଜଗୁ ବେହେରାର ହେଣ୍ଟାଳିଆ ଡାକକୁ ବେଳେ ବେଳେ ଶୁଣି ମଧ ପାରିଲେ।

ହଠାତ୍ ଦିନେ ଚାରିଆଡ଼େ ଚହଳ ପଡ଼ିଗଲା। ତିନିବର୍ଷ ମନେ ହୋଇଥିଲା ତିନି ଯୁଗ। ପଛକଥା ଠିକ୍ ଠିକ୍ ଭାବରେ ମନେ ପଡୁ ନ ଥିଲା। ନ ଜାଣିଲା ଲୋକେ

ରଙ୍ଗ ମିଶାଇ ସାତ ରଙ୍ଗରେ କଥା କହିଲେ, ଜାଣିବା ଶୁଣିବା ଲୋକେ ତ୍ରାହି ତ୍ରାହି ଡାକ ଛାଡ଼ିଲେ। କାହିଁକି ନା, ସକାଳୁ ଦିନେ ଦେଖାଗଲା ପାଟଦେଈ ଦାଣ୍ଡ ବାରଣ୍ଡା ଓଳଉଛି। ଦୁଇବର୍ଷର ଛୁଆପୁଅଟିଏ ଆଙ୍ଗୁଠି ଦୁଇଟା ପାଟିରେ ପୂରେଇ ତା' ପଛେ ପଛେ ଧାଇଁଛି। ପାଟଦେଈର ଅଣ୍ଟା ପାଖ ଟିକେ ମୋଟେଇ ଯାଇଛି, ମୁହଁରେ ପେଟରେ ମାଉଁସ ଟିକିଏ ଲାଗିଛି। ହେଲେ ଆଖି ଦୁଇଟା ସେମିତି ଆଗପରି ଲୁହ ଡବ ଡବ ହୋଇ ବୋବାଳିଆ କୋହରେ ଭାଙ୍ଗିପଡୁଛି। ଖବରଟା ନିମିଷକରେ ଚତୁର୍ଦ୍ଦିଗ ବ୍ୟାପିଗଲା.. ଜଗୁ ବେହେରାର ଛତରକୁ ଯାଇଥିବା ଝିଅ ପାଟଦେଈ ଘରକୁ ଫେରିଆସିଛି। ସାଙ୍ଗରେ ଆଣିଛି ପୁଣି ପିଲାଟିଏ। ନିଜର ହୋଇଥିବ, ନଇଲେ କାହିଁକି ଆଣିଥାନ୍ତା? ଚନ୍ଦ୍ରଉଦିଆ ବରକୁ ଛାଡ଼ି ଯିଏ ରାତି ଅଧରେ ପଳେଇ ଆସିଥିଲା, ସେ କ'ଣ ଖାଲି ତୁଚ୍ଛାରେ ଆସିଥିଲା? ବାପଘରେ ବି ସେ ରହିପାରିଲାନି, କାହା ସଙ୍ଗରେ ସଲାସୁତର ହୋଇ ପୁଣି ଘର ଛାଡ଼ି ପଳେଇଗଲା। କିଏ ଭଲା ତାକୁ ସାରା ଜୀବନ ଦାନା କନା ଦେଇ ପାଳିପୋଷି ରଖିଥାନ୍ତା ଯେ! ବୟସ ଗଡ଼ିଯାଉଛି ପାଟଦେଈର, ଦେହ ଖଟେଇ ଜୀବନ କାଟିବାକୁ ଆଉ ତା'ର ତାକତ ନାହିଁ। ଶେଷକୁ ସେଇ ବାପଘରକୁ ଆଶା କରି ଲେଉଟି ଆସିଛି।

ତିନିବର୍ଷ ତଳର ପାଟଦେଈ ଆଉ ଏବର ପାଟଦେଈ ଭିତରେ ଆକାଶ ପାତାଳ ପ୍ରଭେଦ। ଅଥଚ ସେ କାହାରିକୁ ଖାତିର୍ କରୁ ନାହିଁ। ବୟସ୍କ ଗୁରୁଜନ ପ୍ରଶ୍ନ କଲେ ମୁଣ୍ଡରେ ଓଢ଼ଣା ଦେଇ ଆଡ଼ହୋଇ ଛିଡ଼ା ହୋଇଛି। ଝିଅ-ବୋହୂ ଗଲେ ଛିଣ୍ଡା ଶପଟା ମେଲେଇ ଦେଇ ବୋବାଳିଆ ଆଖିରେ ଚାହିଁ ବସୁଛି। ଯିଏ ଯାହା ପଚାରିଲେ, ଥଟ୍ଟାତାମସା କଲେ ବି ଉତ୍ତର ଦେଉନି। କେତେବେଳେ ଟିକେ ହସୁଛି ତ, କେତେବେଳେ ଅନ୍ୟମନସ୍କ ହୋଇ ଭୂଇଁରେ ଚିତ୍ର କାଟୁଛି।

ସମସ୍ତେ କହିଲେ ଅସତୀ କଳଙ୍କିନୀଟା। କେମିତି ଜୀବନ କାଟିବ କାଟୁ। କାହାର କି ଯାଏ ଆସେ? ଶାଶୂଘରୁ ସ୍ୱାମୀକୁ ଛାଡ଼ି ଆସିଲା ପରେ ମା' ହୋଇ ଗେହ୍ଲେଇ ହବାର କାହାଣୀ କେହି ଶୁଣି ନାହିଁ। ସେଥିରେ ପୁଣି ଏତେ ଗର୍ବ ଅହଂକାର? ରାମ! ରାମ! ଧର୍ମ ସହିବନି। ଧର୍ମ ସହିବନି! ପାଟଦେଈ କ'ଣ ସ୍ୱର୍ଗର ଠାକୁରାଣୀ ଯେ ସବୁ ଅନିୟମକୁ ନିୟମ କରିଦେବ? ସବୁ ଅକାହାଣୀକୁ କାହାଣୀ କରିଦେଇ ସଂସାରରେ ବଞ୍ଚି ରହିବାକୁ ସ୍ୱପ୍ନ ଦେଖିବ? ଛିଃ ଛିଃ! କି ଅଲାଜୁକ କଥା। ପାଟଦେଈକୁ କ'ଣ ଜହର ଟିକିଏ ମିଳିଲାନି ...। ସବୁ କଥାରେ ଚୁପ୍ ରହିଲେ କ'ଣ ଏଇ ସଂସାରରେ ସେ ବଞ୍ଚିପାରିବ?

ପାଟଦେଈର ତୃତୀୟ ଶ୍ରେଣୀ ଶେଷ କରିଥିବା ପାଠ ଏ ବିଷୟରେ ତାକୁ

କୌଣସି ଠିକ୍ ଜ୍ଞାନ ଦେଇପାରିଲା ନାହିଁ। ଏଣେ ବାପା ଭାଇ ନାହାନ୍ତି ଯେ କିଏ ତା'ର ପିଠିରେ ପଡ଼ି ସାହା ହେବ! ଶେଷକୁ ଦିନେ ଗାଁ ବାଲା ନିଷ୍ପତ୍ତି କଲେ ପାଟଦେଈ ଗାଁ ଛାଡ଼ି ଚାଲିଯିବ ଯଦି ତା'ର ଜୀବନରେ ଆଶା ଥାଏ, ନ ହେଲେ ଜଗୁ ବେହେରାର ସେଇ ଘରଟାକୁ ନିଆଁ ଲଗେଇ ପୋଡ଼ି ଦିଆଯିବ। ଗାଁ ଝିଅ, ବୋହୂଙ୍କର ଇଜ୍ଜତ୍‌କୁ ଦି' ପଇସାଠୁ ହୀନ କରି ପାଟଦେଈ କାଳି ବୋଳି ଦେଲା ସବୁରି ମୁହଁରେ।

ସେଦିନ ମାଛିସଞ୍ଜ ବୁଢ଼େ ସାଇବାଲା ମେଳି କରି ଯେତେବେଳେ ପାଟଦେଈ ଦ୍ୱାର ମୁହଁରେ ଛିଡ଼ା ହୋଇ କେଫିୟତ୍ ମାଗିଲେ, ସେ ଛିଣ୍ଡା ଲୁଗାକାନିଟା ମୁହଁରେ ଚାପି ଧରି କହିଲା - "ହଁ, ହଁ, ଏ ପୁଅ ମୁଁ ଜନ୍ମ କରିଛି। ବାହା ହେଲା ବାସିଦିନ ଯେତେବେଳେ ମୋ ସ୍ୱାମୀ କଲିକତା ପଳେଇଲା, ଶାଶୂ ଶ୍ୱଶୁର ମୋତେ ଗୋଟାଏ ଘରେ ବନ୍ଦ କରି ଉପାସ ଭୋକରେ ରଖି ପନ୍ଦର ଦିନ ମୁହଁ ଚାହିଁଲେନି, ରାତି ଅଧରେ ମୁଁ ଲୁଚି ପଳେଇ ଆସିଲି ବାପା ପାଖକୁ। ସେ ବି ମତେ ଦେଖି ଘାବରେଇ ଗଲା। ଯେତେଦିନ ତା' ପାଖରେ ରହିଲି, ସେତେଦିନ ସେ ସମସ୍ତଙ୍କଠୁ ଗଞ୍ଜଣା ଶୁଣିଛି। ମୁଁ ବି ନାନା ଅପବାଦ ଶୁଣିଛି। ମୋରି ପାଇଁ ଏ ବୁଢ଼ା ବୟସରେ ସେ ହାଡ଼ ଭାଙ୍ଗି ମୂଲ ଖଟିଛି, ହେଲେ ପେଟ ପୂରି ନାହିଁ କି ଲାଜ ତୁଟି ନାହିଁ।"

ପାଟଦେଈ ଛେପ ଢୋକିଲା, ମୁଣ୍ଡରେ ଓଢ଼ଣାକୁ ଟାଣି ଧରି କହିଲା -

"ମୋର କିଛି କହିବାର ନ ଥିଲା, କରିବାକୁ ମଧ୍ୟ ନ ଥିଲା। ବାପକୁ ଖଟଣିରୁ ମୁକ୍ତି ଦେବାକୁ ମୁଁ ବି ମରିପାରିଲିନି ... ହେଲେ .. ଏ ନିଷ୍ଠୁର ପୃଥିବୀ ମତେ ପୁଣି ଛୁଆଟିଏ କୋଳରେ ଦେଇ ଏଇଠିକି ଫେରେଇ ଦେଲା। କିଏ ଜଣେ ବୟସ୍କ ବ୍ୟକ୍ତି ଅଣ୍ଟାରେ ଗାମୁଛାଟା ଭିଡ଼ି ଆଗକୁ ବାହାରି ଆସିଲେ କେଜାଣି, ପାଟଦେଈ ଓଢ଼ଣା ଭିତରୁ ଦେଖି ପାରିଲାନି। ଅଣ୍ଟାରେ ହାତ ଦେଇ କିଳିକିଳା କଣ୍ଠରେ ସେ କହିଲେ -

"କ'ଣ କହିଲୁ ? ଆଉ ଥରେ କହିବୁ ? ପୃଥିବୀ ତତେ ଛୁଆଟାଏ ଦେଇଥିଲା ? ଯେଉଁଠି ସେଠି ନ ରଖି ଏଠିକି କାହିଁକି ପଠାଇଲା ? ଆରେ ... ଯାହା କହନ୍ତି ଅମୁକଙ୍କ ମୁହଁ ଟାଣ। କହ, କହ କାହାର ଏ ଛୁଆ ?"

ଓଢ଼ଣାକୁ ଆହୁରି ଆଗକୁ ଟାଣିନେଇ ପାଟ ଥରି ଥରି ତଳେ ବସିପଡ଼ିଲା। ଛୁଆଟା ଆଖିରୁ ନୀରବରେ ଲୁହ ବୋହି ଯାଉଥିଲା, କୋହ ଉଠୁଥିଲା ଘନ ଘନ, ହେଲେ ସ୍ୱର ନ ଥିଲା।

ହଠାତ୍ ଅଣ୍ଟାରେ ଗୋଇଠାଟାଏ କିଏ ପକେଇଲା। ମଣିଭାଉଜଙ୍କ ଶାଶୂ, ସମ୍ପର୍କରେ ଖୁଡ଼ୀ ହେବେ ପାଟର। ପାଟ କାନ୍ଦି ଉଠୁ ଉଠୁ ବୁଢ଼ୀ କମ୍ପିଉଠି କହିଲା -

"କିଲୋ ପାଟିରେ ବେଙ୍ଗ ପଶିଛି କି ଟୁପ୍‌ସୀମୁହାଁ! ପିଲାଟି ଦିନରୁ ମାଛିକୁ ମ

କହେନି, ଶାଶୂଘରେ ମାସ ଗୋଟେ ରହିପାରିଲୁନି, ବାପକୁ ଜିଅନ୍ତା ଖାଇଲୁ। ଏବେ କ'ଣ ନା ତୁଣ୍ଡ ଖୋଲି କହୁଛି ମୋ ଛୁଆ, ପୃଥ୍ୱୀ ମା' ମତେ ଦେଇଛି। ଆଲୋ! ସତ କହ ଏ ଛୁଆର ବାପ କିଏ? ନଇଲେ ତତେ ଆଜି ପନିକିରେ ଦି' ଗଡ଼ କରିଦେବି ... ହଁ। ମତେ ଚିହ୍ନିଛୁଟି?"

ପାଟର ବେକ ଉପରେ ବୁଢ଼ୀ ଗୋଡ଼ଟା ଥୋଇ କମ୍ପୁଛି। ଚାରିପଟରେ ମର୍ଦ୍ଦ ମାଇକିନା ଘେରି ଅନେଇଛନ୍ତି, ସତେ ଯେମିତି ଗୋଟାଏ କଉତୁକ ଖେଳ ଚାଲିଛି।

ପାଟର ବେକଟା ତଳକୁ ମୋଡ଼ି ମୋଡ଼ି କରି ପୋତିହୋଇ ଯାଉଛି। ନିଶ୍ୱାସ ରୁଦ୍ଧ ହୋଇଯାଉଛି। ଆଖିରୁ ଜୁଲୁଜୁଲିଆ ପୋକ ବାହାରୁଛି। ନାହିଁ, ସେ ଆଉ ସହିପାରିବନି ପାରିବନି ... ପାରିବନି। ତା' ପାଇଁ ପୃଥିବୀ ଦି'ଖଣ୍ଡ ହେବନି କି ସରଗରୁ ହରପାର୍ବତୀ ଧାଇଁ ଆସିବେନି। ନିଜେ ଚାହିଲେ ମରିବ, ଚାହିଲେ ବି ବଞ୍ଚିବ। ଏଇ କଥା ତ?

ହଠାତ୍ କ'ଣ ହେଲା କେଜାଣି, ବୁଢ଼ୀର ଗୋଡ଼ଟାକୁ ଛିଞ୍ଚାଡ଼ି ଦେଇ ପାଟ ଛିଡ଼ା ହୋଇପଡ଼ିଲା। ସିଧାସଳଖ ପାଞ୍ଚ ଫୁଟିଆ ବୟସ୍କା ନାରୀଟିଏ ପରି ମୁହଁରେ ତା'ର ଦମ୍ଭ ଆଉ ଘୃଣା ଫେଣ୍ଟାଫେଣ୍ଟି ହୋଇ ବାଇଗଣୀ ରଙ୍ଗ ଉକୁଟି ଉଠିଲା। ଗାଁ ସାରା ଲୋକଙ୍କୁ ନିରେଖି ତରାଟି ଚାହିଁ ସେ କାନ୍ଦୁରା ଛୁଆଟାକୁ କାଖେଇ ନେଇ କହିଲା –

"ଏ ଛୁଆର ବାପ କିଏ ପଚାରୁଛ ତ? ଏ ଛୁଆର ବାପ ତ ହେଇଟି ସମସ୍ତେ ଛିଡ଼ା ହୋଇଛନ୍ତି। ରମୁ, ବୀରା, ଗୋପୀ, ମାଗୁଣି, ନରିଆ ଆଉ ତା' ପଛକୁ ସେଥିରୁ ଦି' ଚାରିଟା ସଭିଏଁ ତ! କେମିତି କହିବି ଛୁଆ କାହାର ବୋଲି? ଦୋଳ ପୂନେଇଁ ରାତି, ମେଲଣ ଭିତରୁ ଯେତେବେଳେ ପାଲା ଲଢ଼େଇ ଲାଗିଥିଲା, ସେତିକିବେଳେ ତ ଏଇ, ଏଇ ସେ ରମୁ ଗାମୁଛାଟା ମୋ ମୁହଁରେ ମାଡ଼ିଦେଇ ଶୂନ୍ୟ ଶୂନ୍ୟ ଟେକି ନେଇଗଲା ମଶାଣି ହୁଡ଼ାତଳକୁ। ସେଇ ବୁଦାମୂଳରେ ଏଇ ସମସ୍ତେ ତ ମୋତେ ଘେରିଯାଇ କଣ୍ଟାରୁ ମାଉଁସ ଛଡ଼େଇ ଗବ ଗବ କରି ଖାଇଗଲେ। ପାଟି ବନ୍ଦ ଥିଲା, ହେଲେ ଚେତା ବୁଡ଼ିବା ପୂର୍ବରୁ ଏମାନଙ୍କ ମୁହଁ ଜହ୍ନରାତିରେ ଠିକ୍ ମୁଁ ଚିହ୍ନିପାରିଥିଲି...। ହେଲେ କାହାର ଏ ଛୁଆ? କେମିତି କହିବି? ପଚାର ସେଇ ହରିଆ ବାଉରୀକୁ ଯେ ସେ ସେମାନଙ୍କଠାରୁ ଟଙ୍କା ନେଇ ମତେ ଛାଡ଼ିଦେଇ ଆସିଥିଲା କଟକରେ। କେବଳ ବାପକୁ ନିନ୍ଦା ଦେବି ନାହିଁ ବୋଲି ମୁଁ ଏତେଦିନ ଆସି ନ ଥିଲି। ଫେରିଆସି ବି ମୁଁ କାହାକୁ କିଛି କହିନି ... ଏବେ ପଚାର ସେମାନଙ୍କୁ ଖୁଡ଼ୀ। ଛାତିରେ ହାତ ଦେଇ କହୁ ତ କିଏ ଏ ଛୁଆର ବାପ ବୋଲି?"

ହଠାତ୍ କେମିତି ପରିସ୍ଥିତିଟା ଗଣ୍ଡଗୋଳିଆ ହୋଇଗଲା। ବୁଢ଼ା ଓ ମଧ୍ୟବୟସ୍କ ଲୋକମାନେ ଚାହାଁଚୁହିଁ ହେଲେ, ଟୋକାଗୁଡ଼ାକ ମୁର୍କିହସା ଦେଲେ। କାହା ପାଟିରୁ ଠିକ୍ କିଛି ପ୍ରଶ୍ନ କି ଉତ୍ତର ନିର୍ଗତ ହେଲା ନାହିଁ। ଖୁଡ଼ୀ ବାରଣ୍ଡାରେ ବସି ପଡ଼ିଥିଲା, ହାଲିଆ ହେଲା ପରି। ରମ୍ଭୁ, ବୀରା, ଗୋପୀ, ମାଗୁଣୀ ପ୍ରଭୃତି ମୁହଁ ତଳକୁ ପୋତି ଦେଇଥିଲେ।

ପାଟଦେଈ ଆଖି ପୋଛି ପୋଛି ବାରଣ୍ଡା ଓଳେଇବା ଆରମ୍ଭ କରିଦେଲା। ଏଣେ ଛୋଟ ଛୁଆଟା ରାହା ଧରି କାନ୍ଦ ଆରମ୍ଭ କରିଦେଲା। ଛାଞ୍ଚୁଣିଟା ପକେଇଦେଇ ପାଟଦେଈ ବାଁ ହାତ ଟିପରେ ଛୁଆଟାର ସିଂଘାଣି ପୋଛି କାଖେଇ ନେଇ ତାକୁ ବହେ ଗେଲ କରି କହିଲା – "କାହିଁକି କାନ୍ଦୁଛୁ? ଲୋକ ଦେଖିଲେ ତତେ ଡର ମାଡୁଛି କିରେ ସୁନା? ଡର ନାହିଁରେ ଧନ, ମୁଁ ଅଛି ପରା? ଏ ଜଗତରେ କିଏ ମର୍ଦ୍ଦପୁଅ ଅଛି ଯେ ତୋ ବାପ ବୋଲି ଚିହ୍ନା ଦେବ? ସେଥିପାଇଁ କାନ୍ଦନାରେ ପୁଅ, ତୋ ମା' ତ ଅଛି।"

ଛୁଆଟା କ'ଣ ବୁଝିଲା କେଜାଣି, ମେଘ ଭିତରେ ଉଡ଼ିଗଲା। ଜହ୍ନ ଆଡ଼େ ହାତ ବଢ଼େଇ କିରି କିରି ହୋଇ ହସିଉଠିଲା। ଆଉ ସେ ହସରେ ଚାରିଆଡ଼େ ଜମିଥିବା ଲୋକଗୁଡ଼ାକ ଚମକି ପଡ଼ିଲା ଭଳି ଇତସ୍ତତଃ ହୋଇ ପଛ ବୁଲି ମୁହଁ ପୋତି ଚାଲିବା ଆରମ୍ଭ କରିଦେଲେ।

ଦୁଇଦିନ ତଳେ ନୂଆ କରି ଫୁଟିଥିବା ଥୁଣ୍ଟା ତରାଟ ଗଛରେ ଦି' ଚାରିଟା ଫୁଲ ପବନରେ ମୁର୍କିହସା ଦେଉଥିଲେ। ମଣିଭାଉଜଙ୍କ ଶାଶୂ ଅଣ୍ଟା ଭାଙ୍ଗି ଠୁକ୍ ଠୁକ୍ ବାଡ଼ି ଧରି ନୀରବରେ ଚାଲି ଯାଉଥିଲେ।

ପାଟଦେଈ ଏଣିକି ତେଣିକି ଚାହିଁ ପୁଅ ଛାତିରେ ମେଞ୍ଚାଏ ଛେପ ପକେଇଲା। ଆହା, ରଜା ପରି ପୁଅ ବାରଲୋକଙ୍କ ଆଖି ନିଆଁରେ ଘଡ଼ିକରେ ଅଧା ଶୁଖି ଝଡ଼ିଗଲାଣି। କିଏ ଦଉଛି ନା ଦବ ବା? ହକ ବାପ ଡିହରେ ସେ ମାଲିକାଣୀ, ରାଣୀ – ପୁଅ ମୋର ରଜା।

ସେତେବେଳେ ସବୁଦିନ ପରି ପୃଥିବୀ ଆକାଶ ହଲଚଲ ନ ହୋଇ ସ୍ଥିର ରହିଥିଲେ। ପାଟଦେଈ ତଳକୁ ଆଉ ଉପରକୁ ଚାହିଁ ଏକ ସଙ୍ଗରେ ହସୁଥାଏ ଆଉ କାନ୍ଦୁଥାଏ।

■

ପଦ୍ମ ଘୁଞ୍ଚି ଘୁଞ୍ଚି ଯାଉଛି

ଘରକୁ କେମିତି ଟେଲିଭିଜନ୍ ସେଟ୍‌ଟିଏ କିଣି ଆଣିବ ଓ ସମସ୍ତଙ୍କ ଘୁଂଘୁରା ମୁହଁରେ ହସ ଖେଳାଇଦେବ, ତାହା ହିଁ ରମାର ଏକମାତ୍ର ଉଦ୍ଦେଶ୍ୟ ଥିଲା। ଏତେ ବଡ଼ ଭୁଆସୁଣୀ ଝିଅ ଘର ଗୋଟାକର କାମ ପକେଇ ଦେଇ ଟି.ଭି. ଦେଖିବ ବୋଲି ପଡ଼ିଶା ଘରକୁ ଚାଲିଯିବ, ଆଉ ପଞ୍ଚାଏ ଟୋକା ସାଙ୍ଗରେ ବସି ଛବି ଦେଖିବ। ତେଣିକି ଭାତ ଜାଉ ହେଲାକି, ତରକାରୀ ଦରସିଝା ହେଲା ତା'ର ଖାତିର ନାହିଁ। ବାପ କାମରୁ ଫେରି ହାତରେ ବାଡ଼ି ଖାଇବ, ସାନ ଛୁଆ ଦୁଇଟା ବି ନ ଖାଇ ନ ପିଇ ଭଉଣୀର ପିଛା କରୁଥିବେ। ଟୋକିଟାର ମୁହଁ ଦିନକୁ ଦିନ ବଢ଼ି ଯାଉଛି ବାପ ଥରେ ଦାବି ଦେଲେ ବାଗେଇ ଯାଆନ୍ତା, ହେଲେ ସେ କୋଉ ଶୁଣିବ ନୋକ ଯେ କହିବ!

ଲକ୍ଷ୍ମୀ କାନି ବିଛାଇ ଚଟାଣ ଉପରେ ଗଡ଼ି ପଡ଼ିଲା। ଚାରି ଚାରିଟା ଘରେ ପାଞ୍ଚ ପାଇଟି କରି ଆସି ଦେଖିଲା ଘର ଠିଆ ମେଲା। କେହି କୁଆଡ଼େ ନାହିଁ। ଗୋଡ଼ ହାତ ଛିଡ଼ି ପଡୁଛି। ଡହ ଡହ ଖରାଦିନ, ଝାଞ୍ଜି ବୋହୁଛି। ରମା ନାହିଁ କି ବାର ବର୍ଷର ପୁଅ କି ଚାରି ବର୍ଷର ସାନ ଝିଅ ସୁମାର ଚିହ୍ନ ନାହିଁ, ସେ ସତକୁ ସତ ରାଗି ଉଠିଲା। ରମା ବାପ ସଂଜକୁ ଫେରିବ ସକାଳୁ କିଛି ନ ଖାଇ ଗିନେ ହବ ପଖାଳ, ଲଙ୍କା, ପିଆଜ ରସବାଟିରେ ପୂରେଇ ଗାମୁଛାରେ ବାନ୍ଧି ନେଇଛି। ଏତେ ବଡ଼ ଝିଅଟା ପନ୍ଦର ବର୍ଷ ହେଲାଣି ଓ ଭଲ ବର ପାତ୍ରଟିଏ ଖୋଜି ଝିଅକୁ ଦେବେ ବୋଲି ପେଟରୁ କାଟି ତାକୁ ସ୍କୁଲରେ ପଢ଼ଉଛି ଲକ୍ଷ୍ମୀ। ବାପ ଭଲ ମନ୍ଦ ଖୋଜି ଆଣି ଯୋଗାଏ। ଆଜିକାଲି କେହି ଅପାଠୁଆ ରହୁ ନାହାଁନ୍ତି। ଯେତେ ରୂପ ଥିଲେ କ'ଣ ହେବ, ବନ୍ଧା ଛନ୍ଦା ପଡ଼ି ଯୌତୁକ ଦେବାକୁ ହେବ, ପାଠ ଶାଠ ପଢ଼େଇ ଝିଅକୁ ପୁଣି ଯୋଗ୍ୟ ନ କଲେ ବିପଦ ଆପଦକୁ ମୁଣ୍ଡ ପାତିବାକୁ ହେବ। ଆଗେ ଆଗେ ରମା କୁଆଡ଼େ ବାହାରକୁ ଯାଉନଥିଲା। ସ୍ନୋ, ପାଉଡର ଆଉ ଫେସନିଆ ପୋଷାକ ପାଇଁ ଜିଦ୍ କରୁନଥିଲା। ଆଜିକାଲି ସେ ସବୁ ଯୋଗାଡ଼ ନ ହେଲେ ରମା କିଛି କାମ କରୁନି। ଉପାସ ରହୁଛି। ଏବେ ସବୁବେଳେ

କହୁଛି ପଡ଼ିଶା ଘରେ ଟି.ଭି. ଦେଖିବ, ନଇଲେ ସିନେମା ଯିବ, କାହା କଥା ଶୁଣିବନି। ବାପ ଆଖିରୁ ଲୁହ ଗଡ଼େଇ କହେ ଗରିବ ଘରେ ଦି'ଓଳି ପେଟ ପୋଷିବାକୁ ବଳ ନାହିଁ, ଟଙ୍କା କୋଉଠୁ ଆସିବ ଯେ! ସତ କଥା, କେତେ ଆଉ ଖଟିବେ ପିଲାଙ୍କ ମନ ରଖିବା ପାଇଁ। ଝିଅକୁ ଯେତେ ଆକଟିଲେ ସେଇ ଗୋଟିଏ କଥା ସବୁ ପିଲାଏ ଯେମିତି ଡ୍ରେସ ପିନ୍ଧୁଛନ୍ତି, ଟି.ଭି. ଦେଖୁଛନ୍ତି, ବଜାର କରୁଛନ୍ତି ସେ ସେମିତି କରିବ। କାହିଁକି କରିବନି? ସେ କ'ଣ ମଣିଷ ନୁହେଁ। ତେହିଁକି ବଡ଼ ବଡ଼ କଥା କହି ଶିଖିଲାଣି। ମୁହେଁ ମୁହେଁ ଜବାବ ଦେଉଛି। ସେ ଗୁଣ ଯେତେ ବଡ଼କରି ନ ଦେଖି ଲକ୍ଷ୍ମୀ, ତା'ଠୁ ବଡ଼ କରି ଦେଖେ ସାଇ ଟୋକାଙ୍କ ସଙ୍ଗେ ରମାର ହାବଭାବ ହସ। ଆଗେ ଆଗେ ସଂଜପ୍ରହରେ ଘଣ୍ଟେ ଦି' ଘଣ୍ଟା ପଡ଼ିଶା ଘର କି ସାଙ୍ଗ ଘରକୁ ଯାଇ ଟି.ଭି. ଦେଖୁଥିଲା, ଏବେ ଖରାବେଳ, ସଞ୍ଜବେଳ ହେଇ ରାତି ଅଧେ ହେଉଛି। ତା'ସାଙ୍ଗକୁ ରବି ଓ ସାନ ଝିଅ ଦୁଇଟା ବି ଧାଉଁଛନ୍ତି।

ଛାଇ ନିଦ ଲାଗି ଆସୁ ଆସୁ ପିଲାଙ୍କ ପାଟି ତୁଣ୍ଡରେ ଲକ୍ଷ୍ମୀର ନିଦ ଭାଙ୍ଗିଗଲା। ସାନ ଝିଅ ଭୋକରେ ଆଟୁପାଟୁ ହେଉଛି। ରବି ଆଉ ରମା କଳି କରୁଛନ୍ତି...., ରବି କହୁଛି–

"ଅପା! ବୋଉ ଉଠିଲେ ଗାଳିଦେବ। ଭାତ ଚୁଲିରେ ଦରଫୁଟା ହୋଇ ରହିଛି। ଆଳୁ ପାଇଁ ଯୋଉଁ ଦି'ଟଙ୍କା ଥିଲା ତୁ ସେଥିରେ ଚକୋଲେଟ୍ କିଣି ଦେଲୁ। ଏଇଲେ ରନ୍ଧା ହେବ କ'ଣ? ଡାଲି ନାହିଁ କି କାଠ ନାହିଁ। ଭାରି ଭୋକ ହେଲାଣି!"

କଳ ଖୋଲି ଚଟାଣ ଉପରେ ଗୋଡ଼ ବାଡ଼ଉ ବାଡ଼ଉ ରମା କହିଲା–

"ସେଇଠୁ ହେଲା କିସ? ଏମିତି ଆଉ ମରିଯାଆନା ମ ଭୋକରେ। ବୋଉକୁ ଡାକ ଟଙ୍କା ଦବ ଶୀଘ୍ର ଯାଇ ଆଳୁ, ଡାଲି, କାଠ ନେଇଆ! ମୁଇଁ ଖାଲି ଦିନ ରାତି କାମ କରୁଥିବି ନାଁ?"

ରବି ସୁକୁ ସୁକୁ ହୋଇ କହିଲା, "ମୁଁ ଯାଇ ପାରିବିନି। ତୁ ଯା'......।"

"କ'ଣ କହିଲୁ ଯାଇ ପାରିବୁନି? ଏଁ... ତେବେ ବୋଉକୁ ଉଠା ସେ ଯାଉ, ମୁଁ ଚାକରାଣୀ ନୁହେଁ ଯେ ତୁମକୁ ରାନ୍ଧି ବାଢି ରୋଜ୍ ପରଷୁଥିବି!"

"ତତେ ଭୋକ ନଥିବ। ମୁଁ ଦେଖିନି ଭାବୁଛୁ? ଟି.ଭି. ଦେଖିଲା ବେଳେ ପରା ଠୁରାଭାଇ ତତେ ଗୋଟେ କାଗଜ ଠୁଙ୍ଗାରେ ସିଙ୍ଗଡ଼ା, ବରା ଦେଇଥିଲା! ଘର ଅନ୍ଧାର ଥିଲେ ବି ବାସନା କୁଆଡ଼େ ଯିବ? ଆଉ କାଲି ତତେ ମୂଷାଭାଇ ମିଠା ଦେଇଥିଲା। ତୁ ଚାରିଟା ଗିଳି ଦେଲୁ! ଆମ ଆଡ଼କୁ ଟିକେ ଅନେଇଲୁନି! ସେମିତି ତୁ ଆଜି କ'ଣ ଖାଇଥିବୁ ନା?"

ଠାଏ କିନା ଶବ୍ଦଟା ଶୁଣି ଦରବୁଢ଼ା ଆଖିପତା ଲକ୍ଷ୍ମୀର ଖୋଲିଗଲା ! ରବି ଗାଲରେ ଚାପଡ଼ାଟାଏ ପକେଇଛି ରମା ! ଏଡ଼େ ଆଁ କରି ରବି କାନ୍ଦୁଛି । ପାଖରେ ସାନ ଝିଅ ତା'ର କାନିକୁ ଧରି ଡାହାଣ ହାତ ବୁଢ଼ା ଆଙ୍ଗୁଠି ଚୁଚୁମୁଛି । ଘରସାରା ସକାଳର ବାସନ ଖେଳା ମେଳା ହୋଇ ପଡ଼ିଛି । ରମା ଚୁପ୍‌ଚାପ୍ ଉଠି ଆସି ଶପ ପକେଇ ତଳେ ଗଡି ପଡୁ ପଡୁ କହିଲା–

"ସଭିଏଁ ମର ! ମୋ ଶିରୀ କେହି ଦେଖି ପାରୁନ ! ବାପା ମା' ତ ପଖାଳ ପାଣି ଯୋଗାଇବାକୁ ଅଯୋଗ୍ୟ । ଖାଲି ଜନ୍ମ ଦେଇ ଛାଡ଼ି ଦେଲେ ଦାଣ୍ଡକୁ । ମୋ ଶକ୍ତି ଅନୁଯାୟ ସାଙ୍ଗ ସୁଖରେ ମୁଁ ଟିକେ ଖାଉଛି, ତୁମ ଦେହ କାହିଁକି ସହୁନି ? ମୋ ସାଙ୍ଗରେ ଯଦି ଏଣିକି କୁଆଡ଼େ ବାହାର ନା ତୁମ ଟାଙ୍ଗ ଛେଚି ପଦା କରିଦେବି ।"

ଲକ୍ଷ୍ମୀ ଉଠୁ ଉଠୁ କହିଲା, "ରହ, ଦେଖୁଛି ତୁମକୁ ସବୁ । ମଣିଷ ବାହାରୁ ଖଟି ଆସିଲା । ରନ୍ଧା ନାହିଁ, ହାଣ୍ଡି ମାଙ୍କଡ଼ଚିତ୍ ମାରୁଛି । ତୁ ଏଡ଼େ ଝିଅଟେ ହେଲୁଣି .... !"

"କେଡ଼େ ଝିଅଟେ ମ ! କେଇଟା ଝିଅ ଦେଖିଛୁ ? ଭୁବନ ସାର୍‌ଙ୍କର ଝିଅ ମୋଠୁ କେତେ ବଡ଼ । ସେ ତ ଦିନସାରା ବୁଲୁଛି, ସିନେମା ଦେଖୁଛି, ଟି.ଭି. ଦେଖୁଛି, ରୋଜ୍ ରୋଜ୍ ତା'ର ନୂଆ ଡ୍ରେସ୍, କାହିଁ ତାକୁ ତ କେହି ବାପ ମା' କହୁ ନାହାଁନ୍ତି । ଠୁରାଭାଇର ଭଉଣୀ କେଡ଼େ ମଜାରେ ଅଛି, ଆମ ମାଉସୀ ଘର ମହନାଭାଇ ଝିଅ ରାତି ଅଧରେ ସେକେଣ୍ଡ ସୋ' ସିନେମା ଦେଖି ଫେରିବ, ହେଲେ ତା' ବାପ ମା' ଟୁଁ ଶବ୍ଦଟିଏ କରନ୍ତି ନାହିଁ ଧୀରଭାଇ, କୁନାଭାଇ ଆଉ ନରିମଉସା କହୁଥିଲେ ଯାହା, ଅକ୍ଷର ଅକ୍ଷର ସତ ।"

ଲକ୍ଷ୍ମୀ ଚିହିଁକି ଉଠି କହିଲା, "ତୁ ସେ ନରି ପଣ୍ଡା ଘରକୁ ଯାଇଥିଲୁ ? ସେଇଟା ଗୁଣିଆ ଲୋ ଗୁଣିଆ । ବଜ୍ଜାତ ବୁଢ଼ାଟା କେତେ ଝିଅଙ୍କ ଜୀବନ ମାଟିରେ ମିଶାଇଛି । ତୁ କାହିଁକି ସେଠିକୁ ଯାଉ ? କହ ମତେ !"

ରବି ବୁଡ଼ମୁଡ଼ କରି କହିଲା, "ବୋଉ ଲୋ ! ସେ ପରା ନରିମଉସାକୁ ରାନ୍ଧି ଦିଏ, ତାଙ୍କ ସାଥିରେ ଖାଏ ମାଛ, ମାଉଁସ । ଆମକୁ ପିଣ୍ଡାରେ ବସେଇ ନିଜେ ଟି.ଭି ଦେଖେ ! ଘରେ କୋଉ କାମ କରେ କି ? ମୁଁ ଭାତ ବସାଏ, ମସଲା ବାଟେ । ସମସ୍ତଙ୍କ ଲୁଗା ପରା ମୁଁ କାଚେ । ତୁ ନ ଥିଲାବେଳେ ଆମକୁ ଭାରି ମାରୁଛି ଲୋ ବୋଉ !"

ଲକ୍ଷ୍ମୀ ରାଗରେ ଥରି ଥରି ରୋଷେଇ ଘରକୁ ଗଲା । କାନିରୁ ଖୋଲି ରବିକୁ ଟଙ୍କା ଦେଲା ଆଳୁ, ପିଆଜ, ଡାଲି, କାଠ ଆଣିବାକୁ । ସାନଝିଅଟା ପେଟ ଖଙ୍କାଳି ହୋଇ ପଡ଼ିଛି । ରବିଟା ବି ବଡ଼ ହାଲିଆ ଦିଶୁଛି । ସକାଳେ ମୁଢ଼ି ଗଣ୍ଡେ ଖାଇଥିଲେ ... !

"ହଇ ଲୋ, ତୁ କୋଉ ବୁଦ୍ଧିରେ ଚକୋଲେଟ୍ କିଣିଲୁ ସେ ଟଙ୍କାରେ ?"

ରମା ଢିମା ଢିମା ଆଖିରେ ଚାହିଁ କହିଲା, "କୋଉ ବୁଦ୍ଧିରେ ତୋ ପୁଅ, ଝିଅ ତାଙ୍କ ଘରେ ମାଗଣାରେ ଟି.ଭି. ଦେଖନ୍ତି, ଭଲ ମନ୍ଦ ଖାଆନ୍ତି। ସେମାନେ ମତେ ଏତେ ଜିନିଷ ଦେଇଛନ୍ତି। କେତେ ମାଳ, କାଚ, ମୁଦି, ସାୟା, ସେମିଜ ମୁଁ ପିନ୍ଧିଲାବେଳେ ତୁ ତ କିଛି କହୁନୁ, ଆଉ ମୁଁ ତାଙ୍କୁ ଦି' ଚାରିଟା ଚକୋଲେଟ୍ ଦେଲି ଯେ ତୋ ପାଟି ଛିଣ୍ଡି ପଡୁଛି। ଘରେ କୋଉ ଟି.ଭି. ଅଛି, ନା ରେଡ଼ିଓ ଅଛି, ନା ପିନ୍ଧିବାକୁ ଭଲ ଡ୍ରେସ୍ ଅଛି ଯେ ଏତେ କଥା କହୁଛୁ ? ଏ ବର୍ଷ ମାଟ୍ରିକ୍ ପରୀକ୍ଷା ଦେବି କେମିତି ? ପିଲା ହଜାର ହଜାର ଟଙ୍କା ଖର୍ଚ୍ଚ କରି ଟିଉସନ ହଉଛନ୍ତି, ଗୋଟେ ଟିଉସନ ଖର୍ଚ୍ଚ ତୁ ଦେଇ ପାରିବୁ ?"

"ଏଁ, ମାସକୁ ପାଞ୍ଚଟା ଘରେ ଦିଓଳି ପାଇଟି କରି ମୁଁ ହଜାରେ ଟଙ୍କା ପାଏ। ତୋ ବାପ ଯେତିକି ଆଣେ ସେଥିରୁ ଅଧେ ପିଏ ଆଉ ବାକିଟା ମୋ ଟଙ୍କାରେ ମିଶିଲେ ଚାଉଳ ଡାଲିକୁ ନିଅଣ୍ଟ। ଧାର କିଏ ଦବ ମତେ ? ତୁ ପରା ପଢୁଛୁ, ଏତିକି ବୁଝି ପାରୁନୁ ?"

"ବୁଝିଛି। ମତେ ଖାଇବାକୁ ହାଡ଼ ଖଟଣି ପରେ ଶୁଖିଲା ଭାତ ଗଣ୍ଡେ ଦେଉଛୁ ବୋଲି ଏତେ ରାଡ଼ କଥା କହୁଛୁ ? ମୁଁ ମୋ ଦେଖିଲା କାମ ଏଣିକି କରିବି ! ତୁ କ'ଣ ଭାବିଛୁ କି ତୁ ଖାଇବାକୁ, ପିନ୍ଧିବାକୁ ନ ଦେଲେ ମୁଁ ମରିଯିବି ?"

ଲକ୍ଷ୍ମୀ ଦୁମ୍ କରି ପିଠା ଖଡ଼ିକାଟା ତଳେ କଚାଡ଼ି ଦେଲା। ସତେ ଯେମିତି ସେ ରମାର ଶେଷ କଥାଟା ଶୁଣିନି। ଦେହସାରା ନିଆଁ ଚରିଗଲାଣି। ମୁଣ୍ଡକୁ ଉଠିଗଲେ ସେ ଧାଏଁ କରି କଚାଡ଼ି ପଡ଼ିବ ! ଏଡ଼େ ଟିକେ ମେଞ୍ଚଡ଼ ଝିଅ, ପନ୍ଦର ପୂରି ଷୋହଳ ଚାଲିବ ଦି'ଦିନ ପରେ। ତାକୁ ପେଟ ମୁଣ୍ଡରୁ କାଟି ମଣିଷ କଲା, ପାଞ୍ଚ ଝିଅଙ୍କ ସଙ୍ଗେ ସମାନ ହେବ ବୋଲି ଟଙ୍କା ଖର୍ଚ୍ଚ କରି ପାଠ ପଢ଼େଇଲା, ଅଥଚ ଦିନେ ବି ଝିଅଟା ଭଲ କରି ପଦେ କଥା କହିଲାନି। ସବୁବେଳେ ଅଶାନ୍ତି। ବାପ ଘରକୁ ଫେରିଲେ ଚୁପ୍‌ଚାପ୍ ମଦ ପିଇ ଶୋଇବ। କେବେ ଟଙ୍କା ଇଚ୍ଛା ହେଲେ ଦେବ ତ କେବେ ନାହିଁ। ଜିଗର କଲେ, ପାଟିତୁଣ୍ଡ ମାରପିଟି ସହି ଦର ଭୋକିଲା ପେଟରେ ଯାହାଙ୍କ ପାଇଁ ଖଟୁଛି ସେଗୁଡ଼ା ଅମଣିଷ ହେଲେ। ଶେଷକୁ ଝିଅଟା କଣ ନାହିଁ କ'ଣ କରି ପକେଇବ ତା'ର ଠିକଣା ନାହିଁ।

କଳମୂଳେ ଦୁମ୍‌ଦୁମ୍ ପାଣି ଶବ୍ଦ ଶୁଣି ଝର୍କା ଦେଇ ଉହୁଁକି ଚାହିଁଲା ଲକ୍ଷ୍ମୀ। ରମା ପାଣି ଖୋଲି ଦେହସାରା ବେସନ ହଳଦୀ ଲେପି ହଉଛି। ପାଖରେ ରଖିଛି ସାବୁନ୍ ଖୋଳରେ ସାବୁନ୍। କେତେ ଫେଶନ୍ ହଉଛି, କୋଉଠୁ ଏତେ ସବୁ ଶିଖୁଛି, କିଏ

ଜାଣେ। ଆଗେ ଆଗେ କହୁଥିଲା ସେସବୁ ଜିନିଷ ବଜାର ସଉଦାରୁ କାଟି ନଇଲେ ସାଙ୍ଗ ସାଥୀଙ୍କଠୁ ଆଣି ଲଗଉଛି। ସେଥିରେ କୁଆଡ଼େ ଦେହ ଧଳାରଙ୍ଗ ହୋଇଯିବ, ଚିକ୍‌ଣ ଦିଶିବ। ହଅ, ପିଲା ବୟସରେ ଅନେକ କାମ ଗୋଟିଏ ଆଗ୍ରହରେ ମଣିଷ କରେ। ସେ ସବୁ ଲୁଚେଇ ଲୁଚେଇ ମଣିଷ କରେ, ମାତ୍ର ଆଜିକାଲିଆ ଝିଅ ତ ସବୁ ଖୋଲାଖୋଲି କରୁଚନ୍ତି। ଦେଖେଇ ଫୁଲେଇ ଯଚେଇ ହବା ଯେମିତି ଖାଲି ଗୋଟିଏ କାମ। ଝିଅ ଗାଧୋଉ, ଚିକ୍‌ଣ ହେଉ ଲକ୍ଷ୍ମୀ ସେଥିରେ ଆଉ ମନ ଦେବ ନାହିଁ! ଯାହା ଇଚ୍ଛା ତାହା କରୁ, ଲକ୍ଷ୍ମୀ ତା' ବିଷୟରେ ଆଉ ଭାବିବ ନାହିଁ।

"ବୋଉ! ବୋଉ ଲୋ....।"

ରବିର କାନ୍ଦୁରା ସ୍ୱର ଶୁଣି ସେ ଦାଣ୍ଡଦୁଆର ଆଡ଼କୁ ଗଲା।

"କିରେ କ'ଣ?"

"ରଘୁଆନା ମତେ ଚାପଡ଼ାଏ ମାରିଲା ଲୋ ବୋଉ! ଏଇ ଅନା, ମୋ ଗାଲ କେମିତି ନାଲି ପଡ଼ିଛି!"

"କାହିଁକି, ତୁ କ'ଣ କଲୁ କି? ସବୁ ପଇସା ତ ମୁଁ ଛିଡ଼େଇ ଦେଇଛି। ବାକି ପାଞ୍ଚଟା ଟଙ୍କା ମୁଁ ପହିଲା ବାସି ଦେବି ବୋଲି କହିଛି।"

"ଅପା ତା'ଠୁ କୁଆଡ଼େ କେତେ ଟଙ୍କା ମାଗି ନେଇଛି। ଏବେ ତା' ପାଖରୁ ସଉଦା ନ ଆଣି ଆର ସାଇ ଦୋକାନରୁ ଆଣୁଛି। ସେଇ ନରି ପଣ୍ଡା ଘର ପାଖରେ ଗୋଟେ ଦୋକାନ ଅଛି, ସେଉଠୁ ଆଣୁଛି ପରା। ରଘୁଆନା ବୋଉ...! ନରି ପଣ୍ଡା କୁଆଡ଼େ ଅପା ପାଇଁ ଟଙ୍କା ଦେଇଛି।"

ମସିଆ ପଣତରେ ରବିର କାନ୍ଦୁରା, ଝାଳୁଆ ମୁହଁକୁ ପୋଛି ଦେଉ ଦେଉ କହିଲା, "ଆସ ଘରକୁ। ମୋ କପାଳ ସେମିତି। ନଇଲେ ତୋ ଗାଲରେ ସେ ଟିପ ଦିଅନ୍ତା। କିରେ ପୁଅ! ତୋ ବାପ ଧାର୍‌ରେ ପିଇଥିବ, ଭଉଣୀ ବାସ୍‌ନାତେଲ, ସାବିନି, ବେସନ ଆଣିଥିବ......!"

କଳମୂଳରେ ମୁଣ୍ଡବାଳ ସାମ୍ପୁ କରୁ କରୁ ଫଣଫଣିଆ କଣ୍ଠରେ ଗର୍ଜି ଉଠିଲା ରମା, "ହଇଲୋ ବୋଉ! ମୁଁ କିଆଁ ତା'ଠାରୁ ତେଲ, ସାବୁନ୍ ଆଣିବି ମ! ମତେ ତ ଠୁରାଭାଇ ଆଣି ଦେଇଥିଲା ସେମିତି। ଟିକେ ବେସନ ଆଣିଥିଲି ଯେ ମତେ ଖିଙ୍କାରୀ ହଉଛି ସେବାଟରେ ଗଲେ। ହଉ, ମୁଁ ଆଜି ତା' ଚୋପା ଛଡ଼େଇ ଦେବି ଦେହରୁ। କ'ଣ କରି ପାଇଲା କି ଆମକୁ? ମୁଁ ଗରିବ ଝିଅ ବୋଲି ମୋର କେହି ସାହା ଭରସା ନାହିଁ ବୋଲି ଭାବୁଛି ନା?"

ଆଲୁ, ଜାଲି ଫୋପାଡ଼ି ଦେଇ କାଠ ପାଲିଆଟା ଧରି ଲକ୍ଷ୍ମୀ ରାଗରେ ଧାଇଁ

ଯାଇ ରମା ପିଠରେ ପାହାର ଉପରେ ପାହାର କଷି ଦେଲା। ପିଠି ରାମ୍ପୁଡ଼ି ହୋଇ ରକ୍ତ ଉକୁଟି ଉଠିଲା। ବେସନ, ହଳଦୀ ଛାଡ଼ି କାବା ହୋଇ ଚାହିଁଲା ଟିକେ ରମା! ଚଟ୍ କରି ସାମ୍ନା ପଟକୁ ଘୂରି ଯାଇ ବୋଉ ହାତରୁ କାଠ ଫାଳଟା ନେଇ ଉହୁଙ୍କି ଆସିଲା ସାମ୍ନାକୁ:

"ଖବରଦାର! ମୋତେ ଆଉ ଥରେ ଛୁଇଁବୁ ତ, ମୁଁ ତୋ ଚୋପା ଛଡ଼େଇ ଦେବି। ଥାନାରେ ସମ୍ଭୁଭାଇକୁ କହି ତତେ ଜେଲ୍‌ରେ ପୂରେଇବି, ତେବେ ଯାଇଁ ମନ ଶାନ୍ତି ଧରିବ ତୋର!"

ଆବା କାବା ହୋଇ ଲକ୍ଷ୍ମୀ ରମାକୁ ଦଣ୍ଡେ ଚାହିଁଲା। ତା'ପରେ ଧୀରେ ଧୀରେ ଅଣ୍ଟାରେ ହାତ ଦେଇ ଫେରି ଆସିଲା।

ବେଳ ଗଡ଼ି ଆସିଲାଣି। ଆଉ ଘଡ଼ିକେ କାମକୁ ଯିବାକୁ ହେବ। ରବି ସବୁଦିନ ପରି ଚୁଲିରେ ଜାଳ ଦେଇ ଡାଲି, ଆଳୁ ସିଝଉ ଥିଲା। ପାଚେରୀ ଉପରେ କାଉଟା ବସି ରାଉରାଉ ହଉଥିଲା। ଖାଆନ୍ତୁ ନ ଖାଆନ୍ତୁ ଏମିତିକୁ ବଞ୍ଚନ୍ତୁ କି ନ ବଞ୍ଚନ୍ତୁ ତା'ର ଆଉ କିଛି କରିବାର ନାହିଁ। ସେ କାନିରୁ ଖୋଲି କଳରେ ଖଣ୍ଡେ ପାନ ଜାକି ଗିଲାସ ପାଣି ପିଇ କାମକୁ ଚାଲିଗଲା।

ଭୋକ ଏ ଯାଏ ଦେହରେ ଥିଲା ଜନ୍ମ କାଳରୁ। ମନ ଭିତରେ ଯେ ଗୋଟାଏ ଭୋକ ଲୁକ୍କାୟିତ ହୋଇ କେଉଁ କାଳରୁ ରହିଥିଲା ତା'ର ସନ୍ଧାନ ଯେମିତି ସେ ହଠାତ୍ ପାଇଲା। ଆଜିଯାଏ ସେ କ'ଣ କେବଳ ଖାଇପିଇ ବଞ୍ଚିବ ବୋଲି ଏତେଦିନ ଖଟିଥିଲା! ପୁଅ ବଡ଼ ହୋଇ ମୂଲ ଲାଗିବ, ଝିଅ ବାହା ହୋଇ ଶାଶୂ ଶ୍ୱଶୁରଙ୍କ ସେବାରେ ଭଲ ବୋହୂ ବୋଲି ଯଶ ଅର୍ଜିବ। ଆଉ ସେ ନାତି ନାତୁଣୀ କୋଳରେ ଧରି ଅହ୍ୟ ଡେଙ୍ଗୁରା ବଜାଇ ସ୍ୱର୍ଗକୁ ଯିବ ବୋଲି ସେ ଭାବି ନଥିଲା, ବୋଧେ ସେ ଭାବୁଥିଲା ତା' ଝିଅ ପାଠ ପଢ଼ି ବଡ଼ ଚାକିରି କରିବ। ସେ ମିଶ୍ରବାବୁ ଝିଅପରି ଘରକୁ ମୁଠା ମୁଠା ଟଙ୍କା ପଠାଇବ। ଉଡ଼ାଜାହାଜରେ ଉଡ଼ି ଦୂର ଦେଶକୁ ଯିବ। ତା'ଠୁ ଆହୁରି ସୁନ୍ଦରିଆ ରୋଜଗାରିଆ ପାଠୁଆ ଜ୍ୱାଇଁଟିଏ ବାହାହୋଇ ପାଞ୍ଚ ଲୋକରେ ମଣିଷ ପରି ଛିଡ଼ା ହେବ। ସେମିତି ରବିଟା ବି ମୋଟାସୋଟା ହୋଇ ଡେଙ୍ଗା, ଚଉଡ଼ା ମଣିଷ ହେବ। ଅନେକ ପଢ଼ି ଇଂରାଜୀରେ କଥା କହିବ। ଟଙ୍କା ରୋଜଗାର କରି ପାଞ୍ଚ ସାଇରେ ବାପ ମା'ଙ୍କ ନାଁକୁ ରଖିବ। ନାହିଁ କିଛି ହେଲାନି। ଝିଅଟା ଅପଥରେ ଗଲା, ତା' ସାଙ୍ଗକୁ ପୁଅଟା ବି। ଏଇଦିନୁ କେତେ କଥା ଜାଣିଲେଣି। କେତେ ଚାଲାଖ, ସିଆଣା ହେଲେଣି! ଖାଲି ଆଖିଜଳକା ଜିନିଷରେ ମନ। ଯା' ଘର ତା' ଘର ବୁଲି ପର ପଦାର୍ଥକୁ ଚାହିଁ ଲାଳ ଗଡ଼େଇବା ଛଡ଼ା କିଛି ଶିଖିଲେ ନାହିଁ। ବାପ ପରି ନିଶାରେ

ମନ ଦେଲେ କଥା ସଇଲା। ମହାପାତ୍ରବାବୁଙ୍କ ସ୍ତ୍ରୀ କହୁଥିଲେ ଆଜିକାଲି ଇସ୍କୁଲ ପିଲା ଦିନରେ ମଦପିଇ ଗଡୁଛନ୍ତି। ତେହିଁକି ସିଗାରେଟ୍, ବିଡ଼ି, ମଦସବୁ କୁଆଡ଼େ ଝିଅପିଲା ବି ଖାଉଛନ୍ତି। ଗୋଡ଼ ଝିମିଝିମି ହୋଇଗଲା ଲକ୍ଷ୍ମୀର ଭୟରେ। ଆତଙ୍କରେ ତଣ୍ଟି ଶୁଖିଗଲା ଭଳି ଲାଗିଲା। ସବୁଆଡ଼େ ଦିନ ଦି'ପହରେ ବି ଅନ୍ଧାର ଖୁନ୍ଦିହୋଇ ରହିଛି। ପଥର ଖଣ୍ଡକ ଉପରେ ରାସ୍ତା କଡ଼ରେ ସେ ବସି ପଡ଼ିଲା।

"କିଲୋ ଲକ୍ଷ୍ମୀ! ଏମିତି କାହିଁକି ବାଟରେ ବସିଛୁ?" ନରି ପଣ୍ଡା ଛତାଟାକୁ ବନ୍ଦ କରୁ କରୁ ପଚାରିଲା। ଲକ୍ଷ୍ମୀ ଉତ୍ତର ଦେଲାନି।

"କିଲୋ! କିଛି କହୁନୁ ଯେ! ଘରେ ସବୁ ଭଲଟି? ରମାବାପକୁ ଟିକେ କହିଦେବୁ ମତେ ଦେଖା କରିବ। ବର୍ଷେ ହେଲାଣି ମୁଁ ତା' ଭେଟ ପାଉନି। ଯେମିତି ହେଉ କାଲି ଦେଖା କରିବ।" ମୁଣ୍ଡରେ ଓଢ଼ଣାଟା ଭୟରେ ଟାଣି ନେଇ ଦରବୁଢ଼ା ନରି ପଣ୍ଡାକୁ କଣେଇ ଚାହିଁ ଲକ୍ଷ୍ମୀ କହିଲା –

"ସେ ତ କେତେବେଳେ କୁଆଡ଼େ, ମୁଁ କେମିତି କହିବି? ଘରକୁ ଆଜି ଆସିଲେ କହିବି। ହେଲେ ମତେ କହୁନ କ'ଣ କହିବ। ମୁଁ କହିଦେବି ...!"

"ସେଗୁଡ଼ା ତୁ କ'ଣ ଶୁଣିବୁ? ବିଚରା ମାଇପିଟା ଖଟି ଖଟି ମରୁଛି, ଆହାଃ, ଝିଅଟା ବି ବଡ଼ ହୋଇଗଲାଣି। ଚାରିଆଡ଼େ ନଜର ପଡ଼ିବ। ମୁଁ କହୁଥିଲି କି, କ'ଣ ନା ଆଜିକାଲି ଯୋଉ ଯୌତୁକ କାରବାର ସେଥିକି ତୋ' ମୁଣ୍ଡ କାହିଁ? ମୋର ତ ଘରେ କେହିନାହିଁ, ପୁଅଟା ଯୁଦ୍ଧକୁ ପଳେଇଲା, ଝିଅଟା ତ ଗଲାବର୍ଷ ଶାଶୂଘରେ ପାଣିରେ ବୁଡ଼ି ମଲା। କିଏ ଅଛି ମୋର? ସେଇ ରମା ଗଣ୍ଡେ ଫୁଟେଇ ଦଉଛି, ଟଙ୍କା ଥିଲେ ତ ପେଟ ପୂରିବ ନାହିଁ! ଏମିତି କିଛି ବୟସ ମତେ ହେଇନି। କହିବୁ ତ ଧର୍ମ ରକ୍ଷା କରି... ଏଁ!"

ଲକ୍ଷ୍ମୀ ଶିରଶିରେଇ ଚୁପ୍ ରହିଲା!

"ଆଲୋ ଭାବୁଛୁ କ'ଣ? ରମାବାପ ତ ସେଇଥିପାଇଁ ଦି'ହଜାର ହାତ ଉଧାରି ନେଇଛି। କହିବ ତ କାଲି ଆଉ ପାଞ୍ଚ ହଜାର ପଠାଇ ଦେବି। ନଇଲେ କହିଦେବୁ ଝିଅକୁ ସେମିତି ଯିବା ଆସିବା କରିବ ଘରକୁ। ସେଥିରେ ଉଁ, ଚୁଁ ହେଲେ ଘର ଛାଡ଼ିଦେବ, ବୁଝିଲୁ? ମୁଁ ଯେମିତି ଭଲ ସେତିକି ମନ୍ଦ! ଭଡ଼ା ଲାଗିଲେ ଟଙ୍କା ହଜାରେ ମିଳିବ ମାସକୁ।"

ଲକ୍ଷ୍ମୀ ଉତ୍ତର ନ ଦେଇ ଆଗକୁ ଚାଲିଲା। ଏଇଲେ ବେଳ ପୂରା ଗଡ଼ି ଗଲାଣି, ଚାରିଟା ଘରେ ବାସନମାଜି, ଘର ଓଳେଇ, ଅଟା ଚକଟି ଫେରିଲା ବେଳକୁ ରାତି ହେବ ଦି' ଘଡ଼ି। ରମା ରାନ୍ଧିବ କି ନାହିଁ କିଏ ଜାଣେ? ସାନ ପିଲା ଦି'ଟା

ମଶାରେ ଗଡୁଥିବେ। ବଖରାଏ ବୋଲି ଘର। ପଛ ଆଡ଼କୁ ଟିକେ ତାଟ ବାଡ଼ ଦେଇ ବାରଣ୍ଡାରେ ରୋଷେଇ କରେ। ସେଇଠି ବସି ବସି ଢୋଳେଇ ପଡ଼େ ଲକ୍ଷ୍ମୀ। କେବେ ଖାଏ ତ କେବେ ଖାଏନା। ରମାବାପ ରାତି ଅଧରେ ମଦ ପିଇ ପାଟିତୁଣ୍ଡ କରେ ବୋଲି ସେ ରୋଷେଇ ଘରେ ପିଢ଼ା। ଦୁଃଖରେ ଦୁଃଖରେ ଏତେଦିନ ସେ ବଞ୍ଚିଲା କେମିତି ବୁଝି ପାରେନା। ପୁଣି ବୋଝ ଉପରେ ନଳିତା ବିଡ଼ା ପରି ତାକୁ ଅଣନିଶ୍ୱାସୀ କରୁଛି ଝିଅଟା। ପହିଲି ପିଲା ବୋଲି ତା' ଉପରେ ବେଶୀ ନଜର ଦେଇଛି ସେ, ହେଲେ ଝିଅଟା ଏମିତି ଅବାଗିଆ ହୋଇଯିବ ବୋଲି ତା'ର ଧାରଣା ନଥିଲା। ନାହିଁ, ଆଉ ଖଟି ପାରିବିନି କି ଅପମାନ ସହି ପାରିବିନି। ଏଣିକି ଦେଖିଲା କାମ କରିବ!

ଯାହା ଘରେ କାମକଲା ସେଠି ତାକୁ ଦେହ ମୁଣ୍ଡ ଝିମି ଝିମି ଲାଗିଲା। ଦାସବାବୁ ଘରେ ବିରି ରଗୁଡୁ ରଗୁଡୁ ଚକି ଉପରେ ମୁଣ୍ଡ ଥାପି କେତେବେଳେ ସେ ଶୋଇ ପଡ଼ିଲା ଠାକୁରେ ଜାଣନ୍ତି। ଦାସବାବୁଙ୍କ ବୋହୂ 'ମାଉସୀ', 'ମାଉସୀ' କହି ହୁରୀ ଛାଡ଼ିଲା, ନଇଲେ ସେଇଠି ରାତିପାହି ଯାଇଥାନ୍ତା। ବଡ଼ ବାଧ କରି ବୋହୂଟା ତାକୁ ଦି'ଗୁଣ୍ଡା ପଖାଳ ତୋରାଣି ଖୁଆଇ ଦେଲା।

ଆକାଶରେ ତରାସବୁ ମିଟିକି ମିଟିକି ତଳକୁ ଚାହିଁଥିଲେ। ଲକ୍ଷ୍ମୀର ପାରିବାର ପଣକୁ ତଉଲୁଥିଲେ, ରାସ୍ତାରେ ଯିବା ଆସିବା ଲୋକସବୁ ସେଇ ଦୃଶ୍ୟ ଦେଖି ଲାଜରେ ମୁଣ୍ଡପୋତି ଚାଲୁଥିବାପରି ଲକ୍ଷ୍ମୀକୁ ଲାଗିଲା। ଓଢ଼ଣୀଟା ଜୋର୍‌ରେ ଟାଣିନେଇ ସେ ଘରଆଡ଼କୁ ମୁହାଁଇଲା। ନରି ପଣ୍ଡାର କାହିରେ କେତେ ଜମି, କେତେ କୋଠାବାଡ଼ି। ଏଠି ଦଶ ବଖରା ଘର କରି କୁଲି ମଜୁରିଆଙ୍କୁ ଭଡ଼ା ଦେଇଛି। ଏଇ କେତେ ମାସ ହେଲା ସେ ଭଡ଼ା ନେଇନି କି ପଣ୍ଡା ମାଗି ଆସିନି। ଓଲଟି କହେ ତୋ ପିଲା ଭଲରେ ଥାଆନ୍ତୁ, ଘରଆଡ଼େ ବେଳେବେଳେ ଆସି କାମ କରିଦେବ। ସେଇ ଯଥେଷ୍ଟ। ତଥାପି ଭରସି ଲକ୍ଷ୍ମୀ କେବେ ଯାଏନା। କାମରୁ ଫେରି ରାତି ପହରେ ଘରକୁ ଯାଏ, ରମାବାପ ସେଠି ବସି ତାସ ପଶା ଖେଳେ, କେତେ ରାତିକୁ ମାତାଲ ହୋଇ ଘରକୁ ଫେରେ! ଯାରି ଭିତରେ ଝୁଅଟା ଉପରେ ବୁଢ଼ା ନଜର ପକେଇ ଚାହିଁଛି। ଝୁଅଟା ବି ପଦାର୍ଥ ରଙ୍କୁଣୀ, ମାନ ମହତକୁ ତା'ର ପରୁଆ ନାହିଁ। ଧନରତ୍ନ ପାଇଲେ ପୃଥ୍ୱୀ ରଖିବନି। ବାଛ ବିଚାର ତା'ର ଏ ବୟସରେ ଆସିବ କୋଉଠୁ? ଲୋଭରେ ସେ ସଢ଼ି ପଚି ଗଲାଣି। ଶେଷକୁ ନରି ପଣ୍ଡା ଆଉ... !

"ଏ ଲକ୍ଷ୍ମୀ! କୁଆଡ଼େ ଯାଇଥିଲୁ ଏତେ ରାତି ଅଧଯାଏ? ଝୁଅଟାକୁ ନରି ପଣ୍ଡା ଘରେ ଛାଡ଼ି ଆଇଲି, ଏଠି ରାତିରେ କିଛି କାମ ନାହିଁ। ନରିର ଦେହ ଭଲ ନାହିଁ, ତାତି ଭର୍ତ୍ତି ହୋଇଛି। ଏଇ ତୋ ଆଗେ ଆଗେ ତ ଗଲା! ଚାଲେ, ଘରକୁ ଚାଲେ ଲୋ...।"

ମଦ ନିଶାରେ ଟୁଳୁଟୁଳୁ ହୋଇ ଉଠି ପଡ଼ିଲା କ୍ଷଣି ରମାବାପର କୋଳରୁ ମେଞ୍ଚାଏ ନୋଟ ତଳେ ପଡ଼ିଗଲା। ତାକୁ ଗୋଟେଇ ନବାର ତାକତ ତା'ର ଆଉ ନାହିଁ। ଖାଲି ହାତଟା ଅଣ୍ଡାଳୁଛି ଭୂଇଁ। ଚୂନା ଚୂନା ପବନରେ ବର୍ଷାଛିଟାରେ ନୋଟ ସବୁ ଲକ୍ଷ୍ମୀ ପାଦ ପାଖକୁ ଛପଟି ଆସୁଛନ୍ତି। କିଛି ପ୍ରଶ୍ନ କଲା ପୂର୍ବରୁ ରବି କବାଟ ଖୋଲି ଖୁବ୍ ଖୁସୀ ହୋଇ କହିଲା–

"ବୋଉ ! ଦେଖ ଲୋ ! ବାପା ଆଜି କେତେ ମିଠା, ନୂଆ ଜାମା, ପ୍ୟାଣ୍ଟ ଆଣିଛି....ହେଲେ ତୋର ସିଲିକି ଶାଢ଼ି ଆଣିଛି, ଚୁଡ଼ି ଅଳତା... ! ଅପା ପାଇଁ ଟି.ଭି..... ।" ଲକ୍ଷ୍ମୀ ଠାସ୍ କରି ରବି ଗାଲରେ ଚାପୁଡ଼ାଟାଏ ଦେଇ ଘର ଭିତରକୁ ପଶିଗଲା। ସାନଝିଅଟା ନାଲି ଫ୍ରକ୍‌ଟିଏ ପିନ୍ଧି ଟି.ଭି. ଦେଖୁଛି, ପାଖରେ ମିଠାମିଠି ଥାଳିଆଟିଏ ରହିଛି। ଘରେ ଖଟଟାଏ ଆଉ ଫ୍ୟାନ୍‌ଟାଏ ରଖା ହୋଇଛି। ରମାବାପ କାନ୍ଥ ଧରି ଆସୁ ଆସୁ ମଦ ନିଶାରେ ପୂରା ଲଙ୍ଗଳା ହୋଇପଡ଼ିଲା। ରବି ତାକୁ ଚାହିଁ ହିଁ ହିଁ ହସି ଉଠିଲା। ଯନ୍ତ୍ରଣାରେ ଲଜ୍ଜାରେ ଲକ୍ଷ୍ମୀ ଆଖି ବନ୍ଦ କଲା ଓ ଜାଣିଲା ଏକ ବୀଭତ୍ସ କ୍ଷୁଧା ନେଇ ରମାବାପା ତା' ଆଡ଼କୁ ଆସୁଛି। ହୁଏତ....ହୁଏତ... ! ଆଖି ପିଛୁଳାକେ ତା'ର ସମସ୍ତ ଶକ୍ତି ଖଟେଇ ସେ ରମା ବାପାକୁ ଜୋର୍‌ରେ ପେଲି ଦେଲା। ଅଣଚାଶ ପବନରେ ବୁଢ଼ା ବରଗଛ ଉପୁଡ଼ିଲା ପରି ରମାବାପ ଚିତ୍‌କାତ୍ ହୋଇ ପଡ଼ିଲା। ରସଗୋଲା ହାଣ୍ଡିଟାରେ ମୁଣ୍ଡ ଛେଚି ହୋଇ ଫାଟିଯିବା କ୍ଷଣି ଘର ସାରା ବିଛାଡ଼ି ପଡ଼ିଲା, ଆଉ ସିରାରେ ଏକ ସୂକ୍ଷ୍ମ ଲାଲ ସ୍ରୋତ ବହିବାକୁ ଆରମ୍ଭ କଲା। ସେ ସବୁକୁ ନ ଚାହିଁ ଲକ୍ଷ୍ମୀ ବାରିପଟ କବାଟ ଖୋଲି ବାହାରିଗଲା ବିଜୁଳି ପରି। ପଛରୁ ରବି ଚିତ୍କାର କରୁଥାଏ ପାଗଳ ପରି। ଏଣେ ବର୍ଷା ଗର୍ଜିଉଠିଲାଣି ଯେ ରାସ୍ତା ଦିଶୁ ନଥାଏ। ବର୍ଷା ଯେମିତି ତାକୁ ଜନ୍ମ କାଳରୁ ଘେର ରହିଛି। ରାତିରେ ଯେତେ ଇନ୍ଦ୍ରଧନୁର ସ୍ୱପ୍ନ ଦେଖିଲେ ବି ସକାଳେ ସେସବୁ ନିଦରୁ ଉଠୁ ଉଠୁ ମଉଳିଯାଏ। ତଥାପି ଭାବିଥିଲା ଦୁଃଖ ସବୁଦିନେ ରହେନା, ଦିନେନା ଦିନେ ତା'ର ମନ ଚାହିଁଲା ସୁଖ ସନ୍ତୋଷ ସେ ପାଇବ। କିନ୍ତୁ ସେ କିଛି ପାଇଲାନି କି ଆଉ ପାଇବାର ଆଶା ନାହିଁ ! ତେବେ ଏତେ ଖଟିବ କାହିଁକି ? ବଞ୍ଚିବ କାହିଁକି ? କାହା ପାଇଁ ? ବହୁତ ପାପ ସେ ଗଲା ଜନ୍ମରେ କରିଥିଲା ନଇଲେ.... !

ଧଡ଼ାସ୍ କରି ଲକ୍ଷ୍ମୀ କାହା ଦେହରେ ଧକ୍କା ଖାଇ ପଡ଼ିଗଲା ତଳେ। ଝଲକାଏ ବିଜୁଳିରେ ତା'ର ଦୃଷ୍ଟି ପଡ଼ିଲା ରମା ଉପରେ। ହାତରେ ପୁଡ଼ାଟିଏ ଧରି ନାଲିଶାଢ଼ି ପିନ୍ଧି ପୂରା ଓଦା ହୋଇ ସେ ଅଣନିଃଶ୍ୱାସୀ ହୋଇ ଦୌଡ଼ିବା ଅବସ୍ଥାରେ ଲକ୍ଷ୍ମୀ ଦେହରେ ଧକ୍କା ଖାଇଛି। ଏବଂ ଆଶ୍ଚର୍ଯ୍ୟରେ ଅଟକି ଯାଇଛି।

"କ'ଣ ହେଲା ବୋଉ! ମୁଁ ତ ଘରକୁ ଯାଉଥିଲି ତୁ କାହିଁକି ଆସିଲୁ? ନରି ପଣ୍ଡା ମତେ କ'ଣ ନେଇ ପାରିବ? ଠୁରାଭାଇ ଆଉ ତା' ସାଙ୍ଗମାନେ ଘେରି ତାକୁ ବାନ୍ଧି ଏମିତି ଛେଚିଲେ ଯେ ଆଣ୍ଠୁ ଗଣ୍ଠି ଭାଙ୍ଗିଛି। ଆଉ ବାହା ହବା ନାଁ ଧରିବନି! ସେତିକିବେଳେ ପରା ସିନ୍ଦୁକରୁ ମୁଁ ତା'ର ସୁନାହାର, ଚୁଡ଼ି ନେଇ ଆସିଛି। କିଛି ହବନି। ପୁଣି କାଲି, ପରଦିନ ଭଲ ହୋଇଗଲେ ସେ ଦାନ୍ତନିକୁଟିବ। ତୁ ଡରିବୁନି, ସେଥିରେ ଆମର ଲାଭ। ଠୁରାଭାଇ ଓ ତା' ସାଙ୍ଗମାନେ ଥିଲା ଯାଏ ଆମେ କାହାକୁ ଡରିବାନି!!"

ଲକ୍ଷ୍ମୀ କିଛି କହୁନଥିଲା। ଏ କେଉଁ ଅଜଣା ରାଇଜର ଭାଷା ଆଉ ଭାବ, କେଉଁ ଅଜବ ଜଗତ୍‌ର ଲୋକ ସବୁ ସେ ଭାବି ପାରୁନଥିଲା। ଲକ୍ଷ୍ମୀ ଖାଲୁଆ ରାସ୍ତାରୁ ଉଠୁ ଉଠୁ ପୁଣି ଉଠି ପାରୁନଥିଲା। ସେ ହାତ ବଢାଉଥିଲା ରମା ଆଡ଼କୁ ଯେମିତି ତା'ର ହାତ ଧରି ସେ ତଳୁ ଉଠେଇ ନେବ। କାହିଁ କିଏ? ରମା କୁଆଡ଼େ ଗଲା। କାଦୁଅ ପାଣିରେ ଚବ ଚବ, ଧସ୍ତା ଧସ୍ତି ଶବ୍ଦ ଶୁଣି ସେ ଆଖି ଖୋଲିଲା। ବିଜୁଳି ଆଲୁଅରେ ରମାର ଦୁଇହାତ ଡେଣା ଧରି ଦୁଇଟା ଭେଣ୍ଡା ଟୋକା ଘୋଷାଡ଼ି ନେଉଛନ୍ତି। ଆଉ ହସି ହସି ଗଡ଼ି ଯାଉଛନ୍ତି। ତା'ପରେ ଅନ୍ଧାର ଯାହା ପାଇଁ....ଲକ୍ଷ୍ମୀର ଓଠରେ ଶବ୍ଦ ନଥିଲା!!!

■

ପାଚେରୀ ସେ ପଟ ନଇ

ଝିଅ ଘର ଭିତରକୁ ଦୁମ୍ ଦୁମ୍ କରି ପଶି ଆସିଲା। ଟ୍ୟାକ୍ସିବାଲା ସୁଟ୍‌କେଶ ବ୍ୟାଗ୍ ବାରଣ୍ଡାରେ ଥୋଇ ଚାଲିଗଲା। ସବିତା ଚମକିଲା ପରି ଝିଅ ମୁହଁକୁ ଚାହିଁଲେ ଆଉ ନ ଜାଣିଲା ଭାବ ଦେଖେଇ ମୁହଁ ପୋତି ଦେଲେ। ଡ୍ରଇଁ ରୁମ୍‌ରୁ ନାରଣ ବାବୁ ପାଟି କରି ପଚାରିଲେ 'ହଇ ହୋ! କିଏ ଆସିଲା କି? ସୁଟ୍‌କେଶ୍ ବ୍ୟାଗ୍ ବାରଣ୍ଡାରେ ଥୁଆ ହୋଇଛି ଯେ...!'

ଝିଅ ବିନା ବାକ୍ୟରେ ବାଥ୍‌ରୁମ୍ ଭିତରକୁ ଯାଇ ସାୱାର ଖୋଲି ଗାଧୋଇବାରେ ବ୍ୟସ୍ତ ଥିଲା କି କଣ, ସବୁଯାକ ପାଇପ ଖୋଲି ଦେଇଛି ଯେ କାନ ଅତଡ଼ା ପଡ଼ି ଯାଉଛି।

ନାରଣବାବୁ ପ୍ରଶ୍ନଟା ଦୋହରାନ୍ତେ ସବିତା ପାଟି କରି କହିଲେ, 'କଣ କିଛି ଦେଖି ପାରୁନ କି? ତମ ଝିଅ ଆସିଲେ, ବନି ଆସିଲା! ଗାଧୋଉଛି!'

'କୁହାନାହିଁ ବୋଲାନାହିଁ ଚାଲି ଆସି ଗାଧୋଉଛି।'

'ସେ ତ ସେମିତି! ଦଣ୍ଡେ ରହିଲେ ସିନା କ'ଣ ପଚାରିଥାନ୍ତି। ମୁହଁଟା ଧାନ ହାଣ୍ଡି ପରି କରିଛି। ଏମିତି ଝିଅ ଯେ କଥା କଥାରେ ମନ ମାରି ମୁହଁ ଫଟାଏ। ଆଠ ଦିନ ହେଲା ଯାଇନି, ପୁଣି ଚାଲି ଆସିଲା!'

କାଗଜଟା ଧରି ନାରଣ ବାବୁ ଭିତରକୁ ଆସି ଯେଉଁଠି ସବିତା ପରିବା କାଟୁଥିଲେ ସେଠି ଛିଡ଼ା ହେଲେ ଓ ସନ୍ଦେହ ଭରା ଆଖିରେ ଚାହିଁ ରହିଲେ। ଧୀରେ ଧୀରେ ସବିତା କହିଲେ, 'ବଡ଼ ଆଇଗୁଣି ଝିଅ, କାଲି ସଂଜରେ ଫୋନ୍ କରିଥିଲି। ଆସିବ ବୋଲି ପଦେବି କହିଲାନି। ହଅ, ନ କହିଲା ନାହିଁ ଯେ ...!'

'ଯେ ପୁଣି କଣ? କଥାଟା ଭଲ ହେଉନି। ସେ ପଟରେ ଗୋଟାଏ ସଂସାର ଅଛି ବୋଲି ଭୁଲି ଯାଉଛି କାହିଁକି?'

ଧଡ଼୍ କରି ବାଥ୍‌ରୁମ୍ କବାଟ ଖୋଲିଗଲା। ଓଦା ସରସର ଦେହରେ ସୁବର୍ଣ୍ଣା ଶୋଇଲା ଘର ଭିତରକୁ ପଶି ଯାଇ ପାଟି କଲା, 'ମା! ତୋର ଏଇ ଶାଢ଼ୀଟା ମୁଁ ବଦଳି ପକଉଛି। ସଂଜକୁ ଇସ୍ତ୍ରୀ କରି ଦେବି।'

ସବିତା ଉଠି ଆସି କହିଲେ, 'ହଁ, ପିନ୍ଧ। ଏମିତି ଗୋଟେ ଛାନିଆ ହେଲା ପରି ଲାଗୁଛୁ କାହିଁକି? କଣ ହେଲା କି? ତୋ ବାପା ଭାରି ବ୍ୟସ୍ତ ହୋଇ ପଡ଼ିଲେଣି।'

'ଆଉ ତୁ, ତୁ ବ୍ୟସ୍ତ ହଉନୁ କି?'

'ଏଇ ଏବେ ତ ମାସେ ରହି ଯାଇଥିଲୁ, ଆଠ ଦିନ ହେଇନି ଚାଲି ଆସିଲୁ। ଅଥଚ କାଲି ଫୋନ୍‌ରେ ମତେ କିଛି କହିଲୁନି କାହିଁକି?'

'କଣ ଘର ସଜାଡ଼ିଥାନ୍ତୁ? ମାଂସ ପଲଉ ରାନ୍ଧିଥାନ୍ତୁ ନା ସାଇପଡ଼ିଶାଙ୍କୁ ନିମନ୍ତ୍ରଣ କରିଥାନ୍ତୁ?' ଶାଢ଼ୀ ପିନ୍ଧୁ ପିନ୍ଧୁ ହସି ହସି କିଛି ନହେଲା ପରି ସୁବର୍ଣ୍ଣା କହିଲା।

ନାରଣ ବାବୁ ଶୁଣେଇଲା ପରି କହିଲେ, 'ତମର ଏ ବାଜେ କଥା ବନ୍ଦ କର। ଆସିଲାତ କଣ କ୍ଷତି ହେଲା? ସାରା ରାତି ଟ୍ରେନ୍‌ରେ ଧକଡ଼ ଚକଡ଼ ହୋଇ ଆସିଛି, ଖାଇ ପିଇ ବିଶ୍ରାମ ନେଉ। ସଂଜ ବେଳେ କଥା ହେବା!'

ସୁବର୍ଣ୍ଣା ଦ୍ୱାର ମୁହଁକୁ ଆସି ହସି ହସି କହିଲା, 'ନାହିଁ ବାବା! କିଛି କଷ୍ଟ ହୋଇନି। ପ୍ଲେନରେ ଚାଲି ଆସିଲି। ତମ ଜ୍ୱାଇଁ ଆଜି ଅଷ୍ଟ୍ରେଲିଆ ଯିବେ ଦିଲ୍ଲୀରୁ। ଦି' ମାସ କି ତିନି ମାସ ରହିବେ କମ୍ପାନୀ କାମରେ। ମୁଁ ଭାବିଲି ଫର୍ମ ତ ଫିଲ୍‌ଆପ୍ କରିଛି, ଏମ୍.ଏ. ପରୀକ୍ଷାଟା ଦେଇଦେବି।'

ସବିତା ବିରକ୍ତ ହେଲା ପରି କହିଲେ, 'ସବୁବେଳେ ପାଠ ନିଶା ତତେ ଘାରିଲା। ଦୁଇ ଦୁଇଟା ବିଷୟରେ ଏମ୍.ଏ. କଲୁ ପେଟ ପୂରିଲାନି ଯେ, ପୁଣି ଆଉ ଗୋଟାଏ ଦେବୁ! କିଲୋ, ମୋ ଜ୍ୱାଇଁ ସଂଗରେ ଟକ୍କର ଦେବାକୁ ବସିଛୁ ନା କଣ? ସବୁ କଥାରେ ପରା ସେ ଫାଷ୍ଟ ...!'

'ଥାଉ, ଥାଉ ମା! ଜ୍ୱାଇଁ ପ୍ରଶଂସା ମୁଁ ଶୁଣିବାକୁ ଆସିନି।'

'ତୁ କାହାକୁ ସହି ପାରୁନୁ, ଜୀବନ ଗୋଟାକ ପଡ଼ିଛି ଚଳିବୁ କେମିତି? ମଣିଷ ମଣିଷକୁ ଶ୍ରଦ୍ଧା କରିବା ଉଚିତ। ସେଠି ରହି ପଢ଼ିଥାନ୍ତୁ। ବୁଢ଼ା ବୁଢ଼ୀ ଦୁଇଟା କାଉଳି ହେଉଥିବେ। ପୁଅ କିଏ ଆଉ ବୋହୂ କିଏ? ଅନ୍ୟକୁ ନ ମଣେଇଲେ ସୁଖ ଶାନ୍ତି ମିଳେନି!'

ସୁବର୍ଣ୍ଣା ସ୍ଲିପର୍ ଘୋଷାରି ରୋଷେଇ ଘରକୁ ଯାଇ ଗ୍ୟାସରେ ଚା' ପାଣି ବସେଇ କହିଲା, 'ତୁ ବୁଝି ପାରିବୁନି ଯେଉଁ କଥା, ସେଥିରେ ମୁଣ୍ଡ ପୂରାନା। ଶାଶୂ ଶ୍ୱଶୁର ଖାଲି ମତେ ଅନେଇ ବସିଛନ୍ତି ଯେମିତି। ଘର ଝାଡ଼ିବାକୁ, ରୋଷେଇକରି

ପରଶି ଦେବାକୁ, ବୋଲହାକ ଶୁଣିବାକୁ ଏମିତିକି ଘଷା ମୋଡ଼ା କରି ତା ସାଥିରେ ଟେଲିଭିଜନ୍ ଦେଖିବାକୁ ଗୁଡ଼ାଏ ଲୋକ ଅଛନ୍ତି। ମତେ ଖୋଜିବାର ପ୍ରୟୋଜନ ସେମାନଙ୍କର ହୁଏନି। ଅବଶ୍ୟ ମନ୍ଦିର ଗଲାବେଳେ ବୁଢ଼ୀ ମତେ ଡାକନ୍ତି ଯେ ମୁଁ ଯାଏନି। ମୋର ଯେଉଁ କଥାରେ ବିଶ୍ୱାସ ନାହିଁ ଉପରଠାଉରିଆ ଭାବରେ ସେ କାମ ମୁଁ କରି ପାରିବିନି।'

'ହଉ ଆଉ ଲେକ୍‌ଚର ଝାଡ଼େନା ମତେ। ଅପୁଠାରୁ ବୁଦ୍ଧି ଶିଖିଥିଲେ ଶାନ୍ତିରେ ରହିଥାନ୍ତୁ। ସବୁବେଳେ ଛଟପଟ ଫଣଫଣ ଭଲ କଥା ନୁହେଁ।'

ବନି ଉତ୍ତର ଦେଲାନି। ମା ସାଥିରେ ସେ ବେଶୀ ଗପିବାକୁ ଚାହେଁନି। ଅଡୁଆ ପ୍ରଶ୍ନର ଉତ୍ତର ଦେବାକୁ ତାର ଇଚ୍ଛା ନାହିଁ।

ଚା' ପିଇ ଚିତ୍‌କାତ ହୋଇ ଖଟ ଉପରେ ଗଡ଼ି ପଡ଼ିଲା ବନି। ଭାତ ଖାଇଲା ବେଳେ ନ ହେଲେ ବି ସଂଜବେଳେ ଚା' କପ୍ ଧରି ବାପାଙ୍କ ପ୍ରଶ୍ନର ସୁଚିନ୍ତିତ ଉତ୍ତର ଦେବାକୁ ହେବ। ଥରେ ଥରେ ଭାଇ ଭାଉଜ ବୁଲି ଆସନ୍ତି ପିଲାମାନଙ୍କୁ ନେଇ। ଅଫିସ୍ ନିକଟ, ସ୍କୁଲ କଲେଜ ନିକଟ ବୋଲି ସରକାରୀ କ୍ୱାର୍ଟର୍ସରେ ସେମାନେ ରହନ୍ତି। ସାନ ଭାଇଟା ରାଉରକେଲାରେ ପାଠ ପଢ଼େ। ଅପୁ ଅର୍ଥାତ୍ ଅପର୍ଣ୍ଣା ଯେ ସୁବର୍ଣ୍ଣା ଠାରୁ ପାଞ୍ଚ ବର୍ଷ ବଡ଼ ସେ ତାର ଘର ସ୍ୱାମୀର ପରିବାର ସମ୍ଭାଳିବାରେ ନିଜର ଅସ୍ତିତ୍ୱ ଭୁଲି ଯାଇଛି। ସୁନା ଝିଅ, ସୁନା ବୋହୂ, ଲକ୍ଷ୍ମୀବନ୍ତ ଶୁଣି ସେ ଜୀବନର ସବୁ କ୍ଳାନ୍ତି ଭୁଲି ଯାଏ। ଯେ ଯାହା କହିଲେ ମୁଣ୍ଡ ଟୁଙ୍ଗାରି ଦିଏ। ତା'ଠୁ କି କଥା ସେ ଶିଖିଥାନ୍ତା ? ଭାବୁ ଭାବୁ ଆଖିପତା ଲାଗି ଆସିଲାବେଳେ ବାପାଙ୍କ ଚପା କଣ୍ଠରେ ଶୁଭିଲା, 'କଣ ଗୋଟାଏ କିଛି ହୋଇଛି ନଇଲେ ବନି ଆସନ୍ତା କାହିଁକି ବିନା ଖବରରେ! ସବୁବେଳେ ଏକଜିଦିଆ ବିଷ୍ଟୁପୁର ଉଦାସୀ ଝିଅ। ଯାହା ବୁଝିଥିବ ସେଇଆ। ଜ୍ୱାଇଁ ବି କେମିତି କେଜାଣି ଲୋକ, ନିଜେ ବାହାରକୁ ଗଲେ ସ୍ତ୍ରୀକୁ ନେଇଯିବା କଥା ସାଙ୍ଗରେ। ପିଲାମନ, ଆଉ ଡେରିରେ ଗଲେ କଣ ସୁଖ ଥାଏ!' ମା ଖିଙ୍କାରୀ ହୋଇ ଜବାବ ଦେଲା, 'ଶୁଙ୍ଗି ଶୁଙ୍ଗି କହିଲେ ସୈନ୍ଧବଲୁଣ। କିହୋ ତମେ ଯେତେବେଳେ ଯାଉଥିଲ କେତେ ମତେ ସାଙ୍ଗରେ ନେଉଥିଲ ଶୁଣେ! ଗୋଟେ କଥା ଅଛି, ନାହିଁ ନ ଦେଖିଲା ଉଆଉ ଛ'ଫଡ଼ା। ତମ ଝିଅର ସବୁଥିରେ ଗୋଟାଏ କେଁ ଥାଏ। ଖାଲି ତମରି ମୁହଁବଢ଼ା ଗୁଣ ଯୋଗୁଁ।'

ବାପା ଦବିବାର ପାତ୍ର ନୁହନ୍ତି। ସେ ବି ସମତାଳରେ କହିଲେ, 'ତମେ କମ୍ କି ? ବୋହୂ ଘର ଛାଡ଼ି ଗଲାବେଳେ ହାତ ଧରି ଅଟକାଇ ଦେଲନି ? ସେ ଟାଣ କଥା କହିଲା ବେଳେ ସହି ହେଲନି ?'

ମା କଥା ଉପରେ ନଦି ହୋଇ କହିଲା, 'କହି ଦେଉଥାଏ ପରକୁ, ବୁଦ୍ଧି ନ

ଆସଇ ଘରକୁ! ହୁଁ... ପରଝିଅ ଉପରେ ମୋର ଅକ୍ତିଆର କାହିଁ? ତେହିଁକି ପୁଅତ ବସ ଉଠ ହୁଏ ବୋହୂ କଥାରେ। ମୋର ଚାରା କଣ ଯେ... !'

ବାବା ମା ଝଗଡ଼ା ଲାଗିଲେ ଯୁକ୍ତି ଚାଲେ। ଅକାଟ୍ୟ ଯୁକ୍ତି ଉଭୟ ପକ୍ଷର। ପାଟି କରି କରି କେତେବେଳେ ଦାଣ୍ଡକୁ ତ ଆଉ କେତେବେଳେ ବାଡ଼ି ପଟକୁ ପଳାନ୍ତି। ଏବେ କେଉଁ ଦିଗରେ ଗଲେ ଜାଣିବା ମୁସ୍କିଲ୍... ମାତ୍ର ସ୍ୱର କ୍ଷୀଣରୁ କ୍ଷୀଣ ହୋଇ ଆସୁଥାଏ। ସୁବର୍ଣ୍ଣା ଏଥର ନିଦେଇ ଗଲା। ସବୁ ପ୍ରଶ୍ନର ଉତ୍ତର ତା' ପାଖରେ ମହଜୁଦ୍ ଅଛି, କିନ୍ତୁ ଏଇଟା ପ୍ରକୃଷ୍ଟ ସମୟ ନୁହେଁ।

ଛାଇନିଦରେ କେଜାଣି କେତେ ଅବାଗିଆ ସ୍ୱପ୍ନ ଦେଖି ସୁବର୍ଣ୍ଣା ଆଖି ମଳି ଉଠି ବସିଲା। ନିଦ ମଳମଳ ଆଖିରେ ବାପାଙ୍କ ପାଖରେ ଯାଇ ବସିଲା। ଖାଉ ଖାଉ ବାପା କହିଲେ, 'ତୁ ଆସିବୁ ବୋଲି ଜାଣିଥିଲେ ସକାଳୁ ମାଂସ ଆଣିଥାନ୍ତି। ଛୋଟ ମାଛରେ ଭାରି କଣ୍ଟା ଟିକେ ବାଛି ବାଛି ଧୀରେ ଖା।' ମା' ନଇଁ ପଡ଼ି କହିଲା, 'ଦେ' ମୁଁ ବାଛିଦିଏ। ଡାଲି ଗୋଳେଇ ଖାଉନୁ। ତଣ୍ଟିରେ ଲାଗିବ।'

'ନାହିଁ ମୁଁ ଠିକ୍ ଖାଇବି। ତୁ ଭାତ ନେଇ ଖାଇ ବସ। ମୋର କିଛି ଆଉ ଦରକାର ନାହିଁ ...। ଭାରି ନିଦ ଲାଗୁଛି।'

ବାଁରେଇ ସୁବର୍ଣ୍ଣା ନିଦୁଆ କଣ୍ଠରେ କହିଲା। ଅର୍ଥାତ୍ ଏବେ ଏଇକ୍ଷଣି ତାର ଯିବା ଆସିବା ବିଷୟରେ ଆଲୋଚନା ନ ହେଲେ ଭଲ। ଯୋଉ କଥା ତାର ଏକାନ୍ତ ବ୍ୟକ୍ତିଗତ, ସେ କଥା ଉପରେ ଆଲୋଚନା ତାର ଅସହ୍ୟ। ତା' ଛଡ଼ା, ସବୁ ବିଷୟରେ ସମସ୍ତେ ମୁଣ୍ଡ ଖେଳାନ୍ତୁ ଏଇଟା ସେ ଚାହେଁନି। ମା'ର ଅଭ୍ୟାସ ଭିନ୍ନ। ସେ ଭାତ ଆଣି ଯାଚି ବସିଲା, ତରକାରୀ ଓ ଡାଲି ଆଣି ଫେରେଇ ନେଲା। ଶେଷକୁ ଏକ ଖୁରି ଦହି ଆଣି କହିଲା, 'ଭାରି ଟାୟାର୍ଡ ହେଇଛୁ, ଖାଇ ପାରୁନୁ। ଦହିଟା ଖାଇ ଶୋଇପଡ଼। ପେଟ ଥଣ୍ଡା ହୋଇ ଯିବ।'

'ଚିନି ପକେଇ ଦିଅ, ଖଟା ହେଲେ ଅମ୍ଳ ହେବ।'

ମା' ଚିନି ମେଂଚାଏ ପକେଇଲା। ସୁବର୍ଣ୍ଣା ଉତ୍ତର ଦେଲାନି। ଉଭୟ ବାବା ଓ ମା ଜାଣନ୍ତି ସେ ଚିନି ଖାଏନି। ତଥାପି... ଅର୍ଥାତ୍ ଏମିତି କଲେ ବନି କିଛି କଥା କହିବ। ବନି କଣ ଟିକି ଝିଅ ହୋଇଛି କି? ସେ ଚୁପ୍ ରହିଲା ଓ ଟିକକ ପରେ ଦହି ଉପରୁ କିଛି ଚିନି ଚାମଚରେ କାଢ଼ି ନେଇ ଢକ ଢକ ପିଇଦେଲା ଓ ବେସିନରେ ହାତଧୋଇ ଚୁପ୍ ଚାପ୍ ବିଛଣା ଉପରେ ଗଡ଼ି ପଡ଼ିଲା।

ବାପା ମା' ଡେରି କରି ଗପି ଗପି ସବୁଦିନେ ଖାଆନ୍ତି। ସେ ଆଗରୁ ଉଠି ଆସିବା କିଛି ନୂଆ କଥା ନୁହେଁ। କେତେ କାହାକୁ ଜଗି ଚଳିବ?

ମା'ର ଶୁଣେଇଲା ପରି କଥା କାନରେ ବାଜୁଥିଲା, 'ବହିପତ୍ର ମେଂଚେ ସୁଟ୍‌କେଶ୍‌ରେ ପଶିଛି। ଲୁଗାପଟା ବେଶୀ ଆଣିନି! କେଜାଣି କେତେଦିନ ରହିବ। ତା' ମନ!'

'ଓହୋ! ଇଏ ଗୋଟାଏ କଥା! ତମ ଆମ ବେଳ ଅଲଗା ଥିଲା। ଏବେ ପିଲାମାନେ ନିଜ ଭବିଷ୍ୟତ ନେଇ ଚିନ୍ତିତ। କୋଉ ବାପ ମା ସେଥିରେ ଅଯଥା ମୁଣ୍ଡ ପୂରେଇବା ଉଚିତ ନୁହେଁ। ମୁଁ ଚାଲିଲି, ଟିକିଏ ଗଡ଼ି ପଡ଼େ! ଓହୋ! ଖରାଟା ଏ ଦିନୁ କେତେ ଟାଣ ହେଲାଣି...!'

ସୁବର୍ଣ୍ଣା ଜାଣିଲା ବାପା ଚିନ୍ତିତ ହେଲା ପରି ଜଣା ପଡ଼ିବେନି ବୋଲି ଏଣୁ ତେଣୁ କଥା କହୁଛନ୍ତି। ମା'ର ସନ୍ଦେହଠୁ ବେଶୀ ବଡ଼ ଧକ୍କା ଆଉ କେଉଁଠି ମିଳେନି। ସୁବର୍ଣ୍ଣା ନିଦେଇ ଗଲା।

ସନ୍ଧ୍ୟା ପୂର୍ବରୁ ବାପା ସବୁଦିନ ପରି ଦାଣ୍ଡ ବାରଣ୍ଡାରେ ଚା' ଖାଉଥିଲା ବେଳେ ମା' ଆସି ତାକୁ ନିଦରୁ ଉଠାଇଲା।

ସୁବର୍ଣ୍ଣା ଦେଖିଲା ବାପା ବିରାଡ଼ି ଛୁଆଟିକୁ ଗେଲ କରି ଖୁସି ହଉଛନ୍ତି। ସେ ଚା' କପ୍ ଉଠାଇ ବାହାରକୁ ଚାହିଁଲା। ଖୁବ୍ ଦୂରରେ ପତ୍ର ଗହଳି ଦେଇ ଅସ୍ତଗାମୀ ସୂର୍ଯ୍ୟର ଚେନାଏ କିରଣ ଗେଟ୍ ଯାଏ ଲମ୍ବି ଆସିଛି। ଦଳ ଦଳ ପକ୍ଷୀ ଉଡ଼ି ଯାଉଛନ୍ତି। ଆକାଶର ରଙ୍ଗ ଧୀରେ ମଉଳି ଆସୁଛି। ସେ ଚଟ୍ କରି ଚା'ଟା ପିଇଦେଇ କହିଲା, 'ବାପା! ମୁଁ ଟିକେ ବୁଲି ଆସୁଛି। ପାର୍କ ଯାଏ ଯିବି, ଦୋଳିରେ ବସିବି, ତା' ପରେ ଚାଲି ଆସିବି। ଦେହଟା ଭାରି ନେସମା ଲାଗୁଛିନା।'

ବାପାଙ୍କ ଉତ୍ତରକୁ ଅପେକ୍ଷା ନ ରଖି ଖପ୍ କରି ସେ ଡେଇଁ ପଡ଼ିଲା ପାହାଚକୁ। ମା' ପଛରୁ ପାଟି କଲା, 'ଏମିତି କାହିଁକି ହଉଛୁ? ଦେଖିନୁ ମକଚି ହୋଇ ସେ ଶାଢ଼ୀ କଣ ହୋଇଛି? ଶାଢ଼ୀଟା ବଦଳି ପକା। ଆଜି ଏବେ ନ ଗଲେ?'

'ତୋର ଯୋଉ କଥା ନା... କିଏ ଦେଖୁଛିମ? କାହିଁ ଶାଢ଼ୀତ ଠିକ୍ ଅଛି!'

ମା' ଜୋର୍‌ରେ ପାଟିକଲା, "ଆଉ ହବନି। ଛୁଆଙ୍କ ପରି ଗୋଟେ ପାର୍କରେ ଦୋଳି ଖେଳିବ କଣ? ଆଜି ଆସିଲା, କଥାବାର୍ତ୍ତା କିଛି ନାହିଁ... ଛି!'

ବିରାଡ଼ି ଛୁଆଟା ଗେଟ୍ ପାଖକୁ ଧାଇଁ ଆସୁଥିବା ଦେଖି ଜୋର୍‌ରେ ଧାଇଁଲା ସୁବର୍ଣ୍ଣା ଆଗକୁ! ଅନେକ ଦିନ ହେବ ସ୍ଥିର ଅଚଂଚଳ ଦେହ ମନ ହଂସ ପରି ଡେଣା ମେଲାଇ ଉଡ଼ିଗଲେ ଆଗକୁ। କେଜାଣି ବାପା ହସୁଥିଲେ କି ଗମ୍ଭୀର ଥିଲେ ଜାଣି ହେଲାନି।

ସୁବର୍ଣ୍ଣା! ସୁବର୍ଣ୍ଣା!

ଟେଁ ଟେଇଁଆ ଚଢ଼େଇଟା ଯେମିତି ପଛରୁ ଡାକି ଡାକି ଗୋଡ଼ଉଛି। ଆକାଶ ଢଳି ପଡୁଛି ଗୋଟାଏ କୋଣକୁତ ପୃଥିବୀ ତେର୍ଛେଇ ରହୁଛି ପଛ ପଟକୁ। ସବୁ ଯେମିତି ତାର, ସୁବର୍ଣ୍ଣାର। ଯାହା କିଛି ଶୂନ୍ୟତା ଧୂସର ଗୋଧୂଳି ଝୁରା ପବନରେ ବୋହି ଆଣୁଥିଲା ତାକୁ ଭେଟିଲା ପୂର୍ବରୁ। କୋଉ ଗଛ ଉହାଡ଼ରୁ କୋଇଲିଟିଏ କୁଉ କୁଉ କରି ଡାକିଦେଲା। ଅଟକି ଗଲା ସୁବର୍ଣ୍ଣାର ପାଦ। କୁଆଡ଼କୁ ନ ଚାହିଁ ସେ ଓଠରେ ଆଙ୍ଗୁଠି ରଖି ଦି' ଥର କୁଉ, କୁଉ ଡାକ ଦେଲା ଯେମିତି ପିଲାଦିନେ କୋଇଲି ସାଥିରେ ଦଉଡ଼ି ଦଉଡ଼ି ଗୀତ ଗାଉଥିଲା, ପ୍ରଜାପତି କଙ୍କି ଧରିବା ପାଇଁ ସାରା ବଗିଚାଟା ଦଳି ମକଚି ଉଛନ୍ନ କରୁଥିଲା। ଗୋଟିଏ ପାଦ ଆଗକୁତ ଅନ୍ୟପାଦଟି ପଛକୁ ଟେକି ସେ ଛିଡ଼ା ହୋଇ କୋଇଲିକୁ ଖୋଜୁଥିଲାବେଳେ ନିକଟରୁ ଭାସି ଆସିଲା ମଣିଷ କଣ୍ଠରୁ 'କୁଉ', 'କୁଉ' ! କିଏ ? ଏ ତାର ପରିଚିତ ସ୍ୱର। କୋଉଠି ଯେମିତି ସଞ୍ଜୟ ଆଖପାଖରେ ଅଛି। ସାରା ପବନରେ ତାର ସ୍ୱର ଓ ବାସ୍ନା ଖେଳି ବୁଲୁଛି ସୁବର୍ଣ୍ଣାର ଚତୁର୍ଦ୍ଦିଗରେ। କିନ୍ତୁ କାହିଁ ସେ ? ମନର ବିକାର ? ଆସିଲା ବେଳୁ ତ ସଞ୍ଜୟ ବିଷୟରେ ଚିନ୍ତା କରିନି ସେ।

ଗଲାଥର ଅବଶ୍ୟ ସଞ୍ଜୟକୁ ଦୁଇ ଚାରିଥର ଭେଟିଛି ଅଳ୍ପ ସମୟ ପାଇଁ। କମ୍ପିଟେଟିଭ୍ ପରୀକ୍ଷାର ଏଇଟି ତାର ଶେଷ ସୁଯୋଗ। ତେଣୁ ସେ କୁଣ୍ଠିତ ଭାବରେ ଆସେ ଓ ଅଳ୍ପ ସମୟ ପରେ ଫେରିଯାଏ। କେବେ କେମିତି ନୂଆ ବହି ଉପରେ ଆଲୋଚନା କରେ, ଥରେ ଅଧେ ରାସ୍ତାରେ ବୁଲି ଗପ କରିଥିବେ। ଆଉ ଥରେ ବି ଖଣ୍ଡିଆ ପୋଲ ଉପରେ ବସି ଚାଟ୍ ଖାଇଥିଲେ। ଦୁହେଁ ହିସାବ କରି ଅଧା ଅଧା ଟଙ୍କା ଦିଅନ୍ତି ! ସଞ୍ଜୟ କହେ ବଡ଼ ଅଫିସରଟିଏ ହେଲେ ସେ ସୁବର୍ଣ୍ଣାକୁ ନେଇ ଫାଇଭ୍‌ଷ୍ଟାର୍ ହୋଟେଲ୍‌ରେ ଖୁଆଇବ। ସୁବର୍ଣ୍ଣା କହେ ସ୍ୱାମୀ କି ବାପ ଟଙ୍କାରେ ସେ ତାକୁ ଖୁଆଇବାକୁ ଚାହେଁନି, ଏଥର ପରୀକ୍ଷା ଦେଇ ଯେମିତି ହେଉ ଚାକିରିଟାଏ ପାଇଗଲେ ତାକୁ ଆଉ ନିର୍ଭର କରିବାକୁ ହେବନି। କିଛି ନ ହେଲେ ଅଧ୍ୟାପିକା କିମ୍ବା କୋଉ ଅଫିସ୍‌ରେ କିରାଣୀ ପୋଷ୍ଟ୍‌ଟାଏ ପାଇବତ ! ହସି ହସି ଗଡ଼ିଯାଏ ସଞ୍ଜୟ। କହେ 'ବନି ! ତୁ ଅପେକ୍ଷା କର। ଅଧ୍ୟାପିକା ଚାକିରି ସହଜ ନୁହେଁ। ମୋ ଅଫିସରେ ତତେ କିରାଣୀ ବା ଟାଇପିଷ୍ଟ୍ ପୋଷ୍ଟ୍ ଗୋଟେ ବିନା ଲାଞ୍ଚରେ ମିଳିପାରେ।'

'ଯା, ଯା ରେ ଛତରା ଟୋକା। ତୋ' ଅଫିସରେ ମୁଁ କାମ କରିବି ? ତୁ ଟାଇ ସୁଟ୍ ପିନ୍ଧି ମତେ ଅର୍ଡର କରିବୁ ନା ? ତା ଅପେକ୍ଷା ଟିଉସନ୍ କରି ଚଳିବା ଭଲ !' ମୁହଁ ଫୁଲେଇ ସୁବର୍ଣ୍ଣା କହେ। 'ଆହାଃ ରାଗୁଛୁ କାହିଁକି ? ଯାହାର ଯେମିତି ଭାଗ୍ୟ ନା ?' ଝିଅ ପିଲାଙ୍କର କର୍ମରେ ତାକତ୍ କାହିଁ ? ଏଡ଼େ ବଡ଼ କମ୍ପାନୀରେ ତୋ ସ୍ୱାମୀ ଚାକିରି କରୁଛି ବୋଲି ତୁ କିଛି କାମ କରିବୁନି ନାଁ ?'

ସୁବର୍ଣ୍ଣା ଦବେ ନାହିଁ ଓ କୋଉ ପିଲାଦିନର ସାଙ୍ଗ ତାର ସଞ୍ଜୟ। ସେ ଚିହିଁକି ଉଠି କହେ, 'କ'ଣ କହିଲୁ? ଝିଅ ପିଲା? ହଇରେ ଝିଅପିଲା କହି ମତେ ଅଣ୍ଡରଏଷ୍ଟିମେଟ୍ କରୁଛୁ? ଦେଖିବୁ ମୁଁ କଣ କରିବି?'

ସଞ୍ଜୟ ଚିଡ଼େଇ କହେ, 'ସବୁ ପଛେ କର ଆଉ ପୁଅ ହେବାକୁ ଚେଷ୍ଟା କରନା। ଲାଜରେ ମୁଣ୍ଡ ଟେକି ହେବନି! ଏମିତି ଝିଅଙ୍କ ରିଜର୍ଭେସନ୍ କୋଟାରେ ତୋ' ପରି ବାନ୍ଦରୀର ଭାଗ୍ୟ କେତେ ଉଜ୍ଜ୍ୱଳ ଜାଣୁତ? କାଗଜର ମୁହଁ ଦେଖିନୁ, ଜାଣିବୁ କଣ?'

ସୁବର୍ଣ୍ଣା ତା'ପରେ କଥା ନ କହି ସଞ୍ଜୟକୁ ବିଧା ଚାପୁଡା କଷି ଦିଏ। ଦୌଡ଼ି ଦୌଡ଼ି ତା' ବାପା ଓ ମା'ଙ୍କୁ ସବୁ କହି ଗାଳି ଶୁଣାଏ। ସଞ୍ଜୟ ସହିତ ତାର ବନ୍ଧୁତ୍ୱ ନିର୍ମଳ ଅନାବିଳ ସଂପର୍କ।

ହଠାତ୍ ଚକ୍ ଚକ୍ କରି ମୁହଁରେ ଲାଇଟ୍ ପଡ଼ିଲା! ଆରେ... ଆରେ... ରେ!

'ହେ... ହେ... କି ଅଣ୍ଡିରୀଚଣ୍ଡୀ ତୁ? ଗୋଟେ ଗୋଡ଼ ପଛକୁ ଟେକି ଛିଡ଼ା ହୋଇଛୁ? ଏଇଟା ଭାରତ ନାଟ୍ୟମ ନା ଓଡ଼ିଶୀ?'

ସଞ୍ଜୟ ହାତରେ କ୍ୟାମେରା ଧରି ଚାହିଁଛି। ସୁବର୍ଣ୍ଣାର ଅନ୍ୟମନସ୍କତାର ସୁଯୋଗ ନେଇ ଫଟୋଟାଏ ଉଠେଇ ନେଇ ବିଜୟ ଗର୍ବରେ ହସୁଛି! ବଜାରୀ କୋଉଠିକାର।

ଟିକକ ପରେ ଶାଢ଼ୀକୁ ଅଣ୍ଟାରେ ଗୁଡ଼ାଇ ସୁବର୍ଣ୍ଣା ସଞ୍ଜୟ ପାଖକୁ ଯାଇ ମୁହାଁମୁହିଁ ଚାହିଁଲା କଟମଟ କରି। ଦାନ୍ତ ଚାପି କହିଲା, 'ଆରେ ତୋର ବାହାଘର ଠିକଣା ହୋଇଛି ବୋଲି ମୁଁ ଶୁଣିଛି। ସେଥିପାଇଁ ବୁଲି ବୁଲି ଝିଅ ପିଲାଙ୍କ ଫଟୋ ଉଠଉଛୁ? ଆଉ ଏ କ୍ୟାମେରାଟା ଆଡ୍‌ଭାନ୍‌ସ ଯୌତୁକ ଭାବରେ ପାଇଛୁ ନା କଣ?'

ସଞ୍ଜୟ କ୍ୟାମେରାକୁ ଖୋଳ ଭିତରେ ରଖୁ ରଖୁ କହିଲା, 'ତୋର ଧାରଣା ମୋର ଚାକିରି ନାହିଁ ତେଣୁ ମୁଁ କ୍ୟାମେରା କିଣି ପାରିବିନି? ବାହାଘର ଠିକ୍ ହୋଇନି ମାତ୍ର ହବା ଉପରେ। ତୁ ଭୋଜିଯାଏ ରହିବୁ ତ? ଆଜି ମୋ ସାଂଗରେ ଚାଲ କନ୍ୟା ଦେଖି ଆସିବୁ! ତୋ' ପରି ସୁନ୍ଦରୀ ନୁହେଁ। ଟିକେ ମୋଟି ଆଉ କାଳି। ଚଳିବ!'

ସୁବର୍ଣ୍ଣା ଫେଁ ଫେଁ ହସି କହିଲା, 'ଭଲ। କଥା ମାନିବ। ମୋ ପରି ବାପ ଘରକୁ ଘନ ଘନ ଆସିବନି ଜିଦ୍ କରି। ମୋ ବରଟା କିନ୍ତୁ ଦେଖିବାକୁ ଭଲ, ଟିକିଏ ଡେଙ୍ଗା ହୋଇଥିଲେ ଅବଶ୍ୟ ଭଲ ହୋଇଥାନ୍ତା।'

ସଞ୍ଜୟ ହଠାତ୍ ଗମ୍ଭୀର ହୋଇଗଲା। ଭ୍ରୂକୁଞ୍ଚନ କରି ଆକାଶକୁ ଚାହିଁ ପଚାରିଲା, 'ତୁ ଏବେ ଯାଇଥିଲୁ, ପୁଣି ଆସିଲୁ ଯେ? କାହିଁକି? ସକାଳେ ଟ୍ୟାକ୍ସିରେ ଗଲା ବେଳେ ଦେଖିଲି ଏକା ଆସିଛୁ।'

'ଏକା ମୁଁ ସବୁବେଳେ ଆସେ।'

'ନା, ଏଥର ଆସିବାର କିଛି କାରଣ ଅଛି।'

ତଳ କୁଞ୍ଚ ଶାଢ଼ୀରୁ ବୁଗୁଚିଆ ଛଡ଼ଉ ଛଡ଼ଉ ସୁବର୍ଣ୍ଣା କହିଲା, 'ମା କହିଲା ତୋର ବାହାଘର ହଠାତ୍ ଠିକ୍ ହେଲା। ଆଉ ପାଞ୍ଚଦିନ ଅଛି କୁଆଡ଼େ। ତୁ ତ ଡାକିବୁନି ମୁଁ ତେଣୁ ମନକୁ ଆସିଗଲି। ବରଯାତ୍ରୀରେ ଯିବି।'

ସଞ୍ଜୟ ଉତ୍ତର ଦେଲାନି। ସତେ ଯେପରି ସେ କିଛି ଶୁଣିନି।

ସୁବର୍ଣ୍ଣା ଦୂରରୁ ଦେଖିଲା ବାପା ଚାଲି ଚାଲି ତାଙ୍କ ଆଡ଼େ ଆସୁଛନ୍ତି। ମଉଳି ଢଳି ପଡୁଥିବା ସୂର୍ଯ୍ୟ କିରଣର ଛାଇ ଆଲୁଅରେ ତାଙ୍କର ମୁହଁରେ ସରସତା ନାହିଁ। ଯେମିତି ହଠାତ୍ ସେ ବୁଢ଼ା ହୋଇ ନଇଁ ପଡ଼ିଛନ୍ତି। ଧପ୍ ଧପ୍ କମ୍ପି ଉଠିଲା ସୁବର୍ଣ୍ଣାର ପ୍ରତିଟି ତନ୍ତୁ।

ସଞ୍ଜୟ କହିଲା, 'ତୁ ଥରୁଛୁ କାହିଁକି ? କଣ ହେଲା ? ଦେହ ଭଲ ଲାଗୁନି ବନି ?'

ପ୍ରକୃତିସ୍ଥ ହେଲା ସୁବର୍ଣ୍ଣା। କହିବାକୁ ଯାଇ କିଛି କହି ପାରିଲାନି। ବାପା ଏବେ ପଥର ଖଣ୍ଡକ ଉପରେ ବସି ପଡ଼ିଲେ। କୃଷ୍ଣଚୂଡ଼ା ଗଛରେ ପତ୍ର, ମଝିରେ ମଝିରେ କେଣ୍ଡାଏ ଲେଖେ ଫୁଲ। ତଳେ ପଡ଼ିଛି କେତୋଟି ପାଖୁଡ଼ା। ସୁବର୍ଣ୍ଣା ହଲେଇ ଦେଇ ବାପାଙ୍କୁ ପଚାରିଲା, 'ଏମିତି ହଠାତ୍ ବସି ପଡ଼ିଲ କାହିଁକି ? ଦେହ ଖରାପ ଲାଗୁଛି ? ଏଇଲେତ ଭଲରେ ବସି ଚା' ଖାଉଥିଲେ...।'

ତାର ତଣ୍ଟିଟା ଅଠା ଅଠା ଲାଗୁଥିଲା। ସଂଜୟ ଉପରେ ପଡ଼ି କହିଲା, 'ମଉସା ! ଘରକୁ ଯିବା ଚାଲନ୍ତୁ। ଆପଣଙ୍କ ବ୍ଲଡ୍ ପ୍ରେସର ଟିକେ ବଢ଼ି ଯାଇଛି ବୋଲି ବରୁଣ କହୁଥିଲା।'

'ସେ କିଛି ନୁହେଁ। ବୟସ ହେଲେ ସେମିତି ହବ। ଜ୍ୱାଇଁଙ୍କ ଦେହ... ଓଃ... କପାଳରେ ଥିଲେ ଏ ସବୁ ଶୁଣିବାକୁ ହୁଏ !'

ସୁବର୍ଣ୍ଣା ବାପାଙ୍କ ଅଣ୍ଟା ପାଖକୁ ନଇଁପଡ଼ି କହିଲା, 'ବାପା ! ଏଡ୍ସ ଗୋଟାଏ ରୋଗ କେବେ ଭଲ ହେବ କି ହୋଇ ପାରିବ ମୁଁ ଜାଣେନା। ତାଙ୍କୁ ମୁଁ ଦୋଷ ଦେଉନି। ମାତ୍ର ମୁଁ ସେଠାକୁ ଫେରିବା ପାଇଁ ଆସିନି ଏଠାକୁ। ସବୁ କଥାରେ ସାଲିଶ୍ କରିବା ସମ୍ଭବପର ନୁହେଁ !'

'ମତେ ମିଛ କାହିଁକି କହିଲୁ ଅଷ୍ଟ୍ରେଲିଆ ଯାଇଛି ବୋଲି !'

'ଭାବିଥିଲି ...!' ଚୁପ୍ ହେଲା ସୁବର୍ଣ୍ଣା।

ସଞ୍ଜୟ କହିଲା, 'ବହୁଦିନୁ ମୁଁ ଏକଥା ଜାଣିଛି। କାରଣ ଯାହା ହେଉନା କାହିଁକି, କଥାଟାତ ସତ !'

'ସେଥିପାଇଁ ସେଠି ରହି ପାରିଲିନି ବାବା ! ମା ଏ ସବୁ ଶୁଣି ଅଧୈର୍ଯ୍ୟ ହୋଇ ପଡ଼ିବ। ମାତ୍ର ମୁଁ ନୂଆ କରି ବଞ୍ଚିବାକୁ ଚାହେଁ, ତମେ ଚାହିଁଲେ... !'

ବାପା ଭୂଇଁକୁ ଅନେଇ କହିଲେ, 'ମୁଁ ନୁହେଁ, ସଞ୍ଜୟ ଚାହିଁଲେ.. ଯୁଗ ବଦଳିଲାଣି। ଏଡ୍‌ସଟାତ ଆଉ ସଂକ୍ରାମକ ନୁହେଁ। ଜ୍ୱାଇଁ ଛ'ମାସ ହେଲା ଟ୍ରିଟ୍‌ମେଣ୍ଟ୍‌ରେ ରହିଛନ୍ତି ବୋଲି ତୁ ତ କେବେ କହିନୁ? ଦିଲ୍ଲୀ ଯାଇ ମୁଁ ଦେଖି ଆସିଥାନ୍ତି... ହୁଏତ କିଛି...।'

'ମୁଁ ଜାଣି ନ ଥିଲି। ଏମିତିକି ତାଙ୍କ ବାପ ମା' ମଧ୍ୟ। ଗତକାଲି ସେମାନଙ୍କୁ ଦିଲ୍ଲୀ ପଠାଇ ମୁଁ ଚାଲି ଆସିଲି। କେଜାଣି... ହୁଏତ ... !'

'ତୁ ଆସିଲା ପରେ ଏବେ ଫୋନ୍ ଆସିଲା। ଆଉ ନୁହଁ। ଚାହିଁଲେ ତୁ ଯାଇପାରୁ। ରାତିରେ ପ୍ଲେନ୍ ଅଛି !'

ସୁବର୍ଣ୍ଣା କାଣି ଆଙ୍ଗୁଠିକୁ ମୋଡ଼ି ମୋଡ଼ି କହିଲା, 'ଯାଇ ଲାଭ କଣ ବାବା ! ଗଲାଦିନୁ ତ ତାଙ୍କୁ ଦେଖିବାର କି ତାଙ୍କ ପାଖରେ ରହିବାର ସୌଭାଗ୍ୟ ମୋର କ୍ୱଚିତ୍ ହୋଇଛି। କୋମା ଷ୍ଟେଜ୍‌ରେ ଥିଲେ ଶୁଣିଛି... !'

ବାପାଙ୍କ ଆଖିରୁ ଠୋପାଏ ଲୁହ ତଳେ ପଡ଼ିଲା। ସଞ୍ଜୟ ବିରକ୍ତ ହୋଇ କହିଲା, 'ବନି ! ତୋ ଠାରୁ ଏମିତି ଶୁଣିବାକୁ ହେବ ବୋଲି ମୁଁ ଭାବି ନ ଥିଲି। ପ୍ରଥମରୁ କହିଥିଲେ କିଛି ଗୋଟେ ବ୍ୟବସ୍ଥା ହୁଏତ... !'

'ହୁଏତ.. ଫୁଏତ କିଛି ନାହିଁ। ବଡ଼ ଚାକିରି ବଡ଼ ଖାନଦାନୀ ଘର ଦେଖି ବିଭାଘର ହୋଇଥିଲା। ସେମାନଙ୍କ ବ୍ୟବହାର ଅତି ଭଲ। ମାତ୍ର ବିବାହ ପରେ... ଥ୍ୟାଙ୍କ୍ ଗଡ୍... ସେଦିନ ରାତିରେ ସେ ଟେଲିଗ୍ରାମ ପାଇ ଚାଲି ଯାଇଥିଲେ। ଫେରି ଆସିଲା ପରେ ସେ ମୋ ସହିତ କେବେ କିଛି ସମ୍ପର୍କ ରଖି ନାହାନ୍ତି। ମୁଁ ମଧ୍ୟ ଦୂରେଇ ଯାଇଥିଲି। କାରଣ ତାଙ୍କର ଚିକିତ୍ସା ରିପୋର୍ଟସ୍ ସବୁ ଆଲମାରୀରେ ଥିଲା। ବିଶ୍ୱାସ କର ବାବା ! ଆମ ଭିତରେ କୌଣସି ମନୋମାଳିନ୍ୟ, ଝଗଡ଼ା ନ ଥିଲା। ଅଭାବର ପ୍ରଶ୍ନ ଉଠେନା। ଖର୍ଚ୍ଚ ହୋଇଛି ଅନେକ ! ଏବେ ମୁଁ... !'

ବାପା ହଠାତ୍ ଉଠି ପଡ଼ି ସଞ୍ଜୟର ହାତ ଧରି କହିଲେ, 'ତୁଇ ବାବୁ ମୋର ଏକ ମାତ୍ର ଭରସା ! ବନିକୁ ତୁ ଭଲ ପାଉ ମୁଁ ଜାଣେ। ମୋରି ଲୋଭ ଯୋଗୁଁ ବନିର ଆଜି ଏ ଦୁର୍ଦ୍ଦଶା। ତା' ଛଡ଼ା, ତମେ ସମବୟସୀ, ଜାତି ଭିନ୍ନ, ଏଣେ ତୋର ଚାକିରି ନ ଥିଲା !'

ଗମ୍ଭୀର କଣ୍ଠରେ ସଞ୍ଜୟ ଉତ୍ତର ଦେଲା, 'ଆପଣ ଏମିତି ଭାବିବା ଠିକ୍ ନୁହେଁ ମଉସା ! ବନି ପାଇଁ ବ୍ୟବସ୍ଥା ମୁଁ କରିଦେବି !'

'କାହିଁକି ତମେ... ତମେ କଣ ପାରିବନି ?'

ବାପାଙ୍କ ହାତକୁ ସଞ୍ଜୟ ହାତରୁ ଟାଣି ନେଇ ସୁବର୍ଣ୍ଣା କହିଲା, 'ଚାଲ ବାବା, ଘରକୁ ଚାଲ। ମତେ ଯେମିତି ହେଉ ଆଜି ଦିଲ୍ଲୀ ଯିବାକୁ ହେବ। ବିବାହ ପରି ମୃତ୍ୟୁ ମଧ୍ୟ ଏକ କର୍ମ। ତାର ବିଧି ବିଧାନ ସାରି ମୁଁ ଫେରିଲେ ଯାହା ହେବ। ତେବେ ସଞ୍ଜୟ ଓ ମୋ ଭିତରର ସମ୍ପର୍କକୁ ତମେ ଭୁଲ୍ ବୁଝିଛ। ଆମେ ଦୁହେଁ ବନ୍ଧୁ, ସେଇପରି ଶେଷ ଯାଏ ରହିବୁ। ନିରାପତ୍ତା ପାଇଁ ମୁଁ ଦୟା ଚାହେନି। ବନ୍ଧୁ ନ ଥିଲେ ମୋର ଅସରନ୍ତି ଦୁଃଖର ବୋଝ କିଏ ବୋହିବ ବାବା ? ସଞ୍ଜୟ ଓ ମୋ ଭିତରେ ନିର୍ମଳ ବନ୍ଧୁତ୍ୱକୁ କୌଣସି ଲାଭ କ୍ଷତି ହିସାବରେ ମୁଁ ନଷ୍ଟ ହେବାକୁ ଦେବିନି !'

ବାପାଙ୍କର ଝାଲୁଆ ପାପୁଲିକୁ ଟାଣି ନେଉ ନେଉ ସୁବର୍ଣ୍ଣା ପଛକୁ ବୁଲି ଚାହିଁଲା। ସଞ୍ଜୟ ପଛପଟୁ ତା'ର ଗୋଟେ ଫଟୋ ଉଠେଇବାରେ ମନ ଦେଇଛି। ସେ ଚିହିଁକି ଉଠି କହିଲା, 'କଣ କମ୍ପିଟିସନ୍‌କୁ ଯିବୁ ? ମୁହଁଟା ହାଣ୍ଡିପରି କଲୁ କାହିଁକି ? ଲାଜରେ ନା ରାଗରେ ?'

ଚିକ୍‌ଚିକ୍ ଲାଇଟ୍ ପଡ଼ିଲା ମୁହଁରେ। ସଞ୍ଜୟ କହିଲା, 'ଭଲ ଲୀଳା ତୁ ଲଗେଇଛୁ ବନି ? କେବେ ଫେରିବୁ ? ବାହାଘର ତାରିଖ ଘୁଞ୍ଚାଇବାକୁ ପଡ଼ିବ ଦେଖୁଛି। ବନ୍ଧୁମାନେ ନ ଥିଲେ ବାହାଘର ମଜା ନ ଥାଏ। ବୁଝିଲୁ ?'

ସୁବର୍ଣ୍ଣା ବାପାଙ୍କୁ ଛାଡ଼ି ଦେଇ ପଛକୁ ଧାଇଁ ଆସି କହିଲା ଫିସ୍ ଫିସ୍ କରି, 'ରାଗିଲୁ କି ? ବାବାଙ୍କ ମୁଣ୍ଡ ଠିକ୍ ନାହିଁ। ତେବେ ଏ ଜୀବନ ତ ଏମିତି, ପକା ଉଠା ରାସ୍ତାରେ ଚାଲୁ ଚାଲୁ ଯେବେ ଥକି ପଡ଼ିବି ତତେ ଡାକିଲେ ଆସିବୁ ତ ? ଏତିକି ଭରସା ଆମ ଭିତରେ ଥାଉ !'

ସଞ୍ଜୟ ସାମ୍ନା ପଟକୁ ଭାଂଗି ଯାଉ ଯାଉ କହିଲା, 'ଯା ମଉସା ଚାହିଁଛନ୍ତି। ବାହାଘର ତିଥି ମୁଁ ଘୁଞ୍ଚାଇ ଦେଉଛି। ସେଠି ପହଞ୍ଚି କାମ ସରିଲେ ଆସିବାର ତାରିଖ ଜଣାଇ ଚିଠି ଦେବୁ କି ଫୋନ୍ କରିବୁ ବନି ! ବାଏ... !'

'ବାଏ ସଞ୍ଜୟ !'

■

ବର୍ଷ ! ବର୍ଷ ! ଭାରତବର୍ଷ

ହଳଧର ପ୍ରାୟ ଦୌଡ଼ିଲା ପରି ଚାଲୁଥିଲା । ଗଛଗୁଡ଼ାକ ପବନରେ ଯେମିତି ବାଡ଼େଇ କଚାଡ଼ି ହୋଇ ପରସ୍ପରକୁ ଆକୁଳରେ କୁଣ୍ଢାଇ ପକଉଥିଲେ । ପୁଣି ନିମିଷକେ ଛଡ଼ାଛଡ଼ି ହୋଇ ଯାଉଥିଲେ । ଏତେ ଜୋରରେ ବିଜୁଳି ମାରୁଥିଲା ଯେ ଆଖି ଖୋଲି ପଦାକୁ ଚାହିଁ ହେଉ ନଥିଲା । ମଝିରେ ମଝିରେ ପକ୍ଷୀଗୁଡ଼ାଙ୍କର ବିକଳ ଚିତ୍କାର ଶୁଭୁଥିଲା । ଦିନ ଦିପହରରୁ ସଂଜ ପରି ଲାଗିଲାଣି ସାରା ପୃଥିବୀଟା । ଏମିତି ତ ଗାଁ ବି ଲାଗେ ନାହିଁ କେବେ । ଦେହ ଭଲ ଲାଗୁନାହିଁ ବୋଲି କହି ଅଧାଦିନ କମେଇ କରି ସେ ଘରକୁ ଫେରି ଆସିଲା କାରଖାନାରୁ । ଘର ପାଇଁ ଚାଉଳ, ଡାଲି ଅଟା ଗୋଟେ ବ୍ୟାଗ୍‌ରେ କିଣି ସକାଳୁ ରଖି ଦେଇଥିଲା । ନଇଲେ ଏବେତ ଦୋକାନ ସବୁ ବନ୍ଦ ହୋଇ ଗଲାଣି, ଯା ଭଲ କାମଟିଏ କରି ଦେଇଥିଲା । ସାନ ପୁଅଟାକୁ ଦଶଦିନ ଜର ପରେ ଏବେ ଛାଡ଼ିଛି । କାଲିଠୁ ସିଝା ରୁଟି ଖଣ୍ଡେ ଖଣ୍ଡେ ଖାଉଛି । କେତକୀ ଆଉ କଣ କଣ ସବୁ ବରାଦ କରିଥିଲା ମନେ ପଡୁନି । ବର୍ତ୍ତମାନ କେବଳ ଚିନ୍ତା କେମିତି ଖାଇବା ନେଇ ସେ ଆଉ ଥୋଡ଼େ ବାଟ ଯାଇ ଘର ଧରିବ ।

ଏବେ ଦିଶୁନି । ଚତୁର୍ଦ୍ଦିଗ ଅନ୍ଧାର । ଠିକ୍ ବାଟରେ ଯାଉଛି କି ପବନ ୟୁଆଡ଼େ ଉଡ଼ାଇ ନେଉଛି ସେ ଆଡ଼କୁ ଯାଉଛି ଜାଣିବା ମୁସ୍କିଲ୍ ! ଛିଃ, ଛିଃ କି ହଇରାଣିଆ କଥା । ଏଇଥିପାଇଁ ସେ ଗାଁ ଛାଡ଼ି ଆସିଲା । ପ୍ରତି ବର୍ଷ ବନ୍ୟା ଆସେ, ନଈରେ ଆସିବ ଆସିବ ବୋଲି ହୁଁକାର ଶବ୍ଦରେ ସେ କଇଁଆ ପରି ଶେତା ପଡ଼ିଯାଏ । ବାପା ମା ଦୁଇ ଜଣ ଦି ବରଷ ତଳେ ବଢ଼ି ସୁଅରେ ଭାସିଗଲେ । କେତକୀ ଆଉ ପିଲା ତିନିଟା କୌଣସିମତେ ସାଆନ୍ତଙ୍କ ଉଚ୍ଚ ପିଣ୍ଡା ଉପରକୁ ଉଠି ଯାଇଥିଲେ ।

ପିଣ୍ଡା ବି ବୁଡ଼ି ଯାଇଥିଲା ପାଣିରେ । ସେବେଠୁ ସଭିଏ ଯାଇଁ ଖୋଲା ଛାତରେ ଆଉ କେତେ ଜଣଙ୍କ ସାଥିରେ ଅଖିଆ ଅପିଆ ପାଣି ଯୋଗୁ ସେ ଆଠଦିନକାଳ ବସିଥିଲେ । ଏମିତି ଦୁର୍ଯୋଗ ଯେ ହଳଧର ଯାଇଥିଲା ଭଉଣୀ ଘରକୁ, ଖବର ପାଇ

ଆସିଲା ହେଲେ ସବୁଆଡ଼ତ ସମୁଦ୍ର ପରି ପାଣି ଥିଲା, ଯାଇଥାନ୍ତା କେମିତି ? କିଏ କାହାର ଖବର ରଖିବା ପ୍ରଶ୍ନ ଉଠୁନଥିଲା । ସେତେବେଳେ କଥାରେ କହନ୍ତି ଆପେ ବଞ୍ଚିଲେ ବାପର ନାଁ । ଅବଶ୍ୟ ବଢ଼ି ଛାଡ଼ିଲା, ପାଣି ଶୁଖିଲା, ସ୍ତ୍ରୀ ଓ ପିଲା ଫେରିଲେ, ସଭିଏ ଲାଗିପଡ଼ି କୁଟା କାଠି ବାଉଁଶ ଯୋଗାଡ଼ କରି ନିଜ ଡିଅ ଉପରେ ଘର ଉଠେଇଲେ । ବଞ୍ଚିଥିବା ଯାଏ ତ ମୁଣ୍ଡ ଗୁଞ୍ଜିବାକୁ ଥାନ ଟିକେ ଦରକାର । ହେଲେ ବାପ ମା ଆଉ ଫେରିଲେନି । ତାଙ୍କୁ ଖୋଜି ଖୋଜି ସାନଭାଇ ଗଦାଧର ଯାଇ ଆଠ ଦଶ ଦିନ କେଉଁ ଗଛରେ ବସିଥିଲା । ସରକାରଙ୍କ ରିଲିଫ୍ ଡଙ୍ଗା ତାକୁ ଧରି ଆଣିଥିଲା ଗାଁକୁ । ସେଦିନର କଥା ମନେ ପଡ଼ିଲେ ରୁମ ଟାଙ୍କୁରି ଉଠେ । ଏମିତି କେତେ ବଢ଼ି ଦେଖିଛି, ମରୁଡ଼ି ବି ଭୋଗିଛି, ଝଡ଼ ତୋଫାନ ହେଲେ ବାହାର ଲୋକଙ୍କ ଦାଣ୍ଡ ବାରଣ୍ଡାରେ ଗଡ଼ି ଗଡ଼ି ମଗା ପଚା ପାଣି ତୋରାଣିରେ ଜୀବନ କାଟିଛି । ହେଲେ ଗାଁ ମୋହ ଛାଡ଼ି ପାରି ନଥିଲା ହଳଧର । କେତେଦିନର ଭିଟା ମାଟି, ନିଜଠାରୁ ବି ଅଧିକ । ସବୁବେଳେ ମୁକୁନ୍ଦ ତାକୁ କହେ ହଳି ! ତୁ ଏସବୁ ଛାଡ଼ି ସହର ଚାଲ । କିଛି ନହେଲେ ସାଆନ୍ତ ପୁଅଙ୍କ ସାବୁନ୍ କାରଖାନାରେ ତତେ ରଖେଇଦେବି । ପିଲାଏ ଦି ଅକ୍ଷର ପଢ଼ିବେ, କେତକୀ ବି ପାଖ ପଡ଼ିଶାରେ ଦି ପାଇଟି କରି ଘର ସଜାଡ଼ିବ । ଏଠି ତ ତୋର ଜମି ନାହିଁ କି ବାଡ଼ି ବଗିଚା ନାହିଁ । ତୁଚ୍ଛା ଘରଟାକୁ ଚାହିଁ କିଆଁ ବସିବ କହୁନୁ ? ଗଦେଇ ପାଇଁ ବି ହାଲୁକା କାମଟିଏ ବି ବୁଝି ଦେବି । ପୋଲିଓ ହେଲା ଯେତେବେଳେ ଦାଦା, ଖୁଡ଼ୀ, କିଛି ଚିକିତ୍ସା କଲେନି । ବାଇଶି ବର୍ଷର ଭେଣ୍ଡାଟା ଚିନ୍ତାରେ ରୋଗଣା ହୋଇଗଲାଣି ପରା..... ।

ହଳଧର ଜବାବ ଦେଇ ପାରେନା ମୁକୁନ୍ଦକୁ । ନେଖା ଯୋଖାରେ ବଡ଼ ଭାଇ ହେବ । ସବୁବେଳେ ଭଲ ମନ୍ଦରେ ଛିଡ଼ା ହୁଏ ପାଖରେ, ତେବେ ବି ଗାଁ ମମତାରେ ସେ ସନ୍ତୁଳି ହୋଇ ଯାଇଥିଲା । ଏମିତି ଯେ ନା ହଳଧର ସେଠି ରହୁଥିଲା ନା ବାହାରକୁ ପଳାଇ ପାରୁଥିଲା !

ହେଲେ ଗଲାବର୍ଷ ସେତିକି ଶେଷ ହୋଇଗଲା । ସାଇ କଳି କଜିଆରେ ରାତିରେ ନିଆଁ ଲାଗିଗଲା । ବୈଶାଖ ମାସର ଝାଞ୍ଜିପିଟା ପବନ ନିଆଁକୁ ବୋହି ନେଇଗଲା ଦୂରକୁ ଦୂରକୁ । ଭୀଷଣ ଗରମରେ ଗାଁ ଲୋକେ କିଏ ଖଳାରେ ତ କିଏ ଅଗଣାରେ, କିଏ ଆମ୍ବ ଗଛ ମୂଳେ ତ କିଏ ନଈବାଲିରେ ଗଡୁଥିଲେ । ଗଦାଧର ଶୋଇଥିଲା ଘର ଖଞ୍ଜାରେ । ନିଆଁ ଲାଗି ଦାଉ ଦାଉ ଜଳିବା ବେଳେ ପାଟିତୁଣ୍ଡ ଶୁଣି ହଳଧର ଦୌଡ଼ିଲା ନିଜ ଘର ଆଡ଼କୁ । ସେତେବେଳକୁ ରଡ଼ ନିଆଁରେ ହାତଗୋଡ଼ ଛାଟୁଥିଲା ଗଦେଇ । କୂଅରୁ ପାଣି ବାଲ୍‌ଟିଏ ନେଇ ଗଲା ବେଳକୁ କିଛି ନଥିଲା । କେହି ତା କଥା ଶୁଣିବା

ଅବସ୍ଥାରେ ନଥିଲେ। ବେହୋସ୍ ହୋଇ ପଡ଼ିଯାଇଥିଲା ହଳଧର। ଜ୍ଞାନ ଫେରିଲା ବେଳକୁ ରାତି ଯାଇ ରଡ଼ ନିଆଁ ପରି ସୂର୍ଯ୍ୟ ବିଛାଡ଼ି ପଡ଼ିଥିଲେ ତା ଆଖି ପତାରେ। ଝାଉଁଳା ମଉଳା ଆମ୍ବ ଗଛ ମୂଳେ କେତକୀ ତାକୁ କୋଳରେ ଧରି ବସିଥିଲା।

ଗାଁକୁ ସେତେବେଳକୁ ଖବର ପାଇ ଦମକଳ, ପୋଲିସ୍ ଓ ସରପଞ୍ଚ ପ୍ରଭୃତି ଆସିଗଲେଣି। ସେମାନଙ୍କ ସାଥିରେ ଆସିଥାଏ ମୁକୁନ୍ଦ। ବାହାରୁ ଯିଏ ଯେତେବେଳେ ଆସେ ସେ ଧାଇଁ ଆସେ ସେମାନଙ୍କ ସାଥିରେ। ସେ ପାଖକୁ ଆସି କହିଲା ଗଦେଇ ନାହିଁ। ଗାଁରୁ ବୁଢ଼ାବୁଢ଼ୀ ପିଲା ଛୁଆ କେତେ ପୋଡ଼ିଛନ୍ତି ତାର ହିସାବ ନାହିଁ। କେତେ ଝିଙ୍ଗାସିଲା ତା କଥା ନ ଶୁଣି ଗାଁରେ ପଡ଼ି ଏମିତି ଛଟପଟ ହୋଇ ମରୁଛି ବୋଲି।

ପୋଡ଼ାଜଳା ଲୁଗାପଟା, କଳା ପଡ଼ିଥିବା ବାସନ ଦିଖଣ୍ଡକୁ ନେଇ ମୁକୁନ୍ଦ ସଂଗରେ ହଳଧର ତା ପରଦିନ ଗାଁ ଛାଡ଼ି ସହରକୁ ଆସିଥିଲା। ଢିଅକୁ ଚାହିଁଲାନି। କାରଣ ଛାତି ଫଟେଇ ଲୁହ ଟୋପାଏ ତା ଉପରେ ନିଗାଡ଼ି ଦେବାକୁ ତାର ଆଉ ତାକତ ନ ଥିଲା। ଆସିଲାବେଳେ ବୈଶାଖୀ ପବନରେ ପୋଡ଼ା ମାଟିର ଗନ୍ଧ ସହ ମିଶିଥିଲା ଭାଇ ଦେହର ରକ୍ତ ମାଂସ ବାସ୍ନା। କେମିତି ଯେମିତି ପାଗଳ ପାଗଳ ମନେ ହେଉଥିଲା ନିଜକୁ। ସେଦିନୁ ସେ ଆଇଁଷ ଛାଡ଼ି ଦେଇଛି।

ହଠାତ୍ ଝଡ଼ ପରି ପବନ ଧାଇଁଆସି ହଳଧରକୁ ଟେକି ନେଇ ଗୋଟାଏ ବଡ଼ ଗଛ ଦେହରେ ବାଡ଼େଇ ଦେଲା। ହାତରୁ ଚାଉଳ ଅଟା ବ୍ୟାଗ୍‌ଟା ଯାଇଁ କେଉଁଠି ପଡ଼ିଲା କେଜାଣି। କପାଳରୁ ନିଶ୍ଚୟ ରକ୍ତ ଝରିଲାଣି। ମୁଣ୍ଡଟା କଣ ହୋଇ ଯାଉଛି। ଭାଗ୍ୟକୁ ମୂଷଳ ଧାରାରେ ବର୍ଷା ଗର୍ଜି ଗର୍ଜି ଭୂଇଁରେ ପଡ଼ିଲା ଓ ସେଥିରୁ କିଛି ମୁଣ୍ଡରେ ପଡ଼ିବାରୁ ଗରମ ଗରମ ଲାଗୁଥିବା ମଥା ଓ କପାଳ ଥଣ୍ଡା ପଡ଼ିଗଲା। ସେତେବେଳକୁ ହଳଧର ଆତଙ୍କରେ ଥରୁଥିଲା। ଏତେ ବର୍ଷା ପବନ ବିଜୁଳି ସେ କେବେ ଦେଖିଛି ବୋଲି ମନେ ପଡ଼ିଲାନି। ବାଟଘାଟ ସବୁ ଅନ୍ଧାର। କୌଣସିମତେ ଉଡ଼ି ଉଡ଼ି ଘର ଯାଏ ଯିବା କଥା ! ଘର ?

ସାଆନ୍ତ କେଉଁ କାଳରେ ଜମିଦାର ଥିଲେ। ଏବେ ନାହାଁନ୍ତି। ମାତ୍ର ଜମି କୋଠା ପ୍ରଚୁର ଅଛି। ପୁଅ ଦିଇଟା ରାଜନୀତି ବ୍ୟବସାୟ କରି କିଛି କମ ଅର୍ଜନ କରି ନାହାଁନ୍ତି। ସାଆନ୍ତେ ବୁଢ଼ା ହେଲେବି ରାଜନୀତି ପେଞ୍ଚ ଭଲ ଜାଣନ୍ତି ବୋଲି ମୁକୁନ୍ଦ କହେ। ଦୁଇଟା ପୁଅ ଦୁଇଟା ଦଳରେ କାମ କରନ୍ତି। ଥରେ ବଡ଼ ଜିତିଲେ ସାନ ହାରେ। ଯେମିତି ହେଲେ ଘରେ କେହିନା କେହି ରାଜନୀତି କରୁଥିବାରୁ ଗହଳି ଲୋକଭିଡ଼ ଖାଇବା ପିଇବା ଚାଲିଥାଏ। ବାଡ଼ି ପଟେ ମସ୍ତକେ ଖାଲୁଆ ଜମି, ତା' ସେପଟକୁ ଚାରି ପାଞ୍ଚ ବଖରା ଛୋଟିଆ, ଛୋଟିଆ ଟିଣ ଛାଉଣିରେ ପକ୍କା ଘର। ସେ

ପଟକୁ ସମସ୍ତଙ୍କ ବ୍ୟବହାର ପାଇଁ ଗୋଟେ ପାଇଖାନା ଆଉ ଗୋଟେ ଗାଧୁଆ ଘର। ତାକୁ ଲାଗି ଗୋଟାଏ ବଡ଼ ଦଳ ପୋଖରୀ ଯାହାର ଶେଷ କେଉଁଠି ଆରମ୍ଭ କେଉଁଠି କିଛି ବୁଝା ପଡ଼େନା ହଳଧରକୁ। ଟିକେ ବର୍ଷା ହେଲେ ପାଣି ଆସି ଗାଧୁଆ ଘର ଛୁଏଁ, ମାଡ଼ିମାଡ଼ି ପାଣି ଚାଲିଯାଏ ଘର ବାରଣ୍ଡାକୁ। ଛୋଟ ସାପ, ବେଙ୍ଗ ଆଉ କୁଜି କଙ୍କଡ଼ା ଆଉ ଡଅଁର ପୋକରେ ଘର ଭର୍ତ୍ତି ହୋଇଯାଏ। ଟିଣ ଛପର ଦୁଲୁକି ପାଣି ପଡ଼େ। ଚକରା କହୁଥିଲା ଏଥର ପାଞ୍ଚ ଘର ମିଳି ସାଆନ୍ତଙ୍କୁ ଗୁହାରି କରିବା, ସାନ ପୁଅ ତାଙ୍କର ଯୋଗାଡ଼ିଆ। ଚାହିଁଲେ ସେ ସବୁ କରିଦେବ ନିମିଷକେ। ହେଲେ ସାଂଗ ମେଳରେ ସବୁବେଳେ ମଦ ଗଞ୍ଜା ଖାଇ ଚୁର୍ ଥାଏ, ଦେଖା ମିଳିଲେ ହେଲା।

ଆଉ ଭାବି ପାରିଲାନି କି ଚାଲିପାରିଲାନି ହଳଧର। ଅବଶ୍ୟ ଏ ଯାଏ ସେ ଚାଲୁନଥିଲା, ଉଡୁଥିଲା ପବନରେ। କଳ୍ପନା ଡେଣା କେତେବେଳେ ପାହାଡ଼ରେ ବାଜି ଛିନ୍‌ଛତ୍ର ହୋଇ ସେ ରକ୍ତାକ୍ତ ହେଲାଣି ତା ନିଜକୁ ଜଣାନାହିଁ। ପେଟ ଖଙ୍କାଳି ହୋଇ ପଶିଯାଉଛି। ସକାଳେ ମୁଠାଏ ମୁଢ଼ି ପାଟିରେ ପକେଇ ସେ ଆସିଥିଲା କାରଖାନାକୁ। ପିଲାଏ କଣ ଖାଇଥିବେ ସେ ବିଷୟରେ ସେ ଚିନ୍ତା କରିନି। ଘରକୁ ଅଟା, ଚାଉଳ, ଡାଲି ନେଇଗଲେ ରାତିକି ସେ ସବୁ ବ୍ୟବସ୍ଥା କରିଥାନ୍ତା। ଦରମା ପାଇବାରେ ସବୁବେଳେ ଏଇ କାରଖାନାରେ ହରକତ ହେବାକୁ ହଉଛି। ମାତ୍ର ଚାରି ମାସର ଚାକିରୀ, ଛ ମାସ ହେବାକୁ ମୁକୁନ୍ଦ କହୁଥିଲା ସବୁ ଠିକ୍ ହୋଇଯିବ।

ଧାଏଁକିନା ବିଜୁଳି ତାକୁ ଛୁଇଁ ଛୁଇଁଲା ନାହିଁ। ମାତ୍ର ଏମିତି ଢ଼େରେ ଦେଲା ତାକୁ ଯେ....ଅର୍ଥାତ୍ ତିନିଟା ମୂଷଳ ମୂଷଳ ଗଛ ତାରି ଆଖି ସାମ୍ନାରେ ଜଳି ଉଠିଲେ। କେଉଁବାଟେ ପଳେଇବ ହଳଧର ?

ସେ ଆଖିବୁଜି ରାସ୍ତାରେ ଧାଇଁଲା। ବୋଧେ ସବୁ ମଣିଷ ନିଜକୁ ବଞ୍ଚେଇବା ପାଇଁ ସବୁ ବିପଦର ସାମ୍ନା କରିଥାନ୍ତି। ସେତେବେଳେ ଶକ୍ତି କେଉଁଠି ସଂଚାରିତ ହୁଏ ଓ ମଣିଷ କେମିତି ସଂଗ୍ରାମ କରି ବଞ୍ଚେ ସେ ଅନୁଭବ ଥିଲା ହଳଧରର। ବଢ଼ି ଘରପୋଡ଼ି ତାକୁ ମାରିପାରିନି। ପବନ ଝଡ଼ ବରଷା କଣ ତାକୁ ମାରିଦେବ ? ନାହିଁ....ନାହିଁ....ସେ ଧାଇଁଲା ଆଗକୁ। ଜାଣିଲା ସେ ଘର ପାଖକୁ ଆସିଗଲାଣି, ସାଆନ୍ତଙ୍କ ବଡ଼ କୋଠାଟା ବହୁଦୂରରୁ ଦିଶେ। ବିଜୁଳି ଲାଇଟିରେ ତିନି ମହଲା କୋଠା ଉପରେ ପିଣ୍ଡି ଉପରେ ରହିଥିବେ ସାଆନ୍ତଙ୍କ ଜେଜେବାପାଙ୍କ ଛ ଫୁଟିଆ ପଥର ମୂର୍ତ୍ତିଟା ଯେ କାହିଁ କେତେ ଦୂର ଦେଖା ଯାଉଥାଏ। ବଡ଼ ଲୋକଙ୍କ ଘରେ ବଡ଼ବଡ଼ କଥା, ତଥାପି ହଳଧରକୁ ଅନ୍ଧାରି ବେଳାରେ ବାଟ ଚିହ୍ନିବାକୁ କେତେ ସେଇ ମୂର୍ତ୍ତି ସାହା ଭରସା ସେଇ କେବଳ ଜାଣେ।

ଗଜଗଜ ହୋଇ ମେଘ ପବନ ଅଜାଡ଼ି ହୋଇ ହଳଧରକୁ ବୋହିନେଲେ ଦୂରକୁ ଦୂର। ପବନର କି ବିକଟାଳ ସ୍ୱର! ଗଛଗୁଡ଼ିକ ରାସ୍ତା ଉପରେ ଧଡ଼ଧାଡ଼ ପଡ଼ିଗଲେଣି। କେତେ ଲୋକ ମଧ୍ୟ ରାସ୍ତାକଡ଼ରେ ପଡ଼ିବା ଦୃଶ୍ୟ ଆଖିକୁ ଆସିଛି। ହେଲେ କେଉଁଠି ଅଟକି କାହାକୁ ଦେଖିବାକୁ ହଳଧରର ବେଳ କାହିଁ? ପବନ ବର୍ଷା ତାକୁ ବାଡ଼େଇ କଚାଡ଼ି ଯେ ଦୂରକୁ ଦୂର ବୋହିନେଉଛନ୍ତି।

ଚକ୍‌ଚକ୍ ବିଜୁଳି ମାରି ଦେଲାକ୍ଷଣି ସେ ତଳେ ଲମ୍ବା ହୋଇ ଶୋଇଗଲା। ଯେଉଁଠି ପଡ଼ିଲା ସେଇଟା ସାଆନ୍ତଙ୍କ ଉଆସର ଷ୍ଟିଲ୍‌ଜାଲିରେ ତିଆରି ଗେଟ୍ ମୁହଁ। ବଡ଼ ବଡ଼ ପଥର ଖୁମ୍ବ ଦୁଇଟା ଦୁଇ ପଟରେ ଥାଏ ଆଉ ସେଥିରେ ଲାଇଟ୍ ଲଗା ହୋଇ ରାତିରେ ଜଳେ। ସେ ହାତରେ ଅଣ୍ଡାଳିଲା, ଗେଟ୍ ନାହିଁ। କୁଆଡ଼େ ଆସି ପହଞ୍ଚିଲା ଭାବି ସେ ହାଉହାଉ କରି କାନ୍ଦି ଉଠିଲା ବେଳେ କିଏ ଜଣେ ତାକୁ ଉଠେଇ ଧରି କହିଲା ହଇରେ! ତୁ ଟା କିଏ? ଚିହ୍ନିତ ହେଉନି? ମୁହଁ ସାରା ଖଣ୍ଡିଆ ଖାବରା, କାଦୁଅ ସାଲୁସାଲୁ ଦେହ। ହତା ସାରା ସବୁ ଲୋକେ ଫେରିଲେଣି। ମୁକୁନ୍ଦ ଠିକ୍ କହୁଥିଲା। ତୁ ଟା ନିପଟ ମଫସଲିଆଟା ବାଟ ନ ପାଇ ବୁଲୁଥିଲୁ କି? ଝଡ଼ ବାତ୍ୟା ଆସୁଛି ବୋଲି ଦୁନିଆ ଲୋକେ ଜାଣିଛନ୍ତି, ତତେ ଜଣା ନଥିଲା? ସତରେ ତୁ ଚୂଡ଼ାଟା.......।

ହଳଧର ଉଁ ଚୁଁ ଶବ୍ଦ କରି ପାରୁନଥିଲା। ତାର ତଣ୍ଟି ଶୁଖି ଯାଉଥିଲା। ଦରଓ୍ୱାନ୍ ବଇଁଶୀ ତାକୁ କାନ୍ଧରେ ପକେଇ ଟେକି ନେଇ ପକ୍କା ବାରଣ୍ଡାରେ ଗଡ଼େଇ ଦେଲା। ଗିଲାସେ ପାଣି ତାକୁ ପିଆଇଲା। ପରେ ହଳଧର ଆଖି ମେଲି ଚାହିଁଲା। କିରେ! ଥଣ୍ଡା ଲାଗୁଛି? ଭୋକ ହେଉଛି? ଗରମ କ୍ଷୀର ଗିଲାସେ ଦେବି ପିଇବୁ? କିଛି ତୋର ହେଇନି ମ...ଟିକେ ପାଣି ପବନରେ ତାବଦା ହୋଇ ଯାଇଛି ଦେହଟା।"

"ମୋ...ମୋ ପିଲା ଛୁଆ?"

"ସବୁ ଠିକ୍ ଅଛନ୍ତି। ଖାଲଟାରେ ପାଣିରେ ପଶିଯାଇ ପୋଖରୀ ସାଂଗରେ ମିଶି ଗୋଟେ ବଡ଼ ପୋଖରୀ ପରି ଦିଶୁଛନ୍ତି ବୋଲି ଡରୁଛୁକି? ଚୁଡ଼ା ମୁଢ଼ି ସବୁ ପଠାଯାଇଛି। ଏଠି ବାବୁଙ୍କର ଘର ପଛପଟେ ଘରେ ପରା ରନ୍ଧା ଚାଲିଛି...ତତେ ବାସ ଆସୁନିକି ନାକକୁ...ଟିକିଏ ଯାଉ ମୁଁ ତେଣୁ ବୁଝି ଆସେ କଣ ହେଲା। ବୁଝୁନୁକି ହଳିଆ ଏଇନେ ଇଲେକ୍‌ସନ ବେଳ, ଦି ପୁଅଙ୍କର ଦଳାଦଳି। ସାଆନ୍ତ ବୁଢ଼ା ହେଲେଣି, ଗୋଟେ ଯଦି ଭୁଲ୍ ଭଟକା ହୋଇଗଲା ଫେର ଆମେ ତାକୁ ମିଶି ସୁଧାରିବା ନା.....।

ବଇଁଶୀ ପିକାଟେ ଲଗେଇଲା। ଇତ୍ୟବସରେ ଦୁହେଁ ସାମ୍ନାଘର ଭିତରକୁ ଯାଇଥିଲେ କାରଣ ବାରଣ୍ଡାରେ ବର୍ଷା ପବନ ବାଡ଼େଇ କଚାଡ଼ି ହେଉଥିଲା। ଏତେ

କଥା ସତ୍ତ୍ୱେ ବି ହଳଧର ଆଖି ପତା ଖୋଲି ରଖି ପାରିଲାନି। ସବୁତ ଅନ୍ଧାର ଦିଶୁଛି। ରାତି କି ଦିନ କିଛି ବୁଝିବା ଦରକାର ନଥିଲା। ସେ ଖାଲି ଜାଣୁଥିଲା ବର୍ଷା ଓ ପବନର ବେଗ ବଢ଼ିବାରେ ଲାଗିଛି। ପିଲାଗୁଡ଼ାଙ୍କର କଣ ହେଲା କେଜାଣି।

ହଠାତ୍ ଦିଟା ଲୋକ ଭୁଜାଲି ଧରି ସେ ଘର ଭିତରକୁ ପଶି ଆସିଲେ। କବାଟ ନଥିବା ଝର୍କାରେ ବିଜୁଳି ଆଲୁଅ ସେମାନଙ୍କ ରାକ୍ଷସ ରୂପ ଚମକେଇ ଦେଲା ହଳଧରକୁ। ସେ କାନ୍ଥ କୋଣକୁ ଘୁଞ୍ଚିଯାଇ ମୁହଁଟା ଗୁଞ୍ଜିନେଲା ଭିତରକୁ। କଣ କରିବ ସିଏ ? ମୁକୁନ୍ଦର ପାଟି ଶୁଭିଲା ହଠାତ୍, ବାବୁମାନେ ସେମିତି କରନା, ଇଲେକ୍‌ସନ ବେଳା, ଭଲ ମନ୍ଦ ଅଛି। ଜଣା ପଡ଼ିଲେ କେହି ଜଣେ ବି ଭୋଟ ପାଇବେନି। ତେଣେ ଖବରକାଗଜ ବାଲା ଅନେଇ ବଇଛନ୍ତି।

କିନ୍ତୁ କେହି କିଛି ଜବାବ୍ ଦେଲେନି। ପବନ ଘର ଭିତରେ ଡେଉଁଥିଲା କି ମଣିଷ ଡେଉଁଥିଲେ କି ବଣ ଜନ୍ତୁ ଦୁଇଟା ଗର୍ଜନ କରି ରଡ଼ି ଛାଡୁଥିଲେ ସେ କଥା ବୁଝି ପାରୁ ନଥିଲା ହଳଧର। ମୁକୁନ୍ଦ କି ବଇଁଶୀର ସ୍ୱର ସେ ମୋଟେ ଶୁଣି ପାରୁନଥିଲା। ଏତିକିବେଳେ ଜଣେ କିଏ ଭୁଜାଲିଟାଏ ହାତରୁ ପକେଇଲା ଚଟାଣ ଉପରେ କେଜାଣି ! ପରେ ପରେ ଆର୍ତ୍ତ ଚିତ୍କାରରେ ସାରା ମେଦିନୀ ଯେମିତି କମ୍ପି ଉଠିଲା ଆଉ ତା' ସହିତ ହଳଧରର ଭୟରେ ଜ୍ଞାନ ଚାଲିଗଲା।

ଜ୍ଞାନ ଏଇପରି ଆତଙ୍କ ସମୟରେ ଯାଏ ପୁଣି ଫେରିଆସେ। ପୁଣି ଚାଲିଯାଏ। ଏତେ ଅସାଡ଼ ଅର୍ଥବ ଦେହ ମନ ପାଲଟି ଯାଏ ସେ କିନ୍ତୁ ଶୁଣିହୁଏନା କି କରିହୁଏନା, ଏମିତିକି ଶବ୍ଦଟେ ତୁଣ୍ଡରୁ ବାହାରେନା।

ଧସ୍ତାଧସ୍ତି ହୋଇ କେତେ ଲୋକ ଅନ୍ଧାରରେ ସେ ଘରକୁ ପଶିଲେ କେଜାଣି ଆଖି ହାଲୋଳ ହୋଇଗଲା। ବଡ଼ ଟର୍ଚ୍ଚଲାଇଟି ସାଂଗକୁ ଘର ଭିତରେ ଦିଟା ଗ୍ୟାସ୍ ଲାଇଟ୍ ! ସାଆନ୍ତଙ୍କ ସାନ ପୁଅ ଗର୍ଜି ଉଠି କହିଲେ ମୋରି ଲୋକ ଶେଷକୁ ମଲା ? ମୁଁ ଦେଖିବି କିଏ କେମିତି ଭୋଟ ପାଇବ ? କାଲି ସକାଳୁ ବିଛେଇ ଦେବି ପୋଷ୍ଟର। କାଗଜ, ରେଡିଓ, ଟି.ଭି ସବୁଥିରେ ଛାଇଦେବି ଖବର। ତେଣିକି ନିର୍ବାଚନ ବନ୍ଦ। ଦଳରୁ ଯଦି ବହିଷ୍କାର ନକରନ୍ତି... !

ସେ ଅଟକିଗଲେ। ବଡ଼ ସାଆନ୍ତେ ପାଚିଲା ଦାଢ଼ି ଆଉଁଶି ବାଡ଼ି ଠକ୍ ଠକ୍ କରି ଆସି ପହଞ୍ଚିଲେ। ଘୋଡ଼ି ହୋଇଥିବା କମ୍ବଳଟା ପୂରା ଓଦା। ପେଜୁଆ ଆଖି। ଦି ପଟରେ ଦିଟା ଭେଣ୍ଡା ବାହା ଧରି ବାଟ କାଢ଼ି ଆଣୁଥାଆନ୍ତି। ତାଙ୍କୁ ଦେଖି ରାଗ ତମ୍‌ତମ୍ ହୋଇ ସାନ ବାବୁ ଛଟ୍ କରି ଚାଲିଗଲେ ଘରୁ। ସେତେବେଳେ ଗୋଟେ ମୁହୂର୍ତ୍ତରେ ପୃଥ୍ୱୀ ଭାଙ୍ଗି ସେ ଚୁରମାର୍ କରିଦେବେ। ବୁଢ଼ା ସାଆନ୍ତେ ନଇଁପଡ଼ି କଣ

ଦେଖିଲେ। ଟିକେ ଚିନ୍ତା କଲାପରି ହେଲେ, ତା ପରେ ମୁକୁନ୍ଦକୁ ଡାକି କାନେ କାନେ କଣ କହିଲେ। କିନ୍ତୁ ଶୁଭିବାର ପ୍ରଶ୍ନ ଉଠୁନଥିଲା, ଦିଶୁଥିଲା କଣ ବା ଯେ ହଳଧର ଅନୁମାନ କରିବ! ଗଲାବେଳେ ବଡ଼ ପାଟିରେ କଣ ଖାଇବା ପିଇବା କଥା କହିଲେ କେଜାଣି। ସେଇ ଝଡ଼ ପବନରେ ତା ନାକରେ ମାଂସ ତରକାରୀ ବାସ୍ନା ଆସି ବାଜିଲା। ଏମିତି ଝଡ଼ ବତାସରେ ବଡ଼ ଲୋକଙ୍କ ଘରେ ଭୋଜି ହୁଏ ତା ହେଲେ! ଅଥଚ ତା ପିଲାଗୁଡ଼ାକ କାଲି ରାତିରୁ ଉପାସ ରହିଛନ୍ତି। ନିଜ ଭୋକ ଉପାସ କଥା ପଚାରେ କିଏ? ମାତ୍ର କେମିତି ସେ ଯିବ ସେ ପଟକୁ! ସାଆନ୍ତଙ୍କ ଘରେ ସେ ପଟକୁ ଖାଲ ଭିତରେ ପଶି ଯିବାକୁ ହୁଏ। ଖାଲ ତ ସମୁଦ୍ର ହେଲାଣି ଆଉ ସେ ପଟ ପୋଖରୀ ଯଦି ମିଶି ଯାଇଥିବ ତେବେତ ତାଙ୍କର ଟିଣ ଘରଗୁଡ଼ାକରେ ପାଣି ପଶି ପିଲାଙ୍କୁ ଭସାଇ ନେବଣି କୁଆଡ଼େ...!

ହଳଧର, ହଲୁରେ ଶୋଇ ପଡ଼ିଲୁ କି? ଉଠ, ଉଠ! କେତେବେଳେ କଣ ଖାଇଥିବୁ! ଆ ମୋ ସାଥିରେ ଆ। ବାବୁ କହିଲେ ତତେ ଆଗ ଖାଇବାକୁ ଦେବେ! ମୋ ଛୁଆ ଅଛନ୍ତି ନା ଭାସି ଗଲେଣି; ମୁକୁନ୍ଦ ମୁଁ କାହିଁକି ଗାଁ ଛାଡ଼ି ଆସିଲି ତୋ' କଥାରେ? ମୁଁ ତ ଯୁଆଡ଼େ ଯାଉଛି, ସେ ଆଡ଼େ...! ଭୋ ଭୋ କରି କାନ୍ଦି ଉଠିଲା ହଳଧର। ମୁକୁନ୍ଦ ତାକୁ ଘୋଷାଡ଼ି ନେଇ ଯାଇ କହିଲା ଯାହା ଦେଖିଲୁ କାହାକୁ କିଛି କହିବୁନି। ମୁହଁ ବନ୍ଦ କରି ବାବୁ ଯେମିତି କହିବେ ସେମିତି କରିଦେବୁ ଯଦି ଦେଖିବୁ ସାତଦିନ ଭିତରେ ହାତୀ ତୋ ମଥାରେ ସୁନା କଳସ ଢାଳିବ!!

ମୋ ପିଲାଏ ଉପାସ ଥିବେ। ମୁଁ ଖାଇବି କଣ ମୁକୁନ୍ଦ? "ଆରେ ବୋକା! ଦେଖିବୁ ବସ୍ତା ବସ୍ତା ଖାଇବା ଜିନିଷ ନେଇ ଦି ଜଣ ଲୋକ ପହଁରି ପହଁରି ସେ ପଟକୁ ଯାଇ ଖାଇବା ନେଇ ଆସିଲେଣି। ବର୍ଷା କଣ ହେଲା ପରି ହେଉଛି? ନାଁ, ବାତ୍ୟା ଝଡ଼ ଟିକେ ଥମୁଛି? ତୁ କାଲି ଦିନରେ ଯିବୁକି?

ହଳଧର ଖାଲି ସୁ ସୁ ଶବ୍ଦ ଶୁଣୁଥିଲା, ବିଜୁଳି ଆଲୁଅରେ ଚାରିଆଡ଼ରେ ପାଣି ତା ଉପରେ ଭାସୁଥିବା ନଡ଼ିଆ ଖୋଳପା, ଗିନା ଥାଳି ଆଉ ଲୁଗାପଟା ଚକା ଚକା ଭଉଁରୀ ଖେଳୁଥିଲେ।

ମୁକୁନ୍ଦ ତାକୁ ଧରି ନେଇ ଗୋଟେ ଥାଳିରେ ପଲଉ ମାଂସ ତରକାରୀ ଆଣି ଥୋଇଲା! ଲଣ୍ଠଣ ଆଲୁଅଟା ଧପ୍‌ଧପ୍ ହେଉଛି। ଏବେବି ତେଣିକି ଚାହିଁ କହିଲା ମୁକୁନ୍ଦ।

ଖାଇବୁ ଶୀଘ୍ର ଖାଆ! ରାତାରାତି କାମଟା ନ ଶେଷ କଲେ କାଲିକି ବଡ଼ ବିପଦରେ ପଡ଼ିଯିବେ ବାବୁ! ଆମେ ପୁଅପରି ତାଙ୍କ ଦାନା ଖାଉଛେ, ବିପଦ ଆପଦକୁ ସେଇ ସାହା।

ହଳଧର ଗୁଣ୍ଡାଏ ପାଟିକି ନେଉ ନେଉ ଖସି ପଡ଼ିଲା।

ଆରେ ହଳୁ! ଏମିତି ବ୍ୟସ୍ତ ହଅନା। ବାବୁଙ୍କ ଇଚ୍ଛା ରାତାରାତି ଶବଟାକୁ କାନ୍ଧରେ ନେଇ ମଶାଣିରେ ପକେଇ ଦେଲେ କାମ ଫତେ। ଆଉ ବା ଦିନ କେତେଟା କହିଲୁ? କଥାଟା ଜଣାପଡ଼ିଲେ ଆଉ ଭୋଟ ମିଳିବନି। ସେଇଠୁ ଆମେ କଣ କରିବା? ବାବୁଙ୍କ ସୁଖରେ ସିନା ଆମ ସୁଖ! ଦେ, ବେଗି ବେଗି ଖାଇଦେଲୁ। ମାଂସ କଂସାକୁ ଚାହିଁ ସେ ଆବାକାବା ହୋଇଗଲା। ନିଜ ପିଲାଙ୍କ ଭୋକିଲା ଲୋଭିଲା ଆଖି ଯେମିତି ତା ମୁହଁକୁ ଚାହିଁଛନ୍ତି! ଏତିକି ଖାଇ ସେ ପୂରା ଶବଟିକୁ ବୋହି ନବ ମଶାଣିକୁ। ଏଠୁତ ସେଇଟା ଦି କୋଶରୁ ଅଧିକା ବାଟ ହେବ!

ମୁକୁନ୍ଦ ତା ମୁଣ୍ଡକୁ ଆଉଁଶି ଦେଇ କହିଲା "ବାୟାଟା! ପିଲାଙ୍କ ପାଇଁ ପରା ଖାଇବା ଚାରିଥର ପଠାଇଲେଣି ବାବୁ। ଘରେ ପାଣି ପଶିନି, ସମସ୍ତେ ଭଲ ଅଛନ୍ତି। ତୁ ମୁଠାଏ ଖାଇ ପାଣି ପିଇ ଦେ। ବାକି ତୋ ଖାଇବା ମୁଁ ଢାଙ୍କି ଦେଉଛି ତୁ କାମ ସାରି ଆସିଲେ ଏସବୁ ନେଇଯିବୁ। ଘରେ ଛୁଆ ପିଲାଙ୍କ ସଂଗେ ବସି ଖାଇବୁ ଆରାମରେ।"

ହଳଧର ଭାବିଲା ସେଇଟା ଠିକ୍ କଥା। ଏତେ ଛାନିଆରେ ସେ ଖାଇ ପାରିବନି। ଥରି ଥରି ପଚାରିଲା - ମୁକୁ! ମୁଁ କଣ ଏକା ଯିବି? ମୁଁ ତ ଏକା ପାରିବିନି। ଡର ମାଡୁଛି...!

ବୋକାଟାରେ! ମୁଁ ତିନିଟା ଲୋକ ଯୋଗାଡ଼ କରଛି, ସେ ଯିବେ। ଖାଲି ବାବୁଙ୍କର ନିଜ ଲୋକ ବୋଲି ତୋଠେଇଁ ଭରସା! ଚକରା ଘରଟା ଏବେ ଛାଡ଼ିଦେଲେ ଦି'ଟା ଯାକ ବଖରା ତୋର ହେବ। ବାବୁ କାଗଜରେ ପଟ୍ଟା କରିଦେବେ। ତେହିଁକି ମୁଁ ଅଳି କରନ୍ତି ଦାଣ୍ଡପଟ ଜମିରୁ ପାଏ ଗୁଣ୍ଠେ ଦେଲେ ତୁ ପନିପରିବା ଦି'ଟା କରି ଚଳି ପାରିବୁ! ଆଉ ଯଦି ପୁଅ ତାଙ୍କର ମନ୍ତ୍ରୀ ହୁଅନ୍ତି, ତେବେ ଟିଣ ଛପର ଉଠେଇ ଉପରେ ଛାତ ପକେଇ ଦେବେ। ବିଜୁଳି ଆଲୁଅ ପଙ୍ଖା ସବୁ ଦେବେ। ଛୁଆମାନଙ୍କ ଇସ୍କୁଲ ଖର୍ଚ୍ଚ ତତେ ପଡ଼ିବନି ହଳୁ! ଦେ ଉଠିଲୁ ଉଠ। ସତୁରା, ବନା ଛିଡ଼ା ହୋଇଛନ୍ତି। ମେଘ ପବନ ରାତି। ନାରାୟଣ! ରକ୍ଷାକର ବାବୁଙ୍କୁ...ମା ଲୋ ବାସୁକୀ! ତୁ ଟିକେ ଥୟ ଧର। ଆରେ ହଳୁଆ...!

ମୁକୁନ୍ଦ ପଛେ ପଛେ ନିଶା ଖାଇଲା ପରି ହଳଧର ଢଳି ଢଳି ଉଠିଲା। କିଏ କୋଉଁଠି ଡାକୁଛି ତାକୁ। କୋଉ ଅଜଣା ରାଜ୍ୟର ଅଦେଖା ସୁଖ ସପନର କାଉଁରୀ ପରଶ ତାକୁ ଘାରି ଯାଉଛି ଗୋଡ଼ ଠାରୁ ମଥା ପର୍ଯ୍ୟନ୍ତ! ସେ କିଛି କହିପାରୁ ନଥିଲା। ତାର ଖାଲି ମନେ ପଡୁଥିଲା ଗାଁରେ ବୁଢ଼ା ବୁଢ଼ୀ ମଲାଯାଏ କହନ୍ତି ମଣିଷ ଜୀବନରେ

ପିଢ଼ିଏ ଦୁଃଖ ହେଲେ ଆର ପିଢ଼ିକୁ ସୁଖ। ଠାକୁର ସବୁ ବାଣ୍ଟିକୁଣ୍ଟି ଦିଅନ୍ତି। ଦୁଃଖ ପିଢ଼ି ତାର ସରିଲା ବୋଧେ। ସତରେ ସେ ଆଉ ସହି ପାରିବନି... !

ଦେହରେ ମନରେ ଅଚାନକ ବଳ ଆସିଗଲା। ବାରିପଟେ ହଳଧର ସାଥିରେ ଯାଇ ସେ ଠିଆ ହେଲା। ବନା ସତୁରା ତାକୁ ନେଇ ମୁର୍କି ହସିଦେଇ କହିଲେ ମକୁ ଭାଇ ଏ ଧଡ଼ିଆ ନଡ଼ନଡ଼ିଆ ହଳିଆକୁ ଆଣିଲ ? ଏଟାର ଜୀବନ ଯାଉଛିକି ଆଉଛି। ସେଇ ଚକରାକୁ ସିନା ଡାକିଥାନ୍ତ, ମର୍ଦ୍ଦ ପରି ମର୍ଦ୍ଦଟାଏ। ସାତଟା ଭେଣ୍ଡାକୁ ଏକା ଡାକି ନେବ.... । ମୁକୁନ୍ଦ କହିଲା, ଥାଉ, ଥାଉ ତମେ ଦିଜଣତ ଡରି ଯାଉଛ। ସେଥିପାଇଁ ଗୋଲିକୁ ଡାକିଲି। ହଳଧର ପତଳା ହେଲେବି ବଳ ତାର କମତି ନୁହେଁ। ଗୋଲି କୁଆଡ଼େ ଗଲା ?

ଗୋଲି ଆସି ପହଞ୍ଚିଲା। ଉଷୁନା ହାଣ୍ଡି ପରି ପେଟକୁ ଆଉଁଶି ଆଉଁଶି ସେ ହାକୁଟି ମାରୁଥାଏ। କୁଆଡ଼କୁ ତାର ନଜର ନଥାଏ। ସେ ଚାହିଁଥାଏ ଆଗରେ ବନ୍ଧା ହୋଇଥିବା ଶବଟା ଆଡ଼କୁ! ହଳଧର ଦେଖିଲା ଅଖାଗୁଡ଼ାକ ରକ୍ତରେ ଭିଜିଗଲାଣି। କେମିତି ଗୋଟିଏ ଦେହରେ ଶିହ୍ରାର ଖେଳିଗଲା ରକ୍ତ ଜୁଡୁବୁଡୁ ଅଖାକୁ ଚାହିଁ। ମରିଗଲା ପରେ ଶବର ଓଜନ ବଢ଼ିଯାଏ, ଏମିତି ମେଘ ଅନ୍ଧାର ରାତିରେ, ପବନ ମାଡ଼ରେ କେମିତି ଶ୍ମଶାନରେ ଯାଇ ସେ ଶବକୁ ଦାହ କରିବ କି ପୋତି ଦେଇ ଆସିବେ ବୁଝି ପାରୁନଥାଏ ହଳଧର। ସେ ଖାଲି ମାଡ଼ରେ କି ଭୟରେ ଠକ୍‌ଠକ୍ କମ୍ପୁଥାଏ, ବୁଝିବା ଅବସ୍ଥାରେ ନଥାଏ। ଏଇଭଳି ତିନିତିନିଟା ଦୁର୍ଦ୍ଦାନ୍ତ ଲୋକଙ୍କ ସାଥିରେ ତାକୁ ଯିବାକୁ ହେବ, କାରଣ ବଡ଼ ସାଆନ୍ତଙ୍କ ସେ ନିଜ ଲୋକ। ସେ ତାକୁ ଦୁଇ ବଖରା ଘର ଆଉ ଅଧମାଣେ ହେବ ଜମି ଦେବେ। ସେ ଦେଖିବ ଶବଟା ମଶାଣିରେ ପହଞ୍ଚିଲା, ଅଖା ଦୁଇଟା ସାଂଗରେ ନେଇ ଆସିବାର ଦାୟିତ୍ୱ ତାକୁ ସାଆନ୍ତେ ଯେତେବେଳେ ଦେଇଛନ୍ତି ସେତେବେଳେ ସେ ପଛେଇ ଯିବ ନାହିଁ। ସବୁବେଳେତ ବଳ ଶକ୍ତି ଦିଏନି, ଶକ୍ତି ଦିଏ ବୁଦ୍ଧି ଓ କୌଶଳ !

ସମସ୍ତିଙ୍କ ସାଥିରେ ବାଉଁଶ ବନ୍ଧା କୋକେଇରେ ହଳଧର ଶବକୁ ରଖି କାନ୍ଧ ଲଗେଇଲା ! ଧାଇଁଲେ ସମସ୍ତେ ପବନ ବେଗରେ। ମୁକୁନ୍ଦ ଠିଆ ହୋଇ ଆଖି ବୁଜି ଈଶ୍ୱରଙ୍କୁ ଡାକିଲା ଭଳି ଭଙ୍ଗୀରେ ନୀରବ ଥାଏ ! ଯାହା କହ ମୁକୁନ୍ଦଟା ଚାଲାକ୍ ଚତୁର। ସାଆନ୍ତଙ୍କ ହାତବାରିଶି, ଚାହିଁଲେ ସେ ସବୁ କିଛି ପାରିବ। ପୁଅଟାକୁ ଇସ୍କୁଲରେ ନାମ ଲେଖାଇ ଦେବ। ମଝିଆଟା ଚାରି ବର୍ଷର, ତା' ତଳକୁ ଆଉ ଗୋଟିଏ ପୁଅ ଦି ବର୍ଷର। ତାଙ୍କ କଥା ପଛକୁ, ଆଗ ବଡ଼ ପୁଅଟା ଛ ବର୍ଷର ହେଲାଣି। ଅକ୍ଷର ଦି'ଟା ଶିଖିନି। ସେଇଟାକୁ ଇସ୍କୁଲରେ ଭର୍ତ୍ତିକରି ଦେଲେ ଯାଇଁ ଯୋଉ କଥା !

ସତୁରା ପାଟି କଲା।

କିରେ ଧିରଉଛ କଣ ? ଦେଖି ପାରୁନ, ଆକାଶ କେମିତି ନାଲିଆ ଦିଶୁଛି, ସାମ୍ନାରେ ପବନ ବଢୁଛି, ତା ସାଥିକୁ ବର୍ଷା ! ଏମିତି ଚାଲିଲେ ଆମେ ମଶାଣିରେ ପହଞ୍ଚି ପାରିବାନି। ସକାଳ ହେଲେ ନାଲି ପଗଡ଼ିଆଙ୍କ ଦାଉ ସମ୍ଭାଳି ହେବନି ! ଟିକେ ବେଗି ବେଗି ଚାଲ !

ରାସ୍ତାସାରା ଖମା ଖାଲ ଭର୍ତ୍ତି ହୋଇ ଯାଇଥାଏ। ପବନ ବର୍ଷାର ଗର୍ଜନରେ କାନ ଅତଡ଼ା ପଡୁଥାଏ। କେମିତି ଆଉ କେତେ ଜୋରରେ ବା ଧାଇଁ ପାରିବେ ? କେହି କିନ୍ତୁ ସତୁରା କଥାର ଜବାବ ଦେଲେନି !

ହଳଧର ଚାହିଁଥିଲା ଆକାଶ କେତେବେଳେ କସରା ଦିଶୁଛି, କେବେ ଧୂସର ଦିଶୁଛି ତ କେବେ ଲାଲ୍ ଦିଶୁଛି ! ପୂର୍ବ ପଶ୍ଚିମ ଉତ୍ତର ଦକ୍ଷିଣ ଜାଣିବା ଆଦୌ ସମ୍ଭବପର ନୁହେଁ। ଏଣେ ବର୍ଷା ମାଡ଼ଖାଇ ଭେଣ୍ଡା ମର୍ଦ୍ଦଟାର ଶବ ଓଜନ ବଢ଼ି ଚାଲିଛି। ଏମିତି ଜୀବନ ବିକଳରେ ବର୍ଷାରେ ଧାଇଁବା ଅତି ଦୁର୍ଭାଗ୍ୟ ହେଲେ କପାଳରେ ଥାଏ।

ବନା ପାଟି କଲା —

ଟିକେ ବେଗ ଚାଲ, ଚାକୁଣ୍ଡା ଗଛଟା ତ ଦୂରରୁ ଦିଶିଲାଣି ! ଭାଇ ! ସେଠି ନେଇ ଦେଇ ଚାଲି ଆସିବା। ଏମିତିକା ଝଡ଼ ରାତିରେ କେହି ଜଣେ ଶବ ଦାହ କରେ ? ଡିଆସିଲି ନାହିଁ। ତେଣୁ ପୁଣି ଆମ ସଂସାର ପେଟ ପାଟଣା ଅଛିତ ? ସାଆନ୍ତେ କଣ ଆମକୁ ସ୍ୱର୍ଗକୁ ନେବେ ? ଆମେ ଶବଟାକୁ ଗଡ଼େଇ ଦେଇ ଚାଲି ଆସିବା ଶାଗୁଣା ବିଲୁଆ ତାକୁ ଦଣ୍ଡକେ ଖାଇ ଶେଷ କରିଦେବେ। ସିନ୍ଦୂରା ଫାଟିବ କି କଣ ? ଦେଖୁନ କ'ଣ ପୂର୍ବ ଦିଗ ଆଲୁଅ ଦିଶିଲାଣି.... !

ହଳଧର ଚାହିଁଲା। ସତେ ଯଦି ପୂର୍ବଦିଗ କିଛି ଥାଏ ତେବେ ସିନ୍ଦୂରା ଫାଟି ଚକ୍ ଚକ୍ ଲାଇଟ୍ ପୃଥିବୀକୁ ଏଇନେ ଛୁଇଁଯିବ ! ସବୁ ବିଭ୍ରାଟ ଗଣ୍ଡଗୋଳ ହେଲା ପୂର୍ବରୁ ସେମାନଙ୍କୁ ମଶାଣିରେ ଗଡ଼ାଇଦେବାକୁ ହେବ। ସେଠି ଅଛନ୍ତି ଭୋକିଲା ଶିଆଳ କୁକୁର ଆଉ ଶାଗୁଣା। ଶବ ପଡୁପଡୁ ତାକୁ ଖୁମ୍ପି ଖାଇଯିବେ ... !

ହଳଧର ଅନ୍ୟମାନଙ୍କ ସାଥିରେ ନିଜର ଶେଷ ରକ୍ତ ବିନ୍ଦୁ ଦେଇ ଦୌଡୁଥିଲା, ପ୍ରଭୁ ହେ ! ନାଲି ପଗଡ଼ିଆ ସାଥିରେ ଯେପରି ତାର ଭେଟ ନହେଉ। ସେମାନଙ୍କୁ ଦେଖିଲାକ୍ଷଣି ହଳଧର ନିଜ ନାମ ଗ୍ରାମ ପତ୍ତା ସବୁ ଭୁଲିଯାଏ।

ଅବଶେଷରେ ପବନ ମାଡ଼ରେ ଆକ୍ତାମାକ୍ତା ହୋଇ ସେମାନେ ମଶାଣିରେ ପହଞ୍ଚିଲେ। ବିକଟାଳ କୁହାଟ କଲେ ଶାଗୁଣାମାନେ। କୋକିଶିଆଳୀ ଆଉ ବଣ ବିଲୁଆ କୁକୁର ଧାଇଁ ଆସିଲେ। ସେତେବେଳେ ସେ କହିଲା ଯା ଦେଖ୍ ମୁଁ ଗୋଟେ କଥା

କହୁଛି। ମନ ଦେଇ ଶୁଣ, ଯେବେ ଇଲେକ୍‌ସନ୍ ହୁଏ ଅନେକ ମୁଣ୍ଡ ସାଆନ୍ତଙ୍କ ଘରେ ବଳି ପଡ଼େ। ମୁଁ ତାକୁ ଏଠିକି ପୋଡ଼ିବା ପାଇଁ ଆସି ପକେଇ ଦେଇ ଯାଏ। କେହି ତାର ପତ୍ତା ପାଆନ୍ତିନି। ଏସନ ଦି ପୁଅ କଲେ ଝଗଡ଼ା ! ଆମର ସେଥିରେ କି ଯାଏ କି ଆସେ ? ଆମର ପଇସା ଦରକାର ! ସେତିକି ପାଇଲେ ଯଥେଷ୍ଟ। ଚାଲ ଚାଲ ଆଗକୁ ଚାଲ। ଦେଖୁନ ସିନ୍ଦୂରା ଫାଟି ଆସିଲାଣି।

ହଳଧର ବନ୍ଧା ହୋଇଥିବା ଅଖା ଖୋଲୁ ଖୋଲୁ କହିଲେ, ଏତେ ସେତେ ବିଚାରି ଲାଭ କଣ କହିଲ ?

ହଳଧର୍ ଚୁପ୍ ରହିଲା। ସେତେବେଳକୁ ଖୋଲା ଶବକୁ ଦି ଚାରିଟା ଶିଆଳ କୁକୁର ଘେରି ଗଲେଣି। ଶାଗୁଣା ଗୁଡ଼ା ସତରେ କି ନିର୍ମମ, ନିଦାରୁଣ। କୁହୁଡ଼ି ଘେରା ଅଥଚ ଭରା ବର୍ଷା ସକାଳରେ ହଳଧର ବୁଝି ପାରିଲାଣି କ'ଣ କରିବ, କ'ଣ କରିବନି। ସେ କେବଳ ସତର୍କ ଦୃଷ୍ଟିରେ ଚାହୁଁଥାଏ ନାଲି ପଗଡ଼ିଆ କେଉଁଠୁ ଧାଇଁ ଆସୁଛନ୍ତି କି ନାହିଁ। ଥରେ ପୋଲିସ ହାବୁଡ଼ରେ ପହଞ୍ଚିଲେ ଜୀବନରେ ଯେ କି ବିଷମ ପରିସ୍ଥିତି ହୁଏ ସେ କଥା ଜାଣେ ହଳଧର।

ବନା, ସତୁରା, ଗୋଲକ ସଂଗେ ପାଳି କଲେ। ହଳଧର ଦେଖିଲା ଶବକୁ ଡାହଳ କୁକୁର ଶିଆଳ ଆଉ ଶାଗୁଣା ବେଢ଼ି ଗଲେଣି। ଅଖା ଖୋଲି ଦବାକୁ ତର ସହିଲାନି। ମାତ୍ର ଏ କଣ ? ମୁଣ୍ଡଟା କାହିଁ ? ମନେ ପଡ଼ିଲା, ହଣାକଟା ହେଲାବେଳେ ମୁଣ୍ଡଟା କଟିଯାଇ ଚଟାଣରେ ପଡ଼ି ଛଟ୍ ଛଟ୍ ହୋଉଥିଲା। ମୁକୁନ୍ଦ ଭୁଲିଗଲା କି ବଡ଼ ସାଆନ୍ତଙ୍କ ହୁକୁମ ଥିଲା ସେ ବୁଝି ପାରିଲାନି। ମୁଣ୍ଡଟା ରହିଲା କୁଆଡ଼େ ? ସେ ବିଷୟରେ କାହିଁକି ସେ ମଥା ଘୂରାଇବ ?

ବନା ଉଚ୍ଚକଣ୍ଠରେ କହିଲା- ଚାଲ ହେ ! ସକାଳ ହେଲା ପୂର୍ବରୁ ସୁନା ପୁଅ ପରି ଘରେ ପହଞ୍ଚି ଗଲେ କାହାରି କିନ୍ତୁ ପାଟି ଫିଟାଇବାର ଦରକାର ପଡ଼ିବନି। ମୁଣ୍ଡକୁ ମୁକୁନ୍ଦ ରଖୁ କି ବଡ଼ ସାଆନ୍ତେ ତାକୁ ଝୋଳ କରି ଖାଆନ୍ତୁ, ଆମର କି ଯାଏ ଆସେ ?

ବନା ଦୌଡ଼ିଲା। ତା ପଛକୁ ପଛ ଆଉ ସମସ୍ତେ। ପଛରେ ପଡ଼ି ରହିଲା ମଶାଣି, ସୂର୍ଯ୍ୟ ଉଇଁବାର ବର୍ଣ୍ଣ ଛଟା ଶବକୁ ଖିନ୍‌ଭିନ୍ କରି ଶାଗୁଣା ଶିଆଳଙ୍କ ଖାଇବା ଦୃଶ୍ୟ ! ସାମ୍ନାରେ ଦିଶୁଥିଲା ସମସ୍ତଙ୍କୁ ଆଉ ହଳଧରକୁ ବି କେଜାଣି ଛୋଟ ଛୁଆଟିର ମେଲେରିଆ ଜରର ପ୍ଲିହା ବାହାରିଥିବା ଟୁମ୍‌କା ପେଟ, ଉପର ଦୁଇଟିଙ୍କର ଭୋକିଲା ଆଖି ଏବଂ କେତକୀର ହାଡୁଆ ଶିରାଳ ଦେହ ! ମନେ ପଡ଼ିଗଲା ମୁକୁନ୍ଦ ତାର ଖାଇବା ଥାଳି ଢାଙ୍କି ରଖିଥିବା କଥା। କେମିତି ପହଞ୍ଚି ଥାଳି ନେଇ ସେ ଘରେ ପହଞ୍ଚିବ ତାକୁ

ବୁଦ୍ଧି ଦିଶିଲାନି। ଭାଗ୍ୟକୁ ମେଘ ପବନ ଦାଉ ଟିକିଏ କମି ଯାଇଛି। ଖରା ନ ଥିଲେ ବି ସାମ୍ନା ରାସ୍ତା ଫର୍ଚ୍ଚା ଦିଶୁଛି।

ହତାରେ ପଶିଲା କ୍ଷଣି ଚମକି ପଡ଼ିଲା। ଛୁଆ ପିଲା ବୁଢ଼ା ବୁଢ଼ୀ ହୋଇ କେତେଯେ ଲୋକ ସାଆନ୍ତଙ୍କ ବାରଣ୍ଡାରେ, ଛାତ ଉପରେ ତାର କିଛି ଠିକ୍ ଠିକଣା ନାହିଁ। ସେ ଧାଇଁଯାଇ ବାରିପଛ ଆଡ଼େ ମୁକୁନ୍ଦକୁ ଭେଟିଲା ଆଉ ମୁକୁନ୍ଦକୁ କିଛି କହିଲା ପୂର୍ବରୁ ସେ ଧଇଁସଇଁ ହୋଇ ପଚାରିଲା- ମୋ ଖାଇବା ଥାଳି କୋଉଠି ରଖିଚୁ ଦେ। ସବୁକାମ ବଢ଼େଇ ଆସିଲୁ। ମୁଁ କଣ ଛାଡ଼ିଛି, ତୋ ଖାଇବା ଲୋକଭିଡ଼ ଦେଖି ତୋ ଘରକୁ ପଠେଇ ଦେଇଛି ରାତିରୁ। ଆହୁରିବି ସାଆନ୍ତଙ୍କ ବଡ଼ ପୁଅ ମିଠାମିଠି ଫଳମୂଳ ନେଇ ଯାଇଥିଲେ। ଏବେ ରନ୍ଧା ସରିଲେ ପଠେଇ ଦେବି ହଲୁ! ତୁ ଯା, କାହାକୁ କିଛି ନ କହି ପାଟି ବନ୍ଦ କରି ଶୋଇ ପଡ଼ିବୁ। ଛୁଆ ଅନେଇଥିବେ।

ହଳଧର ଫେରିପଡ଼ି ଖାଲକୁ ଚାହିଁ ତାଟକା ହେଲା। ସମୁଦ୍ରେ ପାଣି, ଉପରେ ବେଙ୍ଗଫୁଲା, ଲମ୍ବାଲମ୍ବା ସାପ ଆଉ ଜାତି ଅଜାତି ମାଛଙ୍କ ଭିଡ଼। ପୋଖରୀ ପାଣି ମିଶି ବଡ଼ ଗୋଟେ ପୋଖରୀ। ଭିତରେ ଟିଣ ଘର ବାରଣ୍ଡା କାନ୍ଥ ସେମିତି ଅଛି କି ଭୁଶୁଡ଼ି ଗଲାଣି କିଏ ଜାଣେ? ବହୁ କଷ୍ଟରେ ପହଁରି ପହଁରି ହଳଧର ସେ ପଟରେ ପହଞ୍ଚିଲା। ଏତେ ଥଣ୍ଡା ପବନ, ପଚାପାଣି ଗନ୍ଧ, ସାପ, ବେଙ୍ଗ ଭିଡ଼ରେ କେବେ ସେ ପହଁରି ନଥିଲା।

ଘରର ସାମ୍ନା ପଟଟା ଯାଇ ପଛରେ। ପଛ ପଟର ବାରଣ୍ଡା ଭୁଶୁଡ଼ି ପଡ଼ିଛି। କାନ୍ଥ ଫାଟି ଆଁ କରିଛି। ପିଲାଏ କେମିତି ଅଛନ୍ତି କେଜାଣି?

ସନ୍ତର୍ପଣରେ ସାମ୍ନା ପଟକୁ ଦେଖିଲା। ଚକରା ଅଣ ଓସାରି ପିଣ୍ଡାରେ ବର୍ଷା ପବନରେ ମୁହଁ ମାଡ଼ି ବସିଛି। ତା ସେପଟକୁ ଚକରା ସ୍ତ୍ରୀ, ଅଭିଆଡ଼ି ଭଉଣୀ ଆଉ ଛୋଟ ପିଲା ଦୁଇଟା। ପାଖରେ ଲମ୍ବା ହୋଇ ହେଁସରେ କିଛି ଗୁଡ଼ା ହେଲା ପରି ଦିଶୁଛି।

କଣ କିରେ ଚକରା! ଏମିତି ବସିଛୁ....? ଭୋ, ଭୋ କାନ୍ଦି ଉଠି ସେ କହିଲା- ମୋ ବୋଉ କାଲି ଚାଲିଗଲା ରେ ହଳିଆ! ଜୀବନରେ ଦିନେ ଭଲମନ୍ଦ ଖାଇବାକୁ ଦେଇ ପାରିନି। ତୀର୍ଥ ମନ୍ଦିରକୁ ନେଇ ପାରିନି। ହେଲେ ବୁଢ଼ୀ ସବୁବେଳେ କହୁଥିଲା ତାକୁ ବାସି ମଡ଼ା କରିବନି....!

ହଉ ଥୟଧର! ସାଆନ୍ତଙ୍କ ଘରୁ ରାତିରେ ପରା କିଏ ଖାଇବାକୁ ନେଇ ଆସିଥିଲେ! ଖବର ଦେଲୁନି?

ସେତେବେଳକୁ ତା ନିଜର ତିନିଟା ଯାକ ଛୁଆ ଆସି ତାକୁ ଜଳ ଜଳ

ଚାହିଁଥାନ୍ତି। ସେ ଚାହିଁଲା କ୍ଷଣି ବଡ଼ ପୁଅ ପଚାରିଲା- ବା, ତୁ କିଛି ଖାଇବାକୁ ଆଣିନୁ? ମଝିଆ ଝିଅଟା ଖାଲି ଗୁମରି ଗୁମରି କାନ୍ଦୁଥାଏ। ସାନଟା କିଛି କହି ପାରୁ ନଥାଏ...!

ହଳଧର ବ୍ୟସ୍ତ ହୋଇ ଚକରାକୁ ହଲେଇ ପଚାରିଲା, କିରେ କାଲି ପରା ସାଆନ୍ତଙ୍କ ଘରୁ ପଲଉ ମାଂସ ନେଇ କିଏ...!

ହଁ ହଁ ଆସିଥିଲେ ତାଙ୍କ ବଡ଼ ପୁଅ। ଥାଳି ଧରି ଚାରିପାଞ୍ଚୁଟା ଟୋକା ଆଉ ଗୋଟିଏ ଫଟୋ ଉଠେଇଲା ନୋକ! ଆମେ ଥାଳି ଧରିଲୁ ଜଣେ କଣ କହି, ବଡ଼ ପୁଅ ଥାଳିରୁ ଗୁଣ୍ଡେ ଉଠେଇ ମୁହଁ ପାଖକୁ ପିଲାଙ୍କର ନେଲା ବେଳେ ଫଟୋ ଉଠେ, ତା ପରେ ଥାଳିରେ ଖାଇବା ରଖିଦିଅନ୍ତି, ଏମିତି କେତେ ଫଟୋ ଉଠିଲା, ମୋ ସ୍ତ୍ରୀ କି ତୋ ସ୍ତ୍ରୀ କି ଶାଢ଼ୀ ଆଉ କମ୍ବଳ ଦେଲା ବେଳେ ଫଟୋ ଉଠିଲା। ପୁଣି ସେ ସବୁ ଅଖାରେ ପୂରେଇ ସେ ଟୋକା ନେଲେ। ଯା ସେ ପଟକୁ ଦେଖ, ମୋ ବୋଉ ମଥା ଉପରେ କମଳା ଚୋପା ଆଉ କେତେ ଡାଳିମ୍ବ ରହିଛି....ଖାଉନୁ ଖା, ସେ ଚୋପା ଯଦି ତୋର ମନ ହଉଚି...ନେ ଖା..। ତୁ, ସତୁରା ସବୁ ସଂଜରୁ ସେପଟକୁ ଯାଇଛ ମାଂସ ବାସ୍ନାରେ। ସାରା ରାତି ଆମେ ଚାହିଁ ବଇଛୁ...କାହିଁକି ଆଇଲୁ? ପେଟୁ ଆମକୁ ଖାଇବୁ, ନେ ଖା ହଳିଆ। ମତେ ଖାଇଦେ, ଖାଇଦେ ମୋ ବୋଉର ହାଡ଼ ଗୋଡ଼!

ହଳଧର କଥା ନ ବଢ଼ାଇ ଚୁପ୍ ରହିଲା। ଆଶ୍ଚର୍ଯ୍ୟ! ଫଟୋ ଉଠାଇ ନେଲେ, ମୁଠାଏ ବି ଖାଇବାକୁ ଦେଲେନି, ଫଟୋ ଉଠାଇ କି ଲାଭ?

ବା ତୁ ଯାଇ ଭାତ ଆଣ....ଭୋକ, ଭାରି ଭୋକ ଲାଗୁଛି...! ତିନିଟା ଯାକ ପିଲା ତା ଉପରେ ନଦି ହୋଇ ଚିତ୍କାର କରୁଛନ୍ତି। ହଳଧର ନଇଁ ଯାଉଛି ତଳକୁ ତଳକୁ, ଏବେ କଣାଏ ଧୂଳି ଉଠେଇବାର ଶକ୍ତି ନାହିଁ ତାର।

ତମେ ସବୁ ଆଗରେ ଯାଅ, ମୁଁ ଯାଉଛି ତମ ପଛରେ। ନାହିଁ ଆମେ ଯିବୁନି, ଆମକୁ ଡର ମାଡୁଛି। ବୋଉ ଫଟୋ ଉଠେଇବନି ଓରା ଉପରକୁ ଉଠି ଯାଇ ଲୁଚିଛି, ମୋଟେ ତଳକୁ ଆସୁନି....!

ଛାତିରେ ଛନକା ପଶିଲା ହଳଧରର। କେତକୀର କଣ ହେଲା? ଦୁଇ ଖେପାରେ ସେ ତା ନିଜ ଘର ଭିତରକୁ ପଶି ଚମକି ପଡ଼ିଲା। ଗୋଟେ ଗୋଡ଼ ତଳକୁ ଝୁଲାଇ ଅଧାକାନ୍ଥ ଉପରେ କାଠ ଖୁଣ୍ଟକୁ ଧରି ବସିଛି କେତକୀ! ଓଢ଼ଣା ପଡ଼ିଛି ମୁଣ୍ଡରେ! ସେ ଡାକ ଛାଡ଼ିଲା, କେତକୀ ଜବାବ ଦେଲାନି?

ଶେଷକୁ ପିତଳ ଗରାଟା ଉପରେ ଛିଡ଼ା ହୋଇ କେତକୀର ପାଦ ତଳିପାକୁ କୁତ୍ କୁତ୍ କରି ଟାଣି ଦେଲା, ଶାଢ଼ୀ ଧରି। ଧଡ଼ାସ୍ କରି ତଳେ ପଡ଼ିଲା କେତକୀ। ଆଉ ତାରି ଚାପାରେ ଗରା ଉପରୁ ଛିଟ୍କି ହଳଧର ପଡ଼ିଥିଲା କେତକୀ ଉପରେ।

ଅସାଡ଼ ଶୀତଳ ଦେହକୁ ଚାହିଁ ହଳଧର କାଠ ପାଲଟି ଗଲା। ତିନୋଟି ଯାକ ପିଲା କାହାପାଖକୁ ନଯାଇ ଛିଡ଼ା ହୋଇ ରଡ଼ି କରୁଥାନ୍ତି, ବା ଲୋ ଖାଇବାକୁ ଦେ, ଆମକୁ ଭାରି ଭୋକ ହଉଛି....ବା, ତୁ ଦଉନୁ କାହିଁକି ଭାତ... !

ହଳଧର ମୁହଁପୋତି ବସିଥାଏ। ହାତ ଭିତରୁ ଫାଙ୍କ କରି ଚାହିଁଥାଏ କେତକୀକୁ। ଫୁଲା ଫୁଲା ଗାଲ ଢିମା ଢିମା ଆଖି ଦୁଇଟାରେ କେତକୀ ଉପରକୁ ଚାହିଁଛି। ଝପ୍‌ଝପ୍ ବର୍ଷା ପାଣି ପଡ଼ିଲେ ବି ଆକ୍ଷି ଡୋଳା ପଡୁନାହିଁ... !

ପିଲା ତିନିଟା ତା ଉପରକୁ ପୁଣି ଥରେ କୁଦିପଡ଼ି ଭୋ ଭୋ କାନ୍ଦି ତାକୁ ଚୁମୁଟି, ମୁଣ୍ଡବାଳ ଟାଣି ଆକ୍ରୋଶରେ ରଡ଼ି ଛାଡୁଥାନ୍ତି।

"ବା ! ହେ ବା ! ଖାଇବାକୁ ଦେ। ବୋଉ ଶୋଇଛି ଶୁଣୁନି। ତୁ ବେଗି ଯାଇ ସାଆନ୍ତଙ୍କ ଘରୁ ଥାଳି ନେଇ ଆ ! ଆମକୁ ଭାରି ଭୋକ... ବା'ମ...ଉଠୁନୁ କାହିଁକି ?"

ପିଲାଏ ତା ଦେହ ଝୁଣି ଯାଉଛନ୍ତି। ସେ ଶୁଣି ମଧ୍ୟ ଶୁଣୁ ନଥାଏ। କିଛି ଶବ୍ଦ କି ଦୃଶ୍ୟ ତା କାନ ବା ଆଖି ଧରି ପାରୁ ନଥିଲେ। ସେ ଜାଣୁଥିଲା ତା ଭିତରେ ଶତାବ୍ଦୀ ଶତାବ୍ଦୀ ଧରି ଶୋଇଥିବା ଜାନ୍ତବ କ୍ଷୁଧା ତା ଭିତରୁ ବାହାରି ପୁଣି ଏତେ ବଡ଼ ଆଁଟାଏ କରି ହଳଧରକୁ ଗିଳିବାକୁ ଆସୁଛି। ସେ ଆଣ୍ଠୁ ଭିତରେ ମୁହଁକୁ ଜାକି ଜାକି ନେଇ ଯାଉଥାଏ ପେଟ ପାଖକୁ ହେଲେ ପେଟ ଯାଇ କୋଉ ପାତାଳ ଗହ୍ୱରରେ... !

କେହି କାହା କଥା ଶୁଣି ପାରୁ ନଥିଲେ। କେହି କାହାକୁ ଛୁଇଁ ବି ପାରୁ ନଥିଲେ। ଅନ୍ଧକାର ଭିତରେ ଭଉଁରୀ ଖେଳୁଥିଲେ ମଣିଷ, ପଶୁ, ମେଘ ଆଉ ବତାସ।

■

BLACK EAGLE BOOKS

www.blackeaglebooks.org
info@blackeaglebooks.org

Black Eagle Books, an independent publisher, was founded as a nonprofit organization in April, 2019. It is our mission to connect and engage the Indian diaspora and the world at large with the best of works of world literature published on a collaborative platform, with special emphasis on foregrounding Contemporary Classics and New Writing.